海明威作品精选系列

Ernest Hemingway

丧钟为谁而鸣

For Whom the Bell Tolls

〔美〕欧内斯特·海明威 著

吴建国 译

上海文艺出版社

图书在版编目(CIP)数据

丧钟为谁而鸣/(美)欧内斯特·海明威著;吴建
国译.—上海:上海文艺出版社,2018
(海明威作品精选系列)
ISBN 978-7-5321-5998-7

Ⅰ.①丧… Ⅱ.①欧… ②吴… Ⅲ.①长篇小说-美
国-现代 Ⅳ.①I712.45

中国版本图书馆 CIP 数据核字(2018)第 079784 号

Ernest Hemingway
FOR WHOM THE BELL TOLLS

责任编辑:秦 静
特约策划:邱小群 刘佳俊
封面绘图:杨 猛
封面设计:高静芳

丧钟为谁而鸣
〔美〕欧内斯特·海明威 著
吴建国 译
上海文艺出版社出版、发行
地址:上海绍兴路 74 号
新华书店经销 山东临沂新华印刷物流集团有限责任公司印刷
开本 890×1240 1/32 印张 19.5 字数 532,000
2019 年 3 月第 1 版 2023 年 4 月第 4 次印刷
ISBN 978-7-5321-5998-7/I·4789 定价:79.00 元

此书献给

玛莎·盖尔霍恩

谁都不是一座孤岛，

能岿然独存；

人人都是欧洲大陆的一小片，

构成大地绵绵；

倘若这块泥土被大海冲掉，

欧洲就会缩小，

兀兀海岬，

抑或你或友人的某个宅邸，

概莫如此；

无论谁殒灭，

我都受折损，

因为人人皆我，我皆人人；

所以，不要去打听那钟声为谁而鸣；

钟声超度的恰是你的亡灵。

约翰·邓恩①

第一章

　　他卧伏在棕褐色松针落满一地的树林里，下巴支撑在交叉的双臂上，高高的头顶上方，风在吹拂着松树的树冠。山坡上，在他所匍匐的那个位置，坡度并不大；但再往下去地势就很陡峭了，他能看见那条蜿蜒穿过山口的柏油路黑乎乎的路面。有一条小河与柏油路相平行，远远望去，他看到山口下的小河旁有一家锯木厂，河水正漫过蓄水坝流淌下来，在夏日的阳光下泛着白光。

　　"是那家锯木厂吗?"他问道。

　　"是的。"

　　"我记得不是这家呀。"

　　"这家锯木厂还是你从前在这儿时建造的。原来那家老锯木厂还要再往前面去；在那边的山坡下，离山口还远着呢。"

　　他在林中就地展开那张影印的军用地图，仔细查看起来。那位老者则在他肩后张望着。他是一个长得敦敦实实的老头儿，身穿农民的黑色罩衫和硬如铁皮的灰色裤子，脚蹬一双绳底鞋。因为一路攀爬上来，他还在喘着粗气，把一只手搁在一只沉重的背包上，他们随身带来了两只大背包。

　　"如此说来，在这儿是没法看见那座桥了。"

"可不是嘛,"老头儿说,"这个山口的周围地势平缓,河水的流速也慢。再往下去,那条公路就拐进树林不见了,那里的山势陡峭得出奇,还有一条险峻的峡谷呢——"

"我想起来了。"

"那座桥就横跨在这条峡谷上。"

"他们的哨所都设置在哪些地方?"

"有一个哨所就设在你看到的那个锯木厂那边。"

这位正在仔细察看地形的年轻人从他已褪了色的土黄色法兰绒衬衣的口袋里取出望远镜,用手帕擦了擦镜头,然后调整着目镜的焦距,直至锯木厂的那些木板堆豁然呈现在眼前。接着,他又看见了门边的一条长木凳;继而又看见了敞开的棚屋里的圆锯、圆锯后高高堆起的那一大堆锯木屑、一段用于传送木料的滑道,小河对面那片山坡上的木料就是通过这条滑道运送过来的。那条小河在望远镜里显得清澈而又畅快,水流在蓄水坝边打着漩涡,激起的浪花在随风飞舞着。

"没有岗哨嘛。"

"厂房里有烟飘出来,"老头儿说,"晒衣绳上还晾着衣服呢。"

"我看到啦,但我没见有岗哨啊。"

"他也许正待在某个阴凉的地方,"老头儿解释说,"那里现在很热。他说不定就躲在我们看不到的阴暗角落里纳凉呢。"

"也许吧。另一个哨所设在哪儿?"

"在桥的南面。那个哨所设在养路工的工棚旁边,在距离山口顶端五公里处的位置上。"

"这个哨所有多少人?"他指着锯木厂说。

"大概四个,再加一个警卫班长。"

"桥南面的那个呢?"

"那个要多些。我会打听清楚的。"

"桥面上呢?"

"向来是两个，一头一个。"

"我们需要一定数量的人手，"他说，"你能召集到多少人？"

"你要多少人，我就能给你找来多少人，"老头儿说，"这一带山里现在就有不少人呢。"

"有多少？"

"一百多号吧。不过，他们现在都分成小股了。你需要多少人呢？"

"等我们勘察好这座桥梁后，我会告诉你的。"

"你想马上就去勘察么？"

"不。我眼下先要找个地方把这批炸药藏起来，要一直藏到需要用的时候。我希望能把它藏在一个最保险的地方，如果可能，藏炸药的地方离桥头至多不超过半小时路程。"

"这很简单，"老头儿说，"我们马上就去那个地方，从那儿到桥头，一路全是下坡。不过，我们先得老老实实爬上一段山路才能到达那儿。你饿了吗？"

"是啊，"年轻人说，"不过，我们还是待会儿再吃吧。该怎么称呼你呢？我忘啦。"他居然把这位老者的名字给忘了，对他来说，这简直就是个不祥的征兆。

"安塞尔莫，"老头儿说，"人家都叫我安塞尔莫，家住阿维拉①的巴尔库城。让我来帮你背那只背包吧。"

这位年轻人是一个瘦高个儿，满头金发被太阳晒出了一条条深浅不一的印迹，脸上是一副饱经风吹日晒的模样。他身着一件已被太阳晒得褪了色的法兰绒衬衣和一条农民的裤子，脚蹬一双绳底鞋。此时，他俯下身来，将一只手臂伸进背包一侧的皮带，用力将那只沉重的背包甩上肩头，又费劲地将另一只胳膊插进另一侧的皮带，把背包的整个重量移至后背上。背包原先压着的那个部位的衬衣依然是汗湿的。

---

① 阿维拉，西班牙西部一省份，是旧时卡斯蒂亚尔王国的都城。

"我已经把它背上身啦，"他说，"我们怎么走？"

"我们得爬坡。"安塞尔莫说。

虽然被背包的重负压弯了腰，累得大汗淋漓，他们仍脚步稳健地攀爬在山坡上密密的松树林里。年轻人根本看不出那儿有什么路径，但他们一直在奋力向上攀登，终于绕到了山坡的阳面，此刻正趟过一条小山涧，那位老者踏着乱石嶙峋的山涧河床的边缘，始终步履矫健地走在前头。越往上爬，坡度越陡，行动也越是艰难，终于，那条小溪似乎在他们头顶上方一块突伸出来的光滑平整的花岗岩边缘直落下来，直到这时，老头儿才停下脚步，在悬崖脚下等候年轻人赶上来。

"你感觉怎么样？"

"没问题。"年轻人说。他正挥汗如雨，由于山高路陡，一路攀越上来，他大腿的肌肉还在一阵阵地抽搐。

"在这儿歇歇脚，等我一下。我先走一步，去给他们打个招呼。背着这玩意儿，你总不见得想挨枪子儿吧。"

"即便是开玩笑，也使不得呀，"年轻人说，"路远吗？"

"很近。人们平常都怎么称呼你？"

"罗伯托①。"年轻人回答道。他已卸下背包，并小心翼翼地把包放在山涧边的两块大石头之间。

"那就叫你罗伯托吧。在这儿歇歇脚，我会回来接你的。"

"好的，"年轻人说，"可是，你打算走这条路下山去桥头吗？"

"不。去桥头时，我们会走另一条路的。距离短一些，路也好走些。"

"我不想把这些器材存放在离桥头太远的地方。"

"等着瞧吧。如果你不满意，我们就另找地方。"

"我们先看看吧。"年轻人说。

他坐在两只背包旁，注视着老人朝岩石架上爬去。攀岩对这老头儿

---

① 这是小说主人公罗伯特·乔丹的名字的西班牙语发音的音译。

来说并不艰难，况且从他不需要摸来摸去就能找到抓手的样子来看，年轻人也就明白，这个地方他以前已经攀爬过好多次了。不过，但凡上去过的人，向来都会很小心而不留下任何痕迹的。

年轻人名叫罗伯特·乔丹，此时已是饿极了，而且还忧心忡忡。他虽时常挨饿，但一般不会愁眉不展，因为他根本不在乎自己会遇到什么不测，再说，凭着经验他也知道，在整个儿处于敌后封锁线的这一地区开展活动有多简单。只要有一个好向导，在敌后活动与往返穿插敌人的防线一样简单。唯一需要重视的是，万一被抓住了会出现什么情况，难就难在这一点上；除此之外，还须判断出谁才是可以信赖的。你必须完全信赖与你协同工作的人，要么就丝毫也别相信他，而且，在能不能信赖这个问题上，你务必做出决断。他根本不担忧这些事情。但还是有别的问题要考虑的。

这个安塞尔莫一直是一个好向导，而且在山区行走的本领极强。罗伯特·乔丹自己也算得上是一个步履矫健的人了，但是根据从天亮前就跟随他一直走到现在的情况来看，他知道，这老头儿在行走这方面准能把他给活活累死。罗伯特·乔丹相信这个人，到目前为止，除了判断力这一点之外，这个安塞尔莫处处都是信得过的。他还没有找到机会来考量这老头儿的判断力呢，不过，不管怎么说，有没有判断力原本也是他自己的事。不，他并不担心安塞尔莫，炸桥的问题也不见得会比诸多其他问题难多少。他深谙炸桥的方法，凡是你能说得出类型的任何桥梁，他都能把它炸毁，因为他已经炸毁过各种不同结构、各种不同规模的桥梁了。这两只背包里装有足够的炸药和全套器材，能恰到好处地炸掉这座大桥，即便它比安塞尔莫所报告的再大一倍，也不成问题，因为他记得，1933 年他徒步旅行去拉格兰哈 [①] 的途中，就曾从这座桥上走过，而

---

① 拉格兰哈为西班牙中部塞哥维亚附近的一座小山城，在 18 世纪时曾为西班牙皇室的避暑之地，在首都马德里以北约 80 公里处。

且，前天晚上，在埃斯科利亚尔^①城外的别墅里，戈尔茨还在楼上的房间里亲口向他详细交代过有关这座桥梁的具体资料。

"炸毁这座桥梁算不了什么。"戈尔茨当时说道。灯光照在他那头发剃得精光的疤痕累累的脑袋上。他一边说，一边用铅笔在一张大地图上指指点点着："你明白吗？"

"是的，我明白。"

"绝对算不了什么。仅仅炸毁大桥只能算是一种失败。"

"是的，将军同志。"

"要根据预先计划好的进攻时间，在指定的时刻炸掉这座桥梁，这才是你应当完成的任务。这一点你当然是明白的。这就是你的权利和你该如何完成这次任务的方法。"

戈尔茨看了看手中的铅笔，然后用铅笔轻轻敲击着自己的牙齿。

罗伯特·乔丹当时什么也没说。

"你明白，这就是你的权利和这次任务该如何完成的方法，"戈尔茨注视着他，点点头，并用铅笔轻轻敲击着那张地图，然后又接着说，"这就是我应当采取的措施。这也正是我们所无法做到的事情。"

"为什么呢，将军同志？"

"为什么？"戈尔茨十分生气地说，"你已经亲眼目睹过多少次进攻啦？还问我为什么！我们拿什么来保证我的命令不会被改变？拿什么来保证这次进攻不会因种种借口而被取消？拿什么来保证这次进攻不会被推迟？拿什么来保证这一次就能够按计划在六小时内发起进攻？又有哪一次进攻是严格按照计划进行的？"

"如果是你指挥的进攻，就一定能按时发起。"罗伯特·乔丹说。

"我根本就指挥不了任何进攻，"戈尔茨说，"我制定进攻计划。但

---

① 埃斯科里亚尔为西班牙历史文化名城，位于首都马德里西北部约 45 公里处，是西班牙皇室的行宫所在地之一，城内有众多旧皇宫、修道院、博物馆等名胜古迹。

我却指挥不动。炮兵不归我管。我得提出申请。我从来就没得到过我要求得到的支持，即便他们手头有能够动用的力量，也不肯给。这算是最微不足道的小事了。还有许多别的问题呢。你是知道那些人的作派的。这些事就不必细说啦。总是出纰漏。总是有人会插手干预。所以，你现在一定要心里有数。"

"所以我才要问，该在什么时间把桥炸掉？"罗伯特·乔丹问道。

"发起进攻之后。一旦开始进攻，就应立即炸桥，不可提前。这样，敌军的增援部队就不可能从那条公路上开过来。"他用铅笔比划着，"我必须确切地知道，没有任何增援部队能沿着那条公路开过来。"

"那么，什么时候发起进攻呢？"

"我会告诉你的。但是，你只可把日期和具体时间视为一种可能性，只能权作参考。你必须为那个时刻做好一切准备。一旦发起进攻，你就立即炸桥。你明白了吗？"他用铅笔标出了那个位置，"这是他们的增援部队能够开出来的唯一道路。这是他们的坦克、大炮、装甲车能够开上我们所攻击的那个山口的唯一通道。我必须确切地知道，那座大桥已被炸掉。决不能提前，否则，万一进攻被推迟，他们完全有可能把桥又修好了。那是绝对不行的。炸桥这件事必须放在进攻发起之时，而且我必须知道，大桥已不复存在。桥上只有两个哨兵。马上会和你一起出发的那个人刚从那儿回来。据他们说，此人还是相当可靠的。你会对他有所了解的。他在山里有人。你需要多少人，就召集多少人。人手的使用上要尽量少而精。这些事情就用不着我来教你啦。"

"可是，我怎么判断进攻已经发起了呢？"

"担任这次进攻的部队有整整一个师。进攻发起时先用飞机从空中进行轰炸。你不至于耳聋吧？"

"那么，我是否可以这样理解，只要飞机一投弹，进攻就算开始了？"

"你可不能老是像这样认死理呀，"戈尔茨摇着头说，"不过，这一回倒是可以的。这次进攻是我指挥的。"

"我明白啦，"罗伯特·乔丹说，"说实话，我并不十分乐意执行这项任务。"

"我也不是十分乐意啊。如果你不想执行这项任务，现在就说，还为时不晚。如果你认为你干不了这个，现在就说，还为时不晚。"

"我干，"罗伯特·乔丹说，"我会完成任务的，没问题。"

"我必须了解的正是这一点，"戈尔茨说，"务必做到，不能让任何敌军从那座大桥上开过来。这一点要绝对保证。"

"我明白。"

"我不喜欢强人所难，逼迫他们去做这类事情，而且还要他们必须按这种方式去做，"戈尔茨接着说，"我不能命令你去执行这项任务。我也知道，在我提出了如此苛刻的条件之后，你也许要迫不得已地采取一些措施。我把话说得很透、很细，目的就是要让你明白，让你对各种可能遇到的困难和这项任务的重要性做到心中有数。"

"可是，如果那座桥被炸了，你的部队又如何向拉格兰哈推进呢？"

"部队攻克那个山口之后，我们紧接着就要修复大桥。这是一次非常复杂也非常漂亮的战役，其复杂程度和漂亮程度丝毫不亚于以往任何一场战役。作战计划是在马德里制订的，是那位失意教授维森特·洛霍①的又一杰作。我来具体部署这次进攻，但我是在兵力不足的情况下指挥作战的，向来如此。尽管兵力不足，但这一仗还是很有把握的。我对这一仗的看法比以往要乐观得多。只要毁掉那座桥，成功也就在望了。我们就可以拿下塞哥维亚②。你听好，我给你介绍一下这一仗该怎

---

① 维森特·洛霍（Vicente Rojo Lluch, 1894—1966）：毕业于托莱多军事学院，并留校任职，后来在玻利维亚军事学院任教授，是西班牙陆军重要将领之一；西班牙内战期间任政府军总参谋长。

② 塞哥维亚，位于伊比利亚半岛，是西班牙中北部重要城市，塞哥维亚省的省会，在首都马德里附近，北临巴利亚多利德省和布尔格斯省，西邻阿维拉省，南邻首都马德里和瓜达拉哈拉省，东临索利亚省，具有重要战略地位。本书所涉及的政府军和法西斯军队的大会战即在该地区展开。

打。你明白了吗？我们要攻击的目标并不是山口的最高点。我们要占领它。我们要向纵深推进。瞧——这儿——像这样——"

"我宁可不知道这些。"罗伯特·乔丹说。

"好，"戈尔茨说，"从另一个方面说，你也少背思想包袱了，是吗？"

"我宁可永远也不知道这些。这样，无论发生什么情况，泄露秘密的人就绝对不可能是我啦。"

"的确还是不知道为好，"戈尔茨用铅笔在额头上挠了挠，"我也无数次地希望过自己什么都不知道呢。但是，你必须知道有关那座桥梁的情况，这件事你确实是知道的，是吗？"

"是的。这件事我知道。"

"我相信你是知道的，"戈尔茨说，"我也不需要再对你说些无关紧要的话了。我们来喝杯酒吧。话说多了，口也渴啦，霍丹同志。你的名字用西班牙语来读，就变成'霍丹'或'霍顿'了，真逗啊，霍丹同志。"

"你的名字'戈尔茨'，用西班牙语该怎么读呢，将军同志？"

"'霍泽'。"戈尔茨笑嘻嘻地说，声音是从他喉咙深处发出来的，就像得了重感冒的人在咯痰一样。"'霍泽'呀，"他嗓音嘶哑地说，"'霍泽将军同志'。要是早知道'戈尔茨'用西班牙语来发音，声音居然会变成这种样子，我来这儿打仗之前就会给自己取一个好听点儿的名字了。当我想到自己马上就要去指挥一个师了，我完全可以为自己挑一个自己所喜欢的名字了，可是却偏偏挑了个'霍泽'。'霍泽将军'。现在要改已经来不及啦。你觉得 partizan 怎么样？这是个俄语单词，意思是'在敌后打游击'。"

"非常喜欢啊，"罗伯特·乔丹笑嘻嘻地说，"在野外活动，对健康大有好处呢。"

"我在你这个年龄时，也非常喜欢干这个，"戈尔茨说，"据他们说，你很擅于炸桥。还很有一套办法呢。我从没亲眼看你炸过桥。说不定压根儿就没有这回事儿吧。你真的会把好端端的桥给炸了吗?"他此时居然开起了玩笑。"喝了这杯吧,"他把那杯西班牙白兰地递给了罗伯特·乔丹,"你真的会炸掉它们?"

"只是偶尔为之吧。"

"对这座桥,你最好别说什么'只是偶尔为之'的话。算啦,我们别再谈这座桥了。你现在对那座桥的情况已经有足够的了解啦。我们平时太严肃,所以开起玩笑来也会很过分的。喂,过了封锁线,到了那边,你有不少妞儿在等着你吧?"

"没有,哪有时间泡妞啊。"

"我不赞成你的观点。任务越是不正规,生活也就越不正规了。你执行的就是一项很不正规的任务啊。还有,你需要理发啦。"

"我要等头发长到需要理时才会去理呢。"罗伯特·乔丹说。如果他也像戈尔茨那样把头发剃个精光,那才叫见鬼呢。"我要考虑的事情已经够多了,哪有闲工夫去泡妞啊。"他满脸不高兴地说。

"我应当穿哪种制服?"罗伯特·乔丹问道。

"什么制服都不穿,"戈尔茨说,"你的头发理得还行。我刚才是在逗你玩儿呢。你跟我之间是有很大差别的。"戈尔茨边说边把两人的酒杯再次斟满。

"你绝不会只想着泡妞的事儿。我是根本不想的。我为什么要想?我是苏维埃将军。我压根儿不想。不要企图把我套进相思的陷阱里。"

他的一个参谋人员,原本一直坐在椅子上在仔细研究制图板上的一张地图,此时突然用罗伯特·乔丹听不懂的语言朝他大叫起来。

"闭嘴!"戈尔茨说,他用的是英语,"我想开玩笑就开。因为我平时太严肃,所以我才要开玩笑。喝了这杯就走。你明白了吧,呃?"

"是的,"罗伯特·乔丹说,"我明白了。"

他们握手告别,他又行了个军礼,然后走出屋外,来到参谋部派出的小车边,那位老者早已等候在车内,已经睡着了。他们就乘坐这辆车一路向前驶去，途中经过了瓜达拉马城，那老头儿一直在呼呼大睡，此后，他们又沿着纳瓦塞拉达公路驶向了"阿尔卑斯登山俱乐部"的棚屋，在那儿，他，罗伯特·乔丹，在出发前先睡了三个小时。

这便是他上一次面见戈尔茨时的情景，戈尔茨长着一张白得出奇、似乎永远也晒不黑的脸，一双鹰隼般锐利的眼睛，大鼻子，薄嘴唇，剃得精光的脑袋上布满皱纹和伤疤。明天晚上，他们就要趁着夜色集结在埃斯科里亚尔城外的公路上，在那儿整装待发了；黑暗中将会出现络绎不绝的装载步兵的卡车；全副武装的士兵们会纷纷爬上卡车；重机枪分队会把他们的机关枪抬上卡车；坦克也会顺着垫木开上专门运送坦克的那种车身很长的大卡车；要在夜色中把这个师的兵力全都拉出来，部署好，准备对山口发起总攻。他不需要去考虑那些事。那也不是他该管的事。那是戈尔茨的事。他该干的只有一件事，那才是他应该考虑的，他还必须理清头绪，把随时可能出现的一切问题都考虑周全，并且不能发急。发急和害怕一样糟糕，只会把事情弄得更加难办。

此刻，他坐在山涧旁，望着清澈的溪水在岩石缝里流淌着，并发现溪涧的对岸竟然有一畦茂密的水芹。他跨过山涧，拔了满满两大把，在溪流中洗净根部的泥土，然后返回原地，在背包旁坐下，嚼食起水芹那洁净、清凉的绿叶和脆嫩、味如青椒的茎梗。接着，他双膝着地趴在涧边，并随手将挂在皮带上的自动手枪挪至后腰，以免弄湿，然后双手各撑着一块砾石，俯下身子，喝了几口山涧里的水。溪水冰冷彻骨。

他双手撑起身子，扭过头来，恰好看见那老头儿正从山崖上的那块岩石架上往下爬。与他一起来的还有一个人，也穿着农民的黑罩衫和深灰色裤子，脚蹬一双绳底鞋，这身装束几乎已成为该省的统一制服了。此人身背一支卡宾枪，头上没戴帽子。他们二人攀附着岩石一路爬下来，利索得如同山羊。

他们朝他走来，罗伯特·乔丹立即站起身子。

"你好，同志！"他用西班牙语对身背卡宾枪的人说，并朝他笑了笑。

"你好！"对方也用西班牙语应了一声，态度很勉强。罗伯特·乔丹注视着此人一张肥嘟嘟布满胡子茬儿的大脸。这张脸几乎是圆滚滚的，他的脑袋也是圆滚滚的，差点儿就埋没在双肩上了。他的眼睛很小，间距却很宽，他的耳朵也很小，紧贴着脑袋。他身材粗壮，身高约5英尺10英寸，手很大，脚也很大。他的鼻子因受过伤而开裂了，嘴角也受过伤，那条刀疤横贯在他的上嘴唇和下颌之间，十分显眼，满脸的胡子也遮不住它。

老头儿朝此人点点头，并笑了笑。

"他是这儿的头儿，"他一边笑嘻嘻地说着，一边屈曲着双臂，仿佛想展示一下他那鼓凸的肌肉，然后又看了看那个身背卡宾枪的人，神情中半是钦佩，半是嘲弄，"一条身强力壮的好汉呢。"

"我看得出。"罗伯特·乔丹说，并又朝他微微一笑。他不喜欢此人的长相，因此内心里一点儿也笑不出来。

"你用什么来证明你的身份？"那位身背卡宾枪的人问。

罗伯特·乔丹解开锁扣在口袋盖上的别针，从法兰绒衬衣的左侧胸袋中取出一张折叠着的证件，并随手递给了此人。此人展开证件，满脸狐疑地看了看，又把证件在手中颠来倒去地查验了几下。

如此看来，他不识字呀，罗伯特·乔丹看出这一点了。

"看看盖在那儿的图章吧。"他说。

老头儿指了指那枚图章，于是，那位身背卡宾枪的人便用手指夹着证件，翻来覆去地查看着那枚图章。

"这是什么图章？"

"你从没见过吗？"

"没有。"

"有两个图章呢，"罗伯特·乔丹说，"一个是 S. I. M. —— 军事情报部的。另一个是总参谋部的。"

"是啊，我以前见过这枚图章。但是在这儿，可以发号施令的人只有我，"对方口气阴沉地说，"你这些背包里装的是什么？"

"炸药，"老头儿颇为得意地说，"昨天夜里，我们摸黑穿过了封锁线，而且整整一天，我们是背着这批炸药翻过这座大山的。"

"我会使用炸药。"身背卡宾枪的人说。他把证件还给了罗伯特·乔丹，并上下打量着他。"没错。我用得着炸药。你给我带来了多少？"

"我带来的炸药可不是给你的，"罗伯特·乔丹平心静气地说，"这批炸药另有用处。你叫什么名字？"

"我叫什么名字跟你有什么关系？"

"他叫巴勃罗。"老头儿说。身背卡宾枪的人一脸愠怒地看着他俩。

"没错。我听到过不少夸你的话呢。"罗伯特·乔丹说。

"你都听到过哪些关于我的话呢？"巴勃罗说。

"我早就听说过，你是一位很了不起的游击队长，你忠于共和国，并用自己的行动来证明你的忠诚。我还听说，你是一位既很严肃、又很英勇的人呢。我带来了总参谋部对你的问候。"

"你这些话都是从哪儿听来的？"巴勃罗问道。此人看来一句奉承的话也听不进，罗伯特·乔丹在心里记住了这一点。

"从布伊特拉戈①，到埃斯科利亚尔，我一路听到的都是这些。"他说，提及的地名都处于封锁线的另一边。

"可是在布伊特拉戈那边，我连一个认识的人也没有哇，在埃斯科利亚尔也没有。"巴勃罗对他说。

"如今生活在山那边的很多人都是背井离乡而去的，他们从前都不是那个地方的人。你是哪儿人呢？"

"阿维拉。你打算用这批炸药干什么？"

"炸桥。"

"哪座桥？"

———————————

① 布伊特拉戈，西班牙索利亚省一城市。

"那是我的事。"

"如果桥在本地区，那就是我的事。你总不能把居住地附近的桥都给炸掉吧。你在一个地方居住，就必须换一个地方活动。我干的就是这一行，我很清楚。经历了一年的生死磨难之后，现在还活着的人，就应该知道自己的事该怎么干。"

"这件事由我负责，"罗伯特·乔丹说，"我们可以一起商量着办。你愿意帮我们背那两只背包吗？"

"不。"巴勃罗摇着头说。

老头儿突然转过身，气呼呼地冲着他劈里啪啦地数落起来，他用的是方言，罗伯特·乔丹只能勉强听懂个大概，但那声音听上去却仿佛像是在朗诵克维多①的诗篇。安塞尔莫正在用颇具古风的卡斯蒂利亚方言②训斥他，大意是这样的："你是畜生吗？是的。你是野兽吗？是的，多次都像野兽。你有脑子吗？没有。一点儿也没有。我们现在要干的是一件头等重要的大事，而你呢，你只求自己的老窝儿太平无事，你把自己的狐狸洞看得比人类的利益还要重。看得比你同胞的利益还要高。整天我的这个那个，你老子留下的这个那个。我的这个那个，你的那个这个。你算什么。把那只背包扛起来！"

巴勃罗垂下了头。

"人人都得量力而行，凡事都要权衡其实际结果嘛，"他说，"我人住在这儿，所以我的活动范围就只能在塞哥维亚以外的地方。如果你在这儿瞎折腾，我们就会被人追赶得到处乱窜，就要不得已而逃出这个山区。我们只有在这一带不活动，才能在这个山区里待下去。这就是狐狸的原则。"

---

① 克维多（Francisco Gomez de Quevedo，1580—1645），西班牙著名讽刺作家兼诗人，是当时西班牙诸多政治条约的主要起草者之一。他也是最早在作品中描写主人公心理发展历程的作家之一。

② 卡斯蒂利亚，现为西班牙中部一地区，位于伊比利亚半岛的中央高原。旧时为独立的西班牙王国。该地区的方言至今仍颇有古风。

"是嘛，"安塞尔莫尖刻地说，"在我们需要狼性的时候，你却摆起了狐狸的原则。"

"我比你更有狼性。"巴勃罗说，但罗伯特·乔丹却已知道，他会扛起那只背包的。

"嘿。嗬……"安塞尔莫望着他说，"你比我更有狼性啊，我都是六十八岁的人啦。"

他朝地上啐了一口，并摇了摇头。

"你真有那么大岁数？"罗伯特·乔丹问道，因为看得出眼下不会出什么问题了，至少暂时不会，他便想把气氛弄得轻松些。

"到7月份整整六十八岁。"

"要是我们真能活着看到那个月份就好啦，"巴勃罗说，"我来帮你背这只包吧。"他对罗伯特·乔丹说。"那只包让老头子背。"他说，口气已不再阴沉，倒是有几分忧伤了，"他可是一个力大无穷的老头儿啊。"

"我来背这只包吧。"罗伯特·乔丹说。

"不，"老头儿说，"让他背，这家伙也力大无穷呢。"

"我来背吧。"巴勃罗对他说，他阴沉的脸色中透着几分忧伤，这不禁让罗伯特·乔丹颇感不安。他理解这种忧伤的神情，可是在这儿看到这种表情却使他平添了几分忧虑。

"那就把那支卡宾枪给我吧。"他说。巴勃罗把枪递给了他，他接过枪，背在背上，由他们两人走在前面，他紧随其后。他们身背重负，一路攀缘，爬上了那个突起的花岗岩岩架，接着又翻过岩石架的顶端，朝树林中一片绿茵茵的开阔地走去。

他们走在这片小草甸的边缘，罗伯特·乔丹因为没有背包，便轻松地迈开了大步，卡宾枪硬邦邦的压在肩头，要比背负着沉重的令人出汗的背包舒适多了。在大步流星向前走时，他注意到，草地上有好几个地方的青草已被牲口啃掉，地面上还有一些插拴马桩而留下的痕迹。他可以清楚地看见，草地中有一条被踩踏出来的小径，那是人们牵马去溪边饮水而形成的，那里还有几匹马刚刚拉出的粪便。他暗暗思忖，他们是在夜间才把马拴在这儿吃草的，白天则把马隐藏在树林里。我真不知道这个巴勃罗到底拥有多少匹马？

他此时忽然想起他曾在无意间看到的情景：巴勃罗那条裤子的膝盖和大腿处已被磨得油光锃亮，像抹了一层肥皂。不知他是否有马靴，难道他就是穿着那双用麻绳编织的鞋骑马的？他有些纳闷。他肯定有一整套骑马用的装备。但我不喜欢他那忧伤的神情，他想。那种忧伤的神情很不好。那种忧伤的神情通常是他们准备放弃或准备背叛时才会流露出的表情。

他们前方的树林里传来了一匹马低沉和缓的嘶鸣声，不一会儿，他便看到一大片松林，松林枝繁叶茂，树冠的高度几乎伸手可及，只有些许阳光能照进林中。透过褐色树干间的空隙，他看见了林中用绳索在树干上围成的围栏。他们走近围栏时，栏中的马匹都探出脑袋朝向他们，围栏外的一棵树下堆放着许多马鞍，用一张油布盖着。

当他们走近围栏时，两个背着背包的人便停下了脚步，罗伯特·乔丹心里明白，这是在给他机会，让他来夸赞这些马匹呢。

"不错，"他说，"这些马真漂亮。"他又转身对巴勃罗说："想不到你还拥有一支配备齐全的骑兵队呀。"

围栏里有五匹马，其中三匹是枣红马，一匹是栗色马，还有一匹是鹿皮色马。罗伯特·乔丹先是总览了一遍，然后便仔细鉴别，接着再逐一察看、品评着这些马。巴勃罗和安塞尔莫都清楚这些马有多好，巴勃罗这时正自豪地站在一边，忧伤的表情已经少了几分，正以亲切的目光注视着这些马，而那老头儿则表现得神采飞扬，仿佛这些马全是由他亲手创造出来的令人意想不到的惊喜。

"以你的眼光看，你觉得它们怎么样？"他问道。

"这些马统统都是我搞来的。"巴勃罗说，听到他那得意的说话口气，罗伯特·乔丹感到很高兴。

"那匹马，"罗伯特·乔丹指着其中的一匹枣红马说。那是一匹高大健壮的种马，前额有一块白斑，一只前蹄也是白的，"是一匹相当不错的马。"

　　这是一匹非常漂亮的马，简直就像是从委拉斯凯兹①的油画上跑下来的。

　　"全是好马，"巴勃罗说，"你懂马呀？"

　　"是的。"

　　"还不算太赖，"巴勃罗说，"你能看出这些马里哪一匹有毛病吗？"

　　罗伯特·乔丹知道，他的证件此时正在被眼前这个不识字的人仔细检查着呢。

　　围栏里的马依然都在抬头望着此人。罗伯特·乔丹从围栏的两道绳索间钻了进去，拍了拍鹿皮色马的臀部。他斜靠在围栏的绳索上，注视着马在栏内兜着圈子，然后直起身子又观察了一会儿，等马站立不动时，他便弯腰从绳索间钻了出来。

　　"那匹栗色马跛了，原因是一只后蹄裂开了，"他对巴勃罗说，但并不看他，"裂开的后蹄虽无大碍，如果铁掌打得合适，还不会马上恶化。但如果在坚硬的地面上奔行过多，它就会垮掉的。"

　　"我们搞到它的时候，它的蹄掌就是这样的。"巴勃罗说。

　　"你所拥有的最好的马，就是那匹枣红色白脸种马，它的炮骨上端有一个肿块，这一点让人不称心。"

　　"那算不了什么，"巴勃罗说，"那是它三天前撞出来的。假如有什么问题，也早该发作出来了。"

　　他拉开油布，露出了那些马鞍。其中有两副颇像是南美洲或美国西南部牧民或普通牧民常用的马鞍，很像美国牧民常用的马鞍，还有一副也是牧民用的马鞍，但装饰得十分华丽，皮面上有手工压制的花纹，脚

---

① 委拉斯凯兹 (Diego Velazqueze，1599—1660)，西班牙画家，西班牙国王腓力四世的宫廷画师。其代表作有：《教皇英诺森十世》(1650)、《照镜的维纳斯》(1651)、《纺织女》(1656) 等。

蹬厚实且配有护盖，另外两副是黑色皮革制成的军用马鞍。

"我们杀了一对宪兵。"他说，意在说明军用马鞍的来历。

"那可是一笔大买卖啊。"

"事情发生在塞戈维亚与圣玛丽娅-德雷亚尔之间的公路上，他俩当时刚好下了马。他俩下马的目的是为了检查一个赶车人的证件。我们完全能够在不伤及这两匹马的前提下干掉这两个人。"

"你们干掉过不少宪兵吧？"罗伯特·乔丹问道。

"总有好几个吧，"巴勃罗说，"不过，没伤着马的却只有这两个。"

"在阿雷瓦洛①炸掉火车的人就是巴勃罗，"安塞尔莫说，"那是巴勃罗的杰作。"

"那次与我们一起行动的人当中还有一个外国人呢，爆破是他负责的，"巴勃罗说，"你认识他吗？"

"他叫什么名字？"

"我记不得了。那个名字非常少见。"

"他是什么模样？"

"金发碧眼，像你一样，但是个头没有你高，手很大，鼻梁断了。"

"卡希金，"罗伯特·乔丹说，"十有八九是卡希金。"

"是他，"巴勃罗说，"那个名字非常少见。大概就是这个名字。他现在情况怎么样？"

"他四月份就死啦。"

"这是人人都会碰到的事，"巴勃罗悲戚戚地说，"我们大家都会像这样了结的。"

"这是人人都要终了的结局，"安塞尔莫说，"这是芸芸众生完结的方法，历来如此。你这是怎么啦，伙计？难道你肚子里又在打什么鬼主意了吗？"

---

① 阿雷瓦洛，西班牙阿维拉省一古城，是卡斯蒂利亚与莱昂自治区的一部分。

"他们实在太强了，"巴勃罗说，他仿佛是在自言自语，他悲戚戚地看着那些马，"你们还没有意识到他们有多强大。在我眼里，他们向来比我们强大，装备向来比我们好。物资向来比我们多。我这儿却只有这几匹马。我还能指望有什么前途呢？挨打、去死呗。没别的指望啦。"

"你是在挨打，但你同样也在打击别人啊。"安塞尔莫说。

"不，"巴勃罗说，"再也不打啦。假如我们现在离开这个山区，我们能去哪儿？回答我这个问题。我们现在能去哪儿？"

"西班牙有无数的高山峻岭。即便离开此地，还有格雷多斯山①呢。"

"那不是我的去处啊，"巴勃罗说，"我已经被打腻了。我们在这儿过得挺好。如果你来这儿炸桥，我们势必就要挨打。假如他们知道我们在这儿，就会用飞机来搜索，他们就会发现我们。假如他们派摩尔人②来追剿我们，他们就会找到我们。我们就得走。我已经厌倦这一切了。你听明白了吗？"他转过身来，冲着罗伯特·乔丹说："你，一个外国人，你有什么权利跑到我这儿来指手画脚，对我下达命令？"

"我并没有对你下达任何命令啊。"罗伯特·乔丹对他说。

"但你会的，"巴勃罗说，"瞧那儿。祸根就摆在那儿呢。"

他指了指地上那两只沉重的背包，在驻足观看那几匹马时，他们就已把背包卸在地上了。一看到这几匹马，他的脑袋瓜里似乎就冒出了这些话，而看到罗伯特·乔丹居然也懂马时，他似乎就打开了话匣子，开始信口胡诌了。他们三人此刻就站在围栏边，斑驳的阳光洒落在那匹枣红色种马的皮毛上。巴勃罗望望马，又用脚碰了碰那只沉重的背包。"祸

---

① 格雷多斯山脉，位于瓜达拉马山脉西南，与其几乎连成一线，共同构成横亘西班牙中西部的中央山脉。

② 摩尔人是柏柏尔人与阿拉伯人的混血后裔，8世纪时曾征服伊比利亚半岛，15世纪末被逐出其在格拉纳达的最后据点。弗朗哥曾从当时属于西班牙的摩洛哥招募了大批摩尔人，运到西班牙充当叛军。

根就摆在这儿呢。"

"我只不过是来执行任务的，"罗伯特·乔丹对他说，"我是奉命而来的，下达命令的是那些在指挥战争的人。如果我要求你提供帮助，你完全可以拒绝，那我就去找那些愿意帮我的人。到目前为止，我甚至还没有开口向你提要求呢。我必须执行命令，完成我的任务，但我可以向你保证，这项任务事关重大。我确实是外国人，但这不是我的错。我也巴不得自己就是这儿土生土长的人呢。"

"对我来说，眼下最重要的事情是，我们在这儿的生活不会受到搅扰，"巴勃罗说，"对我来说，我目前的任务，就是要对那些与我一起出生入死的人负责，对我自己负责。"

"你自己。可不是嘛，"安塞尔莫说，"你早就这样只顾及自己啦。你自己，你的马。没有马的时候，你还能与我们患难与共。现在变了。你居然成了一个新资本家，而且有过之而无不及。"

"这样说话不公平吧，"巴勃罗说，"为了事业，我一直不怕暴露、放马外出的。"

"很少这样吧，"安塞尔莫轻蔑地说，"就我所知，次数很少。放马出去偷，行。出去大饱口福，行。出去杀人，行。出去打仗，不行。"

"你这老家伙，当心祸从口出噢。"

"我这老家伙，是谁也不怕的，"安塞尔莫告诫他说，"再说，我这老家伙也没有马呀。"

"你这老家伙，也许活不长了。"

"我这老家伙，只要不死，就会活着，"安塞尔莫说，"而且不怕狐狸。"

巴勃罗什么也不说了，但却扛起了那只背包。

"也不怕狼，"安塞尔莫边说边提起了另一只背包，"倘若你就是头狼。"

"闭上你的嘴吧，"巴勃罗对他说，"你这老家伙，就是话太多。"

"而且还能说到做到，不放空炮，"安塞尔莫说着，弯腰背起那只背包，"而且我这老家伙现在也饿啦。渴啦。走吧，你这满脸苦相的游击队长。带我们去吃点儿东西吧。"

这个开头真够糟糕啊，罗伯特·乔丹暗暗寻思。不过，安塞尔莫是条好汉。他们这些人好起来时就会好得出奇，他暗自忖度着。他们好起来时比谁都好，无人能比；但要坏起来又比谁都坏，同样无人能比。安塞尔莫带我们来这儿时，他对自己的所作所为肯定是心里有底的。但我不喜欢这样。我一点儿也不喜欢这样。

唯一好的迹象是，巴勃罗总算背起了背包，并把卡宾枪交给了他。或许他一贯就是这副样子，罗伯特·乔丹想。也许他不过是那些情绪低落的人当中的一个而已。

不，他对自己说，你不能自己骗自己。你并不知道他以前是个什么样的人；但你却清清楚楚地知道他正在迅速变坏，而且不加掩饰。一旦他开始掩饰了，他也就拿定主意了。千万要记住这一点，他暗暗告诫自己。他做出第一个友好表示之时，便是他主意已定之时。但是，那几匹马倒也确实是好马，他想，非常漂亮的马。不知有没有什么办法能让我也产生出那些马让巴勃罗所产生出的那种感情。老头儿说得对。那些马让他富了起来，一旦富起来了，他就一心想享受生活了。我估计，他的心情很快就会变坏的，因为他无法加入赛马俱乐部，他想。可怜的巴勃罗啊。他已经当不成赛马手啦[1]。

这个想法使他感觉好受了些。看着前面那两个人弓着腰、背着大背包在树林中穿行的样子，他咧开嘴笑了笑。他整整一天没有和自己开过玩笑，而现在因为开了一个，他感觉好多了。你快要变得和他们这些人一模一样了，他对自己说。你也会变得情绪低落起来的。他在戈尔茨面前的样子肯定是既很庄重、也情绪低落的。这项任务使他感到有些手足无措。稍微有点儿手足无措，他想。是极其手足无措啊。戈尔茨倒是挺快活的，他想让他在临出发前也能快活起来，可他就是快活不起来。

---

① 此处原文为法语：*Pauvre Pablo. Il a manqué son Jockey*。

所有最杰出的人物，你仔细排一排就知道，都是挺快活的。快活就能使心情好很多，而且这也是一种象征。这就好比是，你人还活着，就永垂不朽了。这是一个很复杂的问题。然而这种人剩下的已经不多了。不，应当说，这种快活的人剩下的已经不多了。这些人已经所剩无几了。嗨，如果你继续照这样想下去的话，老弟啊，你也就不会被剩下了。还是撇开这个思路吧，老资格，老同志。你现在是一名桥梁爆破家。不是思想家。老兄，我饿啦，他想。但愿巴勃罗有好吃的。

第二章

他们穿过茂密的林木，来到那个小山谷呈口杯状的上沿，在这儿，他看到了前方树林中那面拔地而起的山崖，营地应该就在那山崖的下面。

那里果然是营地，一个很不错的营地。不走到跟前你根本看不出这是个营地，因此，罗伯特·乔丹断定，飞机在空中是侦察不到它的。从上面什么也看不到。营地隐秘得很好，活像一个熊窝。但在防御上却似乎并不比熊窝好多少。随着他们越走越近，他便仔细察看着这个营地。

那面山崖的石壁上有一个大山洞，洞口坐着一个人。他背靠岩壁，两腿平伸出去，卡宾枪斜靠在岩壁上，正在用刀削一根木棍。发现他们走上来时，他瞪了他们一眼，又接着去削他的木棍了。

"你好啊，"那人先用西班牙语打了声招呼，却坐着没动，"来的是什么人？"

"老头子和一个爆破手。"巴勃罗告诉了他，然后卸下背包，放在山洞入口处的内侧。安塞尔莫也卸下了背包，罗伯特·乔丹也取下枪，把枪靠在岩壁上。

"别把包放这儿，离山洞太近了。"手里还在削着木棍的人说。这人长着一张黝黑、英俊、显得有些懒洋洋的吉卜赛人的脸，有一双漂亮的蓝眼睛，脸色却像烟熏过的皮革。"里面有火呢。"

"你站起来，自己去把它搬走，"巴勃罗说，"放到那棵大树下。"

吉卜赛人动也没动，嘴里却冒出了一句无法用笔墨来形容的话，接着又懒洋洋地说："搁那儿吧。炸死你自己吧。你那些毛病也就治好啦。"

"你在做什么呢？"罗伯特·乔丹在吉卜赛人身边坐下。吉卜赛人拿给他看了看。那是一只"四"字形的捕兽夹子①，他正在削夹子的横档。

"用它逮狐狸呢，"他说，"要给夹子配上一段木头。它能砸断狐狸的脊背。"他朝罗伯特·乔丹咧嘴笑了笑。"像这样，明白吗？"他用手比划着夹子翻倒、木段砸下的样子，然后摇摇头，缩回那只手，接着又摊开双臂，摆出一副被砸断了脊背的狐狸的模样。"挺有用的。"他解释说。

"他逮的是兔子，"安塞尔莫说，"他是吉卜赛人。所以，他逮了兔子说是狐狸。如果真逮住了狐狸，他就会说成是大象了。"

"假如我逮住了大象呢？"吉卜赛人问道，又露出一口白牙，并朝罗伯特·乔丹挤了挤眼睛。

"你会说成是坦克的。"安塞尔莫对他说。

"我要弄一辆坦克，"吉卜赛人对他说，"我要弄一辆坦克。到那个时候，你爱怎么说就怎么说吧。"

"吉卜赛人总是说得多，动真格的少。"安塞尔莫对他说。

吉卜赛人朝罗伯特·乔丹挤挤眼睛，又继续削起了他的木棍。

巴勃罗早已进了山洞，不见人影。罗伯特·乔丹希望他是弄吃的去了。他在吉卜赛人身边席地而坐，午后的阳光透过树梢洒落下来，暖融融地晒在他伸直的双腿上。他能闻到此时正从山洞里飘出的饭菜的香

---

① 一种捕兽用的夹子，野兽一旦跌入即被落下的重物砸死。

味，那是油、洋葱、煎牛肉的香味，他的胃因为饥饿而立即蠕动起来。

"我们能弄到坦克，"他对吉卜赛人说，"这事并不太难。"

"用这个？"吉卜赛人指着那两只背包说。

"是的，"罗伯特·乔丹对他说，"我来教你。你做一个陷阱。这事并不难。"

"你和我？"

"当然，"罗伯特·乔丹说，"为什么不行？"

"喂，"吉卜赛人对安塞尔莫说，"找个保险的地方，把那两只背包搬过去吧，好吗？它们很值钱呢。"

安塞尔莫不屑地哼了一声。"我正准备去拿酒呢。"他对罗伯特·乔丹说。罗伯特·乔丹站起身，提起两只背包离开了山洞的入口处，把它们分别放在一棵大树的树干两边。他很清楚包里装的是什么，因此他决不愿看见这两只包紧挨在一起。

"给我带一杯噢。"吉卜赛人对他说。

"有酒吗？"罗伯特·乔丹一边问，一边又在吉卜赛人身旁坐下。

"酒？为什么没有？满满一皮酒袋呢。不管怎么说，半皮酒袋总归是有的。"

"都有些什么吃的呢？"

"什么都有啊，老兄，"吉卜赛人说，"我们吃得不亚于那些将军呢。"

"在这场战争中，吉卜赛人都做了些什么？"

"继续做他们的吉卜赛人呗。"

"这份工作倒挺不错。"

"挺好的，"吉卜赛人说，"他们怎么称呼你？"

"罗伯托。你呢？"

"拉斐尔。还是说说搞坦克这件事吧，此事当真？"

"当然啦。怎么不是真的呢？"

安塞尔莫从洞口出来了，手里捧着一个很深的石盆，盆中盛满红葡萄酒，手指头还勾着三只酒杯的柄。"来啦，"他说，"人家有酒杯，还一应俱全呢。"巴勃罗跟在他身后，也出了山洞。

"吃的也有，马上就好，"他说，"你有烟吗？"

罗伯特·乔丹走到背包旁，打开其中一只，手伸在包的一只内口袋里摸索着，然后从里面掏出了一包已被压扁了的俄罗斯烟卷，那是他从戈尔茨的指挥部里拿来的。他用拇指的指甲盖沿着烟盒的边缘划了一圈，然后打开盒盖，递给了巴勃罗。巴勃罗一下子就拿了半打。他用一只大手握着烟卷，从中挑出一支，对着光线看了看。烟卷又细又长，装有硬纸卷成的烟嘴。

"空隙大，烟丝少，"他说，"我知道这种烟。那个名字怪怪的人就有这种烟。"

"卡希金。"罗伯特·乔丹说着，随手把烟递给了吉卜赛人和安塞尔莫，他们两人各拿了一支。

"多拿几支吧。"他说，两人于是又各拿了一支。他又给他们每人发了四支，两人手里拿着烟卷，连连点头向他致谢，烟卷的末端也随之上下摆动，犹如一名勇士在持剑行礼。

"对，"巴勃罗说，"那个名字真怪。"

"酒来啦。"安塞尔莫从盆中舀起一杯酒，递给了罗伯特·乔丹，然后又为自己和吉卜赛人各舀了一杯。

"怎么没有我的酒呢？"巴勃罗问。大伙儿全都坐在山洞入口处的边上。

安塞尔莫把自己的那杯酒递给了他，然后走进山洞去再拿一只杯子。出来后，他俯下身，从酒盆里舀了满满一杯，随后，大家相互碰杯。

酒很好，虽然略带点儿皮酒袋的松脂味，但味道极好，他舌头能品出酒的清香与醇和。罗伯特·乔丹慢慢啜着，感觉酒正热呼呼地散遍全身，祛除了体内的疲劳。

"吃的马上就到，"巴勃罗说，"说说那个名字很怪的外国人吧，他到底是怎么死的？"

"他被抓住了，然后就自杀了。"

"怎么会发生这种事呢？"

"他身受重伤，但他不肯当俘虏。"

"当时的具体情况是什么样子？"

"我不知道。"他撒了个谎。他非常清楚具体的细节，但他明白，此时不宜细说。

"他曾要我们答应他，万一他在炸火车时负了伤，而且又无法撤退时，就开枪打死他，"巴勃罗说，"他说话的口气非常古怪。"

想必他在那时候就已经神经过敏啦，罗伯特·乔丹想。可怜的卡希金啊。

"他对自杀有偏见，"巴勃罗说，"这一点他曾告诉过我。还有，他非常害怕会受到严刑拷打。"

"这一点他也告诉过你？"罗伯特·乔丹问他。

"是的，"吉卜赛人说，"他当时就是这样对我们大伙儿说的。"

"你也参与了那次炸火车的行动？"

"是啊。我们是全体出动去炸那列火车的。"

"他说话的口气非常古怪，"巴勃罗说，"但他也非常勇敢。"

可怜的卡希金，罗伯特·乔丹暗自感慨。他在这一带造成的影响肯定是害多而益少的。我若能及早了解到他在那个时候就已经那么地神经过敏，那该多好。他们早该把他抽调出去。你不能让派来从事这种工作的人像那样说话。那种话是不能说的。即便他们完成了任务，说那种话也是害多而益少的。

"他是有点儿怪，"罗伯特·乔丹说，"依我看，他是有点儿精神失常了。"

"但是特别擅长搞爆破，"吉卜赛人说，"而且人也非常勇敢。"

"就是有点儿精神失常了，"罗伯特·乔丹说，"干这一行，你得很有头脑，而且是非常冷静的头脑。像那样说话是万万不行的。"

"那么，你呢？"巴勃罗说，"如果你遇到这种情况，比方在炸桥这件事上，如果你负了伤，你愿意被人扔下不管吗？"

"你听着，"罗伯特·乔丹一边说，一边探过身子，为自己又舀了一杯酒，"听我把话讲清楚。假如我真要请哪位帮点儿小忙的话，我会在那个关键时刻告诉他的。"

"好，"吉卜赛人赞许地说，"这才像好汉说的话。啊！吃的来啦。"

"你已经吃过了。"巴勃罗说。

"我还能再吃两份呢，"吉卜赛人对他说，"大伙儿快看，谁送吃的来啦！"

那姑娘正端着一只烤肉用的大铁盘弯腰钻出山洞，罗伯特·乔丹看到了她那张以某种角度偏着的脸蛋，同时也看出她的表情有点儿异样。她微微一笑，说："你好，同志。"罗伯特·乔丹也回答说："你好。"但他小心把握着自己的分寸，做到既不直勾勾地盯着她看，也不别过脸不看。她把平底铁盘安放在他面前，这一举动使他看到了她那双漂亮的棕褐色的手。此时，她正与他脸对着脸，她朝他笑了笑。她的脸蛋呈棕褐色，牙齿洁白，皮肤和眼睛也是这种金灿灿的茶褐色。她长着高颧骨、一双活泼可爱的眼睛和一张端端正正的嘴，嘴唇很丰满。她的头发是金棕色的，如同被太阳晒黑了的麦田的颜色，然而一头秀发却被剪得很短，短得只比海狸皮上的毛发稍长一点点。她脸对脸地朝罗伯特·乔丹笑了笑，并抬起棕褐色的手抹了抹头，想把头发抚平，但手过之处，头发又翘了起来。她的脸蛋长得很漂亮呀，罗伯特·乔丹想。要不是头发剪得太短，她一定很美。

"我就是这样梳头的，"她对罗伯特·乔丹说，说罢便哈哈一笑，"快吃吧。别盯着我看嘛。他们在巴利亚多利德① 把我的头发剪成了这副模

---

① 巴利亚多利德，西班牙北部一省会城市，有诸多教堂、旧王宫等名胜古迹。

样。现在差不多已经长出来了。"

她面朝他坐下来，望着他。他也望着她，她又嫣然一笑，然后叉手抱住膝头。她就这样双手抱膝坐在那儿，修长的两条腿斜伸着，露出裤管的那一大截腿干干净净的，他甚至还能看见她灰色衬衫里的那对翘挺挺的小乳房的轮廓。罗伯特·乔丹每瞄她一眼，都会感到自己的喉咙像被噎住了。

"没有盘子，"安塞尔莫说，"用你自己的刀子吧。"姑娘已在大铁盘的四周摆放了四把叉，叉齿朝下。

大伙儿全都就着大铁盘吃起来，谁也没说话，因为这是西班牙人的习俗。他们吃的是洋葱青椒烤兔肉，还有红酒沙司拌山藜豆。他们的烹饪手艺很好，兔肉一碰就脱骨，沙司也很鲜美。罗伯特·乔丹边吃边喝，不知不觉又喝下一杯酒。那姑娘目不转睛地看着他吃完了这顿饭。其余的人则个个都盯着自己的食物，自顾吃着。罗伯特·乔丹用面包把自己面前剩下的最后一点沙司抹干净，再把兔骨头堆到一边，把骨头下面那个地方的沙司也蘸在面包上，接着又用这片面包擦净叉子，再擦净刀子，收好刀子，然后吃下了这片面包。他俯过身子，又舀了满满一杯酒，那姑娘还在望着他。

罗伯特·乔丹一口喝下了半杯酒，可是张口跟姑娘说话时，喉咙里还是感到很堵。

"你叫什么名字？"他问道。巴勃罗听出了他声音有点异样，立即飞快地朝他扫了一眼，随后便起身走开了。

"玛丽娅。你呢？"

"罗伯托。你来山里很久了吧？"

"三个月。"

"三个月？"他望着她的头发，她此时竟不觉有点尴尬起来，伸手在头上抹了抹，那又短又密的头发，被她一抹，便如山坡上被风吹过的麦田一样波动起来。"被他们剃光的，"她说，"在巴利亚多利德监狱里，他们定期给我剃光头。要足足三个月才能长到这么长呢。我当时就在那趟火车上。他们要把我押到南方去。火车被炸之后，有不少囚犯被抓住了，但我没有。我就跟着这些人来了。"

"是我找到她的，她当时正躲在乱石堆里呢，"吉卜赛人说，"那时我们正准备撤离。哎哟，那时候，这个人可难看了。我们一路带着她，不过，我估计，我们有好多次都想扔下她呢。"

"另外还有一个和他们一起炸火车的人呢？"玛丽娅问道，"那个黄头发的男人。那个外国人。他现在在哪儿？"

"死啦，"罗伯特·乔丹说，"四月份死的。"

"四月份？炸火车就在四月份啊。"

"是的，"罗伯特·乔丹说，"他在炸火车十天之后就死了。"

"可怜的人啊，"她说，"他很勇敢。你也是干这一行的？"

"是的。"

"你也炸过火车？"

"是的。三列火车。"

"在这儿吗？"

"在埃什特雷马杜拉①，"他说，"来此之前，我在埃什特雷马杜拉。我们在埃什特雷马杜拉的影响很大。我们当中有很多人还在埃什特雷马杜拉一带活动呢。"

"那你现在为什么要来这个山区呢？"

"我是来接替另外那个黄头发男人的。再说，早在抵抗运动开始之前，我对这一带的情况就已有所了解。"

"你对这一带很熟悉吗？"

"不，还谈不上很熟悉。不过，我了解起来也很快。我有一张好地图，还有一位好向导呢。"

---

① 埃什特雷马杜拉，西班牙西部一地区，与葡萄牙接壤。

"肯定是这个老头子，"她点点头，"这老头子人可好了。"

"谢谢你。"安塞尔莫对她说，罗伯特·乔丹猛然警醒，这儿并不是他和这姑娘的二人世界，他还发现，自己连好好看她一眼都难以做到，因为他说话的声音会随之而变了调。他正在违犯那两条戒律中的第二条——若想跟说西班牙语的人搞好关系，有两条戒律必须牢记：其一是，要请这些男人抽烟，其二是，千万别碰他们的女人。他忽然又十分意外地发现，他其实并不在乎。他已经有那么多不能去计较的事情了，何必还要计较这个？

"你的脸蛋很漂亮，"他对玛丽娅说，"真希望在你头发被剪掉之前我有幸见过你。"

"会长出来的，"她说，"六个月之后就会长得足够长了。"

"我们是在火车被炸后带她这儿的，那时候你若有幸见过她就好了。她当时简直丑得叫人恶心。"

"你是谁的女人？"罗伯特·乔丹问，他这时就想摆脱干系，"你是巴勃罗的女人吗？"

她朝他看了一眼，笑了起来，并在他膝盖上打了一下。

"巴勃罗的女人？你见过巴勃罗吗？"

"呃，那么，要么就是拉斐尔的女人。我见过拉斐尔。"

"也不是拉斐尔的。"

"谁的都不是，"吉卜赛人说，"这个女人太让人琢磨不透了。她还没男人呢。不过，她饭做得不错。"

"真的没男人？"罗伯特·乔丹问她。

"真的没有。一个也没有。无论是开玩笑，还是说正经的，反正都没有。当然也不会是你的女人。"

"是吗？"罗伯特·乔丹说，他感到喉咙里似乎又开始发堵了，"好啊。反正我也没有时间陪女人。这是实情。"

"连十五分钟也没有吗？"吉卜赛人戏谑地问，"连一刻钟都不行吗？"

罗伯特·乔丹未作回答。他朝姑娘看了看，唉，玛丽娅，他感到喉咙里堵得很厉害，堵得他心慌意乱，没有信心开口说话了。

玛丽娅望着他那模样，又哈哈大笑起来，但随即便害臊得满脸通红，不过，她依然还在定定地望着他。

"你脸都羞红啦，"罗伯特·乔丹对她说，"你经常脸红么？"

"从来没有的事。"

"你现在正臊得满脸通红呢。"

"那我就到山洞里去啦。"

"在这儿再待一会儿吧，玛丽娅。"

"不了，"她说，却不再笑吟吟地看着他了，"我现在要到山洞里去啦。"她收拾起他们吃饭用的那只大铁盘和四把叉子。她走路的姿势不太自然，扭扭捏捏的像头小马驹在挪动，但同样也具有小动物的那种优雅神态。

"你们还需要这些杯子吗？"她问。

罗伯特·乔丹仍在注视着她，看得她脸又红了起来。

"别让我这么不好意思嘛，"她说，"我不喜欢这样。"

"杯子就留着吧。"吉卜赛人对她说。他在石盆里舀起满满一杯酒，递给了罗伯特·乔丹，说："给你。"而罗伯特·乔丹此时却在出神地望着那姑娘，注视着她端着笨重的大铁盘低头走进了山洞。

"谢谢你。"罗伯特·乔丹说。因为她不在这儿了，他的声音也就恢复正常了。"这是最后一杯。我们酒已经喝得够多啦。"

"我们把石盆里的酒喝完吧，"吉卜赛人说，"还有大半皮酒袋呢。这酒是我们装在那只皮酒袋里，用其中一匹马运来的。"

"那是巴勃罗的最后一次奇袭，"安塞尔莫说，"打那以后，他什么也没干。"

"你们有多少人？"罗伯特·乔丹问道。

"我们七个人，还有两个女人。"

"两个女人？"

"是啊。另一个是巴勃罗的老婆^①。"

"她人呢？"

"在山洞里。那姑娘只能勉强做做饭。我刚才说她做得好，只是想捧捧她而已。大多数情况下，她是给巴勃罗的老婆当下手的。"

"巴勃罗的老婆，她这人怎么样？"

"有点儿粗野，"吉卜赛人笑嘻嘻地说，"非常粗野。如果你觉得巴勃罗长得丑，那你就该去见见他的女人。但她很勇敢。要比巴勃罗勇敢百倍呢。但是性格很粗野。"

"巴勃罗当初还算勇敢，"安塞尔莫说，"巴勃罗当初也算是挺认真的。"

"他杀死的人比被霍乱夺走性命的人还要多，"吉卜赛人说，"在运动刚刚开始的时候，巴勃罗杀死的人比得伤寒病而死去的人还要多呢。"

"可是，很久以来，他却变得非常懒散^②了，"安塞尔莫说，"他变得非常软弱了。他变得特别怕死了。"

"可能是因为他当初杀人太多的缘故吧，"吉卜赛人颇有见解地说，"巴勃罗杀死的人比被淋巴腺鼠疫害死的人还要多呢。"

"这是一条，再加上贪财，"安塞尔莫说，"此外，他还酗酒贪杯呢。他现在很想仿效'斗牛士'^③的样儿，想洗手不干了。想和斗牛士一样告老还乡呢。但他是没法洗手不干的。"

"如果他跨过封锁线跑到那边，那边的人就会没收他的马，还要把他收编入伍，"吉卜赛人说，"我也不喜欢待在部队里，打心眼儿里不喜欢。"

"别的吉卜赛人也都不会喜欢的，随便哪一个。"安塞尔莫说。

"为什么要喜欢这个？"吉卜赛人问，"谁愿意待在部队里啊？难道

---

① 此处原文为西班牙语：*mujer*。

② 此处原文为西班牙语：*muy flojo*。

③ 此处原文为西班牙语：*matador de toros*。

我们干革命就是为了进部队？我愿意打仗，但不愿待在部队里。"

"另外那几个人在哪儿？"罗伯特·乔丹问。因为喝了酒的缘故，他此时既感到很舒服，也很犯困。他和身躺在林中的地上，透过树冠，仰望着山区午后的一片片云朵悠悠飘拂在高高的西班牙天空中。

"有两个在山洞里睡觉，"吉卜赛人说，"两个在山上我们架枪的地方放哨。一个在山下放哨。他们这时候有可能全都睡着了。"

罗伯特·乔丹侧过身躺着。

"架在山上的枪是哪一种枪？"

"那个枪的牌子非常罕见，"吉卜赛人说，"我一时想不起来了。反正是一挺机关枪。"

没准是一支自动步枪吧，罗伯特·乔丹寻思。

"枪有多重？"他问。

"一个人能扛得动，不过这枪还是挺沉的。它有三条腿，可以收起来。是我们上回在那场大袭击中缴获的。就是搞酒之前的那次。"

"那种枪的子弹你们有多少发？"

"无数发，"吉卜赛人说，"整整一箱呢，重得让人难以相信。"

听上去大约在五百发左右，罗伯特·乔丹想。

"射击时用的是子弹盘还是子弹带？"

"用的是圆形铁盒，装在枪的顶部。"

见鬼，这是挺刘易斯式轻机枪①，罗伯特·乔丹想。

"你懂机关枪吗？"他问老头儿。

"一点儿也不懂②，"安塞尔莫用西班牙语说，"简直就是一窍不通。"

"那你呢？"这是在问吉卜赛人。

"这种枪射击起来速度极快，枪管子也会热得烫手。"吉卜赛人自豪

---

① 一种气冷式轻机枪，弹盒由射击时产生的气体推动。此枪为美国陆军军官 I. N. 刘易斯所发明，并因此得名。主要用于"一战"中。

② 此处原为西班牙语：Nada。

地说。

"这一点人人都知道。"安塞尔莫一脸不屑地说。

"也许吧，"吉卜赛人说，"可是，既然他问了我懂不懂机关枪①，我就得告诉他呀。"他接着又补充道："还有，这种枪和普通步枪不一样，只要你压住扳机不放，它就会连续不断地射击。"

"只要不卡壳、弹药没打完、枪管子没热得发软。"罗伯特·乔丹用英语说。

"你在说什么?"安塞尔莫问他。

"没说什么，"罗伯特·乔丹说，"我不过是用英语考虑了一下前途而已。"

"这倒是一个实在少见的现象，"吉卜赛人说，"你考虑前途还要用英语啊②。你会看手相吗?"

"不会，"罗伯特·乔丹说着，又随手舀了一杯酒，"不过，假如你会，我倒很想让你看看我的手心，让你算算我在未来三天内会遇到哪些事情。"

"巴勃罗的老婆会看手相，"吉卜赛人说，"但是她爱发脾气，而且非常粗野，我不知道她肯不肯帮你看。"

罗伯特·乔丹立即坐直身子，猛喝了一口酒。

"我们去见见巴勃罗的老婆③吧，"他说，"假如真那么厉害，我们就好好领教一下。"

"我可不想去惹她，"拉斐尔说，"她对我怀有深仇大恨呢。"

"为什么?"

"她把我看成一个游手好闲的浪子了。"

"简直太不公平了。"安塞尔莫揶揄地说。

---

① 此处原文为西班牙语：*maquina*。
② 此处原文为西班牙语：*Ingles*。
③ 原文在提及巴勃罗的老婆时，均用的是西班牙语：*mujer*。

"她老是跟吉卜赛人过不去。"

"简直毫无道理。"安塞尔莫说。

"她有吉卜赛血统，"拉斐尔说，"她心直口快，有啥说啥。"他咧开嘴笑了笑。"但是她的舌头能伤人，像条牛鞭子，让人吃不消。不管是谁，她都能用这根舌头扒下他的皮。撕成一条条。她的性格粗野得让人难以相信。"

"她和那姑娘相处得怎么样，那个玛丽娅？"罗伯特·乔丹问。

"挺好。她喜欢那姑娘。不过，谁要真敢接近那姑娘，不妨让他去试试看——"他摇着头，舌头咂得啧啧响。

"她待那姑娘非常好，"安塞尔莫说，"处处都关心、呵护着她呢。"

"我们在那次炸火车的行动中把那姑娘捡回来时，她显得特别怪僻，"拉斐尔说，"她不肯说话，却总是在哭，不管是谁碰了她，她都会浑身发抖，像条浑身湿透的狗。她只是最近才好了点儿。她今天的状态还算不错。刚才在和你说话时，她的表现就很好。我们炸掉火车之后原本是想扔下她不管的。让这么个伤心、丑陋、而且明摆着毫无用处的人儿把我们的时间给耽误了，那是肯定不值得的。可是，那老婆子却在她身上拴了条绳子，如果那姑娘自己觉得再也走不动了，老婆子就用绳子的另一头抽她，逼着她继续往前走。等她真的走不动了，老婆子就自己背着她走。等老婆子背不动了，就由我来背。我们走在那座山冈上，那儿的金雀花和石楠长得齐胸高。等我也实在背不动了，就由巴勃罗来背着她。可是，那老婆子为了逼我们背她，居然对我们说了那么多难听的话！"回想到这一幕时，他摇了摇头。"那姑娘确实腿很长，但却不重。她的身子骨很轻，她的实际体重算不了什么。但问题是，我们得一直背着她，时不时地还要停下来射击，然后再把她背起来往前走，在那种情形下，她的体重还是够我们受的。那老婆子一边替巴勃罗扛着枪，一边用绳子抽打着他。一旦巴勃罗扔下那姑娘，老婆子就立即把枪塞回他手里，逼着他再把她背起来，然后一边帮他装子弹，一边狠狠咒骂着他；

老婆子一边从他的子弹带上取子弹，把子弹填入弹仓，嘴里也在一直不停地骂着。那时正值黄昏，天色已越来越黑，到了夜里，一切就好办了。值得庆幸的是，他们那次没派骑兵来。"

"那次炸火车的任务想必很艰巨吧，"安塞尔莫说，"那次我不在，"他对罗伯特·乔丹解释说，"参加那次行动的有巴勃罗的小分队，聋子[①]的小分队，我们今晚就能见到这个聋子。另外还有两个小分队，是这一带山里的。我当时已穿过封锁线去了那边。"

"还有那个名字很少见的黄头发男人呢，他的名字——"吉卜赛人说。

"卡希金。"

"对。这个名字我怎么也记不牢。我们还有两个人，带着一挺机关枪。他俩也是部队派来的。他俩因为没法带着那挺机关枪撤退，就把它丢下了。机关枪的分量肯定不至于比那姑娘还重吧，假如老婆子那时连他俩也一起管了，他俩没准也能把枪扛回来。"想到这里，他摇了摇头，然后又接着说，"我这辈子还从没见过那次爆炸发生时的那个阵势。火车当时正稳稳开来。我们很远就看见了它。那时，我的心情紧张到了极点，到现在都没法形容。我们看到了火车喷出的蒸汽，随后又传来了汽笛声。不一会儿，火车就嚓—嚓—嚓—嚓—嚓—嚓——照直朝我们驶来，车身越来越大，顷刻间，爆炸发生了，火车头的几个前轮立即飞了起来，在滚滚黑烟里，在剧烈的爆炸声中，整个大地似乎都在颤抖，半空中尘土飞扬，枕木乱舞，如同在梦境中，火车头高高翘起来，随即又侧身倒下，像一头受伤的巨兽，被炸飞的泥土纷纷落在我们身上，就在这刹那间，又传来了另一声爆炸，白色的蒸汽立刻弥漫开来，紧接着，那挺机关枪也开始哒—哒—哒—哒——地发言啦！"说到这儿，吉卜赛人抬起紧握的双拳，翘着两只大拇指，在他面前上下摇晃着，做出用机

---

① 原文为西班牙语 "El Sordo"，意为 "那个耳朵聋的人"。此处姑且遵从中文论述中的既定提法，也译为 "聋子"。

关枪扫射的样子。"哒！哒！哒！哒！哒！哒！"他得意极了，"我这辈子还从没见过这么大的阵势，只见敌军正仓惶逃离火车，而那机关枪正对着他们猛烈扫射，那些人便连连倒下。就在这时，我一激动，就把一只手按在了机关枪上，这才发觉，枪管子已被烧得滚烫，在这当口上，老婆子掴了我一记耳光，说：'快开枪啊，你这笨蛋！快开枪，要不我一脚踢死你！'于是我开始射击起来，可是我很难稳住手中的枪，而敌军这时正朝远处的那座山冈上冲呢。后来，当我们奔下山来冲到火车旁，想看看有什么东西可以拿走时，有一名军官拿着手枪，用枪口逼着好几股士兵朝我们反扑过来。他不断挥舞着手枪，朝他们大喊大叫着，我们全都瞄准他射击，但谁也没击中他。这时，有些士兵就地卧倒朝我们开火了，那名军官提着手枪在他们身后走来走去，但我们还是无法击中他，那挺机关枪因为恰好被火车挡住了，也无法朝他扫射。这名军官枪毙了两名趴在地上的士兵，但那帮人还是不肯站起来，他不停地咒骂着他们，最后，他们总算三三两两地爬起来，朝我们和火车发起了冲锋。但不一会儿，他们又卧倒射击了。我们接着就撤了，是在那挺机关枪[①]的掩护下撤退的。也就是在这个时候，我发现了那个姑娘，她是从火车上跑出来躲在乱石堆里的，于是，她就跟着我们一起跑了。那天追击我们的就是这几股敌人，一直追到夜里才作罢的。"

"这肯定是一桩相当难办的事情，"安塞尔莫说，"让人很动感情呢。"

"这也是我们所做过的唯一的一桩好事情，"一个深沉的声音说，"你现在在干什么，你这游手好闲、成天喝得醉醺醺、满肚子花花肠子的下流胚，你这没姓没爹、不知是哪个吉卜赛骚货生下的野种，你在干什么呀？"

罗伯特·乔丹看到的是一个年龄在五十岁左右的女人，个头与巴勃

---

① 小说中的西班牙人在提及"机关枪"时，均用的是西班牙语单词：maquina。作者似乎在以此来说明，游击队的战士们倾向于把所有自动化武器都一概称为 maquina。

罗相差无几，身体的宽度和高度几乎一致，穿着农妇的黑色裙子和背心，粗壮的腿上套着一双厚实的羊毛短袜，脚蹬一双黑色绳底鞋，棕褐色的脸庞如同花岗岩纪念碑上的人物的原型。她有一双粗大但很好看的手，浓密的黑色卷发挽成了一个发髻拖在颈后。

"回答我。"她对吉卜赛人说，对在场的其他人全然不予理睬。

"我在跟这些同志说话呢。这位是刚来的爆破手。"

"这些我全知道，"巴勃罗的老婆说，"你马上从这儿滚开，去接替安德雷斯，他在山顶放哨呢。"

"我去①，"吉卜赛人说，"我去。"他又转过来身对罗伯特·乔丹说："我们吃饭的时候再见吧。"

"即使是开玩笑也不行，"那女人对他说，"你今天已经吃了三顿了，我替你数着呢。快去把安德雷斯给我换下来。"

"你好，"她向罗伯特·乔丹打了个招呼，伸出一只手，并朝他笑了笑，"你好吗？共和国那边一切都好吗？"

"好，"他说着，也同样有力地紧握了一下她的手，"我和共和国都好。"

"我很高兴。"她对他说。她面带微笑，正仔细打量着他的脸庞，他发现，她那双灰色的眼睛长得很好看。"你是来找我们继续炸火车的吗？"

"不，"罗伯特·乔丹说，并立即对她产生了信任感，"来炸桥的。"

"不成问题②，"她说，"一座桥算不了什么。我们现在有几匹马啦，什么时候再去炸一趟火车？"

"以后再说吧。炸桥这件事非常重要。"

"那姑娘对我说，你那位和我们一起炸火车的同志已经死了。"

---

① 此处原文为西班牙语，*Me voy*。

② 此处原文为西班牙语，*No es nada*。

"是的。"

"真可惜。我还从没见过那种阵势的爆炸呢。他是一个很有才华的人。他格外讨我喜欢。难道现在不能再炸火车了？如今山里有很多人。人太多啦。连吃饭都已经成问题了。最好能撤出山去。再说，我们已经有马啦。"

"我们务必要炸掉这座桥。"

"桥在哪儿？"

"很近。"

"越近越好，"巴勃罗的老婆说，"我们干脆把这儿大大小小的桥全都炸掉，然后就撤出去。我讨厌这个地方。这儿的人过于集中。不会有什么好结果的。这儿是死水一潭，实在叫人厌烦。"

她朝树林里瞥了一眼，看到了巴勃罗的身影。

"酒鬼[①]！"她朝他喊着，"酒鬼。喝得烂醉的酒鬼！"她又乐呵呵地转过身来朝着罗伯特·乔丹。"他带了一个皮酒袋独自一人在树林里喝酒呢，"她说，"他成天毫无节制地喝酒。这样下去会毁了他的。年轻人，现在有你来了，我就心满意足了。"她在他背上拍了一下。"哟嗬，"她说，"你模样挺斯文，实际还挺壮实的嘛，"她伸手摩挲着他的肩膀，感觉到他法兰绒衬衣内的肌肉很结实，"好。有你来了，我就心满意足了。"

"我也一样。"

"我们会相互理解的，"她说，"喝杯酒吧。"

"我们已经喝了不少啦，"罗伯特·乔丹说，"不过，你喝吗？"

"要等吃晚饭的时候才喝，"她说，"酒喝了会烧心的。"这时她又瞧见了巴勃罗。"酒鬼！"她用西班牙语大声喊道，"酒鬼！"她转身朝罗伯特·乔丹摇摇头。"他原本是一个挺好的人，"她对他说，"但是他现在算是废掉啦。不过，有件事你可要听我的。要好好对待、悉心呵护那个

---

① 此处原为西班牙语：*Borracho*。

姑娘。那个玛丽娅。她有过不幸的遭遇。你明白吗?"

"明白。你为什么要这么说?"

"我已经看出她刚才在见了你之后回到山洞里时的那种神情。我看见她人还没出来之前就已经在脉脉地注视着你啦。"

"我刚才跟她开了几句玩笑。"

"她以前的状态很糟糕,"巴勃罗的女人说,"现在她已经好多了,她应该离开此地了。"

"清楚啦,可以让安塞尔莫和她一起走,把她送过封锁线。"

"等这件事一了结,你和安塞尔莫就可以立即带她走了。"

罗伯特·乔丹感到喉咙在隐隐作痛,嗓音也滞重起来。"或许可以吧。"他说。

巴勃罗的老婆看了看他,又摇了摇头。"哎哟。哎哟,"她说,"难道所有男人都是这副德性吗?"

"我没说什么呀。她很漂亮,这你知道。"

"不,她并不漂亮。不过,她开始变得漂亮起来了,这才是你的本意吧,"巴勃罗的女人说,"男人啊。是我们女人造就了他们,这真是我们女人的一大遗憾。算啦,不提这个也罢。说正经的。难道在共和国的普天之下就没有一个能够接纳她这种人的家园?"

"有啊,"罗伯特·乔丹,"还是些好地方呢。巴伦西亚① 附近的沿海地区就有。别的地方也有。那里的人们会善待她的,她也可以从事某些与儿童相关的工作。那儿有许多从撤离区疏散过去的孩子。人们会教她如何从事这项工作的。"

"那正是我求之不得的,"巴勃罗的老婆说,"巴勃罗已经对她起了歹意。这一点也照样会毁了他。他就像得了心病似的一直惦记着什么时候要把她弄到手呢。她要是能现在就走,那是再好不过的事了。"

---

① 巴伦西亚,西班牙东部一自治区,位于地中海沿岸,古时曾是摩尔人王国。

“等这件事了结之后，我们就可以带她走。”

“如果我能信得过你的话，你从现在起就该关心她，你愿意吗？我这样对你说话，就像我已经认识你很久了一样。”

“本来就该这样嘛，”罗伯特·乔丹说，“如果人们相互理解的话。”

“坐下吧，”巴勃罗的女人说，“我并不要求任何承诺，因为该发生的事情，总归是要发生的。只有一条，万一你根本不愿带她出山了，我倒要让你做个保证。”

“为什么我不愿带她走，你反倒要我做个保证呢？”

“因为我不希望在你走了之后，她又在这儿发神经。我领教过她以前发神经的样子，我已经受够了，不想再看到那一幕了。”

“等桥的事情完结之后，我们就带她走，”罗伯特·乔丹说，“如果桥炸了之后我们还活着，我们一定会带她走的。”

“我可不喜欢听你用那种口气说话，用那种口气说话是根本交不了好运的。”

“我那样说话，只不过是为了作个承诺，”罗伯特·乔丹说，“我并不是那种爱说丧气话的人。”

“让我看看你的手。”妇人说。罗伯特·乔丹伸出一只手，妇人展开他那只手，用自己那只大手握住，用另一只手的大拇指在他手掌心里摩挲了一遍，又仔细端详了一番，然后把手放下。她站起身。他也站立起来，她凝视着他，脸上却已没了笑容。

“你看出什么名堂没有？”罗伯特·乔丹问她，“我是不信这个的。你吓唬不了我。”

“没什么，”她对他说，“我看不出有什么名堂。”

“不，你肯定看出什么名堂了。我只是好奇而已。我是不相信看手相这类的事情的。”

“那你相信什么呢？”

“有许多事情我都相信，可就是不相信这一套。”

"相信哪些事情呢？"

"相信我的工作。"

"是的，这一点我倒是看出来了。"

"告诉我，你还看出什么别的名堂没有？"

"别的什么也没看出来，"她有些酸楚地说，"炸桥这项任务非常艰巨，刚才你是这么说的吧？"

"不，我刚才说的是，炸桥这项任务非常重要。"

"不过，也有可能很艰巨？"

"是的。我想马上就下山去看看。你们这儿有多少人手？"

"好歹还算派得上用场的有五个。那个吉卜赛人却是个根本没用的家伙，尽管他往往是出于好意。他有一副好心肠。巴勃罗我是再也信不过了。"

"聋子那边有多少能派得上用场的人手？"

"也许有八个。我们今晚就会知道。他正在朝这边赶呢。他是一个很有实际经验的人。他也有些炸药。尽管不多。你应当和他谈谈。"

"你已经派人去找他了？"

"他每天晚上都来。他是我们的隔壁邻居嘛。而且还既是同志、又是朋友呢。"

"你认为他这人怎么样？"

"他是个非常出色的人。而且很有实际经验。在那次搞火车的买卖中，他表现得尤其威猛。"

"另外那几个小分队呢？"

"如果及时通知他们，应该能够拉扯到好歹可以靠得住的五十条步枪吧。"

"有多靠得住？"

"能不能靠得住，要看具体情况的严重性而定。"

"每条步枪配多少发子弹？"

"大概二十发。这要看他们愿意带多少来做这趟买卖了。假如他们愿意来做这趟买卖的话。你得记住,炸桥这份差事,是既没有钱、又捞不到任何战利品的,你说话尽管可以留有余地,但危险性还是很大的,况且完事之后还得从这一带山里转移出去。很多人都会反对炸桥这档差事的。"

"显然如此。"

"在这种情况下,不是非说不可的话,最好就别说了。"

"我也是这样想的。"

"那么,等你研究好你那座桥之后,我们今晚和聋子好好谈谈。"

"我现在就和安塞尔莫一块儿下山去。"

"那就去叫醒他吧,"她说,"要不要带支卡宾枪?"

"谢谢你,"他对她说,"带上一支也好,但我不会用它的。我是去勘察,而不是去惹乱子的。谢谢你告诉了这么多的事情。我非常喜欢你说话的方式。"

"我尽量做到实话实说。"

"那就告诉我,你在我手上到底看出什么名堂了。"

"不,"她说,并摇了摇头,"我什么也没看出来。快去看你的桥吧。我会照看好你的器材的。"

"把它盖起来,谁也不许碰。放在那儿要比放在山洞里好。"

"会帮你盖上的,谁也不会去碰它的,"巴勃罗的女人说,"快去看你的桥吧。"

"安塞尔莫。"罗伯特·乔丹说着,伸手推了推老头儿的肩膀,只见他头枕双臂趴在那儿,睡得正香呢。

老头儿抬眼看了看。"好啦,"他说,"当然。我们出发吧。"

第三章

　　他们小心翼翼地行进在一棵棵大树投下的阴影里，走完下山的最后 200 码路程，此时，穿过陡峭山坡下的最后那片松林，离那座桥的所在位置也就只有 50 码了。夕阳依然映照在褐色的山肩上，那座大桥在峡谷寥廓空间的衬托下，显得黑魆魆的。那是一座钢结构单孔桥梁，桥的两端各有一个岗亭。桥面的宽度足以供两辆汽车并行，坚固的桥体飞架在深邃的峡谷之上，尽显出金属结构的优美线条，桥下的深谷中，一条溪涧白浪翻腾，溪水在大大小小的山石砾岩间跳跃着，流向了山口那边的主流。

　　夕阳这时正对着罗伯特·乔丹的眼睛，那座桥因而只显现出一个轮廓。过了一会儿，阳光开始慢慢减弱，直至完全消失，他透过树梢仰望着那座褐色的圆形山峰，太阳原来就躲在这山峰的后面，此时，由于不再直视耀眼的阳光，他发现山坡上竟是一派淡淡的新绿，山顶下还有一块块积雪。

　　落日的余晖下，那座桥豁然变得真切起来，于是，他趁着这微弱的光线再次凝望着大桥，仔细研究着桥的结构。如何摧毁这座桥并不是难题。他一边注视着大桥，一边从胸前的衣袋里掏出一个笔记本，迅速勾画出几张草图。在画这几张草图时，他并未去计算炸药的用量。计算的事情要留待以后再说。他现在关注的是如何确定安放炸药的具体位置，以便炸断桥跨的支撑，使桥面的一段垮塌，落入桥下的深谷。安放半打炸药包，将其捆绑好，然后同时引爆，就能不慌不忙、非常科学、准确无误地达到目的；用两大包炸药大体也能达到目的。倘若那样，炸药包则必需很大，而且要在桥体两侧各放一个，并能同时引爆。他动作迅速、心情愉快地画着草图；很高兴终于着手解决这个问题了；很高兴终于开始实实在在地投入了。画好草图后，他合上笔记本，将铅笔插进衣袋盖边沿上的皮铅笔套里，把笔记本放入衣袋，扣上了纽扣。

在他画草图时，安塞尔莫一直在密切监视着公路、大桥和桥上的岗亭。他认为他们的位置已经离桥太近，未免不够安全，直到草图绘制完毕，他才如释重负。

罗伯特·乔丹扣好衣袋盖的纽扣之后，在一棵松树的树干下就地卧倒，在树根下向远处眺望起来，这时，安塞尔莫用手推了推他的胳膊肘，并用手指头指着前方。

在公路这一头面对着他们的岗亭里，那名哨兵正手握步枪坐在那儿，枪已上了刺刀，枪身夹在他两膝之间。他正在吸烟，他头戴绒线帽，身披毛毯式的披风。在50码开外的这个位置上，你无法看清他脸上的五官。罗伯特·乔丹举起越野望远镜，双手弯成杯状罩住镜头，即便此时已无阳光造成镜片的反射，但还是小心为妙，镜头中，桥上的栏杆十分清晰，仿佛伸手即可摸到，那名哨兵的脸膛也同样十分清晰，连他那凹陷的双颊、烟卷上的烟灰、枪刺上油光铮亮的光泽，他都能看得清清楚楚。那是一张农民的脸膛，颧骨很高，双颊塌陷，满脸胡子茬，浓密的眉毛遮住了双眼，一双大手握着步枪，笨重的皮靴露在被拉起的毛毯式披风的下摆之外。岗亭的墙上挂着一个已被用旧、颜色已经发了黑的皮酒袋，岗亭里还有几张报纸，却没有电话。当然是有电话的，可能安放在他看不到的另一边；但是也看不见有电线从岗亭里接出来。公路旁倒是架着一条电话线，桥的上方也布设着电话线。岗亭外有一只炭火盆，是用旧汽油桶改成的，不过就是把汽油桶的顶部截去、在上面钻了几个孔而已，炭盆架在两块石头上，但盆里没生火。炭盆下的灰堆里有几只被火烧黑的空罐头盒。

罗伯特·乔丹把望远镜递给了匍匐在他身边的安塞尔莫。老头儿咧嘴笑了笑，然后又摇了摇头。他抬起一根手指头轻轻叩击着自己眼角边的脑门儿。

"已经看见他啦①，"他用西班牙语说，"我已经看见他啦。"他是撅着嘴说话的，嘴唇几乎不动，这样说话声音比耳语还要轻。罗伯特·乔丹朝他笑了笑，而他则注视着那个哨兵，抬起一根手指头指了指，又用另一只手的手指头在自己的脖子上比划了一下。罗伯特·乔丹点点头，脸上却没了笑容。

远在大桥另一端的那个岗亭不是面对他们，而是朝着公路另一方向的，所以他们观察不到那里面的情况。那条公路很宽，铺过柏油，路面修筑得也很平整，在大桥的另一端左转弯离开桥头，再绕一个弧形大弯，然后就向右转离开视线了。这个路段现在的路面宽度是在原有路面的基础上拓宽而成的，把远在峡谷另一边的那堵坚固的岩壁挖下了一大片；从那山口处和大桥上俯视，只见在公路的左边，亦即西侧，沿峭壁竖立着一长溜开劈下来的大块岩石，它们既是路标，又用于防护，一直伸向峡谷的另一头。峡谷延伸到这里几乎就成了万丈深谷，大桥凌空飞架于其上的那条溪涧，就是在这里汇入山口那边的主河道的。

"另外那个哨位呢？"罗伯特·乔丹问安塞尔莫。

"在那个拐弯处再过去 500 米的地方。在那堵岩壁下的养路工的工棚里。"

---

① 此处原为西班牙语：*Ya lo veo*。

"有多少人？"罗伯特·乔丹问。

他再次举起望远镜观察着那个哨兵。那哨兵将手中的烟卷在岗亭的板壁上来回蹭了蹭，然后从口袋里掏出一个皮制烟荷包，剥开已被掐灭的烟蒂，将吸完后剩下的那点儿烟丝倒进了烟荷包。哨兵站立起来，把步枪靠在岗亭的板壁上，伸了个懒腰，接着又提起枪，把枪挎上肩头，然后走出岗亭，来到桥上。安塞尔莫立即全身拉平贴着地面，罗伯特·乔丹也迅速将望远镜塞进衬衣口袋，缩回脑袋在松树后隐蔽好自己。

"那里有七个人，再加一个警卫班长，"安塞尔莫贴着他的耳朵说，"我亲自从吉卜赛人那儿打听来的。"

"等他安静下来，我们就马上离开，"罗伯特·乔丹说，"我们靠得太近啦。"

"你需要了解的都了解清楚了吗？"

"是的。我需要了解的全都了解清楚啦。"

夕阳已西沉，气温在骤然下降，映照在他们身后山冈上的最后一抹落日的余晖已渐渐淡去，天色正越来越暗。

"在你看来，情况如何？"安塞尔莫轻声问道，他们正注视着那名哨兵在桥面上一步步朝另一个岗亭走去，他的枪刺在残阳的余晖下明晃晃的，他裹在毛毯式的外套里的身形只是一团幽影。

"很好，"罗伯特·乔丹说，"非常、非常好。"

"那就太好啦，"安塞尔莫说，"我们该走了吧？他现在不可能看见我们了。"

那名哨兵正背对他们站着，远在大桥的另一端。深谷中传来涧水流过山石发出的哗哗声。突然，流水声中又出现了另一种声音，一种持续不断的嘈杂的嗡嗡声，这时，他们看见那名哨兵抬起头张望着，绒线帽斜搭在他的脑后，他们也扭过头来仰望着，只见高高的晚空中飞来了三架成 V 字形排开的单翼飞机，那个飞行高度上依然还有阳光，飞机显得很小，闪着银光，以快得令人置信的速度掠过天际，飞机马达的轰鸣声不绝于耳。

"是我们的?"安塞尔莫问。

"看上去像我们的。"罗伯特·乔丹说,然而他知道,在这个飞行高度上,是根本无法断定的。敌我双方均有可能派出飞机来执行夜间巡逻任务。但是向来都把驱逐机说成是我方的,因为这样说会使人们心里感觉好一些。轰炸机就另当别论了。

安塞尔莫显然也有同感。"是我们的飞机,"他说,"我认出它们了。它们是蝇式[①]飞机。"

"没错,"罗伯特·乔丹说,"在我看来,它们也是蝇式飞机。"

"本来就是蝇式飞机嘛。"安塞尔莫说。

罗伯特·乔丹原本可以用望远镜来观察这机架飞机,一看就清楚了,但他觉得还是不看为好。他无所谓这今晚这几架飞机究竟是什么机型,如果把它们说成是我方的飞机会使老头儿感到高兴,他也不想去煞风景。此时,飞机正飞出视野,朝塞戈维亚方向飞去,看上去并不像那种机翼较低、翼尖为红色、由俄国人改装而成、被西班牙人称为蝇式飞机的绿色波音 P32 型飞机。你虽然无法看清飞机的颜色,但飞机的航向不对。不。那是法西斯的巡逻飞机,正在返航呢。

那名哨兵依然伫立在远处的岗亭边,但已转过身来。

"我们走吧。"罗伯特·乔丹说。他开始向山坡上移动,动作非常小心,利用树木作掩护,直到他们脱离了桥上那名哨兵的视线。安塞尔莫保持着 100 码距离跟在他身后。等他们走到完全看不见桥的地方时,他停下了脚步,老头儿赶上来,并走到前头去带路,两人在黑暗中一路攀爬着穿过山口,登上了那面陡峭的山坡。

"我们有一支强大的空军了。"老头儿满心欢喜地说。

"是啊。"

---

① 此处原文为西班牙语 *Moscas*,其原意为"苍蝇"。

"我们会打赢的。"

"我们务必要打赢。"

"对。等我们打赢之后，你一定要来打猎。"

"打什么呢？"

"野猪、熊、狼、大角野山羊——"

"你喜欢打猎？"

"当然啦，伙计。比什么都喜欢。在我们村里人人都打猎的。你难道不喜欢打猎？"

"是的，"罗伯特·乔丹说，"我不喜欢猎杀动物。"

"我正好完全相反，"老头儿说，"我不喜欢杀人。"

"谁也不喜欢杀人，除了那些脑子不正常的人，"罗伯特·乔丹说，"不过，如果有必要，我也丝毫不反对。如果是为了这场正义的事业。"

"那就另当别论啦，"安塞尔莫说，"在我家里，我曾经有过一个家，可现在没啦，那时候，我家里就有一些野猪的獠牙，那些野猪是我在山下的森林里打来的。屋子里还有不少我打来的狼的皮子呢。那年冬天在雪地里打的。有一头特别大，是我在天黑时分回家的路上在村头打死的，那是十一月里有天晚上发生的事。我屋子里的地面上铺着四张狼皮。虽说已被踩旧了，却是货真价实的狼皮。屋里还有一些我在高山峻岭里打来的大角野山羊的角，还有一只老鹰呢，是请阿维拉的一位专门剥制禽鸟标本的人帮我加工的，那只老鹰双翅伸展，两只黄眼睛水灵灵的，和活鹰的眼睛一模一样。那真是一个非常漂亮的物件啊，所有那些东西我都百看不厌，能给我带来极大的满足感呢。"

"是啊。"罗伯特·乔丹说。

"我们村那所教堂的大门上钉着的那只熊掌，就是我那年春天的猎物，我是在山坡上的雪地里碰见那头熊的，它当时正在用那只熊掌使劲推一根木头呢。"

"那是哪一年的事？"

"六年前吧。那只熊掌活像人的一只手，但是那些爪子很长，干巴巴的，钉子穿过掌心钉在教堂的大门上，每次我看见那只熊掌，心里都会感到十分快意。"

"感到自豪吗？"

"每当我回想起在早春时节和那头熊在山坡上不期而遇的情景，自豪感就会油然而生。但是一想到杀人，杀死一个和我们一模一样的人，心里就一点儿快意也没有了。"

"那是因为你不可能把人掌也钉在教堂的门上。"罗伯特·乔丹说。

"不可能的事。如此惨无人道的行为实在令人难以想象。不过，人的手倒也真像熊掌。"

"而且人的胸膛也很像熊的胸膛，"罗伯特·乔丹说，"要是把熊剥了皮，就肌肉而言，相像的地方多着呢。"

"是啊，"安塞尔莫说，"吉卜赛人就认为熊是人类的兄弟。"

"美国的印第安人也信这个，"罗伯特·乔丹说，"他们要是杀了一头熊，就会向熊道歉，请它原谅。他们会把熊的脑壳挂在树上，求它宽恕他们，然后才肯离开。"

"吉卜赛人认为熊是人类的兄弟，那是因为熊皮下裹着的是一具和人类一模一样的躯体，那是因为熊也喝啤酒，那是因为熊也爱听音乐，也喜欢跳舞。"

"印第安人也是这样认为的。"

"如此说来，印第安人就是吉卜赛人喽？"

"不。但是他们对熊的看法大体是一致的。"

"这是明摆的。吉卜赛人把熊当兄弟看，还因为熊也特喜欢偷东西。"

"你有吉卜赛人血统吗？"

"没有。但是，这种人的所作所为我见得多了，也看透他们了，抵抗运动开始以来，见到的就更多了。山里就有很多这种人。对他们来说，在部族以外的地方大开杀戒并不算罪孽。尽管他们不肯承认这一点，但这是千真万确的。"

"像摩尔人一样。"

"是的。不过，吉卜赛人有许多连他们自己都不愿承认的法典。战争开始以来，许多吉卜赛人都变坏了，像他们古时候一样。"

"他们不明白发生战争的原因。他们不了解我们在为何而战。"

"是的，"安塞尔莫说，"他们只知道现在又有战争了，人们又可以像古时候那样随意杀人却肯定不受惩罚了。"

"你杀过人吗？"罗伯特·乔丹问。由于黑暗容易使人相互亲近，而且整整一天的相处，彼此也熟稔了，他才这样问的。

"杀过。好几次呢。不过都是出于无奈。在我看来，杀人是一种罪孽。即便杀的是那些我们非杀不可的法西斯分子。在我看来，熊和人是大不相同的，我也不相信吉卜赛人的那套所谓人与畜生是兄弟的奇谈怪论。我不信那套。凡是杀人的行为，我都一概反对。"

"不管怎么说，你总是杀过人的。"

"没错。而且还会杀。但是，如果我以后还能活下来，我就会尽量好好地活着，绝不伤害任何人，以这种方式来求得宽恕。"

"求得谁的宽恕？"

"谁知道呢？反正我们这儿已经没有上帝了，连圣子、圣灵都没了，谁来宽恕呢？我真不知道。"

"你们已经没有上帝了？"

"是啊。伙计。肯定没有了。假如真有上帝存在，他是绝不会允许我亲眼目睹的这一切发生的。让人们相信上帝的存在吧。"

"人们需要找回上帝。"

"当然，我也怀念上帝呢，我也是在有宗教信仰的环境中长大成人的。可是现在，人们必须对自己的行为负责了。"

"那么，能够宽恕你的杀人行为的人也就只能是你自己啦。"

"我认为是这样的，"安塞尔莫说，"既然你把话说得那么透彻，我也就认定是这个理儿了。但是，不管有没有上帝，我都认为杀人是一种罪孽。在我看来，剥夺他人的性命总归是一桩非常严重的事情。该出手时我还会出手的，但我绝不是巴勃罗那号人。"

"要想打赢一场战争，我们就必须消灭敌人。历来如此。"

"那当然。打仗就得杀人嘛。不过，我倒是有些很不寻常的想法。"安塞尔莫说。

他们此时在黑暗中走在了一块儿，他一边悄声说着话，一边攀爬着，不时还回过头来看看。"我甚至连主教也不想杀。任何行业的老板我都不想杀。我要逼迫他们像我们一样去劳动，天天在地里干活，在山里伐木，让他们像这样度过后半辈子。这样，他们就会明白人生在世该干什么了。要让他们睡在我们睡觉的地方。要让他们像我们一样吃饭。不过，最重要的还是要让他们劳动。这样，他们就能接受教训了。"

"让他们侥幸活下来，然后再来奴役你。"

"杀了他们是起不到任何教育作用的，"安塞尔莫说，"你不可能把他们都斩尽杀绝，因为他们的子孙后代还会东山再起，而且带着更深的仇恨。监狱是没有用的。监狱只能制造仇恨。应当让我们的敌人统统都能得到教训。"

"话虽这么说，但你还是杀过人的。"

"没错，"安塞尔莫说，"杀过好多次，而且还会再杀。但都不是心甘情愿的，也始终认为杀人就是一种罪孽。"

"还有那个哨兵。你刚才还在开玩笑，表示要干掉他呢。"

"那是在开玩笑。我会杀掉那个哨兵的。放心吧。肯定会的，而且问心无愧，因为那是我们的任务。但决不是心甘情愿的。"

"我们把那些哨兵留给喜欢杀人的人去对付吧，"罗伯特·乔丹说，"他们是八个加五个。总共十三个。留给那些喜欢杀人的人去杀吧。"

"喜欢杀人的人多着呢，"安塞尔莫在黑暗中说，"这种人我们当中就有不少。这种人比愿意效命疆场的士兵还要多。"

"你上过战场吗？"

"没有，"老头儿说，"抵抗运动开始时，我们战斗在塞戈维亚，但是我们被打败了，我逃走了。我是和其他人一起逃跑的。我们并不真正明白我们是在干什么，也不知道该怎么干。再说，我手里只有一杆发射大号铅弹的猎枪，而宪兵①却使的是毛瑟枪。在距离 100 码开外的地方，我的大号铅弹就够不着他们了，而他们却能在 300 码以外随心所欲地拿我们当兔子打。他们火力很猛，打得又准，我们在他们面前简直就像一群绵羊。"他一时竟哑然无语了。过了一会儿，他才开口问道："你认为炸桥时会有一场恶战吗？"

"有可能吧。"

"仗一打起来我没有一次不逃跑的，"安塞尔莫说，"我也不知道究竟怎样才能把握住自己。我已经老了，却还在犯迷糊。"

"我会替你做出反应的。"罗伯特·乔丹对他说。

"那么，你参加过很多次战役吧？"

"参加过几次。"

"那么，你怎么看炸桥这一仗呢？"

"首先，我要考虑怎样炸桥。我是干这一行的。炸掉这座大桥并不难。然后我们再来来考量其他相关事宜。还要考虑前期的各项准备工作。这些都要详细写成文字。"

"这帮人里没几个识字的。"安塞尔莫说。

"那就要写得让每个人都能看得懂，这样大家才会明白，而且还要把它讲解清楚。"

"我就干好指派给我的那份工作吧，"安塞尔莫说，"但是，一想起在塞戈维亚开枪射击时的情景，我就希望，如果现在真的有仗要打，哪

---

① 此处原文为西班牙语：*guardia civil*。

怕发生激烈的交火，我能清楚地知道遇到各种情况我该干些什么，以免逃跑。我现在还记得，那时在塞戈维亚，我就有一种强烈的想逃跑的倾向。"

"我们要守在一起，"罗伯特·乔丹对他说，"这样，我就可以随时告诉你该干什么。"

"那就不会出问题了，"安塞尔莫说，"我服从命令，不管做什么都行。"

"我们的任务是炸桥，假如有仗要打，那就打呗。"罗伯特·乔丹说，在黑暗中说这番话，他觉得有点儿像在演戏，不过用西班牙语说出来，听上去倒也挺像那么回事儿。

"这应当是一项最为要紧的任务啊。"安塞尔莫说。听他把话说得这么坦诚、直白、朴实，既不像英语民族的人那样故作含蓄，也不像拉丁语民族的人那样虚张声势，罗伯特·乔丹便暗自庆幸自己能遇到这位老人，由于已经察看了大桥、设计并简化了解决问题的方案，那就是对哨所采取突然袭击，用老方法把桥炸掉，他便对戈尔茨的命令，以及发布这些命令的必要性感到忿忿不平了。他感到忿忿不平的是，这些命令会给他、给这位老人造成什么样的后果。对于那些必须不折不扣地奉命行事的人来说，这些命令确实很不好。

但是，你不可以像这样思考问题，他暗暗告诫自己，无论是你，还是其他人，谁都难保会遇到不测。再说，你和这位老人都根本算不上什么了不起的人物。你们只是执行任务的工具。有命令就必须执行，那不是你的错，那儿有座桥，那座桥有可能会成为改变人类未来的转折点。如同这场战争中所发生的一切都有可能成为转折点一样。你只有一件事要做，而且必须做成它。只有一件事，活见鬼，他想。倘若真的只是一件事，倒也很容易办得到。别再自寻烦恼啦，你这个心神不宁的混蛋。想想别的事情吧。

于是，他想起了那个名叫玛丽娅的姑娘，她的皮肤、头发、眼睛全是那种金灿灿的茶褐色，相比之下，头发的色泽要稍深一点，不过，如果肤色被晒得更暗了，头发的色泽就会显得淡一些，她的皮肤很细腻，表面是一层淡淡的金色，底色则较暗。她的皮肤如此细腻、光滑，那她全身一定也很细腻、很光滑。她走路的姿势不太自然，仿佛有点儿忸怩作态，仿佛怀着某种莫名其妙的情愫才那样不好意思的，那种羞答答的样子仿佛别人一眼就能看出，其实却不然，那只是深埋在她自己心里的一种感觉而已。他一朝她看，她就会羞红了脸，她坐在那儿，双手交叉抱着膝头，衬衣的领口处敞开着，那对杯状乳房高高耸起顶着衬衣，他一想起她的模样，就感到喉咙发堵，连走路都有点儿困难了，于是他和安塞尔莫没有再交谈下去，直到老头儿开口说，"我们现在要穿过那些岩石堆，下山回营地啦。"

当他们摸黑走在岩石丛中时，有人突然朝他们大声喝道："站住！谁在那儿？"随即他们便听见了步枪拉开枪栓、子弹推上枪膛、伸出木柄枪身等一系列稀里哗啦的声音。

"同志们。"安塞尔莫说。

"什么同志们？"

"巴勃罗的同志，"老头儿对他说，"你不认识我们吗？"

"认识，"那人说，"但这是命令。你们有口令吗？"

"没有。我们刚从山下上来。"

"我知道，"那人在黑暗中说，"你们是从大桥那边过来的。一切情况我都知道。这个命令并不是我下的。你们必须知道口令的下半句。"

"那么上半句是什么呢？"罗伯特·乔丹说。

"我忘了，"那人在黑暗中说着，并大笑起来，"那就快他妈的带着你的下流胚炸药到篝火那边去好好折腾吧。"

"这就是所谓的游击队的纪律，"安塞尔莫说，"你别老扣着扳机啊。"

"已经放下扳机啦，"那人在黑暗中说，"我用拇指和食指顶着呢。"

"你要是哪天用上了枪栓不带保险的毛瑟枪，也像这样握着，枪就会走火的。"

"我这支就是毛瑟枪，"那人说，"不过，我的大拇指和食指的力道大得没法说呢。我向来都是这样顶着枪栓的。"

"你把枪口对着哪儿呢？"安塞尔莫在黑暗中说。

"对着你啊，"那人说，"我推上枪栓后，枪口就一直是这样对着你的。你们到了营地后，就立即下命令叫他们派个人来换我的岗，因为我他奶奶的已经饿得没法说啦，饿得连口令都忘掉了。"

"你叫什么名字？"罗伯特·乔丹问。

"奥古斯汀，"那人说，"我叫奥古斯汀，我在这个哨位上已经快要被厌倦感折腾死啦。"

"我们会替你把口信带到的。"罗伯特·乔丹说，他想到的是 aburmiento 这个词，这个词在西班牙语里的意思是"厌倦感"，农民是决不会使用这个字眼的，无论他说的是何种语言。然而这个词却是任何阶层的西班牙人都会常挂嘴边的最为普通的字眼之一。

"你听着。"奥古斯汀说着，凑上前来，将手搭在罗伯特·乔丹的肩上。接着，他用一块打火石在钢片上摩擦了几下，然后举起燃起的火种，吹着了软木栓的一头，借着火苗的光亮端详着这个年轻人的脸。

"你长得很像那个人，"他说，"不过气质上还是有点儿不一样。你听着，"他放下打火器，手握步枪站在那儿，"给我说说这件事吧。关于桥这件事，真有这回事吗？"

"关于桥的什么事？"

"就是要我们 × 他妈的去炸掉一座活见鬼的桥啊，完事之后还得 × 他妈的自个儿灰溜溜地从山里他奶奶的撤出去，是吧？"

"我不知道。"

"你会不知道？"奥古斯汀说，"简直是在耍花腔嘛！那么你说，那炸药到底是谁的？"

"我的。"

"那你还不知道那炸药是派什么用处的？别给我编故事啦。"

"我当然知道炸药是派什么用的，你到时候自然也会知道的，"罗伯特·乔丹说，"不过，我们现在得去营地了。"

"那就赶快滚到那个 × 他妈的地方去吧，"奥古斯汀说，"去好好 × 你自个儿吧。不过，你想不想让我告诉你一些对你有用的情况呢？"

"想啊，"罗伯特·乔丹说，"只要不是 × 他妈的。"他也用上了夹杂在此人言谈中的最为明显的一句脏话。奥古斯汀这个人，只要开口就必带脏话，常把下流字眼当成形容词加在每一个名词的前面，甚至还会把同样一个下流的字眼当成动词来用，罗伯特·乔丹真不知道他到底还能不能说出一句完整的不带脏话的句子。奥古斯汀听到那句脏话时却在黑暗中笑了起来。"我这人说话就是这副腔调。也许很难听。谁管它呢？每个人都有自己说话的习惯嘛。你听着。那座桥对我来说算个屁。别的事儿也和那座桥一样，屁也不是。何况我对这山里的日子也早已产生厌倦感了。如果需要撤，我们就该撤。这些高山峻岭对我来说屁也算不上。我们该走就得走。不过，有件事我倒是很想提醒你。你可千万要看管好你的炸药啊。"

"谢谢你，"罗伯特·乔丹说，"是为了提防你吗？"

"不，"奥古斯汀说，"是为了提防那些装备还他妈的不如我的人。"

"是吗？"罗伯特·乔丹问。

"你是懂西班牙语的，"奥古斯汀说话的口气这时忽然变得严肃起来，"你可千万要当心你那批 × 他妈的炸药啊。"

"谢谢你。"

"不。别谢我。照看好你的家伙吧。"

"出什么事儿了吗？"

"没有，否则我也不会浪费你的时间用这种口气和你谈了。"

"那我就不说谢啦。我们该去营地了。"

"好吧，"奥古斯汀说，"别忘了要让他们派一个知道口令的人来这儿。"

"我们还会在营地里见到你吗?"

"会的,伙计。要不了多久就会又见面了。"

"走吧。"罗伯特·乔丹对安塞尔莫说。

他们顺着草甸的边缘走下去,此时,那儿已笼罩着一层灰蒙蒙的雾霭。走过林中落满松针的地面后,脚下的青草茂密而又松软,草叶上的露水打湿了他们的绳底帆布鞋。前方,透过树林,罗伯特·乔丹能隐隐看到一线光亮,他知道,那里就是岩洞的入口处。

"奥古斯汀是一个很不错的人,"安塞尔莫说,"他虽然满口脏话,而且特别喜欢开玩笑,但他其实是一个非常认真的人。"

"你对他很了解吗?"

"是的。认识很久了。我是非常相信他的。"

"也信他的话?"

"是的,伙计。巴勃罗这家伙现在反倒变坏了,想必你也看出来了吧。"

"那么,有没有什么好的对策呢?"

"应当派专人时刻看管着那批炸药。"

"派谁呢?"

"你。我。那个女人和奥古斯汀。因为他已经看出有危险了。"

"你有没有想过这儿的情况居然会变得像现在这样严重?"

"没有,"安塞尔莫说,"情况已经飞快地变得越来越严重啦。但是,到这儿来还是有必要的。这一带是巴勃罗和聋子的地盘。既然在他们的地盘上,我们就必须和他们打交道。除非这件事能够单枪匹马去完成。"

"聋子这人怎么样?"

"挺好,"安塞尔莫说,"这人很好,另一个则很坏,两个极端。"

"你认为他现在真的变得那么坏了吗?"

"我整整一下午都在想这件事呢,再说,由于我们已经掌握了我们所听到的情况,我才有了现在这个看法的,情况确实是这样的。一点都不假。”

"如果我们提出要炸的是另外一座桥，以此为借口马上离开这儿，去别的小分队另找人手，那样是否会好一些呢?"

"不行，"安塞尔莫说，"这里是他的地盘。你的任何行动都不可能瞒得过他。人应当凡事多加小心为好。"

第四章

　　他们下山朝洞窟的入口处走来，严严实实地挂在洞口的毛毯边缘闪烁着一丝亮光。那两只背包仍在树下，盖着帆布，罗伯特·乔丹蹲下身来摸了摸，发觉帆布又湿又硬。黑暗中，他把手伸进帆布下，在一只背包的外层口袋里摸索着，掏出一个带皮套的扁酒瓶，把它放进了衣袋。他逐一打开了两只背包金属扣眼里锁着的长柄挂锁，解开了每只背包口上系着的拉绳，双手探进包里摸索着，核实包里的东西是否都在。他在一只背包的深处摸到了裹在他睡袍里的一个个捆绑着的炸药包。重新系好睡袍上的带子、锁好挂锁之后，他把双手伸进了另一只背包，摸到了那只棱角分明的木盒，木盒里装着的是那只已被用过多次的引爆器，摸到了那只装着一根根雷管的雪茄烟盒，每一个圆柱形的小雷管上都一圈圈缠绕着两根细铜线（这批雷管包裹得非常仔细，如同他小时候精心包裹他所收集到的那些野鸟蛋一样），他接着又摸到了那挺轻机枪，枪托和枪管已拆卸开来，裹在他的皮夹克里。在那只大背包的一个内口袋里，他摸到了那两盘子弹和五个弹夹，另一只口袋里摸到了那几小卷铜线和一大卷绝缘细电线。在装电线的那只口袋里，他还摸到了那柄老虎钳和那两把专用于在炸药包上钻孔的木头锥子。这些物品一一检查完毕之后，他把手伸进了背包的最后那只内口袋，那里装着他从戈尔茨的司令部里弄来的俄罗斯烟卷，他从中取出了一大盒，然后扎紧背包口、推上挂锁、扣好背包盖，再用帆布把两只背包盖严。安塞尔莫此时早已自个儿走进了山洞。

罗伯特·乔丹站起身来，刚要跟着他进洞去，然而转念一想，又掀开了两只背包上的帆布，一手一只拎起背包，勉强携着背包迈步朝洞口走去。他放下一只背包，撩起毛毯，然后低着头，拽着背包的皮肩带，两手各拎一只，走进了山洞。

山洞里暖烘烘的，烟雾弥漫。靠洞壁有一张桌子，桌子上有一支插在瓶子里的牛油蜡烛，桌边端坐着巴勃罗、三个他不认识的人和那个名叫拉斐尔的吉卜赛人。烛光把这些人的身影映照在他们背后的洞壁上，安塞尔莫仍站在桌子右边他刚刚进来的地方。巴勃罗的老婆站在山洞的一角，正弯着腰在生着炭火的火塘边忙碌着。那姑娘则蹲在她身边，用木勺在铁锅里搅和着。罗伯特·乔丹刚走进洞口站住，她便提起木勺望着他，在火光的映照下，他看到那妇人正在用风箱把炭火扇旺，他看见了那姑娘的脸蛋和她的一条手臂，还看到汤汁正从那只木勺上渐渐沥沥地往下淌，滴进了那只铁锅里。

"你搬来的是什么东西？"巴勃罗问。

"我的东西。"罗伯特·乔丹说着，随手把两只背包放在离桌子还有一定距离的山洞的过道里，两只背包是分开放置的。

"放在外面不妥吗？"巴勃罗问。

"说不定有人在黑夜里会被它们绊倒呢。"罗伯特·乔丹说着，走近桌前，将那盒烟卷放在桌上。

"我可不喜欢在这山洞里存放炸药。"巴勃罗说。

"离火塘还远着呢，"罗伯特·乔丹说，"来几支烟吧。"他用拇指指甲划开了印着一艘彩色大军舰的香烟纸盒上的封口，然后将烟盒推向巴勃罗。

安塞尔莫给他搬来一张蒙着生皮子的独脚凳，他便在桌边坐下来。巴勃罗望着他，一副欲言又止的样子，但终于还是伸手去拿烟卷了。

罗伯特·乔丹又将烟卷推向其余的人。他到目前为止还没有正眼看过这几个人。不过他注意到，三人中只有一人拿了烟卷，另外两人却没有动手。他的全部注意力都集中在巴勃罗身上。

"你还好吧，吉卜赛人？"他对拉斐尔说。

"好着呢。"吉卜赛人说。罗伯特·乔丹看得出，他进来时，这些人恰好正在议论他。连这吉卜赛人都显得很不自在呢。

"她还会让你再吃一顿吗？"罗伯特·乔丹问吉卜赛人。

"会的。为什么不？"吉卜赛人说。他们下午还友好地在一起有说有笑，但此时却已是事过境迁了。

巴勃罗的女人一言不发，只顾把炭火扇旺。

"一个叫奥古斯汀的人说，他在上面已经快要被厌倦感折腾死了。"罗伯特·乔丹说。

"那是不会把人折腾死的，"巴勃罗说，"让他先死一会儿吧。"

"有酒吗？"罗伯特·乔丹俯身向前，双手放在桌上，大大咧咧地朝坐在桌边的所有人问了一声。

"差不多要喝完啦。"巴勃罗满脸不快地说。罗伯特·乔丹暗自思忖，最好还是先看另外三个人的反应，然后再对自己的处境作出判断。

"既然这样，那就给我杯水算啦。你，"他朝那姑娘喊道，"给我来杯水。"

姑娘朝那妇人看了看，妇人却没吭声，一副根本没听见的样子，她迟疑了一下，便朝盛水的水壶走去，舀了满满一杯。她把水端到桌边，放在他面前。罗伯特·乔丹朝她微微一笑。与此同时，他深吸了一口气，缩紧腹部肌肉，身体在凳子上稍稍向左一偏，于是，他腰带上的手枪便滑到了更加顺手的位置。他把手伸向屁股后的口袋，巴勃罗则在密切注视着他。他知道这些人也全都在盯着他呢，但他只盯着巴勃罗一人。他的手从屁股后的口袋里抽了出来，手里拿的却是那只带皮套的扁酒瓶，他扭开瓶盖，然后端起水杯，一口喝去了半杯，接着才把瓶里的酒慢慢倒入杯中。

"这酒太凶了，你不能喝，否则我就会让你也尝尝了。"他对姑娘说，又朝她笑了笑。"差不多要喝完啦，否则我也会请你尝尝的。"他对巴勃罗说。

"我可不喜欢喝茴香酒。"巴勃罗说。

那股辛辣的气味刚飘过桌面，他居然马上就识别出了他所熟悉的那个成分。

"那好，"罗伯特·乔丹说，"因为本来就差不多要喝完了嘛。"

"那是什么酒？"吉卜赛人问。

"一种药酒，"罗伯特·乔丹说，"你想尝尝吗？"

"能治什么？"

"什么都治，"罗伯特·乔丹说，"这酒能治百病呢。如果你有什么毛病，喝了它就能酒到病除。"

"让我尝尝。"吉卜赛人说。

罗伯特·乔丹把杯子朝他推过去。杯中的液体此时因为兑了水，呈现出一种奶黄色，罗伯特·乔丹希望这吉卜赛人至多喝上一口就作罢。因为确实只剩下很少一点儿了，而这东西只需一杯，便可替代所有的晚报，替代从前泡在咖啡馆里的所有夜晚，替代每年会在这个月份开花的所有栗子树，替代郊外林荫大道上那令人心旷神怡的信马由缰，替代所有的书店、报亭、美术馆，替代蒙特苏利公园、布法罗运动场、肖蒙特高地，替代信托保险公司和城中岛，替代古老的福尤特酒店[①]，替代夜

---

① 这些均为巴黎城内的名胜古迹，如"城中岛"即"巴黎圣母院"所在地，是本书主人公罗伯特·乔丹在忆他当年在巴黎时的生活情景。

晚的读书和休闲；替代他曾享受过或已被遗忘了的一切。当他品尝这浓稠、苦涩、使舌头发麻、使头脑发热、使肠胃暖和、使思想发生变化的灵丹妙药般的液体时，一切往事又会重现在他眼前。

吉卜赛人现出一脸苦相，把杯子递了回来。"这酒是有茴香味，但却苦得像苦胆。喝这种药酒还不如得病呢。"

"那是苦艾嘛，"罗伯特·乔丹告诉他说，"在这酒里，在这种真正的艾酒里，确实有苦艾成分。据说这种酒很上头，能把脑子烧坏，不过我是不信的。它只会使思想发生转变。应当非常缓慢地往里面兑水才行，而且一次只能放几滴。但我是把它倒进水里的。"

"你在胡说什么呀？"巴勃罗恼火地说，他感到这番话里隐含着戏弄的成分。

"讲解这种药酒啊，"罗伯特·乔丹笑嘻嘻地对他说，"我在马德里买的。当时这还是最后一瓶呢，我已经喝了三个月了。"他喝了一大口，感觉酒在顺着舌头往下滑，整个舌头都浸润在一种奇妙的麻醉感中。他看着巴勃罗，又朝他咧嘴笑了笑。

"情况怎么样？"他问。

巴勃罗没有回答，罗伯特·乔丹便仔细打量着坐在桌边的另外三个人。其中一人长着一张大扁脸，不但扁，而且呈棕褐色，活像一块塞拉诺火腿，加上鼻梁曾被打塌、断裂过，嘴角叼着的那支又细又长的俄罗斯烟卷翘了起来，形成一定的角度，这就使那张脸显得越加扁平了。此人留着一头灰色的短发，满脸灰色的胡子茬，身穿常见的那种黑罩衫，纽扣一直扣到脖子根下。罗伯特·乔丹在打量他的时候，他在低头看着桌面，但他目光稳重，两眼一眨不眨。其余那二人显然是兄弟俩。他们长得很相像，都是矮墩墩的，块头很结实，都是深色的头发，头发都一直留到前额下，都是深色的眼睛、棕色的皮肤。其中一个额头上有条刀疤，在他左眼的上方，在他打量他俩时，这哥俩也在目光镇定地打量着他。一个看上去大约有二十六七岁，另一个可能大两岁。

"你在看什么？"两兄弟中有刀疤的那个问。

"看你呀。"罗伯特·乔丹说。

"看出什么稀奇没有？"

"没有，"罗伯特·乔丹说，"来支烟么？"

"为什么不？"这位兄弟说。在这之前他一支烟也没拿过。"这些烟和那个人的一样嘛。那个炸火车的人。"

"你也参加了那次炸火车的行动？"

"那次炸火车，我们都参加了，"这位兄弟平静地说，"除了老头子，大家都在。"

"这也是我们现在该干的，"巴勃罗说，"再炸一趟火车。"

"这个我们可以干，"罗伯特·乔丹说，"但要在炸了桥之后。"

他看得见，巴勃罗的老婆此时已在火塘边转过身来，正在侧耳细听呢。当他提到桥这个字眼时，大家都不说话了。

"要在炸了桥之后。"他故意又说了一遍，并啜了一口艾酒。我不妨趁此机会把话挑明，他暗暗思忖。这事反正早晚都得摊牌。

"我不参加炸桥，"巴勃罗说着，垂下眼睛看着桌面，"我不参加，我手下的人也都不参加。"

罗伯特·乔丹什么也没说。他朝安塞尔莫看了看，然后举起酒杯。"那我们就去单干吧，老伙计。"他说着，还笑了笑。

"那就不要这个胆小鬼了。"安塞尔莫说。

"你说什么？"巴勃罗对老头儿说。

"不是说你的。我又没跟你说话。"安塞尔莫对他说。

罗伯特·乔丹目光扫过桌面，朝正站在火塘边的巴勃罗的老婆望去。她到现在还没说过一句话，也没作出过任何表示。不过此时朝那姑娘说了句他没法听见的话，姑娘立即从做饭的火塘边站起身来，贴着洞壁悄悄走过去，掀开挂在洞口的毛毯，一闪身出去了。我想现在该摊牌了，罗伯特·乔丹暗自寻思。我看是时候了。我虽然本意并不想把事情弄成这样，但是现在看来也只能这样啦。

"那么，我们来炸桥，就不用你帮忙啦。"罗伯特·乔丹对巴勃罗说。

"不行，"巴勃罗说，罗伯特·乔丹注意到他脸上开始冒汗了，"你们不能在这儿炸桥。"

"是吗？"

"你们不能炸桥。"巴勃罗一字一顿地说。

"你的意见呢？"罗伯特·乔丹对巴勃罗的老婆说，她仍站在火塘边，一动不动，身形在火光的映照下，显得十分高大。她转过身来冲着他们说："我赞成炸桥。"她的脸庞被火光映照得神采奕奕，红光满面，在火光中，她脸上洋溢着热情、沉毅，英姿飒爽，仿佛这才是她本来的形象。

"你是什么意见？"巴勃罗对她说，在他扭过头去时，罗伯特·乔丹看到的是显现在他脸上的遭到背叛的神情和他额头上的汗水。

"我赞成炸桥，反对你，"巴勃罗的老婆说，"没别的意见。"

"我也赞成炸桥。"那个大扁脸、塌鼻梁的人一边说，一边在桌上揿灭烟头。

"对我来说，那座桥算不了什么，"两兄弟中的一个说，"我赞成巴勃罗老婆的意见。"

"同意。"另一个兄弟说。

"同意。"吉卜赛人说。

罗伯特·乔丹在注视着巴勃罗，眼睛盯着他的同时，垂放着的右手也在下沉，再下沉，以备万一发生变故，他希望出现变故的心情倒也占了半成（感到这也许是最简单、最易行的解决问题的方法，不过他不想破坏目前已有的这种良好局面，再说他也深知，一场争吵之后，整个家族、整个部族、整个帮派的人，都有可能会联合起来一致对外，跟外来人反目成仇，但他转念一想，既然事已至此，动手或许就是最简单、最干脆的解决问题的办法，就像动外科手术一样，最为彻底），他也关注着站在那边的巴勃罗的老婆，注视着她在众人表示效忠时脸上露出的那种骄傲、豪放、英姿勃发的红晕。

"我是为了共和国，"巴勃罗的女人爽快地说，"而共和国在眼下就是这座桥。以后我们会有时间考虑其他计划的。"

"你！"巴勃罗忿忿不平地说，"你这个种牛脑袋、婊子心肠的女人。你以为炸了这座桥还会有'以后'吗？你知道要是把桥炸了这日子还怎么过吗？"

"日子还得照样过下去，"巴勃罗的女人说，"该过的日子还得照样过。"

"这种事我们非但无利可图，而且事后还会被人追得像野兽一样到处乱窜，难得你觉得这是一件无所谓的事？难道为这件事去送死也无所谓？"

"无所谓，"巴勃罗的女人说，"别来吓唬我，胆小鬼。"

"胆小鬼，"巴勃罗忿忿不平地说，"仅仅因为人家有战术意识，你就说他是胆小鬼。仅仅因为他能预见到干蠢事的后果。知道什么叫愚蠢并不算胆小。"

"知道什么叫胆小也不算愚蠢。"安塞尔莫忍不住现编了一句貌似格言的话。

"你想找死吗？"巴勃罗以严厉的口吻对他说，而罗伯特·乔丹则认为他这话问得也实在太直，全然不顾及措词了。

"不。"

"那就管好你的嘴。你一点不了解情况，却在这儿多嘴多舌。难道你看不出这件事事关重大吗？"他有些可怜兮兮地说，"难道只有我一个人看出了这件事的严重性？"

我看的确是这样，罗伯特·乔丹暗自思忖。老辣的巴勃罗啊，我的老伙计，我看的确是这样呢。还有我。你倒是能够看得清形势的，我也看得很清楚，还有那个女人，她看了我的手相，但她还没看明白，目前还没有。她至少目前还没有明白过来。

"我这个队长难道是白当的?"巴勃罗问,"我说什么我自己心里有数。你们这帮人全都不明就里。这老头子是在胡说八道。他这老头子什么也不懂,只会给外国佬送信、当向导。这个外国佬来这儿的目的,就是为了干一件只对外国佬们有好处的事。为了他的利益,我们都必须做出牺牲。我是为了大家的利益和大家的安全着想的。"

"安全,"巴勃罗的老婆说,"哪里有安全这种东西啊。如今来这儿求安全的人可多了,却在这儿制造出了极大的危险。现在要想求安全,你会把一切都输得精光的。"

她此时已站在桌边,手里拿着一把大勺。

"安全还是有的,"巴勃罗说,"在危险之中懂得该怎样见机行事,就会有安全。这就好比是斗牛士,他知道自己在干什么,只要不冒险,就不会出事。"

"直到他被牛角挑伤或顶死为止,"妇人讥讽地说,"这种话我已经听过无数次啦,斗牛士们在被牛角挑伤之前都是这么说的。我就听菲尼托说过好多次,说这种事情全看你懂不懂行,牛是从来不会用角去顶人的,反倒是人自己朝牛角上撞才被挑伤的。他们在受伤前总是像这样说大话,傲慢着呢。事后,我们去急诊室看望他们。"这时,她模仿着在病床边探视病人的样子,"'喂,老兄。喂,'"她大声喊着,然后又假装身受重伤的斗牛士有气无力的声音说,"'你好呀,老朋友①。你好吗,比拉尔?'""'怎么会出这种事呢,菲尼托,可爱的小伙子②,你怎么会碰上这么倒霉的事情呢?'"她换上了自己的大嗓门。接着又用衰弱的有气无力的声音说:"'这算不了什么,姑娘。比拉尔,这没什么。这是本不该发生的事。我非常漂亮地把它给宰了,你明白。没有人能比我干得更漂亮。当时,我确实已经把它给宰了,技术上应当是没问题的,它也死定了,

---

① 此处原文为西班牙语:*Buenas*,*Compadre*。
② 此处原文为西班牙语:*Chico*。

它的腿已经在摇晃，快要撑不住了，眼看就要倒下了，我这才从它身边走开的，有点儿得意忘形，光顾着炫耀了，没想到它又从背后冲过来，把那个犄角捅进了我的两个屁股瓣当中，从我肝脏里戳了出来。'"她不再学那斗牛士像女人一样柔弱娇气的声音，放声大笑起来，接着又用自己洪亮的嗓门说："收起你那一套鬼话和你的安全吧！我和天底下报酬最低的三个斗牛士在一起混了有足足九年呢，难道还没弄懂什么叫担惊受怕、什么叫安全吗？跟我说什么都行，就是别提安全。还有你。我当初在你身上寄托了多么大的希望啊，可现在，这些希望全都泡汤了！才打了一年的仗，你就变懒惰了，变成了一个酒鬼、一个胆小鬼。"

"你没有权利像这样说话，"巴勃罗说，"更不应该当着这么多人的面，还当着一个陌生人的面。"

"我就是要像这样说话，"巴勃罗的老婆接着说，"你难道没听见？你还真以为你是这儿的指挥员啊？"

"没错，"巴勃罗说，"在这儿，我就是指挥员。"

"别拿玩笑当真事儿吧，"妇人说，"在这儿我是指挥员！你难道没听见大伙儿①刚才的表态吗？在这儿除了我，谁也无权发号施令。你要愿意就留下，吃你的饭，喝你的酒，但是不许没命地灌，如果你愿意，也有你干的一份活儿。但是这儿的指挥员是我。"

"我要把你和这个外国佬都毙了。"巴勃罗愠怒地说。

"试试看，"妇人说，"看看会有什么结果。"

"给我来杯水吧。"罗伯特·乔丹说，但他眼睛却始终没有离开这个满脸愠色、脑袋笨重的汉子和那个满怀豪情、充满自信地站着的妇人，她威风凛凛地握着那柄大勺，仿佛那就是一根指挥棒一样。

"玛丽娅，"巴勃罗的老婆喊了一声，等那姑娘走进门时，她说，"来杯水给这位同志。"

---

① 此处原文为西班牙语：la gente。

罗伯特·乔丹伸手去掏他的扁酒瓶，在掏出酒瓶的同时，他也顺手松开了手枪的枪套，并将它移到大腿根边。他在杯中再次斟上艾酒，然后接过姑娘给他送来的那杯水，开始往酒杯中慢慢地兑水，一次只滴那么一丁点儿。那姑娘紧挨他的胳膊肘站着，注视着他。

"到外面去。"巴勃罗的老婆一边对她说，一边挥动着那把大勺。

"外面很冷。"那姑娘说，她的脸颊与罗伯特·乔丹的脸颊凑得很近，在注视着那杯中液体的变化，看着那烈酒慢慢变得浑浊起来。

"也许有点冷，"巴勃罗的老婆说，"但是里面太热。"随后，她又和颜悦色地对她说："要不了多久的。"

姑娘摇摇头，走了出去。

我看他不会再这样忍气吞声了，罗伯特·乔丹暗自思忖。他一手举着酒杯，另一只手索性就直接放在手枪上了。他已打开了枪的保险栓，抚摸着已被握得十分顺手的枪柄和枪柄上几乎已被磨平的小方格，手指头搭在冰凉的他十分熟悉的扳机的圆形护圈上。巴勃罗已不再注意他，眼睛只盯着那妇人。她接着说："你听着，酒鬼。你明白谁是这儿的指挥员了吗？"

"我是指挥员。"

"不对。你听好。把你那对毛耳朵里的耳屎挖干净。好好听清楚。我才是指挥员。"

巴勃罗望着她，从他脸上你丝毫也看不出他心里在想什么。他不急不躁地望着她，接着又朝坐在桌子对面的罗伯特·乔丹看过来。他盯着他看了很久，仿佛在苦思冥想着什么，然后又回过头去望着那妇人。

"好吧。就算你是指挥员吧，"他说，"如果你愿意，让他来当指挥员也行。你们两个可以见鬼去了。"他瞪大眼睛直视着那妇人的脸，既没有被她镇住，也似乎并没有太为她动怒。"我可能是有些懒了，也可能是我酒喝多了。你也可以说我是胆小鬼，不过这一点是你弄错了。但我绝对不是傻瓜。"他稍稍停顿了一下。"你也可能本来就该是指挥员，你也可能本来就喜欢发号施令。那好，如果你既是指挥官，又是个女人，那你就该给我们弄些吃的来。"

"玛丽娅。"巴勃罗的女人叫道。

姑娘把脑袋从山洞口的毛毯边探进来。"进来吧，准备开晚饭了。"

那姑娘走进山洞，径直走向火塘边的那张小矮桌，拾掇起几只搪瓷碗，把它们搬到了饭桌上。

"葡萄酒有的是，够大伙儿喝的，"巴勃罗的女人对罗伯特·乔丹说，"那个酒鬼的话，你别往心里去。这些喝完了，我们还可以再拿些来。快把你正在喝的那个稀奇古怪的东西喝掉吧，然后来杯葡萄酒。"

罗伯特·乔丹一口喝干了最后剩下的一点儿艾酒，因为喝得太猛，他感觉那酒在体内产生出一股暖融融的细雨润物般的涓涓热流，浓烈的酒气在往上涌，如同在发生化学变化一样，他递过杯子去斟葡萄酒。那姑娘替他舀了满满一杯，并朝他粲然一笑。

"嗯，你看过那座桥了吗？"吉卜赛人问。其他那些人，那些自改换效忠对象之后到现在还没有开过口的人，这时都一齐凑过来听着。

"是的，"罗伯特·乔丹说，"这活儿要干也还算容易。愿意听我给你们讲解一下吗？"

"说吧，伙计。我们很想听呢。"

罗伯特·乔丹从衬衣口袋里掏出那个笔记本，给他们看了那几张草图。

"瞧，他画得多像啊。"那个面孔扁平的汉子说，他名叫普里米蒂伏。"简直和那座真桥一模一样呢。"

罗伯特·乔丹用铅笔指指点点地比划着，详细讲解着应当怎样炸桥、怎样安放炸药等事项。

"看来是很简单，"那个脸上有刀疤的汉子说，他的名字叫安德列斯，"可是你怎么引爆炸药呢？"

罗伯特·乔丹对这一点也做了详细讲解，在给大伙儿讲解时，他发觉那姑娘一边在看，一边竟把一只胳膊搭在了他的肩膀上。巴勃罗的女人也在凝神注视着。唯独巴勃罗一人不感兴趣，他坐在一旁自斟自饮地喝着闷酒，喝光了就从玛丽娅搬来的那只大钵子里再舀一杯，大钵子里的酒是那姑娘从挂在山洞入口处左侧的那只皮酒袋里倒出来的。

"这种事情你做过不少次了吧？"姑娘问罗伯特·乔丹，声音很是轻柔。

"是的。"

"那我们可以看到事情的整个过程吗？"

"当然可以。为什么不可以？"

"你会看到的，"巴勃罗在桌子的那一头说，"我相信你们都会看到的。"

"住口，"巴勃罗的女人对他说，接着，她猛然想起下午在看手相时看到的预兆，心头便窜起一股难以控制的不可名状的怒火，"住口，胆小鬼。住口，凶煞鸟。住口，刽子手。"

"好吧，"巴勃罗说，"我住口。现在你是指挥官啦，你就继续往下看那一幕幕的美景吧。但是请你记住，我不是傻瓜。"

巴勃罗的女人能够感觉到，她心中的怒火已渐渐变成了悲哀，继而又变成了所有希望都落空、前景一片渺茫的挫败感。她深知这种感觉，因为她当初在做姑娘时就已体验过这个中的滋味，她也深知这种感觉产生的种种原因，因为她一生中已经历过许许多多这样的事情。既然这种感觉突然又出现了，她就要把它彻底推开，不让它触动她，既不能让它影响她，也不能让它影响到共和国，于是，她说："好啦，我们该吃饭啦。把锅里的东西盛到碗里来吧，玛丽娅。"

第五章

　　罗伯特·乔丹掀开挂在山洞口的马鞍毯，走出山洞，深深吸了一口寒夜的冷空气。薄雾已经消散，繁星布满夜空。外边没有风，再说，此时置身于洞外，也就摆脱了山洞里那种暖融融的气息，这里没有烟草和木炭的浓重烟味；没有米饭、牛肉、藏红花、西班牙甜椒、食油的香味；没有燃烧沥青的气味；没有山洞门口那只大皮囊散发出的酒香味，那只大皮囊是用整张兽皮制成的，被拴住脖子吊起来，四条腿撑开，有一条腿上安装了一个放酒的塞子，取酒时洒落到泥地上的那一点儿酒能镇住尘土的腐味；洞外也没有各种他叫不出名的药草的混合气味，那些药草一束束地悬挂在洞顶，和一串串大蒜挂在一起；也闻不到混合着铜币、红葡萄酒、大蒜、马汗、人衣服上已经干结了的臭汗气味（人汗干结后气味辛辣刺鼻而呈灰色，马汗干结后擦去汗沫则带有甜味，令人作呕。）；此时已离开了桌边的那帮人，罗伯特·乔丹深深地呼吸着大山峻岭中寒夜里的清新空气，空气中弥漫着松脂的香味和小溪边草甸上青草、露水的气息。露水很重，因为风已停息，但是，他认为早晨准会有寒霜，因为他站在那儿能感受到阵阵寒意袭来。

当他站在那儿一边做着深呼吸、一边聆听着夜空的动静时，他首先听到的是远方传来的一阵枪声，接着又听到一只猫头鹰的叫声从下面的树林中传来，那个用绳索拉成的马栏就在那片树林里。随后，他又听见山洞里那个吉卜赛人开始唱起歌来，还听见了吉他轻柔的和弦声。

"我有一笔父辈留下的遗产。"硬逼出来的假嗓音在嘶哑地唱着，歌声回荡在夜空中。那声音继续唱着：

那就是太阳和月亮，
虽然我浪迹天涯，
那财产却永远花不光。

吉他有力的节奏声中伴着为歌手喝彩的阵阵叫好声。"好，"罗伯特·乔丹听到有人在喊，"给我们唱那首加泰罗尼亚 [①] 吧，吉卜赛人。"

"不。"

"唱吧。唱吧。唱加泰罗尼亚。"

"好吧。"吉卜赛人说着，就用哀婉的嗓音唱起来，

我的鼻头扁，
我的脸儿黑，
但我依然还是个人。

"好！"有人在叫好，"唱下去，吉卜赛人！"

吉卜赛人的嗓子又响起来，悲怆的歌声中带着一定程度的嘲讽。

感谢上帝我是个黑人

---

① 指用西班牙东北部加泰罗尼亚地区的方言——加泰罗尼亚语谱写的民歌。

但不是加泰罗尼亚人。

"噪音很大，"是巴勃罗的声音，"别唱啦，吉卜赛人。"

"是啊，"他听到的是那妇人的声音，"噪声太大了。你这嗓子会把宪兵① 都招来的，再说，音色也实在太差。"

"我还会唱另一支歌呢。"吉卜赛人说，吉他声又开始响起来。

"留着吧。"妇人对他说。

吉他声戛然而止。

"今晚我嗓子不好。所以不唱也罢，反正没什么损失。"吉卜赛人说着，推开毯子走出洞外，走进黑暗中。

罗伯特·乔丹注视着他走到一棵树旁，接着又朝他这边来。

"罗伯托。"吉卜赛人轻声说。

"是的，拉斐尔。"他说。他从吉卜赛人的声音里听出，他已有了几分醉意。他自己也喝了两杯艾酒和一些葡萄酒，但他因为刚刚与巴勃罗紧张地较量了一番，因此头脑依然清醒而又冷静。

"你刚才为什么没有干掉巴勃罗？"吉卜赛人声音很低地说。

"为什么要干掉他？"

"你迟早还是要干掉他的。当时是有机可乘的，你为什么不赞成动手呢？"

"你这话当真？"

"你以为我们大家在等什么？你以为那女人把那姑娘支出去是为了什么？你认为说了那番话之后，我们还有可能再继续留下来？"

"我认为你们大家应当一齐动手除掉他。"

"什么话② ，"吉卜赛人悄声说，"那是你的事。有三四次我们都在盼

---

① 此处原文为西班牙语：*guardia civil*。

② 此处原文为西班牙语 *Que va*，是西班牙语中常用的语气词，意为"什么话；说什么呢"。

着你下手干掉他呢。巴勃罗没朋友。"

"我也有过这个念头，"罗伯特·乔丹说，"不过我又放弃了。"

"当然，这一点大伙儿都看出来了。人人都注意到你已做好了动手的准备。可你刚才为什么没干呢？"

"我当时觉得那样做也许会伤及你们这些人，或伤害了那个女人。"

"哪能呢。那女人一直在盼着呢，就像婊子在盼大鸟快快来一样。你外表看上去蛮老练，其实还嫩着呢。"

"这有可能。"

"现在去干掉他。"吉卜赛人怂恿地说。

"那就等于是暗杀。"

"那样更好，"吉卜赛人压低嗓音说，"危险还小些呢。动手吧。现在就干掉他。"

"我不能那么干。那种做法完全违背了我做人的原则，再说，那也不是干事业的人应有的举止。"

"那就去刺激他，惹他发怒，"吉卜赛人说，"但是你必须干掉他。没有任何别的补救办法。"

在他们交谈时，那只猫头鹰从林间轻松平稳、悄无声息地飞来，从他们身边飞过时突然猛扑而下，随即又疾速升起，双翅急促拍打着，虽然这只鸟在一路觅食，却丝毫也听不到它振翅飞翔的声音。

"瞧它，"吉卜赛人在黑暗中说，"人也该像这样行动。"

"可是在白天，它就像瞎子一样蹲在树上，周围全是乌鸦。"罗伯特·乔丹说。

"很少这样，"吉卜赛人说，"要有，那也纯属偶然。干掉他吧，"他继续怂恿着，"可别错失良机，等费劲儿了再动手啊。"

"现在那个关键时刻已经错过啦。"

"再挑起那个时刻呗，"吉卜赛人说，"要不，就趁夜深人静的时候。"

挡着洞门的毯子掀开了，灯光透了出来。有人朝他们站立的地方走来。

"夜色真美呀，"那人闷声闷气地说，"明天准是好天气。"

那人正是巴勃罗。

他正抽着一支俄罗斯烟卷，每吸上一口，烟卷便会一亮，他的圆脸便显露出来。星光下，他们能看见他那粗重的手臂很长的身子。

"别把那个女人的话放心上。"他对罗伯特·乔丹说。黑暗中，烟卷发出的光很亮，那亮光在随着他的手上下摆动着。"她有时候很别扭。她是个好女人。对共和国忠心耿耿。"烟卷上的亮光这时在随着他说话微微颤动着。他说话时肯定把烟叼在嘴角上，罗伯特·乔丹想。"我们本不该闹别扭的。我们是一致的。我很高兴你来了。"烟卷又亮了一下。"别把争论放心上，"他说，"你在这儿是很受欢迎的。"

"对不起，失陪了，"他说，"我要去看看他们把马拴好了没有。"

他转身走开，穿过树林，走向草甸的边缘，接着，他们便听到下面传来了一匹马的嘶鸣声。

"你明白吗?"吉卜赛人说，"你该明白了吧? 机会就是这样白白错过的。"

罗伯特·乔丹什么也没说。

"我到下面去了。"吉卜赛人气愤地说。

"去干什么?"

"什么话，还去干什么呢。至少可以防止他溜走啊。"

"他能骑马从下面溜走吗?"

"不可能。"

"那就到你能防止他溜掉的地方去。"

"奥古斯汀守在那儿呢。"

"那就去和奥古斯汀谈谈。把刚才发生的事告诉他。"

"奥古斯汀会很愿意干掉他的。"

"这倒不赖，"罗伯特·乔丹说，"那就到山上去，把一切情况都如实地告诉他。"

"然后呢?"

"我到下面的草甸上去看看。"

"好。老兄啊。好。"黑暗里他没法看清拉斐尔的脸,但他能够感觉到他在笑。"你总算拉紧你的吊袜带啦。"吉卜赛人赞许地说。

"到奥古斯汀那儿去吧。"罗伯特·乔丹对他说。

"是,罗伯托,是。"吉卜赛人说。

罗伯特·乔丹走在松林里,一棵树一棵树地摸索着往前走,来到草甸的边缘。他在黑暗中扫视着这块草甸,星光下,这片空旷的地方显得较为明亮,他看到了拴在拴马桩上的那些个黑乎乎的马的身影。他数了数散落在他与小溪之间这块空地上的马。共有五匹。罗伯特·乔丹在一棵松树的树根边坐下,仔细察看着这片草甸。

我累了,他暗自思忖,或许对自己的判断力也没有把握了。但是,我的职责是炸桥,为了圆满完成这一使命,在任务尚未尘埃落定之前,我决不能拿自己做无谓的冒险。当然,在需要冒险时却不肯冒险,则危险往往会更大,然而我到目前为止一直是在这样做的,努力让形势顺其自然地发展。假如事实果真像吉卜赛人所说的那样,他们都期待着我来干掉巴勃罗,那我就该这么干。可是我根本不清楚他们究竟是否真这样期待的。对一个外来人而言,要在当地动手杀人,而且事后还得和当地这些人一起共事,那是非常不好的事。这件事在战地行动中倒是可以干的,在有充分的纪律作支持的条件下也可以干,不过,在目前这种情况下,我还是觉得这样做很不好,尽管这样做法很有诱惑力,而且也不失为一个干脆利落、简单易行的方法。但是,在这一带,我认为没有任何事情是干脆而又简单的,还有,尽管我是绝对信任那个女人的,但我吃不准她对如此极端的事情会做出什么样的反应。人要是在这种场合死掉,会死得十分丑陋、龌龊、令人极为憎恶的。你无法判断她到底会做出什么样的反应。要是没有这个女人,这里也就没了组织性、更没有纪律性可言；有了这个女人，一切事情有可能都很好办。如果她愿意杀掉他，或者那个吉卜赛人（但他是不会愿意的），或者那个放哨的奥古斯汀愿意干的话，那就很理想了。只要我提出这个要求，安塞尔莫倒是愿意干的，尽管他口口声声反对一切杀人的行为。他恨巴勃罗，我相信这一点，而且他对我已经产生了信任感，他相信我，认为我就是他信仰所归的化身。就我目前所能看到的情况而言，只有他和那个女人才是真正信仰共和国的；不过，现在说这话也还有点儿为时过早。

当他的眼睛渐渐适应了星光下的景物时，他看到巴勃罗正站在其中一匹马的旁边。那马本来在吃着草，这时刚好仰起头来，接着又不耐烦地低下头去。巴勃罗就站在马的身边，依偎着马，而那马则在拴马绳的长度所及范围内不停地转悠着，他也跟着马在转悠着，并不时拍拍马的脖子。那马一直在啃食嫩草，对这种温情的爱抚表现得很不耐烦。罗伯特·乔丹没法看见巴勃罗在捣鼓什么，也听不到他在对马嘀咕些什么，但他能看得出，他既没有解开拴马桩上的缰绳，也没有给马配上马鞍。他坐在那儿，一边注视着巴勃罗，一边想着他自己的问题，想把思路理清。

"你啊，我的大宝贝乖乖小红马啊。"黑暗中，巴勃罗在和那匹马说话；他是在对那匹高大健壮的枣红色种马说话呢。"你这可爱的白脸膛的大美人啊。你这大脖子弯得好像我老家镇上的那座旱桥哦，"他停顿了一下，"不过弯度更大些，也弯得更好看呢。"那马正在啃食青草，把草拉起来时左右摇晃着脑袋，被这个人和他的唠叨弄得很是厌烦。"你不是女人，也不是傻瓜，"巴勃罗对那匹枣红马说，"你呀，啊，你呀，你呀你，我的大宝贝乖乖小红马啊。你不是那个在火堆里烧得滚烫的像石头一样的女人。你也不是那个头发被剪光、走路扭捏得像刚出娘胎的小牝马似的小妞儿。你不欺辱人，不撒谎，也不会不理解别人的好意。你呀，啊，你，我的大宝贝乖乖小红马啊。"

罗伯特·乔丹若是真听见了巴勃罗在对那匹枣红马絮絮叨叨地说着

话，一定会觉得非常有趣，只可惜他没听见，因为他现在已能确信，巴勃罗不过是下山来查看他那几匹马的，他已拿定主意，在这个时候杀掉巴勃罗并非可取之举，于是，他站起身，返回山洞去了。巴勃罗则依然待在草甸上，对那匹马唠叨了很久。那马全然不懂他在说什么；唯有根据他说话的语气，方可感受到那都是些亲昵的话，然而它已在围栏里被关了一整天，此时正饿着呢，便不耐烦地在拴马绳所及范围内自顾啃食青草，身边的这个人令它很气恼。巴勃罗终于把拴马桩挪了个位置，站在那匹马的身边，不再唠叨了。那马继续啃着草，也觉得欣慰多了，因为这个人不打扰它了。

第六章

　　山洞里，罗伯特·乔丹坐在角落里火塘旁边的一只蒙着生皮的凳子上，在听那妇人说话。她在清洗着碗碟，那姑娘，玛丽娅，则把这些碗碟擦干、收好，然后再蹲下身子把它们放入在岩壁上凿出来当柜架用的凹洞里。

　　"奇怪，"她说，"聋子还没来。他一小时前就该到这儿了。"

　　"你有没有通知他来？"

　　"没有。他每晚都来的。"

　　"也许他正忙着吧。有活儿要干。"

　　"有可能，"她说，"如果他不来，我们明天一定要去找他。"

　　"是的。离这儿很远吗？"

　　"不远。走这一趟正好可以活动活动。我缺乏锻炼。"

　　"我能去吗？"玛丽娅问，"我也可以去吗，比拉尔？"

　　"可以呀，小美人儿，"妇人说着，转过她那张大脸庞，"她不是很好看吗？"她问罗伯特·乔丹。"你觉得她长得怎么样？稍微瘦了点儿？"

　　"我觉得她气色很好。"罗伯特·乔丹说。玛丽娅把他的杯子斟满了酒。"喝酒吧，"她说，"喝了酒就会觉得我更好看了。必须多喝点酒，才会觉得我长得很漂亮。"

"那我还是不喝为好，"罗伯特·乔丹说，"你本来长得就漂亮，这一来就更漂亮啦。"

"像这样说话才对，"妇人说，"你像个很会说话的人。你看她还有什么优点？"

"很聪明。"罗伯特·乔丹有些牵强地说。玛丽娅咯咯地笑起来，那妇人则伤心地摇了摇头。"你开头说得多好，结尾怎么会冒出这种话呀，堂·罗伯托①。"

"别叫我堂·罗伯托吧。"

"只是开个玩笑。我们这儿是把堂·巴勃罗当笑话说的。就像我们说玛丽娅小姐②也是在开玩笑一样。"

"我不开这种玩笑，"罗伯特·乔丹说，"在我看来，在这场战争中，大家都应当很严肃地互称同志才对。玩笑一开就会坏事，不好收场了。"

"你对你的那套政治把戏倒是挺虔诚的，"妇人揶揄地对他说，"你难道从来就不开玩笑吗？"

"不。我是非常喜欢开玩笑的，但不能拿称呼来开玩笑。称呼好比是一面旗帜啊。"

"我也可以拿旗帜来开玩笑。不管什么旗帜，"妇人大笑起来，"在我看来，没有什么玩笑是开不得的。原来那面黄、金两色的旗帜，我们称它是脓加血旗。共和国的旗帜又添上了紫色，我们把它称作血、脓、高锰酸盐旗。只是开个玩笑而已。"

"他是共产党人嘛，"玛丽娅说，"他们这些人都是非常严肃的。"

"你是共产党人吗？"

---

① 堂（Don），是西班牙语中用于男人名字前面的尊称，如堂·吉诃德。

② 此处原文为西班牙语：*Senorita Maria*。在西班牙语中，*Senorita* 是加在未婚女子的姓前面的敬称。

"不，我是反法西斯主义者。"

"早就是了？"

"自从我了解了法西斯主义以后。"

"有多久了？"

"将近十年了。"

"那还不算长，"妇人说，"我已经当了二十年的共和主义者啦。"

"我父亲当了一辈子共和主义者呢，"玛丽娅说，"就因为这个，他们枪杀了他。"

"我父亲也当了一辈子共和主义者。我祖父也是呢。"罗伯特·乔丹说。

"在哪个国家？"

"美国。"

"他们也被枪杀了吗？"妇人问。

"什么话，"玛丽娅说，"美国是共和主义者的国家。那里的人才不会因为你当了共和主义者而枪杀你呢。"

"不管怎么说，有一个身为共和主义者的祖父总归是一件好事情，"妇人说，"这说明血统好啊。"

"我祖父过去在共和党全国委员会任职。"罗伯特·乔丹说。这句话甚至在玛丽娅身上都产生了很深的效果。

"那你父亲现在依然还活跃在共和国里吗？"比拉尔问。

"不。他已经去世了。"

"能不能冒昧地问一下他是怎么去世的？"

"他是开枪自杀的。"

"为了不受折磨？"

"是的，"罗伯特·乔丹说，"为了不受折磨。"

玛丽娅瞧着他，两眼噙着泪花。"我父亲，"她说，"当时手里没有武器啊。哦，我真为你父亲感到高兴，还是他运气好，手里有枪。"

"是啊。是挺走运的，"罗伯特·乔丹说，"我们谈点儿别的好吗？"

"这么说，你和我，我们是同病相怜的人喽。"玛丽娅说。她把手放在他胳膊上，直视着他的脸。他望着她那棕褐色的脸蛋和她那双眼睛，自打他见到她那双眼睛以来，就一直觉得它们远不如她脸上的其他部位年轻，然而此时此刻，那双眼睛却突然大放异彩，青春勃发，充满渴望和企盼。

"瞧这样子，你们倒可以做兄妹了，"妇人说，"但我认为你们幸好不是兄妹。"

"现在我才知道我为什么一直有这种感觉了，"玛丽娅说，"现在总算明白啦。"

"什么话。"罗伯特·乔丹用西班牙语说了一声，把手伸过去，在她头顶上抚摸了一下。他一直想这样做，已经想了整整一天，现在真的做了，他觉得喉咙在发胀。她的头顺着他的手摆动着，她仰起脸朝他微笑着，他感到她那浓密、粗硬、被剪得很短的头发在他手指间像涟漪般波动着。他的手慢慢滑向她的后颈，然后垂了下去。

"再摸一下嘛，"她说，"我都盼了一整天了。"

"等以后吧。"罗伯特·乔丹说，声音很重浊。

"还有我在这儿呢，"巴勃罗的女人嗓门洪亮地说，"想让我眼睁睁地看着你们这出好戏呀？你们以为我会无动于衷吗？谁受得了啊。错就错在没找到更好的男人；巴勃罗也该回来啦。"

玛丽娅这时已经全然顾不上她了，也全然不顾那几个还在烛光下玩牌的人了。

"你还想再来杯酒吗，罗伯托？"她问。

"想啊，"他说，"怎么不想呢？"

"你打算像我一样也找个酒鬼呀，"巴勃罗的女人说，"他已经喝下了那杯稀奇古怪的玩意儿，还要再喝呀。你听着，英国人 [1] 。"

---

① 此处原文为西班牙语 *Ingles*。在西班牙语中"英语"和"英国人"为同一个词。本书主人公罗伯特·乔丹是讲英语的美国人，游击队员们便称他为"英国人"了。

"不是英国人。是美国人。"

"那就听着，美国人。你打算睡在哪儿？"

"外面。我有睡袍呢。"

"好，"她说，"今晚是晴天吗？"

"是晴天，但会很冷。"

"那就去外面吧，"她说，"你睡外面。你的那些器材可以和我做伴儿睡在一起。"

"好。"罗伯特·乔丹说。

"你离开一小会儿吧，行吗？"罗伯特·乔丹对那姑娘说，并把手搭在她肩膀上。

"为什么？"

"我想和比拉尔说句话。"

"非得让我走开不可吗？"

"是的。"

"什么事啊？"巴勃罗的女人说，这时，那姑娘已经走到山洞口，正站在那只硕大的皮酒袋旁边看那些人打牌。

"那个吉卜赛人说，我本该——"他开口说。

"不，"妇人打断了他，"他错了。"

"如果有必要，我——"罗伯特·乔丹平静地说，但却感到很难说得出口。

"你刚才是想动手的，我相信，"妇人说，"不，没有必要。我一直在注意着你呢。不过，你的判断是对的。"

"但是，假如需要——"

"不，"妇人说，"我告诉你，不需要。那个吉卜赛人心术不正。"

"但是人要软弱了，就有可能成为一大危险。"

"不。你不懂。这个人已经根本不可能再有什么危险了。"

"我不懂。"

"你还很年轻，"她说，"你会明白的。"她接着朝那姑娘喊道："来吧，玛丽娅。我们没什么要谈啦。"

姑娘走过来，罗伯特·乔丹伸出手，轻轻拍了拍她的脑袋。她顺着他的手磨蹭着，像只小猫咪。他以为她要哭了。但她又抿紧了嘴唇，然后望着他笑了。

"你现在不妨去睡觉，"妇人对罗伯特·乔丹说，"你风尘仆仆地走了那么多路。"

"好吧，"罗伯特·乔丹说，"我去收拾一下东西。"

第七章

　　他在睡袋里睡着了，这一觉睡得真不短啊，他想。睡袋就地铺在林中的地面上，在洞口外那个岩石堆下方的背风处，睡眠中，他翻了个身，这一翻恰好把手枪压在了身下，手枪是他临睡前用枪绳系在手腕上、并贴身放在睡袋里的，由于肩酸背痛，四肢乏力，浑身肌肉因为过度疲惫而扭曲着，所以他反倒觉得地面很软和，身子裹在法兰绒做衬里的睡袋里，即便像这样舒展一下，也感到遍体解乏、颇有快感。刚刚醒来，他迷迷糊糊地竟不知自己身在何处，等明白过来时，他把压在身下的手枪挪开，舒心惬意地定了定神，伸了个懒腰，打算重返梦乡，一只手放在用衣服整整齐齐地卷住绳底鞋做成的枕头上。他用胳膊搂着这只枕头。

　　就在这时，他忽然感到一个女人的手按在他的肩膀上，便迅速侧过身来，右手顺势握住了睡袋里的手枪。

　　"噢，是你呀。"他说，并立即放下手枪，伸出双臂，把她拉倒在自己的身上。当他把她搂在怀里时，他感到她浑身在簌簌发抖。

　　"进来吧，"他说，"外面很冷。"

　　"不。不可以这样。"

"快进来吧，"他说，"有什么话我们待会儿再说。"

她浑身战栗着，他这时用一只手握着她的手腕，用另一只胳膊轻轻搂住她。她却把脑袋扭了过去。

"进来吧，小兔子。"他说着，在她后颈上吻了一下。

"我怕。"

"别。别怕。快进来吧。"

"怎么进来呀？"

"钻进来呗。里面很空。要我帮你吗？"

"不要。"她说，话音刚落，人就钻进了睡袋，他把她紧紧抱在怀里，想吻她的嘴唇，她却把脸埋在了用衣服卷成的枕头上，不过双臂倒是紧搂着他的脖子。不一会儿，他就感到她的双臂松弛下来，当他抱紧她时，她却又浑身哆嗦起来。

"别，"他说着，并笑了起来，"别怕。那是手枪。"

他拿起手枪，把它掖在身后。

"多不好意思啊。"她说着，把脸躲开了他。

"别。别不好意思啦。在这儿呢。来吧。"

"不，不可以这样。我害臊，也很害怕。"

"别。我的小兔乖乖。来吧。"

"我不能这样。假如你不爱我呢。"

"我爱你。"

"我爱你。啊，我爱你。把你的手放在我头上吧。"她说，但还是躲着他，脸依然埋在枕头里。他把手放在她头上，轻轻抚摸着，过了一会儿，她猛然从枕头上转过脸来，整个人都钻进了他的怀抱，身子紧紧依偎着他，脸贴着他的脸，她哭了。

他静静地、紧紧地拥抱着她，感受着紧贴在他身上的她那年轻、修长的身段，他轻轻地摩挲着她的脑袋，吻着她湿润而又带着咸味的眼睛，在她抽泣时，他能感觉到她那对紧贴着他的丰满而又坚挺的乳房隔着她的衬衣在不住地颤动着。

"我不会接吻，"她说，"我不知道该怎样接吻。"

"现在不需要接吻。"

"不。我一定要接吻。我一定要把什么都做了。"

"现在什么都不需要做。我们就这样多好。不过，你衣服穿得也未免太多啦。"

"我该怎么做？"

"我来帮帮你吧。"

"这样会好些吗？"

"是的。好多了。对你来说，这样不是更好吗？"

"是啊。舒服多啦。我可以像比拉尔说的那样跟你走吗？"

"当然。"

"但不是去某个收容所。我要跟你在一起。"

"不，是去收容所。"

"不。不。不。我要跟你在一起，我要做你的女人。"

这时，他们已躺在一起，此前还遮藏着的所有地方，现在已是全无遮掩。原先为粗糙的布料所挡隔住的地方，现在已化为一派细腻，光滑、圆润、坚挺，紧紧相偎在一起，温热中还带着丝丝凉意的修长的身段，外面冷而内里热，久久地、轻柔地、亲密地相拥着，彼此紧紧地搂抱着，落寞、虚空，却又轮廓分明，给人以快慰，青春勃发，爱意绵绵，此时一切都变成了暖烘烘的一片光滑、一片在胸腔里隐隐作痛的虚空，人虽紧紧相拥，心中却是一片空落，这一切都如此真切而又强烈，罗伯特·乔丹感到再也承受不住了，于是他说："你爱过别的人吗？"

"从来没有。"

不料，她话音刚落，便僵在他怀里一动也不动了："可是，我以前被人家糟践过。"

"被谁？"

"好几个。"

此时，她纹丝不动地平躺着，她的身躯仿佛已经死去，连脑袋也歪在了一边。

"你现在不会爱我了。"

"我爱你。"他说。

但是，他已经产生了某种变化，她觉察到了。

"不，"她说，连话音也变得死气沉沉、平淡无味了，"你不会爱我的。不过，你也许还是愿意带我去那个收容所的。我也愿去收容所，可是我永远也做不成你的女人了，什么也做不成了。"

"我爱你，玛丽娅。"

"不。这不是真话。"她说。片刻之后，仿佛还有最后一件事情要交代一样，她可怜兮兮却也充满憧憬地说："可是我从没吻过任何一个男人。"

"那就吻我吧，现在。"

"我很想吻，"她说，"但我不知道该怎么吻。他们糟践我的时候，我拼命挣扎，直到我什么也看不见了。我拼命厮打着，直到……直到……直到有个人坐在我的头上……我就咬他……后来他们勒住我的嘴，把我的双手反绑在脑后……其他人就这样糟践了我。"

"我爱你，玛丽娅，"他说，"谁也没有玷污过你。你，他们是碰不得的。谁也没有侵犯过你，小兔乖乖。"

"你信吗？"

"这种事，我知道。"

"那你还会爱我？"温热的身子又再次贴向他。

"我会更加爱你的。"

"我要努力把你吻得舒舒服服的。"

"就稍微吻一下吧。"

"我不知道怎么吻。"

"直接吻我就行了。"

她在他脸颊上吻了一下。

"不对。"

"我们把鼻子往哪儿放啊？我一直纳闷鼻子该往哪儿放呢。"

"瞧，把头偏过来。"于是，他们的嘴紧紧吻在了一起，她把身子凑向他，紧紧依偎着他，她的嘴在慢慢地一点一点地张开，这时，他猛然抱紧了她，感到自己已沉浸在无与伦比的快乐之中，轻柔、甜蜜、欣喜、内心充满了快意，没了心事、不再疲惫、毋庸担忧，唯独只剩下莫大的快慰，于是，他情不自禁地说着："我的小兔乖乖。我的心上人儿。我的小甜蜜。我的长腿小美人儿。"

"你在说什么？"她说，声音恍惚，仿佛来自十分遥远的地方。

"我的可人的姑娘。"他说。

他们相拥而卧，他感到紧贴着他的胸膛的她的心房在剧烈地跳动，他用脚的一侧轻轻磨蹭着她的脚踝。

"你是光着脚来的？"

"是啊。"

"那你事先就已打算好要来和我上床的？"

"是啊。"

"所有你一点儿也不害怕。"

"不。很害怕的。但是更害怕脱了鞋子以后该怎么办。"

"现在是几点钟啦？你知道吗 ① ？"

"不知道。你没有表吗？"

"有。表在你背后呢。"

"拿过来呗。"

"不。"

---

① 此处原为西班牙语：*lo sabes*。

"那你就趴在我肩膀上看看吧。"

已经一点钟了。表盘在黑黢黢的睡袋里显得很亮。

"你的下巴颏把我的肩膀都扎破啦。"

"原谅它吧。我没有刮胡子的工具。"

"我喜欢你的胡子扎我。你也长着金黄色的胡子吗?"

"是的。"

"胡子会长得很长吗?"

"炸桥之前应该不会吧。玛丽娅,听我说。你——?"

"我什么呀?"

"你想要吗?"

"想。每样都想。来吧。要是我们在一起把每样事情都做了,以前那件事也许就像没发生过一样了。"

"你曾经这样想过吗?"

"没有。那只是我心里的一个念头,但是比拉尔告诉过我。"

"她倒是很聪明。"

"还有一件事,"玛丽娅柔声说,"她嘱咐过我,让我一定要告诉你,我没有病。这类事情她很懂,所以她说一定要把这一点告诉你。"

"是她让你告诉我的?"

"是的。我都对她说了,我把我对你的爱慕之情全告诉她了。我今天一看见你就爱上了你,就好像我一直在爱着你一样,但是我以前从没见过你,我把心里话都告诉比拉尔了,她说,如果我真的想把一切的一切都告诉你的话,那就应当告诉你,我没病。另外那件事是她很久以前对我说的。在那次炸火车之后不久。"

"她是怎么说的?"

"她说,人只要不是自己愿意的,那她的内心就是清白的,过去的事情也就等于没发生过,她还说,要是我日后真的爱上了某个人,就能把过去的事情全抹掉。我当时只想死,你知道的。"

"她这话完全对。"

"所以我现在很庆幸自己没有死。因为那时没死成，我现在活得多开心啊。可是，你会爱我吗？"

"当然。我现在就爱着你呢。"

"那我可以做你的女人啦？"

"干我这一行的，不能有女人。不过，你现在就是我的女人啊。"

"只要我做了一次你的女人，我就永远是你的人了。我现在是你的女人了吗？"

"是的，玛丽娅。是的，我的小兔乖乖。"

她立即主动抱紧他，嘴唇在探寻着他的嘴唇，一找到，便立刻紧紧压上去，他抚摸着她，感受着她那鲜活、娇嫩、滑润、年轻、妩媚的身段，感受着那份温情，感受着她那外面凉爽、内里却热得发烫的身子，他虽说对这只睡袋很熟悉，就像熟悉他的衣服、鞋子或他肩负的职责一样，然而对这睡袋里正在发生的事情却还是感到难以相信，就在这时，她忽然有些慌乱地说："让我们现在就把我们要做的事快点儿做了吧，也好把那件事彻底忘掉。"

"你想要了吗？"

"是的，"她简直有些急不可耐地说，"是的。是的。是的。"

第八章

　　深夜时分，天气寒冷，罗伯特·乔丹却睡得很沉。他夜里曾醒过一次，在伸腿展腰时，他发觉那姑娘还在那儿，正蜷作一团睡在睡袋的深处，呼吸轻柔而又均匀。黑暗中，为了避寒，他把头缩进了睡袋，外面寒气逼人，夜空中星光闪烁，鼻孔里充盈着冷气。他把头缩进睡袋的暖流中，吻着她光洁的肩膀。她没有醒，他便侧过身去不再惹她，把头又伸出睡袋，露在外面的寒气里。他醒着躺了一会儿，回味着酣畅的疲乏过去之后那份久久没有消散的沁人心脾的快感，体会着两人肌肤相亲时那种触觉上的淋漓畅快的欢愉。过了一会儿，他伸直双腿，尽量往睡袋深处挪动着，把身子滑进睡袋，不知不觉又深深坠入了梦乡。

　　天刚破晓，他便醒来，那姑娘已经走了。他一醒来就发觉她人已不在，但还是伸出手臂在睡袋中摸索着，感到她睡过的那个位置暖意尚在。他眺望着山洞的入口处，只见那条挂毯四周凝结着一层白霜，岩石缝里冒出的淡淡的灰白色烟气则表明，有人已在生火做饭了。

　　有人走出了树林，头上披着一条很像南美披巾^①的

---

① 南美人所穿的一种披巾，形似毡子，周围有穗边，中间开有领口，供头部伸出。

毯子。罗伯特·乔丹一眼就认出，此人正是巴勃罗，嘴里正叼着一支烟卷。巴勃罗已经去山下把那几匹马圈进围栏里啦，罗伯特·乔丹想。

巴勃罗掀开门毯，走进山洞，没有朝罗伯特·乔丹这边张望。

罗伯特·乔丹伸手摸了摸凝结在睡袋上的那层薄霜，然后又缩进了睡袋。这是一条已经用旧的鸭绒睡袋，外层面料为绿色绸缎，印着气球和斑纹，已经跟随他有五年之久了。真舒服啊[1]，他自言自语地说着，把两腿大大叉开，然后又并拢起来，感受着睡袋法兰绒内衬给予他的那种十分熟悉的爱抚，接着又侧过身去，以免脑袋向着太阳升起的方向，他知道太阳就要出来了。管他呢[2]，我不妨再多睡一会儿。

他一直睡到飞机的马达声把他吵醒。

他仰躺在那儿，看见了那几架飞机，那是一支由三架菲亚特飞机[3]组成的编队，是法西斯的巡逻队，显得很小，闪着亮光，正掠过山峦上空，朝安塞尔莫和他昨天来时的方向急速飞去。这三架刚过去，紧接着又飞来了九架，而且飞得更高，三架一组，形成了一个箭头向前的三角形编队。

巴勃罗和那吉卜赛人正站在山洞入口处的阴影里密切监视着天空，罗伯特·乔丹仍静静地躺着，这时，高空中响彻锤击般的飞机马达的轰鸣声，其间，又有一阵新的嗡嗡声传来，只见林中那片开阔地的上方又飞来三架飞机，飞行高度还不足 1000 英尺。那是三架亨克尔 111 型飞机[4]，是一种双引擎轰炸机。

罗伯特·乔丹的脑袋此刻恰好遮掩在那堆乱石岗的阴影里，他知道他们在飞机上是不可能看到他的，即便看到也无大碍。他知道飞机上的人有可能会发现围栏里的那几匹马，如果他们是带着什么目的在

---

① 此处原文为西班牙语：*Bueno*。
② 此处原文为西班牙语：*Que mas da*。
③ 一种意大利产巡逻用飞机。
④ 一种德国产轰炸机。

这一带山区里搜索的话。假如他们不是来搜索的，他们照样也能发现那些马，不过他们会理所当然地认为那是他们自己骑兵队的坐骑。顷刻间，又传来一阵更为剧烈的轰鸣声，又有三架亨克尔111型轰炸机，以一成不变的编队，黑压压地超低空照直飞来，隆隆的轰鸣声响成一片，不绝于耳，等它们凌空飞过那片开阔地之后，喧嚣的噪声才渐渐平息。

罗伯特·乔丹解开他那充当枕头的衣服卷，套上衬衣。他衣服还套在头顶，还没来得及拉下来，便突然听到又一批飞机飞了过来，他在睡袋里拉上裤子，静静地躺着，等这三架亨克尔式双引擎轰炸机飞过去。在这几架飞机尚未凌空越过那座山脊之前，他就已系好皮带，扣好手枪，并将睡袋卷起来，放在岩石堆旁边，之后，他紧挨着岩石堆坐下，开始系绳底鞋，就在这时，那越来越近的隆隆声突然间变成了空前剧烈、震耳欲聋的阵阵轰鸣，空中再次飞来九架亨克尔式轻型轰炸机，成梯形编队隆隆压过来；从头顶上空飞过时，剧烈的轰响声仿佛要把天空撕裂、敲碎。

罗伯特·乔丹沿着乱石岗的边缘悄悄奔向了山洞的入口处，在那儿，那两兄弟中的一个、巴勃罗、吉卜赛人、安塞尔莫、奥古斯汀，以及那个女人，都站在洞口的内侧警惕地向外张望着。

"以前来过这么多的飞机吗？"他问。

"从来没有过，"巴勃罗说，"快进来。他们会发现你的。"

太阳还没有触及到山洞口。此时的阳光只在小溪边的草甸上闪耀着，罗伯特·乔丹知道，在清晨时分的浓郁的树荫里、在山崖投下的昏暗的阴影下，他们是不会被发现的，但他还是走进了山洞，免得让这些人过于紧张。

"飞机真多啊。"那妇人说。

"还会有更多呢。"罗伯特·乔丹说。

"你怎么知道的？"巴勃罗满腹狐疑地问。

"那些飞机，刚刚飞过去的那些，得有驱逐机陪着。"

果如其然，他们马上就听到了飞得更高的驱逐机的声音，那是一种如同呜咽般的嗡嗡声，它们的飞行高度大约在 5000 英尺左右，罗伯特·乔丹数了数，共有十五架菲亚特式飞机，它们每三架为一编组，构成了一个 V 形梯队，像成群结队飞翔的野鹅一样黑压压地飞过来。

在山洞的入口处，他们的面容全都十分严肃，罗伯特·乔丹说："你们从没见过这么多的飞机吗？"

"从来没有。"巴勃罗说。

"在塞戈维亚，飞机也不少吧？"

"从来没有这么多，我们通常见到的都是三架。有时候是六架追击机。也许是三架容克式飞机 ① 吧，就是那种三引擎的大家伙，有追击机陪着。这么多的飞机我们还真是从没见过呢。"

情况不妙啊，罗伯特·乔丹想。情况确实不妙。这一带居然集中了这么多飞机，这意味着形势非常不妙。我必须留心他们的投弹。但是，这不可能，他们暂时还无法把担任主攻的部队调上来。今天午夜之前或明晚之前肯定做不到，部队肯定还没有调上来。而眼下这个时刻，他们肯定是想动也动不了。

他仍可以听到正渐渐减弱的飞机的嗡嗡声。他看了看手表。此时，飞机应该已经越过封锁线上空了，至少第一批该过去了。他撅下显示秒针的按钮，注视着秒针在表盘上滴答滴答地转动。不，也许还没有。现在。该到啦。这时肯定过去了。不管怎么说，那些 111 型飞机的飞行时速也有 250 英里啊。五分钟就能飞到那儿了。此时，它们一定早已越过山口，飞行在卡斯蒂尔地区的上空了，在早晨这个时候，飞机下的这个地区肯定是一派黄色和茶褐色，黄色中交错着一条条白色的道路，点缀着一个个小村落，亨克尔型飞机的影子在这片土地上迅速移动着，那情

---

① 一种德国产三引擎巨型飞机。

景就如同鲨鱼的影子掠过海底的沙地一样。

没有出现接二连三的炸弹落地的轰炸声嘛。他的表仍在滴答滴答地走着。

那些飞机在继续飞往科尔梅纳尔、飞往埃斯科利亚尔，或者飞往曼萨纳雷斯·艾尔·里亚尔 ① 的机场，他想，那里有一个湖，湖边矗立着一座古堡，那里的芦苇荡里有成群的野鸭，那个假飞机场就隐藏在真飞机场的后面，那些做摆设用的假飞机，故意半遮半掩地停放在停机坪上，它们的螺旋桨能够随风转动。它们肯定是朝那里飞去了。他们不可能了解这次进攻的情况啊，他对自己说，然而另一个声音却在说，为什么不可能？以往的所有行动，他们事先都是知道的。

"你认为他们发现那些马了吗？"巴勃罗问。

"那些飞机不是来找马的。"罗伯特·乔丹说。

"可是他们究竟有没有发现那些马呢？"

"没有，除非他们是奉命来找马的。"

"他们会不会发现那些马呢？"

"也许不会吧，"罗伯特·乔丹说，"除非太阳恰好正照耀着那片树林。"

"那片林子上老早就有阳光了。"巴勃罗凄惨地说。

"我认为他们还有更加要紧的事情要去关心，未必会顾得上看你那几匹马吧。"罗伯特·乔丹说。

从他揿下秒表上的按钮到现在，已经过去八分钟了，依然没听到有轰炸声。

"你这只表是用来做什么的？"那妇人问。

"我用它来推算那些飞机飞到哪儿了。"

"哦。"她说。到十分钟时，他不再看表了，因为他知道，距离已经

---

① 这些地方都在马德里西北部，在政府军防线的后方。

太远，不可能再听到什么了，再说，即使现在有什么动静，声音传来也需要一分钟的时间，于是，他对安塞尔莫说："我想和你谈谈。"

安塞尔莫走出洞口，两人一起走到离山洞的入口处不多远的地方，在一棵松树旁站住。

"你好吗[①]？"罗伯特·乔丹用西班牙语问，"情况怎么样？"

"没问题。"

"你吃过了吗？"

"没有。谁也没吃呢。"

"那就去吃吧，再带些中午吃的。我想让你去监视那条公路。要把那条公路上来来往往的一切情况都记下来。"

"我不会写字啊。"

"不需要写字。"罗伯特·乔丹从他的笔记本上撕下两页纸，又用刀把他的铅笔截下一英寸。"把这个带上，看见坦克就做一个记号，像这样，"他画了一个歪歪扭扭的坦克，"每一辆划一道杠，画了四道杠之后，就在四道杠上画一条横线，代表第五辆。"

"我们也是用这办法计数的。"

"很好。卡车要用另一种记号，两个轮子加一个方框。如果是空车，加一个圆圈。如果是装满士兵的，就加一条直线。火炮也要记下。大炮，这样画。小炮，这样画。这个记号代表小轿车，这个记号代表救护车。这样，两个轮子加一个方框再加一个十字。这个记号代表步兵，按连队计算，像这样画，明白了吗？一个小方块，然后在旁边画一根线。骑兵也要画，像这样，懂了么？像一匹马。一个方框加四条腿。这个记号表示一支由二十名骑兵组成的骑兵队。你明白了吗？每一队画一道杠。"

"明白啦。这办法挺奇巧的。"

"还有，"他画了两个大轮子，四周加几个圆圈，再加一条短线，权

---

① 此处原文为西班牙语 Que tal，相当于英语中的 "How are you?"

当炮筒,"这些是反坦克炮。它们有橡胶轮子。用这个记号表示。这些记号代表高射炮,"他画了两个轮子加一个向上翘着的炮筒,"这些也要记下。你都弄懂了吗?你见过这种炮没有?"

"见过,"安塞尔莫说,"当然见过。都清楚啦。"

"带上吉卜赛人和你一起去,要让他知道你蹲守的具体位置,回头也好派人去接替你。要挑一个安全的位置,不要靠得太近,这个位置要让你既能看得很清楚,又不太费劲。要一直坚守到有人来替换你。"

"我懂。"

"好。等你回来时,公路上发生的一切情况我就应该都掌握了。用这张纸记录公路上的上行情况。用这张记录下行的情况。"

他们迈步朝山洞走去。

"叫拉斐尔来见我。"罗伯特·乔丹说着,在那棵树下停下了脚步。他注视着安塞尔莫走进山洞,洞口的挂毯在他身后落下。吉卜赛人悠闲自得地出来了,边走边用手抹着嘴。

"你好吗?"吉卜赛人用西班牙语说,"昨晚玩得挺痛快吧?"

"我睡觉了。"

"真不赖啊,"吉卜赛人笑嘻嘻地说,"你有烟吗?"

"听着,"罗伯特·乔丹一边说,一边伸手在口袋里摸烟卷,"我希望你能陪安塞尔莫去一个地方,他要在那儿观察公路。你到达那儿之后就不用再管他了,但要记住那个地点,这样,你以后就能领我去那儿,或者领别的什么人去接替他。然后,你也找个地方去观察那个锯木厂,要留心那边的岗哨有没有变化。"

"什么变化?"

"那儿现在有多少人?"

"八个。这是我最近刚了解到的情况。"

"去看看现在有多少人。去看看那边桥头上的哨兵间隔多久换一次岗。"

"间隔多久？"

"哨兵站岗要站几个小时，以及什么时间换岗。"

"我没有表啊。"

"把我的拿去吧。"他解下自己那块表。

"多好的一块表啊，"拉斐尔羡慕不已地说，"瞧它多复杂。这么好的表都该能识文断字啦。瞧它上面的数字有多复杂。这真是一块能让别的表都完蛋表啊。"

"别瞎摆弄，"罗伯特·乔丹说，"你看得懂时间吗？"

"怎么看不懂？十二点是正午。肚子饿。再来个十二点是半夜。该睡觉。早晨六点，肚子饿。晚上六点，醉醺醺。碰上好运气。夜里十点一到就——"

"闭嘴，"罗伯特·乔丹说，"你不必扮小丑。我要你不仅去核实那座大桥上的警卫和公路下的那个哨所，还要你去查清锯木厂附近的那个哨所和那座小桥上的警卫。"

"事情还真不少呢，"吉卜赛人笑着说，"除了我，你肯定派不出更合适的人了吧？"

"是的，拉斐尔。这件事很重要。你还应当谨慎行事，注意隐蔽好自己。"

"我相信我会隐蔽好自己的，"吉卜赛人说，"你为什么嘱咐我要隐蔽好自己？你以为我想被人开枪打死吗？"

"凡事要态度严肃点儿，"罗伯特·乔丹说，"这件事可不是闹着玩的。"

"你叫我凡事要态度严肃？在你昨晚干了那好事之后？在你本该动手去杀掉一个人的时候，你却非但没有，反倒干了些什么呀？你本该去杀人，而不是去造人！我们刚刚也看见了，飞机飞得满天都是，数量多得能把我们前八辈的老祖宗、后八辈还没出生的小孙子，包括所有的山猫、山羊和臭虫，统统都杀光。飞机在头顶上遮天蔽日，吵得像狮子在吼，那噪声、那阵势，能吓得你老娘连奶子里的奶水怕都挤不出来了，你还叫我凡事要态度严肃呢。我对这些事的态度已经严肃过头啦。"

"好吧，"罗伯特·乔丹说着，哈哈大笑起来，把手按在吉卜赛人的肩膀上，"那就别把那些事太当真吧。现在去吃你的早饭，然后出发。"

"那你呢？"吉卜赛人问，"你干什么呢？"

"我去会会聋子。"

"来了那么多的飞机，整个山里你很可能一个人也找不到了，"吉卜赛人说，"今天早晨那些飞机飞来时，肯定有许多人都在摔着大把大把的汗珠呢。"

"那些飞机另有任务，不是来追剿游击队的。"

"是啊，"吉卜赛人说，接着又摇摇头，"可是，万一他们想顺便把这件事也干了呢。"

"什么话，"罗伯特·乔丹用西班牙语说，"那些飞机是地地道道的德国最好的轰炸机。他们是不会派这种飞机来追杀吉卜赛人的。"

"这些飞机把我吓得浑身发抖，"拉斐尔说，"这些个玩意儿，真是的，让我很害怕呢。"

"它们是去轰炸一个飞机场的，"在他们走进山洞时，罗伯特·乔丹对他说，"依我看，它们十有八九是去干这个的。"

"你说什么？"巴勃罗的女人问。她为他倒了一大碗咖啡，又递给他一罐炼乳。

"还有牛奶喝？真是奢侈啊！"

"什么都有，"她说，"一下子来了这么多飞机，大家都很害怕啊。你刚才说它们往哪儿飞啦？"

罗伯特·乔丹从罐头上的小切口里倒出一些浓稠的炼乳滴在咖啡里，再用碗口把罐头的边缘刮干净，然后搅了搅咖啡，使咖啡变成了浅褐色。

"我认为，它们是去轰炸一个飞机场的。它们也许会飞往埃斯科利亚尔和科尔梅纳尔。也可能三个地方都去。"

"它们应当远走高飞，离这儿越远越好。"巴勃罗说。

"这时候它们干吗要到这儿来呢？"妇人问，"是什么把它们给引来的？我们压根儿就没见过这种飞机。也没见过这大数量的飞机。他们准备发动进攻了吗？"

"公路上昨晚有什么动静吗？"罗伯特·乔丹问。那姑娘，玛丽娅，此时就紧挨着他，但他没有朝她看。

"你，"妇人说，"费尔南多。你昨晚在拉格兰哈。那边有没有什么动静？"

"啥动静也没有。"答话的是一个身材不高、表情坦率、一只眼睛有点斜视、年龄在三十五岁左右的汉子，罗伯特·乔丹以前从没见过他，"还是老样子，有几辆军用卡车。几辆小轿车。我在那儿的时候没见有部队在运动。"

"你每晚都去拉格兰哈吗？"罗伯特·乔丹问他。

"不是我去，就是别人去，"费尔南多说，"总归有人去。"

"他们去打听消息。买些烟草。买些日常生活用品。"妇人说。

"那边有我们的人？"

"是的。怎么会没有呢？有些是发电厂里的工人。有些是做其他工作的。"

"有什么新闻吗？"

"什么也没有啊①，啥新闻也没什么。北边的情况还是很糟糕。这不算什么新闻。北边的形势从开始到现在就一直糟糕。"

"你有没有听到塞戈维亚方面的消息？"

"没有，伙计②。我也没问。"

---

① 此处原文为西班牙语：*Pues nada*。
② 此处的"伙计"一词，原文均为西班牙语：*hombre*。

"你时常进塞戈维亚城吗？"

"有时候也会进城去，"费尔南多说，"但是很危险。那儿路路设卡，处处盘查，人家要你出示证件呢。"

"你知道那个飞机场吗？"

"不知道，伙计。我知道在哪儿，但从没靠近过。在那个地方，人家对证件查验得特别严。"

"昨晚没人说起过这些飞机吗？"

"在拉格兰哈？没人说起过。不过，今晚他们肯定会议论这些飞机的。他们谈论过基普·德·利亚诺[1]的广播讲话。别的就没啦。噢，对了。看样子，共和国正在准备发动一次攻势。"

"你说什么？"

"我说，看样子，共和国正在准备发动一次攻势。"

"在哪儿？"

"还不能肯定。没准就在这儿。也可能在大山[2]那边的某个地方。你听说过这件事吗？"

"拉格兰哈那边在议论这件事？"

"是的，伙计。我刚才把这个给忘了。不过，关于发动攻势的议论向来就很多。"

"这种议论从哪儿传来的？"

"从哪儿？那还用问，从各种各样的人嘴里呗。在塞戈维亚和阿维拉的那些咖啡馆里，军官们都在谈论呢，那些服务生们就记住了。谣言很快就传开啦。有些时间了吧，人们都在议论纷纷，说共和国要在这些地区发动一次攻势。"

"是共和国，还是法西斯分子要发动攻势？"

---

[1] 基普·德·利亚诺（Quiepo de Llano，1875—1951），西班牙将军，在西班牙内战期间为弗朗哥的叛军主持广播、宣传工作。

[2] 此处指马德里以北的瓜达拉马山区。

"是共和国。要是法西斯分子发动进攻，大家都会知道的。不是法西斯分子。这个攻势规模还不小呢。有人说要在两个地区展开。一个在这儿，另一个在埃斯科利亚尔附近的莱昂高地一线。这个消息你一点儿也没听到过？"

"你还听到些什么？"

"没啦，伙计①。没啦。哦，对了。好像有一种议论，说共和国的支持者们要炸掉几座桥，如果要发动攻势的话。可是，那些桥都有重兵把守呢。"

"你是在开玩笑吧？"罗伯特·乔丹说，一边品着咖啡。

"不是开玩笑，伙计。"费尔南多用西班牙语说。

"这个人是不开玩笑的，"妇人说，"不巧得很，他不开玩笑。"

"那么，"罗伯特·乔丹说，"谢谢你提供了这么多消息。没听到别的什么吗？"

"没有。大家像往常一样，谈论的都是人家马上要派部队来扫荡山区了。好像有一种议论，说大军已经在路上了。还说部队是从巴利亚多利德派出的，已经出发了。不过，这种话他们一直在说。不必当真。"

"还有你，"巴勃罗的女人冲着巴勃罗说，那口气简直有些恶语相向了，"还在大谈你那个什么安全呢。"

巴勃罗条件反射似的望着她，挠挠自己的下巴。"你，"他说，"还有你那几座桥。"

"什么桥啊？"费尔南多兴致勃勃地问。

"蠢货，"妇人对他说，"笨蛋。蠢货②。再来杯咖啡，使劲想想还有什么消息漏了没说。"

"别生气，比拉尔，"费尔南多心平气和、兴致勃勃地说，"对谣言也

---

① 此处原文为西班牙语：*Nada，hombre*。

② 此处原文为西班牙语：*Tonto*。

不必大惊小怪。凡是我能记得的，我都原原本本告诉你和这位同志啦。"

"你确定没遗漏别的什么了？"

"没有了，"费尔南多态度庄重地说，"再说，我也是碰巧才记住这些的，因为全是一些不足为信的谣言，我对哪一条都没放心上。"

"这么说，还有漏了没说的事情？"

"是的。有可能。不过，我都没在意。一年来，我听到的全是些谣言，什么有用的话都没听到。"

罗伯特·乔丹听到那姑娘忍俊不禁，嗤地一声笑了出来，玛丽娅原来正站在他身后呢。

"再给我们讲一个谣言吧，费尔南迪多①。"她说，接着又笑得双肩乱颤。

"就算还记得，我也不说了，"费尔南多说，"听信谣言，还拿它当真，这有伤男子汉的尊严。"

"可是，有了这些，我们就能挽救共和国。"妇人说。

"不对。炸了那些桥，你才能救亡吧。"巴勃罗对她说。

"出发吧，"罗伯特·乔丹对安塞尔莫和拉斐尔说，"如果你们已经吃过了。"

"我们这就走。"老头儿说罢，两人便一起站起来。罗伯特·乔丹感觉有人把手搭在了他的肩上。是玛丽娅。"你也该吃了，"她说，但手依然还搭在他肩上，"吃饱点儿，这样你的胃才能承受得住更多的谣言。"

"谣言已经把胃口挤没啦。"

"不。不能这样。趁着更多的谣言还没来，先把这个吃了。"她把那碗吃的放在他面前。

"不要拿我当笑料，"费尔南多朝她说，"我可是你的好朋友啊，玛丽娅。"

---

① 西班牙语中对费尔南多的昵称，也称"小费尔南多"。

"我不是在笑话你，费尔南多。我只是在和他开玩笑，他也该吃了，否则会挨饿的。"

"我们大家都该吃啦，"费尔南多说，"比拉尔，怎么就没人给我们送吃的呢？"

"没什么，伙计，"巴勃罗的女人说着，给他盛了满满一碗炖牛肉，"吃吧。是啊，这个才是你最念念不忘的。快吃吧。"

"这饭做得非常好，比拉尔。"费尔南多说，尊严丝毫未受影响。

"谢谢你，"妇人说，"谢谢你，再次谢谢你。"

"你在生我的气吗？"费尔南多问。

"没有。吃吧。快动手吃吧。"

"我会吃的，"费尔南多说，"谢谢你。"

罗伯特·乔丹注视着玛丽娅，只见她双肩又开始颤动起来，并把脸躲开了。费尔南多在慢条斯理地吃着，脸上挂着自豪而又自尊的表情，即便他使用的是那把特大号汤勺，嘴角还滴滴拉拉地流着炖肉的汤汁，那份尊严也丝毫未受影响。

"好吃吗？"巴勃罗的女人问他。

"好吃，比拉尔，"他说，嘴里塞得满满的，"味道和往常一样。"

罗伯特·乔丹感觉玛丽娅的手正放在他胳膊上，感觉她乐得把手指头都捏紧了。

"就因为味道和往常一样，你才觉得好吃？"妇人问费尔南多。

"是的，"她说，"我明白了。炖肉；和往常一样。和往常一样[1]。北边的情况很糟糕；和往常一样。这里要发动攻势了，和往常一样。部队要来围剿我们了；和往常一样。你这人可以竖起来做纪念碑了，就叫做'和往常一样'。"

"但是这后两条真的只是谣言，比拉尔。"

---

[1] 此处原为西班牙语：*Como siempre*。

"西班牙啊。"巴勃罗的女人辛酸地说。接着，她转身对罗伯特·乔丹说。"别的国家也有这种人吗？"

"别的国家都和西班牙不一样。"罗伯特·乔丹彬彬有礼地说。

"你说得对，"费尔南多说，"世界上没有任何别的国家和西班牙一样。"

"你有没有去过什么别的国家啊？"妇人问他。

"没有，"费尔南多说，"也不想去。"

"你看见了吧？"巴勃罗的女人对罗伯特·乔丹说。

"费尔南迪多，"玛丽娅对他说，"给我们说说你在巴伦西亚的见闻吧。"

"我不喜欢巴伦西亚。"

"为什么呢？"玛丽娅问，又紧紧攥着罗伯特·乔丹的手臂，"你为什么不喜欢巴伦西亚呢？"

"那些人没礼貌，我也理解不了他们。他们就知道彼此大声叫喊 *che*① 。"

"他们能理解你吗？"玛丽娅问。

"他们假装不理解。"费尔南多说。

"那你在那里都干了些什么呢？"

"我连大海都没看一眼就走了，"费尔南多说，"我不喜欢那些人。"

"嘿，快滚出去，你这老处女式的男人，"巴勃罗的女人说，"趁你还没让我感到恶心，赶快离开这儿。我这辈子最风光的一段岁月就是在巴伦西亚度过的。你明白吧！巴伦西亚！别在我面前提巴伦西亚了。"

"你在那儿是做什么的？"玛丽娅问。巴勃罗的女人端来一碗咖啡、一碗炖肉和一片面包，在桌边坐下。

"你说什么？应该说是我们在那儿做什么吧。我在那里的时候，菲尼托和人家签了合同，要在那次博览会期间参加三场斗牛赛。我从没见过那么多的人。我从没见过那么拥挤的咖啡馆。就是等上好几个小时也别想弄到座位，电车也上不去。巴伦西亚整日整夜都是这么人声鼎沸、

---

① 西班牙语，意为"是；好；明白"。

熙熙攘攘。"

"可是，你当时在干些什么呢？"

"什么都干，"妇人说，"我们去海滩，泡在海水里，人们赶着牛群把帆船从海里拖向岸边。人们先把牛往海里赶，一直赶到牛必须在水中游起来；然后再套上这些牛，把它们系在船上，等牛在水中能站住脚的时候，它们就会摇摇晃晃走上沙滩。清晨，十对同轭的牛将一条帆船拖出大海，一排排细浪卷着浪花拍打着海滩。这就是巴伦西亚。"

"可是，除了看牛，你们还干些什么呢？"

"我们在沙滩上的那些大帐篷里吃饭。糕饼的馅儿是用熟鱼片加红椒、青椒和米粒般的小果仁做的。那些糕饼做得很精致，有好多层，鱼肉鲜美得叫人无法相信。刚从海里捞出的对虾，洒上鲜橙汁。虾肉呈粉红色，味道美极了，一只对虾要分四口才能吃完。这些东西我们吃了不少。我们还吃了肉菜饭①，用刚出海的海鲜做的，配有带壳的蛤蜊、淡菜、小龙虾、小海鳗。我们还吃了甚至更小的油炸鳗鱼，细得像豆芽，弯弯扭扭的盘成团，嫩得不用嚼，入口即化。吃饭时还一直不停地喝一种白葡萄酒，那酒冰爽、清口，价钱也公道，才三十分②一瓶。最后上的是甜瓜。那里盛产甜瓜。"

"卡斯蒂尔的甜瓜口味还要好呢。"费尔南多说。

"什么话③，"巴勃罗的女人说，"卡斯蒂尔的甜瓜只配用来手淫。巴伦西亚的甜瓜才是用来吃的。那些甜瓜让人一想起来就垂涎欲滴啊，那瓜长得像人的胳膊那么长，像海水一般绿，清脆爽口，一刀切下，液汁四溢，比夏日的清晨还要甘甜呢。哎呀，还有那些小到极点的鳗鱼，小不点儿的，味道却很鲜美，一团团地装在盘子里，真让人回味无穷啊。还有大杯大杯的啤酒，整个下午都在喝着，冰凉的啤酒装在水壶那么大

---

① 此处原文为西班牙语：*paella*，意为"肉菜饭"，是巴伦西亚地区典型的膳食。

② 西班牙货币单位，一百分为一比塞塔。

③ 此处原文为西班牙语：*que va*。

的杯子里，杯子外面结着一层水珠。"

"那你不吃不喝的时候在做些什么呢？"

"我们在房间里做爱啊，阳台上挂着细木片百叶帘，微风从房门顶上敞开的气窗里徐徐吹来，房门是装铰链的那种。我们就在那里做爱，房间因为放下了百叶帘，大白天里也很幽暗，能闻到大街小巷飘溢着的鲜花市场散发出的阵阵芬芳，也能闻到燃放爆竹的火药味，那些爆竹都挂在绳索 ① 上，拉得满街都是，在博览会期间每天中午都要燃放。挂着烟花的绳子贯穿整个城市，和一串串爆竹连接在一起，在一根根电线杆和一条条电车线上接连不断地炸开来，爆炸时发出巨大的声响，爆竹就在一根根电线杆之间尖厉地蹦跳着，那种噼噼啪啪的爆炸声你简直无法想象。

"我们做爱，然后再要一大杯冰啤酒，冰得玻璃杯上结水珠的那种，女招待把啤酒送来时，我从门口接过来，然后我就把冰凉的玻璃杯贴在菲尼托的后背上，他呢，这时已躺在那儿，睡得正香呢，啤酒送来了也没完全醒，他说：'别，比拉尔。别，老婆，让我睡吧。'我就说：'别，你醒醒，把这杯喝了吧，看看有多冰。'他连眼睛也没睁开就把酒喝了，喝完又接着睡，我就背靠枕头倚在床脚边，看他熟睡的模样，棕色的皮肤，深色的头发，年轻力壮，睡得很安稳，于是我把一大杯啤酒全喝了，听着这时正路过的乐队演奏的音乐。你呢，"她冲着巴勃罗说，"这种事情你知道一丁点儿吗？"

"我们已经在一起生活了。"巴勃罗说。

"是的，"妇人说，"为什么不呢？你当年风华正茂，身强力壮的，比菲尼托还要有男人味呢。但是我们从来就没有一起去过巴伦西亚。我们从来就没有在巴伦西亚一起躺在床上听路过的乐队演奏音乐。"

"那是不可能的，"巴勃罗对她说，"我们一直没有机会去巴伦西亚。

---

① 此处原文为西班牙语：traca。

你要是还讲道理的话，就应该清楚这一点。但是，和菲尼托待在一起，你却没有炸过火车。"

"没错，"妇人说，"这的确是我们理所当然该干的。炸火车。是啊。老是炸火车。谁也不能说这件事不对头。除了这件事，剩下的就只有懒惰、散漫、窝囊废了。剩下的就只有眼前这个胆小鬼了。从前确实也干过不少别的好事。我不想落得个待人不公平的名头。但是谁也不许说巴伦西亚不好。你们听到我说的话了吗？"

"我以前是不喜欢巴伦西亚的，"费尔南多平心静气地说，"我以前就是不喜欢巴伦西亚嘛。"

"所以人家才说驴子就是这种犟脾气嘛，"妇人说，"收拾一下桌子吧，玛丽娅，我们可以走啦。"

她话音刚落，大伙儿就听见了头一批飞机返航的声音。

第九章

　　他们站在山洞的入口处注视着那些飞机。轰炸机这时飞得很高，成箭头形编队凶神恶煞般地疾速划过天空，马达的噪声震天响。这些飞机的外形真像鲨鱼，罗伯特·乔丹想，像墨西哥湾流里的那些阔鳍、尖鼻的鲨鱼。但是这些家伙，阔鳍呈银灰色，发着隆隆的轰响，螺旋桨在阳光下熠熠闪耀，这些家伙的行动可不像鲨鱼。它们的行动与人世间现有的任何事物都不相同。它们像机械化的死神在行动。

　　你应该写作呀，他对自己说。也许你有朝一日还会重新握笔的。他感到玛丽娅挽紧了他的胳膊。见她正仰望着天空，他便对她说，"你看它们像什么，小美人①？"

　　"我不知道，"她说，"我想，像死神吧。"

　　"我看它们就像飞机，"巴勃罗的女人说，"那些小飞机哪儿去了？"

　　"它们也许正从别的地方飞过去呢，"罗伯特·乔丹说，"那些轰炸机飞得太快，等不及那些小飞机，就独自返航了。我们的飞机从不跨越封锁线去追击它们。飞机

---

① 此处原文为西班牙语：guapa，原意为"美丽的；漂亮的"。此处意为"小美人"。

不够，就不能冒这个险啊。"

就在这时，三架成 V 形编队的亨克尔式战斗机突然出现在那片开阔地的上方，正低空朝他们飞来，高度几乎就贴着树梢，状如嘎嘎作响、机翼歪斜、鼻头紧皱、丑陋不堪的玩具，然而它们摇身一变，就可怕地扩大到了它们的真实尺寸；在呜呜的咆哮声中呼啸而过。它们飞得很低，站在洞口的人全都能看到机上的飞行员，戴着头盔和护目镜，甚至连巡逻队长脑后飘舞着的围巾也历历在目。

"那些飞机啊，肯定发现那些马了。"巴勃罗说。

"那些飞机还能发现你的烟屁股呢，"妇人说，"快放下挂毯。"

再也没听到别的飞机飞来。其余那些飞机肯定是从远在那边的山梁上飞过去的，等嗡嗡声渐渐消失后，他们走出山洞，来到露天旷野中。

这时的天空，寥廓而又明净，天高云淡，一片蔚蓝。

"真像做了一场梦，现在刚从梦中醒来一样。"玛丽娅对罗伯特·乔丹说。此时，甚至连最后那一点儿微弱得几乎都难以察觉的嘤嘤声也没有了，好比是有人用手指头轻轻一点、抬起来后再轻轻一点一样，那声音已经消失得几乎无影无踪了。

"这不是做梦，你快进去收拾一下吧，"比拉尔对她说，"怎么样？"她转身对罗伯特·乔丹说，"我们是骑马去，还是步行去？"

巴勃罗望着她，嘴里不满地哼了一声。

"随你便。"罗伯特·乔丹说。

"那我们就步行吧，"她说，"我想走走，对肝脏有好处。"

"骑马才对肝脏有好处呢。"

"对，就是屁股受不了。我们还是步行去吧，你——"她转身对巴勃罗说，"下去清点一下你的那些牲口，看看它们是不是跟飞机飞走了。"

"你要不要弄匹马来骑骑？"巴勃罗问罗伯特·乔丹。

"不用。多谢啦。那姑娘怎么办？"

"最好让她多走走，"比拉尔说，"她身上有太多的地方快要硬得不能弯了，以后还怎么生儿育女啊。"

罗伯特·乔丹顿时觉得脸红起来。

"你睡得还好吗?"比拉尔问。她沉吟了一下，接着又说:"她确实没有病，真的。本来可能有。我也不知道为什么就是没有。也许上帝毕竟还在，尽管我们已经把他给废了。滚开。"她对巴勃罗说。"这事跟你不相干。这是人家年轻人的事。没你的分儿。快滚,"然后又对罗伯特·乔丹说，"奥古斯汀会照看好你那些东西的。他到了我们就走。"

这是一个天气晴好、阳光明媚的日子，太阳此时正晒得人暖洋洋的。罗伯特·乔丹望着这个身材高大、脸庞棕褐的女人。她长得慈眉善目，眼眶很大，一张棱角分明的方脸上已经有了皱纹，模样虽不好看，却也楚楚动人，两眼闪动着快乐的光芒，但如果嘴唇不动，脸上却布满愁容。他看看她，又看看那个体格壮硕、呆头呆脑的男人，看着他穿过树林朝马栏那边走去。那妇人也举目望着他的背影。

"你们做过爱了吗?"妇人说。

"她是怎么说的?"

"她不会告诉我的。"

"我也不会。"

"那就是说，你们已经做过爱了,"妇人说，"那你就该尽你所能去关心她、体贴她。"

"假如她有了孩子怎么办?"

"那也不会有什么坏处,"妇人说，"那样反倒有好处呢。"

"这儿并不是合适的地方啊。"

"这儿并不是她的久留之地。她终究要跟你走的。"

"那我又上哪儿去呢? 我总不能走到哪儿都带着一个女人吧。"

"谁知道? 你说不定走到哪儿都带着两个女人呢。"

"话不能这么说嘛。"

"你听着,"妇人说，"我可不是胆小鬼，但是我在大清早儿的时候看问题往往能看得很清楚，而且，照我看，有许多我们所认识的现在还活得好好的人，根本就没指望还能活着见到下个礼拜天了。"

"今天是礼拜几？"

"礼拜天。"

"什么话，"罗伯特·乔丹用西班牙语说，"下个礼拜天还远着呢。如果我们能活到礼拜三，我们就什么问题也没有了。但是，我不喜欢听你说这种话。"

"谁都需要有一个可以倾诉的人，"妇人说，"从前我们有宗教信仰，还有别的瞎扯淡。现在我们也应该有这么一个人，大家可以向他开诚布公地说说心里话，一个人就是再勇敢，有时也会感到很孤单的。"

"我们并不孤单。我们大家都是抱成团的。"

"看到那些机械化的玩意儿真叫人心里发怵，"妇人说，"我们根本就对付不了那些机械化的玩意儿。"

"虽然如此，我们还是有可能打败他们的。"

"瞧，"妇人说，"我反倒向你诉说起忧愁来了，但你别以为我决心不够坚定。我的决心从未动摇过。"

"只要太阳照常升起，忧愁就会云消雾散。忧愁就像迷雾一样。"

"那当然，"妇人说，"如果你要那样比喻的话。也许是因为讲了那一大通关于巴伦西亚的蠢话的缘故吧。再加上又把那个去看他的马的窝囊废男人数落了一顿。我编出来的那个故事很伤他的心呢。杀了他，行。狠狠骂他一顿，行。要想伤他的心，那可不行。"

"你怎么会和他搞在一起的？"

"谁和谁搞在一起还不都一样？抵抗运动刚开始的那些日子里，甚至再往以前，他还算是个人物。一个响当当的人物呢。可是现在，他已经完了。塞子已经拔掉，皮袋子里的酒已经流光啦。"

"我不喜欢他。"

"他也不喜欢你，还有道理呢。昨晚我和他睡觉的。"她这时笑了

笑，又摇摇头。"你看看①，"她说，"我对他说，'巴勃罗，你干吗不杀了那个外国佬呢？'

"'他是个很不错的小伙子呢，'巴勃罗说，'他是个很不错的小伙子。'

"于是，我就说：'我才是真正的指挥员呢，你明白了吗？'

"'明白啦，比拉尔。明白了。'他说。后来，在半夜里，我听见他醒了，还在那儿哭呢。他哭得一抽一抽的，哭声很难听，就是那种男人的哭法，活像肚子里钻进了一头野兽在折腾他似的。

"'你怎么啦，巴勃罗？'我对他说，我紧紧抱住他，搂着他。

"'没什么，比拉尔。没什么。'

"'不对，你肯定有什么心事。'

"'这帮人，'他说，'他们就这么背弃我了。这帮人啊。'

"'没错，但是他们支持我呀，'我说，'而我又是你的女人。'

"'比拉尔啊，'他说，'可别忘了炸火车这档子事儿啊。'接着他又说，'愿上帝辅佐你吧，比拉尔。'

"'你干吗要提上帝呢？'我对他说，'说这种话有什么用？'

"'是的，'他说，'上帝，还有圣母玛利亚②。'

"'什么话，还上帝和圣母玛利亚呢，'我对他说，'说这种话有用吗？'

"'我怕死啊，比拉尔，'他说，'我害怕会死掉啊③。你明白吗？'

"'那就滚下床去，'我对他说，'我和你，还要再加上你的那些害怕，是没法都挤在一张床上的。'

"他这才感到羞耻了，不做声了，我也就睡着了，可是，伙计，他这人算是毁掉啦。"

罗伯特·乔丹没说什么。

---

① 此处原为西班牙语：*Vamos a ver*，意为"瞧，怎么样；你看看"。

② 此处原为西班牙语：*Virgen*，意为"圣母玛利亚"。

③ 此处原为西班牙语：*Tengo miedo de morir*，意为"我怕死；我害怕会死掉"。

"我这辈子时不时地也会冒出这种悲观情绪，"妇人说，"但是和巴勃罗的悲观思想完全不同。它丝毫不会影响我的决心。"

"这一点我相信。"

"这也许就像女人家来月经一样，"她说，"也许根本就算不了什么，"她停顿了一下，接着又说，"我对共和国抱有极大的向往。我对共和国怀着坚定的信心，我有信念。好比那些虔诚的宗教信徒总是相信会有不可思议的奇迹出现那样，我对共和国也怀着炽热的信念。"

"我相信你。"

"这种信念你也有吗？"

"对共和国吗？"

"是啊。"

"有。"他说，希望自己说的是实话。

"我很高兴，"妇人说，"那你一点儿也不害怕吗？"

"如果是去死，那我不怕。"他说的是实话。

"那么，还是有别的让你害怕的事情喽？"

"只有一件，那就是，害怕完不成我本该完成的任务。"

"也不怕当俘虏吗？上次那个人就怕当俘虏呢。"

"不怕，"他说的还是实话，"人要是怕了这个，他的思想负担就会太重，就会变成废物，什么也干不成了。"

"你倒真是个非常冷酷的小伙子。"

"不，"他说，"我不这样认为。"

"就是。你的头脑非常冷静。"

"那是因为我脑子里装的都是工作。"

"可是，你难道就不喜欢生活方面的事情？"

"喜欢啊。非常喜欢。不过，不能妨碍工作。"

"你喜欢喝酒，我知道。我亲眼看见的。"

"是的。非常喜欢。但不能妨碍工作。"

"那么，女人呢？"

"我非常喜欢女人，但我从来没有太把她们放心上。"

"你不喜欢她们吗？"

"喜欢的。女人们都说她们应当能打动男人的心，可惜我还没有找到这样一个真能让我动心的女人呢。"

"我看你是在撒谎。"

"也许有点儿吧。"

"不过，你还是蛮喜欢玛丽娅的。"

"是的。来得很突然，而且还非常喜欢。"

"我也是。我可喜欢她了。真的。非常喜欢。"

"我也一样啊，"罗伯特·乔丹说，他能感觉到自己的嗓音变得滞重起来，"我也一样。真的。"把这番话说出来倒也使他一吐为快，于是，他十分庄重地用西班牙语说："我非常喜欢她。"

"等我们见过聋子之后，我会让你单独和她在一起的。"

罗伯特·乔丹没说什么。过了一会儿，他说："没这个必要。"

"不，伙计。很有必要呢。时间不多啦。"

"这是你在手相上看出来的？"他问。

"不是。看手相纯属瞎扯淡，别往心里去。"

她已经把这件事和一切有可能不利于共和国的羁绊统统都抛在了一边。

罗伯特·乔丹什么也没说。他默默地望着玛丽娅在山洞里拾掇碗碟。她擦干双手，转过身子，朝他送来嫣然一笑。她不可能听见比拉尔在说些什么，但是她在朝罗伯特·乔丹回眸一笑时，茶褐色的脸上竟羞答答地泛起一阵深深的红晕，片刻之后，她再次朝他微微一笑。

"还要享受白天的欢愉呢，"妇人说，"你们有了夜里的欢愉，但是也要体验一下白天的欢乐。当然，我当初在巴伦西亚所享受过的那种放纵的快乐是不会有啦。不过，你们还是可以去采些野草莓呀什么的。"

她哈哈大笑起来。

罗伯特·乔丹伸出一只手臂放在她宽厚的肩膀上。"我也喜欢你呀，"他说，"我也非常喜欢你呢。"

"你真是个风流成性的猎艳高手啊，"妇人说，一时竟也被这种亲热的举动弄得有些手足无措，"当真要开始见一个爱一个啦。瞧，奥古斯汀来啦。"

罗伯特·乔丹走进山洞，径直走向玛丽娅站立的地方。她含情脉脉地注视着他朝她走来，眼中闪动着明媚的春光，脸颊和脖子都羞得通红。

"你好，小兔乖乖，"他说着，便吻上了她的嘴。她紧紧拥抱住他，脸对脸地看着他，嘴里说着，"你好。噢，你好。你好。"

依然还坐在桌边抽着烟的费尔南多，此时站起身来，摇摇头，提起靠在洞壁边的卡宾枪，悻悻地走了出去。

"简直太出格了，"他对比拉尔说，"我实在看不惯。你该管管那姑娘啦。"

"我在管着呢，"妇人说，"那位同志是她的未婚夫①。"

"哦，"费尔南多说，"如此说来，既然他们已经订了婚，我认为，那就不算出格，反倒是名正言顺了。"

"我很满意。"妇人说。

"彼此彼此，"费尔南多庄重地表态说，"再见吧，比拉尔。"

"你要去哪儿？"

"去上面的哨位换岗啊，去接替普里米蒂伏。"

"你这该死的家伙这是要去哪儿呢？"奥古斯汀问这个一脸庄重的小个子男人，他这时恰好正走上来。

"去履行我的职责。"费尔南多挺有尊严地说。

"你的职责，"奥古斯汀嘲弄地说，"我要把你的职责 × 得冒白浆。"说罢，又转向那妇人，"要我看管的那些说不出名堂的破烂货玩意儿在

---

① 此处原为西班牙语：novio。

哪儿呢？"

"在山洞里，"比拉尔说，"装在两只背包里呢。你的满口下流话，我都听腻歪啦。"

"我要 × 得你的腻歪冒白浆。"奥古斯汀说。

"还是去 ×× 你自己吧。"比拉尔不动声色地对他说。

"× 你的妈。"奥古斯汀回敬说。

"你是个没妈的人，从来就没有过。"比拉尔对他说，这些带有侮辱性的骂人的脏话，在形式上已经达到用西班牙语骂人的登峰造极的地步了，但对表达的具体行为却是从不明说的，只作蓄性的暗示。

"他们在那里面干什么呀？"奥古斯汀这时装出一副很机密的样子鬼头鬼脑地问。

"没干什么，"比拉尔用西班牙语对他说，"什么也没干。我们毕竟是在春天里啊，你这牲口。"

"牲口，"奥古斯汀说，津津乐道地品尝着这个词的滋味，"牲口。还有你呢。你这婊子里的大婊子养的丫头片儿。我也来过把春天的瘾，× 得他妈的春光冒白浆吧。"

比拉尔在他肩膀上打了一巴掌。

"你呀，"她说着，用她那特有的大嗓门朗声大笑起来，"你骂人也翻不出新花样。不过劲头还挺足的。你看见那些飞机了吗？"

"我听到 × 他妈的冒白浆的飞机马达声了。"奥古斯汀说着，点点头，咬着下嘴唇。

"这事儿闹大啦，"比拉尔说，"这事儿真的闹大啦。但是这活儿真要干起来确实也真够费劲儿呢。"

"在那个高度上，确实不容易，"奥古斯汀笑嘻嘻地说，"确实不容易啊①。不过，说说笑话要让人好受一些。"

---

① 此处原为西班牙语：*Desde luego*。

"是啊，"巴勃罗的女人说，"说说笑话要让人好受多了，再说，你本来就是个很不错的人，而且你说的笑话也挺带劲儿的。"

"你听着，比拉尔，"奥古斯汀一本正经地说，"有人在准备搞什么名堂呢。这事儿是真的吗？"

"你怎么看呢？"

"乱七八糟，糟得不能再糟了。来了那么多的飞机啊，女士。飞机太多啦。"

"你难道也像其他人一样，被那些飞机吓破胆啦？"

"什么话，"奥古斯汀说，"你认为他们在准备干什么？"

"听我说，"比拉尔说，"根据这小伙子直奔炸桥而来的情况判断，共和国正在着手准备发动攻势，这一点很明显。再看一下子来了这么多的飞机，这说明法西斯分子也在准备迎战，这一点也很明显。可是，他们为什么要亮出这么多飞机呢？"

"这场战争中出现了无数的蠢事，"奥古斯汀说，"这场战争简直是愚蠢得没了边了。"

"那还用说，"比拉尔说，"否则我们也不可能待在这儿了。"

"是啊，"奥古斯汀说，"我们在这种愚蠢的环境里游来游去，到现在已经有一年了吧。不过，巴勃罗还真是一个很有头脑的人呢。巴勃罗这家伙老谋深算的，狡猾极了。"

"你为什么说这种话？"

"这是我的评价。"

"但是，你必须明白，"比拉尔辩解地说，"事到如今，要想凭老谋深算来挽救局势已经为时太晚啦，更何况他已经连斗志也丧失了。"

"我明白，"奥古斯汀说，"我知道我们必须撤走。既然我们必须先要打赢这场战争，才能最终活下来，那这些桥就得炸掉，非炸不可。不过，巴勃罗如今虽然已变成了胆小鬼，但他还是很精明的。"

"我也很精明啊。"

"不，比拉尔，"奥古斯汀说，"你不是精明。你是勇敢。你是忠诚。你决事果断。你的直觉也很准。你不但很有决断能力，而且古道热肠。但你不精明。"

"你是这样认为的？"妇人若有所思地问。

"是的，比拉尔。"

"那个小伙子倒是很精明的，"妇人说，"既精明，又沉着。头脑非常冷静。"

"是啊，"奥古斯汀说，"他对他那行一定很精通，要不然他们也不会派他来干这个了。但我不知道他也是个精明人。我只知道，巴勃罗是个非常精明的人。"

"可是，他已经吓破了胆，变成废物一个啦，而且缺乏斗志，什么行动也不想干。"

"但是依然很精明。"

"那么，说说吧，你有什么想法？"

"没想法。我要理智地把这件事好好权衡一下。在当前这个非常时期，我们凡事都要有理智才行。桥炸掉之后，我们就得立即撤离。一切都必须安排妥当。我们必须知道我们该往哪儿撤离，怎么撤离。"

"那当然。"

"这一点——还得靠巴勃罗。这件事必须干得很精明才行。"

"我对巴勃罗已经没有信心了。"

"在这一点上，要相信他。"

"不。你根本不知道他已经颓废到什么地步了。"

"但是他非常精明[1]。他是一个非常精明的人。再说，这件事我们如果干得不那么精明，我们就 × 他妈的全 × 玩完啦。"

"我会认真考虑的，"比拉尔说，"我有一整天时间，可以好好权衡

---

[1] 此处原文为西班牙语：*Pero es muy vivo*。

这件事。"

"炸桥的事儿；交给那个小伙子去办，"奥古斯汀说，"这事儿他一定很在行。瞧，上次布置炸火车的那个人，他干得多漂亮啊。"

"是啊，"比拉尔说，"整个行动确实都是他一手布置的。"

"你负责鼓舞士气，增强信心，"奥古斯汀说，"但是要让巴勃罗来负责行动。让巴勃罗来负责撤退。现在就要强迫他来研究这件事。"

"你真是一个很有理智的人啊。"

"理智嘛，还行，"奥古斯汀说，"可惜就是缺乏歪点子 ①。这方面，巴勃罗行。"

"就他怕成那个熊样，也还行？"

"就算他怕成那个熊样，也还行。"

"你对炸掉那些桥有什么看法？"

"必须炸掉。这我知道。有两件事是我们非干不可的。我们必须离开此地，我们必须打胜仗。所以，如果我们想打胜仗，就必须把那些桥炸掉。"

"如果巴勃罗真有那么精明的话，他为什么就悟不透这一点呢？"

"因为他软弱，只想着要维持现状。他只想凭着他自己的软弱表现在潮起潮落的纷争中以不变应万变。殊不知江河在日益猛涨啊。如果强迫他去顺应变革，他会在变革中精明起来的。他这人是很精明的 ②。"

"幸好那个小伙子没宰了他。"

"什么话。昨天晚上，吉卜赛人还在怂恿我去干掉他呢。那个吉卜赛人简直就是一头牲口。"

"你也是一头牲口，"她说，"只不过是一头有理智的牲口而已。"

"我们俩都很有理智，"奥古斯汀说，"但是论才干，还是巴勃

---

① 此处原文为西班牙语：*sin picardia*，意为"缺乏歪点子；没有坏心眼"。

② 此处原为西班牙语：*Es muy vivo*。

罗强！"

"就是叫人实在难以忍受。你真不知道他已经颓废到什么地步了。"

"是啊。但还算是个人才。听我说，比拉尔。打仗只需要有理智就行。但是要想打胜仗，就需要有人才和物资啊。"

"我会认真考虑的，"她说，"我们该出发啦。我们已经晚了。"于是，她扯开嗓门："英国佬！"她叫喊着，"英国人①！快点吧！我们该出发啦。"

第十章

"我们歇一会儿吧，"比拉尔对罗伯特·乔丹说，"玛丽娅，你坐这儿，我们休息一下。"

"我们应当继续赶路才对，"罗伯特·乔丹说，"等赶到那儿再休息吧。我一定要见到这个人。"

"你会见到他的，"妇人对他说，"用不着这么急匆匆地赶着走嘛。坐这儿，玛丽娅。"

"接着赶路吧，"罗伯特·乔丹说，"到山顶上再歇息。"

"我现在就想歇息。"妇人说罢，便在小溪边坐下来。姑娘坐在妇人身边的那簇石楠丛里，阳光洒落在她的头发上。唯有罗伯特·乔丹仍站立在那儿，眺望着高山上的那片草地，草地中蜿蜒流淌着那条有鳟鱼的小山涧。他站立的地方也生长着一丛丛石楠。地势较低的那一侧草地上则生长着黄色的蕨类植物，而不再是石楠，一尊尊灰颜色的巨砾从那儿拔地而起，再往下去便是黑魆魆的松林的边缘了。

"去聋子那边有多远？"他问。

"不远，"妇人说，"走过这片开阔的原野，再穿过下面的那条深谷，然后再爬上那边的那片山林，在这条小溪发源的地方就是。你就坐下来歇一会儿吧，别老惦记着你那个所谓的正经事。"

"我要会会他，早点儿把事情了结掉。"

"我要洗洗脚，"妇人说着，便脱掉绳底鞋，拉下厚实的长筒羊毛袜，把右脚伸进了溪水中，"啊呀！好冷！"

"我们真该骑马来。"罗伯特·乔丹对她说。

"这样走走对我有好处，"妇人说，"我一直盼着能有机会出来走走呢。你这是怎么啦？"

"没什么，我只是想抓紧点儿。"

"那就别发急。时间有的是。今天天气多好啊，总算没有窝在松林里，着实让我也好好舒坦了一回呢。你简直无法想象人要是一直窝在松林里会有多憋闷。那片松林还没有让你产生厌倦感吗，小美人儿？"

"我喜欢松林。"姑娘说。

"松林里有什么可以让你喜欢的？"

"我喜欢闻松树的香味和脚踩松针的那种感觉。我喜欢听高高的树林中那飒飒的风声和树梢相互摩挲时发出的那种咯吱声。"

"你什么都喜欢，"比拉尔说，"无论在哪个男人的眼里，你都是一个天生的尤物，要是你能把饭菜再做得稍微好一点的话。可是松树造成的却是一林子的厌倦感。你从没看见过山毛榉林子、橡树林子、栗树林子吧。那些才叫树林呢。在那种树林里，每棵树都不一样，各具风采，千姿百态。一林子一模一样的松树只会给人造成厌倦感。你说呢，英国人？"

"我也喜欢松林。"

"哟嗬，报复我呢①，"比拉尔说，"你们两个一唱一和的。其实我也喜欢松林，可是我们在这片松林里憋得也实在太久啦。我也讨厌这些高

---

① 此处原为西班牙语：*Pero*，*venga*。

山。山里只有两个方向。下山和上山，即便下山，也只有那一条公路，而且是通向法西斯分子占据的城镇的。"

"你去过塞戈维亚吗？"

"什么话。带着这张脸去吗？这可是一张出了名的脸啊。你愿意人长得难看吗，小美人？"她对玛丽娅说。

"你长得不难看啊。"

"你看看，我长得还不难看啊。我生来就难看。我已经难看了一辈子啦。你，英国人，你对女人一点儿也不懂。你知道女人家要是长相难看会是什么心情吗？你知道难看了一辈子的女人内心里却觉得自己很美是怎么回事儿吗？这是一种很奇特的心情啊，"她把另一只脚也放进溪水中，但随即又缩回来，"哎呀，真冷啊。瞧那只水鹡鸰，"她说着，用手指指在小溪上游的一块石头上蹦来蹦去的一团圆球似的灰色的鸟，"那些鸟一点用处也没有。既不会发出好听的叫声，肉也不能吃。只会上上下下地摇尾巴。给我来支烟吧，英国人。"她说。接过烟卷后，她从自己的衬衣口袋里掏出燧石打火器，点上了烟卷。她一边抽着烟，一边打量着玛丽娅和罗伯特·乔丹。

"生活真是让人琢磨不透啊，"她说，烟从鼻孔里喷出来，"我若做男人，没准就是堂堂一条好汉，可我偏偏是个地地道道的女人，而且长相也十分的难看。尽管如此，偏偏还就有好多男人爱上了我，我也爱上过不少男人。这才真叫人琢磨不透呢。你听着，英国人，这种事情挺有趣的。你瞧瞧，我这模样要多难看就有多难看吧。你仔细瞧瞧嘛，英国人。"

"你长得并不难看啊。"

"怎么不难看①？别跟我花言巧语了。难不成，"她痛痛快快地大笑起来，"你也开始对我动心了？不。那只是说说笑话罢了。不可能的。

---

① 此处原为西班牙语：*Que no*？

瞧我这副丑八怪的模样。不过，人的内心深处是有感情的，男人一旦爱上了你，就会被这种感情冲昏了头而分不清美与丑了。你心里要是也有了这种感情，那就不单单是他昏了头，你自己也昏了头了。后来，终于有一天，也不知是什么原因，他忽然就看清了你原来长得确实不好看，于是他就不再昏头了，而你也因为他觉得你不好看就真觉得自己长得不好看了，于是，你就会既丢了男人，也丢了你那份感情。你明白吗，小美人儿？"她拍拍姑娘的肩膀。

"不明白，"玛丽娅说，"因为你长得并不难看。"

"要动动脑子，不要只会动心，"比拉尔说，"听着，我要给你们讲一些非常有趣的事情。怎么啦，你不感兴趣吗，英国人？"

"感兴趣啊。但是我们该赶路了。"

"什么话，你走吧。我不走，我觉得这儿挺好。听我说嘛。"她继续侃侃而谈，这回主要是针对罗伯特·乔丹而谈的，仿佛老师在课堂上讲课一样，仿佛在给学生做讲座一样，"过了些日子之后，等你变得像我这么难看了，变成了女人家都可能变成的那副难看模样了，到那时，就像我说的那样，也用不了多久，那种感觉，那种自认为自己很漂亮的像白痴一样的感觉，又会重新在人的心里慢慢滋生出来。像一颗大白菜一样慢慢生长着。再后来，等这种感觉长成了，又有一个男人看中了你，而且也认为你很漂亮，于是，这一切又会从头再来一遍。如今，我觉得我已经过了这个阶段了，但是说不定也还可能再出现呢。你很幸运啊，小美人儿，因为你长得不难看。"

"我长得确实很难看啊。"玛丽娅坚持说。

"你去问问他吧，"比拉尔说，"嗨，你别把脚伸到溪水里，会冻坏的。"

"如果罗伯托说我们该走了，我想，我们是该走了。"玛丽娅说。

"听你说的吧，"比拉尔说，"在这件事情上，我冒着很大的风险呢，冒险程度丝毫也不亚于你的罗伯托，我说了，我们在这小溪边歇歇腿是一件多么惬意的事啊，时间也有的是。更何况，我也喜欢说说话。我们只有这么一点儿文明行为。我们还能有什么别的消遣方式吗？是不是我说的这些话提不起你的兴趣来呀，英国人？”

“你讲得非常好。只是我还有不少别的事情牵挂着，没兴趣顾及这些美不美或丑不丑的议论。”

“那我们就来谈谈让你感兴趣的话题吧。”

“抵抗运动刚开始时，你在哪儿？”

“在老家的那个城里。”

“是阿维拉吗？”

“什么话，当然是阿维拉。”

“巴勃罗说，他也是阿维拉人呢。”

“他撒谎。他故意把他家乡的小镇说成是大城市了。他的家乡是这个小镇。”她说了一个小镇的名字。

“那么，后来呢？”

“说来话长，”妇人说，“说来话长啊。而且统统都很丑陋。包括那些原本很荣耀的事儿都干得很丑陋。”

“说来听听吧。”罗伯特·乔丹说。

“太野蛮了，”妇人说，“我不忍心当着这姑娘的面说这些。”

“说吧，”罗伯特·乔丹说，“如果是不该她听的，她不听就是。”

“我还是能听见的，”玛丽娅说着，把自己的手放在了罗伯特·乔丹的手上，“没有什么我听不得的事情。”

“这不是一个你听得听不得的问题，”比拉尔说，“而是我该不该说给你听的问题，怕你听了会做噩梦呢。”

“我还不至于听了故事就做噩梦吧，”玛丽娅对她说，“在亲身经历了那么多的变故之后，你还以为我听了故事就会做噩梦吗？”

“也许会让英国人做噩梦。”

“那就试试看。”

"不，英国人，我不是在开玩笑。你见过小城镇里抵抗运动发起时的情景吗？"

"没有。"罗伯特·乔丹说。

"那你算是什么也没见识过啦。你见到的现在的巴勃罗完全就是一副颓废的模样，你真该见识见识当时的巴勃罗。"

"说来听听吧。"

"不行。我不想说。"

"说来听听嘛。"

"那么，好吧。我就把事情的真相原原本本地说给你们听听。不过，你，小美人儿，要是觉得有什么不堪入耳的地方，尽管告诉我。"

"要是我觉得不堪入耳了，我不听就是，"玛丽娅对她说，"不可能比我们经历过的那么多事情还要严重吧。"

"我认为有可能，"妇人说，"给我再来支烟吧，英国人，我们就可以开始讲啦。"

姑娘倚靠在小溪岸边的那丛石楠上，罗伯特·乔丹则放平了身子，双肩着地，头枕着一蓬石楠。他伸手摸到了玛丽娅的手，便握在自己的手里，两人握在一起的手在石楠丛上蹭来蹭去，直到她张开手掌，把手平放在他的手上，两人就这样听着。

"事情发生在那天的清晨，当时营房里的那些宪兵已经投降了。"比拉尔开始讲述起来。

"你们袭击了兵营？"罗伯特·乔丹问。

"巴勃罗趁着夜色包围了兵营，切断了电话线，并在一堵墙下安放好炸药，然后便开始喊话，叫那些宪兵投降。他们不肯投降。于是，天亮时分，他就炸开了那堵墙。战斗立即打响。结果，两名宪兵被打死。四名受了伤，还有四名投降了。

"晨曦中，只见兵营四周到处都隐伏着我们的人，房顶上、地面上、墙脚边、房屋的拐角处，此时，爆炸掀起的那一大团尘土还没有落定，因为它冲天而起，悬在半空，没有风把它吹散。我们大家都朝着营房被炸开的那一面射击，大伙儿不停地装填子弹，对准那个浓烟滚滚的地方开火，因为营房里仍闪烁着步枪射击的火光，片刻之后，浓烟里传来有人高喊的声音，叫我们别再打了，转眼间，四个宪兵跑了出来，高举着双手。屋顶有一大块已经坍塌，那面墙也倒了，他们出来投降了。

"'里面还有人吗？'巴勃罗大声喊着。

"'有几个受伤的。'

"'看住这几个家伙，'巴勃罗对四个从我们射击的地方冲上来人说，'站到那边去。靠墙站好。'他命令那几个宪兵。那四个宪兵就贴墙站着，肮脏不堪、灰头土脸的样儿，被硝烟熏得黑黢黢的，那四个负责看押他们的人用枪瞄准着他们，巴勃罗则带着另一些人冲进屋里，去结果那几个负了伤的人。

"他们干完这个之后，营房里就不再有伤兵的声息了，没有呻吟声，没有哭喊声，也没有枪声了，巴勃罗带着那些人走出了兵营，巴勃罗肩上背着他那杆猎枪，手里提着一支毛瑟手枪。

"'瞧，比拉尔，'他说，'这把枪是从那个军官的手里缴获的，他开枪自杀了。我还从没打过手枪呢。你，'他对被俘的一名宪兵说，'来教教我这玩意儿怎么使。不。别使给我看。讲讲就行了。'

"在营房里枪声大作时，那四个被俘的宪兵就靠墙站着，吓得汗流浃背，不敢吭声。他们全都是身材挺高的男人，清一色的宪兵的脸型，跟我的脸型也差不多。唯一不同的是，他们脸上长着密密麻麻的胡子茬儿，在他们生命中的最后这个早晨，他们还没来得及刮胡子呢，他们都靠墙站着，谁也没吭声。

"'你，'巴勃罗对站得离他最近那个人说，'告诉我这玩意儿怎么使。'

"'扳下那个小保险栓，'那人嗓音十分干涩地说，'把滑膛向后拉，让它自行向前咯嗒一声回原。'

"'什么是滑膛?'巴勃罗问,眼睛盯着那四名宪兵,'什么是滑膛?'

"'就是枪机上方的那个金属块。'

"巴勃罗把滑膛往后一拉,不料却卡住了。'现在怎么办?'他说,'卡在这儿不动了。你在骗我呢。'

"'再向后拉,把它拉到位,然后让它轻轻地自行回原。'那名宪兵说,可我从没听到过那么阴凄凄的说话腔调。简直比没有日出的清晨还要阴惨。

"巴勃罗按照那人教给他的方法向后拉了一下,手一松,滑膛就咯嗒一声向前回复到原位,那支手枪的枪机被他打开了,处于击发状态了。那是一支样子很难看的手枪,枪柄是圆的,很小,枪管却又大又扁,既笨重,拿着也不顺手。那几个宪兵一直在看着他摆弄那支手枪,其间谁也没说话。

"'你打算拿我们怎么办?'有一个问他。

"'统统枪毙。'巴勃罗说。

"'什么时候?'那人问,声音还是那么阴惨。

"'现在。'巴勃罗说。

"'在什么地方?'那人问。

"'在这儿,'巴勃罗说,'就在这儿。就现在。你们还有什么话要说吗?'

"'没什么要说的,'那个宪兵说,'也没什么可说的。不过,这种做法很不光彩。'

"'你本来就是个很不光彩的东西,'巴勃罗说,'你是杀害农民的凶手。你是一个连自己的亲娘都能枪杀的家伙。'

"'我从来就没有杀过任何一个人,'那个宪兵说,'更别说我自己的娘了。'

"'死给我们看看,该怎么个死法吧。你们这帮血债累累、杀人如麻的家伙。'

"'用不着侮辱我们，'另一个宪兵说，'我们知道该怎么死。'

"'统统靠墙根跪下，把你们的脑袋顶着墙。'巴勃罗对他们说。那几个宪兵面面相觑地对视着。

"'跪下，我命令你们跪下，'巴勃罗说，'统统跪下。'

"'你看怎么办，巴库？'有一名宪兵对那个个头最高、刚刚为巴勃罗讲解过该怎么使手枪的人说。他衣袖上佩戴着值班长的标识，尽管清晨的天气依然很凉，他却是满头大汗。

"'跪就跪吧，'他回答说，'也没什么了不起。'

"'这样离大地就更近啦。'率先开口说话的那个人说，他本想开句玩笑的，可是他们全都一脸的死相，没法开玩笑，所以谁也没有笑。

"'那我们就跪吧。'率先开口说话的那个宪兵说。于是，四个人都跪下了，脑袋抵着墙，手贴在身子的两边，那模样看上去十分别扭。这时候，巴勃罗走到他们的身后，用那支手枪挨个儿抵着他们的后脑勺，一个接一个把他们全都毙了，他是把手枪的枪筒顶着他们的后脑勺开枪的，枪响之处，人就逐一倒下了。时至今日，我仿佛还能听见那枪声，很刺耳，也很沉闷，我眼前仿佛还浮现着那一幕情景，枪筒猛的一跳，那人的脑袋就朝前耷拉下去。有一个人在枪口顶着脑袋时，还昂着脑袋硬挺着。有一个人脑袋猛地向前一冲，前额撞在了石墙上。有一个人吓得浑身直哆嗦，脑袋不住地摇晃。只有一个人用双手捂着自己的眼睛，他是最后一个被枪毙的，四具尸体全倒在了墙脚下，巴勃罗这才转身离开了他们，朝我们走来，他手里依然提着那支手枪。

"'替我拿着这把枪，比拉尔，'他说，'我不知道怎么把枪机放下来。'他把那支手枪递给了我，自己却站在那儿，望着躺在兵营墙脚边的那四名宪兵的尸首。所有和我们一起行动的人也都站在那儿，望着那几具尸体，谁也没有说话。

"我们夺取了那座小镇，那时还是清晨，没人吃过早饭，没人喝过咖啡，大伙儿你看看我，我看看你，炸了兵营之后，我们大家都弄得满身尘土，就像正在打谷场上忙碌的那些男人一样，我提着手枪站在那儿，手里沉甸甸的，但我一看见倒毙在墙脚边的那几具宪兵的死尸，就感到反胃；他们和我们一样，一个个也都灰扑扑的浑身是土，只是每具尸首都在流血，他们倒在墙脚下，鲜血浸湿了墙边的干土。当我们还站在那儿的时候，太阳爬上了远方的山冈，照在我们站立的道路上，照在兵营的白墙上，初升的太阳把空中的尘埃染成了金黄色，站在我身边的那个农民望着兵营的墙，望着倒毙在那儿的尸体，然后又望望我们，望望太阳，说，'你瞧①，新的一天又开始啦。'

"'我们走吧，喝咖啡去。'我说。

"'好啊，比拉尔，好。'他说。于是，我们走进镇子中央的广场，而那些也正是村子里被枪毙的最后一批人。"

"其余那些人呢？"罗伯特·乔丹问，"村子里难道就没有别的法西斯分子了？"

"什么话，怎么没有别的法西斯分子？还有二十多个呢。但是一个也没有被枪毙。"

"怎么处理的呢？"

"巴勃罗让人用连枷把他们活活打死，然后又从悬崖顶上把他们一个个扔进了江里。"

"二十个都这样？"

"你们且听我说。事情并没有那么简单。我这辈子都不想再看见那种场面了，在广场上用连枷把人活活打死，再从悬崖顶上把人扔到江里去。

"那个镇子坐落在高高的江岸上，镇子中央有一个四方形广场，广场上有喷水池，有长条凳，还有很多大树，这些大树正好给长条凳遮阴。广场周围房屋的阳台全都对着广场。有六条街巷可以进入广场，还有一条拱廊把广场四周的房屋连成了一片，这样，烈日当头时，人们就

---

① 此处原文为西班牙语：Vaya。

可以行走在廊阴下。广场三面环绕着拱廊，第四面有一条林荫道通向悬崖边，悬崖下就是那条江。悬崖距离江面足足有三百英尺。

"巴勃罗把一切都布置好了，就像他精心布置攻打兵营那样。他先用大车堵住了大街小巷的各个入口，仿佛要在广场上布置一场 *capea* 一样。*Capea* 的意思是业余斗牛比赛。那些法西斯分子都被关在镇公所 [①] 里，就是镇公所，就是广场一侧最大的那幢楼房。那幢大楼的墙上镶嵌着大钟，大楼拱廊下的几间屋子就是那些法西斯分子的俱乐部。拱廊下俱乐部门前的人行道上就是他们摆放桌椅高谈阔论的场所。抵抗运动之前，他们经常聚在那儿开怀畅饮。桌椅全是柳条编的。那地方看上去很像咖啡馆，不过要比咖啡馆雅致多了。"

"在抓捕他们时难道就没有发生过战斗？"

"巴勃罗在攻打兵营的前夕的夜里就把他们全逮住了。不过，他事先就已把兵营团团围住。在战斗打响的同时，他才派人从这些人的家里把他们逮起来的。这一招很高明，是巴勃罗一手布置的。否则，在他袭击宪兵队的兵营时，人家就会从他的两翼和背后攻打他，使他三面受敌了。

"巴勃罗确实很聪明，但是也很残忍。他把村里的这一仗安排得面面俱到、井井有条。听我说。袭击进展很顺利，最后四名宪兵也投降了，在墙脚边被他枪毙了，我们也在街角处的那家咖啡馆里喝过咖啡了，那家咖啡馆平时开门营业最早，那里也是早班公共汽车的起点站，直到这时，他才动手布置广场上的这一幕。大车被他们摞成了堆，仿佛真要举行一场斗牛赛一样，只有通向江边的那一面没有围起来。那是故意留着不堵死的。之后，巴勃罗便命令神父为这些法西斯分子安排忏悔，给他们做必要的圣事。"

"这些事情在哪儿做呢？"

"在镇公所里呀，我刚才不是说了吗。镇公所的外面这时已是人山

---

① 此处原文为西班牙语：*Ayuntamiento*，意为"市政厅"。此处指"镇公所"。

人海，神父在里面做着圣事，而外面的人则有的在轻狂地嬉笑打闹，有的在大声说着不堪入耳的话，不过大多数人还是很严肃、很恭敬的。那些嘻嘻哈哈的人都是因为庆祝夺取兵营的胜利而喝得醉醺醺的人，其中当然也不乏游手好闲之徒，这些没用的家伙不管什么时候都会把自己灌得酩酊大醉的。

"神父在忙着他的那些事务，巴勃罗则把广场上的人组织起来，排成了两行。

"他把那些人编排成两行，就像在安排那些人举行拔河比赛一样；又像人们站在城里夹道围观即将到达终点的自行车越野赛一样，中间只给自行车运动员留下了很狭窄的空间；也像人们在夹道观看扛着神像的仪仗队从人群当中走过一样。两排人墙中间只留有两米宽的距离，从镇公所的大门口延伸出来，贯穿整个广场，一直通向悬崖的边缘。这样一来，谁要是走出镇公所的大门，只要朝广场上扫一眼，就会看到排得水泄不通的两行人群正等待他来呢。

"那些人都配备了用来打谷子的连枷，两排人墙当中的宽度也恰好够他们挥舞连枷。并不是所有人都有连枷，因为一时找不着那么多连枷。不过，大多数连枷都是从堂·吉列尔莫·马丁家的店铺里弄来的，他是个法西斯分子，也出售各式各样的农具。那些没有连枷的人，有的拿着牧民用的大棒、有的扛着赶牛用的带刺的棍子、有的举着木叉；就是那种用连枷脱完粒之后用来叉麦秆和稻草捆以及扬场子用的带木齿的草耙子。有的人甚至拿着镰刀和割麦刀，巴勃罗就把这些人安排在两行队伍的尽头，排在靠近悬崖边缘的地方。

"那两排人都不声不响地站那儿。那天的天气也很好，和今天一样晴朗，也和现在一样天高云淡。广场上也没有那么尘土飞扬，因为晚间的露水很重。大树投下浓荫，遮蔽着排在两行队伍里的那些人。你可以听得见喷水池那边狮像嘴里的铜管喷出的水流声，水落在下边的水池中，女人们时常提着水罐来这儿汲水。

"只有在镇公所附近，在神父一丝不苟地为那些法西斯分子尽天职的地方，才时不时地传来几句极其下流的笑骂声。那些满口下流话的人，我刚才就说过，就是一帮子游手好闲的市井无赖，他们喝得醉醺醺的，挤在窗前，冲着窗户的铁栅栏大声说着一些不堪入耳的脏话，放肆地开着趣味极低的下流玩笑。站在队伍里的大多数男人都默默地等在那儿，我听见其中有一个人对另一个说：'那里面会不会有女人啊？'

"那另一个说：'基督保佑，一个也没有。'

"有一个人说：'巴勃罗的女人在这儿呢。喂，比拉尔。那里面有没有女人啊？'

"我看了他一眼，他是个农民，那天竟穿来了他做礼拜时才穿的最好的衣服，正满头大汗呢。我说：'没有，荷安金。那里面没有女人。我们不杀女人。我们为什么要杀他们的女人呢？'

他说：'多谢基督，里面没女人。那么，什么时候动手啊？'

"我说：'神父一完事就可以动手了。'

"'那么，神父什么时候才能完事呢？'

"'我也不知道啊。'我对他说，这时，我看到他的面部肌肉在抽动，汗水流下了额头。'我可从没杀过人啊。'他说。

"'那你可得好好学学，'他旁边的那个农民说，'不过，我觉得用这玩意儿敲一记还不至于打死人吧。'他双手举着连枷，疑惑地端详着。

"'妙就妙在这一点上，'另一个农民说，'必须敲好多下才行呢。'

"'那帮家伙已经攻下巴利亚多利德了。他们已经占领阿维拉了，'有人在说，'我们进城之前，我就听到这个消息了。'

"'他们休想占领本镇。这个镇子是我们的。我们抢在他们之前动手了，'我说，'巴勃罗可不是那号眼睁睁地等着让别人来动手的人。'

"'巴勃罗是有能耐，'另一个说，'不过，这回在结果那几个宪兵的性命时，他也太自以为是了。你说是吗，比拉尔？'

"'是的，'我说，'不过大家现在都在这么干呢。'

"'是啊，'他说，'这回倒是精心组织的。可是，我们为什么就听不到有关这场运动的新消息了呢？'

"'巴勃罗在攻打兵营之前把电话线切断了。到现在还没接上呢。'

"'啊，'他说，'原来是这样，所以我们就一点儿消息也听不到了。我这消息还是今天一大早从养路站那儿听来的。'

"'为什么要这么干啊，比拉尔？'他对我说。

"'为了节省子弹呗，'我说，'再说，每个人也都应当有所担待才是，人人有责嘛。'

"'那就该快点儿动手啊。该动手啦。'我看了他一眼，发现他竟哭起来了。

"'你干吗哭嘛，荷安金？'我问他，'这种事也用不着哭啊。'

"'我忍不住啊，比拉尔，'他说，'我从没动手杀过人啊。'

"假如你从没见过小城镇头一天闹革命的情形，你就真算没见识了，因为小镇上的所有人相互之间都很熟悉，彼此都知根知底。这一天，排在广场上那两行队伍里的人大多数都穿着在田野里劳作的衣服，因为大家都是急匆匆地赶到镇上来的。不过也有一些人，由于不知道头一天搞运动该穿什么衣服，居然穿来了他们过礼拜或过节时才穿的最好的衣服。这些人来到这儿一看，别人都穿着最破旧的衣服呢，包括那些参与攻打兵营的人，就发觉自己的穿着不对头了，因而觉得很不好意思。但是他们也不肯脱下外套，因为怕弄丢了，也怕被那几个市井无赖偷走，所以，他们就那么站着，被太阳晒得直冒汗，只盼着快点动手。

"转眼间开始起风了，广场上的尘土这时也干了，因为有这么多人在跑来跑去，或站或走，泥土也被踏松了，灰尘开始飞扬起来，一个身穿深蓝色礼服的人高声叫喊着：'水！水！'于是，那个广场管理员走了过来，他的职责就是每天清晨拖着皮水管子在广场上洒水，他打开水龙头，开始洒水冲压灰尘，先从广场的边缘开始浇起，慢慢往中央浇来。

两行人群立即闪身后退，让他把广场中央的尘土浇下去；那条皮水管子被挥舞成一个很大的弧线，喷出的水流在阳光下闪闪发亮，人们有的依着连枷，有的拄着木棒，有的支着白色的木叉，观看那水流在半空中舞动着。过了一会儿，广场被浇透了，灰尘也压下了，两行队伍又重新排好，这时，一个农民大声说：'我们什么时候才能拉出头一个法西斯分子啊？头一个家伙什么时候才能出牛棚啊？'

"'快啦，'巴勃罗在镇公所的大门口高声说，'头一个家伙就要出来啦。'由于在袭击兵营时不停地高声喊话，而且是在硝烟中喊话，他嗓音有些嘶哑。

"'为什么拖延了这么久啊？'有人问。

"'他们罪孽深重，还在忏悔呢。'巴勃罗高声说。

"'当然喽。他们总共有二十个人呢。'有人说。

"'不止吧。'另一个人说。

"'在二十个人当中，有许多罪孽要一桩桩坦白出来呢。'

"'是啊，不过在我看来，他们是在耍花招，想拖延时间。当然，面临这种非常时刻，除了最深重的罪孽，人也没法回忆得出自己的每一桩罪孽呀。'

"'那就耐下心来等吧。他们有二十多个人呢，就算只忏悔最深重的罪孽，也要耗费不少时间啊。'

"'我有耐心，'另一个人说，'不过，最好还是快点儿了结。无论对他们还是对我们，都是早点儿完事为好。眼下正是七月，有不少活儿在等着呢。我们收割了，但还没有打场。我们也还没到赶集、过节的时辰啊。'

"'但是今天这个场面等于就是在赶集过节呢，'另一个人说，'这是一个盛大的自由节，从今天起，等把这些人都消灭了，这个镇子，这片土地，可就属于我们啦。'

"'我们今天也打场，打的是法西斯分子，'有一个人说，'我们要打

掉谷壳，打出本城的自由来。'

"'我们还要好好管理这个镇子，当好这个家，'另一个人说，'比拉尔，'他对我说，'我们什么时候开大会讨论组织机构的事啊？'

"'办完了这件事之后，马上就开，'我对他说，'就在镇公所的那幢大楼里开。'

"我当时正顽皮地戴着一顶宪兵的三角漆皮帽，还煞有介事地握着那支手枪，我已经用拇指推上了手枪的保险，放下了击铁，手指还扣着枪的扳机，手枪就插在我腰间的绳子上，绳子勒着那长长的枪管。我摆出这副顽皮的样子，觉得还挺神气，尽管后来也有些懊悔，当初要是不拿那顶帽子，拿那支手枪的枪套就好了。不料，排在队伍里的有个人却对我说：'比拉尔，好闺女。你戴着那顶帽子，似乎让我觉得很不是滋味呢。如今我们已经跟宪兵这类东西一刀两断啦。'

"'好吧，'我说，'我脱了它就是。'我便脱下了那顶帽子。

"'把帽子给我，'他说，'这东西应当毁掉。'

"我们当时正站在队伍的尽头，位于临江的悬崖边缘的那条小路上，他接过帽子，拿在手里，然后在悬崖边把帽子抛了出去，那动作就像是牧人在用低手抛石块的方式驱赶牛群一样。那顶帽子在天空中平稳地向远处飞去，我们能看到它越来越小，漆皮在晴空中闪耀着，渐渐飘落到江面上。我回头眺望着广场这边，只见所有的窗口、所有的阳台都挤满了人，横贯广场的那两排人群，一直延伸到镇公所的大门口，那幢楼的窗外也是人头攒动，人声鼎沸，就在这时，我听见一声叫喊，有人在说：'瞧，头一个家伙出来啦。'那人是堂·班尼托·加西亚，是本镇的镇长，他光着脑袋慢吞吞地走出了大门，走下了前廊，却并没有出现任何情况；他走进了手持连枷的两排人群当中，还是没有出现任何情况。他走过了两个人、四个人、八个人、十个人，仍然没有出现任何情况，他径直走在那两排人群之间，昂着头，肥嘟嘟的脸上一片灰白，两眼望着前方，目光游移不定地左顾右盼着，在一步一步慢慢朝前走着。然而什么事情也没有发生。

"有人从一个阳台上大喊起来：'怎么搞的，胆小鬼们？^① 怎么回事啊，你们这些胆小鬼？'堂·班尼托照样走在两排人群当中，但就是不见有任何动静。这时，我看到人群中有一个人，与我当时站立的位置隔着三个人，他脸上的肌肉在抽搐，在咬着嘴唇，紧握连枷的双手已经白得没了血色。我看到他正直眉瞪眼地望着堂·班尼托，盯着他一步步走来。然而还是不见有任何动静。不料，就在堂·班尼托即将走到与这个人擦肩而过的地方时，这人突然抢起连枷，由于用力过猛，连枷竟击中了站在他身边的人，他把连枷重重砸向了堂·班尼托，这一记砸在他半边脑袋上，堂·班尼托扭头朝他看了一眼，这人又是狠狠一击，并叫喊着：'打的就是你，王八蛋^②。'这一记砸在了堂·班尼托的脸上，他赶紧举起双手捂住自己的脸，他们这才开始动手揍他，一直打得他在地上爬不起来。最先动手打他的那个人叫喊着要其他人来帮忙，然后，他一把揪住堂·班尼托的衣领，其他人则抓住他的两只胳膊，把他脸朝下摁在广场上的泥土里，接着，他们拖着他沿着那条小路奔向了悬崖边，直接把他扔出了悬崖，扔进了江里。那个率先动手揍他的人在悬崖边跪下，看着他在往下坠落，嘴里不住地说着：'你这王八蛋！混账东西！啊，你这王八蛋！'他是堂·班尼托的一个佃户，两人关系向来不和。他们曾经因为江边的一块土地发生过争吵，堂·班尼托便从这人手里收回了这块地，并把它租给了另一个人，因此，这人对他一直怀恨在心。这人没有再回队伍，却一直坐在悬崖边，望着堂·班尼托坠落的地方。

"堂·班尼托之后，就没有人肯出来了。广场上此时已没有喧闹声，因为大家都在等着看，下一个出来的人究竟是谁。这时，一个醉鬼声嘶力竭地叫嚷着：'快把公牛放出来^③！快把公牛放出来呀！'

---

① 此处原为西班牙语：*Que pasa, cobardes*？
② 此处原为西班牙语俚语：*Cabron*，是骂人话，意为"王八蛋；混账东西"。
③ 此处原文为西班牙语：*Que salga el toro*！

"镇公所的窗前有人在高声回应着：'他们不肯挪窝呢！他们全都在祷告呢！'

"另一个醉汉大声说：'把他们拉出来。快来呀，把他们拉出来。祷告的时辰已经过了。'

"但是一个也没出来，过了一会儿，我终于看见有个人从大门里出来了。

"那人是堂·费德里克·贡萨雷斯，是本镇的磨坊主和饲料铺的老板，也是一个出类拔萃的法西斯分子。他又高又瘦，头发梳得一边倒地盖住了头顶，遮住了脑袋正中央的一大块秃顶，他上身穿着一件睡衣，睡衣的下摆塞在裤子里。他光着两只脚，从家里被揪出来时就是这副模样，他双手举过头顶走在巴勃罗的前面，巴勃罗走在他身后，用他的双管猎枪的枪筒顶着堂·费德里克·贡萨雷斯的后背，逼着堂·费德里克走进了两排人群当中。可是，等巴勃罗扔下他、回到镇公所的大门口时，堂·费德里克却再也挪不动步了，他站在那儿，两眼望着天空，双手向上举起，仿佛想抓住天空似的。

"'他没腿走路啦。'有人说。

"'怎么啦，堂·费德里克？你走不动了吗？'有人朝他吼起来。可是堂·费德里克仍是双手高举，一动不动地站着那儿，只是嘴唇在嚅嚅着。

"'走呀，'巴勃罗在台阶上朝他喝道，'快走。'

"堂·费德里克仍站在那儿，就是迈不开步。有个醉汉用连枷的柄在他腰间捅了一下，堂·费德里克被他捅得猛地一蹦，就像一匹忽然停住不肯再往前走的犟马一样，却还是站在原地没动，双手高举，翻眼望着天空。

"这时，站在我身旁的那个农民说：'这副样子真丢脸。我虽然与他无冤无仇，但是这种丢人现眼的样子该结束了。'于是，他走出行列，推开众人，径直走到堂·费德里克站立的地方，说了声'多有得罪了'，随即举起木棒照着他的半边脑袋猛揍了一记。

"堂·费德里克这才落下双手，把手护在头顶上那块秃了的地方，他低下头，双手捂住脑袋，原本遮着他秃顶的那几缕稀疏的长发从手指缝里漏了出来，他在两排人群当中没命地跑着，连枷雨点般砸落在他的肩上和背上，直到他跌翻在地，队伍尽头的那些人把他拽起来，拖到悬崖边，把他抛出了悬崖，他的身子在空中打着旋儿跌落下去。自打巴勃罗用猎枪顶着他走出大门那个时刻起，他自始至终就没开口说过话。他的唯一难处就是无法向前迈步。两条腿似乎根本就不听他的使唤。

"堂·费德里克了结之后，我看到，那些最心狠手辣的人全都聚集到了队伍尽头的悬崖边缘，于是，我就离开了那儿，走到镇公所大门口的拱廊下，推开两名醉汉，朝窗户里面望去。在镇公所的那间大厅里，他们一大圈人全都跪在那儿祷告呢，神父也跪在那儿和他们一起祷告着。巴勃罗和一个外号叫四指①的人端着猎枪站在一旁，西班牙语里的 *Cuatro Dedos* 就是'四根手指头'的意思，这个'四指'是个皮匠，和巴勃罗的交情很好，当时跟他们站在一起的还有另外两个人，也都端着猎枪，巴勃罗这时对神父说：'这回该轮到谁了？'神父自顾祷告，并不搭理他。

"'你给我听着，'巴勃罗嗓音嘶哑地对神父说，'现在该轮到谁了？谁已经祷告完毕、该出去了？'

"神父不愿跟巴勃罗说话，全当他不在场一样，我可以看得出，巴勃罗开始上火了。

"'让我们大家一起出去吧。'堂·里卡多·蒙塔尔堡对巴勃罗说。这人是个地主，这时正抬起头，停止了祷告，能开口说话了。

"'什么话，'巴勃罗说，'一次只能一个，你们谁祷告好了谁就去。'

"'那就我去吧，'堂·里卡多说，'我再也没什么好祷告的了。'他说这话时，神父在为他祈福，他站立起来时，神父又再次为他祈福，尽

---

① 此处原为西班牙语：*Cuatro Dedos*。

管他嘴里在一直不停地念念有词，还举起十字架让堂·里卡多去吻。堂·里卡多吻了吻十字架，然后转过身来对巴勃罗说：'永世没有什么好祷告的了。你这个坏奶水养大的混账东西。我们走吧。'

"堂·里卡多是个矮个子男人，头发灰白，脖子很粗，穿着一件没有领子的衬衣。由于经常骑马，他的两条腿已经变成了罗圈腿。'再见啦，'他对所有那些还在跪着的人说，'别难过。死也算不了什么。唯一遗憾的是，我们竟然会死在这帮混账东西的手里。别碰我，'他对巴勃罗说，'别用你的猎枪碰我。'

"他走出镇公所的大门，他那灰白的头发、灰色的小眼睛、粗短的脖子，都使他显得个头很矮，但却满腔怒火。他瞥了一眼那两排农民，朝地上啐了一口。在这种处境下，他居然还能啐得出真正的唾液，你该知道哇，英国人，这真是难得一见呢，他还说：'起来，西班牙[1]！打倒欺世盗名的共和国！我 × 你们冒白奶的八辈儿祖宗。'

"他这一骂，便立即招来了一顿暴打，很快就被乱棒打得半死，他们在他刚踏进两排队伍的最前端时就开始揍他了，见他居然还想昂首挺胸地朝前走，他们便揍得更狠，直到把他打翻在地，接着又用割麦刀和镰刀来砍他、剁他，许多人冲上来抬起他，把他抬到悬崖的边缘，一把扔了出去。这些人的手上和衣服上此时都沾上了鲜血，他们现在也渐渐开始意识到，那些走出镇公所大门的人就是他们真正的敌人，个个都该杀。

"在堂·里卡多气焰嚣张、破口大骂地出现之前，队伍中有不少人，我敢肯定，心里都在犯嘀咕，巴不得自己没站到队伍中来呢。假如队伍里有人站出来大喊一声：'算啦，我们就饶了其余那些人吧。他们现在已经得到教训啦。'我敢肯定，大多数人都会同意的。

"可是，堂·里卡多那副勇气十足的样子却大大坑害了其余那些人。因为他激怒了队伍里的这些人，因为在此之前，这些人只是在尽着自己

---

[1] 此处原为西班牙语：Arriba Espana！

的一份职责，其实并没有太大的兴致，现在他们是真的怒火填膺了，情况明显不一样了。

"'把神父放出来，事情就会快多啦。'有人大声说。

"'把神父放出来。'

"'我们已经做掉三个贼啦，我们干脆把神父也做掉得了。'

"'两个贼，'一个矮个子农民对那个在大喊大叫的人说，'和我们的主在一起钉十字架的是两个贼骨头①。'

"'谁的主？'那人说，他生气了，脸涨得通红。

"'按照老辈们的说法，就该说是我们的主。'

"'他不是我的主；别胡说八道了，'另一个人说，'你最好当心你这张嘴，要是你不想也在这两排人当中走一趟的话。'

"'我也是一个拥护自由意志、拥护共和国的人，丝毫也不比你差，'矮个子农民说，'我捆了堂·里卡多两记嘴巴呢。我还在堂·费德里克的后背上揍了一拳。我错过了堂·班尼托。但是，我说我们的主，是对这个人的正式称呼，那两个却是贼。'

"'我 × 他奶奶的，收起你那套共和主义的屁话吧。你还口口声声堂这个、堂那个呢。'

"'他们本来就是这么称呼的嘛。'

"'我可不这么称呼，这帮王八蛋。至于你的主——喂！瞧，那儿又出来一个啦！'

"就在这时，我们看到了有伤大雅的一幕，因为走出镇公所大门的人正是堂·福斯蒂诺·里韦罗，是老地主堂·塞莱斯蒂诺·里韦罗的长子。他个头很高，黄头发，他的头发刚刚梳理过，从前额往后梳的那种发型，因为他总是随身带着一把梳子揣在衣兜里，这回在出来之前，他

---

① 据《圣经·马太福音》第二十七章第三十八节："当时，有两个强盗，和他同钉十字架，一个在左边，一个在右边。"

也梳了头。他是个纠缠姑娘的高手，也是个胆小鬼，却偏偏一心想当业余斗牛士。他和吉卜赛人、斗牛士、斗牛饲养员这类人交往很多，还特喜欢穿安达卢西亚①式的斗牛服，但他毫无勇气可言，常被人们当作笑料。据说有一回，他宣称要参加一场旨在为阿维拉那家养老院募捐而举行的业余斗牛赛，还要以安达卢西亚人的方式在马背上杀死一头公牛，他也的确花费了大量时间来操练这个方式，不料，他上场一看，发现他自己原来选定的那头腿脚有毛病的小牛犊已被临时换成了一头体格健壮的大公牛，他便推说自己生病了，有人说，他竟然把三根手指头插进自己的喉咙，硬把自己抠得当场呕吐起来。

"那两排人一看见是他，就开始大呼小叫起来：'你好啊，堂·福斯蒂诺。当心别再呕吐啊。'

"'听我说，堂·福斯蒂诺。悬崖那边有好多漂亮姑娘呢。'

"'堂·福斯蒂诺。等一等，让我们给你牵一头大点儿的公牛来吧。'

"还有一个人大声说：'听我说，堂·福斯蒂诺。你到底有没有听人说起过死的滋味？'

"堂·福斯蒂诺站在那儿，依然摆着一副很勇敢的样子。他刚才是出于一时冲动，才当着其他人的面宣布说，他准备豁出去了，此时，他那点儿英雄气概还在。他那回也同样是出于一时的冲动，才当众宣布要参加斗牛比赛的。他就是凭着这种一时的冲动，才相信并希望自己能成为一名业余斗牛士的。再说，方才堂·里卡多的榜样多少也激起了他的豪气，于是，他站在那儿，那模样似乎显得很有风度、很有气概，脸上还流露着睥睨一切的神色，可就是说不出话来。

"'来呀，堂·福斯蒂诺，'队伍里有人喊起来，'来吧，堂·福斯蒂诺，这里有头数一数二的大公牛呢。'

---

① 安达卢西亚，西班牙最南端一地区，濒临大西洋和地中海，首府是塞维利亚，711年至1492年为摩尔人所统治。

"堂·福斯蒂诺站在那儿向外张望着，我想，他在东张西望的时候，两行人里恐怕哪一边也没有怜悯他的人。虽然他还是一副气度不凡、派头十足的样子，但是时间却是越来越紧迫了，而眼前也只有一个方向可去。

"'堂·福斯蒂诺，'有人叫喊起来，'你还在等什么呀，堂·福斯蒂诺？'

"'他在酝酿怎么呕吐呢。'有人说，两排人群都哄笑起来。

"'堂·福斯蒂诺，'一个农民高声说，'你就呕吐吧，如果呕吐出来会让你感觉舒服的话。对我来说，反正都一样。'

"这时，在众目睽睽之下，堂·福斯蒂诺抬起眼来，顺着那两排人一路向前望去，目光扫过广场，扫向了对面的悬崖，突然，就在他看到了那面断崖、看到了断崖外那片空荡荡的天空的一瞬间，他急忙转过身，弓着腰低着头朝镇公所的入口处蹿去。

"两排人全都轰然大笑起来，有人扯开嗓门叫着：'往哪儿跑啊，堂·福斯蒂诺？你要去哪儿啊？'

"'他要去呕吐了。'又一个人高声说，大家又是一阵哄笑。

"不一会儿，我们看到堂·福斯蒂诺又出来了，跟在他身后的是巴勃罗，正用猎枪顶着他呢。他的所有风度这时已荡然无存。一见到这两排人，他的一切派头和风度全都烟消云散了，他这时被巴勃罗押着走出门来，仿佛巴勃罗是在清扫大街，而堂·福斯蒂诺则是他正在往前扫着的垃圾一样。堂·福斯蒂诺终于走出了大门，他不住地在自己胸前划着十字，嘴里在祷告着，接着，他用双手蒙住自己的眼睛，走下台阶，朝着两排人群走来。

"'让他自个儿过来吧，'有人高声说，'别碰他。'

"两排人都心领神会，所以也没人动手去碰他，而堂·福斯蒂诺却哆嗦着双手，蒙着自己的眼睛，嘴巴也在不停地嗫嚅着，在两排人当中往前挪动。

"谁也没说什么话，谁也没去碰他一下，可是，他在两行人群中走到半途时，却再也走不下去了，终于双膝着地跪了下来。

"谁也懒得去打他。我沿着队伍的一侧一路走来，想看看他到底怎么样了，我看见有个农民倾下身子，拎着他站起来，说：'起来吧，堂·福斯蒂诺，接着走啊。那头公牛还没有出来呢。'

"堂·福斯蒂诺已是没法自个儿往前走了，于是，一个身穿黑罩衫的农民便上前在一边扶着他，另一个身穿黑罩衫和牧民皮靴的农民在另一边扶着他，托着他的胳膊，堂·福斯蒂诺这才在两排人群当中走动起来，他双手蒙着眼睛，嘴唇却根本静不下来，一头很有光泽的整洁的黄头发，在太阳下越发显得油光闪亮，在他所到之处，农民们有的说：'堂·福斯蒂诺，一路走好^①。堂·福斯蒂诺，愿你有一个好胃口。'有的说：'堂·福斯蒂诺，随时听从您的吩咐^②。堂·福斯蒂诺，随时听您吩咐。'还有一个自己也在斗牛场上失败过的人说：'堂·福斯蒂诺。斗牛士，就看你的啦^③。'又有一个说：'堂·福斯蒂诺，天上有许多漂亮的仙女呢，堂·福斯蒂诺。'他们在两边紧紧夹着他，架起他的身子，挟持着他走在两排人群当中，由着他用双手蒙着眼睛。不过，他肯定也在手指缝里朝外偷看，因为他们架着他来到悬崖边缘时，他马上又跪下了，并扑倒在地，抠着地皮，拽着青草，嘴里说着：'不。不。不。求求你们。千万别。求求你们。求求你们。不。不。'

"紧跟着，那些挟持着他的农民，还有队伍尽头的那些心狠手辣的人，在他刚刚跪倒时，就迅速蹲在了他的身后，趁他不备，突然朝他猛推一把，他便翻下了悬崖，总算没挨打就摔了下去，你能听到他坠落时的尖叫、哭喊声。

"直到这时，我才明白，这两排人的确已经动了杀念，首先是

---

① 此处原文为西班牙语：*buen provecho*。

② 此处原文为西班牙语：*A sus ordenes*。

③ 此处原文为西班牙语：*Matador, a sus ordenes*。

堂·里卡多的那顿辱骂，其次是堂·福斯蒂诺的贪生怕死，才使他们变得如此残忍的。

"'给我们再拉一个出来吧。'一个农民高喊着，另一个农民在他背上拍了一巴掌，说：'堂·福斯蒂诺！真是个软蛋！堂·福斯蒂诺！'

"'他这回终于见到大公牛啦，'另一个说，'他现在就是呕吐也不顶用啦。'

"'我这辈子，'另一个农民说，'我这辈子还没见过像堂·福斯蒂诺这样的软蛋呢。'

"'好戏还在后头呢，'又一个农民说，'耐心等着吧。谁知道我们还会看到什么呢？'

"'也许有巨人和侏儒，'第一个农民说，'也许还有非洲黑鬼和稀有动物呢。不过，在我看来，像堂·福斯蒂诺这样的软蛋是绝对、绝对不会有了。给我们再拉一个来吧！快，给我们再拉一个来吧！'

"醉汉们在相互传递着一瓶瓶大茴香酒和法国科涅克地区出产的白兰地，这些酒是他们从法西斯分子俱乐部的酒吧里打劫来的，他们正把烈酒当葡萄酒使劲往肚子里灌呢，队伍里也有不少人开始有点儿醉意了，因为把堂·班尼托、堂·弗雷德里克、堂·里卡多，尤其是堂·福斯蒂诺干掉之后，众人情绪激昂，都开始喝起酒来。那些没喝到瓶装烈酒的人也在喝着用小皮酒囊装的葡萄酒，并把小皮酒囊传来传去，其中一人还把一只小皮酒囊递给了我，我便猛喝了一大口，让小皮酒囊①里的葡萄酒凉凉地滋润着我的喉咙，因为我也渴坏了。

"'杀人会很口渴的。'拿皮酒袋的人对我说。

"'什么话，'我说，'你杀了吗？'

"'我们已经杀了四个啦，'他得意非凡地说，'还不算那些宪兵呢。听说你也杀了一个宪兵，是真的吗，比拉尔？'

---

① 此处原为西班牙语：bota。

"'不止一个吧,'我说,'墙一倒,我就朝冒烟的地方开枪了,跟别人一样。就这么回事儿。'

"'你这把手枪是从哪儿弄来的,比拉尔?'

"'巴勃罗给的。他杀了那几个宪兵之后,就把枪给我了。'

"'他就是用这把手枪枪毙他们的?'

"'没用别的啊,'我说,'之后,他就把它给我当武器了。'

"'能给我看看吗,比拉尔?能让我也握一下吗?'

"'为什么不能呢,伙计?'我说着,就把枪从腰间的绳子里拔出来,递给了他。正在这时,堂·吉列尔莫·马丁出来了,但我就在纳罕,为什么出来的不是别人,却偏偏就是他呢,那些个连枷呀,牧民用的棍棒呀,还有那些木叉,都是从他家的店铺里弄来的。堂·吉列尔莫是法西斯分子,但除了这一点之外,再也找不出别的好跟他过不去的理由啦。

"的确,他在收购连枷时,付给那些做连枷的人的工钱很少,但是他卖出去的价钱也很低廉呀,谁要是不想从堂·吉列尔莫那儿买连枷,也可以只花点儿成本费买来木头和皮革自己做连枷。他说话的态度是有点儿蛮横,也确实是一个法西斯分子,还是法西斯分子俱乐部里的一名成员,经常在中午或傍晚时分坐在俱乐部的藤椅里看《论辩报》①,一边让人给他擦皮鞋,一边喝着味美思和矿泉水,吃着炒杏仁、虾干、鳀鱼之类的美味。但是人不能仅凭这一点就要杀人啊,可以肯定地说,要不是因为堂·里卡多·蒙塔尔堡的那顿辱骂和堂·福斯蒂诺的那个可悲下场,再加上干掉他俩和另外那两个人之后所引起的情绪波动,众人都在痛饮,没准就会有人站出来说话:'堂·吉列尔莫这个人应当放过去。我们在用着他的连枷呢。放他走吧。'

"那是因为,这小镇上的人善良起来会比谁都善良,但毒辣起来也同样会比谁都毒辣,他们天生就有正义感,刚直不阿,总想按天理办

---

① 此处原为西班牙语: *El Debate*。

事。可是现在，那股毒辣劲儿已经在这两排人中占了上风，再加上喝醉了酒，或者开始有了几分醉意，这两排人的状态就完全不同于堂·班尼托刚出来时的那般模样了。我不知道别的国家的人是怎么回事儿，虽说我喜欢以酒为乐，比谁都喜欢开怀畅饮时的那种快慰，但是在西班牙，人要是醉了，不是单纯因酒而醉，而是掺杂了其他因素所造成的，那就是一桩极其丑陋的行径，因为在那种迷醉状态下，人们会干出许多他们原本不会干的事情来。你们国家的人不会也像这样吧，英国人？"

"的确还就是这样呢，"罗伯特·乔丹说，"在我七岁那年，我曾跟随母亲去俄亥俄州参加过一个婚礼，婚礼上需要有一对手捧鲜花的金童玉女，我扮演那个金童——"

"你还扮演过这个？"玛丽娅说，"太美妙了！"

"在那个城里，有一个黑人被吊死在一根灯柱上，他们后来还放火焚尸呢。那时还用的是弧光灯。灯可以从灯柱的顶端一直放落到人行道上。那个黑人先是被人用吊弧光灯的那个机械装置拉上了柱顶，可是那个机械装置突然断了——"

"这样残害一个黑人，"玛丽娅说，"太野蛮了！"

"那些人也喝醉了吗？"比拉尔问，"他们也是因为喝醉了酒才要焚烧那个黑人的吗？"

"我不知道，"罗伯特·乔丹说，"因为我只是在屋里的百叶窗底下向外张望时才看到那一幕的，那幢房屋坐落在街角，那盏弧光灯恰好就在那个街角。那条街上挤满了人，当他们第二次把那个黑人吊起来时——"

"如果你那时才七岁，人又待在屋子里，你确实没法辨别他们当时到底是醉了还是没醉。"比拉尔说。

"我刚才说到，当他们第二次把那个黑人吊起来时，我母亲把我从窗前拉开了，所以后来的情况我都没看到，"罗伯特·乔丹说，"不过，自从我有过这种切身体验之后，我就知道，那种醉酒后的痴迷状态在我国也是一样的。既十分丑陋，又极端残忍。"

"你那时才七岁，还太小，"玛丽娅说，"你小小年纪，本不该看到这些事情的。除了在马戏团，我还从没看见过黑人呢。除非摩尔人也算是黑人。"

"摩尔人里有些是黑人，有些不是，"比拉尔说，"我可以给你们说说摩尔人的事。"

"别说我听不下去，"玛丽娅说，"不要说那些让我受不了的。"

"这种事情不说也罢，"比拉尔说，"不健康。我们刚才说到哪儿啦？"

"说到那两排人的醉态了，"罗伯特·乔丹说，"接着说吧。"

"要是说他们全都喝醉了，那也不公平，"比拉尔说，"因为他们当时还远远没有醉到神志不清的地步。但是他们已经发生了某种变化，那时堂·吉列尔莫已经出来了，正腰板笔直地站在那儿，他眼睛近视，头发灰白，中等的个头，身穿一件领口有纽扣却没有装衣领的衬衫，站在那儿在胸前划了一次十字，然后举目望着前方，不过由于没戴眼镜，看不太清楚，但他还是从容不迫地稳步朝前走来，一副颇能引发恻隐之心的模样。然而队伍里还是有人高声叫起来：'在这儿呢，堂·吉列尔莫。到这儿来，堂·吉列尔莫。朝这个方向走。过来吧，我们都拿着你铺子里的货呢。'

"他们先前已经非常成功地戏弄过堂·福斯蒂诺，所以现在，他们也就全然顾及不到堂·吉列尔莫完全是一个不同类型的人了，他们想象不到，即使堂·吉列尔莫该杀，也应当让他死得干脆利索，让他死得不失尊严才是。

"'堂·吉列尔莫，'另一个人高声说，'要我们派人去您府上帮您取眼镜吗？'

"堂·吉列尔莫的'府上'根本就算不得什么'府上'，因为他并没有多少钱财，他当法西斯分子仅仅是为了趋炎附势，为了自我安慰，因为他经营着一家木器、农具铺子，总得有投机取巧的法子才行。他当法西斯分子还因为他老婆对法西斯主义怀着宗教般的虔诚，他由于爱老婆，因此就把老婆之所爱当成了自己之所爱了。他住的是一套公寓，就在广场上离那幢公寓大楼相隔三栋房屋的地方，所以，当堂·吉列尔莫站在那儿，眯缝着一对近视眼望着那两排人，心知自己将不得不走进这两排人墙当中时，一个女人突然在他居住的那个公寓的阳台上尖叫起来。那个女人能从阳台上看到他，那女人就是他的老婆。

"'吉列尔莫，'她哭叫着，'吉列尔莫。等一等，我来陪你一起走。'

"堂·吉列尔莫扭头望着叫喊声传来的地方。他看不见她。他想说话，却又说不出来。于是，他朝那女人叫喊的方向挥了挥手，然后迈步走向了那两排人。

"'吉列尔莫！'她哭叫着，'吉列尔莫！啊，吉列尔莫！'她双手抓着阳台的栏杆，身子在不住地前后摇晃着。'吉列尔莫啊！'

"堂·吉列尔莫再次朝那哭喊声挥了挥手，昂着头走进了两排人群当中，你无法知道他此时的心情，只能凭他的脸色来揣测。

"这时，人群中有个醉汉模仿他老婆那撕心裂肺的尖叫声，也惟妙惟肖地尖叫了一声：'吉列尔莫！'堂·吉列尔莫立即泪流满面，没头没脑地朝那人猛冲过去，那人照着他的脸狠狠砸了一连枷，堂·吉列尔莫受不了这一沉重的打击，一下子就瘫坐在地上了。他坐在地上哭着，却显然不是因为害怕。在此同时，几个醉汉一拥而上狠劲地打他，其中有个醉汉还跳到他身上，骑在他肩膀上，用酒瓶子砸他。这样一折腾之后，队伍里一下子就走掉了不少人，但他们空出来的地方马上又被那些醉汉们顶替了，这帮人就是起先冲着镇公所的窗户冷嘲热讽、说下流话的那帮醉汉。

"我本人在巴勃罗枪杀那几个宪兵的时候，就已经感到很愤慨了，"比拉尔说，"他那么干实在是一种丑行，可是我又认为，如果非得把事情做得这么绝才行，那就这么做吧，至少还不算是残忍吧，只不过是剥

154

夺了他人的性命而已，而这些年来，大家也都懂得这个道理了，夺人性命是一种丑恶的行径，但是要想打胜仗，要想保住共和国，我们还是有必要这样干的。

"当广场被完全封锁、两行队伍被组织起来时，我还由衷地钦佩过巴勃罗，并认定那就是巴勃罗的主意，尽管在我看来，这种做法多少有些异想天开，我觉得，既然这一切都是非干不可的，那就该干得格调高一些，不能让人反感。当然，如果这些法西斯分子该由人民来处决，那就最好让全体人民都参与其中，我愿与大家共同分担这份罪过，正如我也期盼着在我们夺取这座小镇之时能和大家一起分享胜利的成果一样。但是，在堂·吉列尔莫被杀之后，我就觉得有一种耻辱感，觉得十分的无趣，随着那些醉汉和市井无赖钻进了队伍，再加上在堂·吉列尔莫事件之后，有些人为了摆脱干系而愤然离开了队伍表示抗议，我真想自己也一走了之，也和那两排人完全脱离关系，因此，我就走开了，走到广场对面，在一条有大树遮阴的长凳上坐下来。

"有两个农民从队伍里走了过来，在边走边谈，其中一人对我打了声招呼，说：'你怎么啦，比拉尔？'

"'没什么，伙计。'我对他说。

"'不对呀，'他说，'说吧。在想什么心事呢？'

"'我觉得憋了一肚子的窝囊气。'我对他说。

"'我们也是呢。'他说，他俩都在长凳上坐下。其中一人带着一个小皮酒囊，便把它递给了我。

"'漱漱口吧，'他说，另一人又继续聊起了他俩刚才的话题，'最严重的问题是，这么干下去会倒霉的。谁也没法说清楚，用那种方式杀害堂·吉列尔莫究竟会不会带来厄运。'

"另一个人接着说：'就算有必要把他们全杀掉，何况我暂且还不相信有这个必要性呢，也应该让他们有个体面的死法，不要戏弄他们。'

"'就堂·福斯蒂诺而言，戏弄他也还情有可原，'另一个人说，'因

为他向来就是个荒唐的笑料，压根儿就不是一个正经人。可是，连堂·吉列尔莫这样的正经人也要戏弄，那也太有悖常理了。'

"'我已经憋了一肚子窝囊气了。'我对他说，这是一句地地道道的真话，因为我确实感到五脏六腑都不舒服，浑身在冒汗，恶心得直想呕吐，就像吞下了腐败的海鲜一样。

"'那就算了吧，'一个农民说，'我们不再插手就是了。不过，让我疑惑不解的是，其他镇上的情况怎么样。'

"'他们还没有修好电话线呢，'我说，'这是一个不足之处，需要想法子补救。'

"'那当然，'他说，'谁知道呢，不过，我们最好还是把大家都动员起来，加强本镇的防守，别再用这种慢吞吞的残忍的方式大批杀人了。'

"'我去找巴勃罗谈谈。'我对他俩说，说罢便立即从长凳上站起来，拔脚朝通向镇公所大门的那条拱廊走去，两行人从那儿一直延伸到广场的这边。那两排队伍此时已是既不整齐、也没了秩序，不少人已经酩酊大醉、神志不清了。有两个人已经醉翻在地上，干脆就仰面朝天躺在广场的中央，手里还在你来我往地递着一只酒瓶。其中一人时不时地会灌上一大口酒，然后就大呼小叫地喊着：'无政府万岁①！'他躺在地上，嘴里在狂呼乱叫，简直像个疯子。他脖子上还围着一条红黑相间的手绢。另一个嘴里也在高呼着：'自由万岁②！'两只脚在空中乱蹬几下，接着又用西班牙语狂叫了一声：'自由万岁！'他也有一条红黑相间的手绢，他一手挥舞着手绢，一手挥舞着酒瓶。

"一个已经脱离了队伍的农民，此时正站在拱廊下的阴凉处，极其反感地望着他俩，说：'他们应该高呼"酗酒万岁"。他们只认这个，别的一概不信。'

---

① 此处原文为西班牙语：*Vive la Anarquia*！
② 此处原文为西班牙语：*Vive la Libertad*！

"'他们连这个也不信呢,'另一个农民说,'这帮家伙什么也不懂,什么也不信。'

"正在这时,其中一个醉鬼突然从地上爬起来,拳头紧握,双臂举过头顶,嘴里高呼着:'无政府万岁,自由万岁,我×你妈的冒白浆的共和国!'

"另一个仍躺在地上的醉鬼一把抱住了那个在振臂高呼的醉鬼的脚踝,猛然就地一滚,于是,那个在高呼的醉鬼就跟着跌倒了,两人翻滚在一起,然后又爬起来坐着,那个把人拖倒在地的家伙伸出手臂搂着那个呼口号的家伙的脖子,并把酒瓶递给了他,还亲吻着他系在脖子上的红黑相间的手绢,两人你一口、我一口地喝起酒来。

"就在这时,人群中爆发出一阵尖叫声,我连忙抬头朝拱廊的另一头望去,却没法看见出来的人是谁,因为镇公所大门口已被围得水泄不通,那人的脑袋被那些人挡住了。我只能看到有个人被巴勃罗和那个'四指'用猎枪推着走了出来,却没法看到那人到底是谁,于是,我就朝密不透风地挤在大门口的人群靠近些,想看个究竟。

"人们这时都在拼命往前挤,法西斯分子咖啡馆的桌椅已被挤得东倒西歪,只有一张桌子没倒,桌上躺着一个醉汉,脑袋倒挂在桌边,嘴巴大张着,我拖来一把椅子,把它靠在一根柱子旁,然后爬上椅子,这样我就能越过那么多人的脑袋望过去。

"被巴勃罗和'四指'用枪推着走出来的人是堂·安纳斯塔西奥·里瓦斯,这是个名副其实的法西斯分子,也是镇上最肥胖的家伙。他收购粮食,也是好几家保险公司的代理商,还放高利贷。我因站在椅子上,便看见他正一步步走下台阶,朝两排人走去,肥胖的脖颈鼓鼓囔囔地堆在衬衣硬领的四周,秃脑袋被太阳晒得油光光的,但他始终没有走进人群,因为人群中爆发出了一阵高呼声,那可不是七嘴八舌的乱叫唤,而是众人的齐声呐喊。那是一阵高亢刺耳的叫嚣,是两排醉意十足的人群齐声高呼出的吼声,紧接着,两排队伍溃散了,人们乱哄哄地朝他冲了过去，我看到堂·安纳斯塔西奥双手抱住脑袋，自己一头栽倒在地上，然后整个人就不见了，因为人们成堆地压在了他的身上。等那些人一个个从他身上爬起来时，堂·安纳斯塔西奥已经一命呜呼，脑袋已被揍扁了，贴在拱廊下铺着的旗形石板地上，两排队伍也早就没了，已经完全变成了一群暴民。

"'我们冲进去吧，'他们开始高喊起来，'我们冲进去把他们揪出来吧。'

"'他太沉了，拖不动，'有个人用脚踢了踢脸朝下躺在那儿的堂·安纳斯塔西奥的尸体，'就让他躺在那儿得了。'

"'我们干吗要把这个令人讨厌的大胖子拖到悬崖那边呢？挺费劲儿的。由他躺在那儿算啦。'

"'我们要冲进去，在里面收拾他们，'有人在高喊，'我们冲进去吧。'

"'干吗要整天等在太阳底下？'又有一个人在叫着，'上啊！大伙儿一齐上吧。'

"这群暴民此时正不断涌进拱廊。他们大喊大叫，挤成一团，他们吵吵嚷嚷，像一群牲口，他们齐声呐喊着：'开门！开门！开门！'因为那几个守卫一见队伍散了，早就把镇公所的几扇门全都关上了。

"由于那时还站在椅子上，我能够透过装有铁条的窗户看到镇公所大厅的里面，大厅内的情景还和先前一样。神父依旧站在那儿，剩下的那些人仍然围成半圆形跪在他面前，他们都还在祷告着。巴勃罗坐在镇长座椅前的那张宽大的桌子上，猎枪斜挎在他背后。他的两条腿垂在桌边，正在卷一支烟卷。'四指'坐在镇长的座椅中，两脚架在桌子上，正在抽烟。守卫人员都荷枪实弹地坐在办公大厅里的几张椅子上。那把大门钥匙就在桌上，在巴勃罗的身旁。

"暴民们仍在一声接一声地叫喊着：'开门！开门！开门！'那声音如同在吟唱圣歌，巴勃罗却端坐在那儿，对外面的叫喊声充耳不闻。他对神父说了句话，但由于暴民们的喧嚣声太大，我没法听清他说的是什么。

"神父仍像先前一样，并不搭理他，只顾继续祷告着。由于许多人在身后推挤着我，我便端起椅子也使劲朝前推着，像他们在背后推挤我一样，终于把椅子挪到墙边，靠墙放好。我站在椅子上，脸贴着窗户上的铁条，并抓着铁条稳住身子。不料，有个男人居然也爬上这把椅子站着，也伸手抓着窗户上那两根更宽的铁条，这一来，他就把我连人带胳膊圈在了他的怀里。

"'椅子要散架啦。'我对他说。

"'没关系吧？'他说，'快看看他们吧。看他们祷告。'

"他呼出的气息喷在我的脖颈上，那气味和那帮暴民们身上的气味一样，酸臭难闻，活像石板地上的呕吐物的气味，还散发着浓重的醉酒味，接着，他又把脑袋从我肩膀上伸过去，嘴巴顶在窗户铁条的空当中，高喊着：'开门！开门！'那种感觉就好像那伙暴民全都压在我的后背上了，好比在梦境中遇到了魔鬼附身一样。

"暴民们此时已被挤得紧贴着大门，挤在最前面的那些人简直要被后面还在源源不断往前涌的人挤扁了，一个身穿黑色罩衫、脖子上围着红黑两色手绢的大块头醉汉从广场那边直冲过来，一头撞向拥挤不堪的暴民，倒在了不断朝前挤压的人群的身上，接着又站起来，倒退了几步，然后再次猛扑上去，撞在那些不停地拼命往前挤压的人的后背上，嘴里还高呼着：'老子万岁！无政府万岁！'

"我在注目观望着，只见这家伙又转身离开了人群，兀自走到一边，坐了下来，就着酒瓶喝上了酒，就在他坐下来的一瞬间，他瞥见了堂·安纳斯塔西奥的尸体，依然脸朝下趴在石板地上，但是已经被踩踏得不成人样了，那醉汉又站了起来，走到堂·安纳斯塔西奥身旁，佝偻着腰，把酒瓶里的酒淅淅沥沥地淋在堂·安纳斯塔西奥的头上和衣服上，然后从口袋里掏出一个火柴盒，连着划了好几根火柴，企图放火焚烧堂·安纳斯塔西奥的尸体。可是当时风很大，把火柴全刮灭了，过了一小会儿，那大块头醉汉在堂·安纳斯塔西奥的身边坐下来，摇了摇头，继续喝着瓶子里的酒，还时不时地侧过身去，拍拍堂·安纳斯塔西奥的尸体的肩膀。

"在这段时间里，暴民们一直在高呼开门，和我站在同一把椅子上的那个家伙也紧紧抓着窗户的铁条在大叫开门，他就在我的耳边吼叫着，把我耳朵都要震聋了，他喷在我脸上的臭气也让我十分难受，我别过脸去，不再观望那个一直企图放火焚烧堂·安纳斯塔西奥的醉汉，转而又朝镇公所的大厅里望去；大厅内的情景依然还是老样子。他们全都像先前一样仍在祷告，所有人都还跪着，身上的衬衣敞开着，有的低着头，有的昂着头，有望着神父的，也有望着神父手里的十字架的，那神父在飞快地、使劲儿地念着祷告词，目光越过这些人的头顶瞪视着前方，他们的背后是巴勃罗，他那根雪茄已经点着了，此刻正坐在那张桌子上，晃悠着两条腿，那杆猎枪斜挎在身后，手里在玩弄着那把钥匙。

"我看见巴勃罗又从桌上倾过身来，朝神父说着什么，因为人声鼎沸，我还是没法听清他在说什么。神父照旧不搭理他，自顾念他的祷告词，这时，从围成半圆形、仍在不停祷告的人群当中忽然站起一个人来，我看得出，他是想嚣出去了。那人正是堂·何塞·卡斯特罗，人人都叫他堂·佩佩，一个顽固的法西斯分子，一个马贩子，他这时伫立在那儿，个头不高，一副眉清目秀的样子，即便没有修面，上身穿着睡衣，睡衣的下摆塞在一条带灰色条纹的长裤里。他吻了吻十字架，神父为他祈了福，然后他直起身子，看了看巴勃罗，并朝大门摆了摆头。

"巴勃罗摇摇头，继续抽烟。我能看到堂·佩佩在和巴勃罗说话，就是听不见在说什么。巴勃罗并不回答；他只是又摇了摇头，接着又朝大门点点头。

"这时，我看到堂·佩佩瞪大眼睛直愣愣地盯着那扇门，这才发觉，他原来并不知道大门是锁的。巴勃罗朝他晃了晃那把钥匙，他怔怔地看了一眼，然后转过身去，回到原地跪下。我看到神父回过头来看了看巴勃罗，巴勃罗咧嘴朝他笑笑，把钥匙也朝他晃了晃，神父似乎也才头一次发觉大门是锁着的，他那样子似乎想摇头，但仅仅只偏了一下头，便回过身去继续祷告起来。

"我就不知道他们怎么会不明白大门是锁着的，除非他们太专心于做祷告、想自己的心事了；但是他们现在肯定已经明白了，他们也明白外面的叫喊声了，而且他们现在肯定也知道，外面已经闹翻天了。但是他们还是保持着老样子。

"到了这时，叫喊声已经大得让你什么也听不见了，那个和我站在同一把椅子上醉汉，双手抓着窗户的铁条，身子在猛烈摇晃，嘴里在狂叫着：'开门！开门！'直到把嗓子喊哑了。

"我看到巴勃罗又在对神父说话，神父依然不搭理。这时，我看到巴勃罗解下猎枪，倾过身去，用猎枪敲了一下神父的肩膀。神父没理睬他，我看到巴勃罗摇了摇头。接着他又扭头对'四指'说了句什么，'四指'便朝那几个守卫吩咐了几句，他们便站起身来，走到大厅的尽头，端着猎枪站在那儿。

"我看到巴勃罗在吩咐'四指'，'四指'便把两张桌子和几条长条椅搬了过去，那几个守卫便端着猎枪站在桌椅的后面。这样，大厅里的那个角落就成了一个掩体。巴勃罗再次侧过身去，用猎枪敲了敲神父的肩膀，神父照旧无动于衷，但是我看到堂·佩佩在注视着巴勃罗，其他人却都不作理会，只顾祷告。巴勃罗摇摇头，看见堂·佩佩在注视他，他又朝堂·佩佩摇摇头，还朝他扬了扬手中的钥匙。堂·佩佩总算明白了，便赶紧低下头，开始飞快地祷告起来。

"巴勃罗旋身从桌上跳下，绕过桌子，朝镇长的宝座走去，那是一张大椅子，位于高出地面的平台上，在那张长条会议桌的后面。他坐在那张大椅子里，手里在卷着一支烟，眼睛却始终在盯着那些在跟神父一起祷告的法西斯分子。你丝毫也看不出他脸上有任何表情。那把钥匙就放在他面前的桌子上。那是一把很大的铁钥匙，足有一英尺长。片刻之后，巴勃罗对那几个守卫喊了一声，我没听清喊的是什么，就见其中一名守卫朝大门那边走去。我看得出，那些人全都急急巴巴地祷告起来，我知道，他们现在全明白了。

"巴勃罗似乎还在劝说神父，但神父却依然不作回答。巴勃罗便俯身向前，拿起那把钥匙，把它低手抛给了站在门边的那名守卫。守卫一把抓住钥匙，巴勃罗朝他笑了笑。守卫随即将钥匙插进门锁，顺手一扭，然后拉开大门，并迅速闪身躲到门后，刹那间，暴民们蜂拥而入。

"我看着他们冲进了大厅，岂料，就在这时，和我站在同一把椅子上的那个醉汉开始大叫起来：'哎哟！哎哟！'并直起脑袋往前挤，把我挡得什么也看不到，只听见他在狂呼乱叫：'打死他们！用棒子揍死他们！打死他们！'他双臂暴伸，把我挤在了一边，让我什么也看不到了。

"我用胳膊肘捣了一下他的腹部，说：'醉鬼，知道这是谁的椅子吗？让我也看看啊。'

"但他只顾猛力推搡着窗户的铁条，嘴里在乱叫着：'打死他们！用棒子揍死他们！用棒子揍死他们！就这么揍！揍死他们！打死他们！王八蛋！王八蛋！王八蛋①！'

"我用胳膊肘狠狠地撞了他一下，说：'你才是王八蛋呢！你这醉鬼！让我也看看呀！'

"他却干脆用双手按住我的脑袋，把我使劲往下压，好让他自己看得更清楚些，把他的全身重量都压在我头上，嘴里还在不住地叫唤：'揍死他们！就这么揍！揍死他们！'

"'揍死你自己吧。'我一边说，一边照准他那个要害部位猛捣了一记，疼得他当即就从我头上缩回双手，一把捂住自己，说：'不行啦，娘儿们②。这么狠啊，你这娘儿们，你不能这么干啊。'我就趁着这个时

---

① 此处原文为西班牙语：Cabrones。

② 此处原为西班牙语：No hay derecho，mujer。

机，隔着窗户的铁条朝屋里望去，只见大厅里人头攒动，棍棒四起，连枷飞舞，他们在戳啊，砸啊，捅啊，一堆堆人群在推过来搡过去，此起彼伏，那些白色木叉已被染成了红色，叉齿也折断了，大厅里到处都在这么干，而巴勃罗则端坐在那张大椅子里，那杆猎枪横担在他的膝头上，注视着眼前这血肉横飞的情景，看着他们在叫喊，在抢着棍棒，在刺戳着，那些挨打的人在失声尖叫着，如同在火堆中乱窜的马群在嘶鸣一样。我看到神父撩起长袍的下摆，正朝一张长椅上爬，那些追打他的人在用镰刀和收割刀砍他，有一个人拽住了他的长袍，随即便听到接连两声惨叫，我看到有两个人趁着另一个人拽着他长袍下摆的时候，将他们的镰刀砍进了他的脊背，神父举起双臂，身子倚在了那张长条椅子的靠背上，就在这时，我脚下的椅子散架了，那个醉汉和我一同跌倒在遍地都散发着酒味和呕吐物的酸臭气的石板地上，那个醉汉对我摇着一根手指头，说：'不行啦，娘儿们，我不行啦①。我说不定已经被你捅伤啦。'人们从我们身上踩踏过去，涌入了镇公所的大厅，我满目都是一条条直奔大门的人腿，那个醉汉面朝我坐在地上，捂着被我搡过的那个部位。

"这就是我们镇上消灭法西斯分子的全过程，我很庆幸自己只亲眼目睹了这些，要不是因为那个醉汉，我就什么都看全了。所以嘛，他在一定程度上也算做了件好事，因为镇公所里的那一幕实在是惨不忍睹，谁看了都会非常难受的。

"然而另外那个醉汉的行为却越发地莫名其妙起来。椅子散架之后，等我们从地上站起来时，人们还在往镇公所里拥，这时，我看见广场上的那个系着红黑两色手绢的醉汉又在朝堂·安纳斯塔西奥的身上倒着什么，他的脑袋在不停地侧过来、侧过去，虽然坐直身子都很费劲儿，他却一直在那儿倒着什么，倒完了就擦火柴，然后再倒，再擦火柴，我便

---

① 此处原义为西班牙语：*No hay derecho*，*mujer*，*no hay derecho*。

走上前去，问他：'你这不要脸的东西，在干什么呢?'

"'没什么，娘儿们，没什么①，'他说，'别管我嘛。'

"也许是因为我站在那儿的缘故吧，我的两条腿起到了挡风的作用，火柴竟然点着了，一道蓝色的火苗开始在堂·安纳斯塔西奥的外衣的肩部燃烧起来，接着便蔓延到脖颈后面，那醉汉抬起头，扯开嗓门叫起来：'有人焚尸啦! 有人焚尸啦!'

"'谁?'有人在问。

"'在哪儿?'又一人大声问。

"'在这儿呢，'那醉汉吼声如雷，'就在这儿!'

"紧接着，有人举起连枷，照着那醉汉的脑袋边狠狠地砸了一记，他仰面倒下了，躺在地上时还抬眼望望那个揍他的人，然后闭上了眼睛，双手交叉放在胸口，躺在堂·安纳斯塔西奥的身边，仿佛睡着了一样。那人没再揍他，让他就那样躺在那儿，当天晚上，人们在清理好镇公所之后，过来抬堂·安纳斯塔西奥的尸体时，那个醉汉依然还躺在那儿呢，人们抬走了堂·安纳斯塔西奥的尸体，把他和别的尸体一同装上大车，拖到悬崖边，把他们统统扔了下去。对这座小镇来说，人们要是把这二三十个醉汉，特别是那些系着红黑两色围巾的家伙，也一同扔下悬崖，小镇上准会太平不少，如果我们有朝一日再闹一次革命，我认为一开始就应当先把这些人消灭掉。可惜我们那时还不懂这一点。但是，在接下来的几天里，我们就要接受教训了。

"不过，我们当天夜里也不知道究竟会发生什么事。镇公所里的屠杀事件结束之后，再没有发生杀人的事了，但是我们那天夜里也没开成大会，就因为醉汉太多。要想维持好秩序是根本不可能的，所以大会被推迟到第二天才开。

"那天夜里，我和巴勃罗同床共眠了。我不该对你说这个，小美人

---

① 此处原为西班牙语：Nada，mujer，nada。

儿，不过，从另一方面来说，样样事情都知道了，对你也有好处，至少我对你说的全是真话。你听着，英国人。这事儿还真是很奇怪呢。

"听我说吧，那天夜里，我们在一块儿吃饭，那气氛就很奇怪。好像经历了一场风暴、一场水灾、一场战斗之后，每个人都累了，谁也不大说话了。我自己也觉得空落落的，浑身不舒坦，内心充满羞愧，有一种犯下弥天大错的感觉，而且还有一种巨大的压抑感和大难临头的感觉，就像今天早晨看到这么多飞机之后的感觉一样。果然，没出三天，大难就临头了。

"我们吃饭的时候，巴勃罗话也很少。

"'你喜欢这么干吗，比拉尔？'他终于开口问道，嘴里塞满了烤羊羔肉。我们是在那家靠近公交车起点站的小客栈里吃的饭，屋子里很拥挤，人们在唱着歌，连上菜都很困难。

"'不喜欢，'我说，'除了堂·福斯蒂诺那出戏之外，其余的我都不喜欢。'

"'我喜欢。'他说。

"'全都喜欢吗？'我问他。

"'全都喜欢，'他一边说，一边用刀给自己切了一大片面包，并用这片面包抹着肉汁，'除了对神父的处理方式之外，我全都喜欢。'

"'你不喜欢像那样对待神父吗？'因为我知道，他对神父的仇恨远比对法西斯分子的仇恨要严重得多。

"'他对我来说，简直就是理想幻灭的化身啊。'巴勃罗悲哀地说。

"有那么多的人在唱歌，我们几乎不得不高喊着，才能听见彼此的话。

"'为什么呢？'

"'他死得很不体面，'巴勃罗说，'他几乎没有什么尊严可言。'

"'在他被那些暴民们追打的情况下，你还要他怎么保持尊严呢？'我说，'我认为他在此之前还是一直很有尊严的。做人能够享有的一切尊严他都有。'

"'是啊，'巴勃罗说，'但是，在最后那一刻，他害怕了。'

　　"'谁会不害怕呢？'我说，'你没看到他们是拿着什么东西在追打他吗？'

　　"'我怎么会看不到？'巴勃罗说，'可是，我还是觉得他死得很不体面。'

　　"'在那种情况下，谁也别想能死得体面，'我对他说，'就算按你的观点来看，你又能怎么样？在镇公所里发生的每一桩事情都是有悖人伦的。'

　　"'是的，'巴勃罗说，'因为缺少组织性。但神父不同。他应该作出榜样才是。'

　　"'我还以为你恨神父呢。'

　　"'是啊，'巴勃罗说着，又切了一块面包，'但是西班牙神父不同。西班牙神父应当死得很有光彩才对。'

　　"'我觉得他也算死得够有光彩啦，'我说，'在无法顾及那些礼数的前提下。'

　　"'不，'巴勃罗说，'对我来说，他纯粹就是理想破灭的化身。我整天都在盼着那神父的死讯呢。我还以为他会成为最后一个走进那两排队伍里的人呢。我满怀希望地期待着那个时刻的到来。我指望着多少也要有一个高潮出现吧。我从没亲眼目睹过神父的死亡。'

　　"'会有机会的，'我讥讽地对他说，'今天只不过是这场运动的一个开端嘛。'

　　"'不，'他说，'我的希望已经破灭啦。'

　　"'算了吧，'我对他说，'依我看，你是要丧失信心了。'

　　"'你不懂，比拉尔，'他说，'他可是一名西班牙神父啊。'

　　"'西班牙人的民族性多强啊。'我对他说，他们具有那么强烈的民族自豪感呢，呃，你说呢，英国人？真是一个了不起的民族啊。"

　　"我们该动身了，"罗伯特·乔丹说，他看了看太阳，"已经快到中午啦。"

"是的，"比拉尔说，"我们这就走。不过，还是让我给你们说说巴勃罗这个人吧。那天夜里，他对我说：'比拉尔，今天夜里我们就不折腾啦。'

"'好啊，'我对他说，'我也不高兴折腾呢。'

"'我觉得，杀了那么多人之后，做那事儿也许就没情趣了。'

"'什么话，'我对他说，'你以为你是圣人啊。你以为我跟那些斗牛士相处了多年，会不知道他们从斗牛场上下来之后是一副什么样的德性吗？'

"'你说的是真心话吗，比拉尔？'他问我。

"'我什么时候骗过你？'我对他说。

"'说真的，比拉尔，我今晚整个人都垮掉啦。你不会怪我吧？'

"'不会的，伙计，'我对他说，'不过，你别再天天杀人啦，巴勃罗。'

"那天夜里，他睡得像个婴儿，早晨天大亮时我才叫醒他，可是我自己却整夜未眠，便从床上爬起来，坐在一张椅子上，眺望着窗外的夜景，月光下，我能看见曾经排着两行队伍的那片广场，广场上的那些树木在月光下闪烁着，树荫浓郁，那些长条椅也被月光映照得明晃晃的，一地的酒瓶也在月光下闪闪发亮，悬崖的尽头就是那些法西斯分子被扔下去的地方。四下里寂静无声，只有喷泉的水在哗哗地响着，我坐在那儿思索着，觉得我们这个开头开得很不好。

"窗户是敞开的，我能听见从广场那边的喷水池方向传来的一个女人哭声。我走到外面的阳台上，赤着脚站在阳台的铁皮地上，月光映照着广场四周所有房屋的墙面，那哭声是从堂·吉列尔莫家的阳台上传来的。那是他的老婆，正跪在阳台上哭着。

"过了一会儿，我回到房间里，傻傻地坐在那儿，什么也不愿去想了，因为这是我一生中过得最不舒心的一天，直到后来又有了另一天。"

"那另一天指的是哪一天啊？"玛丽娅问。

"就是三天之后的那一天，法西斯分子夺取了那座小镇。"

"那就不要对我说事情的经过啦，"玛丽娅说，"我不想听了。这些已经够多啦。听了也让人太难受。"

"我起先就告诉过你，叫你不要听的，"比拉尔说，"瞧。我本来就不想让你听的。这下可好，你要做噩梦啦。"

"不会的，"玛丽娅说，"不过，我不想再听下去了。"

"我倒是希望你另找时间说给我听听呢。"罗伯特·乔丹说。

"我会的，"比拉尔说，"只是让玛丽娅听了不好。"

"我又不想听，"玛丽娅可怜兮兮地说，"求求你，比拉尔。如果我在场，你就别讲吧，因为我也许会不由自主地听的。"

她的嘴唇在嗫嚅着，罗伯特·乔丹以为她要哭了。

"行行好，比拉尔，别再说了。"

"别着急，短发小丫头，"比拉尔说，"你不用担心。不过，我以后会抽空讲给这 *Ingles* 听的。"

"但是他到哪里，我也要跟到哪里呀，"玛丽娅说，"啊，比拉尔，你干脆就别讲了吧。"

"我可以趁你在干活的时候讲啊。"

"不。不。行行好吧。干脆别讲算啦。"玛丽娅说。

"既然我已经拉开了话匣子，把我们的所作所为告诉给你们了，总得听我讲完才对呀，"比拉尔说，"不过，你千万别听就是了。"

"难道就没有什么愉快的事情可讲了吗？"玛丽娅说，"干吗非得老是拣那些恐怖的事情讲啊？"

"今天下午，"比拉尔说，"你和英国人。你们两个想说什么就尽管说吧。"

"那就让下午快点来吧，"玛丽娅说，"让下午的时光飞快地到来吧。"

"它会来的，"比拉尔对她说，"它会飞快地到来，但同样也会飞快地走掉的，明天也同样会飞快地过去的，光阴似箭嘛。"

"今天下午，"玛丽娅说，"今天下午。让今天下午快点来吧。"

第十一章

　　他们从那片地势很高的草甸上笔直地走下来，进入了那个树木葱茏的深谷，然后沿着一条与那条小河相平行的羊肠小道爬上了山谷的另一面，随后便离开了那条小道，朝一座峻拔突兀的山崖顶端攀去，坡虽陡峭，却一直掩映在松林浓郁的树荫下，他们正向上攀爬着，突然，一个手持卡宾枪的人从一棵树后闪身而出。

　　"站住，"他说，随即又说，"你好，比拉尔。你带来的这个人是谁呀？"

　　"是个英国人，"比拉尔说，"不过他有一个教名——罗伯托。总算走到这儿啦，这山也真他奶奶的太陡了。"

　　"你好，同志，"那哨兵对罗伯特·乔丹说，并伸出自己的手，"你还行么？"

　　"还行，"罗伯特·乔丹说，"你呢？"

　　"当然还行。"哨兵说。他很年轻，人显得单薄而又清瘦，脸上高高的鹰钩鼻特别显眼，高颧骨，灰眼睛。他没戴帽子，一头乌黑的头发乱蓬蓬的，他握手很有力气，也很友好。他的眼睛里也流露着友好的神色。

　　"你好，玛丽娅，"他对那姑娘说，"没把你累着吧？"

　　"什么话，华金，"姑娘说，"我们这一路坐着聊天的时间比走路的时间还多呢。"

"你就是那个爆破手吧?"华金问,"我们早就听说你来这儿了。"

"我们在巴勃罗那边过了一夜,"罗伯特·乔丹说,"对,我就是那个爆破手。"

"我们很高兴见到你,"华金说,"这次的任务是炸火车吧?"

"你也参加了上次炸火车的行动?"罗伯特·乔丹问,并笑了笑。

"哪能少了我呢,"华金说,"这个人就是我们在那次行动中救下来的,"他笑嘻嘻地望着玛丽娅,"你现在变漂亮啦,"他对玛丽娅说,"他们在你面前谈论过你有多漂亮吗?"

"别说啦,华金,非常感谢你,"玛丽娅说,"你把头发理一理,也会很漂亮的。"

"我背过你呢,"华金对姑娘说,"我把你扛在肩上一路走过来的。"

"背过她的人多着呢,"比拉尔沉声说,"谁没背过她?那老家伙在哪儿?"

"在营地里。"

"他昨晚去哪儿啦?"

"去塞戈维亚了。"

"他带回什么消息没有?"

"有,"华金说,"有消息。"

"好消息还是坏消息?"

"我想是坏消息吧。"

"你们看到那些飞机了吗?"

"看到了,"华金说着,摇了摇头,"别跟我说这个吧。爆破手同志,那都是些什么飞机啊?"

"亨克尔 111 型轰炸机。有亨克尔,还有菲亚特式驱逐机。"罗伯特·乔丹对他说。

"那些机翼很低的大家伙是什么飞机呢?"

"那是亨克尔111型轰炸机。"

"不管叫什么名字，反正都不是好东西，"华金说，"不好意思，我把你们的时间给耽误啦。我现在就带你们去见那位司令官。"

"司令官？"比拉尔问。

华金很严肃地点点头。"我喜欢这个称呼，比叫'头儿'要好听一些，"他说，"这么称呼才更像军人嘛。"

"你倒是越来越像军人了。"比拉尔说着，朝他朗声大笑起来。

"还没呢，"华金说，"不过我喜欢军人的术语，因为它会使命令听起来更加清楚，也显得更有纪律性。"

"这个人倒是很合你的胃口呢，英国人，"比拉尔说，"一个做事非常认真的小伙子。"

"还要我背你吗？"华金问那姑娘，并把自己的胳膊搭在她肩膀上，凑近她的脸蛋微笑着。

"背一次就够啦，"玛丽娅对他说，"谢谢你，不要啦。"

"你还记得那时的情景吗？"华金问她。

"我只记得自己由别人在背着，"玛丽娅说，"至于是不是由你在背着，不记得啦。我记住了那个吉卜赛人，因为他把我扔下过好多次。不过，我谢谢你，华金，哪天也让我来背背你吧。"

"当时那情景我至今还记得清清楚楚呢，"华金说，"我记得我当时正抱着你的两条腿，你的肚子压在我的肩膀上，你的脑袋耷拉在我的背上，你的两只胳膊垂在我的后腰间。"

"你的记性真不赖呀，"玛丽娅说着，朝他笑了笑，"这些细节我一点儿也不记得了。什么你的胳膊、你的肩膀、你的后腰的，我统统不记得了。"

"你想知道个小秘密吗？"华金问她。

"什么小秘密？"

"我当时心里可高兴了，因为你的半截身子耷拉在我的后背上，而子弹恰恰是从我们背后打来的。"

"真是个下流胚，"玛丽娅说，"那个吉卜赛人之所以背了我好久，也是为了这个吧?"

"为了这个，也为了能抱抱你的大腿。"

"这就是我的英雄啊，"玛丽娅说，"这就是我的救命恩人啊。"

"你听着，小美人儿，"比拉尔对她说，"这个小伙子背了你很久呢，再说，在那种生死攸关的时刻，你的大腿对谁都没有任何意义。在那种时刻，只有子弹才最有发言权。假如他扔下你不管，那他很快就能逃离子弹的射程了。"

"我已经谢过他啦，"玛丽娅说，"我以后一定找时间也背背他。让我们说说笑话吧。总不见得因为他背过我，我就该大哭一场，是吧?"

"我本来想扔下你不管的，"华金继续取笑着她，"可我担心比拉尔会枪毙我呢。"

"我不枪毙人。"比拉尔说。

"也没有这个必要嘛①，"华金对她说，"你犯不着枪毙人啊，你这张嘴巴就能把人活活吓死。"

"真是油腔滑调，"比拉尔对他说，"你过去可是个很懂礼貌的小伙子啊。运动开始前，你是干什么的，小伙子?"

"没干什么，"华金说，"那时我才十六岁。"

"可是，确切地说，你是干什么的?"

"偶尔弄几双鞋糊口。"

"做鞋吗?"

"不。擦鞋。"

"什么话呢，"比拉尔说，"不光是擦鞋这一件事吧。"她仔细打量着他那棕色的脸庞、灵活的身材、蓬乱的头发，以及他迈步行走时那由脚

---

① 此处原文为西班牙语：*No hace falta*。

跟到脚尖快速移动的轻灵的步态。"你后来为什么又不干那一行了呢?"

"不干哪一行?"

"哪一行? 你知道哪一行啊。你现在开始留小辫子啦。"

"我想, 那时是因为害怕吧。"小伙子说。

"你有一副好身材,"比拉尔对他说,"但是脸长得不怎么样。这么说, 你那时也很胆小的, 是吗? 你在那次炸火车的行动中倒是表现得很出色嘛。"

"我现在一点儿也不害怕了,"小伙子说,"什么也不怕了。比公牛还要厉害、还要危险的事情, 我们都已经领教过了。哪头公牛也不比机关枪危险呀, 这是明摆着的。不过, 假如现在让我上斗牛场去对付一头公牛, 我还是不知道我的两条腿究竟会不会听我使唤呢。"

"他从前想当斗牛士,"比拉尔对罗伯特·乔丹解释说,"不过, 那时他胆很小。"

"你喜欢斗牛吗, 爆破手同志?"华金笑嘻嘻地问, 露出一口洁白的牙齿。

"非常喜欢,"罗伯特·乔丹说,"非常、非常喜欢呢。"

"你看过巴利亚多利德的斗牛吗?"华金问。

"看过。在九月狂欢节的时候。"

"那是我的家乡,"华金说,"一个多么美好的城市啊, 可是, 城里的那些善良的人们^①, 那些善良的乡亲们, 却在这场战争中受尽了苦难。"说到这里, 他的脸色一下子严峻起来,"他们枪杀了我的父亲。我的母亲。还有我姐夫, 后来又枪杀了我姐姐。"

"这帮杀人不眨眼的畜生。"罗伯特·乔丹说。

他已经有多少次亲耳聆听人们讲述这样的事情啦? 他已经有多少次亲眼目睹人们强忍悲愤诉说这样的遭遇啦? 他已经有多少次亲眼见证人

---

① 此处原文为西班牙语: *buena gente*。

们噙着泪花、喉咙哽咽、强忍悲痛地诉说自己的父亲、兄弟、母亲、姐妹的不幸遭遇啦？他记不清他已经有多少次聆听人们像这样讲述他们死去的亲人了。人们几乎总是像眼前这个小伙子一样诉说着；只要一提起家乡，人们的情绪就会一下子愤激起来，而你也总是这么一句："这帮杀人不眨眼的畜生。"

你只是听到了人们对丧失亲人的陈述。你并没有亲眼看见哪个做父亲的倒下去的情景，不像比拉尔在小河边讲述的那个故事，她的那番描述使他犹如身临其境般地目睹了那些法西斯分子一个个死掉的情景。你只知道有个做父亲的死在了某个庭院里、某一堵高墙下、某一片田野或果园里，或者在深夜时分死在了某一条公路边卡车的灯光下。你看到过从山里开出来的汽车的灯光，听到过枪声，之后，你冲下山，来到公路旁，便发现了那一具具尸体。你并没有亲眼看见那些母亲、姐妹、兄弟被枪杀的情景。你听说过这些事；你听见过枪声；你也看到过那些尸体。

比拉尔的讲述使他看到了那座小镇上所发生的一切。

这女人要是会写作该多好啊。他要努力把她讲述的这个故事写出来，如果运气好，能够记得住，他也许能一字不漏地把她的话全都记载下来。上帝啊，她居然能把故事讲述得如此生动。她比大作家克维多还要出色呢，他想。譬如，关于堂·福斯蒂诺之死那一段，他无论如何也写不到像她讲述的那么生动。但愿我有足够的写作水平，能把这个故事生动地写出来，他想。要写出我们的所作所为。而不是别人对我们的种种行径。关于这一点，他知道的已经够多了。他对敌后的情况非常了解。不过，你得了解这些人先前的情况。你得知道他们在村子里一直是干什么的。

因为我们的流动性太大，也因为我们无需在行动之后仍留在原地等着接受报复性打击，所以我们从来就不知道事情的后果究竟如何。你和一个农民以及他的家人住在一起。你夜里来，和他们一同吃饭。到了白天，你便躲了出去，你只过一夜就走。你的任务一完成，人就立即撤走了。等你下次照老样子再来时，你便得知他们已遭枪杀了。事情就这么简单。

可是，这种事情发生时，你却总是不在现场。游击队搞完破坏，队伍就开拔了。那些农民则留下来接受惩罚。我对这种事情的另一面向来是了解的，他暗自思忖。我们从一开始是怎么对待他们的。我对这一点向来很了解，也很痛恨，而且也听到过他们不知羞耻、厚颜无耻地谈论过这一点，他们为此而吹嘘、夸耀、辩解、说明、否认。可是，这该死的女人却让我仿佛身临其境般地看清了事情的真相。

罢了，他想，这也是人生在接受的教育过程中不可多得的一部分内容呢。等事情完结了，这个教育也就非常深刻了。如果你注意聆听，你在这场战争中就会大有长进。你也差不多就是这样做的。他很幸运，因为在战争爆发前的十年里，他曾断断续续地在西班牙生活过。他们信得过你，主要是基于语言方面的原因。他们之所以信得过你，是因为你能完全听懂这门语言，并能非常地道地使用这门语言，而且还熟知各地的情况。其实，西班牙人最终只真正忠实于自己的村落。首先当然是西班牙，其次是他的部族，再其次是他所在的省份，然后才是他的村落、他的家庭，最后是他所从事的行业。如果你懂西班牙语，他就会偏心于你，如果你了解他所在的那个省份，那就更亲近了一层，但是，如果你连他的村落和他的行业都知道，那你这个外国佬就再也不是外国佬啦。他在西班牙人的圈子里从来就没有感到自己是个外国人，他们在大多数情况下也确实没把他当外国人；只有在他们跟你闹别扭的时候。

他们当然跟你闹别扭。他们经常跟你闹别扭呢，不过，他们是一贯跟人闹别扭的。他们也跟自己人闹别扭呢。如果是三个人在一起，总会有两个人抱成一团反对另一个人，然后这两个人自己再开始互相拆台。虽然未必总是如此，但却司空见惯，让你可以举出足够的例子，并由此而得出这样的结论来。

这样思考问题可不行啊，不过有谁审查过他内心的想法吗？除了他自己，谁也没有。他只是不愿像这样胡思乱想，怕把自己陷入失败主义的死胡同。打赢这场战争才是第一要务。如果我们打不赢这场战争，我们就会丧失一切。但是，他已亲眼目睹、亲耳闻听、并记住了一切。他正在战争中服役，既然在服役，他就会赤胆忠心，并竭尽全力尽可能圆满地完成任务。然而谁也不能左右他的思维，谁也不能支配他的视觉和听觉能力，假如他真打算依据自己的所见所闻作出评判，他日后自然会作出的。可以作为评判依据的材料会非常丰富的。现在就已经很丰富了。有时未免还嫌多了一点儿呢。

你看看比拉尔这个女人，他暗暗思忖。无论日后出现什么情况，只要有时间，我一定要让她把那个故事讲完。瞧她跟那两个年轻人走在一起的样子。他们就是西班牙人中的极品，你在这个国家再也找不出比这三人更好看的人了。她犹如一座高山，那个小伙子和那姑娘则犹如两株幼树。老树已被砍除，幼树就这样在生机盎然地茁壮成长着。不管他们两人曾遭受过什么样的磨难，他们依然显得那样富有朝气、纯洁无邪、生机勃勃、毫发无损，仿佛他们从未听说过人世间会有不幸一样。不过，照比拉尔的说法，玛丽娅也是才刚刚恢复元气。她当初的状况一定是相当糟糕的。

他想起了在十一旅当兵的一个比利时小伙子，是和他村子里的其他五个小伙子一起应征入伍的。那个村子约有两百口人，那小伙子此前从没离开过那个村子。他在汉斯旅的旅参谋部第一次见到那个小伙子时，与他同村的另外那五个小伙子都已全部阵亡了，这小伙子当时的精神状况就非常糟糕，他们把他当勤务兵使用，在旅参谋部伺候人吃饭。他是个金发碧眼的白种人，长着一张大大的红扑扑的具有佛兰芒人[1]典型特征的脸庞，一双又大又粗的农民的手，端盘子的动作活像一匹驮马，力大而笨拙。可是，他老是没完没了地哭。在整个吃饭的过程中，他一直

---

[1] 佛兰芒人（the Flemish）是比利时的一个民族，居住在比利时西部和北部，使用佛兰芒语。

都在不出声地哭着。

你一抬头就看到他在那儿哭。你让他拿酒，他哭，你递过盘子让他添些炖肉来，他转过头去，还是哭；他偶尔也会停住，可是当你抬头看他时，他又泪流满面了。在上每一道菜的间隙里，他就在厨房里哭。大家待他都很宽容。但就是不起作用。他得好好想想自己以后该怎么办，到底还能不能走出心理上的阴影，继续当好他的兵。

玛丽娅如今已经相当正常了。她至少看上去是相当正常的。然而，他根本不是精神病专家。比拉尔才是医治精神疾病的专家呢。昨天夜里的同眠也许对他俩都有益处。是啊，除非这事就此作罢了。这场爱情对他当然是大有裨益的。他今天就有神清气爽的感觉；头脑清醒、浑身轻松、忧虑全无、心情舒畅。虽说当时那情景表面看似乎很不像样，但他的运气倒也相当不错。他以往也经历过类似的情景，却都属于本身就很晦气的那种。本身就很晦气；这是西班牙语的思维方式。玛丽娅确实很可爱。

你瞧她那模样，他对自己说。瞧瞧她那模样。

他注视着她在阳光下欢快地迈着大步；她的卡其布衬衣的领口敞开着。她走路的姿态多像小马驹啊，他想。这种事情可遇而不可求。这类事情从来不像是真的。也许根本就不是真的，他想。这也许只是你做过的一场美梦，或者是你虚构出来的，其实根本就没有发生过。也许就像你经常做的那些梦一样，你在电影院里看到了某一个美女，于是她当天夜里就在你的睡梦中爬上了你的床，而且还那么温柔体贴，那么惹人喜爱。他在睡梦中和那些美女们都那样睡过。他依然还记得嘉宝[1]，还有哈露[2]。是啊，有好多次是和哈露。也许这一回还是梦，和往日的那些美梦

---

① 葛丽泰·嘉宝（Greta Garbo，1905—1990），美国好莱坞著名女演员，出生于瑞典，曾主演过《安娜·克里斯蒂》《玛塔·哈利》《安娜·卡列尼娜》等电影，1941年后隐退遁居。
② 珍·哈露（Jean Harlow，1911—1937），美国好莱坞著名女演员，曾与著名影星克拉克·盖博（William Clark Gable，1901—1960）共同主演过《红尘》《萨拉托加》等电影。

一模一样吧。

　　不过，他依然还记得在睡梦中嘉宝爬上他的床时的情景，那是在对波索布兰科[1] 发起进攻之前的那个晚上，她当时正穿着一件柔软如丝的羊毛衫，他伸出手臂搂着她，她朝他俯下身子，秀发披洒下来，拂在他脸上，她说她一直在爱着他，他为什么就从来不肯向她表白他对她的爱慕之情呢？她既不羞怯，也不冷漠，更没有摆出那副拒人于千里之外的模样。她完全就是一副可爱得叫人忍不住想搂在怀里的模样，温柔而又可爱，就像她过去和约翰·吉尔伯特[2] 在一起时那样，那情景十分逼真，仿佛真有其事一样，因而也使他深深爱上了嘉宝，甚至远远超过了他对哈露的喜爱，尽管嘉宝只在梦中出现过一次，而哈露却……也许这一回还是梦，和往日的那些美梦一模一样吧。

　　这一回也许不太像是在做梦吧，他对自己说。也许我可以伸出手，去摸摸眼前这个玛丽娅，他对自己说。也许你会害怕这么做的，他对自己说。因为你也许会发现，这件事从来就没有发生过，这件事压根儿就不是真的，全是你凭空想象出来的，就像常在睡梦中出现的电影里的那些人物一样，你的那些梦中情人时常会在夜间栩栩如生地回到你的梦中，和你一同睡在那条睡袋里，地点全都是那些光秃秃的地面、干草堆、马厩、围栏[3]、农场[4]、灌木丛、修车库、卡车，以及西班牙的那些荒山野岭。在他熟睡时，这些美女们全都会钻进那条睡袋来和他相会，而且她们全都比现实生活中的形象还要曼妙得多。也许这一回还是梦，和那些梦一模一样。也许你不敢去摸她，因为害怕知道事情的真假。也许你敢，

---

① 西班牙南部科尔多瓦省一地区。

② 约翰·杰尔伯特（John Gilbert，1895—1936），美国著名影星，是无声电影时代的主要影星。曾主演过多部影片，是当年好莱坞影坛公认的"大情种"。吉尔伯特与嘉宝共同主演的第一部影片为《肉体与魔鬼》（1926）。此后，两人又共同出演过《安娜·卡列尼娜》（1927）、《绯闻女人》（1928）等多部影片，并成为影迷们十分喜爱的一对荧幕情侣，但两人从未成婚。

③ 此处原为西班牙语：corrales。

④ 此处原为西班牙语：cortijos。

但也说不定就是你虚构出来的某个故事，或者是你梦中的情景。

他迈步跨过山间小道，伸出手去抚摸姑娘的胳膊。虽然隔着那件旧卡其布衬衣，他的手指依然能感觉到她胳膊上肌肤很光滑。她看看他，并对他嫣然一笑。

"你好，玛丽娅。"他说。

"你好，英国人。"她回应了一声，他注视着她那茶褐色的脸蛋、黄灰色的眼眸、饱含笑意的丰满的嘴唇，以及她那被太阳晒得斑斑驳驳的短发，她仰起脸蛋望着他，满面春风地朝他微笑着。一切都是真实的。

不一会儿，聋子的营地就呈现在他们眼前，营地位于这片松林的尽头，那儿有一个圆形山包，在一条深壑的前端，宛如一只倒扣着的脸盆。这些石灰岩构成的盆形山包上肯定布满了岩洞，他想。前方就有两个岩洞。生长在岩石缝里的一丛丛低矮的松树把那些洞穴遮蔽得严严实实。这里的地形不比巴勃罗那边差，甚至还要好。

"你怎么全家人都遭枪杀了呢?"比拉尔在和华金说话。

"别提啦，女士，"华金说，"他们都是左翼人士，和巴拉多利德城里的许多人士一样。法西斯分子在全城清除异己时，他们首先枪毙的人就是我父亲。他投过社会党的票。他们接着又枪毙了我母亲。她也投过社会党的票。那是她一生中第一次投票。他们后来又枪毙了我的一个姐夫。他是电车司机辛迪加①的会员。他要是不加入那个辛迪加，当然就开不成电车。但他是个不问政治的人。我非常了解他。他有时甚至还有点儿不顾脸面。依我看，他甚至都算不上是一个好同志。后来，我的另一个姐夫，原先也在电车上工作，就上山打游击了，和我一样。他们以为我姐姐知道他的去向。其实她并不知道。所以他们又枪毙了她，就因为她不肯说出她丈夫的去处。"

"这帮杀人不眨眼的畜生，"比拉尔说，"聋子在哪儿? 我怎么没看

---

① 辛迪加（syndicate），一种企业联合会，多为临时性组织。

见他呢。"

"他就在这儿。也许在山洞里吧，"华金回答说，他这时停下了脚步，把步枪的枪托拄在地上，又接着说，"比拉尔，你听我说。还有你，玛丽娅。如果我的这些拉家常的话坏了你们的心情，请你们原谅我。我知道，大家都有相同的遭遇和不幸，那些事情不提也罢。"

"你应当说说，"比拉尔说，"如果我们不互相帮衬着，那我们活在这世上还有什么意义？如果听了又不吭声，那种帮衬也是够冷漠的。"

"可是，这番话会让玛丽娅这姑娘不好受的。她自己也经历过太多的苦难啊。"

"什么话呢，"玛丽娅说，"我的那些苦难好比是一只大水桶，你的苦水倒进来绝对是装不满它的。对你的遭遇我深表同情，华金，但愿你的另一个姐姐安然无恙。"

"到目前为止，她还活得好好的，"华金说，"他们把她投进了监牢，不过好像并没有过分虐待她。"

"你家里还有别的人吗？"罗伯特·乔丹问。

"没有了，"小伙子说，"只剩下我一个。没别的人啦。除了那个上山打游击的姐夫，不过，在我看来，他已经死啦。"

"也许他还活得好好的，"玛丽娅说，"也许他正带领着一支小分队在别的山区活动呢。"

"在我看来，他已经死啦，"华金说，"他的身体状况根本适应不了那种颠沛流离的生活，再说，他原先是一名电车售票员，也不具备上山打游击的良好体质。我怀疑他连一年也熬不下来。他还有点儿心口疼的毛病。"

"但他说不定就活得好好的呢。"玛丽娅伸出胳膊搂着他的肩膀。

"当然，姑娘。为什么不好好活着呢？"华金说。

小伙子伫立在那儿，玛丽娅举起双臂搂着他的脖子，吻了吻他。华金却把头扭了过去，因为他哭起来了。

"你要像个做哥哥的才对呀，"玛丽娅对他说，"我吻你是把你当哥哥呢。"

小伙子摇摇头，仍在不出声地哭着。

"我就是你的妹妹，"玛丽娅说，"我爱你，你有家。我们都是你的亲人。"

"包括这个英国人，"比拉尔嗓门洪亮地说，"对不对，英国人？"

"对，"罗伯特·乔丹对小伙子说，"我们都是你的亲人，华金。"

"他就是你的哥哥，"比拉尔说，"嗨，对吗，英国人？"

罗伯特·乔丹伸出手臂搂着小伙子的肩膀。"我们都是亲兄弟。"他说。小伙子摇摇头。

"实在不好意思啊，向你们诉说这些，"他说，"说这些事只会让大家更难受。把你们心情都弄坏了，我真是过意不去啊。"

"我×你奶奶冒白浆的，收起你那套'过意不去'吧，"比拉尔用她那浑厚、可爱的大嗓门说，"如果玛丽娅这丫头再吻你一下，我也要忍不住亲自上来吻你啦。我已经有好多年没吻过斗牛士啦，连你这样不中用的也没吻过呢，我倒要吻吻这个斗牛场上不中用、却改行当起了共产党的人。捉牢他，英国人，别让他跑了，让我好好吻吻他。"

"放开我 ①，"小伙子说着，猛然转过身去，"饶了我吧。我没事儿啦，我只是觉得很过意不去。"

他站在那儿，努力控制着自己的面部表情。玛丽娅把手放在罗伯特·乔丹的手心里。比拉尔则双手叉腰站在那儿，望着那小伙子，脸上此时已换上了嘲弄人的神色。

"要是让我来吻你，"她对他说，"那就不是妹妹吻哥哥那样啦。妹妹吻哥哥那套把戏我也不会。"

"不需要这么捉弄我吧，"小伙子说，"我刚才就对你说过，我没事

_____

① 此处原为西班牙语：_Deja_。

了，我不该唠叨那些事，对不起大家了。”

“那就好，我们走吧，去见见那老头子，”比拉尔说，“我自己也很讨厌这种动感情的事儿呢。”

小伙子望着她。你从他的眼神里可以看出，他突然之间变得伤心极了。

“不是说你好动感情，”比拉尔对他说，“是说我自己呢。你这娇气的秉性，实在不适合做斗牛士。”

“我当初确实表现得很窝囊，”华金说，“你也没必要老是揪住不放啊。”

“可是你现在又再次留起小辫子来啦。”

“是啊，难道不行吗？从经济上说，斗牛是最好的致富方式。斗牛能使许多人获得就业机会呢，国家应当管理好这个行当。再说，我现在也许不会害怕了。”

“不见得，”比拉尔说，“不见得。”

“你说话为什么要这么蛮横呢，比拉尔？”玛丽娅对她说，“我是非常爱你的，可是你的做派也实在太粗野了。”

“有可能，我本来就是个粗人嘛，”比拉尔说，“你听着，英国人。你知道你该怎么跟聋子说话吗？”

“知道。”

“因为他是个寡言少语的人，不像我和你，更不像这些个好动感情、只能关在笼子里供人观赏的宠物。”

“你说话为什么老是这么刻薄啊？”玛丽娅又生气地问了一声。

“我不知道，”比拉尔一边说，一边大踏步地走着，“你为什么要这么认为呢？”

“我不知道。”

“时常有许多事情让我很烦躁，”比拉尔恼火地说，“你明白吗？其中一个原因是，年龄已经四十八了。你在听我说吗？年龄四十八，外加一张难看的脸。还有，当我开玩笑地说，我要吻吻这个有共产党倾向的不成器的斗牛士时，我看到的却是他满脸慌张的神色。"

"不是这样的，比拉尔，"小伙子说，"你看到的根本就不是慌张的神色。"

"什么话呀，怎么不是这样呢。我 × 你奶奶冒白浆的，你们这帮坏东西。啊，他来了。你好呀，圣地亚哥！你还好吗 [①]？"

比拉尔打招呼的那个人是一个长得矮墩墩的汉子，身材很粗壮，脸膛呈棕褐色，颧骨很宽，头发已经花白，一双黄褐色的眼睛分得很开，鼻子很像印第安人，鼻梁很细，鼻头很尖，嘴巴又阔又扁，上嘴唇特别长。他的胡子刮得干干净净，正迈步走出洞口迎向他们，一双罗圈腿倒是与他所穿的牧民的马裤和马靴很相称。天气虽然暖和，他却穿着一件羊毛衬里的短皮夹克，纽扣一直扣到脖子下。他朝比拉尔伸出一只棕褐色的大手。"你好，女士，"他说，"你好。"他朝罗伯特·乔丹也打了个招呼，并握了握他的手，然后便用锐利的目光打量着他的脸。罗伯特·乔丹注意到，他那双眼睛黄得像猫的眼睛，也迟缓得像爬行动物的眼睛。"小美人儿。"他又朝玛丽娅打了声招呼，并拍了拍她的肩膀。

"吃了？"他问比拉尔。她摇了摇头。

"吃吧，"他说，然后又看看罗伯特·乔丹，"喝酒吗？"他问，并伸出大拇指，做了个朝下倒酒的手势。

"喝的，谢谢。"

"好，"聋子说，"威士忌？"

"你有威士忌？"

聋子点点头。"是英国人？"他问，"不是俄国人 [②]？"

"美国人 [③]。"

---

① 此处原文为西班牙语：*Que Tal*？
② 此处原文为西班牙语：*Ruso*。
③ 此处原文为西班牙语：*Americano*。

"此地没几个美洲人①。"

"现在多了。"

"还算不错。南美还是北美？"

"北美。"

"反正都是说英语人②。何时炸桥？"

"你知道炸桥的事了？"

聋子点点头。

"后天早上。"

"好。"聋子说。

"巴勃罗呢？"他问比拉尔。

她摇了摇头，聋子咧开嘴笑了笑。

"去吧，"他对玛丽娅说，又咧开嘴笑了笑，"回来，"他从怀里掏出一块用皮条拴着的大怀表，看了看那块表，说，"半小时。"

他做了个手势，让大家在一段削平了当长凳用的原木上坐下来，然后看了看华金，又用大拇指朝他们来时走过的那条羊肠小道的方向指了指。

"我和华金下去一趟，马上就回来。"玛丽娅说。

聋子走进山洞，拿出了一小瓶苏格兰威士忌和三只玻璃酒杯。他用一只胳膊夹着那酒瓶，三只玻璃酒杯也在那只手的三根手指间捏着，另一只手则抓着一只陶罐的颈部。他把酒瓶和酒杯摆在原木上，陶罐则放在地上。

"没冰块。"他对罗伯特·乔丹说，并把酒瓶递了他。

"我一点儿也不想喝。"比拉尔说着，用手捂住自己的酒杯。

"昨晚地上有冰，"聋子说，并咧嘴笑了笑，"全化了。山上有冰，"

---

① 在西班牙语中，Americano 一词既可作 "美国人"，也可作 "美洲人"。聋子显然将 "美国人" 和 "美洲人" 混为一谈了。

② 由于英美两国都使用英语，西班牙老百姓便把他们都当成了英国人。

聋子说着，用手指了指覆盖在光秃秃的山峰上的积雪，"路太远。"

罗伯特·乔丹刚要朝聋子的酒杯里斟酒，但这位耳背的汉子却摇了摇头，做了个手势，示意对方给他自己斟酒。

罗伯特·乔丹在自己的酒杯里斟了一大份威士忌，聋子则在一旁急切地望着他，等他一斟好，便立即把那只陶罐递给了他，罗伯特·乔丹把陶罐一歪，一股冰凉的水流便从陶罐的嘴子里倾泻出来，马上把酒杯装满了。

聋子给自己斟了半杯威士忌，再用水加满杯子。

"葡萄酒？"他问比拉尔。

"不。水。"

"接过去，"他说，"没好处，"他笑嘻嘻地对罗伯特·乔丹说，"见过不少英国人。总是爱喝威士忌。"

"在哪儿？"

"农场，"聋子说，"场主的朋友。"

"你这瓶威士忌是从哪儿搞来的？"

"什么？"

"你得大声点儿，"比拉尔说，"对着他那只耳朵喊。"

聋子指了指他那只听觉稍好些的耳朵，咧嘴笑了笑。

"你这瓶威士忌是从哪儿弄来的？"罗伯特·乔丹大声说。

"自己酿的。"聋子说，并注视着罗伯特·乔丹，只见他端着酒杯的手没到嘴边就中途停住了。

"别怕，"聋子说着，伸手拍了拍他的肩膀，"开个玩笑。从拉格兰哈搞来的。听说昨晚来了个英国爆破手。好。非常高兴。弄了瓶威士忌。招待你的。你喜欢吗？"

"非常喜欢，"罗伯特·乔丹说，"口感很好的威士忌。"

"我很满意，"聋子笑嘻嘻地说，"当天晚上还弄到情报了。"

"什么情报？"

“大批部队在调动。”

“在哪儿？”

“塞戈维亚。飞机你都看见了。”

“是的。”

“不妙啊，呃？”

“是不妙。”

“部队调动？”

“在维拉卡斯汀和塞戈维亚之间有大批军队在调动。在巴拉多利德公路上。在维拉卡斯汀和圣·拉斐尔之间也有大批军队在调动。很多。很多。”

“你有什么看法？”

“我们要准备行动了？”

“有可能。”

“他们知道。也在做准备呢。”

“有这个可能。”

“为什么不今晚炸桥？”

“命令。”

“谁的命令？”

“总参谋部。”

“难怪。”

“炸桥的时机很重要吗？”比拉尔问。

“至关重要。”

“万一他们的部队大批上来了呢？”

“我会派安塞尔莫把部队调动和集结的所有情报送过去的。他正在监视那条公路上的动静呢。”

“你们派了人在监视那条公路？”聋子问。

罗伯特·乔丹不知道他究竟听明白了多少。你永远也无法知道一个耳聋的人到底能听见你多少。

"是的。"他说。

"我，也派了。为什么不现在炸桥呢？"

"我必须执行命令。"

"我不喜欢这样，"聋子说，"这个我不喜欢。"

"我也不喜欢。"罗伯特·乔丹说。

聋子摇摇头，啜了一口威士忌。"你有用得着我的地方？"

"你有多少人？"

"八个。"

"切断电话线，袭击养路工小屋边的哨所，拿下它，然后向大桥这边靠拢。"

"这事好办。"

"这些都得写成书面文字。"

"别费这个心吧。巴勃罗呢？"

"他负责切断山下的电话线，袭击锯木厂那边的哨所，拿下它，然后也向大桥这边靠拢。"

"还要负责在事后掩护撤退吧？"比拉尔问。"我们是七个男的，两个女的，有五匹马。你们是——"她对着聋子的耳朵大声说。

"八个男的，四匹马。马匹不够用啊①，"他说，"就缺马啊。"

"十七个人，九匹马，"比拉尔说，"物资运送还没算进去。"

聋子没吭声。

"有没有办法搞到马？"罗伯特·乔丹对着他有听觉的那只耳朵大声说。

"打了一年的仗，"聋子说，"才弄到四匹马。"他竖起四根手指头比划了一下，"你倒好，你明天就要八匹呢。"

---

① 此处原文为西班牙语：*Faltan caballos*。

"是啊，"罗伯特·乔丹说，"你既然知道快要撤走了。你既然不必像往常那样谨小慎微地在这一带活动了。既然现在不需要提心吊胆地在这一带周旋了。你可不可以豁出去，偷八匹马来？"

"也许成，"聋子说，"也许一匹也弄不到。也许能多弄几匹。"

"你们有自动步枪吗？"罗伯特·乔丹问。

聋子点了点头。

"在哪儿？"

"山上。"

"哪种型号的？"

"说不出名字。是带子弹盘的那种。"

"有多少发子弹？"

"五盘。"

"有人会用吗？"

"我。会一点儿。射击次数不多。不想在这儿闹出什么动静。也舍不得子弹。"

"我待会儿去看看，"罗伯特·乔丹说，"你们有手榴弹吗？"

"多得很呢。"

"有多少？"

"一百五十枚。也许更多。"

"其他那些人情况怎么样？"

"派什么用？"

"要有充足的兵力去拿下那两个哨所，并掩护我炸桥。我们现有的兵力应当再翻一番。"

"拿下哨所不成问题。什么时间动手？"

"天亮时分。"

"放心吧。"

"我看还可以再增加二十个人，要确保万无一失。"罗伯特·乔丹说。

"合适的人手找不到。靠不住的你要不要？"

"不要。合适的人手有几个？"

"大概四个吧。"

"为什么这么少呢？"

"没诚信。"

"那些骑手呢？"

"必须非常信得过，才能成为骑手。"

"如果找得到，我想再要十个合适的人手。"

"四个。"

"安塞尔莫对我说过，这一带山里有一百多人呢。"

"没合适的。"

"你不是说有三十来个人吗，"罗伯特·乔丹对比拉尔说，"在一定程度上能够靠得住的人有三十来个呢。"

"艾利亚斯手下的人怎么样？"比拉尔对聋子大声说。他却摇了摇头。

"没合适的。"

"你能不能拉到十个人？"罗伯特·乔丹问。聋子用他那呆滞的黄眼珠子望着他，摇摇头。

"四个。"他说着，伸出四根手指头。

"你的人都合适吗？"罗伯特·乔丹问，话一出口就懊悔不迭了。

聋子点点头。

"不出危险就行①，"他用西班牙语说，"在能应付的危险范围之内还行。"他咧开嘴笑了笑。"情况会很严重吗，呃？"

"有可能。"

"危险不危险，对我都一样，"聋子朴实地说，并非在夸耀自己，"宁可要四个有用的，也比要一大帮很不中用的强。在这场战争中，总

_____

① 此处原文为西班牙语：_Dentro de la gravedad_。

是不中用的越来越多，有用的越来越少。有用的人一天比一天少啦。巴勃罗呢？"他望着比拉尔说。

"反正你也知道，"比拉尔说，"一天不如一天，越来越不中用啦。"

聋子耸了耸肩膀。

"喝酒吧，"聋子对罗伯特·乔丹说，"我带上我的人，另外再找四个。一共十二个。今晚我们把所有的事情都商议一下。我有六十包炸药。你要不要？"

"多少含量的？"

"不知道。普通炸药。我也带上。"

"我们就用它来炸上面那座小桥吧，"罗伯特·乔丹说，"这很不错。你今晚下山吗？带上这批炸药，好吗？我并没有接到这个命令，但那座桥应该炸掉。"

"我今晚下山。然后去找马。"

"有把握搞到马吗？"

"也许有。现在吃饭。"

他对每个人这样说话吗？罗伯特·乔丹想。要不，他认为只有用这种方式说话才能让外国人听明白？

"这事了结后，我们去哪儿？"比拉尔对着聋子的耳朵大声说。

他耸了耸肩膀。

"一切都得筹划好才行。"比拉尔说。

"当然，"聋子说，"哪能不做筹划呢？"

"形势够严峻的，"比拉尔说，"必须做出周密的安排。"

"是啊，女士，"聋子说，"你担心的是什么？"

"什么都担心。"比拉尔大声说。

聋子笑嘻嘻地望着她。

"你已经跟随巴勃罗闯荡惯啦。"他说。

原来他只对外国人说那种洋泾浜式的西班牙语啊，罗伯特·乔丹想。好。我就喜欢听他这样直截了当地说话。

"你认为我们该去哪儿?"比拉尔问。

"去哪儿吗?"

"是啊,去哪儿?"

"能去的地方有很多,"聋子说,"地方多着呢。你知道格雷多斯山吗?"

"那儿已经有很多人了。他们一旦有了时间,那些地方统统都会遭到清洗的。"

"是的。不过,那个地方范围大,又是荒山野岭。"

"很难到得了那个地方啊。"比拉尔说。

"凡事都很难,"聋子说,"我们既然能去得了别的地方,也就能去得了格雷多斯。夜里行军。这个地方如今已经很危险了。我们在这儿待了这么久,也算是一个奇迹。格雷多斯要比这儿安全得多。"

"你知道我想去哪儿吗?"

"哪儿?帕拉梅拉山吗?那地方不行。"

"不,"比拉尔说,"不是帕拉梅拉山。我想去共和国。"

"这能办到。"

"你的人愿意去吗?"

"愿意。只要我说去就行。"

"我的人,我就难说了,"比拉尔说,"巴勃罗虽然不想去,但是,说实在话,他到了那边或许会感到安全些的。他岁数大,用不着去当兵,除非他们扩大征兵的范围。那个吉卜赛人肯定不愿去。其他人的想法我不了解。"

"因为这儿很久没出过事,他们就意识不到危险的存在了。"聋子说。

"由于今天来了这么多飞机,他们对形势就会有更加清醒的认识了,"罗伯特·乔丹说,"不过,我倒是觉得,你可以在格雷多斯山好好施展你的身手。"

"什么？"聋子说着，用他那双十分呆板的眼睛盯着他。他发问的方式也很不友好。

"你从那儿可以更加有效地出击呀。"罗伯特·乔丹说。

"这么说，"聋子说，"你也知道格雷多斯？"

"是的。你可以从那儿对铁路的主干线展开行动。你可以连续不断地冲击铁路主干线，就像我们在埃斯特雷马都拉以南一线正在展开的行动一样。从那儿出击要比回共和国好，"罗伯特·乔丹说，"你在那儿能够更好地发挥作用。"

他越是这样说，他俩的脸色就越阴沉。

聋子望着比拉尔，比拉尔也望着聋子。

"你当真知道格雷多斯？"聋子问，"说的是实话？"

"当然。"罗伯特·乔丹说。

"换了你，你会去哪儿？"

"去阿维拉省巴尔库城以北地区。那一带要比这儿好。可以袭击贝哈尔与普拉森西亚之间的公路和铁路干线。"

"很困难的。"聋子说。

"我们在埃斯特雷马都拉一线更具有危险性的地区已经多次袭击过的那条铁路了。"罗伯特·乔丹说。

"我们指的是谁？"

"埃斯特雷马都拉地区的几支游击队。"

"你们人多吗？"

"大约有四十来个人吧。"

"那个神经有毛病、名字很奇特的人就是从那儿来的？"比拉尔问。

"是的。"

"他现在在哪儿？"

"死了，我告诉过你。"

"你也是从那儿来的？"

"是的。"

"你明白我的意思了吧?"比拉尔对他说。

我明白,我已经出差错了,罗伯特·乔丹暗自寻思。我居然对西班牙人说,我们做事要比他们高明,而这恰恰是一大忌讳,你是决不能表露自己的功绩或才干的。我本该把他们吹捧得高兴起来才对,可我反倒按照自己的想法来指点他们该怎么做了,他们现在恼羞成怒啦。罢了,他们要么就不往心里去,要么就会记恨于你。他们在格雷多斯肯定要比在这儿能更好地发挥作用。证据是,自从卡希金组织了那次炸火车行动以来,他们在这里一直无所事事。那次行动也不见得有多风光。只是让法西斯分子损失了一辆机车、死了几个士兵而已,可是他们对此却津津乐道,仿佛那次行动就是这场战争中的最亮点一样。也许他们是羞于投奔格雷多斯山区吧。是的,说不定我也会被他们赶出此地的。罢了,反正这也不是一个十分浪漫的漂亮女人,值得你这样反复揣摩。

"你听着,英国人,"比拉尔对他说,"你的神经怎么样?"

"很好,"罗伯特·乔丹说,"没问题。"

"因为他们上次派来和我们一起干的那个爆破手,尽管是一个模样挺威猛的行家,却总是神经兮兮的。"

"我们是有一些神经兮兮的人。"罗伯特·乔丹说。

"我并不是说他胆小怕死,他的行为举止还是相当出色的,"比拉尔接着说,"可是他说话的腔调却很古怪,总爱虚张声势。"她抬高了嗓门,"是这样吗,圣地亚哥,上次那个爆破手,是有点儿古怪吧?"

"是有点儿古怪①。"那听觉不灵的汉子点了点头,两眼在罗伯特·乔丹的脸上扫了一下,他那看人的样子使罗伯特·乔丹想起了真空吸尘器上那根硬管末端的圆形开口。"是啊,是有点儿古怪,但是,人

---

① 此处原文为西班牙语: *Algo raro*。

不错^①。"

"已经死了^②，"罗伯特·乔丹用西班牙语对着那听觉不灵汉子的耳朵说，"他已经死啦。"

"怎么死的?"听觉不灵汉子问，目光从罗伯特·乔丹的眼部落到了他的嘴唇上。

"是我开枪打死他的，"罗伯特·乔丹说，"他伤势太重，没法走了，我只好开枪把他打死了。"

"他老是念叨这种话，说什么迫不得已时只能这样，"比拉尔说，"那是他自己过于想不开造成的。"

"是啊，"罗伯特·乔丹说，"他老是这样念叨，让人在迫不得已时照他说的办，那的确是他自己想不开。"

"怎么回事呢?^③"那听觉不灵的汉子用西班牙语问，"也是一次炸火车的行动?"

"那是在炸完火车撤退的时候，"罗伯特·乔丹说，"炸火车的行动还是很顺利的。当我们趁着夜色开始撤退时，却突然遇上了一支法西斯巡逻队，在我们跑步撤离时，他后背上部中了一枪，但是除了肩胛骨，别的骨头并没有受伤。他跑了很长一段路，但是由于带着伤，他再也跑不动了。他不愿被落在后面，我就开枪把他打死了。"

"免得遭罪^④，"聋子用西班牙语说，"免得遭罪啊。"

"你能肯定你的神经就很正常吗?"比拉尔对罗伯特·乔丹说。

"当然，"他对她说，"我敢肯定，我的神经很正常，而且我还认为，等我们把炸桥这件事了结之后，你们不妨就撤往格雷多斯山区吧。"

他话一出口，那妇人马上开始滔滔不绝地痛骂起来，破口而出的形

---

① 此处原文为西班牙语：*Si，algo raro，pero bueno*。

② 此处原文为西班牙语：*Murio*。

③ 此处原文为西班牙语：*Como fue*?

④ 此处原文为西班牙语：*Menos mal*。

形色色的脏话、下流话，如同突然喷发的间隙泉里喷涌而出的白花花的热流一样，劈头盖脸、没头没脑地朝他罩过来。

那听觉不灵的汉子一边朝罗伯特·乔丹摇头，一边高兴得咧开大嘴笑起来。比拉尔在连续不断地破口大骂，他也在十分开心地连连摇头，罗伯特·乔丹一看这架势就知道，现在又一切正常了。她终于停止了谩骂，伸手提起那只陶罐，翘起罐身，喝了一大口水，然后平心静气地说："至于我们今后该干什么，你别再多嘴了，好不好，英国人？你回共和国去，并且要把你那心爱的丫头一起带走，你就别管我们这些同你不相干的人了，让我们自行决定在这山里何处才是我们的葬身之地吧。"

"是生息之地，"聋子说，"镇静些，比拉尔。"

"生息之地也好，葬身之地也罢，"比拉尔说，"我能看破那最后的结局。我是很喜欢你的，英国人，可是，至于你的差事完结之后我们该怎么办，请你别再插嘴了。"

"那是你们的事，"罗伯特·乔丹说，"我不插手就是了。"

"但你已经插手了，"比拉尔说，"带着你那短发小婊子回共和国去吧，不过，千万不要因为人家不是外国人就把他们统统当成不相干的外人而拒之于门外啊，当你还在抹着下巴上你娘的奶汁时，这些人就已经在为共和国奉献爱心了。"

他们在交谈时，玛丽娅已沿着那条羊肠小道上来了，她恰好听见了比拉尔又一次抬高嗓门对罗伯特·乔丹吼出的最后这句话。玛丽娅急得使劲对罗伯特·乔丹摇着头，并晃动着一根手指警告他。比拉尔看到罗伯特·乔丹在注视着那姑娘，看到他在朝她微笑，便转过身来，说："没错。我是骂了婊子这句话，这就是我的本意。我也估计你们会一起去巴伦西亚的，而我们很有可能就要去格雷多斯山里吃羊粪蛋了。"

"你愿意我当婊子，我就当婊子吧，比拉尔，"玛丽娅说，"你说我是什么，我就是什么好了，我看我也只能这样。不过，你还是消消气吧。你这是怎么啦？"

"没什么。"比拉尔说着，在那张长条凳上坐下来，她说话的声音这时也平静了许多，生硬刺耳、怒气冲天的叫骂已完全停息，"我再也不那样骂你了。可是，我一直热切地盼望着能去共和国啊。"

"我们全都可以去啊。"玛丽娅说。

"为什么不呢？"罗伯特·乔丹说，"看来你似乎并不喜欢格雷多斯啊。"

聋子笑嘻嘻地望着他。

"我们先等等再说，"比拉尔说，她的怒火此时已完全平息，"把你那古里古怪的酒给我来一杯吧。我已经气得把自己的嗓子都累坏了。我们还是等等再说吧。我们要看看究竟会出现什么情况。"

"你瞧，同志，"聋子这才慢条斯理地拉开了话题，"难就难在行动要在早晨进行。"他此时已不再用那种洋泾浜式的西班牙语说话了，他从容不迫地凝视着罗伯特·乔丹的眼睛，急于想做出解释；目光中已没有先前的试探、猜忌，也没有老战士倚老卖老、自恃高人一等的神情，"我明白你都需要些什么，我也知道，在你着手你的那项任务时，那几个哨所也必须同时拔掉，桥面也必须有火力掩护。这些事我也很在行。要是在天亮之前或拂晓时分动手，那就很容易办到。"

"是的，"罗伯特·乔丹说，"你去旁边待一会儿，好吗？"他连看也没看，就对玛丽娅说。

姑娘走开了，一直走到听不见他们说话的地方才坐下来，双手交叉抱着脚踝。

"你瞧，"聋子说，"这方面是不会没有任何问题的。但是，事后如何撤退，以及如何在光天化日之下走出这一带，这是个很大的难题啊。"

"这是明摆的，"罗伯特·乔丹说，"我考虑过这个问题。我的事情同样也要在光天化日之下进行呢。"

"但你是一个人，"聋子说，"我们却是老老少少一大群人啊。"

"还有一种可能性，先撤回各自的营地，等天黑之后再开拔。"比拉尔说，她刚把酒杯举到唇边，又马上放下了。

"那样也很危险，"聋子说，"那样也许会更加危险。"

"那样做的结果是可想而知的。"罗伯特·乔丹说。

"要是在夜里炸桥，事情就好办了，"聋子说，"由于你规定必须在大白天里完成这项任务，这就会带来十分严重的后果。"

"这我知道。"

"你就不能在夜里干？"

"那样干，我会被枪毙的。"

"如果你坚持在大白天干，我们很有可能全都被枪毙了。"

"就我本人而言，只要把桥炸了就行，至于会不会被枪毙，关系并不太大，"罗伯特·乔丹说，"不过我理解你的想法。你能不能设计出一个白天撤退的方案？"

"当然能，"聋子说，"我们会设计这样的撤退方案的。不过，我要对你讲清楚人们顾虑重重、大发雷霆的原因。你说要去格雷多斯，那口气就像是去完成一次军事演习一样。要是真能到得了格雷多斯，那才是一个奇迹呢。"

罗伯特·乔丹没说什么。

"听我说，"这位听觉不灵的汉子说，"其实我已经说得够多了。不过，这样也好，可以增进彼此间的理解嘛。我们能在这儿生存下来，靠的就是奇迹。奇迹来自于法西斯分子的懒惰和愚蠢，但是他们到时候会弥补。当然，我们也很谨慎，我们不在这一带山区捣乱。"

"我知道。"

"可是现在，有了这项任务，我们就不得不走啦。至于怎么个走法，我们必须多动脑子，想出个万全之策。"

"当然。"

"好啦，"聋子说，"我们该吃饭啦。我已经说得太多了。"

"我还从没听你说过这么多的话呢，"比拉尔说，"是因为这个缘故吧?"她举起手中的酒杯。

"不,"聋子摇摇头,"这跟威士忌没有关系。这是因为我从来就没有这么多的事情要商量。"

"对你的支持和忠诚,我深表感谢,"罗伯特·乔丹说,"我能意识到这项任务的艰巨性,那是由于炸桥的时间规定得很死所造成的。"

"这种客气话就别说啦,"聋子说,"我们这些人总归会尽力而为的。不过,这事也挺纠结呢。"

"可是纸上谈兵却十分简单,"罗伯特·乔丹笑嘻嘻地说,"写在纸上的命令是,务必于进攻发起之时炸毁桥梁,以阻断公路上一切增援之敌。就这么简单。"

"那他们就应当让我们也在纸上行动啊,"聋子说,"那我们就该在纸上论布阵、在纸上谈落实。"

"纸上谈兵不流血。"罗伯特·乔丹引用了一句谚语。

"但是非常有用啊,"比拉尔说,"非常有用①。我倒很想能利用你这个命令达到不流血的目的呢。"

"我也想啊,"罗伯特·乔丹说,"可是这样做你就别想打赢这场战争了。"

"没错,"这位身形高大的女人说,"我看是这样。不过,你知道我的想法吗?"

"去共和国呗,"聋子说,他一直在竖着那只好耳朵听她说话呢,"很快就可以去啦,女士②。让我们打赢这场战争吧,到那时,普天之下就全是共和国的了。"

"好吧,"比拉尔说,"那么现在,为了上帝,我们该吃饭啦。"

---

① 此处原文为西班牙语: *Es muy util*。
② 此处原文为西班牙语: *Ya iras*,*mujer*。

第十二章

    他们吃好饭之后便动身离开了聋子的营地,沿着那条小道下山了。聋子陪他们走了很远,一直把他们送到山下的哨位旁。

    "再见啦,"他用西班牙语说,"晚上见。"

    "再见,同志。"罗伯特·乔丹也用西班牙语向他道了别,之后,他们三人继续沿着那条小道走下山去,那位听觉不大灵敏的汉子伫立在那儿目送着他们。玛丽娅转过身来向他挥手告别,聋子也扬了一下手,那姿势却显得极不耐烦,前臂急抬,以西班牙人的方式由里向外轻蔑地挥了一下,那动作根本不像是挥手致意,倒像在扔掉某样东西一样,与社交礼节毫不相干。在整个吃饭的过程中,他也始终没有解开他身上那件羊皮外套的纽扣,他一直谨慎地保持着礼貌,谨慎地侧着头听别人讲话,并且又说上了他那蹩脚的西班牙语,在向罗伯特·乔丹打听共和国的情况时,他的态度也很礼貌,但是他想摆脱他们,这一点很明显。

    在他们动身离开他时,比拉尔曾问过他:"怎么样,圣地亚哥?"

    "嗯,没什么,女士,"这听觉不好的汉子说,"没什么问题。不过，我正思考着呢。"

"我也在思考呢。"比拉尔说。此时，他们已走在下山的路上，这段穿过松林的羊肠小道十分陡峭，在他们上山来时十分难行，现在因为是下山，走起来便显得轻松而又惬意，但比拉尔却一言不发了。罗伯特·乔丹和玛丽娅也没说话，他们三人都在快步行走着，直到走出了那条灌木丛生的深谷，这时，小道又陡然升高，伸向了另一片树林，再走出这片树林，就可进入那片地势很高的草甸了。

时值五月下旬，午后十分炎热，在上山的最后这段陡坡上，妇人走到中途便停下了脚步。罗伯特·乔丹也停了下来，并回头看了一眼，却发觉她额头上披挂着大滴大滴的汗珠。他感到她那棕褐色的脸膛似乎显得很苍白，皮肤蜡黄，眼睛下有大片的黑圈。

"我们休息一会儿吧，"他说，"我们走得太急了。"

"不，"她说，"我们要继续赶路。"

"休息吧，"玛丽娅说，"你的气色很不好。"

"住口，"妇人说，"没人讨教过你的高见。"

她撩开大步继续在上山的小路上攀爬着，然而走到山顶时，她已是气喘吁吁，满脸汗湿，毫无疑问，她这时的脸色已然一片苍白。

"坐下吧，比拉尔，"玛丽娅说，"求求你，求求你坐下来歇一会儿吧。"

"好吧。"比拉尔说，于是，他们三人在一棵松树边坐下来，眺望着那片高山草甸，眺望着草甸对面的群峰之巅，在绵延起伏的高原上，那些山峰峻拔突兀，犹如拔地而起，山顶的积雪在午后的阳光下熠熠生辉。

"积雪这玩意儿最令人讨厌，可表面看起来却是那么美丽，"比拉尔说，"积雪造成的假象多么迷惑人啊。"她转身对玛丽娅说："对不起，我刚才对你太粗暴了，小美人儿。我也不知道今天被什么东西缠住了。我动不动就想大发一通脾气。"

"我从不在意你发脾气时说的话，"玛丽娅对她说，"再说，你也经常发脾气。"

"不，还有比发脾气更糟糕的呢。"比拉尔一边说，一边眺望着远处的群峰。

"你身体不大舒服。"玛丽娅说。

"也不是这个原因，"妇人说，"来吧，小美人儿，把你的脑袋枕在我大腿上吧。"

玛丽娅挪过身子贴近妇人，伸出双臂重叠在一起，像一个睡觉不用枕头的人那样，头枕着手臂躺在那儿。她仰起脸蛋朝着比拉尔，面带微笑地望着她，但这身形高大的妇人却举目远望着草甸那边的群山。她抚摸着姑娘的脑袋，虽并没有低下头来看她，却用一根粗糙的手指抚过姑娘的前额，抚弄着她的耳廓，继而又抚摸着她的发梢和脖颈。

"再过一小会儿，她就是你的人啦，英国人。"她说。罗伯特·乔丹此时正坐在她身后。

"别说这种话嘛。"玛丽娅说。

"是啊，他可以娶你呀，"比拉尔说，但并没有看他俩一眼，"我从没想过要把你留在身边。不过，我嫉妒着呢。"

"比拉尔，"玛丽娅说，"别这么说嘛。"

"他可以拥有你，"比拉尔说着，用手指抚弄着姑娘的耳垂，"不过我是非常嫉妒的。"

"可是，比拉尔，"玛丽娅说，"正是你开导了我，才让我懂得儿女之情的，我们之间并没有那种事情啊。"

"像这种儿女情长的事情向来就有，"妇人说，"本不该有的这样那样的儿女情长的事情总归是有的。不过在我身上倒是没有。真的没有。我只想要你幸福，别无他求。"

玛丽娅没吭声，只是躺在那儿，想让自己的脑袋放得轻松些。

"听我说，小美人儿，"比拉尔一边说，一边用手指漫不经心却又像探寻般地抚弄着姑娘的脸蛋，"听我说，小美人儿。我爱你，而他却可以拥有你。我并不是一块煎蛋饼①，而是一个为男人而生的女人。这是事实。但是现在，在大白天里，我很乐意把这句心里话说出来，我舍不得你呀。"

"我也心疼你呀。"

"什么话呀。别胡说八道啦。你根本不知道我说的是什么意思。"

"我知道。"

"什么话呢，你知道个啥。你生来就属于这个英国人。这一点大家都看在眼里，当然也应该这样。我也赞成。换了别人我还不赞成呢。我不会做违背人之常情的事。我只是把实话告诉你罢了。没几个人会对你说实话的，女人更不会说实话。我嫉妒，就把话挑明了，把话撂这儿了。不过，我也只是说说而已。"

"别说这事了，"玛丽娅说，"别说这事吧，比拉尔。"

"为什么②，为什么不说，"妇人说，依然没朝他俩看一眼，"我要一直说到我什么时候不高兴说了才会不说的。再说，"她这时才低头看着那姑娘，"这个时候也已经到啦。我不会再说了，你懂了吗？"

"比拉尔，"玛丽娅说，"别说这种话嘛。"

"你是一个非常讨人喜欢的小兔乖乖呢，"比拉尔说，"你该把头昂起来啦，因为这副傻样儿已经全好啦。"

"那不是傻，"玛丽娅说，"再说，我的脑袋也好端端的长在这儿呢。"

"不。把头抬起来，"比拉尔一边对她说，一边把一双大手伸到姑娘的脑袋下，把她托了起来，"你说话呀，英国人？"她说。她依然托着姑娘的脑袋，眼睛却在眺望着远处的山峦。"是什么猫把你的舌头给吃了吗？"

"不是猫。"罗伯特·乔丹说。

---

① 此处原文为西班牙语：*tortillera*。
② 此处原文为西班牙语：*Por que*。

"那会是什么动物呢?"她把姑娘的脑袋放落在地面上。

"不是动物。"罗伯特·乔丹对她说。

"那你自己把舌头吞下去了,呃?"

"我估计是的。"罗伯特·乔丹说。

"你喜欢那种滋味吗?"比拉尔这时转过头来,笑吟吟地望着他。

"不太喜欢。"

"我早料到那滋味并不好受,"比拉尔说,"我早就料到了,那滋味很不好受。不过,我会把我们的小兔乖乖还给你的。我也从没想过要霸占你的小兔子。这个名字取得好啊,和她很般配。我听见你今天早晨就是这样叫她的。"

罗伯特·乔丹感到自己的脸顿时红了起来。

"你真是个叫人难以忍受的女人啊。"他对她说。

"不,"比拉尔说,"我这人其实很单纯,所以反而让人难以理解了。你也很让人捉摸不透吧,英国人?"

"不。不过也不是那么单纯呢。"

"你这人很讨我喜欢呢,英国人。"比拉尔说。接着,她微微一笑,向前探过身子,又笑着摇了摇头。"看看我现在还能不能把这个小兔子从你身边夺走,或者把你从小兔子身边夺走。"

"你做不到。"

"这我知道,"比拉尔说着,又笑了笑,"我也不想这样做。不过,我年轻的时候还是能够做到的。"

"这话我信。"

"你信这话?"

"当然,"罗伯特·乔丹说,"但是这些全是废话。"

"你不像是这种人。"玛丽娅说。

"我今天确实很有些不正常,"比拉尔说,"简直是有点儿反常了。你的桥把我搞得很头疼啊,英国人。"

"我们不妨就叫它'头疼桥'吧，"罗伯特·乔丹说，"但是，我要像扔一只破鸟笼一样把它扔下那个深谷。"

"妙，"比拉尔说，"就这样接着说下去。"

"我要像你剥好香蕉之后扔掉香蕉皮一样把它扔下去。"

"那我该可以吃香蕉啦，"比拉尔说，"说下去，英国人。接着侃吧。"

"不需要了吧，"罗伯特·乔丹说，"我们该去营地了。"

"你有责任在身呢，"比拉尔说，"很快就可以完事了。我说过我要留下你们俩的。"

"不行。我还有好多事情要干呢。"

"这事也很要紧啊，也要不了多长时间。"

"你闭嘴，比拉尔，"玛丽娅说，"你说话下流。"

"我是下流，"比拉尔说，"可我也很体贴人。我是非常体贴人的[①]。我会留下你们俩的。那番嫉妒你的话纯属胡说八道。我刚才对华金发脾气，是因为我从他的表情上看出了我有多丑。我唯一嫉妒的是你十九岁的年龄。这并不是一种持久不变的嫉妒。你不会永远十九岁的。我该走啦。"

她站起身来，一只手叉着腰，望着也正站起来的罗伯特·乔丹。玛丽娅仍低着头坐在树底下的地上。

"我们大家一起去营地吧，"罗伯特·乔丹说，"这样要好一些，再说，要做的事情也挺多的。"

比拉尔朝玛丽娅那边点了点头，只见她仍坐在那儿，扭头向着别处，既不看他俩，也不作声。

比拉尔笑了笑，并让人难以觉察地耸了耸肩膀，说："你们认识路吗？"

---

① 此处原文为西班牙语：*Soy muy delidada*。

"我认识。"玛丽娅说，还是没抬头。

"那我就走啦[1]，"比拉尔用西班牙语说，"我这就走了。我们会准备好丰盛的饭菜，等你来大饱口福的，英国人。"

她说完就动身离开了他们，钻进了草甸里的石楠丛，朝那条小河走去，小河一路向下蜿蜒流过草甸，通往他们的营地。

"等一等，"罗伯特·乔丹朝她喊着，"大家应当一起走才好啊。"

玛丽娅坐在那儿，一声不吭。

比拉尔头也不回。

"什么话，一起走什么呀，"她说，"我在营地等你吧。"

罗伯特·乔丹愣在那儿。

"她没事吧？"他问玛丽娅，"她刚才好像病了。"

"让她走。"玛丽娅说，头依然低着。

"我觉得我应该陪她一起走才对。"

"让她走，"玛丽娅说，"让她走！"

---

① 此处原文为西班牙语：*Pues me voy*。

第十三章

　　他们正穿行在那片高山草甸的石楠丛中，罗伯特·乔丹感到一丛丛石楠在摩擦着他的双腿，感到枪套里的手枪沉甸甸地坠压在大腿上，感到太阳正热辣辣地晒在头上，感到雪峰那边吹来的微风正凉丝丝地拂过脊背，在他的手中，他感到姑娘的那只手结实而有力，手指紧扣着他的手指。由于握着姑娘的这只手，由于她的掌心紧贴着他的掌心，由于两人的手指牢牢地扣在一起，由于她的手腕缠绕着他的手腕，于是，一种不可名状的感觉便从她的那只手、手指和手腕传到了他的手、手指和手腕上，那种感觉如此地清新，好似海上初起的清风扑面而来，轻轻吹皱了波澜不惊、平静如镜的水面，又是那样地轻柔，宛如一根羽毛拂过唇边，又如风息全无时一片落叶飘然而下；那样地轻柔曼妙，唯有他俩手指的相触才能感受得到，然而那种感觉又由于他俩手指紧紧相扣、手心和手腕紧紧相贴而变得那么强烈、那么紧张、那么急迫、那么渴念、那么有力，犹如一股湍流涌过他的胳膊，流遍他的周身，使他充满着一种如饥似渴、欲壑难填的冲动。阳光照耀着她麦浪般的茶褐色的头发，照耀着她金棕色的娇嫩、妩媚的脸蛋，也照耀着她脖颈处优美的曲线，他情不自禁地贴向她，使她的头向后仰着，随即便把她揽到怀中热吻起来。在他的热吻下，他感到她的身子在颤抖，他搂紧了她，使她的整个身子紧紧地贴着自己，他感到她的双乳隔着两件卡其布衬衣正紧紧地顶在他的胸脯上，感到那对乳峰小巧而又坚挺，便不可遏制地伸手解开了她的衬衣纽扣，低下头来热吻着她，她浑身战栗着伫立在那儿，头向后仰着，由他用一只手臂搂在她身后。顷刻间，她便把自己的下颔放在了他的头上，他随即就感到她在用双手捧着他的脑袋，把他的脑袋按在她自己的胸前来回摇晃着。他直起腰来，舒开双臂拥住她，紧紧搂着她，把她抱得离开了地面，使她全身紧贴着他，他感到她的身子在不住地颤动，感到她的嘴唇正贴在他脖子上，片刻之后，他把她放下来，说："玛丽娅，啊，我的玛丽娅。"

接着，他说："我们该去哪儿呢？"

她没说什么，却把手伸进了他的衬衣里，他立即感到她正在解他的衬衣纽扣，只听她说："你的也要解开。我也要亲你。"

"别，小兔乖乖。"

"要。要。样样事情都要做得和你一模一样。"

"别。那是不可能的事。"

"好了，解开啦。啊，这个。啊，下面这个。啊。"

随后，石楠被压断了，散发着沁人心脾的气味，草茎被横七竖八地压弯了，枕在她的脑袋下，阳光明媚地洒落在她紧闭的眼睛上，他一辈子也忘不了她那脖颈下优美的曲线，她那仰躺着深深地枕在石楠丛根部的脑袋，她那不由自主地微微翕动着的嘴唇，她那不住地颤动着的睫毛，她那对着太阳、对着一切紧闭着的双眼，此时此刻，在阳光的照耀下，在她紧闭的双眼里，世间的一切对她来说都已变成了红色、橙色、金红色，一切都幻化在这种色彩之中，一切的一切，那长驱直入、那激情的占有、那充盈的拥有，全都化作了这种色彩，全都被这种色彩渲染得一派混沌。对他来说，那是一条通向虚幻之境的秘道，接着便要奔向那虚幻之境，再一次奔向那虚幻之境，一而再、再而三地奔向那虚幻之境，一直不停地奔向那虚幻之境，两只胳膊肘撑在地上，支起沉重的身子，直奔那虚幻之境，一派迷茫，却要径直奔向那永远没有任何尽头的虚幻之境，一直坚持不懈、勇往直前地朝着那神秘的虚幻之境挺进，一次又一次地朝着那永远不得而知的虚幻之境挺进，此时并不是要一忍再忍，而是要一直奔向那虚幻之境，此时已是忍无可忍，冲击、冲击、再冲击，终于冲进了这虚幻之境，突然地、灼热地、屏紧地，这虚幻之境全都云开雨收了，连时光也骤然静止不动了，他俩回归到现实之中，时光已经停息，他却感到大地在颤动，正从他俩的身下飘散开来，飘向了远方。

过了一会儿，他侧过身子躺下来，脑袋深深地枕在一蓬石楠丛中，嗅着石楠的气息，嗅着石楠丛中散发着的根茎、泥土、阳光的气息，赤裸的双肩和两腰间被身下的草茎刮得痒痒的，那姑娘依然紧闭着双眼和他面对面地躺着，就在这时，她睁开了眼睛，满面春风地望着他，于是，他十分疲乏地说："嗳，小兔子。"那声音仿佛从极其遥远的地方悠悠飘来，但仍很亲切。她也报以嫣然一笑，说："嗳，我的英国人。"那声音却有如来自耳边。

"我不是英国人。"他十分倦怠地说。

"哎呀，是嘛，你就是，"她说，"你就是我的英国人。"她说罢便伸出双手，揪着他的两只耳朵，在他的额头上亲吻着。

"这儿亲一记，"她说，"这一记怎么样？我亲得你舒服些了吧？"

之后，他俩一起走在那条小河边，他忽然说："玛丽娅，我爱你，你真可爱，真漂亮，真美，和你在一起的那一幕幕情景让我觉得美妙极了，在和你亲热的那一刻，我觉得我简直都要死过去了。"

"哎呀，"她说，"我每次都死过去了。你没死过去呀？"

"没有。也差不多了。不过，你当时有没有感觉到大地在颤动？"

"感觉到了。在我死去的那一刻。用你那只胳膊搂着我，好吗？"

"不。我牵着你的手吧。牵手就够啦。"

他望望她，又望望那片草甸，那儿有只老鹰在空中盘旋觅食，时值午后，大团大团的云层在群山上空越积越多。

"那么，你和别的女人在一起时，难道就没有这种事情吗？"玛丽娅问他，他们此时正手牵手地走着。

"没有。真的没有。"

"你爱过不少女人呢。"

"有过几个。但是和你不一样。"

"不像我们这样吗？真的？"

"也有乐趣，但不像我们这样。"

"我们刚才感觉到大地在颤动了。难道你以前就从没体验到那种大地在颤动的感觉？"

"没有。真的从来没有过。"

"哎呀，"她说，"我们才相处一天，就有了这种感受啦。"

他没吱声。

"不过，我们现在至少已经有过这种体验啦，"玛丽娅说，"你也喜欢我吗？我让你满意吗？我的模样以后会更加好看的。"

"你现在就很漂亮。"

"不，"她说，"用手摸摸我的头吧。"

他照她的话做了，感到她那头短发很柔软，抚平了，随即又在他的手指间竖起来，他用双手捧着她的脑袋，使她转过脸来对着他，然后吻着她。

"我可喜欢接吻了，"她说，"就是吻得不够好。"

"那你就别吻呗。"

"不，我要吻。要是我真做了你的女人，我就该样样事情都让你满意。"

"你已经让我够满意啦。满意得不能再满意了。如果还要让我再满意，那我就什么事也做不成啦。"

"你就等着瞧吧，"她十分开心地说，"我的头发现在让你觉得很好笑，那是因为它长得怪模怪样的。不过它天天都在长。它会长得很长的，到那时我就不难看了，你也许就非常爱我了。"

"你有一副优美的身段，"他说，"是全世界最优美的身段。"

"只不过是年轻而又不胖罢了。"

"不。身段好就有魅力。我不知道为什么有的人偏偏就生了一副迷人的好身段，有的人就没有。但是你有。"

"是为你而生的。"她说。

"不是吧。"

"就是。就是为你而生的，而且永远属于你，也只属于你。不过，能给你带来这点小小的乐趣也算不了什么。我会学着好好伺候你的。可是你要把实话告诉我。在这之前，你真的从来就没有体验到那种大地在颤动的感觉吗？"

"从来没有。"他诚恳地说。

"我现在可开心了，"她说，"我现在真的是开心极了。"

"你现在心里在想着别的事情吧？"她问他。

"是的。在想我的任务呢。"

"我多么希望我们能弄几匹马来骑骑啊，"玛丽娅说，"我真想带着这份快乐的心情跨上一匹骏马，和你一起肩并肩地策马飞奔，我们要扬鞭跃马，以越来越快的速度向前驰骋，而且永远怀着这份快乐的心情。"

"我们可以用飞机把你这份快乐的心情送上天空。"他心不在焉地说。

"那就让它在天空中飞翔，越飞越高，像那些小歼击机一样，在阳光中闪闪发亮，"她说，"让它在天空中不住地盘旋、俯冲。多棒啊①！"她放声大笑起来，"我会快乐得甚至不知天上人间了。"

"你的快乐心情还挺有胃口嘛。"他说，根本就没听清她在说些什么。

因为他的心思现在已经不在这儿了。他虽然人走在她身边，心里却

---

① 此处原文为西班牙语：*Que bueno*！

在想着如何炸桥的问题，目前，一切情况都已明了、确凿、轮廓清晰，如同照相机的镜头已经调好了焦距一样。他看到了那两个哨所，安塞尔莫和吉卜赛人正在密切监视着。他看到了那条公路，公路上并没有任何动静，他看到了公路上有大批部队在运动。他看到了他应当布置那两支自动步枪的位置，在那个位置上能获得最大的射击面，可是由谁来担任射手呢，他想，最后的射手当然是我自己，但是在开始时该由谁来担任呢？他要负责把炸药安放好，把它们固定住，绑牢，然后插上雷管，整理好雷管上的线圈，敷设好电线，接通电线的各个连接点，然后回到他预先安放好的那只旧引爆箱，接下来就要着手考虑一切可能会出现的情况，以及有可能会出的差错。暂且就到此为止吧，他对自己说。你和这姑娘刚刚做过爱，你的头脑现在是清醒的，要多清醒就有多清醒，可你马上就开始着急了。考虑该干什么是一码事，而着急则是另一码事。还是别着急吧。你不能发急。你知道哪些事情是你非做不可的，你也知道可能会出现哪些情况。可能会出现的情况肯定是这样的。

你知道自己在为什么而战，所以你才毅然投身于它的。你在与之奋战的恰恰是你正在从事着的事业，你是迫于无奈才这样做的，目的就是为了能抓住一切机会去赢得战争的胜利。所以，他现在要迫不得已地去利用他所喜欢的这些人了，如同你要想取得胜利就必须动用那些你对其毫无感情的军队一样。巴勃罗显然是一个最精明的家伙。他立即就看出了事情的严重性。那妇人倒是完全赞成炸桥的，现在依然如此；但是，在对这件事真正存在的后果有了认识之后，她也渐渐地变得有些发慌了。聋子立马就认清了形势，也愿意干，不过他对这件事的热心程度肯定不如他罗伯特·乔丹。

所以你才说，你考虑的其实并不是你自己的安危，而是那妇人、那姑娘以及其他那些人的安危。算了吧。假如你没有来，他们会是什么样的情形？在你没来此地之前，他们的处境怎么样？他们都有过哪些遭遇？你可不能用这种方式来思考问题呀。除了在战斗中，你对他们并不负有任何责任。这个命令并不是你下达的。命令是戈尔茨下达的。那么戈尔茨又算老几？一位优秀的将军。是你自参战以来领导过你的最优秀的将领。可是，一个人如果明明知道这个行不通的命令会导致什么样的后果，他是否还要去执行这个命令呢？即便这个命令是戈尔茨下达的？即便戈尔茨既是军队又是党的领导人？既然是命令，当然就要执行。他应当执行这个命令，因为只有在具体实施的过程中才能证明这个命令究竟是否行得通。如果不做尝试，你怎么会知道这个命令行不通呢？倘若每个人在接到一项命令时都说这个命令没法执行，那你把自己摆在什么位置上了？如果命令下达给你了，你只说上这么一句"没法执行"，那我们都把自己摆在什么位置上了？

在有些指挥员眼里，所有的命令都是行不通的，这种人他见得多了。埃什特雷马杜拉的那个蠢猪戈麦斯就是一个。在有些进攻战中，两翼部队就是按兵不动，理由也是"行不通"，这种战役他也见得多了。不，他会执行这项命令的，不幸的是，你很喜欢这些人，却又不得不拉着他们来陪你执行这个命令。

他们这些游击队的所作所为，总是给那些掩护他们的民众以及那些陪他们一块儿干的人带来本不该有的危险与厄运。他们图的是什么？图的就是最终不会再有任何危险，图的就是要让这个国家成为一个人民可以安居乐业的美好家园。无论这话听上去有多陈腐，道出的却是实情。

假如共和国失败了，那些信仰共和国的人也就别想还能在西班牙生存下去了。但是，会这样吗？会的，他知道会这样的，从那些已被法西斯分子占领的地区所发生的种种事件来看，结局是可想而知的。

巴勃罗是头猪，但是其他人都堪称精英豪杰，硬要拉着这些人去执行这项任务，那不是把他们全都出卖了吗？也许是吧。不过，即使他们不干，也会有两个中队的骑兵开进山来清剿他们，不出一个礼拜就会把他们赶出这一带山区了。

不。撇开他们也于事无补。除非你能撇开所有的人，谁也不去打扰。如此说来，这才是他的本意，是吗？对，这就是他的本意。那么，一个计划周密的社群以及这个社群的其余部分又是派什么用的？这个问题还是留给其他那些人去考虑吧。等这场战争结束之后，他还有别的事情要做。他现在之所以投身于这场战争，是因为战争爆发在他所热爱的国家，是因为他信仰这个共和国，是因为，如果共和国被打败了，所有信仰共和国的人都会过着水深火热的生活。在整个战争时期内，他遵从的是共产党的纪律。如今在西班牙，共产党人提出的纪律是最好的纪律，是最完备、最健全的战场纪律。他之所以在这整个非常时期里能接受他们的纪律，是因为，在战事的处理上，唯有这个政党的纲领和纪律是他乐意遵从的。

那么，他的政见何在？他眼下还没有任何政见呢，他暗自寻思。不过，这一点是不能告诉任何人的，他想。这一点是无论如何也不能承认的。那么，你以后打算干什么呢？我打算重返讲台，像以前一样，以教西班牙语来谋生。我还打算写一部真正的书。我有把握，他想。我有把握，因为这事并不难。

他得找巴勃罗谈谈政治这个话题。看看这个人的政治演变史一定是一件很有趣的事。也许就是那种典型的由左向右的转变吧，像老勒洛①一样。巴勃罗与勒洛十分相像。普列托②也好不到哪里去。巴勃罗和普列托都对最后的胜利怀有几乎相同的信念。他们都怀着盗马贼的政见呢。他所信仰的共和国就是政府的一种组建形式，然而共和国则必须彻

① 勒洛（Alejandro Lerroux Y Garcia, 1864—1949）：西班牙政治家，西班牙激进共和党的领袖。自1931年起曾数次出任西班牙第二共和国的国务部长、外交部长、总理等政府要职。在1936年的大选中被西班牙人民阵线党所击败。西班牙内战爆发后，他逃往葡萄牙避难，1947年返回西班牙。他在政治上从共和派逐渐堕落为右派。

② 普列托（Indalecio Prieto Tuero, 1883—1962）：西班牙政治家，西班牙工人社会党的主要领导人之一。1931年4月14日西班牙第二共和国宣布成立时，他被任命为临时政府的财政部长，但后来在政治上逐渐蜕变为右翼分子。1937年北线战场失败后，他辞去所有政府职务，在墨西哥隐居。"二战"结束之际，他曾试图在墨西哥组建西班牙流亡共和政府以恢复西班牙民主。这一举动的失败导致他最终彻底退出了政治舞台。

底清除掉这帮盗马贼以及他们所谓的政见，从叛乱一开始，这帮人就使共和国陷于如此危险的境地之中。领导人民的人恰恰就是人民的敌人，人类历史上迄今有过这样的民族吗？

人民的敌人。这个词语他姑且可以略去。这是一个哗众取宠的词语，他不用也罢。这是和玛丽娅睡觉所得到的一个收获。至于他的政见，他非得把自己折腾到十分偏执、冥顽不化的地步不可，就像一个思想僵化的浸礼会教徒一样，像"人民的敌人"这样的词语居然未经仔细推敲就涌入了他的脑海。无论什么革命的、爱国的陈词滥调，也都这样。他的头脑不作任何推敲就把这类字眼全用上了。这些词语本身固然没错，但是如果太随意，就反倒不能巧妙地运用它们了。不过，自从有了昨天夜里和今天下午的经历，他的头脑在这种事情上已经变得清醒多了，也明澈多了。偏执这东西说来也怪。人要是变得偏执起来，就必然会绝对相信自己才是正确的，然而形成必然性和正确性的最大因素却又莫过于自我节制。自我节制是听信异端邪说的天敌。

如果他认真审视一下，这个前提又何以能成立呢？这也许就是共产党人为什么总是要严厉打击放浪不羁的生活作风的缘故吧。在你酩酊大醉的时候，或者在你作奸犯科、乱搞男女关系的时候，倘若用如此反复无常的用以顶替"使徒信条"的清规戒律——用党的路线来衡量，你就会认识到，你原来在本性上是很容易犯错误的。打倒放浪形骸的生活作风吧，那本是马雅可夫斯基[1]的罪恶。

不过，马雅可夫斯基又成圣人了。那是因为他已经入土为安，不能再为害他人了。你自己也会命归黄泉而不会再为害他人的，他对自己说。算啦，别去想这些乌七八糟的事情啦。想想玛丽娅吧。

玛丽娅实在无法忍受他这么偏执。好在她到目前为止还没有影响到

---

① 马雅可夫斯基（Vladimir Mayakovsky，1893—1930）：前苏联诗人、剧作家，生于格鲁吉亚。作为一个狂热的未来主义者，他以一种慷慨陈词、积极进取的前卫风格写作，性格放浪不羁，布尔什维克革命胜利后改用喜剧风格来吸引大众。

他的决心，不过他也很不情愿去葬送自己的性命。他宁可欣然放弃当英雄或烈士的结局。他不想制造出一个塞莫皮莱①，也不想当什么桥头阻敌的霍雷修斯②，也不想成为那个用一根手指堵住堤坝漏洞的荷兰少年③。不。他愿意与玛丽娅共度一段时光。这是最为简单明了的心迹表白。他很愿意与她共度一段缠缠绵绵的时光。

他不相信世间还有地久天长之类的事情，不过，假如真有这种事情，他愿意与她一起厮守。我们可以住进一家宾馆，不妨就用利文斯通博士④和夫人这个身份来登记入住吧，他想。

为什么不娶她为妻呢？当然要啦，他想。我会娶她为妻的。到那时，我们就是罗伯特·乔丹夫妇了，住在爱达荷州的太阳谷。要不就住在得克萨斯州的科珀斯克里斯蒂城，或者住在蒙大拿州的比尤特市⑤。

西班牙姑娘出贤妻嘛。我根本不是娶了这样的妻子才知道的。等我在那所大学复了职，她就可以成为名副其实的大学讲师的太太了，到那时，西班牙语系四年级的那些本科生们就可以在晚上来家里做客，一边抽着烟斗，一边畅所欲言发表他们的高见，纵谈克维多、洛

---

① 塞莫皮莱山口，又译"温泉关"，希腊东部山海间的一个关隘，距雅典西北部约200公里。公元前480年，6 000名希腊人在此抗击薛西斯一世率领的波斯军队时全部牺牲，其中包括300名斯巴达人和他们的国王莱奥尼达斯。

② 霍雷修斯（Horatius Cocles Publius），古罗马传说中的英雄。据传，公元前508年左右，霍雷修斯与另外两名壮士坚守在罗马城与伊特拉斯坎斯之间的一座木桥上，阻击前来入侵的伊特拉斯坎斯人的大军。罗马城得救后，他才跳入台伯河，游至对岸。

③ 美国儿童文学作家玛丽·伊丽莎白·梅普斯·道奇在其小说《银冰鞋》中所讲述的荷兰传说中的小英雄汉斯·布林克尔的故事：小男孩汉斯发现哈林村的海堤上出现了一个漏洞，便迅速用手指堵住了漏洞，保住了村里人的生命和财产安全。1950年，荷兰在当时已有六百多年历史的斯帕伦丹水闸竖立了一座少年铜像——身体前倾，手指堵在墙上的喷水孔里。

④ 利文斯通（David Livingstone，1813—1873），苏格兰医学博士、传教士、探险家。1841年，他以传教士身份前往非洲的贝专纳，遍游当地后，于1849年发现了恩加米湖，1851年发现了赞比西河，1855年发现了维多利亚瀑布，1866年开始寻找尼罗河的源头。1871年，亨利·莫顿·斯坦利爵士与其相遇时，发觉他身体状况不佳。斯坦利与他见面时说的第一句话就是："我看这位就是利文斯通博士吧。"罗伯特·乔丹在此处以开玩笑的方式借用了这句话。

⑤ 这三座城市都在美国西部，离罗伯特·乔丹的家乡不远。他在遐想着以后要带着玛丽娅去这些地方定居。

佩·德·维加 [1]、加尔多斯 [2]，以及那些已经作古、却历来受人仰慕的名流，而玛丽娅则可以给学生们讲讲那些为了真正的信仰而斗争的蓝衫十字军 [3] 是怎样骑在她头上、拧着她的胳膊、把她的裙摆掀起来堵住她的嘴的。

我还不知道蒙大拿州米苏拉市 [4] 的那些人会不会喜欢玛丽娅呢？这要看我是否能回来米苏拉谋职了。我估计我现在已经被他们永久地贴上了赤色分子的标签，被列在那个总的黑名单上了。尽管你永远也不得而知。你永远也没法预料。他们没有任何证据来证明你所从事的事业，事实上，即便你告诉了他们，他们也决不会相信你的话，何况我去西班牙的护照还是在他们颁布限制性条令之前签发的。

返校的时间应该可以持续到1937年的秋天。我是1936年夏天离校的，尽管请的是为期一年的假，但你也未必一定要按时返回，只要能赶在明年秋季学校开学前回去就可以了。从现在到秋季开学，这当中还有不少时间呢。如果你愿意，你不妨也可以说，从现在到后天，这段时间也不算少呢。不。我认为没必要去担忧大学里的事情。只要你在秋季开学时出现在学校里，一切都不成问题。只要想办法在那儿露个面就行了。

然而，这种陌生的生活方式已经持续了很长一段时间啦。不陌生才见鬼呢。西班牙就是你的工作、你的职责所在，所以待在西班牙也是顺理成章、合情合理的。你有好几个暑期都在从事工程类的项目，为林业部门筑路，也修建过公园，已经学会了如何摆弄炸药，所以让你来搞爆破也是合乎情理、十分正常的事。总是有点儿仓促上阵，不过处理得还

---

① 洛佩·德·维加（Felix Lope de Vega y Carpio，1562—1635），西班牙剧作家、诗人，是西班牙民族戏剧的开创者，是西班牙文学中"黄金世纪"仅次于塞万提斯的重要作家。他的作品体现了文艺复兴时期人文主义思想的特点：自然、绚丽、明朗、通俗。

② 加尔多斯（Benito Perez Galdos，1843—1920），西班牙小说家、剧作家，是西班牙最重要的现实主义小说家之一，也是西班牙著名小说家当中最为多产的作家，与塞万提斯并称为西班牙文学史上"一对并峙的高山"。

③ 指西班牙法西斯组织长枪党党徒。

④ 米苏拉市是蒙大拿大学的所在地。罗伯特·乔丹战前即执教于该大学。

算稳妥。

一旦你同意采纳爆破这个建议，把它当作一个问题来考虑，那它也不过就是个要设法解决的问题而已。但是它所牵涉到的很多问题却不是那么好对付的，尽管上帝知道，你还是能够应付裕如的。人们往往试图模拟成功的暗杀所应具备的条件，通常会把暗杀与爆破相提并论。但是，说大话就能更好地明辨是非吗？说大话就能使杀人行为变得饶有趣味吗？假如你问我，我会说，你在这件事情上未免有点儿过于轻率啦，他对自己说。等你不再为共和国服役了，你会做一个什么样的人呢，或者干脆说，你适合于做哪些工作呢，对我来说，这些问题都是极其难以预料的，世事茫茫难自料啊，他想。不过，我能料想到，你会通过写作这种方式来排解心中的一切郁闷，他说。一旦你把一切都写出来了，所有的郁闷也就烟消云散了。只要你能写得出来，它就是一部好书。会比另外那本书精彩得多。

然而在眼前这个阶段，你所拥有的全部生活，或者你将来所能拥有的一切，也不过就是今天、今晚、明天，今天、今晚、明天，一遍又一遍地周而复始（要是真能这样就好啦），他想，所以，你最好抓住这仅有的时光，并为此而感到十分欣慰。假如炸桥的事进展不顺怎么办？眼下看来情况似乎就不太好。

但是玛丽娅的状况一直很好。难道她不正常吗？哎呀，她难道不正常？他想。也许这就是我眼下可以从生活中获得的全部内容吧。也许这就是我的一生，没能活到七十岁[1]的一生，只有四十八个小时了，或者说得更确切些，只有七十或七十二个小时了。一天是二十四小时，三整天就是七十二小时。

在我看来，把这七十个小时的生活过得如同七十年一样充实，还是

---

[1] 典出《圣经·旧约全书·诗篇》第九十篇第十一节："我们一生的年日是七十岁。若是强壮可到八十岁。"

能够做得到的；姑且就算在这七十个小时开始的时候，你的人生就已经很丰富了吧，姑且就算你已经活到一定年龄了吧。

简直是在胡说八道啊，他想。是你自己在胡思乱想，所以冒出来的全都是一些荒唐至极的念头。确实是在胡说八道啊。可是，也说不定就不是胡说八道呢。好吧，我们走着瞧吧。我上一回和一个姑娘睡觉是在马德里。不，不是马德里。那是在埃斯科利亚尔，只可惜我在半夜里醒来时，居然把睡在身边的人当成了另外某个人，还激动了好一阵子，直到后来才弄明白此人到底是谁，这只不过是在回味过去的那些浪荡行为罢了；除此之外，那一次还算是相当惬意的。那次之前是在马德里，情况也大体相同，或者还不如前一次，我当时一边在行着鱼水之欢，一边在骗自己，假装自己是在和某某女人缠绵着。所以说，我并不是一个为西班牙女人大唱赞歌的浪漫主义者，我也从不认为一个逢场作戏的西班牙女人会比别的国家的逢场作戏的女人更值得留恋。然而当我和玛丽娅在一起时，我却十分爱她，所以我才感到，毫不夸张地说，我仿佛要死过去了似的，我以前从不相信会有这种感觉，也从不认为会出现这种情形。

所以，假如要拿你的人生七十年来换取这七十个小时的话，我现在也值得付出这个价了，我十分庆幸我能认识到这一点。倘若根本就没有地久天长这种事，没有所谓人生的晚年，也没有来日方长可言，只有现在，那么，这个"现在"就应当加以赞美，再说我对这个"现在"也很满意。"现在"，*ahora*，*maintenant*，*heute*①。现在，这个词的发音很滑稽，因为它意味着整个世界和你的一生都在你的眼前。"今晚"，*Esta noche*，*ce soir*，*heute abend*②。人生与妻子，就是 *Vie* 与 *Mari*③。不行，意思并没有表达出来。法国人是把 *mari* 这个词当作"丈夫"用的。还

---

① *ahora* 为西班牙语；*maintenant* 为法语；*heute* 为德语；均意为"现在"。

② *Esta noche* 为西班牙语；*ce soir* 为法语；*heute abend* 为德语；均意为"今晚"。

③ 法语，意为"人生"、"妻子"。

有"现在"与 *frau*①；但是这也体现不出其个中的味道。拿"死亡"为例，*mort*，*muerto*，和 *todt*②。*Todt* 在这三个词中听上去最没有活力。"战争"，*guerre*，*guerra*，和 *krieg*③。其中以 *Krieg* 听上去最有火药味，难道不是吗？要不就是因为，在这三门语言中，他只有德语学得最不好？"小甜心"，*cherie*，*prenda*，*schatz*④。他愿意把它们都换成玛丽娅。这个名字才甜蜜呢。

罢了，他们马上就要一起去炸桥了，这个时刻即将来临。这件事看来肯定是越来越不好干了。这也确实是一项你无法在早晨完成的任务。在无计可施的情形下，你只好坚守在那儿，等到了晚上再设法撤离。你要尽量拖延到夜里再往回撤。如果能一直坚持到黑夜来临时再撤回来，你也许就万事大吉了。纵然你天一亮就开始如此这般地牢牢坚守在阵地上，结果又能怎么样？怎么坚守呢？那可怜的该死的聋子之所以会舍得不用他那洋泾浜式的西班牙语和他交谈，目的就是为了能详详细细地向他讲清这一点。自从戈尔茨首次向他提出了这项任务以来，每当他心绪不宁、思维处于特别紊乱的状态时，他似乎就全然顾及不到这一点了。自从大前天夜里以来，他似乎就一直在为这件事而寝食难安，仿佛胃里堵着一大团没有消化的死面疙瘩一样。

这个事业真是不可思议啊。你毕生都在为之而奋斗，你所做的这些事表面看上去似乎还有那么点儿意义，但结果却总是事与愿违，毫无意义。以前根本就没有出现过现在这种情形。你自以为这种事情你今后永远也不会再遇到了。接下来，在这样一场卑鄙龌龊的表演中，你要协调好两支小肚鸡肠、软弱涣散的游击队，让他们协助你在根本不可能的条件下去完成炸桥的任务，并阻挡住说不定已经发起的反攻，在这种境

---

① 德语，意为"妻子"。
② *mort* 为法语；*muerto* 为西班牙语；*todt* 为德语；均意为"死亡"。
③ *guerre* 为西班牙语；*guerra* 为法语；*krieg* 为德语；均意为"战争"。
④ *cherie* 为法语；*prenda* 为西班牙语；*schatz* 为德语；均意为"小甜心，宝贝"。

况下，你却意外地遇见了玛丽娅这样的姑娘。当然。这正好符合你的心愿。你和她相见太晚啦，这真是一大憾事。

于是又出现了比拉尔这么一个女人，她几乎等于是生拉硬扯地把这姑娘推进了你的睡袋，后来发生了什么？是啊，后来发生了什么？后来发生了什么？请你告诉我后来发生的事吧。是啊。后来就发生了这样的事情。后来确实就发生了这样的事情。

你别再自欺欺人啦，说什么是比拉尔硬把她推进你的睡袋的，别试图以为这事算不了什么，也别自认为这事很龌龊。你第一眼见到她时就已经魂不守舍了。她第一次开口和你说话时，你就对她有了爱意，你心里明白这一点。你既然产生了爱情，而你从前却根本没有想到你还会产生爱情，再要朝它泼脏水就没有任何意思了，你明明知道这就是爱情，你第一次看见她端着那只烤肉用的大铁盘弯着腰走出山洞来到你面前时，你就对她产生了爱情，你明明知道这一点，再要诋毁它就毫无意义了。

你那时就已坠入情网了，你心里明白，所以你为什么还要编织这套谎言呢？每当你望着她、每当她望着你时，你内心深处就会油然升起异样的感觉。既然如此，你为什么不肯承认这一点呢？好吧，我承认。至于说是比拉尔硬把她推到你怀里来的，那么，比拉尔所做的这一切恰恰也表明了她是一个通情达理的女人。她一直悉心照料着这姑娘，因此，在姑娘端着烤盘返回山洞的那一瞬间，她就已看出了端倪。

所以，她在这些事情上的态度才变得更加宽容了。正因为她的态度变得更加宽容了，这才有了我们昨天夜里和今天下午的好事。她真是个有眼光的人，思想比你开明多了，她也知道时光的全部意义所在。是啊，他暗暗思忖，我认为我们应当承认，她对时光的价值确实有她独到的见解。她承受着精神上的打击，那都是因为她不希望别人失去她自己已经失去的青春年华，再说，要想承认自己青春已逝谈何容易，这口气也大得实在叫人咽不下呀。所以，她刚才在山坡上就在承受着这种打击，我猜想，我们的态度并没有使她得到丝毫的宽慰。

好啦，这就是后来所发生的事情，这就是后来已经发生了的事情，你不妨就承认了吧，你也决不可能再有两整夜和她厮守在一起了。不会有白头偕老，不会有永不分离，不会有人们向来就应当拥有的天伦之乐，根本不会有。有过一夜缠绵，那已成为过去，下午又有过一次，还有一夜可以期待；也许吧。不行啊，先生。

不会有时间，不会有幸福，不会有欢愉，不会有儿女，不会有宅第，不会有浴室，不会有干净的睡衣，不会有晨报，不会有共同从睡梦中醒来，不会醒来时就知道她正相伴在你身边而你并不是孤家寡人。不。不会有那种情景的。可是，为什么，倘若这就是你所希冀的理想生活的全部内容；倘若你已经找到了它，为什么偏偏连在一张铺有床单的床上睡上一夜的可能性都没有呢？

你是在希求可望而不可即的事情呢。你的希求虽然美好，却根本达不到。所以，如果你对这姑娘的爱真像你所表白的那样情深意切，那你干脆就轰轰烈烈地爱她一场吧，用你炽热的、持久的、连续的爱来弥补这层关系的缺憾吧。你听见了吗？昔日的人们会终其一生来追求爱情。如今你已经找到了爱情，在你能获得两夜的爱情时，你却疑惑起这种福分究竟从何而来了。两夜的爱情。两夜的恩爱、两夜的温存、两夜的钟情。祸福与共，情投意合。无论生病或死亡。不，这样说不对。无论生病或健康。我们至死才分离①。只有两夜。极有可能。极有可能啊，所以暂且抛开这种念想吧。你可以就此打住了。这样下去对你没好处。凡是对你没好处的事，你都不要做。此话千真万确。

这正是戈尔茨曾经谈论过的话题。他经历得越多，就越觉得戈尔茨比他精明。所以嘛，戈尔茨才老是想了解他对这个问题的看法；也算是对参加这场非正规战争的一种补偿吧。戈尔茨也有过类似的经历吗？抑或是由于情况紧急、时间不够、环境特殊所造成的？假定环境相类

---

① 罗伯特·乔丹此处引用的是牧师在教堂为新人主持婚礼时所说的话。

似，是否人人都会有这种艳遇呢？难道唯独只有他认为这是一件很特殊的事情，因为这事是发生在他自己身上的？戈尔茨在指挥红军的非正规骑兵部队作战时，是否也会急匆匆地到处找女人睡觉？难道是因为种种环境因素以及其他等等情况的作用，才使那些姑娘表现得如同玛丽娅这样的？

戈尔茨很可能也精于此道，所以才特意要提醒你，让你一定要把你所获得的这两夜当作你的一生来享用；既然我们现在过的是这种无可奈何的生活，你就应该把你向来就该享有的一切人生的欢乐全都压缩到你可以拥有的这段短暂的时光中。

这是一套很不错的想法。但他并不相信玛丽娅的表现仅仅是由环境所造成的。当然，除非那是她对他的处境以及对她自己的处境所作出的一种反应。她自己的处境一度并不太好，他想。是啊，不太好。

如果这就是事情的原委，那也只能由它去了。但是并没有任何法律条文强迫他表态说他喜欢这样。我并不知道我居然还能感受到我已经感受过的那种滋味啊，他想。也不知道这样的事情还会发生在我的身上。我很想一辈子都拥有这种感受呢。你会的，他心中的另一个自我在说。你会的。你此时此刻就拥有这种感受，这就是你整个一生所拥有的全部感受；此时此刻。拥有此时此刻重于拥有其他的一切。昨天肯定不存在，也不存在任何明天。你要活到多大岁数才能明白这个道理？唯有现在是存在的，如果这个"现在"只有两天，那么这两天就是你的人生，在这两天中，样样事情都应该按其所占比重来分配。这才是你怎样度过这两天的人生的方法。如果你不再抱怨，不再希求你永远也得不到的东西，你就会享有美好的人生。美好的人生并不是用《圣经》所规定的寿命来计算的。

所以，现在就别再发急啦，只要珍惜你现有的一切，履行好你的职责，你就会拥有一段漫长的人生、一段十分快乐的人生。近来不是一直都很快乐吗？你还在抱怨什么？这类工作就是这种德性嘛，他暗暗告诫自己，并为有了这个想法而感到十分欣慰，你所想通了的道理未必比你所结识的人重要啊。他的心情又好了起来，因为他又能开玩笑了，于是他的心思又回到了这姑娘的身上。

"我爱你，小兔子，"他对姑娘说，"你刚才在说什么？"

"我在说，"她对他说，"你不该为工作上的事发急，因为我既不会给你添麻烦，也不会干扰你的。如果有什么能让我做的，你尽管吩咐我好了。"

"现在还没有什么要你做的，"他说，"事情其实也很简单。"

"我要向比拉尔学习，向她了解我应该怎样做才能把男人伺候好，这些事我会努力去做的，"玛丽娅说，"慢慢地，在我边学边干的过程中，我自己也就能找出一些事情来做了，还有些事情你可以吩咐我去做嘛。"

"没什么事情要做啊。"

"什么话呀，大男人，还没什么事呢！你的睡袋，今天早晨的，就该拿出去抖一抖，挂在有太阳的地方晒一晒。然后，在露水下来之前，务必把它收起来放好。"

"接着说，小兔子。"

"你的袜子也该洗一洗，晒晒干。我要保证让你有两双替换的袜子。"

"还有什么？"

"要是你愿意教我，我就可以帮你擦手枪，给手枪上油。"

"吻吻我吧。"罗伯特·乔丹说。

"别，人家在说正经事儿呢。你愿意教我怎么擦枪吗？比拉尔有一些破布和枪油。山洞里还有一根擦枪用的通条，应该好用的。"

"当然。我当然愿意教你。"

"还有，"玛丽娅说，"如果你愿意教我怎么打枪，日后你我两人当中万一有哪个受了伤，我们就可以由你开枪打死我，或者由我开枪打死你，或者开枪自杀，这样做很有必要，免得当了俘虏。"

"非常有意思，"罗伯特·乔丹说，"你有很多类似于这样的主意吧？"

"不多，"玛丽娅说，"但是这个主意不错。比拉尔把这个给了我，还教会了我怎么用它呢，"她解开衬衣的胸袋，掏出一只被截短了的像是用来装小梳子的皮套子，取下系在两头的宽橡皮筋，取出一片钻石牌单面剃须刀片，"我一直随身带着这个，"她解释说，"比拉尔说，你一定要对着耳朵下边的这个部位下刀，要一直割到这儿。"她用手指头比划着给他看。"她说，这儿有一根大动脉，把刀片朝这儿割下去，保证错不了。她还说，这样不会有痛苦，你只要用力压住耳朵下面，用刀片朝下一划就行了。她说，这也算不得什么，只要一刀割下去，他们就拿你没办法啦。"

"有道理，"罗伯特·乔丹说，"那是颈动脉嘛。"

原来她走到哪儿都随身带着这个啊，他想，把它当成一个完全可以接受、准备得也很妥当的措施了。

"不过，我宁愿由你来开枪打死我，"玛丽娅说，"答应我，万一真的走投无路了，你一定要开枪打死我。"

"一定，"罗伯特·乔丹说，"我答应。"

"非常感谢你，"玛丽娅对他说，"我知道，真要这样做也不容易。"

"没关系。"罗伯特·乔丹说。

你把这一切全都忘啦，他想。当你把心思过多地放在你的工作上时，你就全然顾不上内战的种种妙处了。你已经忘记这一点了。唉，你应当忘掉它。卡希金就因为忘不了，所以才把工作搞得一团糟的。否则，你以为这位老兄事先就有预感啊？这事确实很奇怪，因为在开枪打死卡希金时，他所体验到的全然不是情感因素。他希望自己有朝一日也能动点儿感情。但是迄今为止，绝对没有任何情感因素。

"不过，我还可以为你做别的事情呢。"玛丽娅对他说，她这时正走在他身边，挨得很近，神情很是认真，女人味儿十足。

"除了开枪打死我之外？"

"是的。等你再也没有那些带过滤嘴的烟卷了，我可以帮你卷纸烟。比拉尔教过我怎样把烟卷得好好儿的，卷得既紧又齐整，不会漏出烟丝。"

"棒极了，"罗伯特·乔丹说，"卷起来之后，你会亲口把它们都舔好吗？"

"当然啦，"姑娘说，"还有，在你负伤的时候，我会照料你，帮你包扎伤口，帮你洗澡，喂你吃饭——"

"也许我这人是不会负伤的。"罗伯特·乔丹说。

"那么，在你生病的时候，我会照顾你，为你做汤，帮你擦洗身子，样样事情都帮你做。我还要读书给你听。"

"也许我这人是不会生病的。"

"那么，在你早晨醒来的时候，我给你端咖啡——"

"也许我这人不爱喝咖啡。"罗伯特·乔丹对她说。

"别，你是爱喝咖啡的，"姑娘开心地说，"今天早晨你喝了两杯呢。"

"假如我既腻歪了咖啡，也不需要你开枪打死我，假如我既没有负伤，也没有生病，还戒了烟，只有一双袜子，我自己把睡袋晾起来了。那你做什么呢，小兔子？"他拍了拍她的后背，"那你做什么呢？"

"那呀，"玛丽娅说，"那我就向比拉尔借把剪刀，帮你理发。"

"我这人不喜欢理发。"

"我也不喜欢理发，"玛丽娅说，"再说，我也喜欢你现在这个样子。好吧。如果你实在没什么事情好让我做，那我就坐在你身边，看着你，然后，到了夜里，我们就做爱。"

"好，"罗伯特·乔丹说，"最后这个方案非常合理。"

"我也有同感，"玛丽娅满面春风地说，"啊，英国人。"

"我的名字是罗伯托。"

"不要。我要和比拉尔一样，叫你英国人。"

"可是名字还是罗伯托啊。"

"就不是，"她对他说，"叫你英国人都叫了整整一天啦。唉，英国人，我能做你工作上的帮手吗？"

"不。我现在做的事情只能由我一个人来做，而且头脑还要非常冷静。"

"好，"她说，"什么时候才能做完呢？"

"今天晚上，要是运气好的话。"

"好吧。"她说。

他们的下方就是通往营地的最后那片树林了。

"那是谁？"罗伯特·乔丹问，并抬手指了指前方。

"比拉尔，"姑娘顺着他的手臂向前望去，说，"那肯定是比拉尔。"

在草甸的下端，在那片树林的边缘，那妇人正坐在那儿，头埋在双臂上。从他们此时所在的位置望去，她的身形犹如一大捆黑乎乎的干柴；在棕褐色的树干的映衬下，漆黑一团。

"快走吧。"罗伯特·乔丹说罢，便撩开大步趟着齐膝深的石楠丛朝她奔去。要想在浓密的石楠丛中大步流星地奔跑既难迈腿，又很费劲，他才跑了一小段路，便放慢了速度，变跑为走了。他能看到那妇人的头正伏在她交叠的双臂上，在树干的映衬下，她显得又宽又黑。他奔到她跟前，急切地叫了一声："比拉尔！"

妇人抬起头来望着他。

"哦，"她说，"你们已经完事啦？"

"你病了吗？"他一边问，一边在她身边弯下腰来。

"什么话呀，"她说，"我打了个瞌睡。"

"比拉尔，"玛丽娅也赶上前来，在她身边跪下，关切地说，"你怎么啦？你没事吧？"

"我硬朗着呢。"比拉尔说，但她并没有站起来。她打量着眼前这两个人。"喂，英国人，"她说，"你又把男人的那套鬼把戏大大施展了一回吧？"

"你还好吧？"罗伯特·乔丹问，并不理会她这句话。

"为什么不好？我睡了一觉。你说啊？"

"没有。"

"行啊，"比拉尔对姑娘说，"看来挺让你受用啊。"

玛丽娅羞红了脸，没吱声。

"别戏弄她吧。"罗伯特·乔丹说。

"没人跟你说话，"比拉尔对他说，"玛丽娅。"她说，声音很是生硬。姑娘没抬头。

"玛丽娅，"妇人又说，"我说，看来挺让你受用嘛。"

"唉，别戏弄她吧。"罗伯特·乔丹又说了一遍。

"别说了，你，"比拉尔说，没正眼看他，"你听着，玛丽娅，告诉我一个细节吧。"

"不。"玛丽娅说着，摇了摇头。

"玛丽娅，"比拉尔说，她声色俱厉，脸上也找不出一丁点儿友善的痕迹，"你自己主动告诉我一个细节吧。"

姑娘摇摇头。

罗伯特·乔丹心想，要是我不必跟这女人和她那酒鬼男人以及她手下那帮乌合之众合作共事，我准会左右开弓狠狠掴她几个耳光，打得她——

"快说呀，告诉我。"比拉尔对姑娘说。

"不，"玛丽娅说，"不。"

"别戏弄她啦。"罗伯特·乔丹说，声音听上去已经不像是他自己的声音了。我无论如何得掴她几个耳光，实在太过分了，他想。

比拉尔甚至不搭理他了。眼前这情形既不同于蛇在捕鸟，也不同于猫在玩弄鸟。根本没有任何恃强凌弱的意思。也没有丝毫性变态的迹象。然而还是有一种脸红脖子粗的味道，犹如眼镜蛇的颈部在不断膨胀一样。他能感觉到这一点。他能感觉到这种脸红脖子粗的样子所具有的威慑力。虽然这种脸红脖子粗的模样反映的是一种盛气凌人的态度，却并无恶意，而是想追问出事情的究竟。但愿我没看到这一点，罗伯特·乔丹想。可是，这种事情也不好打耳光啊。

"玛丽娅，"比拉尔说，"我不会碰你的。你自己主动告诉我吧。"

"你自己主动说出来吧①。"她又用西班牙语说了一遍。

姑娘摇摇头。

"玛丽娅，"比拉尔说，"快说吧，自己主动说。我的话你听见没有？随你交待哪一点都行。"

"不嘛，"姑娘柔弱地说，"就不说。"

"你现在就得告诉我，"比拉尔对她说，"随你说出哪一点都行。你会明白的。你现在就得告诉我。"

"当时只觉得大地在颤动，"玛丽娅说，羞得没敢抬眼望那妇人，"真的。这个细节我没法告诉你啊。"

"如此说来。"比拉尔说，声音变得热情而友善，听不出有丝毫的勉强。然而罗伯特·乔丹还是看到，她的额头和嘴唇上沁出了一层细细的汗珠。"如此说来，这种情形果然是存在的。果然确有其事啊。"

"这是真事。"玛丽娅说罢，咬了一下嘴唇。

"当然是真事啦，"比拉尔和蔼地说，"但是，别把这事告诉你家乡的人，因为他们根本就不相信你的话。你没有卡利人②的血统吧，英国人？"

她站了起来，是罗伯特·乔丹扶着她站起来的。

"没有，"他说，"据我所知，没有。"

"玛丽娅这丫头也没有，据她所知，"比拉尔说，"这事真奇怪呀③。这事真是不可思议呀。"

"但是偏偏就有这种事情啊，比拉尔。"玛丽娅说。

---

① 此处原文为西班牙语：De tu propia voluntad。
② 卡利人为南美印第安人的一个部族，主要生活在如今哥伦比亚等国家。
③ 此处原文为西班牙语：Pues es muy raro。

"为什么不这样呢，丫头①？"比拉尔用西班牙语说，"为什么没有呢，我的女儿？我年轻的时候也体验过这种大地在抖动的感觉，抖得可厉害啦，抖得让你觉得要天翻地覆了，还生怕大地会在你身下塌陷了呢。这种感受夜夜都有呢。"

"你骗人。"玛丽娅说。

"是的，"比拉尔说，"我是在骗人。在人的一生中，能体验到大地在颤动的次数决不会超过三次。你真的体验到了吗？"

"体验到了，"姑娘说，"真的。"

"你呢，英国人？"比拉尔望着罗伯特·乔丹说，"不许撒谎。"

"我也体验到了，"他说，"真的。"

"好，"比拉尔说，"好。这一点很重要呢。"

"你说的三次是什么意思啊？"玛丽娅问，"你为什么要这么说呢？"

"三次，"比拉尔说，"你现在已经有过一次啦。"

"只有三次吗？"

"大多数人一辈子也得不到那种感受，"比拉尔对她说，"你能肯定你确实体验到了那种大地在颤动的感觉？"

"整个人都好像要飘离地面了。"玛丽娅说。

"那我姑且就认为你们已经有过这种体验了吧，"比拉尔说，"好啦，走吧，我们该动身去营地啦。"

"你这套胡说八道的三次究竟是什么意思啊？"当他们并肩走在松林中时，罗伯特·乔丹对这位身材高大的妇人说。

"胡说八道？"她满脸不屑地看了他一眼，说："你就别在我面前提什么胡说八道啦，英国小子。"

"这个说法和看手相那套把戏一样荒诞不经吧？"

---

① 此处原文为西班牙语：*Como que no，hija*？

"不，对吉卜赛人①来说，这可是确信无疑的常识呢。"

"可我们并不是吉卜赛人啊。"

"没错。不过，你们还算有点儿运气。不是吉卜赛人血统的人，偶尔也能撞上点儿好运气呢。"

"你这套所谓三次的说法，当真确有其事吗？"

她又盯着他看了一眼，神情很是怪异。"别烦我了，英国人，"她说，"别让我不高兴。你还太年轻，我没法对你说。"

"可是，比拉尔。"玛丽娅说。

"闭嘴，"比拉尔对她说，"你已经有过一次了，你在这世上还会有两次。"

"那你呢？"罗伯特·乔丹问她。

"有过两次，"比拉尔说着，伸出两根手指，"两次。绝不会再有第三次了。"

"为什么不会了呢？"玛丽娅问。

"唉，别说啦，"比拉尔说，"把嘴巴闭上吧。你这种年龄的小青年②让我厌烦透了。"

"为什么就没有第三次了呢？"罗伯特·乔丹问。

"哎哟，你就别说啦，好不好？"比拉尔说，"把嘴闭上！"

好吧，罗伯特·乔丹对自己说。不过我也不指望还能再有一次了。我认识一大批吉卜赛人，这些人确实够让人费解的。但是我们也一样不可思议啊。不同之处是，我们得用正当的手段来谋生。谁也不知道我们是何种部族的后人，谁也不知道我们所继承的部族传统又是什么，谁也不知道我们的祖先所生活的那些莽林中究竟还藏着多少鲜为人知的奥秘。我们只知道我们自己的无知。我们对黑夜里发生在我们自己身上的

---

① 此处原文为西班牙语：*Gitanos*。
② 此处原文为西班牙语：*busnes*。

事情往往一无所知。然而，如果事情发生在大白天，那就必然要另当别论了。不管发生了什么，总归都是既成的事实，可是现在，这个女人不但硬要逼迫这姑娘要说出她不想说的事情；而且还硬要把这档子事儿拉扯过去，把它说成是她自己的经验。她一定要把这事变成吉卜赛人的事儿呢。我原以为她在山上那会儿已经身心疲惫了，可是现在，一回到这儿，她就这样理所当然地居高临下、颐指气使了。假如这种行为是恶意的，那她就该被枪毙。然而她并无恶意。她这样做不过是为了想牢牢抓住人生。通过玛丽娅来牢牢抓住人生。

等打完这场战争之后，你说不定会从事女性研究呢，他暗自思忖。你不妨就从比拉尔开始。她度过了相当纷扰的一天啊，这是我的看法。她以前从没谈起过吉卜赛人所热衷的那套把戏。除了看手相，他想。是啊，当然就是手相啦。依我看，她还不至于要凭空捏造出看手相这种事来糊弄人。当然，她也不会告诉我她究竟看到了什么。不管她看到的是什么，她自己总归是深信不疑的。不过这也说明不了任何问题。

"听着，比拉尔。"他对妇人说。

比拉尔笑吟吟地望着他。

"什么事呀？"她问。

"别那么神神秘秘的吧，"罗伯特·乔丹说，"这些故弄玄虚的把戏让我很厌烦。"

"那又怎么样？"她问。

"我根本就不相信什么妖魔鬼怪，也不相信那些占卜的、看相的，更不相信那套乱七八糟的吉卜赛人的巫术。"

"哎哟。"比拉尔说。

"我不信这套。所以，你就别再招惹玛丽娅吧。"

"我可以不再招惹这姑娘。"

"也别再耍弄这些故弄玄虚的把戏了，"罗伯特·乔丹说，"我们要完成的任务、要处理的事情已经够多啦，别用这种乱七八糟的的玩意儿把事情弄得更加复杂吧。少来点儿故弄玄虚，多做点儿实实在在的工作吧。"

"我明白啦，"比拉尔说着，点点头表示同意了，"但是，你听着，英国人，"她笑吟吟地望着他说，"你们刚才真的体验到大地在颤动了吗？"

"是啊，你这该死的。我们感受到大地在颤动啦。"

比拉尔放声大笑起来，她自己站在那儿纵声大笑着，也看着罗伯特·乔丹在哈哈大笑。

"啊，英国人呀。英国人，"她笑呵呵地说，"你这人真滑稽呀。你现在得花费很大的力气，才能重新找回你的尊严啦。"

见你的鬼去吧，罗伯特·乔丹想。但他还是封住了自己的嘴巴。在他们说话的当儿，太阳已被云层遮没，他回头眺望着远山，只见天空中已是乌云密布，一片苍茫。

"没错，"比拉尔望着天空对他说，"天要下雪了。"

"现在？几乎都快到六月份了，还会下雪？"

"为什么不会下雪？这些高山峻岭是从来不分季节的。现在是阴历五月。"

"现在不可能下雪吧，"他说，"现在怎么可能下雪啊。"

"你说与不说完全一样，英国人，"她对他说，"这场雪肯定是要下的。"

罗伯特·乔丹仰望着天空，只见灰色的云层正越积越浓，太阳已变得一片昏黄，他注视着天空中云层的变化，直到太阳完全消失，此时已是乌云四合，暮霭沉沉；漫天而降的乌云渐渐湮没了群山的峰巅。

"是啊，"他说，"我估计，你说得没错。"

第十四章

　　他们刚到营地，天就开始下雪了，纷纷扬扬的雪片呈对角线在松树间飘落下来。片片雪花斜斜地在林木间飘洒着，起初较为稀疏，飘然而下时还在空中打着旋儿，但是不一会儿，随着阵阵寒风从山上直扑而下，鹅毛大雪顿时漫天飞舞起来，罗伯特·乔丹十分恼火地伫立在山洞前，注视着这漫天大雪。

　　"这场雪不会小啊。"巴勃罗说。他的嗓音含混不清，两眼通红，眼角布满眼眵。

　　"吉卜赛人回来了吗？"罗伯特·乔丹问他。

　　"没有，"巴勃罗说，"不但他没回来，连老头子也没回来呢。"

　　"你陪我走一趟，去公路那边的哨所看看，行吗？"

　　"不行，"巴勃罗说，"这件事我是不会插手的。"

　　"我自己也能找得到。"

　　"在这种暴风雪天里，你也许根本没法找到那地方，"巴勃罗说，"反正我是不会在这种时候出去的。"

　　"只要下了山，走上公路，再沿着公路走一会儿就到了。"

　　"你也许能找到那地方。可是因为在下雪，你那两个放哨的现在说不定正走在回来的路上呢，你会在中途和

233

他们擦肩而过的。"

"老头子会在那儿等着我的。"

"不。下这么大的雪，他会回来的。"

巴勃罗望着正扫过山洞入口处的飞雪，说："你不喜欢这场暴风雪吧，英国人？"

罗伯特·乔丹咒骂了一声，巴勃罗却用那双昏花的眼睛望着他，哈哈大笑起来。

"这一来，你的进攻就算吹喽，英国人，"他说，"到山洞里来吧，你的人就要回来啦。"

山洞里，玛丽娅正在火塘边忙碌着，比拉尔则在餐桌前忙碌着。火塘里在冒着浓烟，不过姑娘在设法把火烧旺，她用一根木棍捅进火堆，然后用一张叠起来报纸使劲扇着，只听噗地一声，火苗随即就蹿了起来，木柴开始燃烧了，架空着柴堆顶端留有一个吸风口，风一吸进来，火也就越烧越旺了。

"这场雪，"罗伯特乔丹说，"你认为还会越下越大吗？"

"会越下越大的，"巴勃罗心满意足地说，接着，他又朝比拉尔高声喊着，"你也不喜欢这场雪吧，老婆？现在你是指挥员啦，你不喜欢这场雪吗？"

"关我什么事[①]？"比拉尔扭过头来用西班牙语说，"天要下雪，那就下呗。"

"喝点儿酒吧，英国人，"巴勃罗说，"我喝了一整天的酒，就盼着这场雪呢。"

"给我来一杯吧。"罗伯特·乔丹说。

"为了这场大雪，干杯。"巴勃罗说着，跟他碰了一下杯。罗伯特·乔丹瞪了他一眼，"叮当"一声碰了杯。你这杀人不见血的烂眼鸡

---

① 此处原文为西班牙语：*A mi que*？

奸犯，他在心里骂着。我真想把这酒杯磕在你牙齿上。千万要沉住气，他暗暗告诫自己，千万要沉住气啊。

"真是天公作美呀，这场雪，"巴勃罗说，"下着这么大的雪，你不会还想着要睡在外面吧。"

如此看来，这也是你一直放不下的一桩心事啊，是吧？罗伯特·乔丹想。你有一大堆烦心的事儿呢，是吧，巴勃罗？

"不行吗？"他彬彬有礼地说。

"不行。太冷啦，"巴勃罗说，"也太潮湿。"

你就不明白我这只用绒鸭的绒毛做成的已经用旧了的睡袋为什么值六十五美元的原因了吧，罗伯特·乔丹想。我还真想在雪地里睡在那玩意儿里头呢，每睡一夜我还能收回一美元的成本呢。

"那么，我应该睡在这山洞里面喽？"他彬彬有礼地问。

"对。"

"谢啦，"罗伯特·乔丹说，"我肯定还是要睡到外面去的。"

"睡在雪地里？"

"是啊，"（你这双该死的布满血丝的红彤彤的猪眼睛，你这张长满猪鬃毛的猪屁股似的黑脸膛），"睡在雪地里。"（就睡在这混账透顶、害人不浅、不期而降、大胆孟浪、坏我大事、没好结果的狗娘养的雪地里吧。）

他朝玛丽娅那边走去，她刚把一块松木添在火堆上。

"真美呀，这场雪。"他对姑娘说。

"但是它对你的工作是很不利的，是吧？"她问他，"你不着急吗？"

"什么话，"他说，"着急也没用啊。晚饭要什么时候才能做好？"

"我早料到你今晚会有好胃口的，"比拉尔说，"要不现在先吃块奶酪？"

"谢谢。"他说，于是，她伸手取下悬挂在洞顶网兜里的那一大块奶酪，用刀在敲开的那一端用力划着，切下了厚厚的一片，然后把那片奶酪递给了他。他就站在那儿吃起来。奶酪稍有些膻味儿，不是那么好吃。

"玛丽娅。"巴勃罗说，他这时也来到餐桌边，正端坐在那儿。

"什么事？"姑娘问。

"把桌子擦干净呀，玛丽娅。"巴勃罗一边说，一边笑嘻嘻地望着罗伯特·乔丹。

"把你自己流下来的那些哈喇子擦干净吧，"比拉尔对他说，"先把自己的下巴、自己的衬衫擦干净，然后再把桌子擦干净。"

"玛丽娅。"巴勃罗大喊了一声。

"别理他。他喝醉了。"比拉尔说。

"玛丽娅，"巴勃罗大声说，"雪还在下着呢，这场雪真美呀。"

他根本不知道那只睡袋有多妙呢，罗伯特·乔丹想。这对老眼昏花的猪眼睛根本看不出我为什么要花费六十五美元从伍兹兄弟手里买下那只睡袋。不过，我真希望那个吉卜赛人能马上回来。吉卜赛人一回来，我就去找那老头儿。我现在就该动身去找他，但是我很有可能会中途错过他们。我并不知道他蹲守在什么地方。

"想滚雪球吗？"他对巴勃罗说，"想不想打雪仗？"

"什么？"巴勃罗问，"你在打什么主意？"

"没什么，"罗伯特·乔丹说，"你把那些马鞍都盖好了吗？"

"是啊。"

罗伯特·乔丹接着用英语说："是打算送些草料给那些马吃呢，还是让它们拴在外面的拴马桩上，让它们自个儿去刨雪啃草呢？"

"什么呀？"

"没什么。这是你自己的问题呀，老伙计。我打算自个儿到外面去走走啦。"

"你为什么说英国话？"

"我也不知道，"罗伯特·乔丹说，"我在非常疲惫的时候，往往就会说英语。或者在感到非常厌恶的情况下。或者在感到很困惑的时候，比方说，当我感到极度困惑时，我就索性只说英语了，为的就是能听听英语的声音。这种声音具有增强信心、消除疑虑的功效呢。你日后有机会不妨也试试。"

"你在说什么呀，英国人？"比拉尔说，"这种话听起来很有意思，可是我听不明白。"

"没什么，"罗伯特·乔丹说，"我刚才只是用英语说了声'没什么'。"

"那就算啦，说西班牙语吧，"比拉尔说，"用西班牙语说话既简短，又好懂。"

"那当然。"罗伯特·乔丹说。可是，啊，老兄，他想，哦，巴勃罗，哦，比拉尔，哦，玛丽娅，哦，还有那坐在角落里的两兄弟，你们的名字我本该牢牢记住的，现在却已经想不起来了，但是有时候，我真厌倦这些事呢。厌倦这些事，厌倦你们，厌倦我自己，厌倦这场战争，为什么呀，为什么老天偏偏要在这个时候下雪呢？这简直太过分了。不，不是这么回事。没有什么事情是太过分的。你不如就接受了这个现实吧，然后再从中杀出一条路来，别再这样自命不凡啦，接受这漫天飞雪的现实吧，就像你刚才所做的那样，下一步要做的事情是，要尽快与你那个吉卜赛人核对情况，然后把你那个老头儿接回来。偏偏要下雪。偏偏在这个时候这个月下雪。就此打住吧，他对自己说。就此打住，接受这个现实吧。这就是一杯苦酒，你是知道的。有关这杯苦酒的来历，老话是怎么说的？他要不就该去增强自己的记忆力，要不就别想着要去引经据典[①]，因为一旦有某件要紧的事情你一时想不起来了，这件

[①] 典出《圣经》：耶稣最后一次去耶路撒冷时，对十二门徒说，他将被定死罪，钉在十字架上。他向上帝祷告，是否可以让他不要喝下这杯苦酒。《圣经·新约全书·马太福音》第二十六章第三十九节："他俯伏在地，祷告说，我父啊，倘若可行，求你叫这杯离开我。然而不要照我的意思，只要照你的意思。"后来，耶稣在让他的门徒向上帝祷告时，又说："父啊，你若愿意，就把这杯撤去。然而不要成就我的意思，只要成就你的意思。"(《圣经·新约全书·路加福音》第二十二章第四十二章)最后，门徒彼得拔出随身佩刀，将前来捉拿耶稣的大祭司的仆人的右耳削掉了，但"耶稣对彼得说，收刀入鞘吧。我父所给我的那杯，我岂可不喝呢。"(《圣经·新约全书·约翰福音》第十八章第十至第十一章)

事就会老是在你心里惦记着，你怎么也丢不开，就像你忘了某个人的名字，却又老想着要把它回忆出来一样。关于这杯苦酒的来历，老话是怎么说的？

"请给我来杯葡萄酒吧。"他用西班牙语说。随即又说："这场雪会很大吗？呃？"他对巴勃罗说，"挺大的雪啊 ①。"

这醉醺醺的汉子抬眼看了看他，咧开嘴笑了笑。他点点头，又咧开嘴傻笑着。

"没有进攻啦。没有飞机 ② 啦。没有炸桥任务啦。只有雪在下啦。"巴勃罗说。

"你估计这场雪会下很久吗？"他对巴勃罗说，"你认为我们整个夏季都要被雪困在这儿吗，巴勃罗，老兄？"

"整个夏季嘛，那是不可能的，"巴勃罗说，"今夜和明天，那也肯定错不了。"

"你凭什么下这种结论呢？"

"暴风雪有两种，"巴勃罗说，显得老成持重、颇有见识的样子，"一种来自比利牛斯山脉 ③。这种暴风雪一来，天气就会极端寒冷。现在早已不是形成这种暴风雪的季节了。"

"好，"罗伯特·乔丹说，"这话很有道理。"

"眼前的这场暴风雪来自坎塔布连山脉 ④，"巴勃罗说，"它形成于海上。如果风向朝着这边，就会形成强暴风雪，降雪量会很大。"

"你这些经验之谈都是从哪儿学来的，老伙计？"罗伯特·乔丹问。

此时，由于怒气已消，眼前这场暴风雪竟使他兴奋起来，因为无论

---

① 此处原文为西班牙语：Mucha nieve。
② 此处原文为西班牙语：aviones。
③ 比利牛斯山脉位于西班牙东北部，从大西洋海岸到地中海沿法国与西班牙边境延伸，是法国与西班牙两国的天然国界。
④ 坎塔布连山脉位于西班牙北部，濒临大西洋的比斯开湾，横贯西班牙北部海岸与法国西南海岸。

哪种风暴都会使他兴奋不已，向来如此。雪暴 ①、强风 ②、骤起的线飑 ③、热带风暴、高山峻岭中夏季的雷暴雨等等，所有的风暴都令人发聋振聩，使他感到无比兴奋，那是世间任何事物都达不到的。这就好比上战场时的那种兴奋，只是这种兴奋是纯洁的。战场上也有狂风大作的时候，但那里刮的是热风；又热又干，如同你嘴里那种口干舌燥的感觉一样；战场上刮的是狂飙；刮得热浪翻滚、尘土飞扬；战场上的风会随着当天运气的好坏而时起时息。他很熟悉这种风。

但是暴风雪则与这林林总总的一切截然相反。在暴风雪中，你即便走近那些野生动物，它们也不害怕。它们行走在广袤的原野上，却不知自己身在何方，小鹿有时候就站在小木屋的背风处。在暴风雪中，你骑马走近一头驼鹿，而它却错把你的马当成了另一头驼鹿，竟会一路小跑着向你迎来。暴风雪中出现的情形似乎总是这样，仿佛一时间敌我不分了。暴风雪中的风也有可能是强风；但它刮得大地一片洁白，刮得满天白雪飞舞，刮得世间万物都变了样，等风停息了，世界就会变得静悄悄的。这场风暴也不小，他不妨就来领略一下它的乐趣吧。虽说它在毁坏着一切，但你欣赏它一下也无妨。

"我从前跑过多年的运输，"巴勃罗说，"在重型卡车还没用上之前，我们得赶着大车翻山越岭地运货。在这个行当里，我们学会了看天气。"

"那你怎么投身到抵抗运动中来了呢？"

"我过去一直是左派，"巴勃罗说，"我们和阿斯图里亚斯 ④ 那边的人来往很多，那里的人民在政治上很先进。我是一贯拥护共和国的。"

---

① 雪暴（Blizzard），一种充满粉末状雪粒并裹挟着小冰晶的大风暴。如发生在夏季，气温会随着雪暴的来临而急剧下降。

② 强风（gale），指八级以上大风。在气象学上，指蒲福风级表（Beaufort Scale）中八级以上风而言，其近地面风力可达每小时 68 公里或更快。

③ 线飑（Line Squall），指突然发生的一种猛烈的风暴，有时长达数百公里，但历时很短（通常只几分钟）。线飑经过的地方，往往有线状的又低又黑的云团，风速突然加快，出现典型的低气压冷锋，并伴随大雨和冰雹。

④ 阿斯图里亚斯是西班牙西北部一自治区，原为公国。濒临比斯开湾。

"那么，你在运动爆发之前是干什么的？"

"我那时在为萨拉戈萨 [1] 的一个马贩子打工。他既为军队补充新马，也向斗牛场供应马。我就是在那个时候认识比拉尔的，正像她告诉过你的那样，她那时正和巴伦西亚的斗牛士菲尼托在一起呢。"

他是带着相当自豪的口气说这句话的。

"他算不上一个好身手的斗牛士。"坐在桌边的两兄弟中的一个望着正站在火炉前的比拉尔的后背说。

"是吗？"比拉尔说着，转过身来望着那人，"他算不上好身手的斗牛士？"

她此时正站在山洞里的炉火边，火光中，她眼前仿佛浮现出昔日情人的模样，他身材矮小，棕褐色的皮肤，朴实的脸腔，一双忧伤的眼睛，脸颊凹陷，黑色的卷发湿漉漉地贴在他额头上，那顶紧箍的斗牛士帽把他的额头勒出了一道别人不大会注意到的红色印痕。她仿佛看见他正站在那儿，面对着那头五岁的公牛，面对着那两只曾把好几匹马高高挑起过的犄角，它那粗壮的脖子狠狠地顶着那匹马，越顶越高，当马上的那名骑手将那根带穗的长矛扎进了它的脖子时，它也把那匹马高高顶了起来，越顶越高，直到那匹马轰然倒下，那名骑手也摔倒在木栅栏上，那公牛还不罢休，继续用牛腿朝他猛踩猛踢，并晃动着它大脖子上的一对犄角去追赶那匹马，向那匹已经奄奄一息的马索要性命。她看到他，菲尼托，这个算不上好身手的斗牛士，此刻正站在那头公牛的面前，侧身对着它。她清楚地看见他用那块厚厚的法兰绒裹起了那根木杆；那块法兰绒上已经沾满鲜血，沉甸甸地耷拉着，那是因为，这块绒布已经上下翻飞着一次又一次地拂过了那头公牛的头部、肩胛部、背部，以及它流着鲜血、油光闪亮的肩隆部，那公牛在腾空跃起时，插在它肩胛中的那些系着彩带的短矛也随之叮叮当当地响着。她看到菲尼

① 萨拉戈萨，西班牙北部一城市，是阿拉贡省的首府，位于埃布罗河畔。

托此刻正站在离那公牛的牛头五步远的地方，轮廓很分明，那头公牛也一动不动地站在那儿，凶狠地和他对峙着，他慢慢抬起手中那柄利剑，举到齐肩的高度，目光顺着还在滴血的剑锋瞄准着公牛的要害部位，他暂且还看不到那个部位，因为那公牛正高昂着脑袋，挡住了他的视线。他想用左臂挥动那块湿漉漉、沉甸甸的绒布，引得公牛低下头来；但他此刻却稳稳地站立着，上身略向后仰，侧身对着那只已经碎裂的犄角，用剑锋瞄准着；那公牛的胸脯在剧烈起伏，眼睛却紧盯着那块绒布。

她这时十分清楚地看见了他的身影、听到了他那虽然微弱却很清晰的声音，只见他扭过头来，朝场边红色栅栏上方的观众席的第一排人群望去，说："请大家看一看，我们能不能像这样宰了这家伙。"

她能清楚地听见他的说话声，随即就看见他抬起膝盖迈步向前走来，她注视着他迎着牛的犄角勇往直前地走上来，由于那公牛在用嘴追着拱那块向下扫来的绒布，它那犄角也随之神奇般地低垂下来，在他那只瘦细的棕褐色手腕的操纵下，那块绒布向下一挥，迅速扫过那对犄角，在此同时，那柄利剑也准确地扎进了牛肩胛骨当中那块沾满尘土的隆起的部位。

她看着那柄明晃晃的利剑缓缓地、平稳地刺进了公牛的体内，仿佛是那头公牛在猛力将利剑顶入自己的身躯，想用它自己的血肉之躯夺走这汉子手中的利剑似的，她目睹那柄利剑慢慢没入了牛身，直至剑柄上的棕褐色指节紧紧抵在紧绷绷的牛皮上，那身材矮小、肤色棕褐的汉子的目光则始终没有离开剑锋所刺入的部位，此时，他屏息收腹，闪身绕开了牛角，身形一晃，安然摆脱了那头牲口，稳稳地站在那儿，左手挑着那块绒布，右手举起，注视着那头公牛在慢慢断气。

她看着他站立在那儿，两眼紧盯着那头仍在挣扎着想从地上站起来的公牛，注视着公牛摇晃着身躯，像一棵行将倒伏的大树，注视着公牛奋力挣扎着还想在地上站起四蹄，那身材矮小的汉子举起一只手来，中规中矩地做了个表明已大获成功的手势。她看着他仁立在那儿，大汗淋漓、几近虚脱、为这场斗牛的结束而如释重负，为那头公牛已即将毙命而感到快慰，为他在躲开牛角时没有遭受到那公牛的冲撞、攻击而感到欣慰。在他仁立在那儿时，那头在挣扎着的公牛已经无力再站起来，终于轰然倒下，滚了个四蹄朝天，一命呜呼了。这时，她看到这身材矮小、肤色棕褐的汉子疲惫不堪、毫无笑意地朝栅栏边走去。

她知道他已不可能跑步奔向斗牛场的这边，即便这是他赖以为生的壮举，她注视着他慢腾腾地走到栅栏边，用毛巾抹了抹嘴，抬头望了望她，摇摇头，又用毛巾擦了擦脸，然后才开始了他绕场一周的胜利巡行。

她看着他拖着沉重的脚步慢腾腾地绕着斗牛场一路走来，微笑着，鞠着躬，微笑着，他的助手们走在他身后，不住地哈腰捡起观众投过来的雪茄，把观众抛过来的帽子再一顶顶抛回去；他在斗牛场内绕了一圈，眼中流露着忧伤的神色，脸上却带着微笑，他终于在她面前结束了巡行。接着，她放眼望去，看到他这时正坐在木栅栏的台阶上，用毛巾捂着嘴。

比拉尔站在炉火前，仿佛看到了这一切，于是，她说："难道他还算不上一个出色的斗牛士？现在和我在一起混日子的人都是什么层次的人啊！"

"他是一个很出色的斗牛士，"巴勃罗说，"他的毛病就在于身材太矮小。"

"还有，他那时正患着肺病呢。"普里米蒂伏说。

"肺病？"比拉尔说，"像他这样受尽了磨难的人，谁会不得肺病？在我们这个国家，要是不想像胡安·玛契①那样去犯罪，不去做斗牛士，不在歌剧院当男高音，穷人难道还想有别的活路吗？他怎么会不得

---

① 胡安·马契（Juan Albert March Ordinas，1880—1962），西班牙商人，与弗朗哥法西斯政权关系密切。因其不正当的交易和不择手段捞取政治资本而臭名昭著。

肺病？在这个国家，资产阶级吃得脑满肠肥，吃得撑坏了胃，离了小苏打就不能活命了，而穷人却从出生之日起到他死去的那天，都在忍饥挨饿，他怎么会不得肺病？如果你从小就要追随着各种集市去学斗牛的本领，而旅行时为了逃票又不得不藏在三等车厢的座位底下，伴随着满地的灰尘和垃圾，伴随着人家刚吐出的痰和已经干了的痰，如果你胸口又被牛角抵伤过，你能不得肺病吗？”

“那当然，”普里米蒂伏说，“我只是说他那时染上肺病了。”

“他当然有肺病。”比拉尔说，她站在那儿，手里拿着那把搅拌用的大木勺。“他个头是不高，说话也细声细气的，还特别害怕见公牛呢。我从没见过像他这样在斗牛前怕牛怕得要命的男人，也没见过像他这样上了斗牛场就变得那么英勇无畏的男人。你呢，”她对巴勃罗说，“你现在很怕死啦。你以为死是一件很了不得的事呢。菲尼托虽然一向胆小，但真到了斗牛场上，他却像头雄狮。”

“他非常勇猛，那是出了名的。”两兄弟中的另一个说。

“我从来不知道世上还有像他这么胆小的男人，”比拉尔说，“他甚至不敢把牛头放在家里。有一回，在巴利亚多利德的集市上，他却杀死了巴勃罗·罗梅罗的一头公牛，干得漂亮极了——”

“我记得，”刚才率先开口说话的那个兄弟说，“我当时就在斗牛场上。那是一头皂色的公牛，前额上有卷毛，一对犄角特别长大。那是一头足足有三十阿罗巴 [①] 的公牛呢。那是他在巴利亚多利德杀死的最后一头公牛。”

“确实是这样的，”比拉尔说，“后来，斗牛俱乐部的那帮斗牛迷在科隆咖啡馆里聚会，就用他的名字给他们的俱乐部命名了，还把那只牛头制成了标本，并准备在科隆咖啡馆举办一次小型宴会，在宴会上把这只牛头当场献给他。在吃饭的时候，他们把那只牛头挂在墙上，不过是

---

① 阿罗巴，西班牙重量单位，约合 25.36 磅。

用一块布蒙着的。我当时也在座，在场的还有其他一些人，其中就有帕斯托拉，她的长相比我还难看呢，还有贝纳家的那个小妞儿，还有几个吉卜赛人，以及几个高级婊子。这是一个小型宴会，规模虽不大，却热闹非凡，后来竟吵得不可开交，到了几乎要动武的地步了，原因是，帕斯托拉和一个最当红的婊子为了一个礼节方面的问题争吵起来。我自己嘛，也觉得特别开心，我当时就坐在菲尼托身边，我注意到，他就是不愿抬头去望那个牛头，当时牛头上还蒙着一块紫色的布呢，就像我们以前信奉上帝时，在耶稣受难周 ① 期间要把教堂里的那些圣像全都事先蒙上一样。

"菲尼托吃得不多，因为他曾受过一次重伤 ②，那年在萨拉戈萨的最后一场斗牛中，他正要刺死那头公牛时，不料却被牛角重重地扫了一下，这一扫让他昏迷了很久，因此，即便是现在，他的胃纳仍然很差，而且在整个宴会中，他时不时地就要用手帕捂着嘴，吐几口鲜血。我刚才说到哪儿啦？"

"牛头，"普里米蒂伏说，"那只被制成了标本的牛头。"

"对，"比拉尔说，"是的。不过，有些细节我得先交待一下，好让你们明白是怎么回事儿。菲尼托从来就是个不苟言笑的人，你们是知道的。他生性古板，我们单独在一起时，我也从没见他为了什么事儿而开怀大笑过。即便是一些非常滑稽可笑的事儿，他也不笑。他无论对什么事儿都极其认真。他那股爱较真的劲儿跟费尔南多差不多一样。但是，那是一次由斗牛迷俱乐部的那帮斗牛迷 ③ 专门为他举办的宴会啊，他们还要组建一个'菲尼托俱乐部'呢，所以他总得拿出点儿快快乐乐、亲亲热热、喜气洋洋的样子来才对呀。所以，在整个宴会上，他都一直在

---

① 耶稣受难周（Passion Week），西方习俗，指从受难主日（Passion Sunday）到棕榈主日（Palm Sunday）间的一周。

② 此处原文为西班牙语：palotaxo。

③ 此处原文为西班牙语：aficionados，意为"爱好者；热衷者"。

微笑着，说着一些很亲热很友好的话，只有我一个人注意到了他老是在用手帕干什么。他随身带了三条手帕，三条手帕都给他吐满了鲜血，后来，他非常小声地对我说：'比拉尔，我已经招架不住了。我想我该走啦。'

"'那我们就走吧。'我说。因为我看得出，他很难受。宴会上这时的气氛真是热闹极了，人声喧嚷，一片欢腾。

"'不。我不能走，'菲尼托对我说，'这个俱乐部毕竟用的是我的名字，所以我责无旁贷啊。'

"'要是你不舒服，我们就走吧。'我说。

"'不行，'他说，'我得留下来。给我来点儿曼萨尼亚酒^①吧。'

"我觉得让他喝酒是很不明智的，因为他一点儿东西也没吃，何况他本来肠胃就不好；可是，如果不吃点儿东西，他显然也招架不了这种欢声笑语、热热闹闹、人声鼎沸的场面。于是，我就看着他喝，他很快就把几乎一整瓶曼萨尼亚酒都喝下去了。由于他随身带来的手帕已全都用光，此时便拿着餐巾当手帕用了。

"宴会这时的确已经进入了热情高涨的阶段，有几个骨头轻的婊子正被俱乐部的几个成员轮番扛在肩膀上绕着餐桌跑来跑去地搔首弄姿呢。帕斯托拉在众人的怂恿下唱起了歌，小里卡多也弹起了吉他，那场面非常感人，是一次真正令人尽兴尽致的聚会，酒后的友情被发挥到了极致。我从没见过哪次宴会达到过这样热烈的程度，那才是真正的安达卢西亚风格的^②热情奔放呢，但是我们还没到给牛头揭幕的时刻，为这个牛头举行揭幕仪式毕竟才是举办本次宴会的缘由啊。

"我自己也在尽情享受着这欢乐的气氛，忙不迭地拍着手去应和里卡多的演奏，忙不迭地与其他人一道为贝纳家的那个小妞儿的歌唱拍手

---

① 曼萨尼亚酒为西班牙盛产的一种白酒。

② 此处原文为西班牙语：flamenco，意为"安达卢西亚风格的；具有吉卜赛色彩的"。

助兴，全然没注意到菲尼托这时竟又把他自己的那块餐巾吐满了鲜血，并且把我的那块也拿去用了。他还在不停地喝着曼萨尼拉酒，两眼大放异彩，非常高兴地朝每个人点着头。他不能多说话，因为一开口说话，他就得随时准备好餐巾去捂嘴；但他还是摆着一副兴高采烈、十分受用的样子，因为他在场的目的就是为了这个啊。

"宴会就这样进行着，坐在我身边的那个男人是雄鸡拉斐尔的前任经理人，他对我讲起了一桩往事，这段故事的结尾是，'所以，拉斐尔就来找我了，说："你是我在这世上最要好的朋友，也是最高尚的人。我和你情同手足，所以我要送你一件礼物。"于是，他随即就把一枚钻石别针送给了我，并吻了吻我的双颊，弄得我们两人都很感动。接着，雄鸡拉斐尔，送了我那枚钻石别针之后，就走出了这家咖啡馆，我便对坐在桌边的蕾塔娜说，"这个下流胚吉卜赛人刚刚和另一个经理人也签了一份合同呢。"'

"'你这话是什么意思？'"蕾塔娜问。

"'我当了他十年的经理人，他也从没送过我一个礼品，'雄鸡的经理人说，'这回送礼无非就是因为有这层意思。'果然不出他所料，礼品一送，雄鸡就和他分道扬镳了。

"不料，话刚说到这儿，帕斯托拉忽然插进了我们的谈话，也许她并不是为了要维护拉斐尔的好名声，因为谁对拉斐尔的指责也比不上她本人说的话那么难听，而是因为那个经理人刚才用了'下流胚吉卜赛人'这个词语而伤害了吉卜赛人。她气势汹汹地插了进来，用了许多非常难听的词语，那个经理人竟被她抢白得哑口无言。我便插了进来，劝帕斯托拉别吵了，而另一个吉卜赛女郎[①]又掺和进来，叫我别说了，大家就吵成了一团，一时间谁也没法听清谁说了哪些话，只有'婊子'这个字眼儿被叫得最为响亮，响亮得盖过了所有其他话语，直到后来恢复

[①] 此处原文为西班牙语：Gitana。

246

了平静，我们三个互相插嘴的人都坐了下来，低头看着自己的酒杯，这时，我注意到，菲尼托正两眼直勾勾地盯着那个牛头，牛头依然罩在那块紫布下，他脸上显现着的是一种惊恐的神色。

　　"就在这时，俱乐部的主席开始做牛头揭幕前的讲话了，在整个讲话的过程中，人们都在热烈鼓掌，大声叫着'好①！'乒乒乓乓地拍打着桌子，我则一直在注视着菲尼托，只见他在不停地用他的餐巾，不，是我的餐巾，抹着他嘴里的血，身子瘫在椅子上，惊恐而又惊奇地瞪着那仍然蒙着布、挂在他对面墙上的牛头。

　　"那个讲话快要结束时，菲尼托开始不住地摇头，身子也在椅子上直往下坠。

　　"'你还好吗，小不点儿？'我对他说，可是，当他抬起眼来看我时，他却似乎不认识我了，只是一个劲儿地摇头，说：'不。不。不。'

　　"这时，俱乐部主席的讲话终于要接近尾声了，紧接着，在众人的一片喝彩声中，他站到了一张椅子上，伸手解开了裹着牛头的那块紫布上的彩结，慢慢揭开了牛头上的盖布，不料，那盖布钩在了一只牛角上，他轻轻提了提那块布，把它完全拉开，露出了那对锐利的已被打磨得很光滑的牛角，那颗庞大的黄色的牛头便赫然呈现在众人眼前，牛头上的那对乌黑的犄角向两边弯了出去，头朝前翘着，两个白色的牛角尖锐利得如同豪猪身上的硬刺，那就是那头公牛的大脑袋啊，仿佛还像活着一样；它前额上的毛发栩栩如生地卷曲着，两个鼻孔大张着，那对眼睛很亮，那头公牛正活灵活现地在那儿直瞪瞪地望着菲尼托呢。

　　"人人都在大声叫好、鼓掌喝彩，而菲尼托则在椅子上直往下坠，众人见状，马上就安静下来，望着他，他连连说：'不。不。'他眼睛在盯着那公牛，身子在直往下坠，紧接着，他又大叫了一声：'不！'嘴里随即冒出一大团黏糊糊的鲜血，他甚至都没顾得上用餐巾去捂，鲜血便

---

① 此处原文为西班牙语：Ole！

顺着他的下巴颏淌下来，他两眼依然在盯着那公牛，说：'在整个斗牛季节里，可以。为了挣钱，可以。为了混口饭吃，可以。但是我已经不能吃了。听到我的话没有？我的胃坏啦。可是现在，斗牛季节已经过去了！不行啊！不！不！不！'他朝桌子周围的人看了一眼，目光又回落到那头公牛的头上，再次说了声：'不。'然后便低下头去，拿起餐巾捂在嘴上，一动不动地坐在那儿，也再不说话了，然而，这顿宴席，开场开得那么好，原指望能办成一个热热闹闹、团结友爱、具有划时代意义的盛会呢，结果却并不成功。"

"那以后他过了多久才死的？"普里米蒂伏问。

"那年冬天，"比拉尔说，"自从那次在萨拉戈萨被牛角重重地扫了一下之后，他就一直没有复元。那种伤比直接被牛角挑伤还要严重，因为那是内伤，没法治愈。他每次在近身刺出最后一剑时几乎都要挨那么一下，正是这个原因，他才没能取得更大的成就。由于身材矮小，他很难越过牛角去刺出那一剑。牛角的侧面几乎总是撞到他。当然，也有好多次只是擦过他的身子，并没真正伤着他。"

"既然他个头那么矮小，他就不该拼命去当斗牛士啊。"普里米蒂伏说。

比拉尔朝罗伯特·乔丹看了一眼，摇摇头。随后，她便弯下腰去照看那只大铁锅了，但依然还在摇着头。

这是一帮什么人啊，她想。西班牙人怎么都是这种人啊，说什么"既然他个头那么矮小，他就不该拼命去当斗牛士"。我听见了这种话，但我不想做任何辩解。我不会为这种话大动肝火了，况且我刚才已经向他们解释过了，我现在就保持沉默吧。如果一个人什么都不知道，那该多简单啊。多么单纯啊[①]！由于什么都不知道，才有人说："他算不上一个好身手的斗牛士。"由于什么都不知道，另一个人才会说："他得了肺

---

① 此处原文为西班牙语：*Que sencillo*！

病。"还有一个人，因为知道情况，才会接着解释说："既然他个头那么矮小，他就不该拼命去当斗牛士。"

此刻，她俯身凝望着炉火，眼前仿佛又再次浮现出床上躺着的那个赤身裸体、肤色棕褐的身子，那一块块疙疙瘩瘩的疤痕布满了两条大腿的内侧，那块深深的皱巴巴的圆形伤疤凸现在右侧的胸肋下，那道白色的伤痕从腰间一直延伸到胳肢窝里。她看到了那双紧闭着的眼睛、那神情庄重的棕褐色脸膛、那从前额向后倒伏着的卷曲的黑发，她正坐在他身边，在床上为他按摩着两条腿，揉搓着他腿肚子上紧绷绷的肌肉，揉捏着那些痉挛着的肌肉，使它们松弛下来，然后合拢双手轻轻敲击着，使他腿上的那些几近麻痹的肌肉全松弛下来。

"感觉怎么样？"她对他说，"腿舒服些了吗，小不点儿？"

"很舒服，比拉尔。"他会说，眼睛却不肯睁开。

"要我帮你揉揉胸口吗？"

"不，比拉尔。请别碰这个部位。"

"大腿根这儿呢？"

"别。那儿太疼了。"

"要是我帮你揉一揉，再抹点儿松节油，就会使肌肉发热，那样会舒服些的。"

"不用啦，比拉尔。谢谢你。我宁愿你别去碰它们。"

"我用酒精帮你擦擦吧。"

"好吧。你轻一点儿。"

"你在对付最后那头公牛的过程中表现得真棒。"我会对他说。他也会说："是啊，我非常漂亮地把它干掉了。"

后来呢，帮他擦洗好、盖好被子之后，她会上床来，躺在他身边，他这时就会伸出一只棕色的手来抚摸她，对她说："你可真有女人味儿呀，比拉尔。"那是他所能说出的最接近于开玩笑的一句话了，接着，和往常一样，在一场大战之后，他就会睡着了，而她则会躺在那儿，把他的那只手握在自己的双手中，听着他的呼吸声。

他时常会在睡眠中受到惊吓，她立马就能感觉到他那只手会紧紧地握起来，看到他额头上会沁出大滴大滴的汗珠，如果他醒了，她就会说："别怕，没事儿。"他就又睡着了。她就这样和他在一起生活了五年，而且从来没有发生过对他不忠的行为，应当说几乎从来没有过，后来，在葬礼之后，她就和巴勃罗有了密切的来往，巴勃罗当时的工作是在斗牛场里为斗牛士助理①牵马，而他长得也像菲尼托一生中在斗牛场上所宰掉的那些公牛。然而无论是公牛的力量，还是公牛的勇气，都不会持久不变的，她如今已经明白这一点了，可是，又有什么能持久不变呢？我能持久啊，她想。是的，我已经坚持下来了。但是，为了什么呢？

"玛丽娅，"她说，"注意点儿你手头的活儿。这火是用来做饭的。不是用来烧毁一个城池的。"

就在这时，吉卜赛人走进门来。他满身是雪，手持卡宾枪站在那儿，跺着脚抖落着身上的雪花。

罗伯特·乔丹站起身来，朝门边走去。"顺利吗？"他对吉卜赛人说。

"大桥上每隔六小时换一次岗，每次两个人，"吉卜赛人说，"养路工小屋那边有八个人，再加一个班长。这是你的精密计时仪。"

"锯木厂那边的哨所情况怎么样？"

"有老头子在那儿呢。哨所和公路他都能监视。"

"那公路上有什么情况吗？"

"那里的动静和往常一样，"吉卜赛人说，"没出现任何异常情况。有几辆汽车。"

吉卜赛人看上去被冻坏了，黑黑的脸膛冻得紧绷绷的，两手冻得通

---

① 此处原文为西班牙语：*picadors*，意为"斗牛士助理"，即在斗牛开始时骑着马用长矛去刺牛使其激怒的骑马斗牛士。

红。他站在山洞的入口处，脱掉外套，抖落着积雪。

"我一直坚守在那儿，直到他们换了岗，"他说，"换岗时间是中午和下午六点。每班岗都很长啊。我很高兴我没在他们的部队里当兵。"

"我们去接老头子吧。"罗伯特·乔丹一边说，一边穿上了他的皮夹克。

"别叫我去啦，"吉卜赛人说，"我现在要去烤火、喝热汤了。我把他所坚守的位置告诉给这些人当中的一个，让他带你去吧。喂，你们这些游手好闲的家伙，"他朝坐在桌边的那几个人大声说，"谁想领这个英国佬去老头子监视公路的地方啊？"

"我去吧，"费尔南多站起来，"告诉我在哪儿。"

"听着，"吉卜赛人说，"地点在——"他把老头儿安塞尔莫所坚守的位置告诉了他。

第十五章

　　安塞尔莫蜷作一团蹲守在一棵大树树干的背风处，风雪在左右两侧呼啸而过。他抱紧身子紧靠着树干，双手拢在大衣的袖筒里，手还在使劲儿朝两边袖筒里塞，脑袋也最大限度缩进了大衣里。如果还要在这儿坚守很久，我就会冻僵了，他想，那才不值得呢。那个英国人吩咐过我，要我一直坚守到有人来接替，可是他当时并不知道会有这场暴风雪。公路上一直没有出现任何异常的动静，公路对面锯木厂附近的那个哨所的兵员部署情况和特点我也了解清楚了。我现在该回营地去了。任何通情达理的人都会期待着我返回营地的。我再坚持一会儿，他想，然后就回营地去。这是命令本身的毛病，这个命令太刻板。不允许有任何的随机应变。他两脚并拢相互搓擦了几下，然后从大衣袖筒里抽出双手，俯下身去揉着两条腿，再合起双手拍打着两只脚，促使血脉流通。因为有大树挡着风，这儿还不是那么冷，但他必须马上起来走动走动。

　　就在他蜷缩着身子揉搓着双脚时，他忽然听到一辆汽车开上了公路。那辆车的车轮上装有铁链，有一节铁链正哗啦啦地响着，他密切监视着，只见那辆车已驶上了积雪覆盖的公路，车身涂着绿一块、棕一块的色彩，是乱七八糟地胡乱涂抹上去的，车窗贴上了蓝色的护膜，所以你没法看到里面的情景，蓝色护膜上只留有一个半弧形空当，好让车里的人向外眺望。那是一辆出厂两年的劳斯莱斯大型豪华型高级轿车，车已作了伪装，是供总参谋部使用的，但是安塞尔莫并不知道这一点。他没法看到这辆轿车里面的情况，不知这车里正坐着三名身披大氅的军官呢。他们中的两名坐在车的后座上，一名坐在那个可折叠的座椅上。车子开过时，那名坐在折椅上的军官正透过车窗蓝色护膜上留下来的那个切口向外眺望着，只是安塞尔莫不知道这一点罢了。他们彼此谁也没看到谁。

那辆轿车就行驶在他正下方的雪地里。安塞尔莫看到了那名司机，红红的脸膛，头戴着钢盔，他的脸膛和钢盔与他身上穿着的毛毯式的黑色大氅反差鲜明，他还看见了坐在司机旁边的那名勤务兵所携带的那支自动步枪的上半截枪身。不一会儿，那辆轿车就沿着公路向北开走了，安塞尔莫连忙把手伸进大衣，从衬衣口袋里掏出罗伯特·乔丹从笔记本里撕下来的那两页纸，在那个汽车图案的后面画了一道杠。这是今天观察到的第十辆汽车。其中有六辆是向南开过去的。四辆是朝北开的。在这条公路上行驶的车辆很多，这个数量并非不同寻常，但是安塞尔莫却分不清哪些是盘踞着各个山口和山上防线的那个师的师参谋部所属的福特、菲亚特、欧珀尔、雷诺、雪铁龙等品牌的车，哪些是总参谋部所属的劳斯莱斯、兰西亚斯、梅赛德斯、埃索塔斯等品牌的车。这些车辆罗伯特·乔丹应当都能分得一清二楚，如果守在那儿的人是他，而不是这个老头儿，他就能领悟到在这条公路上行驶着的这些轿车所包含的意义了。可惜他不在现场，而老头儿却只会在那页从笔记本里撕下的纸上做记号，记下从那条公路上驶过去的每一辆汽车。

安塞尔莫这时已感到酷寒难当，因此他拿定主意，最好还是赶在天黑之前返回营地吧。他并不是担心会迷路，而是认为再这样坚守下去已经没什么用处了，何况风也在越刮越紧，刮得天越来越冷，大雪也没有丝毫要减弱的迹象。然而，当他站起身来、跺着双脚、透过漫天飞雪眺望着那条公路时，他却又不急着动身上山了，而是停留在那儿，倚着那棵松树避风的那一侧。

那个英国人嘱咐我要坚守在这儿呢，他想。他此时甚至有可能已经在来这儿的路上了，如果我离开了这个岗位，他就会到处去找我，他自己也说不定会在这冰天雪地里迷路的。在整个这场战争中，我们就因为缺乏纪律、不服从命令而吃足了苦头，所以我要再上等一会儿，等这个英国人来。但是他如果一时半会儿来不了，尽管有那么些命令，我也得走啦，因为我现在毕竟有东西可以汇报了，况且在往后的这些日子里，我还有许多事情要做呢，活活冻死在这儿未免太夸张了，也毫无用处啊。

公路对面的锯木厂的那个烟囱正冒着烟呢，安塞尔莫可以闻到在风雪中向他这边飘来的烟味儿。这帮法西斯分子倒是挺暖和的，他想，他们也挺舒服的，但是明天夜里我们就要消灭他们了。这事挺奇怪的，我也不喜欢去多想它。我监视了他们一整天，总觉得他们和我们是一模一样的人。我相信我可以走上前去，敲敲锯木厂的那扇门，并且也会受到欢迎，只可惜他们要奉命行事，盘问一切过往行人，查验他们的证件。挡在我们之间的无非就是那些命令而已。那些人并不算法西斯分子。我喊惯了他们法西斯分子，但他们并不是。他们也是穷人，和我们一样。他们根本不该和我们打仗，我也不喜欢去思考杀人的事儿。

守卫这个哨所的这些人，都是加利西亚人[①]。我是从他们说话的口音中得知的，因为我今天下午听到过他们的相互交谈。他们不可能开小差，因为假如他们逃跑了，他们的家人就会被枪毙。加利西亚人要么非

---

① 加利西亚（Galicia，西班牙语为 Gallegos），西班牙西北部一自治区，从前为西班牙一王国，位于伊比利亚半岛西北部，历史悠久，有其独特的语言和文化习俗。

常聪明，要么非常鲁钝。这两种人我都领教过。李斯特[①]就是加利西亚人，和佛朗哥出生于同一个城镇。在一年中的这个季节下了这么大的一场雪，我真不知道这些加利西亚人对这场雪会有什么感想。他们那个地方没有这些高山峻岭，他们那个地方长年雨水不断，因而四季常青。

锯木厂的那扇窗户里亮起了一盏灯，安塞尔莫打了个寒颤，心想，这该死的英国人怎么还不来呢！瞧那些加利西亚人，他们在我们的地盘上倒挺暖和的，还有屋子住，而我却快要冻僵在一棵树下了，而且我们还住在岩石间的洞穴里，像山里的野兽一样。不过，明天，他想，这些野兽就要出洞了，这会儿正舒服着的这些人就会暖和地死在他们的被窝里了。就像那天夜里死去的那些人一样，我们那次夜袭奥特罗时就是这么干的。他不喜欢回忆奥特罗。

就是在奥特罗，在那天夜里，他平生第一次杀了人，他希望这回在摧毁这些哨所的行动中，他不必再杀人了。那次在奥特罗，安塞尔莫刚用毛毯罩住那名哨兵的脑袋，巴勃罗就给了他一刀，那哨兵抓住了安塞尔莫的一只脚，抱着不肯松手，他人被蒙在毛毯里憋得喘不过气来，便在毯子里发出了一声哀叫，安塞尔莫只好伸手在毛毯下摸索着，一刀结果了他，才使他松开了那只脚，一动不动了。他当时用膝盖压着那人的脖子，不让他叫出声来，然后才用刀子捅进了被毛毯裹着的那家伙的身体，这时，巴勃罗已趁机把炸弹从窗口扔进了屋里，当时，那个哨所的士兵们都在那间屋子里呼呼大睡呢。火光一闪，仿佛整个世界都被炸成了一片耀眼的红黄色，紧跟着又有两颗炸弹飞进了屋内。巴勃罗当时早已拉开了保险，他顺手就把这两颗炸弹投进了窗内，那些没被炸死在床上的人，刚从床上爬起来，就被第二次爆炸开来的炸弹炸死了。那都是巴勃罗在他最风光的日子里所创下的战绩，那时候，他就像一个凶神恶

---

① 恩里克·李斯特（Enrique Lister Forjan，1907—1994），西班牙共产党领导人和重要军事指挥员之一，毕业于前苏联高级军事指挥学院。西班牙内战期间回国组建游击队，打击佛朗哥法西斯政权。他与佛朗哥是同乡，两人均出生于西班牙加利西亚地区的同一个城市。

煞的野蛮人一样，把这一带搅得天翻地覆，法西斯分子的哨所在夜间没有一个是太平无事的。

可是现在，他已经垮掉了，完全没指望了，就像一头被骗了的公猪一样，安塞尔莫想，等那阉割手术一完、那长长的尖叫声一停，等你扔掉那两个睾丸，那公猪，已经不再是什么公猪了，就会跑过去，用它的猪拱嘴在那儿拱来拱去，把那两个睾丸翻出来吃掉。不，他还没有下作到这种地步吧，安塞尔莫咧开嘴笑了，人们对巴勃罗的看法也实在太坏了。不过，他也确实够丑陋的，变化也确实够大的。

这天气也太冷啦，他想。但愿那英国人快点来吧，但愿在这次行动中，在捣毁这些哨所时，我不必再动手杀人了。这四个加利西亚人，连同他们的班长，就交给那些喜欢杀人的人去处理吧。那英国人说过这话的。如果这是交给我的任务，我照样也愿意干，不过那英国人说过的，要我和他待在一起去应付桥上的事情，这边的事儿就只好留给别人啦。桥上少不了会有一场恶战，如果这一仗我能够挺得住，活下来，那我也算为这场战争付出了一个老头子所能付出的全部力量啦。可是，让那个英国人马上来吧，因为我在挨冻呢，再加上看到锯木厂里的灯光，知道那几个加利西亚人挺暖和地待在那儿，我就更加感到冷得受不了啦。我真希望能回到自己的家里，我真希望这场战争能早点儿结束。可是，你现在已经没有家了，他想。我们必须先打赢这场战争，然后你才能回你自己的家。

锯木厂里，一名士兵正坐在自己的床位上给他的皮靴上鞋油。另一个躺在自己的床位上睡着了。还有一个在做饭，那个班长在看报纸。他们的钢盔挂在墙上的一排钉子上，步枪靠在板壁上。

"这是什么鬼地方啊，几乎都是六月天了，这地方怎么还下雪呢？"坐在床上的那个士兵说。

"这是一种现象。"班长说。

"现在是阴历五月，"正在做饭的那个士兵说，"阴历五月还没过完呢。"

"这是什么鬼地方，五月天还下雪？"坐在床上的那个士兵仍在问着
这个问题。

"在这些高山峻岭中，五月份里下大雪并不是一个罕见的现象，"班
长说，"我在马德里的时候，五月份那个月比哪个月都冷呢。"

"也比哪个月都热呢。"正在做饭的那个士兵说。

"五月份是温差特别大的一个月，"班长说，"在这儿，在卡斯蒂尔
地区，五月份是特别热的一个月，但也有可能特别冷。"

"也有可能下雨，"坐在床上的那个士兵说，"在这刚刚过去的五月
里，几乎天天都在下雨。"

"这话不对，"正在做饭的那个士兵说，"不管怎么说，这个刚刚过
去的五月其实就是阴历四月。"

"你这么啰哩啰嗦地扯你那个阴历，谁听了都会不耐烦的，"班长
说，"别再提你那个阴历啦。"

"不管是靠海过日子的人，还是靠土地过日子的人，谁都知道看季
节靠的是阴历，而不是阳历，"正在做饭的那个士兵说，"我来举个例子
吧，我们现在才刚刚进入阴历五月，可是阳历却快要进六月份了。"

"可是，季节为什么并没有那么明显地往后推呢？"班长说，"你这
套说法简直让我头都大了。"

"你是城里来的，"正在做饭的那个士兵说，"你是卢戈^①人。你哪里
知道什么是大海，什么是土地？"

"城里人的见识要比你们这些靠海为生、靠土地为生的不识字的人^②
多得多呢。"

"按阴历来看，这个月该是沙丁鱼成群结队地到来的季节，"正在做

---

① 卢戈（Lugo），西班牙语西北部一城市，加利西亚地区卢戈省的省会，是加利西亚地区第四大
城市。

② 此处原文为西班牙语：analfabetos。

饭的那个士兵说，"按阴历来看，在这个月份，那些捕捞沙丁鱼的渔船都该整理好一应捕捞设备，准备出海了，马鲛鱼应该已经往北走了。"

"既然你的家乡在诺亚①，你为什么不去参加海军呢？"班长问。

"因为我登记入册的地点不是在诺亚，而是在我的出生地纳格雷拉。纳格雷拉在坦布尔河②的上游，他们把那儿的人都编进了陆军。"

"更加倒霉啊。"班长说。

"别以为当海军就没有危险，"坐在床上的那个士兵说，"即使没有格斗的可能性，沿海那一带在冬季里也很危险呢。"

"再差也比当陆军好。"班长说。

"亏你还是个班长，"正在做饭的那个士兵说，"怎么能说出这种话呢？"

"别，"班长说，"我指的是危险性。我是针对轰炸的持续性、出击的必要性、战壕下的生死存亡性而言的。"

"在这儿，我们几乎不可能遇到这些事情。"坐在床上的那个士兵说。

"承蒙上帝慈悲，"班长说，"可是谁知道我们什么时候又要去挨人家揍呢？可以肯定，我们不会永远有这样的便宜事！"

"你认为这个指令我们还要执行多久？"

"我不知道，"班长说，"不过，我倒希望在整个战争期间我们就执行这个指令。"

"要在哨位上站六个小时，时间太长了。"正在做饭的那个士兵说。

"只要这场暴风雪还在下，我们就三小时换一次岗吧，"班长说，"这只是权宜之计。"

"你怎么看参谋部的那些小轿车？"坐在床上的那个士兵问，"反正

---

① 诺亚（Noya, Noia），西班牙西北部沿海一渔港，居民多以打渔为生。
② 坦布尔河（the Tambre），西班牙加利西亚地区一河流，纳格雷拉为该河流上的一座古老的小镇。

我一看到参谋部的那些小轿车的模样，就感到很不舒服。"

"我也是，"班长说，"种种迹象都有不祥之兆。"

"还有军用飞机，"正在做饭那个士兵说，"军用飞机也不是个好兆头。"

"不过，我们的军用飞机很厉害，"班长说，"赤色分子就没有我们这样的军用飞机。今天早晨的那些飞机很壮观，哪个当兵的看了都会感到高兴。"

"我见过赤色分子的飞机，那时就觉得它们也很有威慑力，"坐在床上的那个士兵说，"我见过他们的双引擎轰炸机，那时就觉得他们也恐怖得叫人受不了呢。"

"没错。但是他们根本没有我们这么厉害的军用飞机，"班长说，"我们的军用飞机是超一流的。"

这些人就这样在锯木厂里交谈着，而安塞尔莫则在冰天雪地里守候着，监视着那条公路，眺望着锯木厂那扇窗户里的灯光。

我希望自己是不赞成杀人行为的，安塞尔莫在想。我认为，战争结束之后，人们应当为自己的杀人行为好好告解①一下。假如我们战后不再有宗教信仰了，那么，我认为，我们也应当以某种形式来组织市民告解活动，使所有人都能洗净杀人的罪过，否则，我们就根本没有一个真正的充满人性的生活基准了。杀人是必须的，我知道，但是，无论对谁，杀人这种事终究是一种非常恶劣的行为，因此，我认为，等这一切都结束之后，等我们赢得了战争的胜利之后，我们必须举行一定形式的告解活动，让我们大家都来洗涤罪过，净化心灵。

安塞尔莫是一个心地非常善良的人，每当他独自一人待久了，他大多数时间其实也就是一人独处的，杀人这个问题就会老是萦绕在他心间。

这个英国人真让我感到很费解啊，他想。他对我说过，他并不在乎

---

① "告解"是天主教七圣事之一。即以忏悔和苦修的方式来赎罪。

杀人。然而他这人似乎既很敏感、又很善良。这也许是因为，在他们年轻人的心目中，这就是一件无足轻重的事情吧。这也许是因为，在外国人的心目中，或者在那些和我们有着不同宗教信仰的人的心目中，这是一个因人而异的态度问题吧。但是我认为，凡是杀人的人迟早都会遭到残酷无情的报应，我还认为，即便是出于不可避免的原因，杀人也是一桩了不得的罪孽，因此我们日后必须花大力气来赎这个罪。

此时天色已黑，他望着公路对面的灯光，双臂贴在胸前来回摆动了几下暖暖身子。现在，他想，他肯定要动身回营地去了；然而某种心念却又促使他留在了公路上方的那棵大树边。雪在越下越大，安塞尔莫想：要是我们能在今晚炸桥，那该多好啊。在这样一个风雪交加的夜晚，拿下哨所、炸掉大桥，都不算什么难事，这件事也就能一蹴而就、全部结束了。在这样的一个夜晚，你随便干什么都行。

既然不走了，他便站在那儿，背靠着那棵大树轻轻跺着脚，也不再考虑炸桥的事情了。黑夜的来临总是使他感到孤独，而今夜他感到格外孤独，觉得心里空落落的，像饿着肚子那种感觉一样。往日里，他还可以通过吟诵祈祷文来排解这种孤独感，常常会在狩猎归来的路上反反复复、不厌其烦地吟诵同一句祈祷文，那会使他感觉好受些。然而，自从运动开始以来，他却一次也没有祈祷过。他心里虽然还惦记着那些祈祷文，但是他认为，再像那样念念有词地吟诵经文就是有失公允、表里不一的举动了，况且他也不希望去祈求任何恩赐，或要求得到任何特殊的待遇，高出众人目前所得到的待遇。

不，他想，我只是感到孤独。可是感到孤独的不止我一个呀，所有那些当兵的人、所有那些当兵的人的老婆、所有那些失去家人或双亲的人，也都一样啊。我现在已经没老婆了，我很庆幸她死在运动开始之前了。她不一定能理解这一点。我无儿无女，我也决不会有儿女了。白日里要是无事可干，我会感到孤独，然而黑夜来临之时也就是巨大的孤独感袭来之时啊。但是我有一样东西，那是任何人、任何上帝都没法从我身上剥夺走的东西，那就是，我一直在全心全意地为共和国出力。我一直在为我们日后都能共同分享的利益而出大力。从运动的头一天开始，我就在尽我所能地出力，我也从没干过一件亏心的事。

最令我感到遗憾的莫过于杀人这件事了。不过，日后肯定会有机会来赎这个罪的，因为有那么多的人在背负着这种罪孽，当然就会有某种公正的救赎之法被制订出来。关于这一点，我倒很想和这个英国人谈一谈，可是，由于年轻，他未必就能理解，这种可能性也是有的。他以前曾提到过杀人这件事。要不，是我在他面前提起此事的？他一定杀过很多人，但是他丝毫也没有流露出他喜欢干这种事的迹象。那些喜欢干这种事的人，身上总是透露着一股子邪气。

这必定是一桩实实在在的了不得的罪孽，他想。因为这肯定是一件我们没有权利去做的事情，即便是出于不可避免的原因，就像我知道的那样。可是在西班牙，这种事干得太轻率了，而且常常并非真正出于不可避免的原因，随随便便就杀人，不义之举屡屡发生，这些行为日后是根本没法补赎的。但愿我在这个问题上没有想得过多，他想。但愿能有这么一个可以让人告解补赎的地方，好让人现在就可以忏悔起来，因为我这辈子所干过的事情中，唯有这件事会使我在一人独处时心里感到很难受。除此之外，所有其他的事情都是可以得到宽恕的，或者说，人总能找到机会，通过行善积德的方式，要不就通过某种合适的渠道，来将功补过。但是我认为，杀人这种事情必定就是一桩非常了不得的罪孽，所以我希望能解开这个心结。以后也许可以确定下某些日子，让人去为国出力，或者去做些力所能及的事情，以此来消弭这种罪过。这或许就是人付出的某种代价呢，就像人们从前去教堂那样，他想到这里，不禁笑了起来。教堂里的赎罪活动倒是安排得井井有条的。正当他为这个想法感到高兴并在黑暗中微笑起来时，没想到罗伯特·乔丹已经走到了他的面前。他来得悄无声息，老头儿直到他已站在面前才看见他。

"你好啊,老头子 ①。"罗伯特·乔丹用西班牙语向他轻声打了个招呼,并拍了拍他的后背,"你还好吗,老头子?"

"非常冷啊。"安塞尔莫说。费尔南多站在稍远一点儿的地方,背对着漫卷的风雪。

"走吧,"罗伯特·乔丹低声说,"赶紧上山,去营地暖和暖和吧。把你撂在这儿这么久,真是罪过啊。"

"那就是他们的灯光。"安塞尔莫指着前方说。

"那个哨兵在什么位置?"

"你在这儿看不到他。他在那个拐弯处呢。"

"让他们见鬼去吧,"罗伯特·乔丹说,"你到营地再告诉我。抓紧点,我们走吧。"

"让我指给你看看。"安塞尔莫说。

"我明天早晨会来看的,"罗伯特·乔丹说,"给你,来一口这个吧。"他把他那只扁酒瓶递给了老头儿。安塞尔莫侧过瓶子,喝了一大口。

"嗳吔,"他一边说,一边抹着嘴,"简直是火嘛。"

"抓紧点,"罗伯特·乔丹在黑暗中说,"我们快走吧。"

此时天色已经很黑,你只能见到漫卷在身旁的雪花和一棵棵傲然挺立的黑魆魆的松树树干。费尔南多伫立在不远的山坡上。瞧这雪茄铺子门前的印第安人木雕 ②,罗伯特·乔丹想。看来我也得请他喝一口啊。

"嘿,费尔南多,"他一边说,一边朝他走去,"来一口?"

"不,"费尔南多说,"谢谢你。"

我倒应该谢谢你呢,罗伯特·乔丹想。幸好这雪茄铺子门前的印第安人木雕不喝酒。这玩意儿已经所剩不多啦。伙计啊,我真高兴见到这

---

① 此处原文为西班牙语:*Hola,viejo*。

② "雪茄铺子门前的印第安人木雕"(cigar–store Indian),是一种与真人一般大小的彩色木雕。从前,美国的雪茄店多用此为招牌,借以招徕顾客。此处喻指费尔南多站在雪地里一动不动的样子。

老头儿了，罗伯特·乔丹想。他望着安塞尔莫，忍不住又拍了拍他的后背，随后，他们动身上山了。

"很高兴见到你呀，老头子，"他对安塞尔莫说，"即使我有时也感到郁闷，只要一见到你，我的心情就好起来了。快走吧，我们上山去。"

他们在风雪中向山上走去。

"回巴勃罗的宫殿去吧。"罗伯特·乔丹对安塞尔莫说，这句话用西班牙语说，听上去别有一番妙趣。

"胆小鬼的宫殿啊①，"安塞尔莫用西班牙语说，"胆小鬼的宫殿。"

"是个没了蛋的山洞呢②。"罗伯特·乔丹因为心里高兴，便用西班牙语开了句玩笑，话说得比对方更加妙趣横生。"没了蛋的山洞。"

"什么蛋啊？"费尔南多问。

"一句笑话，"罗伯特·乔丹说，"只是一句笑话。不是鸡蛋，你知道。是另外那种③。"

"可是怎么就没了呢？"费尔南多问。

"我也不知道啊，"罗伯特·乔丹说，"真要说起来，就得像说一本书一样，一时半会儿也没法跟你说清楚。去问问比拉尔吧。"说罢这话，他便伸出手臂搭在安塞尔莫的肩膀上，紧紧搂着他一起往前走，一边走还一边摇晃着他。"听我说，"他说，"我很高兴见到你呢，你听见了吗？在这个国家，你让人留守在某个地方，过后居然还能在原地找到他，你不知道这包含着多么重要的意义呢。"

这表明他已是何等的信任和亲密，才会毫不顾忌地说出对这个国家大不恭敬的话来。

"我也很高兴见到你呀，"安塞尔莫说，"不过，我刚才也正准备走呢。"

---

① 此处原文为西班牙语：*El Palacio del Miedo*。
② 此处原文为西班牙语：*La cueva de los huevos perdidos*。
③ 指"卵蛋；睾丸"，是男子汉勇气的象征。此处指巴勃罗已丧失了斗志。

"你会走，那才见鬼呢，"罗伯特·乔丹开心地说，"你宁可先把自己冻僵吧。"

"山上的情况怎么样?"安塞尔莫问。

"很好，"罗伯特·乔丹说，"一切都好。"

他十分高兴还能有这份意想不到、难得一见的高兴心情，任何一个在革命队伍中当指挥员的人都能体会到这份高兴心情；发现你的两翼中毕竟有一翼是服从命令听指挥的那种高兴心情。假如两翼都能服从命令听指挥，我估计，那股力量之强将是谁也啃不动的，他想。我不知道谁已做好准备来抵挡这股力量了。假如你把一翼沿阵地铺开，随便哪一翼，最终就会形成单兵作战。是的，单兵作战。这是个不言自明的道理，却并不是他想要的。但是，这个人倒是个很不错的人选。一个很出色的人选。战斗打响之时，就由你来担任左翼吧，他想。这一点我最好暂时不告诉你。这将是一次规模很小的战役，他想。然而它将是一次相当出色的战役。是啊，我一直想打一场由我自己来指挥的战役呢。自阿让库尔战役①以降，我对别人指挥的所有战役中存在的问题都有我自己的看法。我务必要使这一仗成为漂亮的一仗。它将是一场规模虽小却非常精彩的战役。如果我必须按照我自己认定的思路去做，这一仗的确会非常精彩。

"听我说，"他对安塞尔莫说，"我非常高兴见到你啊。"

"我见到你也一样高兴。"老头儿说。

他们在黑暗中向山上走去，风吹打着他们的后背，他们一路攀爬着，暴雪也一路漫卷在他们身边，但安塞尔莫此时已不感到孤独了。自从这个英国人拍了拍他的脊背之后，他就再也不觉得孤独了。这个英国人好像挺满意也挺开心的，他们一起有说有笑地走着。既然这个英国人

---

① 阿让库尔战役（Battle of Agincourt），是英法"百年战争"期间，英王亨利五世于1415年在法国北部的阿让库尔地区以寡敌众、重创法国大军的一次战役。该战役的胜利主要因使用大弓而获得，使得亨利五世最终一举攻克了诺曼底。

说一切都好，他也就不再担忧了。肚子里的那口酒在温暖着他的身子，此时正在爬山，两只脚也暖和起来。

"公路上没多大动静。"他对英国人说。

"好，"英国人对他说，"等我们到了那儿，你再详细说给我听吧。"

安塞尔莫这时的心情也好起来，他很欣慰自己能一直坚守在那个观察哨位上。

假如他刚才回营地了，那也是无可厚非的。在这种情况下，他要是自行决定返回营地，那也不失为明智而又正确的举动，罗伯特·乔丹在暗自寻思。但他却服从命令坚守在那儿，罗伯特·乔丹想。真是难能可贵啊，这种事情在西班牙是极其罕见的。能坚守在暴风雪里，从某种意义上说，也就能相应地去面对许多事情。德国人把进攻称作风暴①，并非无缘无故。我肯定还可以再派出两三个愿意去蹲守的人。这一点我完全可以肯定。我不知道这个费尔南多是否愿意去蹲守。这种可能性只在两可之间罢了。不管怎么说，他就是刚才主动提出要出来的人啊。你估计他愿意去蹲守吗？难道派他不好吗？他只是十分倔强而已。我不妨先做些试探。不知那雪茄铺子门前的印第安人老木雕此刻心里在想什么呢。

"你在想什么心事啊，费尔南多？"罗伯特·乔丹问。

"你为什么问这个问题？"

"好奇呗，"罗伯特·乔丹说，"我是个好奇心很重的人呢。"

"我在想晚饭呢。"费尔南多说。

"你想吃了吗？"

"是啊。很想。"

"比拉尔的厨艺怎么样？"

"一般般。"费尔南多回答说。

---

① 在古英语中，storm（风暴）一词，源自德语 sturm。两者均可作名词和动词，也均可作"进攻；强攻"解。

他是个柯立芝①第二呀，罗伯特·乔丹想。不过，你知道，我偏偏就觉得他是愿意去蹲守的。

他们三人在趟着积雪向山上走去。

---

① 柯立芝（John Calvin Coolidge，1872—1933）美国共和党政治家，美国第三十任总统（1923—1929）。向以少言寡语著称，美国民众为这位总统取了个绰号，叫他"沉默的卡尔"。柯立芝言不轻发，但言必有中，因而传下许多精彩的名言。

第十六章

　　"聋子刚才还在这儿呢。"比拉尔对罗伯特·乔丹说。他们终于冒着暴风雪走进了山洞那烟雾弥漫的暖烘烘的氛围中，那妇人朝罗伯特·乔丹点点头，示意他过去。"他已经走了，找马去了。"

　　"好。他有没有给我留下什么话？"

　　"他只说他外出找马去了。"

　　"那我们呢？"

　　"不知道[①]，"她用西班牙语说，"你看看他那副样子吧。"

　　罗伯特·乔丹进来时就已看见巴勃罗了，巴勃罗当时还朝他咧嘴笑了笑。现在他正坐在那张木板桌子旁边望着他，咧开嘴笑着，还朝他挥了挥手。

　　"英国人，"巴勃罗大声说，"雪还在下着呢，英国人。"

　　罗伯特·乔丹朝他点点头。

　　"让我把你的鞋子拿去烘一烘吧，"玛丽娅说，"我把它挂在这儿，挂在灶火的烟道边。"

---

① 此处原文为西班牙语：*No se*。

"当心别烧了，"罗伯特·乔丹对她说，"我可不想光着脚丫子在这儿走来走去。出什么事儿了吗？"他转身对比拉尔说："这是在开会吗？难道你们连哨兵也不派了吗？"

"在这种暴风雪天气里？什么话呀。"

坐在桌边的有六条汉子，全都背靠着洞壁。安塞尔莫和费尔南多仍在山洞的入口处抖着外套、拍打着裤子、用脚踢着洞壁，把满身的积雪清除掉。

"让我帮你脱掉外套吧，"玛丽娅说，"别把雪融化在衣服上了。"

罗伯特·乔丹连忙脱下皮夹克，拍掉裤子上的积雪，解开了鞋带。

"你要把这儿全弄湿啦。"比拉尔说。

"是你叫我过来的。"

"谁也没硬挡着你，不许你回到门口那边去刷呀。"

"请原谅，"罗伯特·乔丹说，赤脚站在泥巴地上，"帮我找双袜子吧，玛丽娅。"

"你是老爷在这儿作威作福啊。"比拉尔说着，往火堆里添了一块柴火。

"要利用一切时机嘛[①]，"罗伯特·乔丹用西班牙语说，"只要有机会就得好好利用。"

"背包是锁着的。"玛丽娅说。

"钥匙在这儿。"他说着，便把钥匙扔了过去。

"这钥匙打不开这只背包的锁嘛。"

"这是另外那只背包的钥匙。袜子在最上面，在边上。"

姑娘找到那双袜子之后，又拉上背包，锁好锁，然后把袜子和钥匙一起拿了过来。

"坐下，穿上袜子，把脚好好揉一揉。"她说。罗伯特·乔丹笑嘻嘻

[①] 此处原文为西班牙语：*Hay que aprobechar el tiempo*。

地望着她。

"你就不能用你的头发把我的脚擦干吗?"他这话是故意说给比拉尔听的。

"简直是一头猪猡,"她说,"他先是当老爷在庄园里作威作福。现在他倒当上了我们以前的上帝老儿了。拿根木柴揍他,玛丽娅。"

"别,"罗伯特·乔丹对她说,"我在开玩笑呢,因为我现在心情很好。"

"你心情很好?"

"是啊,"他说,"我觉得现在一切都很顺利。"

"罗伯托,"玛丽娅说,"快坐下来,把脚擦干,我去给你拿点儿喝的,让你暖暖身子。"

"你以为这男人以前从没湿过脚啊,"比拉尔说,"身上也从没落过一片雪花啊。"

玛丽娅给他拿来了一张羊皮,把它铺在山洞里的泥巴地上。

"听话,"她说,"把这垫在你脚下,等你鞋子干了再说。"

这块羊皮是刚刚剥制烘干的,尚未鞣过,罗伯特·乔丹穿着袜子踩在上面时,能感觉到羊皮在脚下窸窣作响,像羊皮纸。

火塘在冒烟,比拉尔朝玛丽娅喊着:"把火煽旺些,你这没用的东西。这里又不是熏制鱼肉的加工厂。"

"你自己煽吧,"玛丽娅说,"我在找聋子留下的那瓶酒呢。"

"就在他那两只背包后面放着呢,"比拉尔对她说,"你真要把他当成吃奶的孩子来照顾啊?"

"不,"玛丽娅说,"把他当成一个受了风寒、浑身湿透的男人。一个刚刚回到自己家里的男人。找到啦。"她拿着那瓶酒来到罗伯特·乔丹坐着的地方。"这就是今天中午的那瓶酒。这只酒瓶可以做成一盏很漂亮的灯呢。等我们又能用上电了,我们真可以用这只酒瓶做一个非常漂亮的灯啊。"她满心欢喜地望着那只瓶身有几道凹痕的酒瓶。"这酒你想怎么喝呀，罗伯托？"

"我以为我还是英国人呢。"罗伯特·乔丹对她说。

"当着别人的面，我就叫你罗伯托吧，"她羞红了脸，声音很低地说，"这酒你要怎么喝呀，罗伯托？"

"罗伯托，"巴勃罗声音含混不清地说，并朝罗伯特·乔丹点点头，"这酒你要怎么喝呀，堂·罗伯托？"

"你要不要也来点儿？"罗伯特·乔丹问他。

巴勃罗摇摇头。"我在用葡萄酒把自己灌醉呢。"他挺有自尊地说。

"那就跟巴克斯①作伴儿去吧。"罗伯特·乔丹用西班牙语说。

"巴克斯是谁？"巴勃罗问。

"你的一位同志啊。"罗伯特·乔丹说。

"我从来就没听说过他，"巴勃罗正颜厉色地说，"在这一带山里从来就没听说过他。"

"给安塞尔莫来一杯吧，"罗伯特·乔丹对玛丽娅说，"真正受了风寒的人是他。"他正在穿那双烘干了的袜子，杯中兑了水的威士忌味道还挺爽口，有股淡淡的暖意。不过，它一点儿也不像苦艾酒那样会在你体内到处缭绕，他想。真是什么酒也比不上苦艾酒啊。

有谁会想象得到他们在这山里居然会有威士忌啊，他想。不过，在西班牙，拉格兰哈倒是最有可能搞到威士忌的地方，倘若你仔细想一想的话。可不是吗，聋子弄来了一瓶，就是为了款待这位来访的爆破手，然后还记得把这瓶酒带过来，并留在了这里，真是太好啦。这并非仅仅是一种礼数，他们有这种礼数。若是出于礼数，那就只是拿出这瓶酒，客客气气地请客人喝一杯。那是法国人的做法，法国人会客套一番，然后就把喝剩下的留到下次再用。不，这绝不是出于客套，而是真心实意的对别人的体谅，当你自己有事在身，完全有理由可以不考虑别人，只

---

① 巴克斯（Bacchus），希腊神话中酒神狄俄尼索斯（Dionysus）的别名。

考虑自己，一心只考虑自己手头事情的时候，心里却还想着客人也许喜欢喝威士忌，并专门为他把酒带来，好让他喝个痛快——这才是西班牙人的风格。是西班牙风格的一个方面吧，他想。记得把威士忌带过来也算是你喜爱这些人的一个原因吧，他想。别去把他们浪漫化啦，他想。美国人有多少种货色，西班牙人就有多少种货色。不过，把威士忌带过来的举动依然不失为一种非常慷慨大方的举动。

"你觉得这酒怎么样？"他问安塞尔莫。

老头儿这时正坐在火塘边，面带微笑，一双大手捧着那只酒杯。他把头摇了摇。

"不好喝？"罗伯特·乔丹问他。

"那娃娃在酒里掺了水。"安塞尔莫说。

"完全和罗伯托的酒一模一样啊，"玛丽娅说，"难道你是什么特殊人物吗？"

"不，"安塞尔莫对她说，"一点儿也不特殊。不过，我喜欢酒下肚时有火辣辣的感觉。"

"把这杯给我，"罗伯特·乔丹对姑娘说，"给他斟点儿那火辣辣的玩意儿。"

他把杯中物全部倒进自己的杯子，然后把空杯子递给了姑娘，姑娘小心翼翼地把那只酒瓶里的酒往空杯子里倒。

"啊。"安塞尔莫接过杯子，仰起脑袋，直接把酒倒进了喉咙里。他看了看玛丽娅，见她仍拿着酒瓶愣在那儿，便朝她眨了眨眼睛，泪水就立即流出了他的双眼。"这个，"他说，"这个。"他随即又舔了舔嘴唇，"这个玩意儿才是真正的提神之物呢。"

"罗伯托，"玛丽娅说着，走到他身边，手里仍握着那只酒瓶，"你可以吃饭了吗？"

"饭可以吃了吗？"

"你什么时候想吃就可以吃。"

"其他人都吃过了？"

"大家都吃过了，只有你、安塞尔莫和费尔南多还没吃。"

"那就让我们吃吧。"他对她说，"还有你呢？"

"待会儿和比拉尔一起吃。"

"和我们一块儿吃吧。"

"不。那样不合适。"

"快来吃吧。在我的国家里，男人不会先吃，而他的女人后吃。"

"那是在你的国家呀。在这儿要后吃才对。"

"陪他吃吧，"巴勃罗说，他这时从桌边抬起头来望着，"陪他吃。陪他喝。陪他睡。陪他死。顺从他的国家的风俗习惯吧。"

"你喝醉了吧？"罗伯托·乔丹站在巴勃罗面前说。那下流、满脸胡子茬儿的汉子却在开心地望着他。

"是的，"巴勃罗说，"你的国家在哪儿呀，英国人，你那女人和男人一块儿吃饭的国家在哪儿呀？"

"在美国①，在蒙塔纳州。"

"就是那个男人也像女人一样穿裙子的地方吗？"

"不。那是苏格兰。"

"可是，你听着，"巴勃罗说，"当你穿着那种裙子的时候，英国人——"

"我不穿裙子。"罗伯托·乔丹说。

"当你穿着那种裙子的时候，"巴勃罗仍在说，"你裙子底下穿什么呀？"

"我不知道苏格兰人穿什么，"罗伯托·乔丹说，"我自己也感到疑惑呢。"

---

① 此处原文为西班牙语：*Estados Unidos*。

"不是说苏格兰人^①，"巴勃罗说，"谁在乎那些苏格兰人呢？谁在乎名字那么怪里怪气的玩意儿啊？我才不呢。我才不在乎呢。你，我说，英国人。你。在你们国家，你们裙子底下穿什么呀？"

"我已经跟你说了两遍了，我们不穿裙子，"罗伯托·乔丹说，"不是酒后说胡话，也不是开玩笑。"

"可是你们在裙子的里面，"巴勃罗仍坚持说，"因为人人都知道你们是穿裙子的。连当兵的都是。我看过那些照片，我在普里斯马戏团里也看到过那些穿裙子的男人。你裙子里面究竟穿的是什么啊，英国人？"

"鸡巴蛋^②。"罗伯托·乔丹说。

安塞尔莫哈哈大笑起来，其他那些听着的人也在跟着哈哈大笑；只有费尔南多一人没笑。这句粗话的声音，尤其是当着这两个女人的面说出的如此下流的字眼的声音，在他听来很是刺耳。

"嗯，倒也正常，"巴勃罗说，"可是，在我看来，要是你们那鸡巴蛋够硬的话，你也就不会穿裙子了。"

"别让他再这么说下去啦，英国人。"那个大扁脸、塌鼻子、名叫普里米蒂伏的汉子说，"他喝醉了。跟我说说吧，你们国家的人都种些什么粮食、养些什么牲畜？"

"有牛也有羊，"罗伯托·乔丹说，"粮食和大豆也种了不少。还种了很多用来做糖的甜菜。"

桌边此时坐着他们三个人，其他人也都坐在近处，只有巴勃罗除外，他独自一人坐在旁边，坐在那只装酒的石盆面前。他们吃的还是炖肉，和前天夜里的一模一样，罗伯特·乔丹饥不择食，吃得很香。

---

① 此处原文为西班牙语：Escoceses。
② 此处原文为西班牙俚语：Los cojones，意为"鸡巴蛋"。在西班牙语中，此为骂人的话。在英语中，该词有"勇气；男人气概"之意。

"你们国家有山吗？既然叫这个名字 [1]，当然就有高山喽。"普里米蒂伏很有礼貌地问，想让谈话能进行下去。巴勃罗的醉态让他颇感尴尬。

"有很多大山，都很高呢。"

"也有好牧场吗？"

"一流的牧场呢，森林里的高原牧场在夏季是由政府管理的。然后，到了秋季，人们就把牲畜赶到地势低一些的牧场去了。"

"那里的土地归农民所有吗？"

"大部分土地都归种地的人所有。土地原本是国有的，但是如果有人生活在那儿，并明确表示有开垦这片土地的意愿，一个人就可以申请获得一百五十公顷土地的所有权。"

"跟我说说这究竟是怎么回事吧，"奥古斯汀问，"这是一种土地改革，意义深远着呢。"

罗伯特·乔丹解释了美国如何把耕种的土地分给定居的移民的过程 [2]。他以前从没想到过这是一种土地改革。

"这样做的确意义重大，"普里米蒂伏说，"这么说，你们国家已经实行共产主义啦？"

"没有。那是在共和国的领导下进行的。"

"对我来说，"奥古斯汀说，"凡事在共和国的领导下都可以做成。我看就不需要其他形式的政府了。"

"你们就没有大地主吗？"安德雷斯问。

"多得很。"

---

[1] 罗伯特·乔丹来自蒙大拿州（Montana），该州名与西班牙语中的 montana（大山）一词词形相同，均源自拉丁语。所以，普里米蒂伏才有此问。

[2] 此处指美国政府所实施的《宅地法》（Homestead Act）。《宅地法》是 1862 年 5 月由美国第 16 位总统林肯颁布的一项旨在无偿分配美国西部国有土地给广大移民的法令。《宅地法》规定，凡一家之长，或年满二十一岁的人，在宣誓获得土地是为了垦殖目的并缴纳十美元费用后，均可登记领取总数不超过 160 英亩的宅地，登记人在宅地上居住并耕种满五年，就可成为该宅地的所有者。它是美国历史上一项著名的经济措施。罗伯特·乔丹所提到的，是后来在二十世纪二三十年代发生在蒙大拿州的情况。

"那就必然会存在一些弊病。"

"当然。存在很多弊病呢。"

"可是，你们会革除这些弊病吗？"

"我们在不断努力，革除了很多弊病。可是依然还存在很多弊病。"

"可是，有没有特别庞大、必须解体的庄园呢？"

"有啊。但是也有不少人认为，通过各种税捐就能使他们解体。"

"怎么做呢？"

罗伯特·乔丹一边用面包抹着装炖肉的盘子上的汤汁，一边讲解着所得税和遗产税的原理。"不过，大庄园依然还有。另外，土地也是要征税的。"他说。

"可是，那些大地主和有钱人必然会起来'闹革命'，反对这些苛捐杂税。他们一旦看到自己的利益受到了威胁，就会搞叛乱，跟政府作对，完全和我们这儿的那些法西斯分子的所作所为一模一样。"普里米蒂伏说。

"也有可能吧。"

"那么，你们国家必定会有战争，和我们这儿的战争一样。"

"是啊，我们得打仗。"

"可是，你们国家没有这么多的法西斯分子吧？"

"也有不少，这些人并不知道自己就是法西斯分子，但是他们有朝一日会明白过来的。"

"可是，你就不能别等他们造反就先把他们消灭吗？"

"不行，"罗伯特·乔丹说，"我们没法消灭他们。但是我们可以教育人民，这样他们就会担心法西斯主义会抬头，只要它一抬头，人们就会看出它的端倪，就能与它做斗争了。"

"你知道什么地方没有法西斯分子吗？"安德雷斯问。

"什么地方？"

"巴勃罗家乡的那座小镇啊。"安德雷斯说着，咧开嘴笑了笑。

"你知道那个村镇上所发生的情况吧？"普里米蒂伏问罗伯特·乔丹。

"知道。我听说过那段经历。"

"听比拉尔说的？"

"是啊。"

"你不可能从那女人嘴里听到事情的全部经过的，"巴勃罗口齿含混不清地说，"因为她并没有看到最后那个场面，因为她在窗外从椅子上摔下来了。"

"那你就把后来发生的事情告诉他呗，"比拉尔说，"既然我不知道事情的整个经过，就由你来讲吧。"

"别，"巴勃罗说，"我可从没讲过这事。"

"不错，"比拉尔说，"你也不会愿意讲的。你现在还巴不得这事从没发生过呢。"

"不，"巴勃罗说，"这话不对。再说了，假如大家当时都像我那样，把那帮法西斯分子全都杀掉，我们现在也就不会有这场战争了。不过，我也不愿意出现那样的结局啊。"

"你干吗说这种话呢？"普里米蒂伏问他，"你打算改变你的政治观点吗？"

"不。不过那时也确实太野蛮了，"巴勃罗说，"在那些日子里，我非常野蛮。"

"可你现在却醉生梦死了。"

"是的，"巴勃罗说，"就请你多多包涵啦。"

"我还是更喜欢你从前那副野蛮的样子，"妇人说，"在所有男人中，就数醉鬼最可恶。贼在不偷东西时还算像个人。敲诈勒索的人不在自家人头上打主意。杀人犯回到家里时也会洗净双手。可是醉鬼却臭不可闻，呕吐在自己的床上，五脏六腑都泡烂在酒精里了。"

"你是个女人，你不懂，"巴勃罗平心静气地说，"我是醉在葡萄酒上的，要不是因为杀了那么些人，我也会过得很开心的。那些人使我心中充满了悲酸。"他摇摇头，一副悲痛得不得了的样子。

"给他来点儿聋子带来的那玩意儿，"比拉尔说，"给他来点儿厉害的东西，好让他提提神。他伤心得快要挺不住了。"

"假如我能够让他们复活，我愿意。"巴勃罗说。

"妈拉个巴子，×你娘的复活去吧，"奥古斯汀对他说，"你把这儿当成什么地方啦？"

"但愿他们都能起死回生，"巴勃罗伤心地说，"每个人。"

"去你妈的，"奥古斯汀朝他大声呵斥着，"别说这种话了，要不就滚出去。你杀的那些人都是法西斯分子啊。"

"你听到我的话啦，"巴勃罗说，"我希望他们都能复活。"

"那你就能在水面上行走啦①，"比拉尔说，"我这辈子也没见过你这号男人。直到昨天为止，你身上多少还残留着那么一点儿男子汉的味儿。可是今天就一丁点儿也不见了，还不如一只病歪歪的小猫咪。你那一副呆头呆脑、麻木不仁的样子，还高兴呢。"

"我们本该把他们全杀了，要不就一个也别杀，"巴勃罗摇头晃脑地说，"要么全都杀掉，要么一个也不杀。"

"听我说，英国人，"奥古斯汀说，"你怎么会到西班牙来呢？别理巴勃罗。他喝醉了。"

"我十二年前第一次来，是怀着研究这个国家和这门语言的目的而来的，"罗伯特·乔丹说，"我在一所大学教西班牙语。"

"你看上去不大像当老师②的。"普里米蒂伏说。

"他没胡子嘛，"巴勃罗说，"瞧瞧他。他没胡子。"

---

① 典出《圣经》，喻指耶稣基督。据《圣经·新约全书·约翰福音》第十一章，耶稣曾使已埋葬了四天的拉撒路复活。另据《圣经·新约全书·马太福音》第十四章第二十二至三十三节，耶稣曾于更天在水面上行走，使门徒们相信他就是上帝的儿子。门徒彼得见到后，说："主啊，如果是你，请叫我从水面上走到你那里去。"（第二十八节）

② 小说原文中使用的是 profesor，该词在西班牙语中是"老师"的统称，未必是英语中的"教授"之意。

"你真是当老师的？"

"是一名讲师。"

"可是，你教课吗？"

"教课。"

"可是，为什么要教西班牙语呢？"安德雷斯问，"既然你是英国人，教英语不是更加容易吗？"

"他的西班牙语说得跟我们一样，"安塞尔莫说，"他为什么就不能教西班牙语呢？"

"是啊。可是，从某种程度上说，外国人教西班牙语难免总有些自以为是的，"费尔南多说，"我可没有一点儿要贬低你的意思啊，堂·罗伯托。"

"他是个冒牌的老师，"巴勃罗说，挺洋洋自得的样子，"他没长胡子。"

"你的英语理所当然更好，"费尔南多说，"教英语岂不是更省事、更容易、更透彻吗？"

"他不教西班牙人英语——"比拉尔开始插嘴了。

"我情愿如此。"费尔南多说。

"让我把话讲完啊，你这蠢驴，"比拉尔对他说，"他教美洲人西班牙语。北美人。"

"他们不会说西班牙语吗？"费尔南多问，"南美人会的。"

"蠢驴，"比拉尔说，"他教北美人学西班牙语，北美人是说英语的。"

"不管怎样，我还是认为，既然他说的是英语，他去教英语就会容易些。"费尔南多说。

"你难道没听见他说的是西班牙语？"比拉尔无可奈何地朝罗伯特·乔丹摇摇头。

"是啊。不过还是有口音的。"

"哪里的口音呢？"罗伯特·乔丹问。

"埃什特雷马杜拉的口音。"费尔南多一本正经地说。

"哎哟，我的妈呀，"比拉尔说，"什么人哪！"

"倒也有这种可能，"罗伯特·乔丹说，"我是从那儿来的嘛。"

"这事他自己最清楚了，"比拉尔说，"你这老处女，"她扭头对费尔南多说，"你吃饱了没有哇？"

"如果食品的分量很充足，我还能再吃些，"费尔南多对她说，"别以为我是在有意跟你过不去啊，堂·罗伯托——"

"他奶奶的，"奥古斯汀干脆骂了起来，"再说一遍，他奶奶的。我们干革命就是为了把同志说成是堂·罗伯托吗？"

"对我来说，干革命就是为了能让所有的人都能彼此互称'堂'，"费尔南多说，"在共和国的领导下，就该这样。"

"他奶奶的，"奥古斯汀说，"他奶奶的，真烦人。"

"我还是觉得，让堂·罗伯托去教英语要更加容易、更加透彻些。"

"堂·罗伯托没有胡子，"巴勃罗说，"他是个冒牌的老师。"

"你说我没胡子，到底是什么意思？"罗伯特·乔丹说，"这是什么？"他摸着下巴和腮帮子，三天没刮，已经长出了一层浓浓的金黄色的胡子茬儿。

"那不是胡子，"巴勃罗说，他连连摇头，"那不算胡子。"他这时简有些直乐不可支了。"他是个冒牌的老师。"

"我 × 你妈的淌白浆的你们这帮人啊，"奥古斯汀说，"这地方不像疯人院才怪呢。"

"你应该喝酒，"巴勃罗对他说，"我看一切都很正常嘛。只可惜堂·罗伯托没长胡子。"

玛丽娅用手摸摸罗伯特·乔丹的脸颊。

"他有胡子。"她对巴勃罗说。

"你应该知道啊。"巴勃罗说，罗伯特·乔丹瞪了他一眼。

我认为他并没有真的醉到那种地步，罗伯特·乔丹想。不，根本没有醉到那种地步。我看我还是多加小心为妙。

"你,"他对巴勃罗说,"你认为这场雪会下很久吗?"

"你看呢?"

"我在问你呢。"

"问别的人去吧,"巴勃罗对他说,"我不是你的情报部。你有你们情报部的文件嘛。问那个女人去吧。她是指挥员。"

"我问的是你呀。"

"去好好××你自己吧,"巴勃罗对他说,"××你自己,那女人,还有那姑娘。"

"他喝醉了,"普里米蒂伏说,"别理他,英国人。"

"我认为他并没有真的醉到那种地步。"罗伯特·乔丹说。

玛丽娅正站在他身后,罗伯特·乔丹看到巴勃罗正歪着脑袋打量着她。在那满脸胡子茬儿的圆溜溜的脑袋上,那双小眼睛像公猪的眼睛一样,正目不转睛地盯着她呢。罗伯特·乔丹想:在这场战争中,我也见过很多杀手,以前也见过不少,他们都各不相同;既没有共同的特征,也没有共同的相貌;也没有所谓典型的凶犯的狰狞面目;但巴勃罗的长相肯定算不上英俊。

"我就不信你会酗酒,"他对巴勃罗说,"也不信你喝醉了。"

"我是喝醉了,"巴勃罗架子挺大地说,"酗酒算不了什么。要喝醉了才叫有本事呢。我是喝醉了①。"

"我怀疑你根本就没醉,"罗伯特·乔丹对他说,"贪生怕死,倒是真的。"

山洞里顿时安静下来,静得使他能听得见比拉尔做饭的那个火塘里木柴燃烧的噼噼声。他听到脚下的羊皮在他的重压下在咯吱作响。他觉得他简直还能听见洞外雪花飘落的声音。他不可能听见这个,但他能听

---

① 此处原文为西班牙语: *Estoy muy borracho*。

见这从天而降的一片无声的沉默。

我真想杀了他，早点儿除掉这个祸害，罗伯特·乔丹在暗暗寻思。我不知道他究竟在打什么主意，反正不会是什么好事。后天早晨就要炸桥了，而这个人却这么恶劣，他势必会对整个计划的成功构成危害。动手吧。我们来除掉这个祸害吧。

巴勃罗笑嘻嘻地望着他，竖起一根手指头在自己的脖子上抹一下。他摇了摇头，但他的头只是在他那又粗又短的颈项上稍稍扭动了一下。

"别，英国人，"他说，"别拿话激我啦。"他望了望比拉尔，并对她说，"你们别想用这个法子除掉我。"

"不知羞耻的东西 ①，"罗伯特·乔丹用西班牙语对他说，心里这时却在盘算着该怎么动手，"这个懦夫。"

"很有可能是这么回事儿吧，"巴勃罗说，"不过，我也不至于会被你激得要翻脸。去弄点什么喝喝吧，英国人，然后再递个信儿向那女人通报一下，这一招不灵啦。"

"闭上你的嘴，"罗伯特·乔丹说，"是我自己要找你的茬儿。"

"犯不着这么麻烦吧，"巴勃罗对他说，"我不寻衅滋事。"

"你是个少有的可怜虫 ②。"罗伯特·乔丹用西班牙语说，他不甘心就此作罢；不甘心第二次让这个机会白白错过；然而他话一出口就已知道，眼前这一幕在此之前就已不折不扣地上演过；他内心的感觉是，他正在扮演着一个角色，记忆中曾在哪本书里看到过、或者在梦中见到过的某个情节里的角色，感到这一切都在循环往复地重演。

"非常少有呢，你说得没错，"巴勃罗说，"非常少有，而且醉得也非常厉害。为你的健康干杯，英国人。"他从酒盆里舀了一杯，然后举起杯子，用西班牙语说。"为你的鸡巴蛋干杯 ③。"

---

① 此处原文为西班牙语：*Sinverguenza*。

② 此处原文为西班牙语：*bicho raro*。

③ 此处原文为西班牙语：*Salud y cojones*。

他确实很少有啊，算了吧，罗伯特·乔丹想，而且还很精明、很不简单呢。他再也听不到木柴燃烧的声音了，因为他听到的只是自己的呼吸声。

"这杯敬你。"罗伯特·乔丹说着，也从酒盘里舀了一杯。没有这些祝酒的辞令，出卖也达不到任何效果啊，罗伯特·乔丹想。那就干杯吧。"干杯，"他说，"干杯，再干杯。"你干杯吧，他想。干杯，干你的杯吧。

"堂·罗伯托。"巴勃罗嗓音滞重地说。

"堂·巴勃罗。"罗伯特·乔丹说。

"你根本就不是当老师的，"巴勃罗说，"因为你没长胡子。还有，要想除掉我，你就得暗杀我，可是，要想这么干，你又没有鸡巴蛋。"

他望着罗伯特·乔丹，嘴巴紧闭着，嘴唇抿成了一条细缝。真像一条鱼的嘴巴呀，罗伯特·乔丹心里在想。再加上顶着那样一颗脑袋，那模样真像是一条被捉住之后憋足了气、身子在迅速膨胀起来的刺鲀鱼呀。

"干杯，巴勃罗，"罗伯特·乔丹用西班牙语说着，举起酒杯喝了一口，"我要多多向你讨教啊。"

"那我就是老师的老师啦，"巴勃罗点点头，"来吧，堂·罗伯托，我们会成为朋友的。"

"我们已经是好朋友了。"

"我要出去，离开这鬼地方，"奥古斯汀说，"据说，人活一辈子就得忍受一吨的废话，这话一点不假，可是这会儿才一分钟，我的每只耳朵里就塞进了二十五磅废话啦。"

"你这是怎么啦，黑鬼？"巴勃罗对他说，"难道你不喜欢看到堂·罗伯托和我之间有了交情？"

"敢叫我黑鬼，当心你的嘴巴。"奥古斯汀直冲过来，站在巴勃罗面前，紧握的双拳低垂着。

"人家都是这么叫你的呀。"巴勃罗说。

“不许你叫。”

“哎呀，那就叫，白人[①]——”

“也不许这么叫。”

“那叫你什么呀，赤色分子？”

“行。赤色分子。赤色分子[②]。佩戴着部队的这颗红星，而且拥护共和国。还有，我的名字叫奥古斯汀。”

“多好的爱国志士啊，”巴勃罗说，“你瞧瞧，英国人，多好的一个爱国模范啊。”

奥古斯汀扬起左手，以迅雷不及掩耳之势左右开弓地狠狠掴了他两记耳光。巴勃罗坐在那儿动也没动。他两边的嘴角都挂上了酒污，表情却丝毫没变，但是罗伯特·乔丹还是看到他那双眼睛眯了起来，像猫的瞳孔遇见了强光那样，闭成了一条垂直的缝。

“这也不行，”巴勃罗说，“别指望靠这个啦，娘儿们。”他扭过头去对比拉尔说，“我是不会动怒的。”

奥古斯汀又揍了他一记。这一次他捏紧拳头一拳打在他嘴巴上。罗伯特·乔丹这时已把手枪攥在手中放在桌下。他已拨开了枪的保险栓，并用左手推开了玛丽娅。她只让开了一点儿，他便再次伸出左手在她胸肋下使劲推了一把，目的是要她赶紧躲开。她这才真的走开了，他用眼角的余光看着她，见她悄悄地贴着洞壁朝火塘那边去了，于是罗伯特·乔丹便密切注视着巴勃罗的脸色。

那脑袋圆圆的汉子坐着没动，一双呆滞的小眼睛在愣愣地望着奥古斯汀。那对瞳孔此时显得更小了。他舔了舔嘴唇，然后抬起一只胳膊，用手背擦了擦嘴巴，又低下头，看着手上的鲜血。他伸出舌头把上下嘴唇都添了一遍，然后啐出一口痰。

---

① 此处原文为西班牙语：*blanco*。

② 此处原文为西班牙语：*Rojo*。

"这一套也不行，"他说，"我可不是傻瓜。我也不想惹事。"

"王八蛋。"奥古斯汀用西班牙语说。

"你本来就知道啊，"巴勃罗说，"你了解这女人嘛。"

奥古斯汀又狠狠在他嘴巴上揍了一记，巴勃罗却朝他哈哈大笑了一声，露出了他那血红的一线嘴巴里那排黄黄的残缺不全的牙齿。

"我不跟你计较，"巴勃罗一边说着，一边伸手拿杯子去酒盆里舀酒，"这儿谁也没有鸡巴蛋来杀我，这种动手打人的行为很可笑啊。"

"胆小鬼①。"奥古斯汀用西班牙语说。

"骂人也没用。"巴勃罗说着，喝了一口酒，含在嘴里咕噜咕噜地漱了几下，他把嘴里的酒唾地上，"骂人的话我早就听够啦。"

奥古斯汀站在那儿，低头望着他，狠狠咒骂着他，不紧不慢、嗓门响亮、尖酸刻薄、肆意侮慢地咒骂着他，一句接一句地连声咒骂着他，就像在用粪耙从粪车里一下一下挑起大粪往地里浇一样。

"骂这些脏话也没用，"巴勃罗说，"算了吧，奥古斯汀。你也别再揍我啦。你会伤着你自己这双手的。"

奥古斯汀转身离开了他，朝洞口走去。

"不要出去呀，"巴勃罗说，"外面在下雪呢。里面舒服。"

"你！你！"奥古斯汀在洞口转过身来对他说，却只把他满腔的鄙夷都倾注在单单一个"你"字上。

"是啊，我，"巴勃罗说，"总有一天，我还活着，你却死掉了。"

他又用杯子去舀了一杯酒，然后朝着罗伯特·乔丹举起杯子。"为你这当老师的，干杯，"他说，接着又转向比拉尔，"为司令官太太干杯。"随后又朝着大伙儿说："为所有执迷不悟的糊涂蛋干杯。"

奥古斯汀又奔到他面前，挥起手掌极快地向他砍去，敲掉了他手中的酒杯。

---

① 此处原文为西班牙语：*Cobarde*。

"这是一种浪费行为呢，"巴勃罗说，"这样做很傻。"

奥古斯汀恶狠狠地咒骂了他一声。

"不，"巴勃罗说着，又去重新舀了一杯酒，"我喝醉啦，你没看见吗？我没喝醉的时候是不大说话的。你从没听我说过这么多的话吧。不过，聪明人有时候也要迫不得已地把自己灌醉，才能花时间和笨蛋们周旋。"

"滚，我×你奶奶的怎么×出你这么个胆小鬼，"比拉尔对他说，"我太了解你了，你这个胆小鬼。"

"瞧这女人怎么说话呢，"巴勃罗说，"我还是出去看看那些马吧。"

"滚吧，糟践那些马去吧，"奥古斯汀说，"这不是你一贯的习性吗？"

"不，"巴勃罗说着，摇了摇头。他一边伸手去取挂在洞壁上的他那件毛毯式的大披风，一边望着奥古斯汀。"你哟，"他说，"还动粗呢。"

"你去找那些马干什么？"

"就是去看看它们。"巴勃罗说。

"去糟蹋它们吧，"奥古斯汀说，"恋马癖。"

"我非常喜欢它们，"巴勃罗说，"哪怕从它们的屁股后面看过去，那些马也比这帮人漂亮，比这帮人明事理。你们自己好好消遣吧，"他说，还咧开嘴笑了笑，"向他们布置炸桥的事儿吧，英国人。交待清楚袭击时他们各自的任务吧。告诉他们该怎么组织撤退吧。炸桥之后，你打算带他们去哪儿啊，英国人？你想把你这些爱国志士带到哪儿去啊？我一整天都在一边喝着酒，一边琢磨着这件事呢。"

"你琢磨出什么了？"奥古斯汀对他说。

"我琢磨出什么了？"巴勃罗一边说，一边用舌头把嘴唇里面添了个遍，探查着里面被打伤的地方。"我琢磨出什么来了，与你有什么相干①。"

---

① 此处原文为西班牙语：*Que te importa*。

"说出来吧。"奥古斯汀对他说。

"一言难尽啊。"巴勃罗说。他将那件毛毯式外套披上了头顶，那颗圆滚滚的脑袋便鼓凸凸地撑起了脏兮兮的黄毯的一条条皱折。"我想了很多呢。"

"什么呢？"奥古斯汀说，"什么呢？"

"我一直在想，你们简直就是一群执迷不悟的人啊，"巴勃罗说，"牵着你们鼻子走的人一个是个娘儿们，她的脑子长在她的两条大腿之间了，还有一个是个外国佬，他是来向你们索命的。"

"滚出去，"比拉尔朝他吼起来，"滚出去，到外边的雪地里用拳头好好捣捣你自己吧。带着你奶奶的一肚子坏水赶快滚出去，离开这儿，你这被马淘空了身子的嫖客①。"

"瞧这话说的。"奥古斯汀赞叹地说，但却心不在焉。他显得忧心忡忡。

"我走，"巴勃罗说，"不过我一会儿就会回来的。"他掀起洞门口的毛毯走了出去。随即他又在洞门边喊着："雪还在下着呢，英国人。"

---

① 此处原文为西班牙俚语：*maricon*，意为"同性恋者；嫖客"；是很恶劣的骂人话。

第十七章

　　此时，山洞里唯一的声响只有那火塘边传来的吱吱声，雪穿过洞顶的那个窟窿落在炭火上发出的吱吱声。

　　"比拉尔，"费尔南多说，"还有炖肉吗？"

　　"噢，闭嘴。"妇人说。但是，玛丽娅还是接过了费尔南多的碗，走到已经端离了火塘的那只大锅旁边，用木勺往碗里盛着炖肉。她把那碗肉端过来，放在桌上，然后拍了拍费尔南多的肩膀，看他埋头吃起来。她在他身边站了一会儿，手搭在他肩上。可是费尔南多连头也没抬一下。他正全神贯注地吃着那碗炖肉呢。

　　奥古斯汀站在火塘边。其余的人都坐着。比拉尔坐在桌边，罗伯特·乔丹坐在她对面。

　　"现在，英国人，"她说，"你已经看清他的为人了吧。"

　　"他会干什么呢？"罗伯特·乔丹问。

　　"什么都干得出，"妇人低头望着桌子，"什么都干得出。他什么事情都干得出来。"

　　"那支自动步枪在哪儿？"罗伯特·乔丹问。

　　"在那儿，在那个角落里，用毛毯裹着呢，"普里米蒂伏说，"你要吗？"

"以后再说，"罗伯特·乔丹说，"枪在什么地方我希望能心中有数。"

"就在那边，"普里米蒂伏说，"是我把它拿进来的，为了保持部件干燥，我用我那条毛毯把它裹起来了。那几盘子弹在那只口袋里。"

"他不会动那支枪的，"比拉尔说，"他根本不会去碰一下那挺机关枪。"

"我记得你刚才说过，他是什么事情都干得出来的。"

"他会的，"她说，"但是他从没摆弄过机关枪。他会扔个炸弹进来。那才更符合他的脾性。"

"刚才没杀了他，这是一种愚蠢和软弱的表现，"吉卜赛人说，整个晚上他都丝毫没介入这场谈话，"昨天晚上罗伯托就该把他干掉了。"

"杀了他吧。"比拉尔说，她那张大脸显得阴沉而又疲惫，"我现在赞成这么做了。"

"本来我是反对这么做的。"奥古斯汀说。他站在火塘前，两条长臂垂在他身子的两侧，颧骨下布满胡子茬的双颊，在火光的映照下凹陷得很深。"现在我赞成这个做法了，"他说，"他如今变得很恶毒了，而且巴不得眼睁睁地看着我们全军覆没呢。"

"让大家都表个态吧，"比拉尔说，声音很疲惫，"你呢，安德雷斯？"

"杀了吧[1]。"两兄弟中那个黑头发一直长到前额下的兄弟用西班牙语说，并点了点头。

"埃拉迪奥呢？"

"一样，"另一个兄弟说，"在我看来，他似乎会构成极大的危害。再说，他也起不了任何好作用了。"

"普里米蒂伏呢？"

"一样。"

---

[1] 西班牙语：*Matarlo*。

"费尔南多?"

"我们能不能先把他抓起来羁押在这儿呢?"费尔南多问。

"谁来看管被羁押的人犯呢?"普里米蒂伏说,"羁押一个人犯就得派两个人来看管,还有,最后我们该怎么处理他呢?"

"我们可以把他卖给那些法西斯分子嘛。"吉卜赛人说。

"决不能这么干,"奥古斯汀说,"决不能干这种造孽的事情。"

"这只不过一个想法而已,"拉斐尔,也就是那个吉卜赛人说,"在我看来,那些叛乱分子^① 求之不得地想把他弄到手呢。"

"不要再说了,"奥古斯汀说,"那是造孽。"

"再造孽也比不过巴勃罗吧。"吉卜赛人还在为自己辩解。

"一种造孽行为并不能成为另一种造孽行为的理由,"奥古斯汀说,"好了,到此为止吧。只有老头子和英国人没表态了。"

"他们不包括在内,"比拉尔说,"他也没当过他们的头儿。"

"等一等,"费尔南多说,"我还没把话说完呢。"

"接着说啊,"比拉尔说,"一直说到他回来吧。一直说到他从门毯底下扔进来一颗手榴弹,把我们这些人全炸翻:把那些炸药和这儿的一切全炸翻。"

"我认为你有夸大的成分,比拉尔,"费尔南多说,"我认为他根本就不会动这种念头。"

"我也认为他不会,"奥古斯汀说,"因为那样会把酒也炸没了,而这酒却是他过一会儿就要回来喝的。"

"为什么不把他交给聋子,让聋子把他卖给那些法西斯分子呢?"拉斐尔又在出主意,"你可以先弄瞎他,他就容易摆布了。"

"住口,"比拉尔说,"你一开口,我就觉得难辞其咎的也有你。"

"不管怎么说,那些法西斯分子是不会出钱去买他的,"普里米蒂伏

---

① 西班牙语:facciosos。

说，"这种事情已经有人试过，他们非但一个子儿也不给，反倒会连你也一块儿毙了。"

"我认为，要是弄瞎了，他说不定能卖个好价钱呢。"拉斐尔说。

"住口，"比拉尔说，"要是再提弄瞎眼，你也可以和那个人一起去了。"

"可是，他，巴勃罗，就弄瞎了那个受了伤的宪兵，"吉卜赛人还在死咬着不放，"这件事你忘了吗？"

"闭上你的嘴。"比拉尔对他说。当着罗伯特·乔丹的面这样提起弄瞎眼的事儿，使她感到很尴尬。

"你们一直不让我把话说完呀。"费尔南多插进来说。

"把话说完，"比拉尔对他说，"接着说。把话说完。"

"既然把巴勃罗抓起来羁押在这儿是不切实际的，"费尔南多慢条斯理地说起来，"既然把他抛出去——"

"把话说完呀，"比拉尔说，"上帝啊，发发慈悲吧，快说下去呀。"

"——随便用什么方式进行谈判，大家又都很反感，"费尔南多继续平静地说，"我可以被动地同意这个方案，因为这也许就是最好的办法了，那就是，我们应当把他从队伍里肃清掉，从而确保已经计划好的行动能获得最大限度的成功。"

比拉尔望着这个小个子男人，摇摇头，咬着嘴唇，什么也没说。

"这就是我的意见，"费尔南多说，"我相信，我们完全可以认定他已经对共和国构成了危害——"

"圣母玛利亚啊，"比拉尔说，"这儿居然也有人用他那张嘴打官腔呢。"

"从他自己的言论和他近来的表现，我们可以得出这个结论，"费尔南多接着说，"尽管他在运动初期以及直到最近一段时间里的所作所为依然值得人们对他心存感激——"

比拉尔刚才已经走到火塘那边去了。这时她来到桌边。

"费尔南多，"比拉尔毫不动容地说，并递给了他一只碗，"请堂堂正正地享用这碗炖肉吧，把你的嘴填满，别再说那么多话了。你的高见我们已经领教啦。"

"可是，那么怎样——"普里米蒂伏问，然而又顿住了，没把这句话说完。

"已经做好准备了①，"罗伯特·乔丹用西班牙语说，"我随时可以动手。既然你们都一致认定应当这么干，这件事我可以效劳。"

我这是怎么啦？他想。就因为听了费尔南多说话的方式，我说话的腔调也开始像他一样啦。这种语言肯定很有感染力。法语，外交语言。西班牙语，官僚语言。

"不，"玛丽娅说，"不。"

"这事与你不相干，"比拉尔对姑娘说，"闭上你的嘴。"

"我今夜就动手。"罗伯特·乔丹说。

他看到比拉尔朝他使了个眼色，手指按在嘴唇上。她正盯着洞门口呢。

严严实实地拴在洞口的毛毯被挑起来，巴勃罗把头探进洞里。他咧开嘴朝大伙儿笑了笑，推开毛毯的下半截钻了进来，然后又转过身去，把毛毯重新拴好。他转过身来站在那儿，把他那件毛毯式的大氅掀过头顶，脱了下来，抖落着上面的积雪。

"你们是在议论我吧？"他殷勤地冲着他们所有人说，"我打扰你们了吧？"

没人搭理他，他便把大氅挂在洞壁的木钉上，然后径直朝桌边走去。

"大家都好吗②？"他用西班牙语问，并随手拿起他那只竖在桌上的

---

① 此处原文为西班牙语：*Estoy listo*。

② 此处原文为西班牙语："*Que tal*？"是西班牙语里常用的较为正式的问候语，相当于英语的"*How are you*?"

空酒杯去酒盆里舀酒喝。"没酒啦,"他对玛丽娅说,"去,从皮酒袋里汲些来。"

玛丽娅端起酒盆,朝那只灰尘扑扑、胀得圆鼓鼓、涂了黑乎乎的柏油、脖子朝下倒挂在洞壁上的皮酒袋走去,她开了其中一条腿上的塞子,葡萄酒便从塞子的四周注入了酒盆里。巴勃罗注视着她跪在那儿,捧着那只酒盆,注视着那淡红色的葡萄酒在哗哗地流进酒盆里,那酒倒得很快,在盆中打着旋儿。

"小心点儿,"他对她说,"酒现在已经降到酒袋的胸口下面啦。"

谁也没说话。

"我今天把酒袋里的酒从肚脐眼那儿喝到胸口这儿啦,"巴勃罗说,"这是一整天的功夫呢。你们大家都怎么啦?都把舌头丢了吗?"

谁也没说一句话。

"拧紧点,玛丽娅,"巴勃罗说,"别把酒洒了。"

"酒有的是,"奥古斯汀说,"你有本事就喝个醉。"

"总算有人找到舌头啦,"巴勃罗说着,朝奥古斯汀点点头,"可喜可贺呀。我还以为你被吓哑了呢。"

"被什么吓的?"奥古斯汀问。

"被我突然闯进门来呗。"

"你以为你闯进门来就了不起吗?"

他正在酝酿着要动手了呢,也许吧,罗伯特·乔丹想。也许奥古斯汀想自己干了。他肯定恨透他了。但我并不恨他呀,他想。不,我不恨他。他的确很遭人嫌,但我并不恨他。尽管刚才提到的弄瞎眼的事把他归入了一个特殊的类别。然而这毕竟是他们的战争。不过,在接下来的这两天里,让他活在这儿,他也肯定翻不了天。我还是做个局外人吧,他想。我今晚本想跟他玩一回呢,不料自己却当了一回傻瓜,所以我也十分愿意杀掉他。不过我不打算在动手之前再捉弄他了。再说,山洞里放着这些炸药,也不可能来一场射击比赛或耍猴把戏式的恶作剧。巴勃罗当然也想到了这一点。可是你想到这一点了吗？他扪心自问。不，你没想到，奥古斯汀也没想到。无论出什么差错，你都活该，他想。

"奥古斯汀。"他说。

"什么事？"奥古斯汀满脸愠怒地抬眼望过来，扭头不看巴勃罗了。

"我想跟你说句话。"罗伯特·乔丹说。

"过会儿再说吧。"

"就现在，"罗伯特·乔丹用西班牙语说，"劳驾①。"

罗伯特·乔丹已经走向了洞口，巴勃罗的目光仍在追着他。奥古斯汀，这个身形高大、双颊凹陷的汉子，这才站起身来，朝他走去。他很不情愿、满脸鄙夷地移动着脚步。

"你已经忘了那些背包里装的是什么了吧？"罗伯特·乔丹对他说，声音压得很低，以免让别人听见。

"他奶奶的！"奥古斯汀说，"人一习惯了就把它给忘了。"

"我也忘了。"

"他奶奶的！"奥古斯汀说，"他奶奶的②！我们都是大傻瓜呀。"他一个急转身，手脚利落地回到桌边坐下来。"来一杯，巴勃罗，老伙计，"他说，"那些马都好吗？"

"很好，"巴勃罗说，"雪也下得小些了。"

"你觉得这雪会停吗？"

"会的，"巴勃罗说，"现在已经在越下越稀了，还夹着小冰雹子。风还会刮，但雪就要过去了。风向已经转了。"

"你看明天会放晴吗？"罗伯特·乔丹问他。

"会的，"巴勃罗说，"我认为明天会很冷，但会转为晴天。这风向

---

① 此处原文为西班牙语：*Por favo*。
② 此处原文为西班牙俚语：*Leche*。

正在变化着呢。"

瞧他，罗伯特·乔丹想。现在他倒是客客气气的了。他已经变了，就像这风向一样。他生就一副猪的相貌和身板，而且我也知道他多少回都是充当杀人凶手的，然而他却具有状态良好的空盒气压表①那样的灵敏度。可不是嘛，他想，猪也是一种很聪明的动物啊。巴勃罗对我们怀有仇恨心理，要不，也许他的仇恨只是针对我们的作战方案而来的，可他却用侮辱的方式把他的仇恨推向了使你随时随地都想除掉他的程度，然而当他看出已经达到了这个程度时，他马上就偃旗息鼓，然后又开始新一轮的折腾。

"我们会有合适的好天气的，英国人。"巴勃罗对罗伯特·乔丹说。

"我们，"比拉尔说，"我们？"

"是啊，我们，"巴勃罗对她咧嘴笑了笑，喝了点儿葡萄酒，"为什么不？我刚才在外面把这事仔仔细细想了一遍。我们为什么不能意见一致呢？"

"在哪方面意见一致？"妇人说，"在哪方面现在意见一致了？"

"在所有方面，"巴勃罗对她说，"在炸桥这件事上。我现在同意你啦。"

"你现在同意我们啦？"奥古斯汀对他说，"在你说了那些难听的话之后？"

"是啊，"巴勃罗对他说，"因为天气变了嘛，我同意你啦。"

奥古斯汀摇摇头。"天气，"他说，又摇了摇头，"在我掴了你耳光之后吧？"

"是的，"巴勃罗咧嘴朝他笑了笑，用手指抹了抹嘴唇，"这也是一个原因。"

---

① 空盒气压表（Aneroid Barometer），一种测定气压的仪器。这种气压表中有一个接近真空的金属盒，盒盖上有凹槽，以便保持灵敏度。一旦盒盖上的压力有变化，横杆上的指针便能在刻度盘上有所指示。这种气压表虽不精密，但便于携带。

罗伯特·乔丹在注视着比拉尔。她正望着巴勃罗，那神情仿佛是在望着一头怪物一样。她脸上依然还残留着刚才提到弄瞎眼睛时的那副表情的阴影。她摇着头，仿佛想甩掉那个阴影，随后她把头一昂。"听着。"她对巴勃罗说。

"是，老婆。"

"你是怎么想的？"

"没什么，"巴勃罗说，"我的看法变了。没别的。"

"你刚才一直在门口偷听吧。"她对他说。

"是的，"他说，"可我什么也没听见。"

"你怕我们会杀了你吧。"

"不，"他对她说，并一边喝着酒，一边望着她，"这个我不怕。你知道我不怕这个。"

"那么，你到底是怎么想的呢？"奥古斯汀说，"你一会儿嘛喝得醉醺醺的，对我们大伙儿摆出你那副嘴脸，横竖不肯参加当前的工作，态度恶劣地咒我们死，辱骂女人，反对这项应当完成的任务——"

"我刚才喝醉了。"巴勃罗对他说。

"现在又——"

"我现在没醉，"巴勃罗说，"我已经回心转意了。"

"让别人信你的话吧。我不信。"奥古斯汀说。

"信不信由你，"巴勃罗说，"反正除我之外，没人能带你们去格雷多斯。"

"格雷多斯？"

"完成这次炸桥任务之后，唯一可去的地方就是那儿。"

罗伯特·乔丹望望比拉尔，侧过身去避开巴勃罗抬起另一只手，质疑地拨了拨自己右边的耳朵。

妇人点点头。接着又点了点头。她对玛丽娅嘀咕了几句，姑娘便直奔过来，站在罗伯特·乔丹的身边。

"她说：'他肯定听到了。'"玛丽娅在罗伯特·乔丹的耳根边说。

"那么，巴勃罗，"费尔南多以法庭讯问似的口吻说，"你现在同意我们的意见，并赞成炸桥这件事了？"

"是的，伙计。"巴勃罗说。他直视着费尔南多的眼睛，点点头。

"真的吗？"普里米蒂伏问。

"真的 ①。"巴勃罗用西班牙语对他说。

"那你认为这事能成功喽？"费尔南多问，"你现在有信心了？"

"为什么没有？"巴勃罗说，"难道你没有信心？"

"有，"费尔南多说，"反正我一直是有信心的。"

"我要出去，离开这儿。"奥古斯汀说。

"外面很冷的。"巴勃罗以友好的口吻对他说。

"也许吧，"奥古斯汀说，"反正我是没法在这疯人院 ② 里再待下去了。"

"别把这山洞说成是疯人院啊。"费尔南多说。

"一个关押精神病犯人的疯人院，"奥古斯汀说，"我要出去，要不我也成疯子了。"

---

① 此处原文为西班牙语：*De veras*。
② 此处原文为西班牙语：*manicomio*。

第十八章

　　这情景真像是游乐场里儿童玩的旋转木马呀，罗伯特·乔丹想。不过，有一种旋转木马，它旋转的速度很快，还伴有汽笛风琴的音乐声，孩子们骑在大牛身上，牛角是镀金的，那里还有套环让孩子们去套地上的一根根小木棒，有闪着蓝色火焰的汽灯，曼恩大街[①] 天一擦黑就点燃这些灯了，旁边还有卖煎鱼的摊子，有赌运气的轮盘，轮盘上的一块块皮板会随着轮盘的旋转"啪啪"地刮打着编了号码的一个个小格子，一包包当奖品的糖块堆得像金字塔。不，这里可不是那种旋转木马；尽管这里的人们也在等待着，就像站在命运轮盘前的那些人一样，男人们戴着便帽，女人们穿着针织羊毛衫，没戴帽子，汽灯的灯光把她们的头发映照得亮闪闪的，他们站在旋转着的命运轮盘前等待着。是啊，那些人也就是这些人啊。不过，这里是另外一种轮盘。这是一个好像在向上转动一会儿、然后又会转回来的轮盘。

　　它现在已经旋转了两圈啦。它是一个巨大的轮盘，固定在一定的角度上，每旋转一周之后就回到它原来的

---

① 巴黎一大街名，为儿童游乐场所。

起点上。轮盘的一侧高于另一侧，它的一个轮回先把你带到高处，然后再把你送回下面的起点。连奖品也没有，他想，所以就没人愿意乘坐这个轮盘了。你每次乘上它，去转了一圈，人虽然乘在上面，但却并非出于你的本意。只有一个轮回；一个巨大的、椭圆形的、先升后降的轮回，然后你就回到了你原来的出发点。我们现在又回到原地了，他想，却什么问题也没有解决。

山洞里暖融融的，外面的风也小了。此时，他正坐在桌边，面前放着他那本笔记本，心里在盘算着炸桥的所有技术性事宜。他绘制了三张草图，勾勒出了他的几套方案，非常清楚地在两张草图上标明了爆破的具体方法，清楚得就像幼儿园小朋友画出的图画，这样，万一在爆破的过程中他自己遇到了什么不测，安塞尔莫就可以完成它。他画好这几张草图，并仔细端详着。

玛丽娅就坐在他身边，侧着头在他肩膀边看他在忙着。他能意识到，巴勃罗就坐在桌子的对面，其他人则在聊天、打牌，他闻着山洞里混浊的气味，这时已不再是饭菜和烹饪的气味了，而是变成了炭火冒出的烟味、男人的气味、烟草味、红葡萄酒味，以及浓烈的人体发出的汗臭味，玛丽娅在一旁见他画完了一张图，便把她的一只手放在桌上，他用左手提起她的手，把她的手拉到自己的脸上，闻了闻她刚洗完碗碟后残留在那只手上的粗劣的肥皂味和水的清新味。他放下她的手，但并没有看她一眼，就接着忙他手头的事情了，因此他并没看到她羞红的脸。她让她那只手就那样放着，紧挨着他的手，但他没有再去拉那只手。

他终于完成了爆破的具体方案，便把笔记本翻到了新的一页，开始制定作战的指令。在思考这些问题时，他的思路很清晰，也很顺畅，因此对写下的内容也很满意。他在笔记本里写下了两页纸，然后又把写下的内容仔仔细细看了一遍。

我看也就这些啦，他对自己说。事情都已清清楚楚地写在这儿了，我认为这里面是没有任何漏洞的。那两个哨所将被摧毁，那座大桥将被炸掉，按照戈尔茨的命令去做，这就是我全部的职责。巴勃罗的那档子事整个儿就是一个很棘手的问题，这个包袱根本就不该强加在我的身上，不过，不管用这样还是那样的方法，这个问题总归是要解决的。有巴勃罗行，没有巴勃罗也行。有他还是没有他，我根本就不在乎。不过，我可不打算再登上那个轮盘了。我已经两次登上过那个轮盘，两次都是兜圈子，然后又回到了原来的起点，所以我再也不想坐上去了。

　　他合上笔记本，抬头望着玛丽娅。"你好呀，小美人儿，"他对她说，"你从这里面看出什么名堂来没有？"

　　"没有，罗伯托，"姑娘说着，把手放在了他的手上，他那只手里依然还拿着铅笔呢，"你干完了吗？"

　　"是的。总算把一应事情都写出来了，也安排妥当了。"

　　"你一直在那儿忙乎些什么呀，英国人？"巴勃罗在桌子对面问。他那双眼睛又变得扑朔迷离了。

　　罗伯特·乔丹密切注视着他。离这轮盘远点儿吧，他暗暗告诫自己。别再踏上这个轮盘啦。我看这轮盘又要开始旋转了。

　　"在琢磨炸桥的问题呢。"他彬彬有礼地说。

　　"琢磨得怎么样啦？"巴勃罗问。

　　"很好，"罗伯托·乔丹说，"一切都很好。"

　　"我一直在琢磨撤退的问题呢。"巴勃罗说，罗伯特·乔丹注视着他那双醉醺醺的猪眼睛，又看了看那只酒盆。酒盆几乎已经空了。

　　别碰这轮盘啦，他告诫自己。他又喝开了。毫无疑问。但是你现在可千万别再上这个轮盘啦。难道格兰特 ① 在南北战争期间的大部分时间里就不可以常常喝得醉醺醺的吗？他当然可以喝啦。我敢打赌，格兰特若是能见到巴勃罗，他准会因为这种对比而勃然大怒的。格兰特也是一

---

① 格兰特（Ulysses Simpson Grant，1822—1885）：美国将军，美国第 18 任总统（1869—1877）。在美国南北战争期间，他作为北部联邦军队的统帅，通过采用消耗策略，于 1865 年打败了南部邦联的军队。

个爱抽雪茄的人。哎呀，他该设法给巴勃罗弄支雪茄来呀。这幅嘴脸真的需要配上一支雪茄才算完整；一支嚼去半截的雪茄。他能去哪儿给巴勃罗弄支雪茄来呢？

"琢磨得怎么样了呢？"罗伯特·乔丹客气地问。

"很好，"巴勃罗说，深谋远虑似的使劲点了点头，"很好①。"

"你已经想出什么道道儿来啦？"奥古斯汀问，他正在和他们一块儿玩牌呢。

"是啊，"巴勃罗说，"道道儿多得很呢。"

"你从哪儿找到那些道道儿的？从那酒盆里？"奥古斯汀诘问道。

"也许吧，"巴勃罗说，"谁知道呢？玛丽娅，加满酒盆吧，好吗，请你？"

"皮酒囊里自有好主意呀，"奥古斯汀转身回到牌局中，"你干吗不爬进那皮酒袋，在那里面好好找找呢？"

"别，"巴勃罗平心静气地说，"我就在酒盆里找。"

原来他也不想登上那轮盘呀，罗伯特·乔丹想。它肯定是自个儿在绕着轴心旋转的。我估计你没法在那轮盘上坐得太久。那说不定就是个会致人死命的轮盘啊。幸好我们都没再上去。才上去两次就把我弄得头晕目眩了。不过，那些酒鬼和那些真正卑劣或真正残忍的人倒是会坐在这东西上面，而且一直坐到死。它慢慢向上转动着，每一个轮回都有所不同，然后又会慢慢地转下来。让它转去吧，他想。反正他们不能再强迫我上去了。不上去啦，先生，格兰特将军，我算脱离这轮盘啦。

比拉尔正坐在火塘边，她把椅子调了个向，这样，她就能从背对着她的两个人的肩膀上看过来。她正在观看那场牌局呢。

在这儿，刚才那种你死我活、不共戴天的紧张气氛，现在竟然一下子就变成了其乐融融的家庭生活场景，这才是最叫人不可思议的事情

---

① 此处原文为西班牙语：*Muy bien*。

呢，罗伯特·乔丹想。正是这该死的轮盘又回转下来了才让你感到大惑不解的。不过我已经远离这个轮盘了，他想。谁也别想再让我登上它。

两天前，我根本就不知道比拉尔、巴勃罗，以及其余这些人的存在，他想。世上也根本就不存在玛丽娅这样的事情。那肯定是一个比这要单纯得多的世界。我接受了戈尔茨的命令，命令是十分明确的，似乎也极有可能完成，尽管还存在一定的困难，并带有一定的严重后果。等我们炸了那座桥之后，我也不指望能回前线了，其实回不回都行，假如我们回去了，我打算请一段时间的假待在马德里。在这场战争中谁也没休过假，不过，我相信我能获得两三天的假待在马德里。

在马德里，我要去买几本书，去佛罗里达大酒店开一个房间，洗个热水澡，他想。我要让那个名叫路易斯的服务生去帮我买一瓶艾酒，要是他能在莱昂尼萨斯乳品商店买得到就好了，或者去大马路附近的随便哪家商店里买一瓶，洗好澡之后，我要躺在床上，看看书，喝两杯艾酒，然后打电话给盖洛德大酒店，看看能不能去那儿吃饭。

他不想去大马路饭店吃饭，因为那里的饭菜实在并不怎么好，而且你还得准时到达那儿，否则什么特色菜肴都没了。再说，那里还有太多他认识的记者，他又不想强忍着不说话。他要喝上点儿艾酒，使自己有想聊聊天的情绪，然后再去盖洛德大酒店，和卡可夫 ① 一起吃饭，他们可以在那里享用可口的饭菜和正宗的啤酒，还可以了解一下战争的进展状况。

他本来并不喜欢盖洛德大酒店，那是马德里的一家由俄国人接管过来的大酒店，他第一次去那里时感觉并不太好，因为对一座被围困的城市而言，它显得过于豪华，菜肴也显得过于考究，就战时而言，人们的言谈也似乎过于玩世不恭了。不过，我可是很容易就能被拉下水的，他想。当你从如此这般的处境中回来时，在能够做出安排的情况下，为何

---

① 这是作者以前苏联《真理报》(Pravda) 派驻马德里的记者科尔佐夫为原型，在这部作品中塑造出的一个虽未真正出场、却很重要的人物形象。

就不能尽情享用一下美味佳肴呢？还有那些言论，他初次听到时还觉得是玩世不恭的那些言论，结果反倒是无比正确的。这倒是一个很不错的话题，可以拿到盖洛德大酒店去聊聊，他想，等这次任务完成之后吧。是的，要等这次任务完成之后。

你能否带着玛丽娅去盖洛德大酒店呢？不。你不能。不过，你可以把她留在你住的那家大酒店里，她可以洗个热水澡，在那里恭候你从盖洛德大酒店回来。是的，你可以这么做，等你向卡可夫介绍了她的情况之后，你以后就可以带她去了，因为他们会对她很好奇，就会想看看她这个人了。

也许你根本就不会去盖洛德大酒店呢。你可以早早地在大马路吃好饭，然后就兴冲冲地回到佛罗里达大酒店里。然而你自己知道你是一定要去盖洛德大酒店的，因为你想再看看那里的一切；你想在完成了这次任务之后再去吃吃那里的饭菜，你想再去看看那里舒适安闲的氛围和豪华奢侈的环境嘛。然后你才会回到佛罗里达大酒店，因为玛丽娅在那里等着呢。当然，等这项任务了结之后，她会在那里的。等这次任务完成之后吧。是的，要等这项任务完成之后。假如他这次干得很漂亮，他就该理所当然地去盖洛德大酒店大吃一顿。

盖洛德大酒店就是你结识那些著名的工农出身的西班牙指挥员的地方，这些来自于人民的指挥员，在战争一开始，在事先没有接受过任何军事训练的情况下，就拿起了武器，你还发现，他们中有不少人居然会说俄语。这是他几个月前的第一大失望，他自己也为此而开始变得愤世嫉俗起来。不过，等他明白了事情的原委之后，心里也就释然了。他们的确是工人和农民。他们积极参与了 1934 年的革命，革命失败后，他们不得不逃离了这个国家，后来在俄国，他们把这些人送进了共产国际^① 主办的军事学院和列宁学院，这样，他们日后就具备了作战的能力，

---

① 共产国际（Comintern），又叫第三国际，1919 年成立于莫斯科，1943 年解体。

并受到了指挥作战的必要的军事教育。

　　共产国际在那里教育了他们。在革命中，你不可能向外人承认谁曾经援助过你，也不可能让任何人知道他不该知道的事情。他后来懂得这一点了。如果一件事情从根本上说是正确的，那么撒谎就不应当算什么过错。毕竟撒谎的事情多着呢。他起初是不喜欢撒谎的。他厌恶撒谎的行为。然而他后来也渐渐变得爱撒谎了。这是做一个组织内部的人所不可或缺的要素呢，但是这也是一桩十分败德的事情。

　　正是在盖洛德大酒店里，你才得以了解到，那个号称庄稼汉[1] 或"泥腿子"的巴伦廷·冈萨雷斯[2]，其实根本就没当过农民，而是西班牙外籍军团里的一名前中士，后来开小差离开了那支部队，与阿布德·艾尔·克里木[3] 战斗在一起了。这一点也是无可厚非的。他为什么不可以这样？在这种战争中，你就是需要这些快速成长起来的农民出身的领袖嘛，可是，一个地地道道的农民出身的领袖却又难免与巴勃罗十分相像。你不可能等待真正的农民领袖自行出现，即便他出现了，他身上也可能带有太多的农民习气。所以，你得制造出一个来。在这一点上，根据他所见到的那个"泥腿子"冈萨雷斯的形象，蓄着黑胡子，长着黑人般的厚嘴唇和一双狂热的、直瞪瞪地看人的大眼睛，他就觉得此人爱招惹是非的特性可能也几乎不亚于一个真正的农民领袖。上次见到此人时，他似乎就不由自主地相信了此人自己所作的宣传，认为他就是一个地地道道的农民了。他是个勇猛而又顽强的汉子；勇猛顽强，盖世无双

---

① 此处原文为西班牙语：*El Campesino*。

② 巴伦廷·冈萨雷斯（Valentin Gonzalez, 1904—1983），西班牙内战时期共和军的重要将领。号称"泥腿子"的冈萨雷斯和西班牙"第二共和"时期人民军中众多出身工农的指挥员一样，都曾在苏联接受过军事训练。大革命失败后，他流亡法国，并多次组织游击队反击法西斯独裁统治。1978 年西班牙法西斯主义倒台后，他返回祖国。后在马德里去世。

③ 阿布德·艾尔·克里木（Abd el-Krim, 1882—1963），摩洛哥起义军的主要领导人，与其兄弟穆罕默德一起率领摩洛哥游击队于 1920 至 1927 年间四处抗击法国、西班牙等殖民者的统治，为摩洛哥于 1956 年的独立做出了卓越贡献。据说，他的游击思想和游击战术颇为精湛，甚至影响了毛泽东、胡志明等人。他于 1963 年在开罗去世，未能实现他回归祖国的愿望。

呢。可是，上帝啊，他的话也太多啦。而且还口无遮拦，只要一激动，他就什么话都说，全然不顾自己的鲁莽言论会带来什么样的后果。而且那些后果已经有很多了。即便在貌似万般无奈的情形下，他也是一名很出色的旅长。他从来就不知道何为万般无奈，即便真出现了那种情况，他也会杀出一条血路来。

在盖洛德大酒店里，你还结识了恩里克·李斯特，他原本是个普普通通的石匠，出生于加利西亚，现在正指挥着一个师，他也会说俄语。你还结识了胡安·莫德斯托[①]，他原本是个细木工，出生于安达卢西亚，最近刚刚受命去指挥一个军团。他的俄语绝对不是在圣玛利亚港[②]学会的，不过，假如那里也开办了一所贝立兹[③]学校让那些细木工们去就读的话，他也可能学会的。在那些青年军人中，他最得俄国人的信任，因为他是个真正的党员，一个"百分之百的"党员，他们很得意地用这个美国人所特有的方式说。他的聪明才智要远远高于李斯特或那个"泥腿子"冈萨雷斯。

毫无疑问，盖洛德大酒店就是你想继续接受教育所需要的最佳场所啊。你就是在这个地方才学会了怎样才叫不折不扣、实实在在地完成了任务，而不是空谈应该怎样去完成任务。他的教育才刚刚起步呢，他想。他不知道自己是否还要继续长期地接受这种教育。盖洛德大酒店的确不错，也很体面，是他所需要的去处。在起步阶段，在他还相信那套纯属胡说八道的言论时，事实情况却使他大为震惊。不过，他现在的见识已经足以使他能够认识到整个这场骗局的必要性了，而且他在盖洛德

---

① 胡安·莫德斯托（Juan Modesto，1906—1969）：西班牙共产党员，西班牙内战期间共和军的优秀指挥员，与李斯特一样，都是共产党培养的高级将领。

② 圣玛利亚港位于加迪斯湾，濒临大西洋，是西班牙重要港口，也是旅游胜地，尤以其美丽的海滩闻名。

③ 贝立兹（Charles Frambach Berlitz，1914—2003），美国著名语言学家和教育家。一生致力于语言教育，创办的语言学校遍及美国和世界各地。美国总统肯尼迪、法国总统密特朗等政界要人以及众多的社会名流都曾在贝立兹学校学习过。贝立兹因而成为世界知名的语言培训机构。

大酒店的所见所闻也只是进一步增强了他所认定的对这些事情的信念。他喜欢去了解事情的真实原委；而不是空谈事情应该是什么样的结局。战争中总是有人在撒谎。不过，这些实实在在的李斯特、莫德斯托、"泥腿子"冈萨雷斯等人却要比那些谎言和传奇强得多。罢了，他们总有一天会把事实真相告白于天下所有人的，而在那时，他会很庆幸他有这么一个盖洛德大酒店让他亲自了解到了事情的真相。

是啊，这就是他在马德里要去的地方，当然要在他买好那几本书、躺在澡盆里洗了热水澡、喝了几杯酒、看了一会儿书之后。不过，他在做这种遐想的时候，还没让玛丽娅出现在这整个计划中呢。好吧。那就去开两个房间吧，让她在那儿高兴做什么就做什么，而他是要去盖洛德大酒店的，去了那儿之后再回来与她相会。她已经在这山里等待了这么久了。让她待在佛罗里达大酒店里再等待一小会儿吧。他们可以有三天时间待在马德里。三天也算是一段漫长的时间了。他要带她去看麦克斯三兄弟主演的《歌剧院一夜》[1]。这部影片如今已经上映三个月了，再放三个月肯定也照样受欢迎。她会喜欢麦克斯三兄弟的这部《歌剧院一夜》的，他想。她会非常喜欢的。

从盖洛德大酒店到这个山洞，真可谓路途遥远啊。不，这段路程并不算遥远。从这个山洞走向盖洛德大酒店的这段路程才叫遥远呢。第一次是卡希金带他去那儿的，但他那时并不喜欢这家大酒店。卡希金当时说，他应当认识一下卡可夫，因为卡可夫很想结识美国人，还因为他是世上最崇拜洛佩·德·维加的人，并认为《羊泉村》是一部最伟大的旷世剧作。也许就看在这一点上吧，但是他，罗伯特·乔丹，并不这么看。

他喜欢的是卡可夫这个人而不是这个地方。卡可夫是他迄今所认识的最具聪明才智的人。穿着黑色的长马靴、灰色的马裤、灰色的紧身上衣、小手小脚、略显浮肿的憔悴的脸庞和身材，一口坏牙，一说话就会

---

① 麦克斯三兄弟是好莱坞著名喜剧演员，《歌剧院一夜》是他们当年主演的名片。

唾沫四溅，罗伯特·乔丹第一次见到他时，他就是这幅滑稽可笑的模样。然而在他认识的所有人当中，却没有谁比此人更有头脑、骨子里更有自尊、外表上更加傲慢、也更富有幽默感。

盖洛德大酒店本身似乎就是一个穷奢极欲、腐败堕落的地方。可是，一个管辖了六分之一世界的泱泱大国的代表们为什么不该享有一些使生活舒适些的事物呢？是啊，他们正享受着这种奢靡的生活呢，罗伯特·乔丹起初对整个这一套都很反感，但后来居然接受了，而且还喜欢上了。卡希金倒是认定他罗伯特·乔丹是个了不起的家伙，而卡可夫起初却客套得让人大伤自尊，后来，当罗伯特·乔丹不再摆出一副英雄的架子，而是讲述了一个确实非常有趣却也有损于自己形象的海淫海盗的故事时，卡可夫的态度这才由原来的客套转为放肆的粗鲁，进而转为目空一切的傲慢，再后来，他们便成为朋友了。

卡希金在那里只不过是一个人们可以容忍的人而已。卡希金显然出过什么差错，他是来西班牙寻找出路的。人们不肯告诉他问题究竟出在哪里，不过，既然他已经死了，他们也许就会说出来了。不管怎么说，他与卡可夫成为朋友了，而且也与那位瘦得出奇、满面愁容、皮肤黧黑、待人仁慈、胆小怕事、逆来顺受、毫无怨言的女人成为朋友了，这女人长着一副瘦削的却无人爱惜的身段，黑灰相杂的头发剪得很短，她就是卡可夫的妻子，在坦克军团里当译员。他也成了卡可夫的情人的一个朋友，这女人长着一双猫眼、一头金红色的秀发（有时偏红色，有时偏金色，完全取决于理发师给她定什么样的发型）、一副慵懒而又性感的肉体（天生适合于依偎在别人的肉体上）、一张天生适合于和别人接吻的嘴巴，还有一颗愚蠢、骄矜、绝对听命于男人的心。卡可夫的这个情人爱传播流言蜚语，还喜欢逢场作戏，有节制地与别的男人来点儿杯水主义，这一来似乎反倒使卡可夫更觉得有趣了。除了坦克军团的那个，卡可夫应当在某个地方还有一个妻子，说不定还有两个呢，不过，这一点谁也不敢说得十分肯定。罗伯特·乔丹对他所认识的卡可夫的那个妻子和他的那个情人都很喜欢。他想，他可能也会喜欢上卡可夫的另外那个妻子的，假如他也认识她的话，假如他真还有一个的话。卡可夫挑女人确实很有眼光。

盖洛德大酒店楼下正门口停车处的回廊外有执勤的哨兵，步枪是上了刺刀的，在被团团围困着的马德里，今天夜里那里应当是全城最怡人、最舒服的去处了。他恨不得今夜就待在那边而不是待在这里。尽管这里目前看来是太平无事的，因为他们已经停下了那只轮盘。而这场雪也渐渐地停了。

他很想把他的玛丽娅带给卡可夫看看，不过，他得先征得同意，然后才能带她去，此外，他还得了解一下，此行归来后人家会怎样接待他。本次进攻结束之后，戈尔茨也会去那儿的，如果他任务完成得好，他们从戈尔茨嘴里就能知道消息。戈尔茨也会就玛丽娅的事情来开他的玩笑。因为他曾对他说过没空找姑娘的话。

他把手中酒杯伸到巴勃罗面前的酒盆里，舀了一杯葡萄酒。"请多包涵。"他说。

巴勃罗点点头。我猜想，他正忙于琢磨他的那些军事问题吧，罗伯特·乔丹想。不是在大炮口上寻求那肥皂泡般的功名，而是在那边的酒盆里寻找解决问题的办法呢。然而你知道，这狗杂种一定有相当的手段，才能一帆风顺地率领这支小分队干了这么久。他望着巴勃罗，心想，不知他在美国的南北战争中会是个什么样的游击队长呢。那时候这种角色可多啦，他想。只是我们对他们的情况不甚了解罢了。不是说匡特里尔[①] 那类人，也不是说莫斯比[②] 那类人，也不是说他自己的祖父那

---

① 匡特里尔（William Clarke Quantill, 1837—1865），美国南北战争时期南部邦联游击队的头目。在南北战争初期带领南方丛林游击队在密苏里-堪萨斯一线活动，袭击和杀害北部联邦军，后来在与北部联邦军的激烈交战中被打死，时年二十七岁。

② 莫斯比（John Singleton Mosby, 1833—1916），也是美国南北战争时期南部邦联游击队的头目，号称"灰色幽灵"，率领骑兵袭击联邦军队，破坏交通，以其闪电战术而闻名，危急时即混入当地百姓中逃遁，令联邦军队大为头痛，格兰特将军曾下令："只要抓住莫斯比的人，不用审判，立即绞死。"

种人，而是那些小角色，那些在南北战争时期在丛林里打游击的人。还有酗酒的问题。你以为格兰特真是个酒鬼吗？他祖父始终坚称他就是个酒鬼。说他每到下午四点钟总是会带着点儿醉意，还说在攻打维克斯堡^①之前，在围城期间，他有时一醉就是两三天呢。不过，祖父声称，不管喝多少，他也能照样完全正常地发挥他的才干，只是有时很难把他叫醒而已。不过，只要你有本事把他叫醒，他就能正常工作。

在这场战争中，敌我双方迄今都没有出现过任何格兰特、谢尔曼^②、"石墙"杰克逊^③之类的人物。没有。也没出现过任何杰布·斯图亚特^④这样的人物。也没有任何谢里登^⑤。然而在数量上占压倒多数的却是麦克莱伦^⑥那样的人。法西斯分子那边有很多麦克莱伦这号人，我方也至少有三个。

在这场战争中，他确实还没见到过任何一个军事天才。一个也没有。连一个哪怕有点儿像天才的人也没有。克莱伯、卢卡契、汉斯等人与国际纵队一起在马德里保卫战中各司其职，都做出了卓越的贡献，可是后来，那个老秃头，鼻架眼镜、刚愎自用、蠢得像猫头鹰、谈吐乏

---

① 维克斯堡是美国密西西比州西部密西西比河上一城市，在南北战争中是南部邦联的重要据点。格兰特率军领联邦军队包围这座城市近一年才最后攻克。这就是美国南北战争时期著名的维克斯堡战役，而维克斯堡围歼战（The Siege of Vicksburg）则被称为南北战争的重要转折点之一。

② 谢尔曼（William Tecumseh Sherman，1820—1891），美国名将，1864 年在美国南北战争中担任联邦军西线总司令，率领 60 000 人横越佐治亚州，其间用故意破坏所经之地的策略击溃了北部邦联的军队，并摧毁了敌方的士气。

③ 杰克逊（Thomas Jonathan Jackson，1824—1863），美国南北战争时期南部邦联的名将，外号"石墙杰克逊"，因其 1861 年在第一次布尔溪战役中的出色指挥而一举成名，后成为南军统帅罗伯特·E. 李麾下的得力将领。

④ 杰布·斯图亚特（James Ewell Browm "Jeb" Stuart，1833—1864），美国将领，在美国南北战争中担任南部邦联的骑兵将领，曾为南方立下不少战功，深得南军统帅罗伯特·李的赏识。

⑤ 谢里登（Philip Henry Sheridan，1831—1888），美国将军，在南北战争中担任北部邦联骑兵将领，为北军立下过赫赫战功。1865 年，他率领北军骑兵追击罗伯特·李，迫使其最终投降。

⑥ 麦克莱伦（George Brinton McClellan，1826—1885），美国南北战争中担任北部邦联军少将，在战争初期战功卓著。但后来由于过高估计敌方实力，行事过于审慎，常常贻误战机，被林肯总统两次撤离指挥岗位。

味、有勇无谋、笨如公牛、靠欺骗性宣传发家的马德里的保卫者，那个米亚哈 ①，却十分嫉妒克莱伯所获得的名声，竟硬逼着俄国人解除了克莱伯的指挥权，把他打发到巴伦西亚去了。克莱伯是一位优秀的军人；不过也有局限性，他的确话多，喜欢对自己取得的成绩大吹大擂。戈尔茨倒是个很出色的将军，也是个优秀的军人，但他们总是把他压在从属的位置上，从来不让他放开手脚去施展才干。这次进攻将是他迄今为止所指挥的规模最大的一次军事行动，但罗伯特·乔丹不太喜欢他所听到的人们对这一战役的风言风语。还有那个匈牙利人高尔，假如你在盖洛德大酒店听到的有关他的传闻有一半属实，他就该被枪毙。如果你在盖洛德大酒店听到的传闻有百分之十是真的，他就该被枪毙，罗伯特·乔丹想。

他多么希望自己曾亲眼目睹过在瓜达拉哈拉东面的高原上他们大败意大利人的那场战斗啊。可是他那时在南面的埃斯特雷马杜拉。汉斯两周前的一个晚上在盖洛德大酒店里对他讲述过那场战斗，使他如身临其境般地明白了那一切。曾经有一度，那情势真的像败局已定了，因为意大利人已经突破了特里槐克附近的防线，假如托里哈-布利乌艾加公路再被切断，第十二旅将处于被分割包围的境地。"但是我们知道他们是意大利人，"汉斯说，"我们就设法采用了一些灵活机动的战术重新调整了部署，这在别的部队看来简直是毫无道理的。结果却大获成功了。"

汉斯在一张张作战地图上向他详细展示了那场战役的实况。汉斯把他的那些地图都装在他那只专门用来装地图的文件包里，无论走到哪里都一直带在身边，他似乎依然在为那次战役所取得的奇迹般的胜利而感到惊喜和欣慰。汉斯是一个优秀的军人，也是一个好伙伴。李斯特、莫德斯托、"泥腿子"冈萨雷斯所率领的西班牙部队，在那次战役中都打

<hr>

① 米亚哈（Jose Miaja Menant，1878—1958），在西班牙内战时期任西班牙政府军少将，在马德里保卫战期间任马德里的城防司令。但后来叛变，支持叛军反对西班牙共和政府。西班牙内战结束后流亡国外，在英国、阿尔及利亚、法国等地生活过，1958 年在墨西哥去世。

得很出色，汉斯这样对他说，这当然得归功于他们的领导和他们执行的纪律。不过，李斯特、"泥腿子"冈萨雷斯和莫德斯托所采取的行动中，有不少都是按照俄国军事顾问的指示去做的。他们就像刚刚学开飞机的学员在驾驶着有主副操纵装置的飞行器一样，只要他们一出差错，马上就由老飞行员接替过来。好吧，今年就能看到他们究竟学到了多少、掌握得怎么样了。要不了多久，那些主副装置就没了，到那时，我们就能看出他们独自驾驭师团和军团的实际水平了。

他们是共产党人，他们还是崇尚纪律严明的人。他们所执行的纪律可以造就出优秀的军队来。李斯特会杀气腾腾地执行纪律。他是个真正的狂热分子，他具有十足的西班牙式的缺乏对生命尊重的作风。他会因为微不足道的理由就断然下令处决部下，自鞑靼人①首次入侵西方以来，已经很少有军队会像他们那样做了。但是他知道该怎样把一个师团锤炼成一个能征善战的作战单位。固守阵地是一回事。进攻并夺取阵地又是一回事，而在野外调动一支部队更是截然不同的两码事，罗伯特·乔丹坐在桌边遐想着。从我对李斯特的了解来看，我就不知道，一旦那种主副式的操纵装置不复存在了，他会怎样行动？不过，也许不会不复存在的，他想。我不清楚他们是否还会存在？甚而会进一步加强？我不知道俄国人在整个这件事情上到底是什么立场？盖洛德大酒店真是个该去的地方呀，他想。既然我只能去盖洛德大酒店了解情况，我就需要去多了解啊。

有一度他曾认为，盖洛德大酒店的气氛很不适合于他。它与委拉斯开兹路六十三号的清教徒式的、虔诚的共产主义氛围恰好完全相反，这座原本是西班牙皇室设在首都马德里的皇宫现已变成了国际旅的司令部。在委拉斯开兹路六十三号，你的感觉就像是一名排着队前来朝拜的

---

① 鞑靼人（Tartar）：西方人习惯于把蒙古人统称为鞑靼人。13世纪初叶，成吉思汗率军征服了亚洲大部分地区和东欧，14世纪在帖木儿的统治下建立了帝国，定都撒马尔罕。

圣徒一样——而在盖洛德大酒店，你的感觉是，这儿的氛围已经远远不是原来的第五团团部了，在第五团尚未拆散、编入新军各旅之前，当时的情况与现在不啻天壤之别。

在这截然相反的两个去处，不论在哪一处，你都会觉得你是在投身于一支十字军。唯有这个词语最能贴切地表达这层意思，虽然这个词语已经十分陈旧，且又屡被滥用，已经不再是它原来的真正意义了。你觉得，尽管有官僚主义、工作效率低下、党内斗争等等现象，你总归会有所触动，就像你头一次去吃圣餐时你期望得到却又没有得到的那种感觉一样。那是一种要为全世界所有被压迫的人们而去献身于一项事业的感情，诚然，把这种感情说成是宗教式的体验未免难以启齿，也令人难堪，然而它却是丝毫不掺假的真实感情，就像你在聆听巴赫的钢琴曲，或者站在夏尔特尔大教堂或莱昂大教堂里看着阳光透过巨大的窗户洒落进来时的那种感觉；或者如同你在普拉杜国家美术馆看到曼特尼亚、格列柯、布吕赫尔 ① 的油画时所产生的那种感觉。它赋予你的是一种使命感，使你觉得你就是某一项事业的组成部分，你可以全身心地、全力以赴地去信仰它，它使你感受到的是一种与其他那些志同道合的人所结下的生死与共的兄弟情谊。这是一种你以前从来就不知道而现在已经深有体会的感情，你对它如此重视，并为它找到了充分的理由，甚至连你自己的死亡似乎也全然无关紧要了；只不过因为死亡会妨碍你对职责的履行，这种事情才要加以避免。然而最好的一点是，为了这种感情，也为了这种必要性，你就有了可以去做的事情。你可以战斗。

---

① 马德里的普拉杜西班牙国家美术馆是世界著名的美术馆之一，成立于 1818 年。曼特尼亚（Andrea Mantegn，1431—1506），意大利画家、雕刻家，尤以壁画闻名；格列柯（El Greco，1541—1614），西班牙画家，他的肖像画和宗教画以扭曲的透视图、拉长的人物造型和鲜亮的色彩为特点；布吕赫尔（Pieter Brueghel，1525—1569），荷兰著名画家，作品包括风景画、宗教寓言画，以及描绘农民生活的讽刺画。布吕赫尔是荷兰著名艺术世家，继他之后，出了几代名画家。

所以你战斗了，他想。然而在战斗中，对那些在战场上存活下来的也算是骁勇善战的人所怀有的那份具有纯洁性的感情却很快就没有了。过完头六个月之后那份纯洁就没了。

　　保卫阵地或保卫城市是战争的组成部分，你能从中体会到当初的那份感情。山里的那场战斗就是这样的。他们怀着真正的革命同志的情谊战斗在那里。在山上，当执行战场纪律的必要性第一次出现时，他是赞成并理解的。在炮火的轰击下，人们变成了胆小鬼，四处乱跑了。他亲眼看到他们被枪毙，被扔在路边由着去发胀腐烂，除了扒下他们的弹药和值钱的东西之外，谁也懒得去处置那些尸体。拿走他们的弹药、剥下他们的靴子和皮大衣的行为是无可厚非的。拿走这些值钱的东西只是很现实的做法而已。仅仅是为了不让那些无政府主义者拿走这些东西罢了。

　　在当时看来，枪毙那些逃跑的人似乎是公正的、合理的、必要的。这种做法并不算错。他们逃跑是一种自私的表现。法西斯分子发起了攻击，我们把他们阻挡在山坡下瓜达拉马山区所特有的那些灰白色的岩石丛中、矮松林里、荆棘丛下。我们冒着敌机的轰炸坚守着那条公路，后来敌军又调集了炮兵部队进行狂轰滥炸，到了傍晚，经过一整天苦战之后还依然活着的人员发起了反攻，把敌人打退了。后来，敌人以山石和树丛为掩护悄悄摸过来，企图从左侧包抄我们时，我们就坚守在那座疗养院里，从窗户里和房顶上向他们射击，尽管我们已经是两面受敌了，我们这些活过来的人都知道被包围是什么滋味，直到那场反击彻底打退了敌人并把他们赶到了公路的那边。

　　在如此这般的情景中，在令你口干舌燥的恐惧中，在被炸得四处飞溅的泥灰和尘土中，在整扇墙壁摇摇欲坠、即将坍塌的突如其来的惊恐中，在炮弹爆炸的阵阵火光和轰鸣声中，你清理出机关枪，拖开了那几名刚才还在用这挺机枪射击、现在却已脸朝下被掩埋在瓦砾下的战士，你脑袋贴在机枪的防护板后排除着它的故障，扒出被砸坏的子弹箱，重新整理好子弹带，然后，你直接俯卧在那挺机枪的防护板后，那挺机枪便又开始扫射着路边的目标了；你做了在那种形势下你该做的事，并知道自己做得对。你体会到了枪林弹雨中的那种口干舌燥、恐惧已被荡涤、心灵得到净化的喜悦，你战斗在那年的夏天和那年的秋天，你在为全世界所有的穷苦人而战，为反对一切暴政而战，为你所信仰的一切事物而战，为你所理解的那个崭新的世界而战。你在那年的秋天已经学会了，他想，该怎样坚忍不拔地去承受一切艰难困苦，该怎样把一切艰难困苦统统置于脑后，长时间地坚守在严寒、潮湿、泥泞的环境中，不住地挖战壕、筑工事。如今，整个夏天和整个秋天所产生出的那种情感已被深深掩埋在疲乏、困倦、紧张和浑身不适之下了。但是它依然还在，你所经历过的这一切便足以证实它的存在。正是在那些日子里，他想，你才拥有了一份深厚、至诚、忘我的自豪感——这很可能会使你成为盖洛德大酒店里的一个该死的招人厌烦的人呢，他突然想到了这一点。

可不是嘛，要是像这样，你在盖洛德大酒店就不会那么招人喜欢了，他想。你太天真啦。你似乎像蒙受着天恩的骄子一样。不过，那时候，盖洛德大酒店的气氛说不定也不像现在这样呢。是啊，事实上，它本来就不是这样的，他对自己说。它根本就不该是这样的。那时候也没有什么盖洛德大酒店。

卡可夫曾和他谈起过有关那些日子的情况。那时候，凡是在那里的俄国人统统住在皇宫大酒店里。罗伯特·乔丹当时还不认识他们当中的任何一个人。那是在第一批游击队成立的前夕；在他遇见卡希金或其他俄国人之前。卡希金那时还在北方的伊伦，在圣塞瓦斯蒂安，在参加那场后来流产了的攻打维多利亚的战斗。① 他直到一月份才来马德里，而罗伯特·乔丹则在卡拉万切尔和乌塞拉一线浴血奋战，在那三天里，他们阻击了进攻马德里的法西斯军队的右翼，并展开巷战，挨门挨户地把

① 伊伦为西班牙巴斯克自治区一重要古城，有众多名胜古迹，是西班牙旅游胜地。圣塞瓦斯蒂安为西班牙北部重要港市和度假胜地，位于比斯开湾，近法国边境。维多利亚为西班牙东北部城市，巴斯克地区首府。1813 年惠灵顿公爵即在此打败法国军队，使西班牙摆脱了法国的统治。

那些摩尔人和外国雇佣兵 [1] 统统打回去，在被太阳烘烤得一片灰白的高原的边缘地带，在那被打成了断壁残垣的城郊肃清残敌，再沿着那些高地构筑起了一道防线，守住这座城市的这一角，在这期间，卡可夫已经在马德里了。

卡可夫在说话时也没有对那几次战役冷嘲热讽。那时候他们全都过着这样的日子，似乎败局已定、万念成灰了，如今，每个人都对那时的情况历历在目，清楚地记得当时在一切似乎都丧失殆尽的情形下他是如何表现的，比受到传令嘉奖或被授予勋章记得还清楚。政府那时已经放弃了这座城市，在逃跑时开走了国防部所有的汽车，弄得老米亚哈只好骑着自行车去视察他的防御阵地。罗伯特·乔丹不相信有这回事。即便他以满腔的爱国热情来发挥他的想象力，他也想象不出米亚哈骑着自行车的情景，但是卡可夫却说那是真事。不过，他那时就此事给俄国报纸写过报道，所以在报道了此事之后，他也许希望相信确有其事吧。

然而还有另外一件事，卡可夫却没有报道。他对住在皇宫大酒店里的三名负伤的俄国人负有不可推卸的责任。他们中的两名是坦克驾驶员，一名是飞行员，他们因为伤势过重而没法转移，可是，在那时，由于最为重要的是不能留下任何俄国人介入的证据为法西斯分子的公开干涉提供把柄，所以，卡可夫承担的责任是，万一这座城市被放弃了，这几名伤员决不能落到法西斯分子的手里。

一旦这座城市被放弃，卡可夫必须在撤离皇宫大酒店之前毒死他们，销毁一切能说明他们身份的证据。结果是，谁也无法根据这三名伤员的尸体来证明他们就是俄国人，一个是腹部中了三枪，一个是腮帮子被子弹打掉了，声带一根根裸露在外，一个是股骨被子弹打得粉碎，双手和脸部被烧得不成人样，整个脸就是一个没有睫毛、没有眉毛、没有头

---

① 此处原文为西班牙语 *Tercio*，原意为"三分之一"，是欧洲文艺复兴时期的军事术语，常指"由各国骁勇善战、武艺高强的职业军人所组成的混成远征军队"。此处指"由外籍士兵组成的部队"。

发的大水泡。仅凭被他遗留在皇宫大酒店床上的这三名伤员的尸体，谁也没法判断他们就是俄国人。没有任何一点能证明一个赤条条的死人就一定是俄国人。如果你死了，你的国籍、你的政见也就显示不出来啦。

罗伯特·乔丹曾问过卡可夫，他对实施这一行为的必要性有何感想，卡可夫说，他当时并没有期待着这种必要性的出现。"那你当时打算怎么干？"罗伯特·乔丹问过他，还追加了一句，"你是知道的，要想一下子就把人毒死可没那么简单。"可卡可夫却说："哎呀，很简单的，如果你给自己备着这个随时带在身边，这事就很简单了。"他说罢便打开了他那只烟盒，让罗伯特·乔丹看他藏在烟盒内侧的东西。

"不过，如果他们活捉了你，不管是谁，他们首先想干的就是要拿走你的烟盒，"罗伯特·乔丹不同意地说，"他们会命令你举手投降的。"

"可是我这里还有一点儿呢，"卡可夫咧嘴笑了笑，指了指他身上那件夹克衫的翻领，"你只要把这衣领往嘴里一塞，像这样，咬一下，咽下去就行了。"

"那要好多了，"罗伯特·乔丹说，"说来听听，它有苦杏仁的气味吗，就像侦探小说里老是描写的那样？"

"我不知道，"卡可夫神情愉快地说，"我从来就没闻过它。我们打破一小支来闻闻，怎么样？"

"还是留着吧。"

"好吧，"卡可夫说罢，收起烟盒，"我不是个失败主义者，你明白，但是，这种危急时刻却随时都可能再次出现，而这东西并不是随处都能找到的。你看过来自科尔多瓦①前线的公报吗？做得非常漂亮。是我现在最喜欢的公报之一。"

"公报上都说了些什么？"罗伯特·乔丹当时刚从科尔多瓦前线来到

---

① 西班牙南部安达卢西亚地区一城市，由迦太基人建立，711 年—1236 年处于摩尔人统治之下，以其风格独特的古建筑而闻名，尤其是大清真寺。

马德里，所以他的心突然一下子提了起来，那种感觉就像是有人在戏弄一件你自己可以戏弄而别人却不可以造次的事情。"能给我说说吗？"

"我们光荣的军队在继续向前挺进，连一块巴掌大的土地也没丢失 ①。"卡可夫用他那半生不熟的西班牙语说。

"不会真说出这种话来吧？"罗伯特·乔丹表示怀疑地说。

"我们光荣的部队在继续向前挺进，1 英尺土地也没有丧失，"卡可夫用西班牙语说了一句，接着又把这句话用英语重复了一遍，"公报上是这么说的。我可以找来给你看看。"

你心里还在惦记着那些在波索布兰科 ② 外围的那场战斗中你认识的那些死去的战士；然而在盖洛德大酒店里，这却成了一个笑料。

呜呼，这就是盖洛德大酒店现在的样子。虽然如此，但话还得说回来，盖洛德大酒店也并非一直就是这种样子，如果现在的形势还像以前一样，这个盖洛德大酒店还是原来那个因形势需要而出现的一个产物，是由革命初期的那些幸存者制造出来的，他倒是很乐意去盖洛德大酒店看看，去了解了解情况。你现在的心情与过去在瓜达拉马山区、在卡拉万切尔和在乌塞拉时的心情大不一样啦，他想。你很容易堕落啊，他想。然而这究竟是堕落呢，还是仅仅因为你已经失去了当初的天真？凡事不都这样吗？有谁还保持着那种起初时的纯洁高尚的事业心啊？那些年轻的医生、年轻的牧师、年轻的士兵通常在开始时都对自己的事业抱有赤诚之心，到头来还不都这样？牧师们当然还保持着，否则他们就不干这一行了。我估计纳粹分子们是保持着的，他想，那些共产党人也保持着，因为他们有特别严格的自律要求嘛。可是，你瞧瞧卡可夫。

对于琢磨卡可夫这个人，他是向来乐此不疲的。他上次去盖洛德大酒店时，卡可夫曾对一位在西班牙待过很久的英国经济学家赞不绝口。

① 此句的原文为西班牙语：*Nuestra gloriosa tropa siga avanzdo sin perder ni una sola palma de terreno*。

② 西班牙南部科尔多瓦省一城市，位于安达卢西亚自治区北部。

罗伯特·乔丹拜读此人的著作也有不少年头了，并且一直很敬重他，却对他的情况一点也不了解。他不太喜欢此人所写的有关西班牙的文章。内容过于直白、过于粗浅、过于一目了然，而且就他所知，有不少统计数据都是一厢情愿地凭空捏造出来的。但是他认为，如果你对一个国家真正有所了解了，你也就不大会关注有关这个国家的新闻报道了，不过，他还是敬重这个人的良苦用心的。

后来，在他们对卡拉万切尔发起攻击的那个下午，他终于见到这个人了。他们当时就坐在那个斗牛场的背风处，两条大街上枪声不断，人人都在紧张地等待着发起攻击。一辆坦克说好要来的，却始终没有露面，蒙特罗便一手托着脑袋坐在那儿说："坦克还不来呀。坦克还不来呀。"

那是一个寒冷的日子，黄色的尘土顺着大街刮着，蒙特罗左臂负了伤，整条胳膊都僵硬了。"我们得有辆坦克才行，"他说，"我们必须等那辆坦克来，可是我们等不及了。"他因负了伤，说起话来有些气急败坏。

罗伯特·乔丹便返身去找那辆坦克了，因为蒙特罗说，他认为那辆坦克说不定就停在那幢公寓楼后面电车道的拐弯处。它果然就在那儿。但那不是坦克。那时候，西班牙人不管什么车都叫坦克。那是一辆旧的装甲车。驾驶员不肯离开公寓楼后的那个死角，把车子开到斗牛场这边来。他正站在车后，抱着双臂，身子靠在车身的铁甲上，脑袋埋在胳膊肘上，脑袋上戴着有皮衬里的头盔，罗伯特·乔丹跟他说话时，他摇了摇头，依然把头埋在胳膊上。接着，他又扭过头去，不看罗伯特·乔丹。

"我没接到去那儿的命令。"他绷着脸不高兴地说。

罗伯特·乔丹从枪套里拔出手枪，用枪口顶着穿皮大衣的装甲车驾驶员。

"这就是命令，"他对他说，那人摇着头，头上那顶有皮衬里的大头盔很像橄榄球运动员戴的那种，他说，"机关枪没子弹。"

"我们在斗牛场里有弹药，"罗伯特·乔丹对他说，"上车，我们走吧。我们可以在那儿装子弹带。快上车。"

"没有人使唤那挺机枪。"驾驶员说。

"他人呢？你的伙伴去哪儿啦？"

"死了，"驾驶员说，"在车里。"

"把他拖出来，"罗伯特·乔丹说，"把他从车里拖出来。"

"我可不愿碰他，"驾驶员说，"他趴在那儿，卡在机枪和方向盘之间了，我没法从他身上爬过去。"

"来吧，"罗伯特·乔丹说，"我们一起把他弄出来。"

他爬进装甲车时头重重地撞了一下，眉毛上方被划破了一道小口子，鲜血淌下来，流到了脸上。那个死去的人很沉，而且已经僵硬得没法弯曲了，他只好照着那脑袋使劲捶了几下，想把那颗脸朝下死死地卡在那儿的脑袋从座位和方向盘之间弄出来。最后，他曲起膝盖顶在那死人的脑袋下，把它使劲往上顶，终于把那颗脑袋顶松开了，然后他拦腰抱着那人朝外拉，总算凭着他自己的力气把那死人拉到了车门边。

"伸把手帮我拖一下他嘛。"他对驾驶员说。

"我不想碰他。"驾驶员说，罗伯特·乔丹看到他正在哭呢。泪水顺着他鼻子的两侧刷刷地流下来，流淌在他沾满尘土的脸颊上，鼻涕也在往下流。

他站在车门边，一把将那已经死去的人拖出了车外，那死人便倒在了电车道旁边的人行道上，依然保持着那驼背拱腰的姿势。他躺在那儿，蜡一般灰白色的脸贴着水泥人行道，两手弯曲在身体下，和在车里的姿势一模一样。

"上车啊，让上帝来惩罚吧，"罗伯特·乔丹这时用手枪点着那驾驶员说，"快上车。"

他就是在这个时候看见这个人的，他刚从那幢公寓楼后的背风处走出来。他身穿一件长大衣，没戴帽子，头发花白，颧骨宽阔，两眼凹陷且眼距很近。他手里捏着一包切斯特菲尔德牌香烟，他取出一支烟，递给正在用手枪把那名驾驶员逼上装甲车的罗伯特·乔丹。

"等一等，同志，"他用西班牙语对罗伯特·乔丹说，"能请你谈谈目前战场的情况吗？"

罗伯特·乔丹接过香烟，随手放进他那件蓝色技工装的胸袋里。根据他以前看过的那些照片，他已经认出了这位同志，他就是那位英国经济学家。

"滚一边儿去，"他用英语说了一声，接着便用西班牙语对装甲车驾驶员说，"开往那边。斗牛场。听见没有？"他"砰"地一声拉上笨重的车门，并随手扣上了门锁，接着，他们发动起车子，沿着那条长长的斜坡向前驶去，密集的枪弹随即射向了这辆装甲车，"乒乒乓乓"地如同无数小石子击打在锅炉的铁板上。随后，那挺机关枪朝他们开火了，那射击声犹如铁锤砸出的尖厉刺耳的轰响。他们一直开到斗牛场那边的掩蔽所背后才停下，去年十月份张贴的海报依然还贴在那个售票窗口的旁边，一个个弹药箱已被撬开，同志们都已荷枪实弹，手榴弹别在腰带上或装在口袋里，在那个背风处严阵以待了，蒙特罗说："好啊。坦克总算来啦。我们现在可以发起攻击了。"

那天夜里，在他们占领了山上最后那几幢房屋之后，他舒坦地躺在一堵砖墙后，从砖墙上敲开当枪眼的墙洞里扫视着呈现在他们与撤退到山脊后面的法西斯分子之间的这片漂亮、开阔的火力射击面，怀着一种近乎于肉欲的快感，想象着那座小山包上的情景，那里有一座已被摧毁的别墅，可保左侧阵地无恙。他躺在一堆稻草里，浑身衣服已被汗水浸透，便裹着一条毛毯等衣服捂干。躺在那儿时，他想到了那位经济学家，不禁笑出声来，随后又为自己的粗鲁而感到抱歉。然而在那个时刻，当那人递给他那支香烟时，那递烟过来的神态仿佛就像在为打听消息而付小费一样，战斗人员对非战斗人员的那种厌恶情绪在他心中油然而生，强烈得使他摆脱不了。

这时他想起了盖洛德大酒店以及卡可夫当时还是针对这同一个人的议论。"原来你是在那儿遇见他的呀，"卡可夫说，"那天我自己最远也只到了托莱多①大桥。他却跑得那么远，冲向前线去了。那是他逞一时之勇的最后一天，我相信。他第二天就离开了马德里。托莱多是他表现得最勇敢的地方，我相信。在托莱多，他的表现是空前的。他是我们夺取托莱多城堡作战方案的缔造者之一。我相信，主要是由于他的大力进谏，我们这场围歼战才取得成功的。这是这场战争中最荒唐可笑的一部分了。其荒唐程度已经达到极点了，可是，你来跟我说说，美国方面对他有何看法？"

"在美国，"罗伯特·乔丹说，"人们认为他是亲莫斯科的。"

"他才不是亲苏派的呢，"卡可夫说，"不过，他有一张很讨巧的脸，他那张脸和他那风度翩翩的样子可帮了他大忙了。瞧，我的这张脸是什么事情也干不成的。我所取得的那么一点点微不足道的成绩都是实干出来的，跟我这张脸毫不相干，我这张脸既不能激发起人家的兴趣，也感动不了人家来喜欢我、信任我。可是米切尔这个人却生就了一张能使他走运的脸。那是一张阴谋家的脸。凡是在书中读到过有关阴谋家的人都会立马信任他。还有他那个风度，那也是地地道道的阴谋家的风度。任何一个看见他走进屋来的人都会立刻明白，他面前来了一个一流的阴谋家。所有你那些有钱的同胞，无论是那些自认为是出于感情而愿意帮助苏联的人，还是那些为了防止共产党日后万一得势而想给自己多少留点儿后路的人，都能立刻从此人的脸上，还有他的言谈举止上看出，他完全有可能就是一个不折不扣的深得共产国际信任的代言人。"

"他在莫斯科没有关系吗？"

"没有。你听我说嘛，乔丹同志。傻瓜有两种，你知道这个说法吗？"

"一般的傻瓜和该死的傻瓜？"

"不。我说的是我们俄罗斯的两种傻瓜，"卡可夫咧嘴笑了笑，拉开了话匣子，"首先来说说冬天的傻瓜。冬天的傻瓜来到你的家门口，他

---

① 托莱多，西班牙中部一城市，距首都马德里仅 70 公里，历史悠久，是西班牙历史文化名城之一。1986 年被联合国教科文组织收入《世界文化遗产名录》。

把门敲得很响。你去开门，发现他就站在那儿，然而你以前从没见过他。他的模样会给你留下非常深刻的印象。他长得高大威猛，脚蹬高筒靴、身穿皮毛大衣、头戴皮毛帽子，浑身上下都是雪。他先是跺跺脚，抖落靴子上的积雪，然后他脱下皮毛大衣，拎在手里抖抖，又有不少雪落下来。接着，他脱下皮毛帽子，在门上使劲拍打。又有不少雪从帽子上掉下来。再然后，他又跺跺脚，就兀自昂然进屋里来了。你这时只有对他干瞪眼，因为你发现他是个傻瓜。这就是冬天的傻瓜。

"再来说说夏天的情况，你看见一个傻瓜走在大街上，他挥舞着两只手臂，脑袋不停地痉挛般地扭来扭去，人人都能在两百码开外的地方看出，他就是个傻瓜。这就是夏天的傻瓜。这个经济学家是个冬天的傻瓜。"

"可是在这里人们为什么偏偏就信任他呢？"罗伯特·乔丹问。

"因为他那张脸啊，"卡可夫说，"他那张漂亮的阴谋家的嘴脸①。他还有一套花钱也买不到的花招呢，那派头就像是刚从别的某个地方来而且在当地深得信任、深受器重的要人一样。当然喽，"他笑了笑，"他一定也跑过不少地方，好让他的花招奏效嘛。你知道，西班牙人是非常奇特的，"卡可夫接着说，"这个政府很有钱。黄金多得是。他们对朋友却一毛不拔。你是朋友。那好。你就不要钱给他们白干吧，也不应该拿报酬呀。然而对那些其实并不友好却必须施加影响的代表着某个利益集团或国家的人——对这种人，他们却给得很多。这是一个非常有趣的现象，如果你密切关注的话。"

"我可不喜欢这样。再说，那些钱也该归西班牙劳动人民所有啊。"

"你本来就不应该爱好物质享受嘛。只要心里有数就行了，"卡可夫对他说，"我每次见到你都给你上上课，久而久之，你就会获得一种教育了。让一个教授也受受教育，这事真是蛮有趣的。"

"我还不知道回去之后能不能当上教授呢。他们说不定会把我当成

---

① 此处原文为西班牙语：*gueule de conspirateur*。

一名赤色分子，把我赶出校门的。"

"那么，你或许可以想办法来苏联，在那儿继续深造。这也许是你的最佳选择呢。"

"可是，我的领域是西班牙语啊。"

"有许多国家都是说西班牙语的，"卡可夫说，"他们不会都像西班牙这样难以相处。还有，你得记住，你现在已经有将近九个月没当老师啦。九个月的时间呢，你也许可以学会一门新的行当了。你读过多少辩证法？"

"我读过埃米尔·彭斯编的《马克思主义手册》。再没有别的了。"

"如果你把整本书都读完了，那就相当不错了。有一千五百页呢，而且每一页都值得你花点儿时间去读。不过别的东西你也应当读一读。"

"现在没时间读书啦。"

"我知道，"卡可夫说，"我是指将来，人总归是要读书的。可以读的东西有很多，读了这些东西，你就会明白目前所发生的一些事情了。不过，以目前的时局来看，有一本书是非出不可的；这本书将会解释人们势必要了解的许多事情。也许这本书该由我来写。但愿我就是写这本书的人啊。"

"我看不出有谁会比你更合适来担纲这本书的写作。"

"别奉承啦，"卡可夫说，"我是个新闻记者。不过，像所有的新闻记者一样，我也希望写写文学作品。我当下正忙于研究卡尔伏·索特罗①；一个地地道道的西班牙法西斯分子。佛朗哥和别的那些人都算不上。我一直在研究索特罗撰写的所有文章和著作以及他发表的那些讲话。他非常聪明，而把他杀掉也是非常聪明的做法。"

"我还以为你不赞成政治暗杀呢。"

"这种做法现已被非常普遍地采用了，"卡可夫说，"非常、非常普遍。"

"可是——"

---

① 卡尔伏·索特罗（Jose Calvo Sotelo，1893—1936），西班牙"第二共和"期间的政治人物，有强烈的法西斯主义倾向，于 1936 年 7 月被暗杀。这一暗杀事件据说与西班牙政府直接有关，因而加速了西班牙内战的爆发。

"我们不赞成个人的恐怖主义行径，"卡可夫笑了笑，"当然也更不赞成有刑事犯罪倾向的恐怖分子和反革命组织所实施的恐怖主义行径。我们对布哈林那帮破坏分子的行径深恶痛绝，他们两面三刀、蓄意破坏、腐化堕落、像残忍的豺狼，我们也极其痛恨季诺维耶夫、加米涅夫、李可夫以及他们的亲信那样的人类渣滓。我们痛恨、厌恶这些十恶不赦的恶魔，"他又笑了笑，"但是我仍然认为，政治暗杀这种做法可以说已被非常普遍地采用了。"

"你指的是——"

"我没有任何所指。但是我们肯定要处决并消灭这种十恶不赦的恶魔和人类渣滓以及那些背信弃义的狗将军，也要消灭那些海军上将们有负于自己职守的叛逆现象。这些人是被消灭的。他们不是被暗杀的。你明白这种区别吗？"

"我明白了。"罗伯特·乔丹说。

"还有，因为我这个人有时候爱开玩笑：可是你知道开玩笑会有多危险吗？即便是说着玩的？好吧。因为我爱开玩笑，便以为西班牙人今生今世也不会后悔他们没把某些将军枪毙掉，这些人当中有的到现在还在执掌着指挥权呢。我是不喜欢这些开枪杀人的行为的，请你理解。"

"我可不在乎这些，"罗伯特·乔丹说，"我虽然也不喜欢这么干，但是我已经不再把它放心上了。"

"这我知道，"卡可夫说，"我已经听人说过了。"

"这事很要紧吗？"罗伯特·乔丹说，"在这件事情上，我只是想实话实说罢了。"

"那就令人遗憾啦，"卡可夫说，"不过，这一点也恰恰就是让人家觉得你很可靠的地方之一，一般情况下，你可得花很多时间才能达到这个程度呢。"

"我应该是个可靠的人吧？"

"在工作上，你应该算是个非常可靠的人。我以后一定要抽时间和你谈谈，看看你心里到底是怎么想的。遗憾的是，我们从来就没认认真真地说过话。"

"我的思想一直是悬着的，要等我们打赢这场战争才会尘埃落定呢。"罗伯特·乔丹说。

"也许要不了很久，你的思想就会尘埃落定了。不过，你还是应当再好好锤炼一下你的思想。"

"我常读《工人世界》①这份刊物呢。"罗伯特·乔丹告诉他说，于是卡可夫便说："不错。很好。我也能经得起开玩笑呢。不过，《工人世界》里倒是刊登了一些颇有见地的东西。唯一有见地的东西也就是对这场战争的报道。"

"是的，"罗伯特·乔丹说，"我同意你的看法。可是，要想了解当下正在发生的事情的全貌，你不能只读党的机关刊物啊。"

"是的，"卡可夫说，"但是，即便你读了二十种报纸，你也找不到任何所谓的真实面貌，更何况，即便你看到了，我不知道你又能拿它干什么。我几乎能经常性地看到这种所谓的真实面貌，却只想努力去忘掉它。"

"你认为真实面貌有那么严重吗？"

"现在的情况比以前好些了。我们正在搞肃清。不过情况令人很不满意。我们现在正在建立一支庞大的军队，其中有些部队，如莫德斯托所部、'泥腿子'冈萨雷斯所部、李斯特所部、杜兰所部等，都是很可靠的。他们岂止是可靠，他们很了不起呢，你会看到的。再说，我们依然还有国际纵队，尽管它们的角色正在改变。然而一支良莠不齐的军队是不可能赢得战争胜利的。所有人都必须经过培养在政治觉悟上成长到一定的高度；所有人都必须知道他们在为什么而战，以及这场战争的重要性。所有人都必须对参战抱有信心，而且所有人都必须接受纪律的约束。我们正在组建一支庞大的由刚刚征募入伍的士兵所组成的军队，根本没有时间在军

---

① 此处原文为西班牙语：*Mundo Obrero*，指西班牙出版的双月刊《工人世界》。

中灌输军纪，而一支由刚刚应征入伍的士兵所组成的军队则必须有牢固的纪律，才能在炮火下不出乱子。我们称它为一支人民的军队，但它并不具备一支真正的人民军队应有的可贵素质，也没有树立起一支新组建的军队所急需的铁的纪律。你会看到的。这是一种非常危险的做法啊。"

"你今天心情不是很好嘛。"

"是的，"卡可夫说，"我刚从巴伦西亚回来，在那儿见到了很多人。但凡从巴伦西亚回来的人，没有一个是好心情的。在马德里，你感觉很好，很清静，感觉战争除了胜利，不可能再有任何别的结局了。巴伦西亚却是另一幅情景。从马德里逃跑的那些懦夫们照样在那儿执掌大权。他们苟且偷安地过着掌权人的那种懒散、官僚的日子。他们对马德里的那些人只有蔑视。他们现在过的这种纸醉金迷的生活是对国防人民委员会的削弱。还有巴塞罗那。你该去看看巴塞罗那。"

"那里情况怎么样？"

"依然还在上演滑稽可笑的闹剧。起初那里是狂想家和浪漫革命家的乐园。现在那里成了冒牌军人的天堂了。就是那些喜欢穿着军装、喜欢耀武扬威地高视阔步、喜欢戴红黑两色围巾的士兵们。他们喜欢战争的一切，就是不喜欢去打仗。巴伦西亚令人作呕，而巴塞罗那却令人发笑。"

"P.O.U.M.[①] 暴动是怎么回事？"

"P.O.U.M. 从来就不是一个严肃的组织。那是狂想家和激进分子的异端邪说的产物，充其量不过是一种幼稚病而已。其中有一些是被误导的老实人。有一个相当不错的智囊式的人物，还有一点儿从法西斯分子那里弄来的钱。不多。可怜的 P.O.U.M. 啊。他们真是非常愚鲁的人啊。"

"可是，暴动时被杀的人多吗？"

---

① P.O.U.M. 是西班牙语"马克思主义统一工人党"（Partido Obrero Unificacion Markista）的首字母缩略词。该政党形成于西班牙"第二共和"期间，主要活跃于西班牙内战中，在加泰罗尼亚和巴伦西亚两地人数众多，但思想极左，与西班牙共产党和共产国际持不同政见，于1937年5月在巴塞罗那发起反共和政府的暴动。

"没有事后被枪毙的或者将来要被枪毙的那么多。这个 P.O.U.M. 啊。就像它的名称一样。不是个严肃的组织。他们应该叫它 M.U.M.S. 或者叫它 M.E.A.S.L.^①才对。但还是不对。荨麻疹要危险得多呢。它会影响到视觉和听觉。他们还策划了一个天晓得的阴谋，想杀我，杀瓦尔特，杀莫德斯托，杀普列托呢。你明白他们糊涂到什么地步了吧？我们根本就不是一路人。可怜的 P.O.U.M 啊。他们从来就没有杀过人。在前线没有，在别的地方也没有。在巴塞罗那倒是杀了几个，真是的。"

　　"当时你在那里吗？"

　　"是啊。我发了一份电报，详细报道了由托洛斯基派那帮杀人犯所组成的那个臭名昭彰的组织是如何作恶多端的，并揭露了他们那些法西斯式的为人所不齿的阴谋诡计，不过，说句只限于咱俩之间的知心话，这个 P.O.U.M. 是成不了什么大气候的。他们当中唯有尼恩还算是个人物。我们逮捕了他，可是他又从我们手里逃走了。"

　　"他现在在哪儿呢？"

　　"在巴黎。我们说他在巴黎。他倒是个非常讨人喜欢的家伙，只是在政治上出了不少严重的偏差。"

　　"可是他们与那些法西斯分子有联系，是吗？"

　　"谁没有联系啊？"

　　"我们没有。"

　　"谁知道呢？我希望我们没有。你还经常深入到他们的后方去呢，"卡可夫咧嘴笑了笑，"不过，共和国驻巴黎大使馆的一个秘书的弟弟上星期就专程去了圣让德吕兹，是去会见布尔格斯^②方面派来的人的。"

---

① M.U.M.S. 意为"流行性腮腺炎"；M.E.A.S.L. 意为"荨麻疹"。卡可夫在此故意把这两个词念成这样，借以讥笑"马克思主义统一工人党"的缩略表达形式。

② 圣让德吕兹是法国南端濒临比斯开湾的一座小城，距西班牙边境城市伊伦很近。布尔格斯为西班牙北部布尔格斯省的省会，11 世纪时是卡斯提尔王国的首都。1936 年—1939 年间为佛朗哥国民政府的所在地。

"我更喜欢上前线，"罗伯特·乔丹说，"离前线越近，那里的人越好。"

"你喜不喜欢在法西斯分子的后方活动呢？"

"非常喜欢啊。我们有很出色的人在那边呢。"

"好吧，你要知道，他们在我们的后方一定也同样派出了很出色的人啊。我们逮住了他们就枪毙，他们逮住了我们的人也枪毙。你在他们的地盘上活动时，就必须时刻想到他们把多少人派到我们这边来了。"

"我想到过这些人。"

"好吧，"卡可夫说，"你今天要思考的事情也许已经够多了，话就说到这儿吧，把那罐子里剩下的啤酒喝完就赶紧走吧，因为我也得上楼去见见那些人了。上层人士呢。早点儿再来看我哦。"

是啊，罗伯特·乔丹想。你在盖洛德大酒店里学到了很多东西呢。卡可夫读过他出版的唯一的一本书。那本书并不算成功之作。篇幅只有二百页，他怀疑迄今是否有两千人读过这本书。他在这本书里记述了他周游西班牙的所见所闻，十年来，他在这个国家徒步旅行过，乘过火车的三等车厢，坐过公共汽车，骑过骡马，搭过卡车。他非常熟悉巴斯克地区、纳瓦拉、阿拉贡、加利西亚、两个卡斯蒂利亚，以及埃斯特雷马杜拉①。已经有博罗②、福特③等人写过这类作品，都写得很好，所以他能够添加的内容已经实在很少。不过，卡可夫倒是说过，这是一本好书。

---

① 这些地名除纳瓦拉为北部比利牛斯山南的一省名外，其他均为西班牙古王国时期的地名，并一直沿用至今。阿拉贡为西班牙东北部一自治区，北至比利牛斯山，东至加泰罗尼亚和巴伦西亚，首府为萨拉戈萨，原为一独立王国，1137年与加泰罗尼亚合并，1479年与卡斯蒂利亚合并。卡斯蒂利亚为西班牙中部地区，位于伊比利亚半岛的中央高原，旧时为独立的王国。两个卡斯蒂利亚是：卡斯蒂利亚-拉曼查，现为西班牙中部一自治区，首府为托莱多；卡斯蒂利亚-莱昂，为西班牙北部一自治区，首府为巴利亚多利德。本书的故事背景即在这一地区。

② 乔治·博罗（George Henry Borrow, 1803—1881），英国作家，他与吉卜赛人一起流浪，这种生活为他的作品《莱文格罗》及其续集《吉卜赛男人》提供了素材。

③ 理查德·福特（Richard Ford, 1796—1858），英国作家，毕业于牛津大学三一学院，曾在西班牙旅行四年，1845年出版两卷本《西班牙旅行手册》，1846年出版《西班牙手记》。他也是西班牙诸多重要期刊杂志的特约撰稿人。

"这就是我为什么老是替你操心的原因所在啊，"他说，"我认为你写得绝对真实，这是非常难能可贵的。所以我才想让你了解一些情况的。"

好吧。等完成了这次任务之后，他要写一本书。但是只写他知道的那些事情，要如实地写，还要写下他的体会。不过，我得成为一个比现在的我要高明得多的写家，才能驾驭这些素材呀，他想。他在这场战争中逐渐了解到的这些事情可不是那么简单呢。

第十九章

"你在这儿坐着干什么呢?"玛丽娅问他。她正紧挨着站在他身边,他扭过头来,朝她笑笑。

"没干什么,"他说,"我在想心事呢。"

"想什么呢? 想那桥的事吗?"

"不。桥的事情已经想好啦。在想你呢,还有马德里的一家酒店,我在那儿认识几个俄国人,还有我将来要写的一本书。"

"马德里有很多俄国人吗?"

"不多。很少。"

"可是法西斯的刊物上说,有成千上万人呢。"

"那都是谎言。没有几个。"

"你喜欢俄国人吗? 以前来过这儿的那个人就是个俄国人。"

"你喜欢他吗?"

"是的。我那时还病着,不过,我觉得他长得很好看,人也勇敢。"

"纯属胡说八道,还好看呢,"比拉尔说,"他的鼻子扁得像我这只手,颧骨高得像羊屁股。"

"他是我的一个好朋友,也是我的同志,"罗伯特·乔丹对玛丽娅说，"我非常喜欢他。"

"那当然，"比拉尔说，"可你开枪打死了他。"

她话音刚落，牌桌上的人都抬起头来，巴勃罗也吃惊地盯着罗伯特·乔丹。谁也没说话，过了一会儿，吉卜赛人拉斐尔问："这是真的吗，罗伯托？"

"是的。"罗伯特·乔丹说。他想，比拉尔真不该把这事翻出来，他自己也不该把此事告诉给聋子。"是他要求的。他当时伤得很重。"

"多么奇怪的事情啊①，"吉卜赛人用西班牙语说，"他和我们在一起时，也老是唠叨这种可能性。我不知道答应过他多少次，愿意帮他实施这种行为。真是咄咄怪事啊。"他又重复了一遍，并摇摇头。

"他是个非常少见的人，"普里米蒂伏说，"非常另类。"

"我说，"安德雷斯，两兄弟中的一个，说，"你身为老师，知识渊博。你认为人有可能预见到自己将来的遭遇吗？"

"我认为他是不可能预见到这一点的。"罗伯特·乔丹说。巴勃罗正好奇地朝他瞪着眼睛，比拉尔也在注视着他，但脸上毫无表情。"就这位俄国同志的情况而论，他因为在前线待得太久，已经变得非常神经质了。他在伊伦打过仗，你们知道，那里的情况是很糟糕的。非常糟糕。他后来还在北方打过仗。自从第一批敌后工作小分队成立之后，他便在这一带、在埃斯特雷马杜拉、在安达卢西亚工作了。我认为他是因为太疲惫而变得过于神经质了，所以他便老是幻想着种种可怕的事情。"

"不用说，他一定亲眼目睹过许多不幸之事。"费尔南多说。

"就像全世界所有的人一样，"安德雷斯说，"可是，听我说，英国人。你认为有没有这种事情，人能够预先知道自己将来的不幸？"

"不，"罗伯特·乔丹说，"那叫愚昧加迷信。"

"说下去呀，"比拉尔说，"让我们来领教领教老师的高见吧。"她说

---

① 此处原文为西班牙语：*Que cosa ma rara*。

话的口吻仿佛像在对一个早熟的儿童说话一样。

"我认为，恐惧会产生可怕的幻觉，"罗伯特·乔丹说，"看到了种种不良的征兆——"

"比如今天来的那些飞机。"普里米蒂伏说。

"比如你的不期而至。"巴勃罗声音很轻地说，罗伯特·乔丹隔着桌子朝他扫了一眼，发觉他这话并无故意挑衅之意，不过是一种思想的流露，便接着往下说。"看到了种种不好的征兆，人要是怀有恐惧心理，就会幻想着自己的末日，就会认为自己的这种想象来自于天意，"罗伯特·乔丹推断似的说，"我认为，这种事情也不过如此而已。我不相信什么妖魔鬼怪，也不相信那些占卜的、看相的，更不相信那些超自然的东西。"

"可是这位名字很少见的人却清清楚楚地看到了自己的命运，"吉卜赛人说，"而后来发生的事情也果然是这样的。"

"他并没有预见到这种结果，"罗伯特·乔丹说，"他只是对这种可能性怀有恐惧心理，并老是被这种恐惧心理所困扰而不能自拔。谁也没法对我解释他究竟预见到了什么。"

"我也没法解释吗？"比拉尔问他，并从火塘里抓了一小撮灰，放在手掌心里一吹，"我也没法对你做出解释吗？"

"没错。即便搬出所有的巫术、吉卜赛人的那一套和你浑身的解数，你也照样没法解释得清。"

"因为你耳聋得出奇。"比拉尔说，她那张大脸在烛光下显得严峻而又宽宏，"你并不笨。你是十足的耳聋。耳聋的人是听不见音乐的。他也听不见收音机。所以，他会说，这类东西是不存在的，因为他从没听过这类东西。什么话呀，英国人。我就在那个名字很少见的人的脸上看到过死亡的阴影，就像用烙铁烙在他脸上似的。"

"你看见的不是死亡，"罗伯特·乔丹坚持说，"你看见的是恐惧和忧虑。那种恐惧是由他经历过的种种遭遇所造成的。那种忧虑是他对自己所想象的那种恶果的可能性的担忧。"

"什么话呢,"比拉尔说,"我明明白白地在他身上看见了死亡,仿佛死神就坐在他肩膀上一样。非但如此,他身上还散发着死亡的气息呢。"

"他身上散发着死亡的气息,"罗伯特·乔丹讥讽地说,"也许是恐惧的气息吧。恐惧的气息倒是有的。"

"死人的气息①,"比拉尔用西班牙语说,"听我说。当布兰科特,此人想当年是世上最了不起的一位斗牛士助手②,还在格兰纳罗③手下当听差的时候,他曾对我说过,在马诺洛·格兰纳罗去世的那天,他们在去斗牛场的途中曾在那家小教堂里停留过,马诺洛身上散发着的那种死亡的气息浓得几乎让布兰科特要呕吐出来。布兰科特那天一直陪同着马诺洛,伺候他在酒店里洗好澡、穿戴齐整后,他们才一起动身去斗牛场的。他们虽然在驱车去斗牛场的路上紧挨着坐在一起,但在汽车里也没闻到那种气息。当时在那座小教堂里,除了胡安·路易斯·德拉罗萨之外,谁也辨别不出那种气息。无论是马西亚尔,还是奇昆洛,还是在他们四人排着队准备参加斗牛士的入场式时,他们都没有闻到那种气息。不过,胡安·路易斯倒是当场就吓得脸色煞白了,布兰科特后来告诉我说,他,布兰科特,当时就对他说,'你也闻出来啦?'

"'浓得叫我透不过气来呢,'胡安·路易斯对他说,'是你那位斗牛士身上发出来的。'

"'真是没办法呀④,'布兰科特说,'一点儿办法也没有。但愿是我们搞错了。'

"'其他人呢?'胡安·路易斯问布兰科特。

---

① 此处原文为西班牙语:*De la muerte*。

② 此处原文为西班牙语:*peon de brega*。

③ 格兰纳罗(Manuel Manolo Granero,1902—1922),西班牙斗牛士。

④ 此处原文为西班牙语:*Pues nada*。

"'都没有',布兰科特说,'一个没有。但是这个人身上的气味比何塞在塔拉韦拉① 时的气味还要难闻呢。'

"就在那天的下午,维拉瓜牧场驯养出的那头公牛波卡贝纳把马诺洛·格兰纳罗活活撞死在马德里斗牛场二号斗牛场的看台② 前的木板围栏上了。我当时和菲尼托就在现场,我目睹了这一幕。那只牛角把他的整个脑壳都撞碎了,因为那头公牛把马诺洛摔在了围栏下,他的脑袋被卡在了斗牛场内的护墙③ 的底部。"

"可是,你当时闻出什么气味来了吗?"费尔南多问。

"没有,"比拉尔说,"我当时离得太远了。我们在三号看台的第七排。但是那个位置的角度好,所以整个过程我都看得清清楚楚。当天夜里,布兰科特就在福尔诺斯酒店里对菲尼托讲述了这件事的来龙去脉,因为布兰科特也当过小何塞的助手,而小何塞也是被公牛挑死在斗牛场上的。菲尼托就此事问过胡安·路易斯·德拉罗萨,可他什么也不肯说。他只点了点头,表示事情是真的。这件事发生的时候我就在当场。所以嘛,英国人,根本原因还是,你对有些事情就是听不进去呀,就像奇昆洛、马西亚尔·拉兰达,以及他们所有的随行人员一样,包括那些斗牛士的助手和副斗牛士④,还有胡安·路易斯和马诺洛·格兰纳罗手下的全体人员,他们至今都对这种事情充耳不闻呢。但是胡安·路易斯和布兰科特两人的耳朵却不聋。我本人听到这种事情也不会不加注意的。"

"明明是要用鼻子去闻的事情,你为什么偏要说耳朵聋不聋呢?"费尔南多问。

"他奶奶的!"比拉尔说,"干脆由你来当老师,取代这个英国人算

---

① 塔拉韦拉是西班牙托莱多省的一个城市。
② 此处原文为西班牙语:tendido。
③ 此处原文为西班牙语:estribo,意为"斗牛场内的护墙,有阶梯供斗牛士出入"。
④ 此处原文为西班牙语:Banderilleros,指西班牙斗牛中持短矛刺牛的肩胛部或颈部、起协助作用的斗牛士的助手;而 Picardos 则为副斗牛士,在斗牛开始时,骑在马上以长矛刺牛,使其发怒。

啦。不过，我还可以给你讲讲别的事情呢，英国人，但是你不要对自己没法看见或没法听到的事情就完全持怀疑的态度。你没法听懂狗能够听得懂的事情。你也没法闻到狗能够闻得出来的东西。但是，人还是有可能遇到不期而至的灾祸的，你对这一点多少已经有些体会啦。"

玛丽娅把她的一只手搭在罗伯特·乔丹的肩膀上，并一直放在那儿，这使他心里猛然咯噔了一下，让我们结束这纯属胡说八道的谈话，把我们现有的时间好好利用起来吧。不过，现在也为时过早了点儿。我们得把傍晚前的这段时间消磨掉。于是，他对巴勃罗说："你呢，你也相信这种巫术吗？"

"我不知道，"巴勃罗说，"我更倾向于你的观点。那种超自然的事情从来就没有落到我的身上。不过，恐惧心理肯定是有的。还很严重呢。但是我认为，比拉尔是能够根据手相来推测将来的一些事情的。假如她不是故意要骗人，她或许真能闻出些名堂来呢。"

"什么话呀，我干吗要故意骗人，"比拉尔说，"这种事情又不是我发明出来的。这个叫布兰科特的家伙是个极其严肃的人，而且还特别虔诚。他可不是吉卜赛人，他是巴伦西亚的一个资产阶级。你难道从没见过他？"

"见过，"罗伯特·乔丹说，"我见过他好多次呢。他个头矮小，脸色灰白，摆弄红披风的本事无人能及。他那两只脚灵巧得像兔子。"

"一点不错，"比拉尔说，"他因为有心脏病才脸色灰白的，那些吉卜赛人说他是死神附身了，解救的办法就是用红披风去掸走死神，就像掸净桌上的灰尘一样。他虽不是吉卜赛人，然而当小何塞在塔拉韦拉斗牛时，他却闻到了小何塞身上发出的死亡气息。尽管我至今也不明白，他是怎么透过浓烈的曼萨尼拉酒味闻到那死亡气息的。事后，布兰科特在说到这一点时自己也感到有些底气不足，可是，周围那些听他说话的人却都不以为然，认为这事很离奇，还说他闻到的是小何塞胳肢窝里随着汗水一起流出来的他当时所过着的那种花天酒地的生活的气味呢。可是后来，时隔不久，又出了马诺洛·格兰纳罗这件事，而且胡安·路易斯·德拉罗萨也身临其境地见证了这件事。当然，胡安·路易斯是个名声不太好的人，但他也是一个对自己从事的那份工作十分敏感的人，他还是一个找女人睡觉的高手。但是布兰科特却处事严谨，性格非常稳重，而且根本就不会说假话。我实话告诉你，我就在你那个曾经来过这儿的同事的身上闻到过死亡的气息。"

"我才不信呢，"罗伯特·乔丹说，"你刚才还说，布兰科特是在举行斗牛士的入场式之前的那一刻才闻到这气味的。就是在斗牛正式开始前的那一刻才闻到的。然而你现在所说的你和卡希金一块儿炸火车的那次行动却很顺利。他也没有在那次行动中被打死。你当时怎么能闻到那种气息呢？"

"这完全是两码事嘛，"比拉尔说，"伊格纳西奥·桑切斯·梅西亚斯在他最后一个赛季里浑身散发出的死亡的气息那么浓，熏得咖啡馆里的许多人都不愿和他坐在一起。吉卜赛人都知道这件事。"

"这类事情都是在人死之后才编造出来的，"罗伯特·乔丹争辩说，"人人都知道，桑切斯·梅西亚斯走的是一条早晚要被牛角捅死的不归路，因为他长期疏于训练，因为他的架势既笨拙又危险，因为他体力和腿脚的柔韧性已经衰退，灵活性也大不如从前了。"

"当然，"比拉尔对他说，"你说的这些都是真的。但是吉卜赛人也全都知道，他浑身上下都散发着死亡的气味，只要他一走进玫瑰酒店，你就会看到，里卡多、菲力浦·冈萨雷斯这些人就从酒吧后边的那扇小门溜走了。"

"那些人也许是因为欠了他的钱吧。"罗伯特·乔丹说。

"有可能，"比拉尔说，"很有可能。但是他们也闻出了那股气味，大家都知道这回事。"

"她说的全都是真的，英国人，"吉卜赛人拉斐尔说，"这件事在我们当中是人人皆知的。"

"我一点儿也不信。"罗伯特·乔丹说。

"你听着，英国人，"安塞尔莫开口说话了，"这些装神弄鬼的把戏我是统统反对的。但是这位比拉尔在这些事情上确实也非常发达，这也是有目共睹的。"

"可是，这种气息闻上去像什么呢？"费尔南多问，"它究竟是一种什么气味呢？假如有气味的话，那它肯定就是一种实实在在的气味。"

"你想知道吗，小费尔南多？"比拉尔朝他微微一笑，"你以为你也能闻得出来吗？"

"假如它确实存在，我为什么不可以像别人一样好好闻一闻呢？"

"为什么不可以？"比拉尔要存心捉弄他了，把两只大手十指交叉着抱住自己的膝头，"你乘过船吗，费尔南多？"

"没有。我也不想乘船。"

"那你恐怕就没法识别它啦。因为它有一部分像来自船上的那种气味，就是在暴风雨来临时所有舷窗都紧闭着的闷在船舱里的那种气味。你把鼻子贴在拧紧舷窗的铜把手上，航船在波涛汹涌的海面上剧烈颠簸着，你脚下站不稳，身子摇摇晃晃，只觉得头晕目眩，胃里都简直要吐空了，你就闻到一部分这种气味了。"

"我是不可能识别这种气味啦，因为我不会去乘船的。"费尔南多说。

"我乘过好几次船呢，"比拉尔说，"去墨西哥，去委内瑞拉，都是要乘船的。"

"这气味的其余部分像什么呢？"罗伯特·乔丹问。比拉尔揶揄地望着他，心中此时正得意地回味着那几次航行。

"好吧，英国人。要虚心学习。这才是正确的态度嘛。要虚心学习。好吧。有了船上的这种体验之后，你就该在清晨时分从马德里下山，走过托莱多大桥，走向那家屠宰场[1]，站在那湿漉漉的石板地上，这时，曼

---

[1] 此处原文为西班牙语：*matadero*。

萨纳雷斯河面上正弥漫着浓浓的晨雾，你就站在那儿等候那些老太婆们的出现，她们天没亮就赶那儿去喝屠宰牲畜的鲜血了。当这样一个老太婆走出屠宰场时，你会看到，她用手紧紧抓着裹在身上的披肩，脸色灰白，双眼凹陷，老年妇女的汗毛布满她的下巴和脸颊、密密麻麻地长在她蜡一般苍白的脸上，如同豆种上抽出的芽须，不是那种硬粗粗的毛发，而是煞白的芽须，长在她死灰色的脸上；伸出你的双臂去紧紧地拥抱她吧，英国人，把她拥入你的怀中，亲她的嘴，你就会知道构成这种气味的第二种成分了。"

"这话叫我倒胃口呢，"吉卜赛人说，"那番关于芽须的话太让人受不了啦。"

"你还想再听下去吗？"比拉尔问罗伯特·乔丹。

"当然啦，"他说，"如果有必要让人学学，那就让我们学吧。"

"关于老太婆脸上长芽须的话真让我恶心，"吉卜赛人说，"老太婆脸上为什么会长出那东西来呢，比拉尔？我们可不是这样的。"

"可不是嘛，"比拉尔嘲弄地模仿着他的腔调说，"我们老太婆总是这样的，老太婆在年轻的时候可苗条啦，当然也有不断被搞成大肚子的时候，那是她丈夫宠爱的标志嘛，所以每一个吉卜赛女人的身前都老是顶着个——"

"别说这种话嘛，"拉斐尔说，"这样说话也太不体面啦。"

"这么说话伤了你的自尊心啦，"比拉尔说，"你见过哪个快要生孩子或刚刚生过孩子的吉卜赛女郎① 不是这样的？"

"你。"

"算了吧，"比拉尔说，"谁都难免有伤自尊的时候。我刚才这番话的意思是，人要是年纪大了，自然就会变成丑陋的模样，大家都一样。这就不需要细说啦。不过，假如英国人一定要了解他迫切想分辨的那种

---

① 此处原文为西班牙语：*gitana*。

气味的话，他就必须在大清早赶往那家屠宰场。"

"我会去的，"罗伯特·乔丹说，"不过，我会在她们路过时闻到那股气味的，未必一定要亲嘴嘛。我也怕那些芽须呢，像拉斐尔一样。"

"亲一个老太婆吧，"比拉尔说，"亲一个吧，英国人，为了能长见识嘛，然后，你就带着鼻孔里的那种气味走回城里，如果你看见一只垃圾桶里有枯萎的花朵，你就把鼻子深深地插进去，再深深地吸一口气，让这股香气和你鼻腔里已经吸进的气味混合在一起。"

"就算我已经照办了吧，"罗伯特·乔丹说，"那是些什么花呢？"

"菊花。"

"继续往下说吧，"罗伯特·乔丹说，"我已经闻到花香啦。"

"还有，"比拉尔接着说，"关键的一点是要选好日子，最好是在秋天，还下着雨，或者至少要有些迷雾，或者在初冬时节也行，这时，你就在城里走街串巷到处溜达，你就沿着康乐大街走下去吧，走到那些妓院① 往外清扫垃圾、往下水道里倾倒污水桶的地方，你在那儿遇到什么气味就闻什么气味，然后，等那种劳而无功的风流韵事的气味，连同肥皂水和香烟屁股的气味，一股脑儿淡淡地飘进你的鼻孔里时，你就带着这种气味继续往前走，走向那个植物园，在那儿，一到夜里，那些没法再在妓院里接客的姑娘们就背靠着公园的大铁门、铁栅栏与人干上了，或者就直接在人行道上干。就在这种地方，在树荫底下，背靠着铁栅栏，那些姑娘在从事着男人想要的一切；从花一毛钱满足最简单的要求，到花一块比塞塔干一次我们生来就注定得干的天大的好事，在那儿的花坛上干，花坛里的花儿已经枯死，但还没有拔除，没有重新栽植，所以正好可以派上用场，松软的泥土要比人行道软和得多，你会发现一条被人遗弃的黄麻袋，黄麻袋上还残留着潮湿的泥土味和枯死的花朵味，以及那天夜里大干好事而留下的气味。这只麻袋上包含了全部的精华，

---

① 此处原文为西班牙语：*casas de putas*。

既有死土、败死的花梗和腐烂的花朵的气味，也有人的生与死两者的气味。你可以把这只麻袋套在头上，然后在里面向外呼吸，你试试看吧。”

“不。”

“你就试试吧，”比拉尔说，“你把这只麻袋套在头上，在里面向外呼吸一下试试看，然后，在你深呼吸的时候，如果你先前吸入的那些气味还没有散尽，你就能闻到那种我们所知道的死到临头的气味了。”

“好吧，”罗伯特·乔丹说，“你是说，卡希金在这儿的时候，他身上散发着的就是这种气味吗？”

“是的。”

“罢了，”罗伯特·乔丹很严肃地说，“倘若这是真的，那我开枪打死了他也算是做了一件好事情呢。”

“好啊。”吉卜赛人说。其他人都哈哈大笑起来。

“很好，”普里米蒂伏赞许地说，“这下该让她闭住嘴巴消停一会儿啦。”

“可是，比拉尔，”费尔南多说，“你肯定不会指望像堂·罗伯托这样受过良好教育的人去干这种令人作呕的事情吧。”

“是的。”比拉尔表示同意地说。

“你说的这一切叫人恶心透了。”

“是的。”比拉尔表示同意地说。

“你不会当真指望他去干出这些品格低劣的行径吧？”

“是的，”比拉尔说，“睡觉去吧，好吗？”

“可是，比拉尔——”费尔南多还想接着说。

“你闭嘴，好不好？”比拉尔突然恶狠狠地对他说，“别在这儿丢人现眼啦，我也要尽量不丢人现眼，跟这种根本听不懂人话的人说话了。”

“我坦白，我听不懂。”费尔南多又开口说。

“别坦白了，也别想弄懂了，”比拉尔说，“外面还在下雪吗？”

罗伯特·乔丹走到洞口，撩起门毯，向外窥望着。外面夜色正浓，天气清朗而又寒冷，没有雪在飘落了。他透过树干向远处望去，只见林中已是白茫茫的一片，再抬眼远眺，只见天空此时已经放晴了。他做了个深呼吸，空气进入了肺腔，寒冷彻骨。

"如果聋子今夜偷来了马，他就会在雪地里留下无数的足迹呀。"他想。

他放下门毯，返身回到烟雾弥漫的山洞里。"天晴了，"他说，"这场暴风雪已经过去啦。"

第二十章

　　现在已是深夜时分，他躺在那儿，等待姑娘到他身边来。此时没有风，松林静悄悄地伫立在夜色下。松树的树干昂然挺立在覆盖着大地的皑皑白雪中，他躺在睡袋里，感受着身下他临时铺就的那张床的柔软的韧性，两条腿长长地伸着，紧紧依偎着睡袋的暖意，冷空气寒峭彻骨地落在他脑袋上，随着呼吸又钻进了他的鼻孔中。在他侧身躺着时，他脑袋下枕着的是他用裤子和大衣裹起鞋子权当枕头用的那包鼓鼓囊囊的衣物，贴在腰间的是那支大号自动手枪冰冷的金属枪身，他刚才在脱衣时将手枪取出了枪套，并把枪绳系在了自己的右手腕上。他挪开手枪，又往睡袋深处缩了缩，同时也密切注视着雪地对面岩壁中的那个黑黝黝的缺口，那就是山洞的入口处。天空一片清朗，雪地上反射出的光亮足以看清一棵棵松树的树干和山洞那边大块大块的岩石。

　　在此之前，在夜色尚未完全降临之际，他拿了把斧头，走出了山洞，趟过新下的雪，来到林中那片空地的边缘，在那儿砍下了一棵小云杉树。黑暗中，他拖着这棵树的树根一直走到岩壁的背风处。在靠近岩壁的地方，他竖起这棵树，一手扶稳树干，一手握着斧头柄上靠近斧头的地方，挥斧砍下了所有的枝桠，摞成了一小堆。然后，他丢下这堆树枝，把光杆子树干也放倒在雪地里，跑回山洞搬来了他早就留意到的靠在洞壁上的那块厚木板。他用这块木板把岩壁边沿那块平地上的雪刮得干干净净，然后抱起那堆树枝，抖落上面的积雪，再把它们一排排地铺在地面上，铺得就像层层叠叠的羽毛，做成了一张床。他把那棵树干横在用树枝搭就的床的脚头挡住叠起的树枝，并从那块厚木板的边缘劈下了两个尖木楔，把它们钉在地上，牢牢固定住树干。

之后，他侧着身子从门毯下钻进山洞，把那块木板和斧头送回洞里，靠洞壁放好。

"你在外面忙什么呀？"比拉尔问。

"我做了一张床。"

"别为了做你的床而劈了我那块新搁板噢。"

"对不起。"

"没关系，"她说，"锯木厂里的板材多得很。你做了张什么样的床啊？"

"和我老家的那种一样。"

"那就在上面好好睡觉吧。"她说，罗伯特·乔丹听了这话，便去打开了一个背包，从中拉出了那只睡袋，把原本裹在睡袋里的物件又重新归类放回背包里，然后拿着睡袋又闪身从门毯下钻了出去，他把睡袋铺在那堆树枝上，把睡袋封闭的那头压在床尾那根已被牢牢固定住的横杆下。睡袋开口的这头则有那面悬崖的岩壁遮挡着。随后，他再次返身走进山洞去拿他那两只背包，可是比拉尔说："背包可以跟我睡在一起，像昨晚一样。"

"你不派人去站岗吗？"他问，"夜色很清朗呢，暴风雪也已经过去啦。"

"费尔南多会去的。"比拉尔说。

玛丽娅待在山洞的深处，罗伯特·乔丹看不到她。

"各位晚安，"他说，"我要去睡觉啦。"

大家都在忙着，有的在火塘前的地面上铺开了毛毯，摊开了铺盖卷儿，有的在把那些板桌和蒙着生皮的凳子往一边推，好腾出睡觉的地方来，人群中，只有普里米蒂伏和安德雷斯抬起头来，用西班牙语说了声"晚安①"。

　　安塞尔莫已经在角落里睡着了，身上裹着他的毛毯和披风，连鼻子也捂在里面。巴勃罗则坐在他那张椅子上睡着了。

　　"你那床上需要铺一张羊皮吗？"比拉尔轻声问罗伯特·乔丹。

　　"不，"他说，"谢谢你。我不需要这个。"

　　"睡个好觉吧，"她说，"我负责照料你那些器材。"

　　费尔南多和他一起来到洞外，在罗伯特·乔丹铺着睡袋的地方站了一会儿。

　　"你喜欢睡在露天的这个念头很奇怪呀，堂·罗伯托。"他站在黑暗中说，身上裹着毛毯式披风，卡宾枪斜挎在肩上。

　　"我已经习以为常了。晚安。"

　　"原来你已经习以为常啦。"

　　"什么时候换岗？"

　　"四点钟。"

　　"这段时间最冷啊。"

　　"我已经习以为常了。"费尔南多说。

　　"原来是这样，你已经习以为常了——"罗伯特·乔丹彬彬有礼地说。

　　"是的，"费尔南多附和着说，"现在我得到那边去站岗啦。晚安，堂·罗伯托。"

　　"晚安，费尔南多。"

　　他随即便用脱来下的东西做了个枕头，然后钻进了睡袋，躺下来等

---

① 此处原文为西班牙语：*Buenas noches*。

待着，一边感受着那法兰绒衬里的羽绒睡袋的温暖和轻便，感受着睡袋底下那些树枝的弹性，一边眼巴巴地望着雪地对面的那个山洞的入口处；在等待时，他感觉自己的心脏在怦怦地跳动着。

夜色清朗，他感到脑袋也像这空气一样清朗而又冷峭。他闻着身下那些松枝发出的气味，那是被压断了的松针的清香味、松枝的断口渗出的树脂发出的更为浓烈的香味。比拉尔啊，他想。比拉尔，还有你那死亡的气息。眼前这气味才是我喜爱的气息啊。这种气味，还有刚刚割下的三叶草的气味、你骑着马驱赶牲畜时踏碎的紫艾草的气味、木柴燃烧的气味、焚烧秋天的落叶的气味。这种气味准能勾起人的思乡病啊，在秋天的米苏拉，人们把落叶耙成堆在大街上焚烧时落叶堆里发出的那种烟味。你愿意闻哪一种气味呢？印第安人用来垫在他们竹篮里的香草的香味？熏皮革的气味？春雨过后泥土的气息？你在加利西亚的某一个岬角上走进荆豆丛中时闻到的那种大海的气息？抑或是你在夜航中驶向古巴时所闻到的陆地上吹来的那种风的气味？那是仙人掌花、含羞草和马尾藻丛的气味。要不，你宁愿闻一闻清晨醒来时在饥肠辘辘的状态下那诱人的煎咸肉的气味？或者清晨煮咖啡的香味？或者在你咬下一口秋熟的苹果时闻到的那种清香味？或者是苹果酒作坊在压榨苹果时发出的那种果香味，抑或是刚出炉的面包的香味？你一定是饿了吧，他想，他侧身躺在那儿，借着反射在雪地上的星光注视着山洞的入口处。

有人从门毯下钻出来了，他能够看见有人正站在岩壁间的那个缺口处，那是山洞的入口处，却不知那人是谁。接着，他听到了一阵在雪地里滑行的声音，须臾间，那人头一低，又返身走进了山洞。

我估计，她要等众人都睡着了才会来呢，他想。这简直是在浪费时间啊。良宵已经过去一半啦。啊，玛丽娅。现在就来吧，快点来吧，玛丽娅，因为时间不多啊。他听见一根树枝上的积雪落到地面上的积雪时发出的那轻柔的声音。一阵微风徐徐吹来。他感到那微风正吹拂在他的脸上。他突然感到心头一紧,她也许不会来了。眼下吹来的这阵风使他想到,早晨很快就要来临了。他听着微风在吹拂着松树的树冠,又有一些积雪从枝头落下来。

快来吧,玛丽娅。请你快点儿到我这儿来吧,马上就来吧,他想。啊,马上到这边来吧。别再磨蹭啦。你干吗偏要等他们睡着呢,这对你实在没有任何关系呀。

就在这时,他看见她从蒙在洞口的门毯下钻了出来。她在那里站了一小会儿,他知道那是她,但他看不出她那里在干什么。他轻轻吹了一声口哨,但她依然在洞口边岩壁阴影下的暗处在做着什么。接着,她两手提着东西直奔过来,他看着她迈开修长的双腿在雪地里奔跑着。顷刻间,她便跪在了睡袋边,把她的脑袋紧紧地挤在他的脑袋边,拍打着脚上的雪。她吻着他,并把她手里的那包东西递给了他。

"把这个和你的枕头放在一起吧,"她说,"我在那边脱下的,好节省时间啊。"

"你是光着脚从雪地里走来的?"

"是啊,"她说,"而且只穿着我这件结婚衬衫呢。"

他把她拉到身边,把她紧紧地抱在怀里,她用脑袋磨蹭着他的下巴颏。

"避开我的脚,"她说,"我这双脚冰冰凉呢,罗伯托。"

"快把脚伸过来,把它焐焐热。"

"别,"她说,"很快就会热起来的。现在快说一声你爱我吧。"

"我爱你。"

"好。好。好。"

"我爱你,小兔乖乖。"

"你爱我这件结婚衬衫吗?"

"这就是平时穿的那件嘛。"

"是的。跟昨夜一样。这就是我的结婚衬衫啊。"

"把脚伸过来吧。"

"别，那太过分了。脚自己会热乎起来的。我感到脚是暖和的。只因为这双脚在雪地里走过，才让你觉得冷的。快把那句话再说一遍。"

"我爱你，我的小兔乖乖。"

"我也爱你，因为我是你的老婆呀。"

"他们都睡着了吗？"

"还没呢，"她说，"可是我已经急不可耐了。要紧吗？"

"没什么要紧的。"他说，感觉她正紧紧依偎着他，苗条、颀长的身段温润可人。"只要我们能在一起，别的事情都不要紧。"

"把你的手放在我头上吧，"她说，"这样，我就能试试看，我是不是学会吻你了。"

"这一记吻得好吗？"

"好，"他说，"脱下你的结婚衬衫吧。"

"你觉得我该脱吗？"

"是啊，如果你不觉得冷，就脱了吧。"

"什么呀，还冷呢。我都热得像着火啦。"

"我也是。可是等一会儿你不会着凉吧？"

"不会的。等一会儿我们就会变成森林里的一头合二为一的动物啦，紧紧连在一起，紧得使我们俩谁也别想分清谁是谁了。你难道感觉不到我的心就是你的心吗？"

"感觉到了。没有任何不同之处呢。"

"哎呀，快摸摸嘛。我就是你，你就是我，我们合起来就成一个人啦。我爱你，啊，我爱你有多深啊。你和我这不就真成一个人了吗？你没感觉到吗？"

"感觉到了，"他说，"真是这样的。"

"你再摸摸呀。你只有我的心，没别的心啦。"

"也没有别的腿、别的脚、别的身子啦。"

"可是我们不一样，"她说，"我要让我们俩完全融为一体。"

"这不是你的本意吧。"

"这就是我的本意。我就是要这样说。这就是我早就想让你知道的一件事。"

"这不是你本意。"

"也许不是吧,"她温柔地说着,嘴唇热吻着他的肩膀,"但我一直盼望着能把这句话说出口来。正因为我们俩是不一样的人,我才很庆幸你是罗伯托、我是玛丽娅的。不过,如果你真的希望变换一下角色,我也乐意变换一下。我愿意变成你,因为我太爱你了。"

"我可不想变换什么花样。不如就像这样吧,你还是原来的你,我还是原来的我。"

"可是,我们现在就要成为一个人啦,而且是一个永远不会相分离的整体。"她接着又说,"假如你不在身边了,我也就是你了。啊,我多么爱你啊,我一定要好好体贴你,把你照顾得舒舒服服的。"

"玛丽娅。"

"嗳。"

"玛丽娅。"

"嗳。"

"玛丽娅。"

"噢,嗳。我在这儿呢。请吧。"

"你不冷吧?"

"啊,不冷。拉上睡袋,盖好你自己的肩膀。"

"玛丽娅。"

"我说不出话来啦。"

"啊,玛丽娅。玛丽娅。玛丽娅。"

良久之后,依然紧密相拥,外面是夜寒料峭,睡袋里却是暖意绵绵,她的头贴着他的脸颊,她静静地、心满意足地依偎着他躺在那儿,过了一会儿,她轻柔地说:"你感觉好吗?"

"和你一样 [1]。"他用西班牙语说。

"是啊,"她说,"不过,这次和今天下午的情形不一样。"

"是的。"

"但是我更喜欢像这回这样。人也未必非死过去不可呀。"

"但愿别死 [2],"他用西班牙语说,接着又用英语说,"但愿别死。"

"我不是这个意思。"

"我知道。我知道你的意思。我们是一样的意思。"

"那你为什么还说这句话,而不按我的意思说呢?"

"男人的感觉是不一样的。"

"既然这样,我很高兴我们有不一样的地方。"

"我也是,"他说,"但我懂得那种死过去的感觉。我这样说,只是出于男人的习惯。我和你的感觉其实是一模一样的。"

"不管你是什么感觉,不管你怎么说,凡是你说的,我都爱听。"

"我爱你,我也爱你这个名字,玛丽娅。"

"这是个很普通的名字呀。"

"不,"他说,"这可不是个普通的名字呢。"

"我们现在睡一会儿吧,好吗?"她说,"我也许马上就要睡着了。"

"那我们就睡吧。"他说,他抚摸着那修长、轻盈的身段,让她温润地依偎着他、惬意地依偎着他、摒除一切孤独地依偎着他,他感到,仅凭这胸腹对胸腹、肩膀对肩膀、脚对脚的轻轻接触,她与他便神奇般地结成了足以对抗死亡的联盟,他情不自禁地说,"好好睡吧,长腿的小兔乖乖。"

她说:"我已经睡着啦。"

"我也要睡了,"他说,"好好睡吧,亲爱的。"于是,他也睡着了,

---

① 此处原文为西班牙语:*Como tu*。

② 此处原文为西班牙语:*Ojala no*。

很快乐地睡着了。

　　然而这天夜里，他还是醒了，醒来便紧紧拥抱着她，仿佛她就是生命中的一切，正要被人从他身边夺走似的。他拥抱着她，感到她就是他现有生命中的一切，也确实就是一切。但她睡得正香，睡得很沉，并没有醒来。于是，他翻了个身，替她把头边的睡袋口掖紧，在睡袋里又吻了一下她的脖子，然后才拉过枪绳，把手枪挪到身边随手可及的地方，之后，他便躺在夜色中苦思冥想起来。

第二十一章

　　一阵暖风吹来了晨曦，他听得见树上的积雪在融化，融化的积雪落地有声。这是一个暮春的早晨。他刚做了第一个深呼吸就已知道，这场雪只不过是这一带山区所特有的一场反季节的暴风雪，雪到中午就会融化殆尽了。这时，他忽然听见有匹马奔来，马蹄裹着团团湿雪，随着那名骑手在策马疾驰而响起一连串沉重的"嘚嘚"声。他听到了松垂的卡宾枪套"啪啪"的拍打声和皮马鞍的"咯吱"声。

　　"玛丽娅，"他说，并推了推姑娘的肩膀，想叫醒她，"躺在睡袋里别动。"紧接着，他一手系着衬衣的纽扣，一手握着那支自动手枪，并用拇指打开了保险机。他看到姑娘那短头发的脑袋猛地打了个激灵，飞快地缩进了睡袋，就在这时，他看见那名骑手冲出了树林。他此时匍匐在睡袋里，双手持枪，瞄准正朝他疾驰而来的人。他以前从没见过此人。

　　此时，那名骑手几乎就在他的正对面。他骑着一匹灰色的大阉马，头戴一顶卡其布贝雷帽，身披毛毯式军用大氅，颇像南美人所穿的那种中间开口的披风，脚蹬笨重的黑皮靴。他的马鞍右侧的枪套里露出了那支短柄自动步枪的枪托和长方形的子弹夹。他长着一张年轻、面目狰狞的脸，在这刹那间，他看见了罗伯特·乔丹。

他的手伸向了下面的枪套，就在他偏转身弯下腰去拔枪的一瞬间，罗伯特·乔丹看见他卡其布大氅的左侧胸口上佩戴着一枚猩红色的统一制作的纹章①。

当枪口已对准他胸口正中央那枚纹章稍低一点的部位时，罗伯特·乔丹开枪了。

手枪的射击声呼啸在积雪覆盖的树林中。

那匹马猛地一个前冲，仿佛被踢马刺踢了一样，那个年轻人，手还在拉扯着枪套，身子却跌向了地面，他的右脚被卡在马镫上。那匹马拖着他在林中狂奔而去，他脸朝下，一路被拖得磕磕撞撞，罗伯特·乔丹这才提着手枪站起身来。

那匹大灰马仍在松林中向前疾驰着。被马拖着的那人在雪地上留下了一道宽阔的压辙，沿压辙的一侧有一道暗红色的条痕。人们纷纷涌出了洞口。罗伯特·乔丹蹲下身来，从枕头中拉出他那条卷作一团的裤子，抖了抖，赶忙穿上。

"快把你衣服穿上。"他对玛丽娅说。

头顶上方，他听到了飞机的声音，飞机飞得很高。树林深处，他看见了那匹灰马，马已停止狂奔，正站在那儿，它的骑手仍脸朝下挂在马镫上。

"快去抓住那匹马。"他朝正向他这边奔来的普里米蒂伏大声说。他接着又问："刚才在山上站岗的人是谁？"

"拉斐尔。"比拉尔在洞口说。她就站在那儿，头发依然披在身后，梳成了两个辫子。

---

① 也即圣心像（Sacred Heart），是天主教信徒们随身佩戴的代表耶稣基督的圣心的一种纹章，是天主教徒表示虔诚的崇拜之物。

"有骑兵出动了，"罗伯特·乔丹说，"把你那挺该死的机关枪架上山去吧。"

他听到比拉尔朝山洞里喊了一声："奥古斯汀。"她自己随即也走进了山洞，不一会儿，有两个人急匆匆奔了出来，一人肩上扛着那挺机关枪，枪的三脚支架在他肩头晃悠着，另一人拎着满满一口袋子弹盘。

"跟他们一起上山去吧，"罗伯特·乔丹对安塞尔莫说，"你就趴在那挺机枪的旁边，抓牢枪的那几条腿，别让它动。"他说。

他们三人一溜烟地登上了那条上山的羊肠小道，穿过树林，一路奔跑着上山去了。

太阳还没有爬上群山的山头，罗伯特·乔丹站直身躯，系好裤子，束紧皮带，那支大号手枪仍拴着枪绳挂在他手腕上。他把手枪插进皮带上的枪套里，把枪绳上的活扣朝下移了移，然后把枪绳拉过头顶，套在自己的脖子上。

不知哪一天有人就会用这绳圈勒死你，他想。好啊，这样也就一了百了啦。他把手枪拔出枪套，卸下子弹夹，从枪套上那排子弹中取下一粒子弹填进弹夹，再把弹夹重新推入手枪的枪柄。

他朝树林中望去，只见普里米蒂伏已经抓住了那匹马的缰绳，正在费劲地把那名骑手的脚拖离马镫。当那具尸体已经脸朝下趴在雪地里时，他又看见普里米蒂伏在逐一搜查着那人的口袋。

"好啦，"他大声说，"把马牵过来吧。"

在蹲下身子穿绳底鞋时，罗伯特·乔丹感觉到玛丽娅就靠在他膝头上，正在睡袋里穿衣服。她这时在他的生命中已经没有位置了。

那名骑兵根本就没料到会发生任何意外，他暗暗思忖。他既没有顺着那些马蹄印走，也缺少应有的警惕性，更不用说保持高度戒备的状态了。他甚至都没有跟踪通向山上那个哨位的那些足迹。他一定是分布在这一带山区里的巡逻队的一名成员。但是，一旦那支巡逻队发现他失踪了，他们就会循着他留下的马蹄印追踪到这儿来。除非这些雪先花掉，他想。除非那支巡逻队碰上了什么情况。

"你最好到下面去。"他对巴勃罗说。

此时，众人都已出了山洞，提着卡宾枪站在那儿，腰带上插着手榴弹。比拉尔提着一只装手榴弹的皮口袋朝罗伯特·乔丹走来，他从中取出三枚，装进自己的衣袋里。他又闪身钻进山洞，找到他那两只背包，将装有手提机枪的那只打开，抽出枪管和枪托，麻利地把枪托推上枪身，将枪支安装好，并将一个弹夹装入枪内，将另外三个弹夹塞进了口袋里。他锁上这只背包，然后拔脚奔向洞口。我的两只口袋都装满了沉甸甸的弹药，他想。但愿口袋的线缝很结实。他一走出山洞便对巴勃罗说："我到上面去看看。奥古斯汀会使那挺机关枪吗？"

"会。"巴勃罗说。他在注视着牵着马朝这边走来的普里米蒂伏。

"瞧那匹马 ①，"他用西班牙语说，"瞧，多好的一匹马呀。"

那匹大灰马通体是汗，正微微颤栗着，罗伯特·乔丹拍了拍马的肩胛。

"我要把它和另外那几匹马放在一起。"巴勃罗说。

"不，"罗伯特·乔丹说，"它已经留下了来这儿的足迹。它必须再踏出一条离开这儿的足迹。"

"对，"巴勃罗同意地说，"我骑着它出去，把它藏起来，等雪融化了再把它带回来。你今天很有头脑嘛，英国人。"

"派个人下山吧，"罗伯特·乔丹说，"我们得到山上去啦。"

"没这个必要吧，"巴勃罗说，"骑马的人不可能从那条道上来。但我们可以从那儿出去，还可以从另外两个地方出去。最好别留下痕迹，以免有敌机飞来。把那个小皮酒囊给我吧，比拉尔。"

"想走开去喝个醉呀，"比拉尔说，"给，你还是带上这些吧。"他伸过手去，抓了两枚手榴弹放进口袋里。

_____

① 此处原文为西班牙语：*Mira que caballo*。

"哪儿的话呀，还能喝醉啊，"巴勃罗说，"形势严峻着呢。不过，你还是把那只小酒囊给我吧。我可不喜欢靠喝水来干这些活儿。"

他抬起双臂，挽住缰绳，纵身一跃便坐进了马鞍。他咧嘴笑了笑，拍了拍那躁动不安的马。罗伯特·乔丹看到他在亲切地用腿磨蹭着马的胁腹。

"多么好看的马呀，"他用西班牙语说着，又拍了拍那匹大灰马，"多么漂亮的马啊①。走吧。这家伙离开这儿越快越好。"

他垂下手去，抽出了马鞍边枪套里的那支枪管有散热孔的轻型自动步枪，那其实是一支手提机枪，可以用九毫米的手枪子弹，他仔细端详着这支枪。"瞧他们装备得多好啊，"他说，"瞧这现代化的骑兵。"

"那边有个现代化的骑兵脸朝下躺在那儿呢，"罗伯特·乔丹说，"我们出发吧。"

"安德雷斯，你给那些马配上马鞍，并看住它们，随时备用。如果听到枪声，就把它们带到山坳后边的那片树林里。然后带上你的武器来增援，留下妇女们来看管这些马。费尔南多，你负责把我那两只背包也带上。最要紧的是，背我那两只背包要特别小心。你还得照看好我那两只背包，"他对比拉尔说，"你要核实清楚，确保两只背包随同这些马一起走。我们走吧，"他说，"我们出发吧。"

"你的玛丽娅和我会做好撤离前的一切准备的。"比拉尔说。她接着又对罗伯特·乔丹说："瞧他。"并朝骑在那匹灰马上的巴勃罗点点头，只见他端坐在马背上，像牧民一样两腿紧紧夹着马的胁腹，巴勃罗在为自动步枪换弹夹时，那匹马的鼻翼大张着。"你看看，区区一匹马就使他高兴成那样了。"

"但愿我能有两匹马。"罗伯特·乔丹热烈地说。

"你的马很危险呢。"

---

① 此处原文为西班牙语：*Que caballo mas bonito*，*Que caballo mas hermoso*。

"那就给我一头骡子吧。"罗伯特·乔丹笑开了花。

"把那家伙的衣服给我剥了,"他对比拉尔说,并朝趴在雪地上的那个死人歪了歪头,"把他身上所有的东西都拿过来,所有的信件和证件,把它们放在我那只背包外面的口袋里。所有的东西,明白吗?"

"明白。"

"我们出发吧。"他说。

巴勃罗一马当先,后面的两人成单行行进,以免在雪地里留下痕迹。罗伯特·乔丹提着他那支手提机枪,枪口朝下,他只抓着枪的前把手。要是我这只枪和那支马鞍枪使用的是同样的子弹,那该多好啊,他想。但是不行啊。这是一支德国制造的枪。这支枪还是老伙计卡希金留下来呢。

太阳此时正冉冉升起在山冈上。暖风在徐徐吹拂着,积雪在消融。这是一个暮春时节的明媚的早晨。

罗伯特·乔丹回头看了一眼,只见玛丽娅正与比拉尔站在一起。就在这时,她沿着山路飞奔过来。他放慢脚步,落在普里米蒂伏的后面,想和她说句话儿。

"你,"她说,"我可以跟着你一起去吗?"

"不。帮帮比拉尔吧。"

她走在他身后,把手搭在他胳膊上。

"我已经来了。"

"不行。"

她还是紧紧跟在他身后。

"我也可以扶着机枪的腿呀,你就是吩咐安塞尔莫那样做的嘛。"

"你什么腿也不用扶。不管是枪的腿,还是别的什么腿。"

她走在他身边,探过身子,把手伸进了他的口袋里。

"别,"他说,"但是要爱惜你的结婚衬衫。"

"吻吻我,"她说,"假如你真要走的话。"

"你真没羞。"他说。

"是的，"她说，"十足的。"

"你快回去。有好多事情要做呢。假如他们顺着马蹄印追了过来，我们说不定要在这儿打仗呢。"

"你，"她说，"你刚才看见那人胸前佩戴的东西了吗？"

"看见了。怎么会看不见呢？"

"那是圣心像啊。"

"是的。纳瓦拉那边的人都佩戴着圣心像呢。"

"可你是对准它开枪的？"

"不。是在圣心像的下面。你快回去吧。"

"你，"她说，"我全都看到了。"

"你什么也没看见。一个男人。一个从马背上摔下来的一个男人。走吧。你快回去吧。"

"说一声你爱我。"

"不。现在不行。"

"现在不爱我啦？"

"赶紧离开这儿①。快回去吧。人不能在同一时间里既要打仗又要谈情说爱呀。"

"我就要去扶机枪的腿，在枪响的同时还能爱着你。"

"你简直是个疯丫头。你马上回去。"

"我就是个疯丫头，"她说，"我爱你。"

"那就赶快回去。"

"好。我走。即使你不爱我，我也深深爱着你，这份爱可以让我们俩都得到满足。"

他望着她，满腹心事地笑了笑。

---

① 此处原文为西班牙语：*Dejamos*。

"你一听见枪响，"他说，"就立即跟着那几匹马一起走。要协助比拉尔照看好我的背包。也可能什么事也没有。但愿如此吧。"

"我走了，"她说，"瞧，巴勃罗骑的那匹马多好啊。"

那匹大灰马冲在最前头，沿着山路向前奔去。

"是啊。可是你快走吧。"

她的拳头，她在他口袋里捏紧的拳头，在他大腿上用劲捶了一记。他对她看看，发觉她眼睛里已噙着泪水。她从他的口袋里抽出拳头，张开双臂，紧紧搂住他的脖子，热吻着他。

"我走，"她说，"我要走啦①。我走啦。"

他回过头来，看见她仍站在那儿，清晨的第一缕阳光映照着她那棕色的脸蛋，映照着她那剪得很短的、茶褐色的、沐浴着金色阳光的秀发。她向他挥了挥那只拳头，然后转过身子，沿着山路往回走去，头低垂着。

普里米蒂伏转过身来，目送着她。

"假如她的头发没被剪得那么短，她一定是个很漂亮的姑娘。"他说。

"是啊。"罗伯特·乔丹说。他正在想别的事情。

"她的床上功夫怎么样？"

"你说什么？"

"床上功夫。"

"当心你的嘴哟。"

"人总不该听了这样的话就生气吧，因为——"

"算了吧。"罗伯特·乔丹说。他正在察看地形。

---

① 此处原文为西班牙语：*Me voy*。

第二十二章

"给我砍些松枝去吧，"罗伯特·乔丹对普里米蒂伏说，"快去快回。"

"我不喜欢把机枪架在那个位置。"他对奥古斯汀说。

"为什么？"

"把枪挪到那边去吧，"罗伯特·乔丹用手指了指，"以后我会告诉你的。"

"就架在这儿吧，这样。我来帮你一把。这儿。"他说，接着便蹲下身子。

他扫视着眼前这片狭长的地带，并目测着左右两侧岩壁的高度。

"还得再往前去点儿，"他说，"再往前突出一点儿。好。就这儿。这个位置不错，以后还可以再适当调整。那儿。把这几块石头搬到那儿去。这儿还有一块。旁边再放一块。要留出地方，好让枪口能够来回扫射。那块石头还得再朝这边挪一挪。安塞尔莫，去下面的山洞跑一趟吧，给我拿把斧头来。快去快回。"

"难道你们从没给这挺机枪找到过合适的位置？"他对奥古斯汀说。

"我们总是把它架在这儿的。"

"卡希金从没说过应该把它架在那儿吗？"

"没有。这挺机枪是在他走了以后才送来的。"

"送这挺机枪来的人里，难道就没有一个人会使用它？"

"没有。当时是由几个搬运工送来的。"

"怎么能这样办事呢，"罗伯特·乔丹说，"难道没做任何交代就把枪给你们了？"

"是的，就像是送来了一份礼物一样。一挺给了我们，一挺给了聋子。送枪来的人有四个。安塞尔莫给他们带的路。"

"四个人带着机枪过封锁线，居然没把枪弄丢了，这倒也是件稀罕的事。"

"我那时也是这么想的，"奥古斯汀说，"我当时就觉得，那些送枪给我们的人本来就没打算真能把枪送到我们手里呢。可是，安塞尔莫还是把他们安然无恙地领来了。"

"你会摆弄它吗？"

"会。我试过。我会。巴勃罗会。普里米蒂伏会。费尔南多也会。我们在山洞里研究过它，在那张桌子上把它拆开来，再重新装上。想当初，我们把它拆卸开来之后，足足花了两天时间才把它重新装好。打那以后，我们再没有拆过它。"

"这枪现在还能打响吗？"

"能。但是我们不让那吉卜赛人和其他人瞎摆弄它。"

"你明白吗？枪架在那儿是发挥不了作用的，"他说，"瞧。那些山石原本应当用来掩护你的两翼的，却也给向你进攻的敌人当了掩护。有这么好的枪，你就该寻找一个能够用火力覆盖的地势平坦的开阔地。你还得来回扫射。明白吗？你瞧。前面整个都在你的火力控制之下啦。"

"我明白了，"奥古斯汀说，"可是，我们从来就没有打过防御战，除了我们家乡那座小镇失陷的那次之外。炸火车那次，那些当兵的有一挺机关枪呢。"

"那就让我们一起来学习吧，"罗伯特·乔丹说，"有不少事情很值得研究呢。那个吉卜赛人应该在这儿的，他到哪儿去啦?"

"我不知道。"

"他可能去哪儿了呢?"

"我不知道。"

巴勃罗已经驱马奔出了那个山口，并已掉转方向，绕着山包上那片地势平坦的开阔地来回兜了一圈，那里正好在全自动步枪的射击范围之内。此时，罗伯特·乔丹在注视他，只见他正策马沿着那匹马刚才兜圈子时踏出的那道印痕奔下了山坡。他折向了左边，消失在那片树林里。

"但愿他千万别撞上骑兵队，"罗伯特·乔丹想，"我真担心他来不及奔出我们的射程，就在这儿被我们自己人给打中了。"

普里米蒂伏搬来了松树枝，罗伯特·乔丹将这些树枝插进积雪中尚未冻结的泥土里，插在机枪的左右两侧，形成了一个拱形掩体遮住了机枪。

"再去弄些来，"他说，"必须有掩体来隐蔽机枪的两名射手。现在的这个没什么用处，只能先凑合着用，等斧头来了再说。各位听好，"他说，"如果听见有飞机来了，你们就在岩石堆的阴影里就地卧倒。我在这儿守着这挺机枪。"

这时，太阳已经升起，暖风在习习吹拂着，处在被阳光照耀着的岩壁的这一边，人还是挺惬意的。有四匹马，罗伯特·乔丹想。两个女人和我、安塞尔莫、普里米蒂伏、费尔南多、奥古斯汀，那两兄弟中的另一个叫什么名字? 真见鬼。一共是八个人。那个吉卜赛人还没算进去呢。加上他就是九个人。再加上已经骑马离开的巴勃罗，那就是十个人。他名叫安德雷斯。另外那个兄弟。再加上他的另外那个兄弟，艾拉迪奥。总共有十个人。这就是说，每个人连半匹马也分不到呢。可以先由三个人坚守在这里，让四个人撤离。随同巴勃罗一起走的应该是五个人。那就还剩下两个。加上艾拉迪奥是三个。真见鬼，这家伙去哪儿啦？

上帝知道，万一他们在雪地里发现了那些马的足迹，聋子今天会遭遇什么不测。情况很棘手呀；这场雪说停就停了。不过，积雪今天已开始融化，这会使形势出现逆转。但是未必就有利于聋子。即便形势的逆转有利于聋子，恐怕也已来不及了。

如果我们能顺顺当当地熬过今天，也不必仓促应战，我们就能在明天扭转整个局面，凭我们现有的力量就能做到。我知道我们有这个能力。不够理想，或许吧。不及想象的那样圆满，不会万无一失，不如我们本该做到的那样出色；但是，只要发挥好每个人的作用，我们还是能够扭转局面的。前提是，我们今天不用仓促应战。如果我们今天非打不可，愿上帝助我们一臂之力吧。

我不知道眼下这个时刻在什么地方埋伏会比这里更好。如果我们现在转移，我们只会留下行踪。这里还算是个很不错的去处，如果情况果真坏到了极点，这里还有三条退路。此外还可以等待夜幕的降临，无论我们潜伏在这些山里的什么地方，我都可以在黎明时分出击，炸毁那座大桥。我不知道我以前为什么会为此而担忧。现在看来这件事似乎是相当容易的。我希望我们的飞机总有一次能够准时起飞。我肯定盼望着他们能够让飞机准时飞来啊。明天将是非常热闹的一天，因为那条公路上将会尘土飞扬。

好啦，今天呢，有可能非常有趣，也有可能非常乏味吧。感谢上帝，我们总算把那个骑兵的坐骑从这儿远远引开了。我想，即便那伙骑兵队能够一直追踪到这儿来，他们也不会循着现在的这些足迹走。他们会认为他只是在这儿停留了一下，兜了一圈之后又走了，他们就会沿着巴勃罗留下的足迹追下去。不知那个老猪猡会往哪儿去呢。他也许会像一头老公麋鹿那样鬼头鬼脑地溜出这一地区，一路往山上狂奔而去，留下大片的足迹，然后，等积雪融化了，再兜一圈绕回到下面来。那匹马笃定会使他喜不自胜的。当然他也可能会因为有了这匹马而瞎胡闹一通。罢了，他总该能照顾好他自己吧。他干这一行已经由来已久了。然而我就是信不过他，好比我根本不信你能推倒埃弗勒斯峰①一样。

依我看，比较精明的做法是，利用这些岩石作掩护，形成一个良好的机枪掩体，未必一定要正正规规地构筑一个机枪工事。假如敌人上来了，或者敌机飞来了，而你还在挖工事，你就会像脱了裤子来不及穿一样，给弄得措手不及而陷入窘境。她会守住这个阵地的，照她现在这个态度，只要这个阵地还有利用的价值，她就会坚守在这儿的，反正我不能留下来打仗。我得带着炸药脱身离开这儿，我还要带走安塞尔莫。如果我们不得不在这儿摆开战场，在我们撤离的时候，谁愿意留下来掩护我们呢？

就在这时，就在他极目眺望着前方的整个地形时，他看到那个吉卜赛人从左侧那片山石堆中冒了出来。他正漫不经心、撅着屁股、像喝醉了酒一样大摇大摆地朝这边走来，卡宾枪吊在肩膀上，他棕色的脸膛上乐开了花，他正提着两只大野兔，一手一只。他提着大野兔的脚，野兔的脑袋直晃悠。

"你好，罗伯托。"他兴致勃勃地喊了一声。

罗伯特·乔丹用手捂住自己嘴示意着，吉卜赛人吃了一惊。他急闪身躲进岩石堆后，一溜烟地向罗伯特·乔丹奔来，罗伯特·乔丹正蹲伏在用树枝掩蔽着的机关枪旁边。他蹲下身子，把那两只野兔放在雪地里。罗伯特·乔丹抬眼望着他。

"你这臭婊子养的②！"他用西班牙语低声说，"你这下流胚，刚才跑到哪儿去啦？"

"我追它们去了，"吉卜赛人说，"我把两只都逮住了。它们正在雪地里做爱呢。"

---

① 喜马拉雅山主峰之一，为世界最高峰，又称圣母峰。在我国称珠穆朗玛峰。
② 此处原文为西班牙语：hijo de la gran puta。

"你怎么站岗的？"

"我并没离开多久啊，"吉卜赛人嘀咕着说，"出什么事了吗？有紧急情况吗？"

"有骑兵队出动了。"

"我的老天爷^①！"吉卜赛人用西班牙语说，"你看见他们了吗？"

"有一个现在就在营地里呢，"罗伯特·乔丹说，"他是来吃早饭的。"

"怪不得我好像听见一声枪响了呢，"吉卜赛人说，"我 × 他奶奶的！他是从这儿过来的吗？"

"就是从这儿过来的。在你的眼皮底下过来的。"

"哎呀，我的妈呀^②！"吉卜赛人用西班牙语说，"我真是个可怜的倒霉蛋啊。"

"假如你不是个吉卜赛人，我会一枪毙了你的。"

"别，罗伯托。别说这话。对不起，是我错了。都怪那两只野兔。天亮前，我听到那只公兔子在雪地里乱扑腾。你简直难以想象它们在那儿干得有多欢啊，淫荡极了。我朝那声响走去，它们却溜走了。我就顺着那些痕迹在雪地里追过去，一直追到山上，终于发现它们正挤在一起，我就把它俩都宰了。你摸摸，这时节的兔子多肥啊。你想想，比拉尔会用这两只野兔做出多么好吃的美味来吧。我真懊悔啊，罗伯托，就像你为我感到惋惜一样。那个骑兵被干掉了吗？"

"是的。"

"被你干掉的？"

"是的。"

"多么了不起的人啊^③！"吉卜赛人不加掩饰地用西班牙语吹捧着，

---

① 此处原文为西班牙语：*Redios*，表示惊讶，意思相当于"哎呀！"或"我的老天啊！"

② 此处原文为西班牙语：*Ay，mi madre*。

③ 此处原文为西班牙语：*Que tio*！

"你真是一个地地道道的神枪手啊。"

"去你妈的!"罗伯特·乔丹说。他忍俊不禁地朝吉卜赛人咧嘴笑了笑:"带着你的野兔去营地吧,然后给我们送些早饭来。"

他伸出一只手,摸了摸躺在雪地里的那两只大野兔,野兔浑身软绵绵的,个儿特长,身子很沉,皮毛很厚,大脚长耳朵,圆溜溜的黑眼睛依然睁着。

"确实很肥嘛。"他说。

"肥着呢!"吉卜赛人说,"每只兔子的肋骨上都能刮下一盆油。我这辈子做梦也没梦见过这么肥的野兔。"

"好啦,快去吧,"罗伯特·乔丹说,"尽快把早饭带过来,把那个卡洛斯派① 骑兵的所有证件也给我带过来。向比拉尔要。"

"你不生我的气了吧,罗伯托?"

"不生气了。但你擅离职守这件事很让人反感。假定来的是一整支骑兵队呢?"

"我的老天爷呀,"吉卜赛人用西班牙语说,"你说得多在理啊。"

"听我说。你不能再擅离职守了。绝对不行。我这人是不轻易说枪毙这种话的。"

"当然不了。还有一点。绝对不会再碰上两只野兔主动送上门来的这种好机会啦。人一辈子也碰不上第二回啦。"

"快走吧!②"罗伯特·乔丹用西班牙语说,"快去快回。"

吉卜赛人拎起两只野兔,返身钻进了岩石丛中,罗伯特·乔丹眺望

---

① "卡洛斯派骑兵"是西班牙内战期间的一支保皇派武装力量,主要由来自西班牙纳瓦拉地区的人所组成,他们头戴红色贝雷帽,胸前佩有红色圣心纹章,骁勇善战,然而思想极为守旧,站在旧西班牙君主政体、教会、大地主、大资产阶级的立场上,是叛军的急先锋,但后来又与佛朗哥法西斯政权分道扬镳。该术语源自法语 Requete,原指发生在 1835 年"第一次卡洛斯战争"时期拥护西班牙君主堂·卡洛斯及其后裔继承王位的王室正统论者,后泛指卡洛斯派武装力量。

② 此处的原文为西班牙语: *Anda*!

着前方那片平坦的开阔地以及山下的那些坡坡坎坎。两只乌鸦在头顶上方盘旋着，随后停落在山下的一棵松树上。又有一只乌鸦飞来，加入了其中，罗伯特·乔丹望着这几只乌鸦，心想：它们是我的哨兵呢。只要这些乌鸦没受到惊动，就说明没有人走进这片树林。

这个吉卜赛人啊，他想。他真是个地地道道的没用的家伙。他在政治觉悟上毫无提高，也没有丝毫的纪律观念，所以你别想指望他能够办成任何事情。不过，我明天需要他。我明天有一个用得着他的地方。很少见到吉卜赛人参与过哪一场战争。他们应当得到豁免，就像那些因反对战争或基于宗教信仰的原因而不肯服兵役的人一样。或者像那些因身体和智力不合格而没有服兵役的人一样。他们是一些毫无用处的人。然而在这场战争中，那些不肯服兵役的人并没有得到豁免。没有一个人得到过豁免。战争降临在所有人的头上，人人都一样。可不是嘛，战争如今已经降临在这儿了，降临到这帮懒散惯了的人的头上了。他们现在就置身在战争中。

奥古斯汀和普里米蒂伏抱着树枝上来了，罗伯特·乔丹便为这挺机关枪搭起了一个很像样的掩蔽体，一个足以隐藏这挺机枪的防空伪装，一个看上去似乎和树林天然混成一体的屏障。他指点着他们应该在什么地方布置人员，布置在右侧岩石丛高处的人应当能观察到山下那片地带的全貌和右前方的动静，布置在左侧的另一个人应当能控制住左侧山崖上的那个唯一可以爬上人来的险要地段。

"如果你看到有人从那边上来了，不要开枪，"罗伯特·乔丹说，"抛一块石头下来报警，一块小石子，再用你的步枪给我们打信号，像这样，"他提起步枪，举过头顶，仿佛像在护着自己的脑袋一样，"这样是表示人数，"他举起步枪上下晃动着，"如果他们下了马，你就把枪口指向地面。像这样。一定要等你听见这挺机关枪开火了，你才可以在那个位置上开火。在那个高地上射击时，你要瞄准敌人的膝盖打。如果听到我用这只哨子吹两遍，你就要下来了，一定要注意隐蔽，要撤到机关枪这边的岩石堆里来。"

普里米蒂伏举了举步枪。

"我明白，"他说，"这很简单嘛。"

"先抛下小石子报警，然后再指明方向和人数。注意别让人家看见你。"

"是。"普里米蒂伏说，"我可以扔一个手榴弹吗？"

"要等这挺机关枪打响之后才行。也许那支骑兵队会来搜寻他们的同伙，但并不打算深入。他们也许会跟踪巴勃罗的足迹。如果能避免的话，我们就不要打这一仗。最重要的是，我们应当避免这场战斗。现在上山，去那边的指定位置吧。"

"我走啦[①]。"普里米蒂伏用西班牙语说，说罢便背起卡宾枪向山上爬去，进入了高处的岩石丛中。

奥古斯汀蹲伏在那儿，他身形高大，肤色黧黑，两腮布满胡子茬，眼窝凹陷，薄嘴唇，一双大手布满老茧。

"好啦，填弹。瞄准。射击。不就这点事嘛。"

"必须等他们进入 50 米范围内，而且只有在你确信他们是要进入通向山洞的那个隘口时，你才能开火。"罗伯特·乔丹说。

"是。多远才是 50 米啊？"

"到那块岩石那儿。"

"如果有军官，先毙了他。然后再移动枪口去扫射其他人。要慢慢移动。移动幅度要非常小。我要教会费尔南多使用这挺机枪。射击时要抵紧它，这样枪身才不会跳，瞄准要平心静气，如果你能把握得住，每次射击不要超过六发子弹。因为这枪在连发时，子弹容易向上飞。但每次要瞄准一个人射击，然后再移动枪口打下一个人。人要是骑在马上，就对准马的腹部射击。"

---

① 此处原文为西班牙语：Me vo。

"是。"

"要有一人牢牢抓住枪的三脚架，这样枪身才不会向上跳。像这样。这个人也要帮你填弹药。"

"那么，你会在哪儿呢?"

"我会在左侧的这个位置上。我在上面这个位置可以居高临下，统揽全局，我还可以用这支小机关枪掩护你的左翼。在这儿。他们要是真的上来了，很可能就要造成一场大屠杀了。但是你必须等他们接近到那个距离时才开火。"

"我相信我们可以制造一起屠杀事件。一场小规模的屠杀事件。^①"

"可我倒是希望他们不来呢。"

"要不是为了你那座桥，我们完全可以在这里制造一起大屠杀，然后再撤出去。"

"这样做毫无益处。这样做也达不到任何目的。这座桥才是赢得这场战争胜利的整个计划中的一个组成部分。这种厮杀算不了什么。充其量也就是一个偶发事件。一场不值一提的战斗。"

"什么话呀，还不值一提。法西斯分子死一个少一个才好啊。"

"是的。但是完成好这次的炸桥任务，我们就能拿下塞哥维亚。那可是省会城市呀。要想到这一点才是。那是我们要攻克的第一座城市。"

"你当真这样有信心? 你当真相信我们能拿下塞哥维亚?"

"是的。只要按规定的时间准确无误地炸掉那座桥，就有可能。"

"我倒很想在这儿来一场大屠杀，同时把那座桥也炸掉呢。"

"你的胃口真不小啊。"罗伯特·乔丹对他说。

在这期间，他始终在关注着那几只乌鸦的动静。此时，他看见一只乌鸦在探头张望着什么。那只鸟儿"呱呱"地叫几声，飞走了。但是另一只仍待在树上。罗伯特·乔丹抬头望了望普里米蒂伏的所在位置，望

---

① 此处原文为西班牙语：*Menuda matanza*。

了望高处的那堆岩石丛。他看到他正密切监视着山下的那片旷野，但他没有发出任何信号。罗伯特·乔丹便俯身向前，拉开机关枪的枪机，看到了枪膛里的那发子弹，便又推上了枪机。那只乌鸦仍静静地待在树上。另一只在雪地上空盘旋了一大圈之后，又回落到那棵树上。在阳光下，在暖风中，松树沉甸甸的枝头上不断有积雪落下。

"我有一场大屠杀让你明天早晨大显身手呢，"罗伯特·乔丹说，"必须端掉锯木厂附近的那个哨所。"

"我已经一切准备就绪啦，"奥古斯汀说，接着又用西班牙语说了一声，"我已经一切准备就绪啦。①"

"还要端掉大桥下养路工棚屋旁边的那个哨所。"

"端掉这个也行，端掉那个也行，"奥古斯汀说，"两个都端掉也行。"

"不是一个一个地端掉。要在同一时间把两个都端掉。"罗伯特·乔丹说。

"那就随便打哪个吧，"奥古斯汀说，"你瞧，很久以来，我一直都在盼望着能在这场战争中大显身手呢。巴勃罗的按兵不动的做法已经把我们憋坏啦。"

安塞尔莫带着斧头上来了。

"你还想再要些树枝吗？"他问，"在我看来，这地方已经隐藏得很好啦。"

"树枝倒是不需要了，"罗伯特·乔丹说，"来两棵小树吧，我们可以在这里栽一棵，那里栽一棵，看上去就显得更加自然了。要把这地方弄自然而又逼真，树还不够。"

"我去砍几棵来就是。"

"要齐刷刷地从根部砍，别留下树桩让人发现。"

---

① 此处原文为西班牙语：*Estoy listo*。

罗伯特·乔丹听到斧劈声在身后的树林中响起。他抬头望了望上方岩石丛中的普里米蒂伏，又低头望了望山下那片开阔地对面的松林。那只乌鸦依然还在那儿。这时，他听见高空中传来了第一阵轻微的飞机的嗡嗡声。他抬头望去，只见那架飞机飞得很高，显得很渺小，在太阳下银光闪闪，几乎看不出它在高空中移动。

"飞机上的人看不到我们，"他对奥古斯汀说，"不过，还是卧倒为好。今天来这儿的是第二架侦察机。"

"昨天来的那些呢?"奥古斯汀问。

"现在想起来真像是做了一场噩梦啊。"罗伯特·乔丹说。

"他们一定都集中在塞哥维亚了。噩梦期待着要在那儿变成现实呢。"

那架飞机此时已飞过群山，不见踪影了，然而飞机的马达声仍迟迟没有消散。

就在罗伯特·乔丹四下张望时，他看见那只乌鸦突然飞了起来。它径直穿过树林飞走了，没有发出一声啼叫。

第二十三章

"快趴下。"罗伯特·乔丹对奥古斯汀低声说，并转过头去，急切地朝安塞尔莫连连挥手，示意他赶快卧倒，卧倒，老头儿正从那个山坳中走出来，肩上扛着一棵像圣诞树一样的松树。他看见老头儿把他的松树扔在了一块山石的后面，人也随即躲进岩石丛中不见了，罗伯特·乔丹扫视着前方空旷的开阔地对面的那片树林。他什么也没看到，什么也没听见，但他能感到自己的心怦怦乱跳，紧接着，他便听见了石头碰石头的"噼啪"声，小石子一路磕磕碰碰地滚落时的"咔嗒"声。他立即扭头朝右边望去，恰好看见普里米蒂伏的步枪上上下下平举了四次。直到这时，他的正前方还只是白茫茫的一片雪地和留在雪地上的那圈马蹄印，以及远处的那片树林，尚未看到任何异常情况。

"骑兵队。"他悄声对奥古斯汀说。

奥古斯汀朝他看了看，他那黧黑、凹陷的脸膛在他咧嘴一笑时两腮显得更加宽阔了。罗伯特·乔丹看到出他在冒汗。他把手伸过去搭在他肩膀上。他的手还没来得及从他肩头移开，他们便看见那四名骑手正策马冲出那片树林，他感到奥古斯汀背部的肌肉在他手下骤然抽动一下。

　　一名骑手领先，三名紧随其后。走在前面的那个正追寻着那些马蹄印走来。他一边策马前进，一边低头察看着。其余三名紧跟在他身后，成扇形奔出了树林。他们都在仔细查看着。罗伯特·乔丹感到自己的心脏正贴着布满积雪的地面剧烈跳动着，他匍匐在那儿，两肘伸展开来，透过自动步枪的准星密切注视着他们。

　　正率队走在前面的那人策马沿着那条羊肠小道走到巴勃罗兜圈子的地方便停住了。其余的人驱马围拢上来，他们都停在那儿了。

　　罗伯特·乔丹顺着自动步枪蓝汪汪的钢管朝他们望去，视线很清晰。他看到了那些人的脸、悬挂着的马刀、被汗水浸染得黑油油的马腹、圆锥形卡其布大氅的斜面、以纳瓦拉人的派头歪戴着的卡其布贝雷帽。领头的那个拨转马头，径直朝架着机枪的岩石丛中的那片开阔地走来，罗伯特·乔丹看见了他那张年轻却因饱经日晒风吹而变得黝黑的脸膛、那双相距很近的深陷的眼睛、鹰钩鼻子、过长的楔形下巴。

　　领头的那人勒住马头，那匹马站立在那儿，马的胸脯正对着罗伯特·乔丹，马头高昂着，那支轻型全自动步枪的枪托醒目地从马鞍右侧的枪套里凸伸出来，他在朝机枪阵地前的那片空地指点着。

　　罗伯特·乔丹双肘紧贴地面，顺着枪管朝那四名骑手望去，他们已停止前进，正站立在那边的雪地里。其中的三人已拔出了自动步枪。两人把枪横担在马鞍的前桥上。另一个端坐在马上，步枪斜放在右边，枪托紧贴着他的胯部。

　　你还真是难得见到他们靠得这么近呢，他想。顺着这种机枪的枪管像这样近距离地瞄准他们，你还从没经历过呢。通常的做法总是将机枪后部的标尺竖起来，那样一来，他们的身形似乎就变成了微缩型的人形了，你因为看不清就很难打中那样的目标；或者当他们径直朝你冲来时，中途时而猛冲，时而蓦地卧倒，变换着姿势冲过来，你就用机枪的火力扫射着某一面山坡，或者封锁住某一条街道，或者对准几扇窗户猛烈射击；要不就是远远地望着他们行进在某一条公路上。只有在袭击火车时，你才能做到像这样近距离地观测他们。只有在那时他们才像现在这样，就眼前这四个人而言，你一枪就能把他们打得四处逃窜。通过机枪的瞄准器看过去，在这种距离上，那些人的身形已是他们本来身形的两倍了。

你撞在我枪口上啦，他一边想，一边瞄准着，这时，机枪后标尺上的那个豁口已与枪前端标瞄准器上的那个楔形准星两点固定成一线了，楔形准星的顶端正对着那个领头的人的胸膛正中央，对准了那枚猩红色纹章稍稍偏右的部位，此刻，在卡其布大氅的衬托下，那枚猩红色的纹章在晨曦中显得特别鲜亮。你呀你，他想，他这时在用西班牙语思维呢，他把手指头抵在扳机护圈的前端，而没有压在扳机上，以免这自动步枪一触即发，突然稀里哗啦地一梭子就打出去了。你呀，他又在想，你现在年纪轻轻就一命呜呼啦。你呀你，他想，你呀，你。还是别让这种事情发生吧。不要让它发生吧。

他感到身边的奥古斯汀突然要咳嗽，感到他在强忍着，憋得喘不过气来，在不住地吞咽着唾液。这时，他顺着擦过枪油的蓝汪汪的枪管，透过树枝间的空隙向前方望去，手指依然抵在扳机护圈的前端，只见那名头领已调转马头，在指着树林中巴勃罗留下的那行足迹。他们四人立即驱动坐骑奔进了林中，奥古斯汀用西班牙语低声咒骂着："一群王八蛋！"

罗伯特·乔丹回头朝身后那片岩石丛望去，安塞尔莫就是在那儿扔下那棵树的。

吉卜赛人拉斐尔在岩石丛中向他们走来，带来了一副布做的马褡裢，他的步枪掮在后背上。罗伯特·乔丹挥挥手，示意他趴下来，吉卜赛人一闪身就不见了人影。

"我们完全可以把这四个人都干掉。"奥古斯汀平静地说。他依然汗津津的。

"是的，"罗伯特·乔丹低声说，"可是，这枪声一响，谁知道会出现什么样的结果呢?"

就在这时,他听到了又一块石头滚落的声音,他立即环顾四周。可是吉卜赛人和安塞尔莫两人都不见踪影。他看了看手表,然后抬头朝普里米蒂伏那边望去,只见他正急促地上上下下地举着步枪,似乎举了无数次。巴勃罗从出发时到现在已经过去四十五分钟了,罗伯特·乔丹想,紧接着,他便听到一支骑兵队冲过来的声音。

"你别担心 ①,"他用西班牙语低声对奥古斯汀说,"别担心。他们会像那几个人一样走开的。"

他们走进了视线,正沿着树林的边缘策马小跑着,成两路纵队,共有二十名骑马的人,武器装备和制服与先前出现的那几个人一模一样,马刀晃动着,卡宾枪插在枪套里;不一会儿,他们也与先前那几个人一样,径直驱马进入了树林。

"你看见没有? ②"罗伯特·乔丹用西班牙语对奥古斯汀说,接着又说了声。"你看见了没有?"

"人数不少啊。"奥古斯汀说。

"假如我们消灭了前面那几个人,这些人就成了我们不得不对付的人啦。"罗伯特·乔丹柔声细语地说。此时他的心已经平定下来,衬衣感到湿漉漉的,因为胸前被融雪湿透了。胸口有一种空落落的感觉。

太阳照耀在雪地上,积雪在迅速消融。他能看见树干下的积雪在渐渐变空、缩小,而且,就在枪的前端,在他的眼前,积雪的表层已变得很潮湿,边缘如同镶了花边,一碰就碎,因为上有太阳的热量在融化着表层的积雪,下有大地的暖气在暖烘烘向上蒸腾着覆盖于大地上的积雪。

罗伯特·乔丹抬头朝普里米蒂伏的位置望去,见他正打着"没有敌情"的手势,交叉着两只手,手掌朝下。

---

① 此处原文为西班牙语:*No te apures*。
② 此处原文为西班牙语:*Tu ves*?

安塞尔莫的脑袋从一块岩石后露出来，罗伯特·乔丹用手势示意他上来。老头儿闪身从一块岩石溜向另一块岩石，直到他一路爬上来，和身匍匐在机枪旁边。

"好多人啊，"他说，"好多人啊！"

"我不需要树了，"罗伯特·乔丹对他说，"没有必要再用树做进一步伪装了。"

安塞尔莫和奥古斯汀两人都咧嘴笑了。

"这个阵地已经证明是经得起仔细检查的，现在再来栽树就会很危险了，因为那些人还会回来的，也许他们并不愚蠢。"

他感到有必要讲一讲，对他来说，那也意味着认清了刚才的危险有多大。他总是能根据事后想谈谈情况的迫切程度来判断情况究竟严重到了何等地步。

"这是个挺好的掩蔽体吧，呃？"他说。

"挺好的，"奥古斯汀说，"×他妈的法西斯主义挺好的。我们本来可以把那四个家伙全干掉的。你刚才看到没有？"他对安塞尔莫说。

"我看到啦。"

"你，"罗伯特·乔丹对安塞尔莫说，"你必须再到昨天的那个位置上去，或者你自己另选一个好的位置，去监视那条公路，并报告公路上的一切动静，像昨天一样。在这件事上我们已经晚了。要坚持到天黑。天黑了就回来，我们再另派人去。"

"要是我留下了脚印怎么办？"

"雪一化掉就出发，从下面走。雪一化，公路上就会泥泞不堪。要注意来往的卡车是否很多，松软的路面上是否有坦克开过的痕迹。我们现在只能说这些，要等你在那儿观察了才知道。"

"请允许我说句话，可以吗？"老头儿问。

"当然可以。"

"请允许我问一声，我是否可以去一趟拉格兰哈，去打听一下昨晚有什么情况，并且找一个人替我去监视今天公路上的动静，这个人可以按照你教给我的方法去做，这样岂不更好？这个人可以今晚把情报送来，或者，更好的办法是，我可以再去一趟拉格兰哈取情报。"

"你不怕遇到骑兵？"

"只要雪化了就不怕了。"

"拉格兰哈有人能胜任这项工作吗？"

"有。做这种事情的人，有。也许是个女人。拉格兰哈有不少可以信得过的妇女呢。"

"这我相信，"奥古斯汀说，"多着呢，这个我知道，有几个还顺带着干些别的行当呢。你不想派我去吗？"

"让老头子去吧。你懂怎么使用这挺机枪。再说，今天的事儿还没完呢。"

"等雪化了我就走，"安塞尔莫说，"这场雪化很快就化掉了。"

"你认为他们有没有机会抓住巴勃罗？"罗伯特·乔丹问奥古斯汀。

"巴勃罗很精明，"奥古斯汀说，"没有猎狗，人能抓得住高明的公鹿吗？"

"有时候能。"罗伯特·乔丹说。

"巴勃罗是抓不到的，"奥古斯汀说，"当然，他现在只是个废物，不及过去那样风光了。但是他还活在这些深山老林里，并且活得挺自在，而且还拼命喝酒，然而有那么多的人却死在了墙根下，这可不是轻而易举就能做到的事。"

"他真有人们说的那样精明吗？"

"比人们传说的还要精明得多呢。"

"他在这儿似乎看不出有什么了不起的才干啊。"

"怎么看不出呢？^①假如他没有什么了不起的才干，那他昨天晚上就

---

① 此处原文为西班牙语：*Como que no*？

没命了。在我看来，你不懂政治啊，英国人，也不懂游击战术。从政治和游击战术上说，第一条就是要继续生存下去。你瞧，他昨天晚上就继续生存下来了。而且那么多的屎他都吃进了，有我给的，也有你给的。"

既然巴勃罗现在又回到这个集体的行动中来了，罗伯特·乔丹也就不希望再说他的坏话了，况且，有关巴勃罗有没有才干的那句话，他话一出口就感到后悔了。他自己也知道巴勃罗有多精明。一眼就看出了破坏这座桥梁桥的命令有问题的人也就是他巴勃罗。他刚才说出的那句话只是出于对此人的厌恶，而且他话刚刚说出口就立即发觉这话说得不对头。那是在紧张之余话说得太多而出现的一个口误。于是，他暂且撇下了这个话题，转而对安塞尔莫说："打算在大白天进入拉格兰哈吗？"

"这主意不赖，"安塞尔莫说，"我不会带着军乐队一起去的。"

"也不会脖子上挂着铃铛去的，"奥古斯汀说，"也不会扛着大旗去的。"

"你打算怎么走？"

"上山、下山、过林子呗。"

"可是，万一他们发现了你呢？"

"我有证件。"

"我们大家也都有啊，可是你必须迅速吞下那些伪造的证件。"

安塞尔莫摇摇头，并拍了拍他那件黑罩衣胸前的口袋。

"这件事我左思右想过好多遍了，"他说，"可我从来不喜欢吞纸片。"

"我一直在想，我们应当把所有的证件都抹上点儿芥末，"罗伯特·乔丹说，"我的左胸袋里放的是我方的证件。右胸袋里放的是法西斯那一方的证件。这样，遇到紧急情况时就不会搞错了。"

倘若起先那支骑兵巡逻队的头儿是因为他们在这儿说话太多才朝这个入口处指指点点的话，那可就糟糕透顶啦。确实话太多啦，罗伯特·乔丹想。

"可是，听我说，罗伯托，"奥古斯汀说，"据说政府已经变得一天比一天右倾啦。还说在共和国里，人们已经不再互称同志，而是称呼先生和小姐了。你那两只口袋是不是也该对调一下呀？"

"等它右倾到实在过分的时候，我就把把证件统统藏到屁股后面的口袋里，"罗伯特·乔丹说，"并且在当中把它缝死。"

"但愿那些证件能一直放在你的衬衣口袋里，"奥古斯汀说，"我们会不会打赢了这场战争却输掉了革命呢？"

"不会的，"罗伯特·乔丹说，"但是，如果我们打不赢这场战争，那就不会有革命的成功，也不会有什么共和国，也不会有什么你、什么我了，那就什么也没有了，只剩下一个大鸡巴[1]啦。"

"我也是这么说的，"安塞尔莫说，"但愿我们能打赢这场战争。"

"胜利之后，要把那些无政府主义者、共产党人，以及所有这些流氓无赖统统枪毙掉，只留下那些拥护共和国的好人。"奥古斯汀说。

"但愿我们能打赢这场战争，但一个人也不枪毙，"安塞尔莫说，"但愿我们能公正地治理国家，让一切为国家出过力气的人都能分得一份他们应得的好处，让所有反对过我们的人都能受到教育，认识到他们所犯的错误。"

"我们非得枪毙许多人不可，"奥古斯汀说，"许多，许多，许多。"

他攥紧右拳狠狠捶着自己左手的手掌。

"但愿我们一个也不枪毙。哪怕是那些当头头的也不枪毙。应当通过劳动来改造他们，让他们悔过自新。"

"我知道该安排他们干什么活儿。"奥古斯汀说着，抓起一把雪塞进嘴里。

"什么活儿，做苦役？"罗伯特·乔丹问。

"两种最为精彩的行当。"

"哪两种？"

奥古斯汀又抓了些雪塞进嘴里，然后眺望着骑兵队刚刚经过的林中

---

[1] 此处原文为西班牙俚语：carajo。

的那片空地。接着，他把已经融化的雪水吐了出来。"瞧 [1]。多好的早饭啊，"他说，"那个下流胚吉卜赛人到底跑到哪儿去啦？"

"你说的是哪两种行当啊？"罗伯特·乔丹问他，"说啊，你这张臭嘴。"

"从飞机上跳下去，不许用降落伞，"奥古斯汀说着，两眼直扑闪，"这办法只用于我们看得起的那些人。对其余那些人，用钉子把他们钉在栅栏立柱的顶上，再把栅栏推翻过去。"

"这种说法也太不光彩啦，"安塞尔莫说，"这样一来，我们就永远也建不成共和国啦。"

"我恨不得把他们所有人的鸡巴蛋 [2] 割下来熬成浓汤，在那浓汤里来回游上个十里格 [3] 呢，"奥古斯汀说，"当我看到那四个人上来、满以为我们可以一举消灭他们的时候，我就像一匹母马在围栏里等待种马来交配一样呢。"

"可是，你知道我们当时为什么没有干掉他们吗？"罗伯特·乔丹平心静气地说。

"知道啦，"奥古斯汀说，"知道。但是我当时那个急啊，真像一匹正处于发情期的母马。你没这种感觉，也就不知道那是种什么滋味。"

"你当时出的汗也是够多的，"罗伯特·乔丹说，"我还以为你是害怕了呢。"

"害怕，是的，"奥古斯汀说，"是既害怕，又兴奋。人这一生中再没有比这更为兴奋的事情了。"

可不是嘛，罗伯特·乔丹心想。我们行事很冷静，他们却不这样，他们也根本做不到。那是因为他们多了一层神圣的东西。早在新的宗教尚未从地中海遥远的另一端传来之前，他们就已有了自己古老的信仰，这种神圣信仰他们从来就没有放弃过，但却把它压抑、深藏在心里，只

---

① 此处原文为西班牙语：Vaya。
② 此处原文为西班牙俚语：cojones。
③ 里格，长度单位，在英美等国约为三英里。

是在战争中和在宗教裁判所里才让它显露出来。他们是执行过宗教裁判并对异教徒施行过火刑 ① 的民族，就是那种考验或证明宗教信仰力量的一种刑法。杀人本是一件在所难免的事，只不过我们的做法与他们的迥然不同而已。可你呢，他想，你难道从没被杀人的方式所腐蚀而做出败德的事情来？你难道从没在瓜达拉马山区杀过人吗？也从没在乌塞拉杀过人吗？在埃斯特雷马杜拉的那段日子里也自始至终从没杀过人？任何时候都没杀过人？这是什么话呀，他对自己说。每次袭击火车时都杀过吧。

别再编造那些含糊其辞的涉及柏柏尔人 ② 和古伊比利亚人 ③ 的传奇故事啦，还是承认你已经喜欢上杀人这种勾当了吧，就像所有那些自愿当兵的军人一样，有时也会以杀人为乐，无论他们是否用谎言来掩盖自己的杀人行为。安塞尔莫不喜欢杀人，那是因为他是猎人，而不是军人。也别把他理想化了。猎人杀野兽，军人则杀人。不要自欺欺人啦，他想。也别为杀人行为编造传奇故事啦。现如今，你已经中毒很深，历时很久啦。也别老想着安塞尔莫的不是之处。他是个基督教徒。是信奉天主教的国家里非常少见的人物呢。

可是，就奥古斯汀而言，我当时觉得他是害怕了，他想。那是战斗打响之前自然而然的害怕。如此看来，也有兴奋的一面。当然，那也许是他事后的自吹自擂。他当时害怕得很呢。我的手搭上他肩膀时就感觉

---

① 火刑（Auto de Fe），中世纪时期西班牙宗教裁判所对异教徒施行的一种处决方法。即公开将被宣判为异教徒的人活活烧死。

② 柏柏尔人（Berbers）是北非古老民族之一，现主要分布于摩洛哥、阿尔及利亚、利比亚、突尼斯和马里等国和地区，属欧罗巴人种。他们使用柏柏尔语，属闪—含语系柏柏尔语族。关于柏柏尔人的起源，至今仍没有定论。

③ 古伊比利亚人（Old Iberians）是西班牙南部和东部青铜时期的古老民族之一。伊比利亚人的先民据称是在远古时期从北非辗转迁移到西班牙的。伊比利亚人这个概念，在语言学和地理学上有着不同的含义。语言学意义上的伊比利亚人，指的是以伊比利亚语为母语、生活在当今伊比利亚半岛的民族。地理学意义上的伊比利亚人则主要指当今西班牙人和葡萄牙人这两大民族。伊比利亚人的起源至今不详。

到他害怕了。好啦，停止说话的时间到啦。

"去看看吉卜赛人把吃的东西带过来没有，"他对安塞尔莫说，"叫他别上来了。他是个笨蛋。你自己把吃的东西拿过来吧。不管他带来了多少，要叫他回去再多拿些来。我饿了。"

第二十四章

　　此时正值五月下旬的早晨，天高云淡，和风送暖，吹拂在罗伯特·乔丹的肩膀上。积雪消融得很快，他们正在吃早饭。每人有两大块三明治，里面夹着牛肉和羊膻味很重的奶酪，罗伯特·乔丹又用折刀切下几片厚厚的洋葱，排放在厚面包片当中的牛肉和奶酪两边。

　　"你会喷出很冲人的味儿来的，那股味儿会穿过树林，一直飘向法西斯分子那边去的。"奥古斯汀说，嘴里塞得满满的。

　　"把那皮酒囊递给我，让我漱漱口。"罗伯特·乔丹说，嘴里嚼着满满一大口牛肉、奶酪、洋葱和面包。

　　他从没饿到这种地步，接过皮酒囊就往嘴里灌了满满一大口葡萄酒，也顾不上那酒里淡淡的柏油味，酒一口咽下了。接着，他举起酒囊，让喷出的酒直接注进了嗓子眼里，直到嘴里又是满满一大口酒，在抬起手来时，酒囊碰到了用松枝搭成的机枪掩体上的松针，在仰起脖子时，脑袋就仰靠在松枝上，酒则顺流而下，直接灌进嘴里。

　　"这儿还有一块三明治，你要吗？"奥古斯汀问他，并隔着机枪把那块三明治朝他递过来。

"不要了。谢谢你。你自己吃吧。"

"我吃不下了。我不习惯早晨吃东西。"

"你不想吃这块了，真的?"

"真不想吃了。你接过去吧。"

罗伯特·乔丹接过那块三明治，放在膝头，从装着手榴弹的夹克衫的侧身口袋里摸出那只洋葱，打开折刀来切洋葱片。他先把在口袋弄脏了的薄薄的一层外皮削去，然后切下厚厚的一块。外层的一圈散落下来，他捡起这个圈圈，把它捏扁后塞进了那块三明治里。

"你吃早饭总少不了洋葱吗?"奥古斯汀问。

"只要有，就吃。"

"贵国的所有人士都是这种吃法吗?"

"不,"罗伯特·乔丹说,"在那边，这种吃法也不是很普遍。"

"那就好,"奥古斯汀说,"我一直认为美国是个很文明的国家呢。"

"你为什么对吃洋葱这么反感呢?"

"那股味儿太冲。没别的原因。否则，洋葱就像玫瑰啦。"

罗伯特·乔丹笑嘻嘻地望着他，嘴里塞得满满的。

"像玫瑰,"他说,"超像玫瑰。一朵玫瑰就是一朵玫瑰就是一只洋葱。"

"你那洋葱把你脑子熏糊涂了吧?"奥古斯汀说,"你要好自为之啊。"

"一只洋葱头就是一只洋葱头就是一只洋葱头。"罗伯特·乔丹兴致勃勃地说，心里却在想，一块石头就是一块 *stein*[1] 就是一块岩石就是一

---

[1] Stein 一词为德语，意为"石头"，也是美国女作家格特鲁德·斯泰茵（Gertrude Stein，1874—1946）姓氏的谐音。斯泰茵长期旅居法国巴黎，是先锋派文艺的积极倡导者和现代派语言艺术的大胆实验者，也是意识流创作手法的先驱。她的文艺思想和写作实践对海明威、菲茨杰拉德、舍伍德·安德森等作家影响很大。她 20 世纪 20 年代在巴黎的寓所几乎是青年作家们常常聚集的沙龙，海明威本人便是常客。海明威此处是借本书主人公罗伯特·乔丹之口，戏仿格特鲁德·斯泰茵的名句："Rose is a rose is a rose is a rose." 这一名句原为斯泰茵另一部作品中的一句话，原文是："A day that is a day is a day"，后来她将其改为现在这样，写在她的诗作《神圣的艾密莉》中。（详见《空谷足音——格特鲁德·斯泰茵传》，张禹九著。P67）

块砾石就是一块鹅卵石。

"快用酒漱漱口吧，"奥古斯汀说，"你这人可真怪呀，英国人。你跟我们上次合作过的那位爆破手之间有很大的区别。"

"是有一个很大的区别。"

"说来听听。"

"我还活着，他已经死了。"罗伯特·乔丹说。转念一想：你这是怎么啦？他想。能这样说话吗？因为有了口吃的，你就高兴得忘乎所以啦？你在干什么呀，是吃洋葱吃昏头了吧？难道你的生活现在就剩下这么点儿意义了吗？生活从来就没有多大意义，他实事求是地对自己说。你做出了努力，想使它有那么点儿意义，可它却根本没有意义。在剩下的这么点儿时间里，没必要说假话啦。

"不，"他说，态度认真起来，"他这个人曾遭受过不少磨难。"

"你呢？你没受到过磨难吗？"

"没有，"罗伯特·乔丹说，"在那些不怎么受苦受难的人当中，我算一个。"

"我也是，"奥古斯汀对他说，"有受苦受难的人，也有不受苦受难的人。我就没受过什么磨难。"

"那还算不坏，"罗伯特·乔丹又把酒囊倒了过来，"有了这个，就更不赖啦。"

"我在替别人受苦受难呢。"

"好人都这样。"

"反正我没因为我自己的事情受过什么苦。"

"你有老婆吗？"

"没有。"

"我也没有。"

"但你现在有那个玛丽娅了。"

"是的。"

"有一点很奇怪，"奥古斯汀说，"自从她到了我们这儿以后，在那次炸火车行动之后，比拉尔就一直凶巴巴地不准大伙儿接近她，好像她是卡尔梅勒山修道院①里的修女似的。你简直难以想象她护着玛丽娅时的那副样子有多凶。你来了，她却把她当礼物一样拱手送给了你。你是怎么看待这一点的？"

"事情不是这样的。"

"那是怎样的呢？"

"她委托我来照顾她的。"

"可你的照顾，就是整夜整夜地和她性交②吗？"

"交上好运了。"

"好一个照顾人的方法呀。"

"这样做就是在好好照顾人呢，你不懂吗？"

"我懂，可是这样的照顾我们随便哪个人都能提供啊。"

"我们别再谈这事啦，"罗伯特·乔丹说，"我很喜欢她，不是开玩笑的。"

"不是开玩笑的？"

"这世上再没有比这更严肃的事情了。"

"那么以后呢？完成了这次的炸桥任务之后呢？"

"她就跟我走。"

"那就好，"奥古斯汀说，"那就没人再有什么话可说了，愿你们两人一生好运。"

他拎起皮酒囊，长长地吸了一大口，然后把酒囊递给了罗伯特·乔丹。

―――――――――――――――

① 卡尔梅勒山（Carmel Mount）为今以色列西北临地中海海岸的山脉，是海法港的天然屏障。在《圣经》中，先知伊利亚在此战胜巴力祭司。(《圣经·列王记》) 卡尔梅勒山修道院是十字军时期天主教派在此山上修建的献给圣母的大教堂。

② 此处原文为西班牙语：*joder*，相当于英语中的"fuck"。

"还有一句话，英国人，"他说。

"说吧。"

"我也一直很喜欢她呢。"

罗伯特·乔丹伸手拍了拍他的肩膀。

"非常喜欢，"奥古斯汀说，"非常非常喜欢。喜欢到别人难以想象的程度。"

"我能想象得到。"

"她已经在我心中留下了不可磨灭的印象。"

"我能想象得到。"

"瞧。我是十分认真地对你说这番话的。"

"说吧。"

"我从没碰过她一下，也没跟她有过任何关系，可我就是特别喜欢她。英国人，不要拿她当儿戏。不要因为她和你睡觉了，她就是婊子。"

"我会好好待她的。"

"我相信你。但是，还有。你根本不知道，如果没有这场革命，这么好的姑娘会有什么样的前程。你责任重大啊。这个姑娘，说真的，遭过不少罪。她和我们不一样。"

"我会娶她为妻的。"

"不。我不是这个意思。革命时期没必要这样。可是——"他点点头，"这样也好。"

"我会娶她为妻的，"罗伯特·乔丹说，说这话时，他感到喉咙里哽咽起来，"我非常喜欢她。"

"以后吧，"奥古斯汀说，"等以后方便的时候再说。重要的是，要有这个心意。"

"我有。"

"听我说，"奥古斯汀说，"我对自己无权干涉的事情说得太多了，可是你和我们这个国家的很多姑娘都有来往吧？"

"有几个。"

"婊子?"

"有的不是。"

"有多少?"

"好几个吧。"

"那你和她们睡过吗?"

"没有。"

"你明白了吗?"

"明白了。"

"我的意思是,玛丽娅这姑娘可不是随随便便就和人睡觉的那种。"

"我也不是啊。"

"假如我认为你是这种人的话,昨天夜里,在你和她躺在一起的时候,我就把你给毙了。为了这事,我们这儿经常发生杀人事件呢。"

"听我说,老伙计,"罗伯特·乔丹说,"只是由于时间不够,才这样不拘形式的。我们缺少的是时间啊。明天我们就要战斗了。对我来说,这算不了什么。可是对玛丽娅和我两人来说,这就意味着我们必须在这仅有的时间里过完一辈子的生活啊。"

"可是一天加一夜的时间也实在太少啦。"

"是的。不过已经有过昨天、前天一夜和昨天一夜了。"

"唉,"奥古斯汀说,"我倒是可以帮你的忙。"

"不用。我们都挺好。"

"如果我能为你或者为这短发姑娘做点什么——"

"不用。"

"的确,一个男人能帮得上另一个男人的地方并不多。"

"不。有很多。"

"什么呢?"

"无论今天或明天发生什么战斗情况,对我要有信心,并服从命令,即使这个命令表面上看是错误的。"

"我对你有信心。鉴于你对骑兵队这件事的处理方法和你引开那匹马的做法。"

"这算不了什么。你要知道，我们在为之而努力奋斗的目标只有一个。为了打赢这场战争。我们必须赢得胜利，否则，其他一切努力都是枉费心机。明天我们有一项极其重要的任务。一项真正意义重大的任务。我们还会有战斗。要战斗就必须有纪律。因为有许多事情并不像它们表面看上去那样。纪律必定来自于信任和信心。"

奥古斯汀朝地上啐了一口。

"这个玛丽娅和所有这些事完全是两码事，"他说，"你和这个玛丽娅应当充分利用现有的时间，好好享受一下天伦之乐。如果我能帮得上你的忙，我愿随时听候你的差遣。至于明天的这项任务，我会无条件服从你的命令的。如果为了明天的这项任务必须牺牲自己的生命，本人也会欣然赴死，慷慨就义的。"

"我也是这样想的，"罗伯特·乔丹说，"但是能亲耳听到你说出这样的话来，还是令人很欣慰的。"

"还有，"奥古斯汀说，"上面的那位，"他朝普里米蒂伏那边指了指，"是个可靠、有用之才。这位比拉尔就更加可靠了，比你所能想象的不知要可靠多少倍呢。老头子安塞尔莫也很可靠。安德雷斯也一样。艾拉迪奥也一样。人虽不爱说话，却是个可靠的人物。还有费尔南多。我不知道你对他的评价如何。他确实比水银还要沉稳。他是个闷葫芦，比公路上拉车的阉牛还要闷倦。但是打起仗来却决不含糊，叫他干什么就干什么。是条好汉呢！①你就等着瞧吧。"

"我们很幸运啊。"

"不。我们还有两个不中用的软骨头呢。那个吉卜赛人和巴勃罗。

---

① 此处原文为西班牙语：*Es muy hombre*！

不管怎么说，聋子的那支小分队要比我们强多了，就像我们要比羊粪蛋强一样。"

"那就一切顺利啦。"

"是的，"奥古斯汀说，"不过，我倒是希望今天就打呢。"

"我也这样想。早点儿打完算了。可是不行啊。"

"你认为形势会变得很严峻吗？"

"很有可能。"

"可是，你此时好像心情很好啊，英国人。"

"是的。"

"我也是。尽管有玛丽娅这档子事儿，以及凡此种种的事儿。"

"你知道是什么原因吗？"

"不知道。"

"我也不知道。也许是天气的原因吧。今天天气真好。"

"谁知道呢？也许是因为我们要打仗的缘故吧。"

"我想就因为这个吧，"罗伯特·乔丹说，"但不能在今天打。压倒一切的是，头等重要的是，我们必须避开今天这一仗。"

正说着这些话时，他忽然听见有情况了。那是一阵从远处传来的声响，完全不同于暖风吹拂树林的天籁之声。他听不真切，便张开嘴巴侧耳聆听着，在仔细分辨那声响的同时，也朝普里米蒂伏那边瞥了一眼。他以为自己听到那异常的声音了，可是那声音随即便消失了。风依然在松树林里吹拂着，此时，罗伯特·乔丹只得集中起全副精力来仔细聆听。他随即便听到了那随风而来的微弱的声响。

"对我来说，这也算不得什么悲剧，"他听到奥古斯汀在说，"我永远也得不到玛丽娅，这也算不了什么。我还可以照样去找那些婊子混混。"

"闭嘴。"他说，并没有听进去他在说什么，而是匍匐在他身边，脑袋偏向别处。奥古斯汀立即警觉地看了他一眼。

"有什么情况吗？①"他用西班牙语问。

罗伯特·乔丹用手捂住自己的嘴，继续侧耳聆听着。那声音又出现了。那飘忽而至的声音时断时续，隐隐约约，沉闷单调，十分遥远。但是现在肯定没有听错。那是确信无疑的、噼啪作响的、一连串的机关枪的射击声。那声音听上去犹如有人在听力几乎不可企及的远方燃放着一串接一串小型爆竹。

罗伯特·乔丹抬头朝普里米蒂伏望去，见他此刻也在探头张望着，脸朝着枪声传来的方向，一只手半握成杯状贴着耳根。就在他抬眼望过去时，他看到普里米蒂伏用手指了指山上那片地势最高的开阔地。

"他们和聋子交火了。"罗伯特·乔丹说。

"我们去增援他们吧，"奥古斯汀说，"集结我们的人吧。立即就出发。②"

"不，"罗伯特·乔丹说，"我们要守在这儿。"

---

① 此处原文为西班牙语：*Que pasa*？
② 此处原文为西班牙语：*Vamonos*。

第二十五章

罗伯特·乔丹抬头朝普里米蒂伏望去，见他此时正站在那个便于瞭望的哨位上，手持步枪在指指点点。他点点头，但那汉子仍在不停地指指点点，用手支着耳朵，然后又一个劲儿地朝那边指着，仿佛别人没法明白他的意思一样。

"你就守着这挺机枪，除非你能确定、确定又确定敌人正在向这边开来，否则，千万别开枪。即便开枪，也一定要等他们接近了那片灌木丛，"罗伯特·乔丹指了指那个方位，"你明白吗？"

"明白。可是——"

"没有可是。我回头再给你解释。我要去普里米蒂伏那边看看。"

安塞尔莫恰好在他身旁，他便对老头儿说：

"老头子，你留在这儿，和奥古斯汀一起守着这挺机枪。"他说话的语气镇定自若、从容不迫，"除非骑兵队真的进入了射程，否则他不许开枪。如果敌人只是露个面，千万别去招惹他们，就像我们刚才那样。如果他必须开枪了，帮他稳住机枪的三脚架，子弹打空了，就把新的子弹盘递给他。"

"好，"老头儿说，"拉格兰哈那边还去吗？"

"回头再说。"

罗伯特·乔丹朝山上爬去，在那些灰白色的巨砾间攀缘着，在俯身向上攀登时，双手摸到的全都是湿漉漉的岩石。太阳正迅速融解着砾石表面的积雪。有些巨砾的表层已经渐渐干了，他一边攀爬，一边观察着那片空旷的地带，看着那片松林、那片狭长的林间空地，以及远山这边地势低洼的那片原野。不一会儿，他就站在普里米蒂伏身旁了，这个位置恰好处于两块巨砾后面的一个窝坑里，这个身材矮小、脸膛棕褐色的汉子对他说："他们正在攻打聋子。我们到底该怎么干？"

"什么也干不了。"罗伯特·乔丹说。

在这里，他清楚地听见了枪声，就在他仔细观察着那片开阔地时，他远远看到，在山谷的另一侧，在那片开阔地又陡然升高的那面山坡上，一支骑兵队正奔出树林，越过积雪覆盖的山坡，朝山上枪声传来的方向疾驰而去。他看到那两行人马构成的长方形骑兵队在雪地的映照下黑压压的一大片，正成一定角度强行向山坡上冲去。他注视着那两行人马登上了那座山岭，进入了远方的那片树林。

"我们得去支援他们。"普里米蒂伏说。他的声音干巴巴的，单调乏味。

"根本做不到，"罗伯特·乔丹对他说，"我整个早晨都在预料着这个结果啊。"

"什么结果？"

"他们昨夜去偷马。暴风雪停了，敌人就循着他们留下的足迹追踪过来了。"

"不管怎么说，我们也得去支援他们一下，"普里米蒂伏说，"我们不能让他们像这样身陷重围。他们是我们的同志啊。"

罗伯特·乔丹用手按着对方的肩膀。

"我们无能为力啊，"他说，"如果我们能够出手去支援他们，我一定会的。"

"上面有一条路直通那儿。我们可以骑马抄近路去，带着这两挺机枪。下面那挺和你这挺。我们用这种方法去增援他们。"

"听——"罗伯特·乔丹说。

"枪声就是我要服从的命令。"普里米蒂伏说。

一阵阵激烈的枪战声滚滚而来，不绝于耳。接着，他们听到，在机关枪一连串的射击声中又响起了手榴弹在湿土地里爆炸开来的沉闷的爆炸声。

"他们现在算完了，"罗伯特·乔丹说，"从暴风雪停止的那个时刻起，他们就算完了。如果我们现在赶过去增援，我们也完了。我们根本无法把现有的兵力分成两路。"

灰白色的胡子茬儿密密麻麻地布满了普里米蒂伏的腮帮子、嘴唇和脖子上。他脸庞的其余部分全是平淡无奇的棕褐色，配着开裂的塌鼻子和一双深陷的灰褐色的眼眸，罗伯特·乔丹在注视着他时，看到他嘴角边和喉结上的胡子茬儿在不住地颤动着。

"你听听这枪声，"他说，"简直是一场大屠杀啊。"

"如果他们包围了那个山坞，那就是一场大屠杀，"罗伯特·乔丹说，"有些人或许已经逃出来了。"

"如果现在冲上去，我们还可以从后面去接应他们，"普里米蒂伏说，"让我们四个人骑马冲过去吧。"

"那又能怎么样？你从后面接应上他们之后，结果会怎样？"

"我们与聋子汇合在一起。"

"去死在那儿？看看日头吧。白天还长着呢。"

天高云淡，太阳正热辣辣地晒着他们的后背。他们下方那片开阔地朝南的那面山坡上此时已露出了大片大片的泥土，松树上的积雪已全被晒落。他们脚下的那些巨砾原本因为积雪的融化而变得湿漉漉的，此时在炽热的阳光照射下，蒸汽氤氲。

"你得经受得起这种事情，"罗伯特·乔丹说，"要沉得住气。[①]战争中这种情况屡屡发生啊。"

"可是，我们难道什么忙也帮不上吗？真是这样吗？"普里米蒂伏望着他，罗伯特·乔丹知道他信任自己，"你就不能派我和另一个人带着这支小机关枪去吗？"

"那样做起不了任何作用。"罗伯特·乔丹说。

突然，他以为发现了他一直在密切关注着的敌情，没想到却是一只苍鹰，那只苍鹰迎风而下，随即又凌空而起，朝松林最远处的那排树飞去。"即便我们都上去，也起不了什么作用。"

就在这时，枪声骤然大作，激烈程度是起先的两倍，其间还夹杂着剧烈的手榴弹的爆炸声。

"噢，我 × 他们八辈祖宗，"普里米蒂伏说，他那亵渎的口吻绝对的虔诚，眼中噙着泪水，面颊在抽搐着，"啊，上帝呀，圣母啊，我 × 他们的八辈祖宗，我 × 他奶奶的混账东西。"

"你冷静点，"罗伯特·乔丹说，"要不了多大一会儿，你就要跟他们战斗啦。那妇人来了。"

比拉尔正朝他们这边爬上来，在一尊尊巨砾间吃力地攀登着。

普里米蒂伏仍在骂不绝口。"我 × 他们八辈祖宗。啊，上帝呀，圣母啊，我要 × 死他们。"山风每送来一阵枪声，他就破口大骂一通，罗伯特·乔丹爬下山石去扶助比拉尔上来。

"你好呀，妇人。"他用西班牙语说，当她在最后那尊砾石上奋力向上攀爬时，罗伯特·乔丹抓住了她的两只手腕，把她拉上来。

"你的望远镜，"她说着，将挂在脖子上的望远镜的皮带从脖子上取下来，"看来聋子遭殃啦？"

"是的。"

---

① 此处原文为西班牙语：*Hay que aguantarse*。

"可怜啊 [1]，"她用西班牙语深表同情地说，"可怜的聋子啊。"

她因为一路攀爬上来，正大口大口地喘着粗气，她一把握住罗伯特·乔丹的手，紧紧攥在自己的双手中，眼睛在警惕地扫视着那片空旷的原野。

"战况怎么样？"

"情况很严重。非常严重。"

"他已经被弄死了 [2] 吧？"

"我看是这样。"

"可怜啊，"她用西班牙语说，"肯定是那几匹马惹的祸吧？"

"十有八九是。"

"可怜啊，"比拉尔用西班牙语说，接着又说，"拉斐尔刚才已经把那个马粪蛋子骑兵的事儿像念小说一样绘声绘色、原原本本告诉过我了。究竟来了多少？"

"一支巡逻队和一个骑兵中队的大部分。"

"靠近什么位置？"

罗伯特·乔丹指了指巡逻队起先停留过的那个地点，并让她看了那挺机枪的隐蔽处。从他们所站立的位置望去，他们只能看到奥古斯汀的一只靴子露出了机枪掩体的后半部。

"吉卜赛人说，他们长驱直入，已经冲到了那个位置，机枪的枪口几乎都顶到那个头领坐骑的胸脯上了，"比拉尔说，"这种人就是说话不着边际！你把望远镜落在山洞里了。"

"你把东西都收拾好了吗？"

"能带的都收拾好了。有巴勃罗的消息吗？"

"他比骑兵队早走四十分钟。他们是跟着他的足迹走的。"

---

① 此处原文为西班牙语：Pobre。
② 此处原文为西班牙俚语：jodido，相当于英语的 "fucked；darned"。

比拉尔笑吟吟地望着他。她依然握着他那只手。这时她松开了他的手。"他们永远也见不到他，"她说，"现在来谈谈聋子的情况吧。我们能采取点什么措施吗？"

"无计可施。"

"可怜啊，"她说，"我喜欢过聋子。你能肯定，肯定他已经被弄死了吧？"

"是的。我看到大批骑兵开过去了。"

"比来这儿的还多？"

"还有整整一个部队正在往那边开呢。"

"听那枪声，"比拉尔说，"可怜啊，可怜的聋子啊。①"

他们都在听着那激烈的枪声。

"普里米蒂伏刚才就想上去增援了。"罗伯特·乔丹说。

"你疯啦？"比拉尔用西班牙语对那个扁脸汉子说，"我们这儿怎么老是出这种疯子②啊？"

"我多么想上去支援他们啊。"

"这是什么话，"比拉尔说，"又是一个多情的家伙。难道你不相信你在这儿也能够很快死掉，用不着白跑这一趟？"

罗伯特·乔丹望着她，望着她那张棕褐色的大脸盘，那高高的印第安人的颧骨，那双分得很开的黑眼睛，那张令人发噱的嘴，以及那厚厚的含怨抱恨的上嘴唇。

"你该表现得像个男子汉，"她对普里米蒂伏说，"一个成年男子汉。你这人啊，连头发都花白啦。"

"别取笑我啦，"普里米蒂伏绷着脸闷闷不乐地说，"人要是还有点儿同情心，有点儿想象力——"

---

① 此处原文为西班牙语：*Pobre. Pobre Sordo*。

② 此处原文为西班牙语：*locos*。

"他就该学会克制自己的情绪，"比拉尔说，"你要不了多久就会和我们死在一块儿啦。没必要和外人一块儿去找死嘛。至于你的想象力嘛。吉卜赛人的想象力已经足够我们大伙儿用啦。他刚才活灵活现地对我说的那番话，真像是一部小说呢。"

"假如你看到了那个情景，你就不会说它是小说了，"普里米蒂伏说，"那真是个十分紧要的关头啊。"

"什么话，"比拉尔说，"不就是区区几个骑兵嘛，他们来了一趟，又走了。你们就把自己当成盖世无双的英雄了。就因为这么长时间的无所作为，我们才蜕化到这种地步的。"

"难道聋子目前的这种处境还算不上严重吗？"普里米蒂伏说，他这时的态度变得轻蔑起来。随风飘来的每一阵枪声都使他脸上显露出痛苦的表情，他希望要么就去战斗，要么让比拉尔走开，别在这儿烦他。

"大家都上去，又能怎么样？[①]"比拉尔用西班牙语说了声，接着又说，"事已至此，只好由他去了。可别因为人家遭了殃，你就急坏了自己的鸡巴蛋[②]呀。"

"滚你妈的蛋，一边儿去××你自己吧，"普里米蒂伏说，"有些女人既愚蠢又残忍，实在是叫人吃不消啊。"

"那也是为了支持和帮助那些生殖本领很弱的男人啊，"比拉尔说，"如果没有什么可看的，我可要走人啦。"

就在这时，罗伯特·乔丹听到头顶上空传来了飞机的声音。他抬头望去，高空中的那架飞机似乎就是他清晨早些时候看到的那架侦察机。此时它是在返航，是从前线那个方向飞来的，正朝着聋子被围攻的那个高地的方向飞去。

"来了只不祥鸟啊，"比拉尔说，"它能看到那边正在发生的事情吗？"

---

① 此处原文为西班牙语：Total，que？
② 此处原文为西班牙俚语：cojones。

"当然，"罗伯特·乔丹说，"只要他们没瞎了眼。"

他们注视着这架飞机在高空中稳稳地飞行着，在阳光中闪着银光。它从左边飞来，他们能看到飞机的两只螺旋桨旋转出的两个亮晶晶的圆盘。

"卧倒。"罗伯特·乔丹说。

不一会儿，那飞机就凌空飞至头顶上方，飞机的阴影在林间的那片开阔地上缓缓移动着，阵阵马达声震得人心惊肉跳。转眼间，它便从头顶上空一掠而过，径直朝山谷的顶端飞去。他们目不转睛地看着它稳稳地向前飞行着，直到它即将消失在视线中，不料，他们看见它在低空绕了一大圈之后又飞了回来，在那个高地的上空盘旋了两大圈，然后才消失在飞往塞哥维亚的那个飞向。

罗伯特·乔丹朝比拉尔看了看。她额头上已沁出了滴滴汗珠，她在摇头。她的下嘴唇一直咬在她两排牙齿之间。

"每个人都有一个命中注定的不祥之物，"她说，"对我来说，就是那些飞机。"

"你莫不是传染上了我的恐惧吧？"普里米蒂伏挖苦地说。

"没有，"她把手搭在他的肩膀上，"你没有恐惧可以传染给别人。这我知道。我很抱歉，我跟你开的玩笑太粗俗了。我们都在同一口大锅里受煎熬呢。"接着，她转身对罗伯特·乔丹说，"我会把吃的东西和酒送上山来的。还需要些什么吗？"

"眼下不需要什么。其他人在哪儿？"

"你的后备军完好无损，都在山下和那几匹马在一起呢，"她笑嘻嘻地说，"每一样东西都藏起来了。要带走的每样东西也都准备好了。玛丽娅带着你那些器材。"

"万一我们遭到空袭，一定要让她待在山洞里。"

"是，我的英国老爷，"比拉尔说，"你的吉卜赛人（我把他交给你了），我派他去采蘑菇了，好用来炖野兔啊。现在这时候，蘑菇多得很，还有，依我看，我们不妨就把那两只野兔吃了吧，尽管留到明天或后天吃更好。"

"我认为吃了最好。"罗伯特·乔丹说，比拉尔伸出一只大手搭在他的肩膀上，抚摸着勒在他肩上的那支冲锋枪的皮带，冲锋枪斜挎在他胸前，接着又向上抚摸着，然后把手指插进他的头发里抚弄着。"好一个英俊的英国人呀，"比拉尔说，"等把炖肉① 做好了，我就派玛丽娅送上来。"

远处高地上的枪声已渐渐平息，此时只间或有一两声枪响传来。

"你认为那边的战斗已经结束了吗？"

"还没有，"罗伯特·乔丹说，"根据我们听到的动静来看，他们发起过进攻，但被打退了。应当说，来犯之敌已经把他们团团包围住了。那帮敌人已经隐蔽起来，他们在等飞机来呢。"

比拉尔对普里米蒂伏说："你。我刚才没有故意冒犯你的意思，你现在明白了吧？"

"我已经明白啦② ，"普里米蒂伏用西班牙语说，"我忍受过你骂出的比这更难听的话呢。你这条舌头真厉害。不过，还是要当心你的嘴巴，你这女人。聋子可是我的好同志啊。"

"难道就不是我的好同志吗？"比拉尔问他，"你听着，扁脸。在战争中，人是不能凭感情用事的。即使不考虑聋子的事，我们自己也自顾不暇呢。"

普里米蒂伏依然紧绷着脸。

"你该吃点药治治你的毛病，"比拉尔对他说，"我该去做饭啦。"

"你把那个卡洛斯派骑兵的证件带来了吗？"罗伯特·乔丹问她。

"我真是昏了头了，"她说，"我把这事给忘了。我让玛丽娅送过来吧。"

---

① 此处原文为西班牙语：*puchero*。
② 此处原文为西班牙语：*Ya lo se*。

第二十六章

　　时值午后三点，那批飞机还没有出现。积雪早在中午前就已融化殆尽，那些岩石此时已被太阳晒得滚热。天空中没有一丝云彩，罗伯特·乔丹坐在岩石丛中，身上的衬衣已经脱去，他一边光着脊背晒太阳，一边翻阅着原本藏在那名已经死去的骑兵衣袋里的那些信件。他时而埋头看信，时而抬头眺望着生长在那片开阔的坡地对面的那排树木，注视着山那边那个高地上的动静，然后再继续翻阅那几封信。没有再出现骑兵。间或还有一两声枪响从聋子营地的方向传来。但枪声零落。

　　在仔细查看了那个死者的军人证件后，他已得知，这个小伙子来自纳瓦拉省的塔法利亚地区，年龄二十一岁，未婚，是一个铁匠的儿子。他所在的部队隶属于N骑兵团，这使罗伯特·乔丹大为诧异，因为他一直认为这支部队是在北线作战的。这小伙子是个卡洛斯分子，战争初期曾在攻打伊伦的战斗中负过伤。

　　在潘普洛纳的狂欢节 [1] 上，我说不定还看见过他沿着

① 潘普洛纳是西班牙北部一著名城市，原为纳瓦拉王国的首都，现为纳瓦拉地区的首府，以每年七月在此举行的"圣费明狂欢节"而闻名，庆祝方式之一就是让牛群在城内大街上狂奔。海明威曾多次去过潘普洛纳，在其他作品中对此也有描述。

大街抢在公牛群的前头奔跑过呢，罗伯特·乔丹想。在战争中，你杀死的任何人从来都不是你想杀的人，他对自己说。应当说，几乎都不是才对，他修正了自己的想法，又继续翻阅着那些信件。

他先看的那几封信文笔很有条理，写得也很细腻工整，说的几乎全是当地所发生的一些事情。这些信是他姐姐写来的，罗伯特·乔丹从信中了解到的情况是，塔法利亚一切正常，父亲身体健康，母亲还和平常一样，但是脊背疼痛的老毛病又犯了，她希望他安然无恙，没有遇到什么太大的危险，她很欣慰她的弟弟正在剿灭赤色分子，使西班牙从那帮乌合之众的马克思主义者的统治下解放出来。信的末尾还附了一个从塔法利亚出来当兵的那些青年的名单，并注明了自她上次写信以来，哪些人已经阵亡了，哪些人受了重伤。她提到了十个阵亡者的名字。对塔法利亚这样规模的小城镇而言，这个数字也算相当大了，罗伯特·乔丹想。

这封信的宗教色彩很浓，她在信中祈求圣安东尼、圣母比拉尔[①]以及其他地方的圣母都保佑他平安，她要他千万不要忘记耶稣的圣心也在保佑着他，她相信他胸前始终都佩戴着耶稣圣心的纹章，无数次的事实已经证明——此处被下划了重点线——这枚圣心纹章具有阻挡子弹的威力。信的落款是：永远爱他的姐姐孔帕。

这封信的四周沾了些血迹，罗伯特·乔丹小心翼翼地把信又放回到那些军人证件里，然后打开了另一封字迹没那么工整的信。写这封信的人是这小伙子的 *novia*，也就是他的未婚妻，信的内容温情脉脉、言辞得体、充满忧虑，同时也表达了她对他的安全的挂念。罗伯特·乔丹看完了这封信，然后把所有的信件和证件放在一起，统统装进了他屁股后的裤袋里。他不想再看其他信件了。

我自认为我今天的举动已经算得上很出色了，他对自己说。我认为

---

① 圣母比拉尔即圣母玛利亚，是西班牙天主教的说法。比拉尔（Pilar）一词在西班牙语里的意思是"立柱；支柱"。圣母玛利亚在西班牙天主教堂里的形象一般为站在立柱顶端的女神（Nuestra Senora del Pilar，即相当于英语的 Our Laday of the Pillar）。

你干得很好，他又重复了一遍。

"你刚才一直在看的那些东西都是些什么呀？"普里米蒂伏问他。

"证件和信件，是被我们今天早晨击毙的那个卡洛斯派骑兵的。你想看看吗？"

"我不识字，"普里米蒂伏说，"有什么值得关心的东西吗？"

"没有，"罗伯特·乔丹对他说，"都是些私人信件。"

"他家乡的形势怎么样？你能从这些信里看出这一点吗？"

"那里的形势似乎很好，"罗伯特·乔丹说，"他那个镇上的伤亡人数很多。"他朝下面那个机关枪的掩蔽体瞥了一眼，发觉它在积雪融化之后已有了些许的变化，变得更完善了。看上去似乎足以以假乱真。他转眼朝那片空旷的原野望去。

"他是哪个镇子上的人？"普里米蒂伏问。

"塔法利亚。"罗伯特·乔丹对他说。

好啦，他对自己说。我很遗憾，如果这样说说也能起点作用的话。

起不到什么作用啊，他对自己说。

那么好吧，你就放下这个思想包袱吧，他对自己说。

好啦，已经放下啦。

然而这个包袱却不是那么容易就能放下的。你已经杀死过多少人啦？他扪心自问。我不知道。你认为你有权利杀人吗？没有，可是我不得不杀呀。你杀死的人当中有多少是真正的法西斯分子呢？没几个。但是他们全都是敌人，我们是在用武力对抗他们的武力啊。可是你对纳瓦拉人比对西班牙任何地方的人都有好感呢。可不是嘛。但你却在杀戮他们。这倒也是。如果你不相信这一点，那就下山到那边的营地去看看吧。你难道不知道杀人是违法的行为吗？知道。既然知道，你还要杀？是的。你依然绝对相信你的事业是正义的吗？是的。

它本来就是一项正义的事业嘛，他对自己说，话虽说得底气不足，但也是一句豪言壮语呢。我相信人民，相信他们有权按照自己的意愿管理好自己。然而你千万别相信杀人是好件事情，他对自己说。虽说你还得动手杀人，因为有这个必要，但是你千万别相信杀人是件好事情。如果你相信杀人也是件好事情，那就满盘全错了。

可是你估计你已经杀了多少人啦？我不知道，因为我不想把这种事一一记录下来。可是你知道吗？知道。杀了多少呢？你没法说清有多少。炸火车那会儿你就杀了很多。许许多多。但是你没法给出一个准确的数字来。那你能够说得清的人究竟有多少呢？有二十多个吧。那些人当中有多少是真正的法西斯分子呢？我能够确信的只有两个。因为我们在乌塞拉抓捕他们的时候，我不得不击毙了他们。你当时并不介意这种做法吗？是的。你也不喜欢这种做法吧？是的。我决定以后再也不这么干了。我已经在尽量避免这样干了。我已经不再杀那些已经放下武器的人了。

听着，他对自己说。你还是撇开这个思想包袱吧。这对你本人和你的工作都很不利。然而他的本我却在反驳他，你放明白点，懂吗？因为你正在从事着一项十分严肃的工作，所以我必须确保你自始至终能理解这一点。我必须纠正你的思想，使你保持头脑清醒。因为，如果你不是绝对的头脑清醒，你就没有权利去从事你所从事的那些工作，因为那一切都是犯罪行为，因为谁也没有权利去剥夺他人的性命，除非这样做的目的是为了防止更大的灾难降临到其他人的头上。所以，要保持头脑清醒，不要再对自己撒谎了。

但我不愿把我杀死的人全都一一记录下来，仿佛像一份战利品的记录册一样，也不愿做那种在枪托上刻槽来计数的令人恶心的事情，他对自己说。我有权不做记录，我也有权忘掉他们。

不，他的本我又在反驳他。你没有权利把什么都忘掉。你没有权利对其中的任何细节闭起眼睛假装没看见，你也没有权利忘却任何细节，也无权去淡化它，无权去更改它。

闭嘴，他对自己说。你竟然如此自以为是地夸夸其谈起来了。

你也无权在这种事情上欺骗你自己，他的本我继续在说。

好吧，他对他的本我说。谢谢你的这些忠告。那么，我可不可以爱玛丽娅呢？

当然可以。他的本我说。

就纯粹的唯物主义社会观而论，世上是不该存在爱情这种东西的，即便如此，我也可以爱她吗？

你从什么时候起开始有这种观念的？他的本我问。从来没有过的事。而且你也根本不可能有。你并不是一个真正的马克思主义者，这你是知道的。你信仰的是"自由、平等、博爱"。你信仰的是"尊重生命、崇尚自由、追求幸福①"。别用太多的辩证法来戏弄你自己啦。那些东西是给有些人用的，但不是给你用的。但你得懂点儿辩证法，以免成为别人说什么你都信以为真的傻瓜。为了打赢这么一场战争，你已经把许多事情都搁置在一边了。如果这场战争打输了，那些事情也就随之统统完蛋了。

不过，你今后就可以摒弃你不相信的那些东西了。你不再相信的事物有很多，你依然还相信的事物也有很多。

还有一点。关于爱上某个人的问题，你万万不可妄自菲薄啊。大多数人不过是因为运气不够好，才得不到爱情的。你以前不就从没得到过爱情吗，现在倒好，你得到它啦。你所拥有的与玛丽娅之间的这层关系，无论是否只能维系到过完今天一天和明天的一部分时间，或者是否能存续在漫长的人生中，它都是一个人所能遇到的最为重要的事情。总归会有人说，爱情是不存在的，那是因为他们得不到它。但我还是要告诉你，爱情确实是存在的，你就很真切地拥有爱情嘛，即便你明天就一命呜呼了，你也是很幸运的。

---

① 前者为法国大革命时期提出的口号；后者出自美国《独立宣言》，并被写入美国大宪法，作为公民的基本权利。

抛开死亡这种话题吧，他对他的本我说。我们不可以像这样说话。那是我们的朋友无政府主义者们一贯的腔调。每当形势真的变得不妙了，他们就想放火烧东西，借此一死了之。这是一种非常奇特的想法，他们偏偏就有。非常奇特。好啦，我们就要过完今天啦，老伙计，他对自己说。现在已经快到三点了，总该有些吃的东西送上来吧，迟点儿早点儿都行。他们还在朝聋子的阵地胡乱开枪呢，这说明他们已经围住了他，正在等候增援部队上来，或许吧。反正他们得在天黑之前结束战斗。

不知道聋子那边的情况究竟怎么样了。那种结局是我们大家都必定会遇到的，只是时辰未到。我能料想得到，聋子的阵地上不会有太舒心景象。为了那区区几匹马的事儿，我们肯定使聋子陷入了绝妙的困境。这情形用西班牙语是怎么说的？一条没有出口的通道。[①] 一条没有出口的巷道。我估计我是能顺利走出困境的。你只需要出击一次就行了，而且很快就能完事。但是，假如有朝一日你在战斗中被包围了，在那种情况下你可以举手投降，那么打仗不就是一种很奢侈的行为吗？我们已经被包围了[②]。我们被包围了。这是这场战争中最令人惊恐的叫喊声。其次是你被人一枪打死了；如果在挨枪子儿之前没有遭受到什么折磨，那你就算很走运了。聋子大概不会有这么好的运气吧。当那种事情降临到我们头上时，我们也同样不会有这么好的运气。

现在已经是三点钟了。这时，他远远听见了那由远及近的引擎的震颤声，他抬眼望去，看到了那群飞机。

---

① 此处原文为西班牙语：*Un callejon sin salida*，意为"一条没有出口的通道；一条死胡同"。

② 此处原文为西班牙语：*Estamos copados*。

第二十七章

聋子正浴血奋战在山冈顶上。他并不喜欢这个山冈，因为乍看起来，他觉得这山冈的形状犹如下疳。然而除了这个山冈，他已别无选择，因此打老远的一看见它时，他便立即选中了它，并驱马疾驰而来，那挺机关枪沉甸甸地压在他后背上，那匹马在奋力驰骋着，马的身躯在他胯下剧烈起伏着，装着手榴弹的那只口袋在他身子的一侧大幅度地晃动着，装着机枪子弹盘的那只口袋在他身子的另一侧上下碰撞着他，而华金和伊格纳西奥则在奔行途中不住地停下来射击，停停打打，为聋子赢得时间去架起那挺机关枪。

那时地上还有雪，坏了他们好事的积雪，不料，他的坐骑突然中弹，呼哧呼哧地喘着粗气，迈着艰难、踉跄的步伐浑身痉挛地行进在通向山顶的最后一段路上，一股股殷红的鲜血喷涌而出，溅落在雪地上，聋子拽着马的辔头，肩上搭着缰绳，硬生生地拖着那匹马一起向山上爬去。他奋力攀登着，子弹啪啪地击打在岩石上，那两袋弹药沉甸甸地披挂在他的肩膀上，到达山顶后，在他认为最险要的那个地方，他抓住马鬃，对着那匹马就是一枪，打得又稳又准又狠，那匹马摇晃了一下，头冲前倒栽下去，恰好堵住了两块山石间的一个豁口。他取下机枪，架上马背就开火，扫射出满满两梭子子弹，机枪在哒哒地叫着，横飞的空弹壳插进了雪地里，灼热的枪口的依托之处，被烫焦的马皮散发着马鬃的焦煳味，他猛烈扫射着向山上冲来的敌人，打得他们四处逃窜，慌忙去找地方隐蔽起来，然而在此同时，他也感到自己的脊梁骨在阵阵发冷，因为对背后的情况还一无所知。当他们一行五人中的最后一名终于到达山顶时，他脊背上的那种冷飕飕的感觉便马上消失了，他收起剩下的那几盘子弹，以备不时之需。

还有两匹马死在了山坡上，三匹马死在了这个山头上。他昨天夜里只成功地偷到了三匹马，其中有一匹马，他们原想在营地的围栏里不用马鞍骑上就走的，岂料才听到第一声枪响，它就脱缰逃走了。

到达山顶的一行五人中，已有三人负了伤。聋子负的伤一处在腿肚子上，两处在左臂上。他渴极了，几处伤口都已发硬，左臂上的一处伤口尤其疼得钻心。他还头痛得很厉害，可是，当他躺在那儿等待那些飞机飞来时，心中却忽然想起了一句西班牙语里的俏皮话。这句话是："*Hay que tomar la muerte como si fuera aspirina.*"意思是，"你接受死亡时得像服用阿司匹林那样。"但他没有把这句俏皮话说出声来。他内心深处正恨得咬牙切齿、疼得龇牙咧嘴呢，因为每当他动动自己的那只胳膊，或看看周围他的小分队已被打成这般落花流水的境地时，他便感到头痛得难以忍受，恶心得直想呕吐。

他们五个人分散开来，分别扼守在五个点上，如同五角星的五个角尖一样。他们用双膝和双手挖掘着，把挖出的泥土和一堆堆石块垒在自己的脑袋和肩膀前，筑起了一个个土石堆。利用这些土石堆作掩护，他们又用泥土和石块将各人的土石堆连接起来。华金，那个年龄十八岁的小伙子，恰好有一顶钢盔，他便用它来挖掘和搬运泥土。

这顶钢盔还是他在上次炸火车的行动中得来的。钢盔上有一个被子弹打穿的枪眼儿，大家老是取笑他居然会一直保留着这个破玩意儿。但他已用榔头敲平了枪眼周围的毛边，在枪眼中钉进了一根木楔，切除了凸起的部分，然后再把它锉得和钢盔里面的金属一样平了。

枪声乍一响起，他便急忙抓起钢盔"哐"地一声扣在了头上，由于用力太猛，钢盔砸得他脑袋生疼，仿佛被一口菜锅狠狠撞击了一下，当他的坐骑被打死之后，当他向山顶作最后冲刺的时候，他强忍着肺部的剧痛、两腿的僵死、嘴巴的干渴，他冒着雨点般落下的枪弹、"噼啪"作响的枪弹、"嗖嗖"地呼啸着的枪弹，冲上了最后那段山坡，这钢盔仿佛一下子变得极其沉重起来，如同一道铁箍紧紧箍住了他疼痛欲裂的前额。但他依然没舍得丢掉它。此时，他就用这钢盔在不停地、简直像台机器似的拼命挖掘着。好在他还没有受伤。

"终于派上用场啦。"聋子用发自喉咙深处的声音对他说。

"坚持到底，就是胜利①。"华金用西班牙语说，他的嘴巴已经僵硬得几乎不会动了，因为恐惧而引起的口舌干涩已经超过了战场上司空见惯的那种干渴。他说的这句话是共产党的一句口号，意思是："坚持到底，就是胜利。"

聋子转眼朝山坡下望去，只见那儿有一名骑兵正躲在一块大石头后面放冷枪呢。他很喜欢华金这小伙子，但他没有心情来欣赏什么口号。

"你说什么？"

他们当中有个人从他正在构筑的掩体那儿扭过头来。这人正和身匍匐在那儿，小心翼翼地抬起双手将一块岩石放好，下巴颏却一直紧贴着地面没有挪动过。

华金用他那干涩的稚气未断的嗓音把那句口号又重复了一遍，双手却一刻也没有停止挖掘工作。

"你这句话的最后那个单词是什么？"下巴颏一直紧贴着地面的那个人问。

---

① 此处原文为：*Resistir y fortificar es vencwe*。

"胜利 ①，"小伙子用西班牙语说，"胜利。"

"狗屁 ②。"下巴紧贴着地面的那个人用西班牙语说。

"还有一句，用在这个地方正合适，"华金说着，便念念有词、一词一顿地把这句话说了出来，仿佛句中的每一个词都是一个护身符一样，"'热情之花' ③ 说，人应当'宁愿站着死，决不跪着生'。"

"又是狗屁，"那人说，可是又一人扭过头来说，"我们正肚皮贴地趴着呢，不是跪着的。"

"你。共产党员。你知不知道你那朵'热情之花'有一个儿子和你同岁，运动刚开始时就去了俄国？"

"那是谣言。"华金说。

"什么话呀，还谣言呢，"那人说，"是那个名字古怪的爆破手亲口告诉我的呢。他也是你的同党啊。他为什么要传播谣言？"

"那就是谣言，"华金说，"她不会做出这种事的，她不会把儿子藏在俄国来逃避这场战争的。"

"我也巴不得能去俄国呢，"聋子的另一个部下说，"你那朵'热情之花'此时此地不会派我去俄国吧，共产党员？"

"如果你那么相信你的'热情之花'，那就让她帮我们离开这个山头吧。"那个大腿上缠着绷带的人说。

"法西斯分子们会这么干的。"那个把下巴颏埋在泥土里的人说。

---

① 此处原文为西班牙语：*Vencer*。

② 此处原文为西班牙语：*Mierda*，常用来表示蔑视、厌恶等，相当于英语里的"shit"。

③ "热情之花"是西班牙工人阶级的著名领袖、西班牙共产党创始人之一多洛雷斯·伊巴露丽（Dolores Ibarruri，1895—1989）的笔名。她 1920 年参与创立西班牙共产党，1930 年任西班牙共产党中央委员，1932 年任西班牙共产党中央政治局委员，1942 年任党的总书记，同年被选为共产国际执委会主席团成员。伊巴露丽不仅是西班牙共产党的卓越领袖、国际共产主义运动的著名活动家，还是出色的宣传鼓动家。她写了许多著作和文章。她 1963 年写成的自传《唯一的道路》被译成数种文字出版。她还是《西班牙战争与革命》一书合著者之一。她 1984 年出版的著作《热情之花回忆录》，1985 年已被译成中文出版。多洛雷斯·伊巴露丽的"宁愿站着死，决不跪着生"（ It is better to die on your feet than to live on your knees. ），便是她常被引用的名言。

"别说这种话嘛。"华金对他说。

"先把你娘的奶子留在你嘴唇上的奶渍擦干净吧，然后把钢盔装满泥土递给我，"下巴贴着地面的那人说，"我们今晚没有一个人能活着看到太阳下山啦。"

聋子在想：这山冈的形状真像下疳。或者像一个大姑娘没有奶头的奶子。或者像火山锥的顶部。你根本就没见过火山啊，他想。你也永远见不着火山啦。可是这山冈的确像下疳呢。别想那些火山啦。现在想看火山已经来不及啦。

他非常小心地从死马的肩隆边探出头来，不料却立即招来一阵猛烈的射击，射击声来自山坡下那尊大石头的后面，他听见一串冲锋枪的子弹"噗噗"地射进了马的躯体。他躲在死马后面匍匐着向前爬了几步，在马的臀部与山石之间这个夹角上朝外望去。有三具尸体躺在他眼前的山坡上，那是法西斯分子在机关枪和冲锋枪的交叉火力的掩护下向山顶发起冲锋时倒下的，他和其他人是用投掷手榴弹和沿着山坡滚手雷的方法打退了敌人这次进攻的。还有一些尸体他看不到，全躺在山顶周围的其他地方呢。没有任何死角可让进攻之敌接近这个制高点，而且聋子心里是有数的，只要他的子弹和手榴弹够用，只要他还有四个人活着，敌人就不可能从这儿抓走他，除非他们搬来迫击炮。他不知那些敌人是否已经派人去拉格兰哈搬迫击炮了。也许他们没派人去，因为可以肯定，要不了多久，飞机就会来的。自那架侦察机从他们头顶上空飞走之后，时间已经过去四个小时了。

这山冈的确像下疳，聋子想，我们就是它的一个个脓疙瘩。但是我们干掉了他们不少人，因为他们刚才的举动实在太愚蠢。他们怎么会有这种想法呢，以为像这样就能把我们一举歼灭了？他们有了如此现代化的武器装备，便过于自恃而丧失理智了。他一颗手榴弹就干掉了那个指挥冲锋的年轻军官，那颗手榴弹是蹦蹦跳跳地沿着山坡朝下滚的，他们当时还在那儿猫着腰向山上冲呢。在那片黄色的闪光和轰然爆炸开来的灰色烟尘中，他看到那军官猛然一个前冲，便一头栽倒在他现在躺着的地方，像一团沉重的被打散了的旧衣服卷儿一样倒在那儿，标志着他们此次进攻所达到的最远点。聋子看了看这具尸体，然后转眼朝山坡下的其他人望去。

他们人虽然勇敢，却头脑愚钝，他想。不过，他们现在变聪明了，在飞机没来之前，他们是不会再向我们发起进攻的。除非他们调来了一门迫击炮，那就确实要另当别论了。有了迫击炮，他们的进攻就容易多了。迫击炮是正规武器，他很清楚，只要迫击炮一上来，他们就算死定了，可是一想到还有大批飞机即将飞来，他便立即意识到，自己就这么赤裸裸地守在这山头上呢，就像浑身衣服都被人扒了个精光，甚至连皮都被人剥了一样。再没有比我这种感觉更赤裸裸的情景了，他想。相比之下，一只剥了皮的兔子就其遮蔽程度而言与一头熊也没什么两样。可是他们为什么要搬飞机来呢？他们用一门野战迫击炮就能轻而易举地把我们从这儿轰走了。然而，他们为自己的那些飞机而感到骄傲呢，所以他们说不定真会调动飞机来的。正如他们为自己的自动化武器而感到骄傲，结果就犯了那样愚蠢的错误一样。但是，毫无疑问，他们一定也派人去调迫击炮来了。

他们中有一人开火了。随即又猛拉枪栓补开了一枪，打得很急。

"要节省子弹。"聋子说。

"有个骚婊子养的儿子企图向那块大石头靠拢呢。"那人朝那边指了指。

"你打中他了吗？"聋子一边问，一边费力地转过头来。

"没有，"那人说，"那骚货把乌龟头缩回去了。"

"最骚的婊子是比拉尔，她才是婊子里的婊子呢，"那个下巴颏一直插在泥土里的人说，"这婊子知道我们快要死在这儿了。"

"她也爱莫能助啊。"聋子说。那人刚才是在他那只听力好的耳朵边说话的，所以他不用扭头就听见他的话了。"她有什么办法？"

"从背后干这些荡妇啊。"

"你这是什么话，"聋子说，"他们布满了整个山坡。她怎么下手干他们？他们足足有一百五十人呢。现在也许更多了。"

"要是我们能坚持到天黑以后就好了。"华金说。

"要是圣诞节能在复活节那天来临就好了。"下巴贴着地面的那人说。

"要是你婶婶长着鸡巴蛋就好了，她就能当你的叔叔啦，"另一个人对他说，"请求你的'热情之花'来吧。只有她能解救我们啦。"

"我还是不信关于她儿子的那个谣传，"华金说，"即使他真在那边，他也是在接受训练，将来当个飞行员啊什么的。"

"他被藏匿在那边是为了保全性命呢。"那人对他说。

"他在学习辩证法呢。你的'热情之花'去过那边。李斯特、莫德斯托等人也去过那边。那个名字古怪的人告诉过我。"

"他们都该去那边学习，学成之后好回来帮助我们呀。"华金说。

"他们现在就该来帮助我们，"又一个人说，"那帮令人讨厌的卑鄙小人、那帮乳臭未干的俄国骗子们，他们现在都该来帮助我们呀。"他开了一枪，用西班牙语说："我还是没打中他①；我又没打中他。"

"你要节省子弹，别说那么多话，要不然你会非常口渴的，"聋子说，"这山头上可没有水啊。"

"喝这个，"那人说着，侧身一滚，将斜背在肩上的那只皮酒囊从头上退下来，并随手递给了聋子，"漱漱口吧，老伙计。你一定很口渴了吧，你带着那几处伤呢。"

"让大伙儿都喝点。"聋子说。

"那我就先喝啦。"献出酒囊的那人说罢，便把里面的酒挤出一注长长的射流径直灌入自己嘴里，然后才交出那皮酒瓶，在众人当中传递

---

① 此处原文为西班牙语：*Me cago en tal*。

开来。

"聋子，你估计那些飞机会在什么时候来？"下巴埋在泥土里的那位问。

"随时都可能来，"聋子说，"按说它们早该到了。"

"你估计这些大婊子养的儿子们会不会再次发起进攻？"

"只有在飞机不来的情况下才有可能。"

他觉得没必要说迫击炮的事。只要迫击炮一到，他们立时就会知道。

"上帝知道，根据我们昨天看到的情况，他们的飞机真多啊。"

"太多啦。"聋子说。

他头痛得很厉害，那只胳膊也越来越僵硬，稍许一动就疼得他几乎难以忍受。他仰望着那明媚、深邃、蔚蓝的初夏的天空，用他那只好胳膊举起了那只皮酒瓶。他现年五十二岁了，他心里完全明白，这是他最后一次瞻望这片蓝天了。

死亡何足惧，他只是恼火自己居然被困在了这个小山冈上，这座小山冈的唯一用处就是可作葬身之地。要是我们当时绕道走就好了，他想。要是我们当时把他们引入到那条长长的山谷里，或者在穿越那条公路的时候干脆化整为零，那就不会有什么问题了。可是就这么一座下疳似的山冈啊。我们还得尽可能用好它呢，到目前为止，我们用得还算不错。

假如他知道古往今来已有多少英雄好汉到头来都不得不把某个小山冈当作葬身之地，他的心情也不会因此而好转一丁点儿，因为在他眼下正经历着的这个关键时刻，人们是不会因为处于相同情况下的别人已经遭到了什么不测就深受感动的，这就好比一个丈夫才死了一天的寡妇是不会因为得知别人心爱的丈夫也死了就感到心里好受些。无论一个人是否对死亡怀有恐惧心理，人的死亡总归是难以接受的。聋子欣然接受了死亡，但是对死亡接受并没有丝毫柔情蜜意可言，尽管他已年届半百、身上有三处枪伤、已被团团包围在一个小山冈上。

虽然心里在笑对死亡，但他还是看了看天空，看了看远山，然后咽下了口中的酒，他并不想死。如果人必定会有一死，他想，而且这是明摆着的，人必定是要死的，我可以去死。但我真不想死啊。

人之将死也算不了什么，他脑海中并没有行将死亡的图景，也没有行将死亡的恐惧。然而生则不同，生就是一片麦田，随风荡漾在那面山坡上。生就是一只雄鹰，展翅翱翔在天空中。生就是一只盛水的陶罐，放在尘土飞扬的打谷场上，伴随着被连枷打出的麦粒和扬起的糠秕。生就是你骑在胯下的一匹骏马，带着一支卡宾枪挂在腿下，风驰电掣般越过一座山冈、一条河谷、一条两岸树木葱茏的溪流，奔向河谷的那一边，奔向远方的群山。

聋子递回皮酒瓶，并点点头表示感谢。他欠身向前，拍了拍那匹死马被机关枪的枪口灼焦了皮的肩胛部位。他依然能闻到马鬃的焦糊味。他想到了刚才他是怎样把这匹马拉到这儿来的那一幕情景，马在浑身颤栗着，周围的射击声不绝于耳，子弹在他们头顶上方"嗖嗖"地呼啸而过、在他们四周"噼里啪啦"地爆响着，密集得如同一张帷幕，他仔细对准了马的两眼与两耳间的对角线的正中央开了一枪。紧接着，就在马一头栽倒下去的那一瞬间，他便立刻扑倒在那热乎乎、湿漉漉的马的背后，架起机关枪就朝那些冲上山来的敌人扫射了。

"真是一匹好马呀，"他用西班牙语说，意思是，"你真是匹了不起的马呀。"

聋子此时侧过他那没有受伤的半边身子躺在地上，抬起头仰望着天空。他正躺在那一大堆空弹壳上，不过他的头部有那块岩石作掩护，身体可藉那匹死马为掩体。他身上那几处枪伤都已严重黏结，疼得很厉害，他感到自己已经累得不能动了。

"你怎么啦，老伙计？"他身边的那个人问。

"没什么。我抓紧休息一小会儿。"

"睡吧，"那人说，"他们一上来就会惊醒我们的。"

就在这时，有个人的喊话声从山坡下传来。

"听着，你们这些土匪！"声音来自那堆岩石后面，距离他们最近的那挺机关枪就架在那里，"赶快投降吧，趁这会儿还没让飞机炸得你们粉身碎骨。"

"他在说什么？"聋子问。

华金告诉了他。聋子就地一滚，挣扎着支起上半身，使自己再次蹲伏在那挺机枪的后面。

"也许那些飞机不来了，"他说，"别搭理他们，也别开枪。也许我们可以捉弄他们一下，让他们再来进攻。"

"我们来羞辱他们几句，怎么样？"先前跟华金说起"热情之花"的儿子在俄国的那个人问。

"不，"聋子说，"把你那支大号手枪给我。谁有大号手枪？"

"我有。"

"给我吧。"他曲起双膝跪立着，接过那支九毫米口径的星牌大号手枪，对着死马旁边的地面开了一枪，等了等，接着又东一下西一下地开了四枪。之后，他便耐心数起数来，等数到六十时，他才开了最后一枪，这一枪直接打在了死马的躯体上。他咧嘴笑了笑，把手枪递了回去。

"再上子弹，"他低声说，"大家都把嘴闭上，谁也不许开枪了。"

"土匪们！"躲在岩石堆后的那个声音在用西班牙语高叫着。

山冈上的人谁也没吭声。

"土匪们！赶快投降吧，要不然我们会把你们炸得碎尸万段的。"

"他们就要上钩啦。"聋子开心地低声说。

他正密切监视着，就见一个人从岩石堆后探出头来。山冈顶上一枪不发，那颗脑袋又缩了回去。聋子在等待着，监视着，却再没见到任何动静了。他扭过头来看了看其他人，他们都各就各位在监视着自己眼前的那面山坡呢。他朝他们一一望去，那几个人都摇了摇头。

"谁也不许乱动。"他低声说。

"骚婊子养的儿子们。"躲在岩石堆后的那个声音这时又高叫起来。

"赤色猪猡们。奸杀自己亲娘的强奸犯们。把自己亲爹的鸡巴咂得冒白浆的鸡奸犯们。"

聋子咧嘴笑着。他得侧过那只好耳朵才能勉强听见这些吼声震天的辱骂。这办法比阿司匹林还要灵呢，他想。我们能弄死他们多少人呢？他们还会那么愚蠢吗？

辱骂声又停了，足足有三分钟，他们既没听见任何声音，也没看到有任何动静。又过了一会儿，那名狙击手从山坡下一百码开外的那尊巨砾后面露出头来，开了一枪。子弹打在一块岩石上，带着尖锐的啸声跳飞起来。随后，聋子便看见一人，弓着腰，冲出了岩石丛中的那个机枪掩体，越过那片开阔地，奔向了潜伏在那尊巨砾后面的狙击手。他差不多是一头扎进那尊巨砾后面的。

聋子环顾四周。众人都在朝他打手势，表明他们各自面前的山坡上都没有出现任何动静。聋子乐呵呵地咧开嘴笑了笑，又摇了摇头。这办法要比阿司匹林强十倍呢，他一边想，一边耐心等待着，那种快乐是只有猎人才配有的快乐。

山坡下，那个刚从岩石堆里窜到那尊巨砾后面的人正在和那名狙击手说话。

"你信吗？"

"我不知道。"狙击手说。

"按理说情况应当是这样的，"那人说，原来他是名指挥官，"他们已经被团团包围。他们没别的指望，只好一死了之啦。"

狙击手没作任何表态。

"你是什么看法？"那军官问。

"没看法。"

"那几声枪响之后，你可曾看到什么动静？"

"一点儿动静也没有。"

那军官看了看自己的手表。时间是三点差十分。

"按说飞机一小时前就该来了。"他说。正在这时，又一名军官一头扎进了这块大石头后面。狙击手挪了挪身子，给他让出点地方。

"你，帕科，"第一个到来的那名军官说，"依你看，这是怎么回事？"

第二个到来的那名军官正在喘着粗气，因为他是刚从机枪阵地那边的山坡上全速冲刺过来的。

"在我看来，这是他们的奸计。"

"可是，假如不是呢？我们设下了包围圈，然后就傻等在这儿，围住的却是一帮子死人，那岂不是滑天下之大稽啦。"

"我们已经犯过非常严重的错误啦，岂止是滑稽呢，"第二个军官说，"你看看那面山坡吧。"

他抬头看了看那面山坡，山坡上，那些死尸横七竖八地散落在那儿，已接近山顶。从他所在的位置上望去，山顶一线呈现出的是七零八落的岩石堆、裸露着的马的腹部、突撅着的马腿、翘挺挺的包着铁掌的马蹄，那是聋子的那匹坐骑，还有刚刚挖掘出来被堆成了堆的新土。

"迫击炮有着落了吗？"第二个军官问。

"应当在一个小时之内到达这里。假如不提前到的话。"

"那就等他们来吧。愚蠢的举动已经够多啦。"

"土匪们！"第一个军官突然大喝一声，站起身来，把他的脑袋完全伸出了那尊巨岩，由于他站直了身躯，那山冈的顶端在他眼前便显得一下子近了很多。"赤色猪猡们！胆小鬼们！"

第二个军官看了看那狙击手，摇了摇头。狙击手扭头望着别处，却抿紧了嘴唇。

第一个军官站立在那儿，整个脑袋完全暴露在岩石之上，一只手按着他手枪的枪柄。他对着山顶破口大骂着、恶言恶语地诅咒着。一点儿反应也没有。于是，他干脆从那尊巨砾后走了出来，站在那儿打量着山顶。

"开枪啊，胆小鬼们，你们有种就开枪吧，"他高喊着，"朝老子开枪啊，老子根本不怕你们这些从骚婊子的肚子里钻出来的赤色分子！"

最后这句话相当长，一口气全喊出来相当不容易，等那军官喊完这句话时，他那张脸已经涨得通红、血脉贲张了。

第二个军官见状又再次摇了摇头，他是个面容清癯的汉子，肤色被烈日太阳晒得黧黑，眼神从容文静，嘴大而唇薄，胡子苍布满了他凹陷的双颊。正是这名在大喊大叫的军官下令发起第一轮冲锋的。已经死在山坡上的那个年轻中尉是这个名叫帕科·贝尔伦多的中尉最要好的朋友，帕科听着那个上尉的狂呼乱叫，觉得他显然已处在癫狂状态了。

"枪杀我妹妹和我母亲的就是这些个猪猡。"上尉说。他有一张红脸膛，蓄着两撇金黄色的英国式的小胡髭，就是眼睛好像有些毛病。那是一双浅蓝色的眼睛，眼睫毛也是浅色的。谁看着这双眼睛都能感觉到，它们似乎聚光很慢。随后，"赤色分子们，"他高喊了一声，"胆小鬼们！"接着又开始恶骂起来。

他这时已绝对毫无遮蔽地站在那儿了，在举着手枪仔细瞄准着，然后扣动扳机，一枪射向山顶上那个唯一呈现在他眼帘中的射击目标：那匹原属于聋子的死马。子弹掀翻了一块泥土，打在那匹死马下方十五码的地方。那上尉又开了一枪。子弹击打在一块岩石上，"嗖"地一声跳向了一边。

上尉站在那儿眺望着山顶。贝尔伦多中尉则在注视着倒在那个制高点下方的另一个中尉的尸体。那名狙击手则在望着自己眼皮底下的地面。片刻后，他抬起头望着那上尉。

"那上面一个活的也没有啦，"上尉说，"你，"他对狙击手说，"上去看看。"

狙击手两眼低垂。他一声不吭。

"你没听见我的话吗？"上尉朝他大吼了一声。

"听见啦，我的上尉。"狙击手说，却没拿正眼看他。

"那就站起来走啊。"上尉的手枪还没收起来呢,"你听到我的话没有?"

"听到了,我的上尉。"

"那你为什么还不去?"

"我不想去,我的上尉。"

"你不想去?"上尉用手枪顶着那人的小腰,"你不想去吗?"

"我害怕,我的上尉。"那士兵挺有尊严地说。

贝尔伦多中尉在注视着上尉的脸和他那双好生奇特的眼睛,心想,他下一步就要枪毙这个人啦。

"莫拉上尉。"他说。

"怎么啦,贝尔伦多中尉?"

"这个士兵有可能是对的。"

"那他说他害怕也是对的?他说他不想服从命令也是对的?"

"不。他说这是他们耍的一个诡计,这个说法没错。"

"他们全都死啦,"上尉说,"你难道没听见我说他们全都死了吗?"

"你是指那些躺在那山坡上的我们的战友吗?"贝尔伦多问他,"要是这样,我同意你的说法。"

"帕科,"上尉说,"别犯傻啦。你以为喜欢胡利安中尉的人只有你一个吗?我告诉你,那帮赤色分子已经全都死掉啦。瞧!"

他站起身来,两手搭在那尊巨砾顶上,来了个引体向上的动作,膝盖十分别扭地翻了上去,然后站直了身躯。

"开枪啊,"他站在那灰色的花岗岩巨砾上,一边高呼着,一边挥舞着双臂,"朝我开枪啊!打死我啊!"

山冈顶上,聋子匍匐在那匹死马的后面,咧开嘴笑了。

什么人哪,他想。他乐不可支地大笑起来,却又努力想忍住,因为笑得浑身乱抖,胳膊会疼的。

"赤色分子们,"山下又传来了叫喊声,"赤色暴民们。朝我开枪呀！打死我呀！"

聋子笑得胸口直颤，从马屁股那里只偷偷瞄了一眼，便看到那上尉正站在那尊巨砾顶上挥舞着双臂。另一个军官站在巨砾旁边，那个狙击手则站在另一边。聋子瞄着那目标的所在位置，乐得直摇头晃脑。

"朝我开枪呀，"他悄声对自己说，"打死我呀！"随即肩膀又笑得乱晃起来。他笑得胳膊都疼了，每笑一下，他就感到头疼得像要裂开来似的。但他还是忍俊不禁，笑得浑身乱抖。

莫拉上尉从那尊巨砾上跳下来。

"现在你相信我的话了吧，帕科？"他诘问似的对贝尔伦多中尉说。

"不。"贝尔伦多中尉说。

"鸡巴蛋！"上尉说，"这儿只有白痴和胆小鬼，没别的啦。"

狙击手又小心翼翼地躲进了巨砾背后，贝尔伦多中尉正蹲在他身旁。

那上尉，毫无遮蔽地站在巨砾的一边，开始朝山顶大骂起脏话来。世上所有语言中，数西班牙语脏话最多。凡是英语里有的一切污言秽语，西班牙语里全都有，只在亵渎神明与恪守教规并行不悖的国家里才用得上的一些很另类的语词和表达法，西班牙语里也都有。贝尔伦多中尉是个非常虔诚的天主教徒。那个狙击手也是。他们是来自纳瓦拉的卡洛斯派军人，尽管他们俩在气愤的时候也会诅咒骂人、说亵渎神明的话，但他们认为这是一种罪过，所以他们会为此而定期去做忏悔。

他们此时蹲伏在那尊巨砾的后面，观望着那上尉的举动、听着他在那儿高声叫骂，他们俩心里都觉得他这个人和他所说出的那些脏话与自己是格格不入的。在这随时可能会丢掉性命的日子里，他们不想听这种使自己良心不安的话。这样辱骂不会带来好运的，狙击手想。说这种亵渎圣母的话会倒霉的。此人说话比那些赤色分子们还要下流呢。

胡利安已经死了，贝尔伦多中尉心里在想。死在那个山坡上了，朗朗乾坤下，好端端的一个人就这么死了。可是这张臭嘴却还站在那里一个劲儿地辱骂着，会招来更多晦气的。

那上尉终于停止了高声叫骂，转过身来对着贝尔伦多中尉。他那双眼睛变得比以往任何时候都更加奇怪了。

"帕科，"他说，一副兴致勃勃的样子，"你和我上山去。"

"我不去。"

"什么？"那上尉又拔出了手枪。

我最讨厌这些动不动就挥舞手枪的家伙了，贝尔伦多心想。他们不拔出手枪就下不了命令。他们大概连上厕所也要拔出手枪，命令他们要拉的屎出来吧。

"如果你命令我去，我就去。但我持有异议。"贝尔伦多中尉对那上尉说。

"那我就一个人去，"上尉说，"这儿胆小怕事的气味太浓了。"

他右手提起手枪，迈开大步泰然自若地走上了山坡。贝尔伦多和狙击手注视着他。他没有一丝要借助任何地形地物作掩护的迹象，他目不斜视地望着前方那一丛丛岩石、那匹死马，以及山顶上新挖出的一堆堆泥土。

聋子俯伏在死马后面那块岩石的凹角里，密切注视那上尉昂首阔步地走上山来。

只有一个呀，他想。我们只捞到了一个。不过，从他说话的口气来看，他是个大猎物呢[①]。瞧他趾高气扬地朝向前的样子。这家伙归我啦。我就带着这家伙上路吧。这个正一步步走来的家伙现在已经踏上了和我相同的旅程啦。来吧，和我结伴而行的同志。放开大步过来吧。照直上来吧。过来领教领教。来呀。接着走啊。别磨磨蹭蹭啦。照直往前走。既然来了就上来吧。别停下来看那些死人啊。这就对了。也别低头看啦。笔直朝前走，眼睛朝前看。瞧，他还蓄着两撇小胡髭呢。你觉得这

[①] 此处原文为西班牙语：*caza mayor*。

胡髭怎么样？他居然长出胡髭来啦，这位要和我结伴而行的同志。他是个上尉呢。瞧他的衣袖。我说他是个大猎物嘛。他长着一张英国人的脸呢。瞧。长着红脸膛、黄头发、蓝眼睛呢。没戴军帽，胡髭黄黄的。长着蓝眼睛。是双浅蓝色的眼睛呢。这双浅蓝色的眼睛好像有点毛病。这双浅蓝色的眼睛聚不了焦嘛。已经够近啦。太近了。行啦，我的旅伴同志。吃我一枪吧，我的旅伴同志。

他轻轻扣了一下机关枪的扳机，这种装有三脚支架的自动武器的后坐力使枪身不老实地跳动着，枪托在他肩头反撞了三下。

那上尉脸朝下扑倒在山坡上。他的左臂压在他身下。那只握着手枪的右臂伸向他脑袋的前方。山坡下的人再次向山顶猛烈扫射起来。

贝尔伦多中尉蹲伏在那尊巨砾的后面，心想，他现在要想冲过那片开阔地，就得冒着枪林弹雨了，就在这时，他听见聋子那低沉、沙哑的喊声从山顶传来。

"土匪们！"那西班牙语喊话声仍在源源不断地传来，"土匪们！朝我开枪啊！打死我呀！"

山冈顶上，聋子匍匐在机关枪后面放声大笑着，笑得心口都疼了，笑得他自以为天灵盖都要裂开了。

"土匪们，"他又快乐地用西班牙语高喊着，"打死我呀，土匪们！"接着，他开心得直摇头晃脑。我们的旅途上有不少要同我们结伴而行的人呢，他想。

他还想试试用这挺机枪结果掉另外那名军官呢，就等他什么时候离开那尊庇护着他的巨砾了。他迟早总得离开那儿。聋子知道，那军官躲在那儿是根本无法指挥的，他认为自己有一个很好的能干掉他的机会。

正在这时，山冈上的其他几个人忽然听见有飞机飞过来的声音。

聋子没听到飞机的声响。他正在用机关枪瞄准那尊巨砾的下沿，封锁住那个位置，心里在想：等我看见他的时候，他一定已经开始跑动了，我一不留神就会让他白白溜走。在那一大片开阔地上，我完全可以追着他打。我可以用这挺机枪来回扫射他，也可以封锁住他前面的路。要不就让他先跑动起来，然后再对准他身前身后扫射。我一定要在那块岩石边上截住他，就拦在他前面扫射。偏偏就在这时，他忽然感到有人碰了碰他的肩膀，他扭过头来，看到的却是华金那张灰白色的、因惊恐而变得毫无生气的脸，他朝小伙子手指的方向望去，看见三架飞机正朝这边飞来。

就在这刹那间，贝尔伦多中尉突然从巨砾后窜出了来，低着脑袋，撒开双腿，直奔而下，越过山坡，一头扎向了岩石丛中架着机关枪的那个掩体。

聋子由于一直在注视着那些飞机，根本没看到他已经溜走了。

"帮我把这家伙拉出来。"他对华金说，小伙子立即把机关枪拉出了马尸和岩石间的夹缝。

飞机正照直朝这边压来。它们成梯形编队，每秒钟都在增大，噪音也越来越响。

"仰卧着开枪揍它们，"聋子说，"等它们一过来拦头就打。"

他一直在注视着那些飞机。"王八蛋！这些婊子养的儿子！①"他急促地用西班牙语说。

"伊格纳西奥！"他说。"把枪架在这小伙子肩上。你！"他对华金说，"坐在那儿别动。背过身去蹲下。再低点。不行。再低点。"

他仰卧在地，用机关枪瞄准着正照直飞来的那几架飞机。

"你，伊格纳西奥，帮我捉牢这支架的三条腿。"枪的支架悬垂在小伙子的背上摇晃着，枪口也在不住地摆动，因为他的身躯在不住地颤抖，华金埋头蹲伏着，听着飞机越来越近的"嗡嗡"的轰响声，身子在不可自制地抽搐着。

---

① 此处原文为西班牙语：*Cabrones！Hijos de puta！*

伊格纳西奥全身匍匐在地，一边抬头仰望着天空，注视着越来越近的飞机，一边将机枪支架的三条腿并拢起来用双手握住，稳住了枪身。

"头低下去，"他对华金说，"头朝前别动。"

"'热情之花'说，'宁愿站着死——'"华金听着那"嗡嗡"的响声越来越近，便情不自禁地对自己念叨起来。但他随即又突然改口说："万福玛利亚，大慈大悲的玛利亚，主与您同在；您是女人中的有福之人，您孕育出的圣婴耶稣也是有福之人。圣母玛利亚，上帝之母，在我们临死之际，请为我们这些有罪之人祈祷吧。阿门。圣母玛利亚，上帝之母，"他刚开了个头，一听到飞机的轰鸣声这时已震得叫人受不了，便猛然想起了什么，赶忙在飞机的轰鸣声中做起了忏悔，"啊，我的上帝，我诚心诚意地表示痛悔，因为我冒犯过您，您最值得我敬爱——"

这时，他耳边突然响起了那锤击般的"嗵嗵嗵"的射击声，机关枪的枪管灼热地贴在他的肩头上。机关枪又一次如锤击般地响起来，枪口的阵阵爆裂声震耳欲聋。伊格纳西奥在使劲压着机枪的三脚架，枪管在烤灼着他的背部。机关枪在飞机的隆隆声中如锤击般地扫射着，他想不起该怎么做忏悔了。

他能记得的只有：在我们临死之际。阿门。在我们临死之际，阿门。在此之际。在此之际。阿门。其他几个人都在猛烈扫射着。此时此刻，在我们临死之际。阿门。

紧接着，在机关枪锤击般的射击声中，一声尖啸破空而降，随即爆发出一声巨响，在红黑翻滚的怒涛中，大地在他膝下剧烈颠簸起来，掀起的冲击波击打在他的脸上，顷刻间，泥土和碎石劈头盖脸地落下来，伊格纳西奥倒在了他的身上，机关枪也倒在了他的身上。但他并没有死，因为他还能听见那再次从天而降的尖啸声，随着那声巨响，大地又在他身下剧烈抖动着。紧接着又是一声轰响，他肚皮下的大地突然塌陷了，半边山头飞向了空中，随即又缓缓落下，压在他们的躯体上，压在他们倒伏的大地上。

那些飞机来回俯冲了三次，用炸弹番轰炸着这个山头，但是这山头上已经没人知道这一情况了。随后，这些飞机又用机关枪猛烈扫射着这个山头，然后才飞走。当它们对着这山头作最后一次俯冲、用机关枪猛烈扫射时，第一架飞机扫射完毕后便拉起机头，盘旋而去了，每一架飞机也都跟着依样行事，它们由梯形编队改为 V 形编队飞走了，在天空中朝塞哥维亚方向飞去。

指挥密集的火力对着山头猛烈扫射了一通之后，贝尔伦多中尉便强令一支小分队冲上了前方的一个大弹坑，他们可以埋伏在那个大弹坑里朝山顶投掷手榴弹。他不想冒任何风险，万一还有人活着，正守在那已被轰炸得不成样子的山顶上等着他们怎么办，所以，尽管那山头上已是一片狼藉，到处是死马、被炸得四分五裂的岩石、被炸弹掀翻被火药熏黄散发着臭气的泥土，他还是朝山顶投掷了四枚手榴弹，然后才爬出那个弹坑，走上前来察看情况。

山头上，除了华金这小伙子之外，已经没有一个活人了，而这小伙子则被压在伊格纳西奥的尸体下，已经失去了知觉。华金的鼻子和耳朵都还在出血。由于刚才有一颗炸弹的落点离他太近，一下子把他推进了爆炸的正中心，他一口气没喘过来，顿时便昏死过去，所以他后来就什么也不知道、什么也感觉不到了，可是，贝尔伦多中尉却在自己胸前画了个十字，然后对准他的后脑勺就是一枪，打得那么利索、那么斯文，假如这种出其不意的举动可以被称为斯文的话，就像聋子一枪击毙了他那匹已经受了伤的骏马一样。

贝尔伦多中尉站在山顶上，俯瞰着山坡下他自己那些同伴们的尸体，然后眺望着对面的原野，看着聋子在这里陷入绝境犹作困兽之斗之前他们曾纵马驰骋的地方。他注意到自己的部队都已奉命集结完毕，便命令手下将死去的那些人的马牵过来，并将他们的尸体横绑在马鞍上，以便运往拉格兰哈。

"要把那个人也带走，"他说，"就是那个双手搂着机关枪的人。那个人应当就是聋子。他年纪最大，用机关枪扫射人的就是他。不。把他的脑袋砍下来，裹在军用雨披里。"他沉吟了片刻，"你们不妨把他们的脑袋都砍下来吧。还有山坡下的那几个，我们一上来就发现的那几个。把他们的步枪和手枪都集中起来，那挺机关枪也装上马一起带走。"

随后，他走下山坡，来到在第一次进攻中被打死的那个中尉所倒伏的地方。他低头看了看他，却并没有去碰他。

"*Que cosa mas mada es la querra*。"他对自己说，这句话的意思是，"万恶的战争啊！"

于是，他又在自己胸前画了个十字，然后走下了山冈，在下山的途中，他连着念叨了五遍"我们的圣父"、五遍"万福玛利亚"，为他死去的战友们的亡灵能得到安息而祈祷。他不愿站在那里亲眼目睹自己的命令是怎样被执行的。

第二十八章

那些飞机刚飞走，罗伯特·乔丹和普里米蒂伏便听到激烈的枪声又响了起来，他的心似乎也随之而狂跳起来。一团黑烟飘荡在他能望见的那块高地最远处的山梁上，那些飞机已成为三个越来越小的斑点，正在天空中渐渐淡去。

"他们很可能把自己的骑兵部队炸了个人仰马翻，却根本没伤及聋子和他的小分队，"罗伯特·乔丹对自己说，"这些该死的飞机虽然能把你吓得要死，却杀不了你。"

"那里的战斗还在继续呢。"普里米蒂伏一边说，一边侧耳聆听着那密集的枪声。每听见一声炸弹的爆响，他都会浑身哆嗦一下。此时，他舔了舔干燥的嘴唇。

"为什么不？"罗伯特·乔丹说，"那些玩意儿根本杀不了谁。"

过了一会儿，那里的枪声戛然而止，他没再听见有射击声。贝尔伦多中尉的手枪射击声传不到那么远。

枪声乍停之时，他并没感到有什么不安。然而沉寂久了，他胸腔里便油然生出了一种空落得令人发慌的感觉。接着，他听到了手榴弹的爆炸声，他那颗心顿时也提了起来。顷刻间，一切又恢复了平静，而且持续性地沉寂无声，他便知道，那里一切都完了。

玛丽娅上山来了，从营地带来了一洋铁桶汤汁很浓的野兔炖蘑菇、一袋面包、一皮酒瓶葡萄酒、四只洋铁皮盘子、两只酒杯、四把汤匙。她在机枪边停下脚步，用木勺舀了两盘兔肉给奥古斯汀和埃拉迪奥，埃拉迪奥此时已接替了安塞尔莫守在机枪旁，她又给他俩派发了面包，并旋开皮酒瓶的牛角塞，斟出了两杯葡萄酒。

罗伯特·乔丹注视着她脚步轻盈地朝他的瞭望哨位爬来，面包袋搭在肩上，铁皮桶提在一只手里，她那短发脑袋亮晶晶的顶着阳光。他爬下来去迎她，接过铁皮桶，并扶着她爬上最后一块砾石。

"那些军用飞机都干了些什么呀？"她问，眼睛里流露出惊恐的神色。

"轰炸了聋子。"

他揭开铁皮桶，正在用勺子舀出炖兔肉装在盘子上。

"他们还在战斗吗？"

"不。已经结束了。"

"啊。"她说着，咬咬嘴唇，眺望着远处的那片原野。

"我没胃口。"普里米蒂伏说。

"饭总得吃呀。"罗伯特·乔丹对他说。

"什么吃的我都咽不下。"

"那就先喝点这个吧，伙计，"罗伯特·乔丹说着，把皮酒瓶递给了他，"等会儿再吃。"

"聋子的这一仗已经搅得我没食欲了，"普里米蒂伏说，"吃吧，你。我一点食欲也没有。"

玛丽娅走到他身边，伸出双臂搂着他的脖子，并吻了他一下。

"吃吧，老哥，"她说，"人人都要当心自己的身体。"

普里米蒂伏别过脸去避开了她。他接过皮酒瓶，扬起头来，将挤出的一道酒线直接喷进嗓子眼里，一连气地喝着。之后，他从桶里舀了满满一盘，开始吃起来。

罗伯特·乔丹看看玛丽娅，摇了摇头。她在他身边坐下，伸出手臂搂着他的肩膀。彼此都知道对方是什么感受，他们就这样坐着，罗伯特·乔丹在吃着炖兔肉，不慌不忙地开怀品尝着蘑菇的美味，喝着葡萄酒，大家都没说话。

"要是你愿意的话，不妨就留在这儿吧，小美人儿。"过了一会儿，他说，这时东西都已经吃完了。

"不，"她说，"我必须去比拉尔那边。"

"留下来也是可以的。依我看，眼下还不会出什么事儿。"

"不行啊。我必须去比拉尔那边。她要给我一些指点呢。"

"她要给你什么？"

"指点。"她朝他嫣然一笑，接着又吻了他一下，"你难道从没听人指点过宗教方面的事情？"她羞红了脸。"和这也差不多。"她又羞红了脸，"但是又不一样。"

"去领教对你的指点吧，"他说罢，拍了拍她的脑袋，她又朝他粲然一笑，然后对普里米蒂伏说，"你还需要从下面拿点什么来吗？"

"不需要啦，闺女。"他说。他们俩都看得出，普里米蒂伏还没有完全回过神来。

"再见啦，老哥。"她对他说。

"你听着，"普里米蒂伏说，"就是去死我也毫无畏惧，可是像这样不顾他们——"他哽咽得说不下去了。

"当时根本就没有选择的余地。"罗伯特·乔丹对他说。

"我知道。可是心里还是不好受。"

"当时根本就没有选择的余地，"罗伯特·乔丹又说了一遍，"所以现在还是不说为好。"

"是啊。可是由他们在那儿孤军奋战，一点儿也没得到我们的支援——"

"最好别再提这事了，"罗伯特·乔丹说，"还有你，小美人儿，快去领教对你的指点吧。"

他注视着她在岩石间一步步爬下去。然后他久久坐在那儿思考着，望着那片高地。

普里米蒂伏在和他说话，但他没搭理。太阳晒得人热烘烘的，但他全然没在意天气的炎热，只顾坐在那儿仔细打量着山冈上的那几块坡地，察看着那几片狭长的松树林，松树林一直延伸到最高的那面山坡上。一个小时过去了，太阳此时已远在他的左边，就在这时，他突然看见那帮人翻上了坡顶，便赶忙拿起望远镜。

最先出现的是两名骑士，在那郁郁苍苍的高山坡上，他们的马显得很小，微乎其微。接着出现的是四名骑手，一字排开行进在那面宽阔的山冈上，接着，通过望远镜，他看到两队人马清清楚楚地走进了他的视线。在观察他们时，他感到自己的汗水已经流出了胳肢窝，又顺流而下流向了腰间。有一人骑着马走在那支队伍的前列。接着又出现了更多的骑手。再接着出现的是一些没有骑手却驮着重负的马匹，那些重物都横绑在马鞍上。随后又出现了两名骑士。再随后出现的是骑在马上的伤兵，身旁有步行的人相伴随。紧跟着又出现了更多的骑兵，作为这队人马的后卫。

罗伯特·乔丹注视着他们浩浩荡荡地走下了山坡，渐渐消失在那片树林里。他在这么远的距离上无法看清一个马鞍上驮着的重物，只看到那是一个由军用雨披裹成的长长的包裹，两端都已扎牢，当中也捆了几道，因此每一节都鼓鼓囊囊的，形如一个包着豆粒的饱满的豆荚。这只包裹被横绑在马鞍上，两端系在马镫的皮带上。与这只包裹并排绑在马鞍上的是聋子使用的那挺机关枪，显得很有气势。

贝尔伦多中尉，虽说骑马走在这支队伍的最前列，队伍的两翼已派出了护卫，前方也有尖兵在很好地向前推进，却并不觉得很有气势。他感到战斗结束后，随之而来的只有空虚。他一直在想：取人首级实属野蛮行径。但是提取证据和验明正身却又是必不可少的环节。虽然已经这样做了，但我日后肯定会为此而惹来相当多的麻烦，谁知道呢？砍人脑袋的这种做法也许会引起他们的极大兴趣。他们中就有这样一些喜欢这种行径的人。他们有可能会把这些人头全部送往布尔格斯。这是一种很野蛮的勾当。那些飞机也实在是太过分了[①]。太过分了。太过分了。不过，我们本来也可以用一门斯托克斯迫击炮[②]来解决战斗，而且几乎也不会有什么伤亡。用两头骡子驮炮弹，一头骡子驮两门迫击炮，驮鞍两边各一门。那样一来，我们这支部队就很像样啦！再加上所有这些自动武器的火力。最好再有一头骡子。不，要用两头骡子来驮弹药。不能再想下去啦，他对自己说。那样就不再是骑兵部队啦。算了吧。你都在为自己建设一支陆军部队啦。你下一步就想要一门山炮了吧。

接着，他想到了胡利安，就这么死在了那个山冈上，现在已经成了死尸，被横绑在一匹马的马背上走在那支先头部队里，当他策马下山走进那片黑黝黝的松林、撇下照耀在身后山冈上的阳光、骑着马走在树林幽静的阴影之中时，他又开始念念有词地为他祈祷起来。

"万福玛利亚，大慈大悲的圣母啊，"他开始念叨着，"你是我们的生命、我们的甘露、我们的希冀。在这悲泣的幽谷里，我们向你叹息、向你哀悼、向你哭泣——"

他一路走，一路不停地祷告着，马蹄轻轻踩踏在凋落的松针上，阳光穿过一棵棵树干洒下斑驳的幽影，宛如穿过大教堂里的一根根立柱一样，他一边祷告，一边注视着前方，却发现他的两翼骑兵几乎快要走出这片树林了。

他驱马走出树林，踏上了通往拉格兰哈的那条黄土路，队伍在行进时，马蹄踏起了滚滚尘埃，笼罩在他们身上。那些脸朝下被横捆在马鞍上的尸体、那些伤兵，以及走在伤兵身旁的人都被厚厚的尘土弄了个灰

---

① 此处原文为西班牙语：muchos。
② 斯托克斯迫击炮最初由英国人维尔弗烈德·斯托克斯（Sir Wilfred Scott-Stokes, 1860—1927）所发明，直径3英寸，可发射重达11磅的炮弹，最大射程可达800码，为轻型火炮。

头土脸。安塞尔莫就是在这里看见他们的，他目睹他们风尘仆仆地从眼前走了过去。

他数着死者和伤员的人数，并认出了聋子的那挺机关枪。他不知道军用雨披裹着的那包东西是什么，只见它在随着马镫皮带的颠簸不断碰撞着走在前面的那匹马的两侧胁腹，不过，在回营地的途中，当他趁天色昏暗走到聋子曾浴血奋战过的那个山冈上时，他立即便明白那长长的军用雨披卷成的包裹里装的是什么了。暮色苍茫，他无法辨别曾在这山冈上战斗过的人都是谁。但他数了数躺在这山冈上的遗体，然后便匆匆离开了此地，翻过几座山梁，朝巴勃罗的营地奔去。

孤身一人行走在暮色之中时，一想到那些弹坑千疮百孔的样子给他的感觉，一想到他们，一想到他在山冈上所看到的一切，一种恐惧感便油然而生，他的心仿佛已凉到了冰点，他把对明天的一切想法全都抛在了脑后。他只顾加快脚步去报告消息。他一边走，一边为聋子和聋子小分队里所有阵亡队员们的灵魂祈祷着。自从运动开始以来，这还是他第一次做祈祷呢。

"至善、至美、至亲的圣母啊。"他祷告着。

但他最终还是情不自禁地想起了明天的事情。他是这样想的：我要不折不扣地按照英国人的吩咐去做，按照他的指示去执行任务。但是要让我守在他身边呀，我的主啊，但愿他的指令下得很确切，因为在飞机的狂轰滥炸下，我怕会控制不住自己。帮帮我吧，我的主啊，让我明天像个堂堂男子汉在生命的最后时刻把持住自己吧。帮帮我吧，我的主啊，让我能清楚地理解我明天该干什么吧。帮帮我吧，我的主啊，让我能管住自己的两条腿，免得一看情况不妙就想逃跑。帮帮我吧，我的主啊，让我像个堂堂男子汉在明天这一战斗的一天里把持住自己吧。既然我已经开口祈求您的帮助了，就请您恩准了吧，因为您知道，要不是情况危急，我也不会祈求您的帮助的，而且我也不会再向您提更多的要求了。

由于孤身一人行走在暮色中，他感觉在做了一番祈祷之后心里已经舒坦多了，而且深信，从现起在，他会很好地把持住自己的。他这时正从高地上走下来，便再次为聋子那帮人祷告了一番，没一会儿，他就到达了山上的那个哨位，费尔南多在哨位上朝他发出了查问的口令。

　　"是我，"他回答，"安塞尔莫。"

　　"好。"费尔南多说。

　　"你知道聋子这一仗的情况吗，老伙计？"安塞尔莫问费尔南多，在苍茫的暮色中，他们俩正在两尊大山石间的入口处。

　　"哪能不知道？"费尔南多说，"巴勃罗已经告诉过我们啦。"

　　"他已经去过那儿啦？"

　　"哪能不去呢？"费尔南多毫不动容地说，"骑兵一走，他就去看了那山冈上的情况。"

　　"他告诉了你们——"

　　"他全告诉我们了，"费尔南多说，"这帮法西斯分子简直就是野蛮人！我们一定要把西班牙的这种野蛮人全部消灭干净。"他停了停，接着又愤恨地说："他们心里对人道尊严的整个概念一点儿也没有啊。"

　　安塞尔莫在暮色中咧开嘴笑了笑。一小时之前，他根本想象不出自己这辈子居然还会再笑。真是个奇人呀，这个费尔南多，他想。

　　"是啊，"他对费尔南多说，"我们一定要教训他们。我们一定要夺走他们的飞机、自动武器、坦克、大炮，再教训教训他们什么是人道尊严。"

　　"一点不假，"费尔南多说，"我很高兴你同意我的看法。"

　　安塞尔莫离开了他，让他独自一人带着他的尊严继续在那儿站岗，自己拔脚朝下面的山洞走去。

第二十九章

　　安塞尔莫发现，罗伯特·乔丹正与巴勃罗面对面地坐在山洞里那张厚厚的木板桌旁。一只盛满葡萄酒的酒盆放在他们两人之间，各人面前都斟了一杯酒放在桌上。罗伯特·乔丹已经掏出了他的笔记本，手里正握着一支铅笔。比拉尔和玛丽娅待在山洞的后部，看不见。安塞尔莫哪里知道，那妇人之所以把姑娘留在了山洞的后部，目的就是为了不让她听见他们的谈话，他感到诧异的是，比拉尔居然没坐在桌边。

　　罗伯特·乔丹一抬头，恰好看见安塞尔莫从挂在洞口的毛毯下钻进洞来。巴勃罗直愣愣地瞪着桌面。他两眼虽盯着那只酒盆，却并不是在看酒盆。

　　"我从山上来。"安塞尔莫对罗伯特·乔丹说。

　　"巴勃罗已经告诉过我们啦。"罗伯特·乔丹说。

　　"有六个人死在山上，他们带走了他们的脑袋，"安塞尔莫说，"我是在天黑时分去那儿的。"

　　罗伯特·乔丹点点头。巴勃罗坐在那儿望着酒盆，一声没吭。他脸上毫无表情，一双圆溜溜的猪眼睛一直盯在那只酒盆上，仿佛以前从没见过酒盆一样。

　　"坐下吧。"罗伯特·乔丹对安塞尔莫说。

老头儿在桌边一张蒙着生皮的凳子上坐下来，罗伯特·乔丹伸手从桌下摸出那瓶聋子送的瓶身有凹痕的威士忌。瓶里的酒还有近一半。罗伯特·乔丹又伸手从桌下拿了只杯子，他往杯子里倒了些威士忌，然后顺着桌面把杯子朝安塞尔莫推过去。

"喝下这杯酒吧，老头子。"他说。

巴勃罗把目光从酒盆上移到安塞尔莫的脸上，望着他一饮而尽，然后又收回目光，仍然望着那只酒盆。

安塞尔莫一口咽下那杯威士忌，立刻觉得鼻子、眼睛、嘴巴里都在火辣辣地发烧，随即便有一股畅快、令人舒适的暖意在胃里弥漫开来。他用手背抹了抹嘴。

接着，他抬眼望着罗伯特·乔丹，说："给我再来一杯，行吗？"

"为什么不行？"罗伯特·乔丹说罢，拿起酒瓶又斟了一杯，这回是递过去的，而不是推给他的。

这回他一饮而尽时已经没有那种火辣辣的感觉了，但是却暖意倍增，通体舒畅。这酒很有提神的作用，如同一个大出血的人给注射了生理盐水一样。

老头儿又把目光投向酒瓶。

"剩下的留到明天再喝吧，"罗伯特·乔丹说，"公路上有什么动静吗，老伙计？"

"动静不小呢，"安塞尔莫说，"我已经按照你的吩咐全记下来了。我找了个人在那儿替我监视、做记录。回头我就去找她取情报。"

"你看到反坦克炮了吗？那些用胶皮轮子运载的带长炮筒的家伙？"

"看到了，"安塞尔莫说，"有四辆军用卡车从公路上开过。每辆车都有一门这种炮，炮筒上披上了松树枝。每门炮有六个人，坐在卡车上。"

"你是说，有四门炮吗？"罗伯特·乔丹问他。

"是四门。"安塞尔莫说。他没去看做在纸上的记录。

"告诉我，公路上还有些什么情况。"

罗伯特·乔丹边听边做着记录，安塞尔莫则把他亲眼看到的发生在那条公路上的一切情况对他讲述了一遍。他从头说起，说得头头是道，完全凭借那种不识字也不会写字的人才有的非凡的记忆力，在他讲述时，巴勃罗两次伸手去酒盆里添了酒。

"还有那支朝拉格兰哈进发的骑兵队，是从聋子战斗过的那个高地上撤下来的。"安塞尔莫继续说。

接着，他又汇报了他亲眼看到的那些伤兵的人数和横绑在马鞍上的死者的人数。

"有一只包裹横担在一个马鞍上，我当时没弄明白那是什么，"他说，"但是现在我知道了，是人头啊。"他未作停顿继续说着。"那是一支骑兵中队。他们只剩下一名军官了。他并不是今天清晨来过的那个人，就是你守在机枪旁边时看到的那个人。那个人肯定已经死了。根据他们的袖章来看，死者中有两名是军官。他们被横绑在马鞍上，脸面朝下，手臂耷拉着。还有，他们把聋子的那挺机关枪也捆在驮人头的那个马鞍上。枪筒是弯的。情况就这些。"他结束了汇报。

"已经够好啦，"罗伯特·乔丹说着，把酒杯放进酒盆里去舀酒，"除你之外，还有谁曾经穿过火线去过共和国那边？"

"安德雷斯和埃拉迪奥。"

"这两个人哪个能干些？"

"安德雷斯。"

"他从这儿出发去纳瓦塞拉达 ①，大概需要多长时间？"

"如果不带背包，而且一路小心，运气好的话需要三个小时。因为带着器材，我们来的时候走的是一条比较远但比较安全的线路。"

"他肯定能顺利到达目的地吗？"

---

① 纳瓦塞拉达为首都马德里附近的一个自治城市，以其独特的自然风景和名胜古迹而成为旅游胜地。

"不知道 ①，反正绝对有把握的事情是没有的。"

"你也没有把握吗？"

"没有。"

这件事就这么定了吧，罗伯特·乔丹对自己说。如果他说这人肯定能顺利到达目的地，我就肯定派他去。

"安德雷斯也能像你一样顺利到达那边吗？"

"没问题，甚至还更有把握呢，因为他比我年轻。"

"可是这个人必须有绝对的把握能赶到那边去。"

"如果不出事，他准能赶到那边去。如果要出事，对谁都一样。"

"我要写份急件派他去送，"罗伯特·乔丹说，"我会跟他讲清楚在什么地方才能找到将军。将军准在师参谋部。"

"他不会明白这些师团之类的事情的，"安塞尔莫说，"我也老是被这种事情弄得稀里糊涂呢。他应当知道的是那个将军的名字，以及在什么地方才能找到他。"

"可是，也只有在师参谋部才能找到他呀。"

"可是，那不是个地址吧？"

"当然是个地址啊，老伙计，"罗伯特·乔丹耐心解释着，"可是那个地址是由将军选定的。那个地址也会成为他指挥这场战役的指挥部的所在地。"

"那么，那个地址在哪儿呢？"安塞尔莫已经很疲惫了，此时在疲惫的状态下，他显得脑筋很迟钝。何况像旅呀、师呀、军团呀这类军事术语本来就使他摸不着头脑。起先是那些纵队，后来有了团，再后来有了旅。现在是既又有旅、又有师，两个都有了。他怎么也闹不明白。地址就是地址嘛。

"慢慢来，老伙计。"罗伯特·乔丹说。他知道，如果他没法使安

---

① 此处原文为西班牙语：No se。

塞尔莫明白，他也就根本没法让安德雷斯听明白。"师参谋部就是将军所选定的作为他的指挥机构的地方。他指挥着一个师，一个师就是两个旅。我也不知道它究竟在什么地方，因为挑选地址的时候我不在那边。那地方也许是个山洞或地下掩蔽部，是一个很隐蔽的地方，有许多电话线通向那个地方。安德雷斯必须去打听将军在哪里，师参谋部在哪里。他必须把这份急件交给将军，或者交给师参谋长，或者交给另一个人，他的名字我会写下来的。即便其他人都外出视察本次进攻的部署情况了，他们肯定也会留下一个人守在参谋部里的。你现在听明白了吗？"

"明白啦。"

"那就叫安德雷斯到这儿来吧，我现在就来写这份急件，然后再盖上这个图章。"他给老头儿看了看他随身装在衣袋里的那枚小巧玲珑的木质底板的橡皮图章，图章上刻有 S.I.M. 字样，还有那只圆圆的和五角的硬币差不多大小的镀锡印泥盒。"这枚图章他们会承认的。现在去叫安德雷斯过来吧，我要把事情向他交代清楚。他必须尽快出发，但他首先得明白任务。"

"只要我能听得懂，他就会听得懂。但你必须交代得非常清楚才行。这些参谋部啊、师团啊之类的玩意儿对我来说简直就是个谜。反正我去过的这种地方总是有确切地址的，比如一幢房子。在纳瓦塞拉达，指挥所是设在一家老式宾馆里的。在瓜达拉马，指挥所却设在一个花园洋房里了。"

"对这位将军来说，"罗伯特·乔丹说，"他的指挥所会设在离前线很近的某个地方的。为了防止飞机来轰炸，指挥所会设在地底下。安德雷斯只要知道该打听什么，问问人很容易就能找到。他只需要把我写的东西拿出来给他们看一下就行了。快去把他叫来吧，因为这份急件必须尽快送到那边去。"

安塞尔莫闪身从挂毯下钻了出去。罗伯特·乔丹开始在笔记本上写起来。

"听着，英国人。"巴勃罗说，目光仍然盯在那只酒盆上。

"我在写材料呢。"罗伯特·乔丹头也不抬地说。

"听着，英国人，"巴勃罗冲着那只酒盆说，"在这件事情上没必要泄气。虽然聋子没了，我们还有很多人呢，足以能拿下哨所，炸掉你那座桥。"

"好啊。"罗伯特·乔丹说，手里仍在不停地写着。

"人手多的是，"巴勃罗说，"我很佩服你今天作出的判断呢，英国人，"巴勃罗对着酒盆说，"我认为你很有计谋①。你比我精明多了。我对你有信心。"

由于正在全神贯注地给戈尔茨写报告，既想用最简约的词句写出这份报告，又要把报告写得绝对有说服力，既想简明扼要地把意思表达清楚，这样他们才会取消这次进攻，这是绝对的，又想使他们完全相信，他之所以想取消这次进攻，并不是因为他害怕自己在执行任务时会遇到危险，而仅仅只是希望能让他们掌握所有的实情，所以，罗伯特·乔丹几乎没听巴勃罗在说什么。

"英国人。"巴勃罗说。

"我在写东西呢。"罗伯特·乔丹头也不抬地对他说。

我也许应当一式两份送出去，他想。可是这样一来，万一那座桥还得炸，我们炸桥的人手就不够了。关于制定这次进攻计划的意图是什么，我究竟知道多少底细啊？也许这只是一场防御性的进攻而已。也许他们想把敌人在别处的兵力吸引过来呢。他们发动这次进攻的目的说不定是为了吸引北线的那些飞机呢。也许这就是本次进攻的目的所在吧。也许他们并不指望这个战役能获得成功。我究竟知道多少底细呢？这就是我写给戈尔茨的报告。我要等进攻发起之时才能炸桥。给我下达的命令是明确的，可是，如果进攻取消了，我还炸什么呀。不过，为了这几

---

① 此处原文为西班牙语：*picardia*。

乎不大可能会出现的必要性，我得在这儿留有足够的人手，以防还得要执行那道命令。

"你刚才在说什么?"他问巴勃罗。

"我是有信心的，英国人。"巴勃罗仍在对着那酒盆说话。

老兄啊，我也巴不得有信心呢，罗伯特·乔丹想。他继续奋笔疾书着。

第三十章

好啦，这天晚上该安排好的一应事情，现在都已安排妥当。所有的命令都已下达完毕。人人都已明确各自在第二天早晨的任务。安德雷斯已经离开三个小时了。照现在的情形看，战斗要么在天亮时分打响，要么就不会再打了。我认为还是要打的，罗伯特·乔丹想，他这时正走在下山回营的路上，方才是去山上的哨位向普里米蒂伏布置任务去的。

戈尔茨是负责部署本次进攻的人，但他无权撤销它。撤销须经马德里方面的批准方可。他们很有可能没法去唤醒那边的任何人，即便他们勉强醒来了，也是睡眼惺忪，根本不会认真思考。我应当及早向戈尔茨报告敌人为应对本次进攻所作的准备，可是，事情尚未发生，我怎能把尚不明朗的情况报告给他呢？他们不到天黑时分是不会调动他们的武器辎重的。他们不想让公路上的任何动静被飞机侦察到。可是他们究竟出于什么目的出动了那么多架飞机呢？法西斯分子的那些飞机到底是怎么回事啊？

当然，这些飞机肯定已经引起我方人员的警觉了。可是，那些法西斯分子说不定是在用这些飞机虚张声势，目的是为了向瓜达拉哈拉 ① 发起新一轮攻势。应当有意大利军队开始在索利亚 ② 集结了，除了那些在北线作战的军队之外，他们也会在西昆萨 ③ 集结的。然而他们没有足够的部队和辎重来同时发动两大攻势。这是做不到的；所以，这肯定只是个障眼法。

可是，在整个上个月以及再前面的一个月，意大利人究竟派出了多少军队在加迪斯港 ④ 登陆，我们是知道的。他们企图再次进攻瓜达拉哈拉的可能性一直存在，只是不会再像以前那样愚蠢了，而是会派出三股主力挥师南下，撕开我军的防线，再扩大其战果，然后沿铁路线朝高原西部推进。有一个办法可以使他们顺利实现其企图。汉斯曾对他讲起过。他们第一次就犯了很多错误。整个战术观念不健全。他们在阿甘达 ⑤ 一带发动攻势企图破坏马德里-巴伦西亚沿线的公路时，根本就没有动用进攻瓜达拉哈拉时所使用的任何一支部队。他们当时为什么没有齐头并进在两地同时展开进攻呢？为什么？为什么呢？我们什么时候才能知道为什么啊？

然而我们挡住了他们的两次进攻，两次使用的都是同一批部队。如果他们同时在两地展开进攻，我们根本就挡不住他们了。你就别操心啦，他对自己说。你瞧瞧在此之前已经发生过的那些奇迹吧。你要么就在早晨去炸毁那座大桥，要么就不必炸了。但是不要一上来就欺骗自己，以为你可以不必去炸桥了。你总归是要炸桥的，不是今天炸，就是

---

① 瓜达拉哈拉位于西班牙中部偏北，是瓜达拉哈拉省的首府城市，与马德里、塞哥维亚、萨拉戈萨、索利亚等省或城市接壤。叛军试图占该城市，进而直逼马德里。

② 索利亚位于西班牙中部，是西班牙人口最为稀少的省份之一，其省会城市索利亚为历史文化名城，位于杜艾洛河的西岸，距首都马德里仅 140 英里。

③ 西昆萨为瓜达拉哈拉省的历史文化名城，拥有众多中世纪及欧洲文艺复兴时期遗留下来的名胜古迹。西班牙内战期间，弗朗哥叛军的主力部队的一部分即盘踞在此。

④ 加迪斯是西班牙西北部的重要港口城市，位于伊比利亚半岛，是加迪斯省的省会城市，也是安达卢西亚地区八大历史名城之一。西班牙内战一开始，该市即沦陷，成为叛军从国外运送武装人员和军用物资的补给港。

⑤ 阿甘达是西班牙首都马德里附近的一座古城，位于马德里东南，有铁路和公路通往马德里和巴伦西亚。如今是西班牙酿酒业的中心城市之一。

改天炸。换句话说，不是炸这座桥，就是炸另外某座桥。运筹帷幄的人并不是你。你的天职是服从命令。那就服从命令吧，别去想那些超越于命令之上的事情啦。

炸桥的这项命令是十分明确的。太明确啦。但是你决不能发急，也决不能发慌。因为恐惧之心人皆有之，如果你不加控制，放任自流，这种恐惧心理就会感染到那些不得不与你合作共事的人。

可是，那种取人首级的行径也实在是太过分了，其影响不可小觑啊。他暗暗告诫自己。然而那老头儿却是孤身一人在那山冈顶上发现那些无头尸体的。要是你也像他那样撞见了那些尸体，你会有什么感觉？这件事给你留下的印象太深啦，难道不是吗？怎么不是呢，这件事已经铭刻在你心中啦，乔丹。今天让你留下极深印象的事情可不止一件啊。但是你表现得还算不错。到目前为止，你一直表现得很正常。

在蒙大拿大学，你是一名混得挺不错的西班牙语讲师呢，他调侃自己说。你干这一行挺称职的。但是不要从此就以为你是个什么特殊人物。你在这个行当里还没有很深的造诣呢。你且想想杜兰吧，他从没接受过任何军事训练，运动之前是个作曲家，也是个混迹于市面的花花公子，如今却成了大名鼎鼎的将军，正指挥着一个旅呢。对杜兰来说，学习和理解是那么简单，那么容易，好比一名象棋神童面对一盘象棋一样，全然不在话下。你从小就阅读兵书，研究战争艺术，你祖父也激发了你对美国南北战争的兴趣。只不过祖父始终坚称南北战争是"造反的战争"。但是比起杜兰来，你就像一个稳重的象棋高手，而他则是一个象棋神童。老杜兰啊。要是能再次见到杜兰就好了。等这次任务完成之后，他会在盖洛德大酒店见到他的。对。等这次任务完成之后。要看看他近来的表现到底有多出色嘛，是吗？

等这次任务完成之后，他又对自己说了一遍，我会在盖洛德大酒店见到他的。别哄骗自己啦，他说。你的做法是完全正确、无可挑剔的。你处事冷静。也没有哄骗自己。就算你再也见不到杜兰了，那也没什么大不了。也别那么多愁善感啦，他对自己说。不要去做任何非分之想吧。

也不要去英勇就义。在这些高山峻岭中，我们不需要任何满脑子想着要英勇就义的公民。你祖父在我国的南北战争中打了四年的仗，而你在这场战争中才刚刚打完头一年。从时间上说，你还差得远呢，况且你也很适合做这项工作。再说，你现在又有玛丽娅了。啊唷，你已经是应有尽有啦。你就别再担忧啦。游击队的一支小分队与一支骑兵中队之间发生了一场小小的遭遇战，这又算得了什么？这根本就算不了什么。就算他们砍下了那些人的脑袋，那又怎么样？那种做法能有多大影响吗？根本就没有。

南北战争结束后，祖父就奉命去扼守卡尼要塞[①]了，那时候，当地的那些印第安人就经常剥人的头皮。你还记得父亲办公室里的情景吗？那只柜子有一格上摆满了箭头，墙上挂着用苍鹰的羽翎做成的印第安人用来表达神勇的头饰，那些羽翎都很张扬地斜插在那些头饰上，那些皮绑腿和衬衣上散发着熏制鹿皮的味儿，还有那些摸上去很柔软的印第安人所穿的缀有珠子的鹿皮靴子。你还记得那只大弓吗？那只大弓硕大的支架是用野牛骨做成的，就靠在柜子的角落里，旁边的两只箭筒里装着用来打仗和狩猎的箭，你小时候用手握住那一大把箭杆时心里是什么感觉？这一切你还记得吗？

想想这类事情吧。想想具体而又实际的事情吧。想想祖父的那把军刀吧，明晃晃的，仔细擦了一层保护油，插在带齿纹的刀鞘里，祖父曾抽出军刀给你看过，那把军刀已在磨刀石上打磨过无数次，刀刃已经变得很薄。想想祖父的那支斯密斯-韦森牌手枪吧。那是一支军官用的点三二口径的单发式手枪，没有扳机护圈。那支手枪的扳机是你迄今所触摸过的最轻巧、最顺手的那种，枪身始终是仔细擦了油的，枪膛始终是

---

① 卡尼要塞（Fort Kearny）始建于1848年，位于美国西部的俄勒冈州和内布拉斯加州之间的交通要道，处于印第安人的中心区域。当年主要用于为美军输送给养，同时遏制印第安人的反叛和袭击。

干干净净的，尽管烤蓝已被磨去、褐色的金属枪管和旋转式弹仓已被皮枪套磨得光溜溜的了。手枪插在枪套里，枪套的盖口上印制着 U.S. 字样，与擦枪的工具和二百发子弹一并放在那只柜子的抽屉里。放子弹的纸板盒全用油纸包着，并用双股蜡线捆扎得整整齐齐。

你可以从那个抽屉里翻出那支手枪，握在手里看看。"随便舞弄几下吧。"这是祖父惯常的说法。但是你不可以拿着它到处去玩耍，因为那是个"真家伙"。

有一次，你问祖父，他是否真用这支手枪杀过人，他说："是的。"

于是，你说："那是什么时候的事呢，爷爷？"他说："在'造反战争'期间和战后吧。"

你说："你跟我讲讲好吗，爷爷？"

可他却说："我不喜欢谈那种事情呀，罗伯特。"

后来，你父亲自杀了，用的就是这支手枪，你闻讯从学校赶回家中，他们举行了葬礼，法医验尸完毕后又发还了这支手枪，说："鲍勃[1]，我估计你大概想保存这支枪吧。我应当把这支枪扣留下来，可是我知道，你爸爸很看重这支枪，一直珍藏着它，因为他的爸爸在整个南北战争期间一直都随身携带着它，而且他第一次随骑兵队从这儿出征时就带着这支枪，这支枪现在仍然好用得很。我今天下午把它拿出去试了试。这枪装不了多少子弹，却照样可以命中目标。"

他把枪放回柜子的抽屉里，算是物归原处吧，但是第二天他又把它取了出来，和查布[2]一起骑马去了位于红洛奇城[3]北边的那片高野的顶上，如今人们已在那里修建了一条直通库克城[4]的公路，公路穿过山

---

① 鲍勃是罗伯特的昵称。

② 查布（Chub）：原意为"胖子"，指"有同性恋倾向的肥仔"。

③ 红洛奇城是美国蒙大拿州卡本县的中心城市，是通向美国著名风景区黄石国家公园的门户。这座山城以其滑雪、山地自行车赛等众多户外运动以及西部风情和风景秀丽而闻名。

④ 库克城是蒙大拿州帕克县境内的一座山城，位于黄石公园北面，也是闻名遐迩的旅游度假胜地。

444

口，横贯熊齿高原①，那一带风势不大，山上整个夏天都有积雪，他们在熊齿山中的双湖边停下来，据说这湖有 800 英尺深，湖水一派深绿色，查布牵着那两匹马，他则爬上一块岩石，俯瞰着湖面，看着自己的面容倒映在平静的水面上，看着自己提着手枪的身影，接着，他拎着手枪的枪口，松手让枪坠落下去，看着它沉入水中，激起了一串气泡，看着它在那清澈的湖水中一直沉到只有表链上的饰物那般大小，最终消失得无影无踪。随后，他离开那块岩石折返回来，纵身跳上马鞍，用马靴上的踢马刺狠踢了一下那匹老贝斯，马儿便猛然弯背跃起，就像一匹老式木马一样猛窜了一下，撒开四蹄向前奔去。他骑在马上沿着湖边狂奔了一通，等马儿渐渐恢复了常态，他们才走上来时的那条山路。

"我知道你为什么要这样处理这支老枪，鲍勃。"查布说。

"好啦，我们以后就不要再提它了。"他说。

他们从此再也没有提起过那支手枪，这就是祖父随身佩带的武器的最终结局，只有那把军刀除外。他依然保留着那把军刀，和他珍藏的其他物品一并放在那只箱子里，存放在米苏拉了。

我不知道祖父究竟会怎样看待目前的这种形势，他想。祖父是一位非常出色的军人，人人都这么说。他们说，假如祖父那天和卡斯特在一起，他就决不会让卡斯特像那样全军覆灭了②。他怎么可能没看到小比格霍恩河河谷中那些印第安人棚屋上升起的袅袅炊烟，也没看见那飞扬的尘土呢？难道那天早晨起了浓雾？可是，当时并没有起雾啊。

我真希望此时此刻守在这儿的人是爷爷，而不是我自己。算啦，说

---

① 熊齿高原（Bear Tooth Plateau）位于美国蒙大拿州南部和怀俄明州西北部，东北部与黄石国家公园接壤，是美国海拔最高的高原，熊齿山上终年积雪，熊齿山口为其最高点。因其山峰绵延起伏，犬牙交错，山口有一拔地而起的巨峰状如熊齿而得名。

② 卡斯特（George Armstrong Custer, 1839—1876），美国骑兵将军，在美国南北战争中战功显赫，然而在蒙大拿州小比格霍恩河附近与苏族印第安人的交战中，他率领的军队全部阵亡，俗称"卡斯特的最后之战"。

不定我们明天夜里就会团聚在一起了。如果真有所谓的来世这种愚蠢至极的事情——但我可以断定这种事情是没有的，他想，我肯定很想和他谈谈。因为我有好多事情想弄明白呢。我现在有资格问他了，因为我自己已经不得不去做那些相同类型的事情了。我从前是没有资格问他的。他不肯告诉我，我也能理解，因为他还不了解我。可是现在，我认为我们祖孙两个会谈得很投机的。我很想现在就能够和他谈谈，听听他的意见。真见鬼，即使我得不到他的指点，我也很想和他谈谈啊。真遗憾，像我们这种关系的人之间竟也隔着这么大的时间差距。

然而，想到这里时，他忽然意识到，假如真有这种能在冥冥之中彼此相见的事情，他和祖父都会因为有他父亲的在场而感到极其尴尬的。任何人都有权自杀，他想。但是自杀绝不是一件好事情。我能理解这种行为，但我不赞成这样做。懦夫①，可以用这个词来形容。可是你真的能理解吗？当然，我能理解，可是。是啊，可是。人要到极度想不开的地步才会做出这种事情来。

啊哼，真要命，我多么希望祖父能来这儿呀，他想。哪怕待上个把小时也是好的。也许他传到我身上的东西实在太少了，因为当中隔着那个误用那支手枪的人。也许我们只能以这种方式来沟通吧。可是，该死。真是该死，但我还是希望时间上的差距不要拉得太大，这样我就能从他身上学到另外那个人身上根本不具备的东西，来提高我自己的认识水平。可是，假定他在那四年的战争中以及在后来围剿印第安人的战斗中也曾经受过、战胜过、最终彻底摆脱过那种恐惧，尽管在那时候，在大多数情况下，太大的恐惧是不可能有的，难道那种恐惧就使另外那个人变成了一个窝囊废②，如同斗牛士的第二代几乎都是清一色的懦夫一样？难道真有这种事情吗？也许这种品质优良的精液只有在那个人继承

---

① 此处原文为法语：Lache。
② 此处原文为西班牙语：cobarde。

下来之后才能再直接往下传？ [1]

我永远也忘不了那一幕，当我第一次得知他是个胆小鬼时，我心里是多么地厌恶他呀。说下去吧，用英语说吧。懦夫。说出来就会好受些了，何况用外国话来骂一个狗娘养的也没什么意思。不过，他也不是什么狗娘养的。他只是个懦夫，然而这一点也恰恰是男人最大的不幸。因为假如他不是个懦夫，他就会挺直腰板去反抗那个女人，不让她欺负他了。假如他娶的是另一个女人，我就不知道我会是一个什么样的人了？这种事情你永远也无法知道呀，他想，并咧开嘴笑了笑。也许她身上的那股强悍的霸气恰好有助于弥补另外那个人身上的不足呢。可你自己呢。还是稍安勿躁吧。别提什么品质优良的精液以及诸如此类的事情啦，等你过完明天再说吧。别过早地得意忘形吧。何况也根本不能得意忘形呀。我们要看看你明天能尿出什么精液来呢。

可是他又开始想起祖父来了。

"乔治·卡斯特不是个聪明的骑兵领袖，罗伯特，"他祖父曾说，"他甚至都算不上一个聪明的人。"

他记得，当时祖父这句话刚一出口，他便感到很愤慨，竟然有人敢说这位英雄人物的坏话，安海斯-布什酿造公司 [2] 印制的那幅旧版画上所画的就是这位大英雄，他身穿鹿皮衫，黄色的卷发随风飘拂着，手握军用左轮手枪伫立在那个山冈上，苏族印第安人正从四面八方朝他包围上来，那幅旧版画就挂在他家红洛奇城里的弹子房里。

"他最大的本领就是能自己钻进困境再走出困境，"祖父接着说，"可是在小比格霍恩河那边，他钻进了困境，却没能再走出来。"

---

① 由于罗伯特·乔丹不喜欢自己的父亲，便不肯用"父亲"这个词，而用"那个人"来指代他父亲。

② 安海斯-布什酿造公司创办于 1860 年，总部位于密苏里州，如今已成为美国最大的酿造公司，在美国本土拥有十二家分公司，近二十家海外分公司，同时还经营着美国最大的十个主题公园。

"费尔·谢里登是个聪明人，杰布·斯图亚特也是。但是约翰·莫斯比才是这世上最优秀的骑兵领袖。"

他存放在米苏拉的那只箱子里有一封信和他珍藏的其他物品放在一起，是费尔·谢里登将军写给绰号叫"累死马"的老基尔帕特里克[①]的，信中说，他祖父是一位比约翰·莫斯比还要优秀的非正规骑兵部队的领袖。

我应当跟戈尔茨谈谈我的祖父，他想。然而他很可能从没听说过我祖父的事。他说不定连约翰·莫斯比也从没听说过呢。然而英国人全都听说过这些人，因为他们不得不比欧洲大陆上的人更详尽地研究我国的南北战争。卡可夫说过，等这次任务完成之后，如果我愿意，我就可以进莫斯科的列宁学院。他说，只要我愿意，我还可以进红军的军事学院呢。我不知道祖父对此会怎么想？祖父这个人哪，一辈子都不曾有意识地和一个民主党人同坐一席。

唉，我不想成为一个军人呀，他想。我很清楚这一点。所以这个问题就不考虑啦。我只希望我们能打赢这场战争。我估计，真正出色的军人，除了会打仗之外，真正出色的地方并不多，他想。这个想法显然是不对的。瞧瞧拿破仑和威灵顿[②]。你今天晚上真是笨得出奇呀，他想。

一般情况下，他的理智总是非常有趣地陪伴着他的，今晚在回想他祖父时就一直很理智。然而一想到他父亲时，他的思维就开始出差错了。他理解父亲，他原谅他的一切，他也可怜他，但他还是替他感到害臊。

你最好什么也别想啦，他对自己说。你应当马上去陪陪玛丽娅，所以你就不必再想啦。既然一切都已安排妥当，那就最好别再去想了。当

[①] 基尔帕特里克（Hugh Kilpatrick, 1836—1881），美国南北战争时期联邦军队的骑兵将领，参加过葛底斯堡战役（1863），在谢尔曼将军指挥的亚特兰大战役中担任骑兵司令（1864），后晋升为美军上将。

[②] 威灵顿公爵（Arthur Wellesley Wellington, 1769—1852），英国将军，英国保守党政治家和首相（1828—1830），素有"铁公爵"之称，在半岛战争（1808—1814）中任英军指挥官，1815年在滑铁卢战役中打败拿破仑，从而结束了拿破仑战争。

你一直在全神贯注地拼命想着某件事情的时候，你就没法停下来，你的脑子会像一个失重的飞轮在飞快地旋转。你最好还是别想了吧。

那就假设一下吧，他想。我们就来假设一下，我方的飞机一投弹就炸毁了那些反坦克炮，并且把那些阵地全都炸了个底朝天，那些老坦克一下子就顺顺当当地冲上了山冈，所向披靡，老戈尔茨一脚把那帮醉鬼、流浪汉①、叫花子、狂热分子、绿林好汉们踢在前面，那个十四旅就是由这帮乌合之众组成的，不过我知道，戈尔茨还有一个旅，由杜兰的部下组成的那个旅，那可是一支劲旅啊，这样，我们明天晚上就开进塞哥维亚了。

好啊。姑且就这样假设一下吧，他对自己说。能到拉格兰哈我就心满意足啦，他暗暗告诫自己。但是这样一来，你就非得去炸那座桥不可啦，他忽然完全明白过来。这项作战计划是绝对不会被取消的。因为你刚才在短短一分钟内所作的那番假设，恰恰正是那些发号施令的人对这次进攻的可能性所作的估计。是啊，你得去炸桥啊。他算真正明白过来了。无论安德雷斯遇到什么情况，都是无关紧要的。

他在夜色中沿着那条羊肠小道走下山来，兀自怀着一份好心情，因为接下来的四个小时里该做的一应事情都已准备就绪，并且信心也增强了，那份自信来自于对具体细节的反复思考，因此，既然已经明确知道肯定要去炸那座桥，他反而感到有些释然了。

那种忐忑不安，那种在不断膨胀着的忐忑不安的心情，就好比一个人生怕搞错了具体的日期，不知道邀请的客人是否会如期来赴宴一样，这种心情自从他派出安德雷斯给戈尔茨送那份报告以后便一直在萦绕着他，现在总算放下了。既然已经知道这顿盛宴是不会被取消的，他也就心定了。心定了就好多啦，他想。心定了总归要好多了。

---

① 此处原文为法语俚语：clochards。

第三十一章

好啦，他们又相拥在睡袋里啦，这是最后的一夜，夜已很深了。玛丽娅紧紧依偎着他躺着，他感到她的大腿修长而光滑，正紧贴在他的大腿上，她的双乳宛若两座小山耸立在有一眼泉水的漫漫平原上，乳峰远处的那片原野是她那幽谷般的咽喉，他的嘴唇就印在那里。他静静地躺着，什么也没想，她伸手摩挲着他的头。

"罗伯托，"玛丽娅柔弱地说着，吻着他，"多难为情啊。我真不想让你失望，可是那里偏偏一碰就痛，痛得可厉害呢。我觉得我对你已经没什么用了。"

"那里总是碰上就痛，而且会很痛的，"他说，"别这样，小兔乖乖。这没什么。要是很痛，我们不做就是了。"

"不是那样的。是我不好，不能如我所愿地迎合你。"

"这也没什么大不了。这种状况一会儿就会过去的。只要我们躺在一起，就等于结合在一起啦。"

"是的，可是这多不好意思啊。我想，这也许是以前落下的病根子引起的。不是因为你我乱来造成的。"

"我们不说这个吧。"

"我也不想说呀。我本来想说的是，在今夜这种时刻，我竟没能满足你，真让我感到受不了啊，所以我就想找个理由来开脱自己了。"

"听着，小兔乖乖，"他说，"这种事情会很快过去的，之后就没问题啦。"但是他心里却在想：这最后一夜真是运气不佳呀。

接着，他也感到害臊起来，于是他说："靠紧我躺着吧，小兔乖乖。我很喜欢你在黑夜里在睡袋中紧紧依偎着我的那种感觉，就像我很喜欢你在和我做爱时的那种感觉一样。"

"我深感惭愧呀，因为我本来还想着今夜能再一次好好侍候得你快快活活的，就像我们上次从聋子那儿下山来在那个高地上的情形一样呢。"

"什么话呢，"他用西班牙语对她说，"那也不能天天都像那样呀。我很喜欢那次的感觉，我也很喜欢像现在这样。"他撒了个谎，撇开了失望的情绪，"我们可以在这儿静静地依偎在一起，然后我们就这样睡上一觉。我们说会儿话吧。我对你的情况知道得很少，因为我们在一起说话的机会并不多。"

"我们说说明天、说说你的工作好吗？我很想通过了解你的工作，好让自己变得聪明起来呢。"

"不。"他说着，在睡袋中全身放松地伸了个懒腰，挺直了身躯，然后静静地躺着，脸颊贴着她的肩膀，左臂枕在她的脑袋下。"最聪明的做法是不谈明天的事，也不提今天已经发生过的事。在这被窝里，我们就不去谈那些伤亡变故之类的事情吧，至于明天该干的事情，我们到时候干就是了。你不害怕吗？"

"什么话呀，"她说，"我已经害怕惯了。不过，现在老是在为你担惊受怕，反而想不到自己啦。"

"你千万别这样，小兔乖乖。我经历过好多事情呢。有的比这严重多啦。"他说。

突然，他禁不住一阵冲动，任由自己的思绪陶醉在脱离现实的遐想之中，他说："我们来谈谈马德里吧，谈谈我们以后在马德里的生活情景吧。"

"好啊。"她说。可是她马上又说："啊，罗伯托，真对不起，我没能满足你。有没有什么别的办法能让我使你高兴起来呢？"

他抚摸着她的头，吻了吻她，然后舒展全身紧紧依偎着躺在她身侧，聆听着万籁俱寂的夜空。

"你可以跟我谈谈马德里呀。"他说，心里却在想着：我要为明天养精蓄锐呢。我要为明天蓄足我的全副精力。现在，这铺满松针的地上并不需要那么多的气力，我需要把精力留给明天啊。还记得《圣经》里说的那个把精液遗在地上的人是谁吗？是俄南。俄南后来又是怎么收场的呢？他想。我实在想不起还听说过哪些关于俄南的情况了[①]。他在黑暗中不禁笑了起来。

于是，他又情不自禁地冲动起来，再次让自己畅快淋漓地滑进了那脱离现实的遐想之中，感觉就像在接受类似于肉欲的快感一样，在黑夜中迷迷糊糊地只顾享受着那性爱般的快乐和满足。

"亲爱的，我的心上人，"他一边说着，一边吻着她，"听我说。有天夜里，我心里老是在想着马德里，我想的是，我是怎样到马德里的，又是怎样把你留在了酒店里，而我自己则赶往俄国人住的那家大酒店会朋友去了。不过那全是虚构的。我绝不会把你一个人留在哪家酒店里的。"

"为什么不会呢？"

"因为我得把你照顾好呀。我永远也不会丢下你不管的。我要带着你一起去民政部门办理那些结婚用的证件。然后，我就陪你去购买结婚

[①] 俄南（Onan）是犹大的次子。犹大的长子珥死后，"犹大对俄南说，你当与你哥哥的妻子同房，向他尽你为弟的本分，为你哥哥生子立后。俄南知道生子不归自己，所以同房的时候，便遗在地上，免得给他哥哥留后。俄南所作的，在耶和华眼中看为恶，耶和华也就叫他死了"。（典出《圣经·旧约全书·创世记》第三十八章，第八至第十节）如今在英语中，Onanism 一词即出自此典故，意为"交媾中断"，即"在未射精前中止性交，以手淫解决问题"。

452

所需要的那些衣服。"

"要不了几件衣服的，我也可以自己去买呀。"

"不，需要好多衣服呢，我们一起去买，挑好的买，你穿了一定很漂亮。"

"我宁愿我们就待在酒店的房间里，打发别人去帮我们买衣服。你说的那家酒店开在哪儿呀？"

"就在嘉雅奥广场上。我们要在那家酒店的那个房间里大享其乐。那里有一张很宽阔的床，铺着干干净净的床单，澡盆里有热的自来水，还有两个壁柜，我用一个来放我的东西，另一个归你。那里的窗户又高又宽，都是敞开式的，窗外的大街上处处是春意盎然的景象。我也知道一些可以去吃饭的好地方，虽说是非法经营的，却有美味佳肴，我还认得几家商店呢，那儿仍然可以买到葡萄酒和威士忌。我们要在房间里放上很多吃的东西，饿了就吃，还要有威士忌，我想喝就喝，我也要给你买一瓶曼萨尼亚雪莉酒。"

"我想尝尝威士忌呢。"

"就怕不容易搞到威士忌呀，要是你愿意，就喝曼萨尼亚吧。"

"留着你的威士忌吧，罗伯托，"她说，"啊，我太爱你了。爱你，也爱你的威士忌，可我就是喝不到呀。你真是个小气鬼。"

"别这么说我嘛，要不，你就尝一点儿吧。不过，这种酒不适合女人喝呀。"

"我吃的喝的东西一直都是只适合女人的呢，"玛丽娅说，"那么，我仍旧穿着那件结婚衬衫上床吗？"

"不。我也要给你买各式各样的睡袍和睡衣，只要你喜欢。"

"我要买七件结婚衬衫，"她说，"一星期七天，每天换一件。我还要给你买一件干干净净的结婚衬衫呢。你洗过衣服吗？"

"偶尔洗的。"

"我要把一切都拾掇得干干净净的，我给你斟威士忌，在酒里兑些水，就像上次在聋子那边一样。我要给你弄些橄榄、腌鳕鱼、榛子之类的东西，好让你下酒，我们要在那个房间里住上一个月，一步也不离开。但愿我已经养好了，能够接纳你进来。”她说着，突然闷闷不乐起来。

“没关系，”罗伯特·乔丹对她说，“真的没关系。你那个部位很可能是有一回弄破了，结了的疤现在又被弄破了。这种情况也是有的。这种事情很快就会过去了。再说，要是真有什么问题的话，马德里那边有的是好医生。”

“可是，前几次一直都是好好的呀。”她恳求地说。

“那就说明很快就会完全正常了。”

“那就好，我们再说说马德里吧。”她并拢自己的双腿让自己夹在他的两腿之间，用头顶着他的肩膀来回磨蹭着。“可是，我这一头短发不会丑得让你感到见不得人吧？”

“不会的。你长得很可爱的。你的脸蛋很可爱，身段也很美，修长而又轻盈，你的皮肤也很光洁，肤色也好看，是金红色的，人人都会打主意把你从我身边夺走的。”

“什么话呀，想把我从你身边夺走？”她说，“别的男人谁也别想碰我一下，直到我死。想把我从你身边夺走！什么话呀。”

“可是，会有许多人跃跃欲试的。不信你就等着瞧吧。”

“他们会看到我爱你这么深，这样他们就会知道，想碰我就等于是在冒险，就像把手伸进一坩埚熔化的铅一样。可是，你呢？你要是见到了和你一样有文化的漂亮女人呢？你不会因为有了我而感到难为情吧？”

“绝对不会的。何况我还要跟你结婚呢。”

“我听你的，”她说，“可是，既然我们已经再也没有教堂了，依我看，结不结婚都无关紧要啦。”

“我还是希望我们能正式成婚。”

“我听你的。可是，你且听我说。假如我们有朝一日去了某个外国，那里依然还有教堂，我们也许就可以在那边的教堂里结婚了。"

"在我的祖国，人们依然还上教堂，"他对她说，"要是你觉得结婚应当在教堂里进行，我们可以在那边的教堂里办。我从没结过婚。不会有问题的。"

"我很高兴你从没结过婚，"她说，"不过，我也很高兴你这么见多识广，告诉了这么多这方面的事情，这说明你跟许多女人有过关系，比拉尔就曾对我说起过，只有这样的男人才配做丈夫呢。可是，你现在不会再跟别的女人胡搞了吧？因为那样会要了我的命的。"

"我从来就没有跟许多女人胡搞过，"他说，这是句大实话，"在你之前，我从没想到我会深深地爱上哪个女人。"

她摩挲着他的面颊，然后合拢双手搂在他的脑后。"你一定有过很多很多的相好。"

"就是从没爱过她们。"

"听着。比拉尔曾经告诉过我这么一桩事——"

"说呀。"

"不。还是不说为好。我们还是再说说马德里吧。"

"你吞吞吐吐没说出来的，到底是什么事呀？"

"我不想说了嘛。"

"说不定是件很要紧的事呢，最好还是说出来吧。"

"你觉得这事很要紧吗？"

"是啊。"

"可是，你还不知道是什么事，怎么就知道这事很要紧呢？"

"从你说话的口气看出来的。"

"那我就不瞒你了。比拉尔对我说，我们明天都会死的，她还说，你心里跟她一样清楚，但是你对死却毫不在乎。她说这话并没有批评你的意思，而是在钦佩你呢。"

"她说过这种话吗？"他说。这个疯婊子呀，他想了想，接着又说：

"那是她拉出的又一泡吉卜赛人的屎。那是集市上的老婆子和咖啡馆里的胆小鬼们嚼舌头嚼出来的胡话。那是在 × 他妈的满口喷粪。"他感到汗水已经流出了胳肢窝，正顺着胳膊和腰间往下淌呢，于是，他心里在对自己说："看来你也害怕啦，呃？"接着又说出声来，"她是个满嘴喷粪、满脑子迷信的母狗。我们再来说说马德里吧。"

"这么说，你知道不会出这种事吗？"

"当然不会。别再说这种狗屎不如的话啦。"他说，用了个更加难听的脏字眼儿。

然而他这回谈起马德里时，已经没有心情让自己再度陷入那子虚乌有的仙境了。他此时所说的话只是为了糊弄他的女人和他自己，聊以打发这战前之夜的时光，他也知道自己是在撒谎。他喜欢这样做，可是原先享受到的那种近乎于肉欲的快感已经荡然无存了。但他还是再次打开了话匣子。

"我想过你的头发问题，"他说，"还想过我们能有什么办法让它长得长一些呢。你瞧，这头发现在长势很旺，已经盖住你的整个脑袋啦，已经和动物的毛发一样长了，摸上去很可爱的，我很喜欢你这头短发，真漂亮啊，我用手一捋，它就平整了，手一松，马上又翘了起来，就像风中的麦浪一样。"

"那你就伸手过来捋一捋呀。"

他便伸手去捋了捋，然后让手停留在她的头上，嘴对着她的脖子继续说着，因为他感到自己的喉咙开始哽塞起来。"不过，到了马德里，我觉得我们还是应当一起去一趟理发店，理发师可以照我的发型把你两边的鬓角和脑后的头发修剪得整整齐齐，这样，等头发渐渐长长了，在城里就显得更加好看了。"

"那样一来，我的模样就和你一样啦，"她说罢，紧紧抱住他贴在自己身上，"我就不改发型啦，永远不改了。"

"不。你的头发会越长越长的，我说的这个剪法只是为了让它在开始时显得整齐些，然后再让它越长越长。你这头发要多久才能长长呢？"

"真让它长到那么长吗？"

"不。我看长到齐肩就行了。我就想让你留这种发型。"

"像电影里的嘉宝一样？"

"是啊。"他说，嗓音滞重起来。

这时，那太虚幻境般的情景又猛然涌现在他的脑海中，他要尽情地拥抱住它。那虚幻的憧憬这时已攫住了他，他便再次让自己陶醉在那快感之中，继续如痴如醉地说着。"像这样，你秀发披肩，发梢卷曲着，像大海卷起的波浪一样，色泽如同熟透的麦子，恰好衬托着你金红色的脸蛋，你的眼睛也恰好和你的头发、你的肤色相匹配，金色的眼睛，黑黑的眼珠，我要让你仰起头来，看着你的眼睛，把你紧紧搂在怀里，贴在我身上——"

"在哪儿呢？"

"在哪儿都行。我们人在哪里就在哪里吧。你的头发要多久才能长到那么长？"

"我哪知道啊，因为以前也从没剪过头发。不过，依我看，六个月就能足以长到齐耳长了，不出一年就能长到你所希望的那么长啦。可是，你知道起先会出现什么样的情景吗？"

"说来听听。"

"我们要在那家让我们心驰神往的酒店里住下来，住进那间让你心驰神往的房间，爬上那张干干净净的大床，我们相拥着坐在那张让我们心驰神往的床上，对着大衣橱上的那面镜子，镜子里有你，也有我，然后我就像这样转过身来贴着你，像这样张开双臂抱着你，然后再像这样吻你。"

随后，他们静静地躺在一起，紧紧相拥在这夜色之中，浑身发烫地、坚挺如棒地、密不可分地拥抱在一起，罗伯特·乔丹在紧紧把她拥抱在怀中的同时，也在紧紧拥抱着他明知永远也不可能发生的那一切，于是，他故意继续发挥着他的想象力，仍在继续说着："小兔乖乖，我们不能老是住在那家酒店里吧。"

"为什么不能？"

"我们可以在马德里静安公园那一带的街面上租一套公寓呀。我认识一个美国女人，她在抵抗运动爆发前是专门装修公寓、出租公寓的，我有办法搞一套这样的公寓，租金只按运动前的标准。那儿有些公寓是面向公园的，站在窗前俯瞰公园，公园的全景便尽收眼帘了：围着公园的铁栅栏里，花园片片、曲径通幽、草坪青青、绿树繁茂、还有好多喷泉呢，这时正是栗子树含苞欲放的季节。在马德里，我们可以徜徉在公园里，泛舟于湖面上，但愿湖里又涨满水了，那该多好啊。"

"湖里怎么会没有水呢？"

"他们在十一月份把湖水抽掉了，因为湖面会成为飞机来轰炸时的一个十分明显的目标。不过，依我看，那湖里现在该又有水了。我也不敢肯定。不过，即使湖里没水，我们仍然可以漫步在公园里，我们不去那湖边就是了，公园里有个地方宛如一片森林，那里有世界各地的树种，树上全都挂着标签，那些卡片上记载着每一棵树的名称和产地。"

"我倒想能尽快地看一场电影，"玛丽娅说，"不过，那些树好像也挺有意思的，我要跟你一起去了解了解那些树，但愿我能记得住它们的名称。"

"那些树又不是生长在博物馆里的，"罗伯特·乔丹说，"它们是自然长成的，公园里还有几座小山呢，公园的有一块地方如同莽莽丛林。公园的南面有一个书市，那儿的人行道上排列着数百个书摊，专门倒卖二手书的，如今，自运动开始以来，那里的书籍开始多起来了，都是偷来的，有的是在掠夺那些遭到轰炸的人家时偷来的，有的是从法西斯分子家里偷来的，那些偷人家书籍的人就把偷来的书拿到这个书市上来卖。我在马德里时，只要能挤得出时间，我就会整天整天地泡在这个书市里的各家书摊上，运动开始前的日子里，我有一度就是这么干的。"

"在你去逛书市的时候，我就集中精力在公寓里料理家务，"玛丽娅说，"我们有钱雇得起佣人吗？"

"当然有啦。我可以雇佣佩特拉，如果她能讨你喜欢的话，她就在那家酒店里工作。她做得一手好饭菜，人也干干净净的。她在替那几个新闻记者做饭，我在他们那儿吃过。他们的房间里用的是电磁灶。"

"只要你喜欢她就行，"玛丽娅说，"要不，我就去再找一个。不过，你不是工作忙老要往外跑吗？他们是不会同意我陪你一起去干这种工作的。"

"说不定我能在马德里另谋一份差事呢。现在的这份工作我已经做了很久啦，自运动开始以来，我就一直在打仗。他们现在有可能会在马德里给我安排一份工作的。我从没提过这个要求。我要么就一直待在前线，要么就被指派来做这种事。

"你知不知道，在我结识你之前，我从来就没提过任何要求？也没要过任何照顾？也没想过别的事情，一心只想着这场运动和打赢这场战争？说真的，我的志向历来是非常纯正的。我干过不少工作，但是现在我爱上了你，而且，"他此刻说这话时，已经把今后不可能发生的一切全都信以为真了，"我爱你，就像我爱我们在为之而奋斗的事业一样。我爱你，就像我爱自由、尊严，以及所有人都有工作而不致挨饿的权利一样。我爱你，就像我爱我们所捍卫的马德里一样，就像我爱我那些战死在疆场的同志一样。很多同志都牺牲啦。很多。很多啊。你无法想象有多少。但是我爱你，就像我爱这世上我最爱的东西一样，但我爱你更深。我深深地爱着你呢，小兔乖乖。我爱你之深，难以用言语来表达呢，但是我现在对你说的这些话，仅仅只是表达了我的一点儿心迹。我从没娶过妻子，现在我有你做我的妻子啦，我感到很幸福呢。"

"我一定会尽职尽责当好你的妻子的，"玛丽娅说，"当然，我还没有受过良好的培训，但是我会努力去弥补这个不足的。如果我们生活在马德里；很好。如果我们不得不生活在别的地方；也好。如果我们居无定所，而我可以跟你一起走；更好。如果我们到你的祖国去，我会学好英语的，我会说得和那里大多数英国人一样好的。我会仔细研究他们的风俗习惯，他们怎么做，我就怎么做。"

"你会变得非常滑稽可笑的。"

"这是肯定的。我会闹出许多笑话来的，但是你可以教我呀，我决不会犯第二次错的，也许只犯第二次错吧。那时候，在你的祖国里，如果你怀念我们国家的饭菜了，我可以做给你吃。我还要找个学校去学习怎样做妻子呢，如果真有这种学校，我一定要下工夫好好研究一下怎么才能当个好妻子。"

"这种学校有的是，不过你没必要去学啦。"

"比拉尔对我说过，她认为你们国家确实有这种学校。她在报刊杂志上看到过。她还对我说，我一定要学会讲英语，并且要讲得很地道，这样你就决不会替我感到难为情了。"

"她什么时候跟你讲这些话的？"

"今天，在我们整理行装的时候。她经常跟我唠叨我该怎样做才能成为你的妻子呢。"

我估计她也会去马德里的，罗伯特·乔丹想，接着说："她还对你说了些什么？"

"她说，我一定要照顾好自己的身子，保持苗条的身段，千万不能发胖，好像我是个斗牛士一样。她还说，这一点很重要。"

"的确是这样，"罗伯特·乔丹说，"不过，你在今后的好多年里都用不着为此而担忧，你还早着呢。"

"不，她说，我们这个种族的人是一定要当心的，因为说不定突然一下子就胖起来了。她对我说，想当年她也和我一样苗条呢，不过，那时候女人是不太注意锻炼身体的。她教我应当锻炼些什么，让我不能吃得太多。她告诉了我哪些东西是不该吃的。不过，我已经忘啦，我得再去问问她。"

"土豆吧。"他说。

"对，"她接着说，"是土豆，还有那些油炸的东西。我还跟她讲了我那里一碰就痛的事，她说，我千万不能把这事告诉你，要自己忍住疼，不能让你知道。可我还是告诉你了，因为我永远不愿对你撒谎，再说我自己也很害怕，怕你知道后会认为我们再也不能享受彼此之间的那种欢愉了，会以为连那次，就是在高地上的那次，也不是真的了。"

"应当告诉我才对呀。"

"真的吗？因为我感到很羞愧，所以，只要你乐意，让我为你做什么都行。比拉尔教过我一些方法，就是那种妻子能为丈夫效劳的一些小窍门。"

"其实你什么也不需要做。我们有福同享有难同当，不管什么事，都是我们共同的事，所以我们要保持下去，并保护好自己。我爱你，像这样躺在你身边，抚摸着你，知道你就在我身边，心里就感到很踏实，等你完全复元了，我们会享受到那一切欢愉的。"

"可是，你难道就没有什么迫切需要解决的事情需要我来帮你解决吗？比拉尔也详细教过我这一手呢。"

"别这样。我们迫切需要解决的事情是共同的。离开了你，我也就没有什么迫切需要解决的问题啦。"

"这样我就觉得好受多了。但是你要始终明白我的心意，凡是你希望我帮你做的，我都乐意帮你做。但是你一定要让我知道，因为我非常懵懂，连她跟我说过的很多事情我都不大明白呢。再说，我也不大好意思问她，她见多识广，智慧渊博着呢。"

"我的小兔乖乖呀，"他说，"你真是个天生的尤物呀。"

"什么话呀，"她说，"不过，在一天之内要想学尽所有的为妻之道，那也太罕见啦，何况我们当时都还在忙着拆除营地，打理行装，准备打仗，与此同时，山上还在进行着另一场战斗呢，所以，如果我出了什么大的差错，你一定要告诉我，因为我爱你。有些事情我很可能会记错的，何况她跟我说的很多事情也实在太复杂了。"

"她还跟你说了些什么？"

"虽然说了很多事情，但我能记住的并不多。她说，一旦我又想起过去的遭遇了，我可以向你诉说，因为你是个好人，而且已经知道全部情况了。但是最好还是永远不提它，除非这事又像魔鬼附身一样缠上了我，像以前发病时一样，那么，跟你说说，也许能解开这个心结。"

"这事如今还压在你心头上吗？"

"不啦。自从我们有了那第一次以来，这事就好像从没发生过一样了。现在心里经常思念的是我父母，我常为他们哀悼。那种感情是永远也抹不去的。可是，既然我要做你的妻子，我就该让你知道你应当知道的事，为了让你有自尊嘛。我从没屈从过任何人。我始终是拼命反抗的，他们总是两个人或更多的人一齐上才能欺辱我。一个骑在我头上，压着我。我告诉你这件事，是为了让你有自尊。"

"我的自尊就来自于你呀。这事就别再说啦。"

"不，我所说的你的自尊，指的是你对你自己的妻子应当怀有的那种自尊。还有一件事。我父亲原是当地的一镇之长，是一位德高望重的人。我母亲也是一位很受人尊敬的人，而且还是一位虔诚的天主教徒，可是他们却把她和我父亲一起枪杀了，因为我父亲政治观点与他们不同，因为我父亲是个共和党人。我亲眼看着父母双亲被他们杀害的，父亲就站在我们镇里那家屠宰场的高墙边，他临刑前高喊着，'共和国万岁！[1]'

"我母亲也靠着那面墙站着，她喊的是：'我丈夫、本镇前任镇长万岁。'我希望他们把我也毙了，我想呼喊的是：'共和国万岁，爸爸妈妈万岁。[2]'谁知他们并没朝我开枪，却干出了如此这般令人发指的事情来。

---

[1] 此处原文为西班牙语：*Vive la Republica*！
[2] 此处原文为西班牙语：*Vive la Republica y vivan mis padres*。

"听我说。有件事我一定要告诉你，因为这事跟我们大有关系。把屠宰场当刑场的枪杀完结后，他们把我们这些亲眼目睹了惨案而没被枪杀的亲属们带离了屠宰场，押着我们翻过那座陡峭的山冈，来到镇上的大广场。几乎人人都在哭泣着，但是也有人被亲眼目睹的情景惊呆了，眼眶里已经没了眼泪。我自己也哭不出来了。我对发生的一切情况都无法顾及，因为我眼前只有我父亲和母亲临刑时的情景，看着我母亲在喊着：'我丈夫、本镇前任镇长万岁。'这句话始终萦绕在我的脑海中，如同永不消逝的声嘶力竭的呼号在激荡着、回响着。因为我母亲并不是共和党人，所以她没有喊'共和国万岁'，而只是喊着我父亲，我那脸朝下扑倒在她脚边的父亲，万岁。

"但是她喊出的是她自己的心声，因而喊得十分响亮，如同一声尖利的呼号，于是他们立即朝她开枪，她便倒下了，我拼命挣扎着想冲过那道警戒线奔向母亲身边，可是我们全被捆绑在一块儿了，没法挣脱。这次枪杀事件是那些宪兵干的，他们仍守在那边，等着继续枪毙人呢，这时，那些长枪党的党徒们正押着我们往山上去，撇下了那些荷枪实弹站在那儿的宪兵，撇下了那些倒在墙根边的尸体。我们这些姑娘和妇女都被缚着手腕，用绳子拴成了一长串，他们押着我们爬上那座山冈，穿过一条条大街，朝镇中央的广场走去，到达广场后，他们在那家理发店门口停下来，理发店的对面就是镇公所。

"这时，有两个人走过来仔细打量着我们，其中一个说：'这丫头就是镇长的女儿。'另一个人接口说：'就拿她开刀。'

"接着，他们割断了缚在我两只手腕上的绳子，其中一人对其他同伙说：'牢牢看住这群人，让她们排队站好。'这两个人就一边一个拽着我的胳膊把我拖进了理发店，然后把我架起来，按倒在理发椅上，还紧紧压着我不让我动。

"在理发店的那面镜子里，我看到了自己的脸、那两个抓着我的人的脸、还有那三个俯伏在我身上的人的脸，这些面孔我一个也不认识，但是在那面镜子里，我看着我自己和他们，而他们却只看着我。那情景仿佛就像一个病人正坐在牙科诊所的椅子上，周围站着好多牙医，而且个个都像精神失常了一样。我自己的脸我几乎都认不出来了，因为我悲痛得脸都变了形了，我望着镜中的那张脸，终于知道那就是我自己。但我悲痛万分，伤心欲绝，全然不知道恐惧了，什么也感觉不到了，只剩下满腔的悲愤了。

"那时候，我的头发是扎成两条小辫子的，就在我看着镜中自己的面容时，有个人突然揪住我的一条辫子猛然一拉，疼得我立即从悲痛中醒过神来，接着，那家伙拿起剃刀就把那条辫子贴着我的头皮给割掉了。这时，我看到自己只剩下了一条辫子，被割掉的另一条辫子只剩下了头发根。接着，他把我这条辫子也割掉了，但他这回没有提起辫子，竟直接用剃刀往下割，把我的耳朵割破了一道小口子，我看到鲜血在往外冒。你用手指摸摸看，那道伤疤还在吗？"

"还在。可是，我们最好还是不谈这个吧，好吗？"

"这也算不了什么。特别恶劣的我不说就是了。就这样，他用那把剃刀贴着我的头皮割掉了我的两条辫子，其他那些家伙在一边看着，竟哈哈大笑起来，可我竟连自己耳朵上的伤口都没感觉到，那家伙割了我的辫子之后就站到了我面前，用我的辫子左右开弓地抽打着我的脸，而那两个家伙则紧紧抓着我，他说：'这就是我们造就赤色修女的方法。这就是你勾结你那些无产阶级的兄弟所得到的下场。恭喜你呀，赤色基督的新娘！'

"他一遍又一遍地用我的辫子左右开弓地狠狠抽打着我的脸，接着，他把这两条辫子塞进我的嘴里，把辫子的两头绕在我的脖子上使劲勒紧，然后在脖子后面打了个死结，那两个抓着我的家伙高兴得一直在哈哈直笑。

"在一旁看着的那些人都在哈哈大笑，当我在镜子里看到他们全都在坏笑着时，我就开始哇哇大哭起来，因为在这之前，我一直沉浸在父母遭枪杀的悲愤之中，已经被吓呆了，哭不出来了。

"接着，那个用辫子堵我嘴的家伙拿起理发推子在我头上到处乱推起来，先从额头那儿推起，一直推到脖子后面，然后又从头顶上横推过去，然后在我头上到处乱推，连耳根后边也没放过，他们始终按着我不让动，所以我在理发店的玻璃镜子里一直目睹着他们这么干的全过程，我看着我的头发被他们搞成了这副模样，简直没法相信这是真的，我哭叫着，哭叫着，但是又只能眼睁睁地看着自己的脸变成了一副很恐怖的模样，嘴大张着，嘴里被辫子勒着，推子所到之处，头发全没了，很快被剃成了光头。

"那个拿理发推子的家伙推光了我的头之后，又从理发师的柜子上拿了一瓶碘酒（他们把这个理发师也枪毙了，因为他是一个辛迪加的成员，他的尸体就躺在理发店的门槛边，他们把我拖进理发店时，是架着我从他尸体上跨过去的），他取出碘酒瓶里的玻璃棒用碘酒慢慢抹着我耳朵上的那个伤口，我的悲痛、我的恐惧，又被他添上了新的伤痛。

"接着，他站到我面前，用碘酒在我额头上写 U.H.P.[1] 这三个字母，用印刷体慢慢地仔细地描着，像艺术家在创作那样，我在镜子里眼睁睁地看着这一切，但我不再哭喊了，因为痛失双亲的悲愤已使我的心冻结成了硬邦邦的一块，眼前发生在自己身上的一切都已经无所谓了，我知道这一点。

"那个长枪党徒描完那几个字母之后，便后退了一步，仔细打量着我，像在认真检查他完成的作品似的，接着，他放下碘酒瓶，又拿起理发推子，嘴里喊着：'下一个。'于是，他们一边一个搂着我胳膊，把我拖出了理发店，那个理发师的尸体仍旧躺在门槛边，仰面朝天地躺在那儿，脸色煞白，我被推出理发店时在他身上绊了一跤，差点儿一头撞上

---

[1] U.H.P. 是 Unios Hermanos Proletaios 的首字母缩写，是西班牙内战时期共和党的一个组织的名称，意为"无产阶级的兄弟们，联合起来"。

我最要好的朋友康赛普西昂·格拉西娅，那两个家伙正把她朝理发店里拖呢，她乍一见到我时，竟没认出我来，等她认出是我时，便惊恐得尖叫了一声，当他们推操着我走过广场，踏进镇公所的门槛，把我拖进我父亲在镇公所楼上的那间办公室里时，我依然能听见她在声嘶力竭地叫喊着，他们把我按在父亲办公室里的那张长沙发上。那桩令人发指的事情就是在那儿干的。"

"我的小兔乖乖啊。"罗伯特·乔丹说着，一把将她搂进自己的怀里，温柔备至、亲密无比地紧紧拥抱着她。但他心里却和任何一个男人一样充满了仇恨。"不要再提这件事了。不要再对我说这件事了，因为我现在已是满腔怒火，恨得难以忍受啦。"

她直挺挺地依偎在他怀里，浑身发冷，她说："不说了。我决不再提这事了。但是他们是歹徒，我真恨不得和你一起去杀死他们几个。可是我把这事告诉给你，只是为了你的自尊，因为我要做你的妻子。说完了，你也就能理解了。"

"我很高兴你能向我倾诉心迹，"他说，"到了明天，如果一切顺利，我们就痛痛快快地多杀几个敌人。"

"可是，我们能杀到那些长枪党徒吗？干尽坏事的人是他们呀。"

"他们不打仗，"他说，觉得心里很窝火，"他们只在后方滥杀无辜百姓。跟我们在战场上交锋的不是他们。"

"可是，我们能不能想个法子消灭他们呢？我恨不得能亲手杀死他们几个呢。"

"这些人我杀过，"他说，"今后我们还要再杀。那次在炸火车的行动中，我们就干掉了他们不少人。"

"我很想跟你一起去炸火车，"玛丽娅说，"那次炸火车时，比拉尔救了我，把我带回来时，我有点儿疯疯癫癫的。她对你说起过我那时的情况吗？"

"说过。别再提这事吧。"

"我当时脑子坏了，麻木得什么都不知道，整天只会哭。可是还有一件事我必须告诉你。这件事不说不行。可是说了，又怕你不会娶我了。可是，罗伯托，如果你不肯娶我为妻，我们能不能，就这样，以后，一直就像这样生活在一起呢？"

"我一定会娶你为妻的。"

"别。这件事我已经忘了。也许你不该娶我。我说不定永远也不能为你生儿育女了，因为比拉尔说，如果我能生育，遭到那次不幸之后，我就会怀上了。这一点我必须告诉你。唉，我不知道怎么会把这事给忘啦。"

"这一点无关紧要啊，小兔乖乖，"他说，"首先，这个说法也不一定准确。这一点得由医生说了才算数。其次，我也不想把我的儿女带到如今这个世界上来。再说，我要把我的爱全部给你。"

"我多想为你生儿育女啊，"她对他说，"如果我们不生出儿女来跟法西斯分子作斗争，这个世界怎么能变好呢？"

"你呀，"他说，"我爱的是你这个人。你听见了吗？我们现在该睡一会儿啦，小兔乖乖，因为我必须在天还没亮之前就起来，这个月份里，黎明来得很早呢。"

"那么，我刚才说的最后那一点不成问题喽？我们还是可以结为夫妇的，是吗？"

"我们已经结为夫妇啦，现在。我已经娶你为妻啦。你就是我的妻子。可是，该睡觉啦，我的小兔乖乖，再不睡就没时间睡啦。"

"那么，我们真的会结婚吗？不是说说而已的吧？"

"真的。"

"那我就睡了，醒来再接着想这事吧。"

"我也睡啦。"

"晚安，我的老公。"

"晚安，"他说，"晚安，老婆。"

他听到她这时已开始发出平稳而有规律的呼吸声，他知道她已经睡着了，然而他自己却没法入眠，便静静地躺着，一动也不动，唯恐惊醒了她。他心里在遐想着所有她没有说出口的那些情节，他人躺在那里，心却在恨得直冒火，好在明天一早就要大开杀戒了，想到这里，心里倒也有了点宽慰。不过，我可千万不能亲自上阵去杀敌啊，他想。

　　可是，我怎么才能克制住不上阵？我们的人也对他们下过狠招，这我是知道的。但是，那是因为我们的人没受过教育，不知道还有更好的办法才造成，然而他们却是目的明确、深思熟虑地干那些丧尽天良的坏事的。那些为非作歹的家伙恰恰正是他们的教育所造就出来的最新的一批人。那些人是西班牙的骑士之花呢。西班牙人曾经是一个多么了不起的民族啊。从科尔特斯、皮萨罗、梅嫩德斯·德·阿维拉①，直至恩里克·李斯特，再到巴勃罗，这批狗娘养的东西啊！却又是些多么杰出的家伙啊。这世上再没有比他们更优秀、也更邪恶的人了。再没有比他们更善良、也更残忍的人啦。可是谁能理解他们呢？我就不理解，因为如果我理解他们，我就会宽恕他们的一切所作所为了。能理解就能宽恕。这话不对。宽恕已被扩大化了。宽恕是基督的思想，西班牙从来就不是个基督教国家。他们的教会里一直保留着他们自己独特的崇拜偶像。另一个圣母②。我估计，他们正是出于这个原因，才要糟蹋他们敌方的处女的。当然，这种思想还有更深层次的原因，尤其对于这些人、对于西班牙的宗教狂热分子来说，他们的这种思想要比普通老百姓根深蒂固的多。人民大众已经日渐远离教会了，因为教会跟政府是相互勾结、沆瀣

---

① 科尔特斯（Hernan Cortez de Monroy Pizarro，1485—1547），西班牙殖民者，16世纪时以残酷的方式征服今墨西哥印第安人的阿兹特克帝国，并参与早期西班牙对美洲大陆的殖民征服。皮萨罗（Francisco Pizarro y Gonzales，1471—1541），西班牙航海家和殖民者，参与了西班牙早期对美洲大陆的殖民征服，是今秘鲁首都利马城的缔造者。梅嫩德斯（Pedro Menendez De Aviles，1519—1574），也是西班牙航海家和殖民者，并参与了西班牙对美洲大陆的殖民征服，是佛罗里达州的建立者。

② 此处原文为西班牙语：*Otra Virgen mas*。

一气的，而政府总是腐败透顶的。这是宗教改革从未波及的唯一的国家。现在他们正在为他们的宗教审判制度付出代价，好啊。

哎呀，这可是个值得撕开的问题啊。思考这个问题可以使你不至于过分担忧你的工作。这要比装聋作哑好得多。上帝啊，他今夜装聋作哑的地方太多啦。可是那个比拉尔却一整天都在装聋作哑。那当然啦。如果他们明天全被打死了怎么办啊。只要他们能按照要求保证完成炸桥的任务，即便死去，那又怎么样？这就是他们明天要干的全部工作。

死了也没什么关系。你总不能没完没了地一直做这些事情吧。可是，你也不会永生不死啊。也许我这辈子就只有这三天了，他想。假如真是这样，我多希望我们这最后一夜不是这么过的呀。不过，最后之夜向来都是不好过的。最后的荒唐事都不是什么好事。可不是嘛，不过，最后的话语有时候倒是蛮好的。人之将死，其言也善嘛。"我的丈夫、本镇前任镇长万岁！"就很好嘛。

他知道这很好，因为他心里在对自己说这话时猛然打了个激灵，一股热流立即涌遍了全身。他倾过身去吻着玛丽娅，她睡得正香，没有醒来。他用英语十分平静地悄声说："我巴不得要和你结婚呢，我的小兔乖乖。我为你的家人感到非常自豪呢。"

第三十二章

同一天深夜，在马德里，盖洛德大酒店里熙熙攘攘，宾客盈门。一辆轿车驶上酒店正门回廊下的停车处，车前灯上刷着蓝色涂料，车里走出一名身材矮小的男人，他足蹬黑色长筒马靴，下身穿灰色马裤，上身着灰色高领短夹克，推门而入时朝两名站岗的哨兵回了个军礼，并朝坐在警卫室桌边的那名秘密警察点了点头，然后迈步走向电梯间。酒店大门的内侧还有两名哨兵端坐在椅子上，一边一个把守着大理石门厅的入口处，两名哨兵只抬了抬眼皮，便让那矮个子男人从他俩身边走过去，走向了电梯门口。他俩的职责是，对进入该酒店的所有陌生人进行搜身式检查，从身体的两侧腰间一直摸到胳肢窝下，再摸屁股后的口袋，要把全身上下都摸一遍，检查来人在进入酒店时是否携带着手枪，如果来者的确暗藏手枪，就把他交给警卫室里的那名秘密警察去盘问。但是，他俩对这名足蹬马靴的小个子男人很熟悉，因此他们几乎看也没看，就放他过去了。

此人走进他在盖洛德大酒店下榻的那间豪华套间时，发现那里已是高朋满堂。人们有的坐着，有的三三两两站在一起，相互交谈着，一幅会客室里常见的那种热闹

470

场面，男男女女都在喝着伏特加、兑苏打水的威士忌，还有的在喝着啤酒，喝完了就从大酒罐里往手里的小玻璃杯里再斟。人群中有四名男人身着军服。其余的人要么穿着风衣，要么穿着皮夹克，四名女人中有三名是普普通通的外出兜马路的装束，而那第四名则是个形如枯槁、面容憔悴、又瘦又黑的女人，四个女人中只有她一人穿着一套裁剪得特别考究的女式军装，裙子下是一双高筒皮靴。

　　卡可夫一踏进房间，便立即朝穿军装的那个女人走去，向她鞠躬，和她握手。那女人就是他的结发妻子，他用俄语和她说了几句谁也没法听清的话，他走进房间时眼中流露着的那股目空一切的傲慢神色在这一刻竟荡然无存了。然而片刻之后，他又两眼放光了，因为他看见了那个头发染成了桃红色、脸上洋溢着慵困缠绵的表情、身段极为匀称的姑娘，那是他的情妇，他迈着细碎、刻板的脚步走到她面前，又是鞠躬又是握手，一副谦恭的样子，谁都能看得出，他把刚才与他妻子见面时的那一套又摹拟了一遍。在他穿过人群走向房间的另一边时，他妻子并没有在他背后盯着他。她正与一名身材高挑、相貌英俊的西班牙军官站在一起，两人在用俄语交谈着。

　　"你的这位大情人有点儿发福了嘛，"卡可夫对那姑娘说，"在战争即将进入第二个年头的时候，我们的大英雄们都开始发福啦。"他看也没看他所提的那个男人。

　　"你自己长相太丑，所以连癞蛤蟆你都要嫉妒呢，"那姑娘对他说，一副活泼可爱的样子，她说的是德语，"我明天陪你一起去进攻的前线吧，好吗？"

　　"不。再说，也没有什么进攻啊。"

　　"这是人人都知道的事啊，"姑娘说，"别那么神神秘秘的啦。多洛雷斯① 正准备去呢。我打算和她一起去，要么就跟卡门一块儿去。很多人都打算去呢。"

---

① 即"热情之花"、西班牙共产党领导人多洛雷斯·伊巴露丽。（详见第二十七章脚注。）

"谁愿意带你去，你就跟谁去吧，"卡可夫说，"我可不行。"

接着，他直视着那姑娘，一脸严肃地问："这是谁告诉你的？说具体些。"

"理查德。"她也很严肃地说。

卡可夫耸了耸肩膀走开了，丢下她站在那儿。

"卡可夫。"有个男人朝他打了个招呼，此人中等身材，面色灰暗，方脸阔腮，肌肉松垂，眼泡浮肿，下嘴唇肥厚，说话的声音有气无力。"你听说过这个好消息吗？"

卡可夫走到他面前，那人说："我也是刚刚听说的。还不到十分钟。这是好事情啊。那些法西斯分子整天在塞哥维亚附近自相残杀呢。他们不得不动用机关枪和机关炮的火力来平息暴乱呢。他们今天下午在用飞机轰炸他们自己的部队呢。"

"是吗？"卡可夫问。

"千真万确，"那眼泡浮肿的男人说，"这消息是多洛雷斯亲自带来的。她在这儿发布这个消息时，兴奋得满脸容光焕发，那副模样我还从没见过呢。那张动人的脸啊——"他非常开心地说。

"那张动人的脸。"卡可夫说，语调却是干巴巴的一点儿也不动人。

"要是你也听到了她的那番讲话，你也会怦然心动的，"那眼泡浮肿的男人说，"这条消息本身也为她增添了光彩，使她更加光彩得人间罕见了。你从她说话的声音里就能断定她说的是事实。我正在给《消息报》写文章，准备报道这件事呢。在我看来，这就是这场战争中最激动人心的时刻之一，因为我亲自听到了她作报告时的那极为动人的声音，她的声音中交织着怜悯、同情和真理。善与真的光辉在她身上闪耀着，仿佛真正的人民的圣人果然出现了一样。她那'热情之花'的称号果真是名不虚传啊。"

"名不虚传，"卡可夫说，声音很是沉闷，"你最好现在就去给《消息报》写这篇报道吧，免得把你刚才这番漂亮的导言给忘了。"

"她可是一位了不起的女性啊，不可以随意拿来取笑的。即使你这种玩世不恭的人平常开惯了别人的玩笑，那也不行，"那眼泡浮肿的男人说，"要是你在这儿听到了她的声音、看到了她的容貌，你就不会这样了。"

"那动人的声音，"卡可夫说，"那动人的容貌。就这么写，"他说，"别对我念叨你这些华丽的词语啦。别把你这些大段大段的美文浪费在我身上啦。赶紧去写下来吧。"

"也不必这么急着现在就去写。"

"依我看，你最好还是现在就去写。"卡可夫说罢，瞥了那人一眼，便转过脸去不再看他了。那眼泡浮肿的男人愣愣地在那儿又站了约两三分钟，手里端着那杯伏特加，那双眼睛，虽然眼泡浮肿，却无限深情地沉浸在他早先看到的美景之中，在回味着他当时耳闻目睹的那一幕，随后，他果真离开了这间屋子写他的报道去了。

卡可夫走到另一个男人面前，此人约有四十八岁，身材矮胖敦实，脸上挂着乐呵呵笑意，长着一双浅蓝色的眼睛，金黄色的头发正日渐稀疏，一张笑吟吟的嘴巴上蓄着又短又硬的黄色八字胡髭。此人是穿制服的。他是个师长，是匈牙利人。

"多洛雷斯在这儿时，你来了吗？"卡可夫问这个人。

"来了。"

"都扯了些什么？"

"大概是那些法西斯分子们自相残杀的事吧。要真是这样，那才叫漂亮呢。"

"关于明天的事情，你听到的也不少吧。"

"全是流言蜚语。这间屋子里的绝大多数人以及所有这些新闻记者都该统统拉出去枪毙，当然也包括那个诡计多端、不足挂齿的德国佬理查德。让这个专做礼拜天皮肉生意的德国佬当上旅长的人，不管他是谁，都该枪毙。也许你我也该枪毙。有这可能呢，"这位将军哈哈大笑起来，"可别去提这种建议啊。"

"这个建议我是绝对不会提的，"卡可夫说，"经常来这儿的那个美国人现在就在那边。你认识这个人的，他叫乔丹，他现在就跟那支游击队在一起。他们所说的要做成这桩买卖的地点就在他现在所在的地方。"

　　"那好啊，他应当详细报告一下有关这件事的情况，他的这份报告应当今晚就送达此地，"将军说，"他们不喜欢我到那边去，否则，我倒是可以去那边帮你打听打听。他是遵照戈尔茨的命令去干这件事的，是吗？你明天就见到戈尔茨了。"

　　"明天一早。"

　　"在情况尚未好转之前，千万别去打扰他，"将军说，"他和我一样，非常讨厌你们这些狗杂种。尽管他的脾气比我要好得多。"

　　"可是，关于这次——"

　　"大概是法西斯分子在调整他们的部署吧，"将军咧嘴笑了笑，"是啊，我们倒要看看戈尔茨是否能稍稍调遣他们一下。让戈尔茨露一手吧。我们曾经在瓜达拉哈拉牵制过他们。"

　　"我听说，你也要出发啦。"卡可夫说着，咧嘴笑了笑，一笑便露出了他满嘴的坏牙齿。不料，将军突然发起火来。

　　"议论到我也要出发啦。居然敢张嘴议论起我来啦。也难怪，我们这些人老是别人议论的对象嘛。这帮爱嚼舌头、嘴怎么也封不住的混账东西。一个人如果能守口如瓶，只要他能做到这一点，他就能救国啊。"

　　"你的朋友普列托就能守口如瓶。"

　　"但他对胜利缺乏信心。不相信人民，你怎么能取得胜利呢？"

　　"这事由你去判断吧，"卡可夫说，"我要去小睡一会儿啦。"

　　他离开了这满屋都是烟雾、满屋都是闲言碎语的房间，走进了后面的卧室，坐在床边，脱去脚上的皮靴。他依然还听得见外面那些人在议论，便去关上了房门，打开了窗户。他也懒得脱衣服了，因为在凌晨两点他就得出发，要开车经过科尔梅纳尔、塞尔塞达、纳瓦塞拉达一线，才能到达前线，戈尔茨将在凌晨时分发起总攻。

第三十三章

此时已是凌晨两点，比拉尔叫醒了他。她伸手去推他时，他起先还以为是玛丽娅呢，便朝她侧过身来，柔声说："小兔乖乖。"于是，妇人便用她那只大手使劲推了推他的肩膀，他便突然地、彻底地、绝对地清醒过来，迅即伸手抓住手枪的枪柄，手枪就放在他光溜溜的右腿边，手枪的保险栓一打开，他全身也像他那支一触即发的手枪一样紧张起来。

黑暗中，他凝神一看，才知道来人是比拉尔，于是，他看了看腕表的表盘，只见那两根闪光的指针已走成锐角指向表盘的上端，一看时间，才凌晨两点钟，他便说："你这是怎么啦，你这女人？"

"巴勃罗跑了。"这身材高大的妇人对他说。

罗伯特·乔丹赶忙穿上裤子和鞋子。玛丽娅还没醒。

"什么时候？"他问。

"肯定已经有一个小时了。"

"还有呢？"

"他拿走了你的一些东西。"妇人十分懊丧地说。

"原来如此。什么东西？"

"我也不知道，"她对他说，"来看看吧。"

黑暗中，他们匆匆走向山洞的入口处，弯腰从门毯下钻进洞里。罗伯特·乔丹跟着她后面走着，山洞里弥漫着熄灭的炭灰味、难闻的陈腐味、熟睡中的男人们呼出的气味，他亮起了手电筒，那些人都是席地而睡的，他怕自己一不留神踩在哪个睡得正香的人的身上。安塞尔莫醒了，开口就问："到时间啦？"

"还没呢，"罗伯特·乔丹悄声说，"睡吧，老伙计。"

那两只背包都放在比拉尔的床头上，床前挂着一条毛毯作为屏风与山洞其余部分隔开。床上散发着陈腐的气味、汗臭味、令人作呕的甜酸味，和印第安人的卧榻一样，罗伯特·乔丹跪在床边，用手电照着那两只背包。每只背包上都有一条从上到下的很长的裂缝。罗伯特·乔丹把手电拿在左手，用右手在第一只背包里摸索着。这只背包原先装着他的睡袋，本来就不很满。现在仍然不很满。那些电线还在包里，但是那只装引爆器的方木盒却不见了。那只雪茄盒也不见了，雪茄盒里装的是他仔细包扎好的雷管。那只装着导火索和火帽的有旋转盖的铁罐子也不见了。

罗伯特·乔丹又伸手摸索着另一只背包。包里依然装满炸药。也许只少了一小包炸药。

他站起身来，转身面对着妇人。人要是在早晨被叫醒得太早，就会有一种茫然、空落的感觉，犹如大祸即将临头的那种感觉一样，他现在的感觉比这还要强烈千倍。

"这就是你所答应的替人家看管东西呀。"他说。

"我睡觉时头是顶着那两只背包的，还把一只胳膊搭在那上面呢。"比拉尔对他说。

"你睡得真安心啊。"

"听我说，"妇人说，"他夜里起身了，我说：'你去哪儿呀，巴勃罗？''去撒尿啊，太太。'他对我说，所以我又睡着了。等我再次醒来时，我也不知道过去多少时间了，可是，我以为，他人既然不在这儿，就一定是下山去看那几匹马了，这是他的老习惯嘛。于是，"说到这儿，她显得十分沮丧，"见他老不回来，我就开始发急了，一发急，我就去摸了摸那两只背包，看看有没有出纰漏，这就摸到了那包上的裂口，于是我就马上来找你啦。"

"跟我来。"罗伯特·乔丹说。

他们来到山洞外，此时半夜过去还没多久，所以你感觉不到黎明即将到来。

"除了有哨兵的那条路之外，他还有哪几条路可以带着那几匹马出走？"

"两条路。"

"在山上站岗的人是谁？"

"埃拉迪奥。"

罗伯特·乔丹没再说什么，他们一起来到拴马吃夜草的那块草甸子上。草甸子上有三匹马在啃着青草。那匹枣红大马和灰马不见了。

"你估计他离开你有多长时间了？"

"肯定有一个小时了。"

"事到如今，也只能就这样啦，"罗伯特·乔丹说，"我去取回我那两只背包里剩下的东西，然后继续上床睡觉。"

"还是由我来看管吧。"

"什么话，由你来看管。你已经看管过一回啦。"

"英国人，"妇人说，"出了这种事情，我和你一样感到难受。要是有什么办法能把你的东西追回来，我豁出命来也会去干的。你没必要这样伤我的心。我们俩都被巴勃罗骗了。"

听到她把话说都到这个分儿上时，罗伯特·乔丹感到自己不好再由着性子挖苦她了，再说，他也不能跟这女人翻脸啊。在这不同寻常的一天里，他得跟这个女人好好合作呢，而这一天已经有两个多小时过去了。

他把一只手按在她肩头上。"这也没什么大不了的，比拉尔，"他对她说，"丢掉的那几样东西也不是什么太要紧的东西。我们临时找材料凑合一下，也照样能管用。"

"可是，他究竟拿走了哪些东西啊？"

"没什么，你这女人啊。不过是几样私人用的奢侈品。"

"其中就有你用来爆破的机械装置吧？"

"是的。但是用别的方法也照样可以引爆。告诉我，巴勃罗自己有没有雷管和导火线？上级部门以前肯定给他配备过这些东西吧？"

"都给他拿走了，"她十分地懊丧地说，"我曾经查看过一次。那些东西也都不见了。"

他们返身穿过那片树林，回到山洞的入口处。

"再去睡一会儿吧，"他说，"巴勃罗走了，我们岂不更好办了。"

"我去看看埃拉迪奥吧。"

"他肯定走的是另一条道。"

"反正我得去查哨。因为我精明程度不够，辜负了你对我的信任啊。"

"别这么说，"他说，"再去睡一会儿吧，你这女人。我们必须在四点钟开始行动。"

他跟她一起走进山洞，取出那两只背包，为了不让里面的东西从裂口漏掉，他把两只背包都紧紧抱在怀里。

"让我把那裂口缝上吧。"

"等我们出发之前再缝吧，"他温和地说，"我拿走背包并不是信不过你，而是为了让我自己能睡得安稳些。"

"我得早点儿把他们缝好。"

"你可以一早就来拿，"他对她说，"去再睡一会儿吧，你这女人啊。"

"不，"她说，"我让你失望了，我让共和国失望了。"

"快去再睡一会儿吧，你这女人，"他温存地对她说，"去睡吧。"

第三十四章

法西斯分子盘踞在这一带山岭的制高点上。但是那边有一条未被占领的山谷，那儿只有一个法西斯分子建立的哨所，那是一家带谷仓的农家四合小院，法西斯分子在那里构筑了工事。安德雷斯怀揣着罗伯特·乔丹写给戈尔茨的信件一路走来，在黑暗中兜了一大圈才绕过了这个哨所。他熟悉这一带地形，知道哪里没有布设绊索，否则碰上了就会引发预先架设在那儿的枪支了，他在夜色中找到了它的位置，一步跨了过去，然后便沿着那条小溪往前赶路了，小溪两岸，白杨蔚然成行，杨树叶在夜风中摇曳着。一只雄鸡在那家农舍里啼鸣，那里就是法西斯分子们的哨所，他沿着小溪一路走着，边走边回头张望一下，透过一株株白杨树干，他看到那农舍里有一扇窗户的下沿亮着影影绰绰的灯光。夜色很宁静，夜空很清朗，安德雷斯离开小溪边，折向那片草甸了。

草甸上有四堆尖顶干草垛，自去年七月开战以来就一直堆在那儿。谁也没来取过草料，如今四个季节过去了，垛尖已塌了下去，好端端的草料就这样变成了废料。

安德雷斯从敷设在两堆干草垛之间的绊索上跨过去时，心里在感叹着，这多浪费啊。可是，那些共和党人却不得不背着干草料爬上位于草甸另一边的瓜达拉马山那陡峭的山坡，我估计，那些法西斯分子们是不需要这些草料的，他想。

他们储备了足够的草料和粮食。他们的东西多着呢，他想。不过，我们明天早晨就要狠狠打击他们了。明天早晨，我们要教训教训他们，为聋子报仇。他们简直就是野蛮人啊！不过，明天一早那条公路上可要尘土飞扬、热闹非凡啦。

他想尽快完成这次送信任务，好赶回来参加早晨对那几个哨所的袭击。然而，他果真还想回来吗？要不，他只是在装装样子说说而已？他知道，当那英国人通知他，这趟送信的差事要由他来完成时，他当即便有一种得到解救的感觉。对于这天早晨将要发生的事情，他早已做好了心理准备，是能够从容面对的。这本来就是分内的事情嘛。他当初是举手赞成这件事的，当然就该去做嘛。聋子被消灭的事给他留下了刻骨铭心的印象。可是，那毕竟是聋子啊。又不是他们。他们该干什么就得去干，那样才对。

可是，当英国人交代他去送那封信时，他心里产生的那种感觉就像他小时候经常感受到的那种情景一样，村子里过大节要举行庆祝活动了，可是早晨一觉醒来，却听说外边雨下得很大，地面太潮湿，广场上纵狗斗牛的活动都被取消了，因而热闹看不成了。

他小时候特别喜欢这种斗牛戏，整天期盼着它，期盼着那个时刻早点到来，让他能够来到那烈日炎炎、尘土飞扬的广场，那时候，一辆辆大车环绕着广场，堵住了各路出口，形成了一个封闭的场子，等到人们拉开运牛的笼子的那扇门时，那头公牛总是先用四蹄稳住身子，再从笼子里慢慢滑下来。他怀着激动、喜悦、吓得冒汗的心情期盼着的就是这一时刻，那时，在广场上，他能听见那头公牛用牛角撞击木笼的咔咔声，接着就看见它出来了，先用四蹄刹住身子，再慢慢滑进广场中，脑袋昂着，鼻翼大张，耳朵抽搐着，乌黑发亮的牛皮上沾满尘土，两侧的肚子上溅满干粪，他注视着它那双相距很宽的眼睛，一眨不眨地生在那对张得很开的牛角下，那对牛角又光滑又结实，如同被沙砾打磨过的海上浮木，锋利的角尖向上翘着，因此一看到那模样，你就会胆战心惊。

他整年都在期盼着这一天，期盼着公牛入场的那一刻，在那一刻，当你在盯着它那对眼睛时，它却在选择广场上可以攻击的对象，然后脑袋猛然一低，牛角竖起，像猫一样迅速冲过来，它发起冲击的那一刻能吓得你心脏停止跳动，他小时候整年期盼的就是这一刻；可是，那英国人命令他去送信时的那种感觉，却像小时候一早醒来就听到外面在下大雨一样，听着雨点敲打在石板屋顶上、冲刷在石墙上、落在村里那条泥泞的街道上的一个个小水坑里，心里就很是懊丧，但又像是得到了暂时的解救。

在村里举行的那些斗牛节上，他一向表现得很勇敢，勇敢得能跟本村或邻村的任何人比试高低，而且说什么也不会错过那每年一度的斗牛节的场面，尽管他并不去参加邻村举行的斗牛节。他有这种胆气能在那公牛冲过来时站在那里一动不动地等着，直憋到最后关头才向一旁跳开。如果那公牛撞倒了别人，他就在它嘴下挥动一只麻袋把它引开，有好多次，当公牛把人撞倒在地时，是他立马冲上去救人的，他抓住牛角使劲拉扯，攥住牛角用力摇晃，拳打脚踢着那公牛的脸面，直到它撇开那倒地的人而去攻击另外某个人。

他曾抓着牛尾巴使劲拖、拉、绞着，硬生生地把那公牛拖离了那被撞倒在地的人。有一回，他用一只手拖着牛尾巴转了一圈，直到另一只手能够得着牛的犄角，那公牛昂起头来要撞他，他便一手拽着牛尾巴，一手抓着牛犄角，身子跳后一步，同牛打起转转来，旋了好几圈呢，直到大伙儿蜂拥而上，扑到那公牛身上用刀子捅它。在那尘土飞扬、热气腾腾、你喊我叫、牛、人、酒的气味混成一团的场子上，他总是第一个冲出人群、和身扑向公牛的人，他对那个中的滋味也深有体会，那公牛在他身下拼命摇晃、闪转腾挪，而他则全身俯伏在公牛的肩胛部位，一条胳膊牢牢箍着一只牛角的根部，一只手紧紧抓着另一只牛角尖，手指抠得死死的，身子被拱起来，剧烈颠簸着，左胳膊感觉仿佛快要被甩得脱臼了似的，但他仍旧俯伏在那热烘烘、灰扑扑、毛茸茸的肌肉鼓涌着的牛肩隆上，牙齿紧紧咬住牛的一只耳朵，挥舞着刀子一刀一刀又一刀地猛扎那粗大、鼓胀、凸起的牛脖子，牛脖子里喷出的滚热的鲜血沾满了他的拳头，而他全身的重量都还悬挂在高高的牛肩隆上，在嘭嘭地连续不断地撞击着那公牛的脖子。

　　记得第一回像这样咬着牛耳朵死死不松口的时候，他的脖子、腮帮子都被那公牛甩得扭了筋，事后大伙儿都笑话他了。笑话归笑话，大伙儿还是很敬佩他的。此后，他每年都不得不再显露这一手了。他们称他为韦里亚康纳霍斯的霸喇狗[①]，还取笑他爱生啃牛肉呢。不过，村里人谁都盼着能看到他像这样耍牛呢，在每年的斗牛节上，他知道，都是让那公牛先露面，让它朝人群冲击、用犄角挑人，等大伙儿开始叫嚷着要有人冲上去杀牛时，他才会拉开架势，一马当先冲在众人前面，一跃而上去抢回他的头功。接着，等一切都结束了，那公牛在大伙儿身体的重压下也终于瘫倒在地、一命呜呼了，他就站起身来，默默地离开，为咬耳朵那一幕而害臊，但也得意得不能再得意了。然后，他就穿过一辆辆大车去石砌喷水池边洗手，沿路的人们会拍拍他的后背，递给他一只皮酒囊，说："好啊！我们为你欢呼啊，霸喇狗。祝你母亲长命百岁。"

　　也有人会说："这才不枉为长着一对鸡巴蛋的人啊！年年都表现得这么神勇！"

　　安德雷斯听了这些话会感到很害臊，也有点儿飘飘然的感觉，但还是很得意、很开心的，于是，他就朝大伙儿挥挥手，接着就去洗净他的双手和右臂，再把刀子仔细擦洗干净，然后再拿起其中的一只皮酒囊，漱漱口，把这一年嘴里的牛耳味儿漱漱干净；把漱口用的葡萄酒吐在广

[①] 韦里亚康纳霍斯为西班牙首都马德里辖区内一古老城区，据说公元8世纪即开始人丁兴旺，非常繁荣，但仍一直以农业型经济为主。该地区以其盛产橄榄油、葡萄酒、各类瓜果而闻名遐迩。霸喇狗（bulldog）是一种颈粗性猛的牧羊犬。

场的旗形石板地上，然后再高举皮酒囊，让喷出的酒线直射进喉咙深处。

当然。他就是当之无愧的韦里亚康纳霍斯的霸喇狗，可是，这称号也不是白得的，因此，他无论如何也不愿错过村子里这每年一度的能让他大显身手的好机会。然而他也深有体会了，什么也比不上雨声所产生的感觉好啊，因为雨声使他知道，可以暂时不干啦。

然而我必须回去，他暗暗告诫自己。回去肯定是不成问题的，但我必须赶上攻打哨所和炸桥的战斗。我兄弟埃拉迪奥还在那边呢，他可是我的嫡亲骨肉兄弟啊。还有安塞尔莫、普里米蒂伏、费尔南多、奥古斯汀、拉斐尔，尽管这家伙显然是个轻浮的人，还有那两个女人、巴勃罗、再加上那个英国人，尽管这个英国人不能算在内，因为他是个外国人，是奉命而来的。他们全都会参加这场战斗的。我可千万不能因为这偶然的送信差事就逃避这场考验啊。我必须尽快把信送到，圆满完成这个任务，然后马不停蹄地赶回去，按时参加攻打哨所的战斗。如果因为这偶然的送信任务而不能参加这次的行动，那我就太丢人啦。这一点再清楚不过了。此外，就像一个人一门心思只想着任务艰险的方方面面时，却忽然意外地发现，战斗中原来也有这么多的乐趣呢，于是，他对自己说，此外，我得好好享受一下消灭几个法西斯分子的乐趣。自从我们上次歼灭了一些敌人以来，时间已经过去太久啦。明天这一天可能要大见功效地打一仗了。明天这一天可能要真枪实弹地干一场了。明天这一天可能是很有意义的一天呢。明天肯定会来临的，我也肯定会到场的。

他此时正走在没膝深的荆豆丛中，在通向共和国防线的那面陡坡上攀登着，突然，一只鹩鸪呼喇一声从他脚边飞起，黑暗中传来的急促的振翅声惊得他差点儿没背过气去。这是突如其来的缘故啊，他想。它们的翅膀怎么能拍打得这么快呢？这只雌鹩鸪想必是在孵窝儿吧。我也许差点儿踩在它们的蛋上了。如果没有这场战争，我会在那棵矮树上缚一条手绢，等到白天回来掏鸟窝，我可以把鸟蛋带回家，放在抱窝的母鸡身下，等蛋孵出来，我们的鸡舍小院子里就会有小鹧鸪了，我要看着它们一天天长大，等它们长大了，我就拿它们去招诱别的鹧鸪。我不会弄瞎它们，因为这种鸟很好驯养。你会不会怕它们飞走呢？它们也许会飞走的。要是那样，那我就只好弄瞎它们啦。

可是，我就不忍心这么做，因为这些鹧鸪是我亲手养大的。我可以剪掉它们的翅膀，或者拴住一只脚，然后拿它们做诱鸟去招徕更多的鹧鸪。如果没有这场战争，我会和埃拉迪奥一起到法西斯分子哨所后面的那条小溪里去摸小龙虾。有一回，我们不到一天就在那条小溪里捉到了四十八只小龙虾呢。如果我们完成这场炸桥任务后去格雷多斯山区，那儿有几条漂亮的小河，也可以弄到鳟鱼和小龙虾。我倒是希望我们能去格雷多斯山区，他想。我们可以在夏天在格雷多斯山里把小日子过得美美的，秋天也能过得很好，不过冬天冷得不得了。不过，等冬天来临时，我们也许已经打赢这场战争啦。

假如我们的父亲不是个共和党人，埃拉迪奥和我现在没准就在法西斯分子那边当兵了，一个人若是当了他们那边的兵，那也就没什么问题可想了。人总得服从命令，活也好，死也罢，结果都是一个样，反正是由不得自己的。在一个政权下过日子要比向它做斗争容易些。

不过，这种非正规的打法倒是一件要担当很大责任的事。如果你是个爱操心的人，需要操心的地方可多啦。埃拉迪奥想得比我多。他还爱操心。我真心相信这项事业，从不怀疑，所以我也不操心。不过，这种生活方式未免负担太重了。

依我看，我们都出生在一个十分艰难的时代里，真是生不逢时啊，他想。依我看，任何一个时代可能都比现在好过。我们不觉得有多苦，那是因为我们大家都组织起来与苦难做斗争了。那些觉得生活很苦的人是不适合这种环境的。不过，这个时代也由不得你自己作抉择呀。法西斯分子向我们发动进攻，也就为我们做出了抉择。我们打仗是为了活命。不过，我倒很希望有一个办法能让我在原来那地方的那棵矮树上缚一块手绢，等到白天去把那些蛋拿回来，放在母鸡身下，那我就能在自家的庭院里看到刚孵出壳的小鹧鸪了。我希望得到的其实就是这种很寻常的微不足道的小东西。

可是，你没有家呀，没有家，哪有房子，哪来庭院啊。他想。你全家只剩下了一个亲人，一个明天就要去打仗的兄弟，而且你什么财产也没有，只有这风、太阳和一个空肚子。现在这风也很小，他想，连太阳也没了。你口袋里有四颗手榴弹，可是除了扔出去之外没别的用处。你背上有一支卡宾枪，可是除了把子弹打出去之外也没有别的用处。你有一份信件得送出去。你有一肚子屎可以拉在大地上，他在黑暗中咧嘴笑了笑。你还可以在上面撒泡尿呢，那叫举行抹油仪式。你有的每一样东西都是要准备拿出去的。你是个了不起的哲学家加倒霉蛋，他对自己说，不禁又咧嘴笑了。

要不是因为刚才脑子里想的全是些高尚的事情，他没准还会一直沉浸在那种暂时得到解救的感觉之中呢，如同村里要过大节的那天早晨伴随着雨声同来的那种感觉。这时，他前方的山梁顶上出现了政府军的阵地，他知道，一到那里，他就会受到仔细盘查的。

第三十五章

　　罗伯特·乔丹躺在睡袋里，紧贴着玛丽娅，姑娘还在睡梦中。他翻了个身侧卧着，背靠背地贴着姑娘，感受着她修长的身段贴在自己的脊背上，然而此时的肌肤相亲却成了一种莫大的嘲弄。你啊，你，他对自己恨得直咬牙。是啊，你。你第一次见到巴勃罗时就暗暗告诫过自己要警惕这家伙，他对你表示友好之日，就是他准备背叛你之时。你这该死的笨蛋啊。你这十足的该死的大糊涂蛋。别再色迷迷地惹这姑娘啦。这不是你此刻非做不可的事情。

　　这家伙有没有可能把那些东西藏起来了呢，抑或把它们全扔掉了？情况不大妙啊。再说，这黑灯瞎火的，你上哪儿找去。他大概把那些东西都藏起来了。他还拿走了一些炸药。啊，这肮脏透顶、罪该万死、奸诈卑劣的鸡奸犯。这无比下流、自甘堕落的窝囊废。他滚蛋就滚蛋，为什么偏偏还要带走引爆器和雷管呢？我真是个该死的地地道道的大笨蛋，怎么就糊涂到了这等地步，居然会把东西交给那个混账女人看管呢？这狡猾、奸诈、可恶的狗杂种。这无耻、卑鄙的王八蛋。

486

别再骂骂咧咧啦，耐下性子来吧，他暗暗告诫自己。你只好听天由命啦，充其量也只能这样啦。你被别人耍弄了一回啊，他暗暗告诫自己。你被别人算计到家啦，被骗得晕头转向，丧失理智了。你那该死的脑袋该清醒清醒了，消消气吧，别再这样一文不值地悲天怨人啦，像堵该死的哭墙似的 [①] 尽洒些没用的伤心泪。东西已经丢啦。你这该死的，东西已经没啦。呸，让那该死的龌龊的猪猡见鬼去吧。你可以 × 他妈的找到一条出路来的。你必须另想办法啦，因为你心里很清楚，这桥是非炸不可的，如果你要在那里站稳脚跟，并且——把这个混账念头也抛开吧。你为什么不请教请教你祖父呢？

噢，× 他妈的祖父，× 他妈的这奸诈无比、尽出叛逆、混账透顶、乌七八糟、污秽不堪的国家，让交战双方每一个 × 他妈的西班牙人统统都见鬼去吧，让他们永世不得翻身。× 他妈的，让他们统统见鬼去吧，拉尔戈、普列托、阿森西奥、米亚哈、罗霍，所有这些混蛋，× 他妈的让他们一个不剩、统统都见鬼去吧，死去吧。让这到处出叛徒、奸诈泛滥成灾的国家见鬼去吧。让他们那利己主义和自私自利之心、让他们那自私自利之心和利己主义、让他们那自高自大、诡计多端的奸诈行为都统统见鬼去吧。× 他妈的，让他们统统下地狱，永世不得翻身。在我们为他们送死之前，先 × 他妈的让他们见鬼去吧。在我们为他们送死之后，也 × 他妈的让他们见鬼去吧。× 死这些王八蛋，让他们下地狱吧。上帝啊，让巴勃罗见鬼去吧。巴勃罗是他们的总和。上帝啊，可怜可怜西班牙人民吧。他们的领袖没有一个会不坑害他们。他们两千年来只出了一个好人，巴勃罗·伊格莱西亚斯 [②]，其余的没有一个不祸国殃民。我们哪能知道他在这场战争中会不会挺身而出、坚持下去呢？我记

<hr>

① 哭墙（Wailing Wall）：耶路撒冷城内回教奥马尔寺院附近一庭院的围墙，高 59 英尺，据传系由所罗门圣殿的石块所砌，犹太人于每星期五在此墙前相聚，做祈祷或哀悼。

② 巴勃罗·伊格莱西亚斯（Bablo Iglesias Posse, 1850—1925），西班牙社会主义运动的先驱和工党领袖，是西班牙社会主义工人党（1879）和西班牙全国总工会（1888）的缔造者。

得我当初曾认为拉尔戈①也挺好的呢。杜鲁蒂②也是个好人，却被他自己人在法国人桥上枪杀了。枪杀他，是因为他命令他们向前进攻。根据光荣的无纪律的纪律枪杀了他。这胆小怕死的猪猡。噢，让这些×他妈的该死的家伙统统见鬼去吧。还有那个偷走了我引爆器和那盒雷管的巴勃罗。吁，×他妈的，把这家伙打入地狱的最底层吧。可是，不。倒是他这个该死的把我们打入地狱了。反倒是他们这帮混蛋老是在坑害我们，从科尔特斯、阿维拉的梅嫩德斯，一直到米亚哈，坑我们的总是他们。瞧瞧米亚哈是怎么整克莱伯的吧。这个妄自尊大的秃顶猪猡。这个愚蠢透顶却自以为有学问的狗杂种。这帮狂妄不已、自命不凡、背信弃义的猪猡竟然一直在统治着西班牙并左右着她的军队，×他妈的，让这些人统统见鬼去吧。除了老百姓，×他妈的，人人都见鬼去吧，而且千万要当心啊，这帮人一旦掌了权，会变成什么模样啊。

他越骂越出格，蔑视和嘲弄的面也越来越宽，也越来越不公正，连他自己的信仰也不敢相信了，直到满腔怒火终于开始渐渐平息下来。假如你骂的这些都属实，那你为什么还待这儿呢？不完全是这样的，这你知道。瞧瞧所有那些善良的人吧。瞧瞧所有那些优秀的人物吧。他无法容忍待人不公正。他厌恶不公正，就像他厌恶残忍的暴行一样，他义愤填膺地躺在那儿，满腔怒火使他失去了理智，一直骂到那股怒火渐渐平息，那炽热、火爆、狠毒、盲目、杀气腾腾的怒火完全消失，他的心智才趋于平静，变得出奇的空灵、冷静、敏锐、清醒了，就像一个男人跟一个他所不爱的女人完成了一次性交活动之后的那种感觉一样。

"还有你，你这可怜的小兔乖乖啊，"他凑过身去对着玛丽娅说，她仍在睡梦中，脸上洋溢着甜美的微笑，竟蠕动着贴在了他的身上，"要

---

① 拉尔戈（Francisco Largo Caballero，1869—1946），西班牙政治家，西班牙社会党和西班牙全国总工会的领袖，曾担任"西班牙第二共和"总理（1936—1937）。
② 杜鲁蒂（Jose Buenaventura Drruti Dumange，1896—1936），西班牙无产阶级领袖，革命军杰出将领和军事指挥家，西班牙内战时期革命军的核心领导人之一。

是你刚才开口说话了，我会在这儿打你一下的。男人在大发雷霆时多像
一头野兽啊。"

他现在紧紧依偎着姑娘了，展开双臂紧紧拥抱着她，下巴颏顶在她
肩膀上，一边躺在那儿，一边在缜密地思考着他得干些什么，以及怎样
干的方法。

看来情况还不至于太糟糕，他想。情况确实并没有那么严重。我不
知道以前是否曾有人这样干过。不过，这种事情总归是要有人去做的，
今后谁要是遇上了类似的困境，就有法可效了。如果我们这样做了，人
们也就得知了。如果人们知道了，那也好啊。如果他们根本就不想知道
我们是怎样干成的呢。我们人手太少啊，不过，事到如今，为此而担忧
也没什么意义。我就利用我们现有的力量和手段来做掉这座桥吧。上帝
啊，幸亏我从满腔怒火中及时解脱出来了。刚才真像是经历了一场疾风
骤雨啊，简直憋得喘不过气来了。发飙也是一种莫大的快感呢，但你却
消受不起它。

"全都计划好啦，小美人儿，"他凑在玛丽娅的肩膀上温柔地说，
"你没有为此事费过脑筋啊。你什么也不知道。我们会丢掉性命的，但
是我们也会炸掉那座桥的。你迄今还没有为这一点操过心呢。这可不是
什么结婚礼物啊。不过，一夜的欢愉不也是无比珍贵的吗？你享受到了
一夜欢愉啦。看看你能否把它当作戒指戴在你的手指上吧。睡吧，小美
人儿。好好睡吧，我亲爱的宝贝。我不来弄醒你。我现在也只能做到这
一点啊。"

他躺在那儿，无限柔情地轻轻拥着她，感受着她均匀的呼吸，感受
着她心脏的搏动，密切注视着腕表上指针的移动。

第三十六章

　　安德雷斯在向政府军的前沿阵地喊话。情况是这样的，他一到达那面布设着三重铁丝网的陡坡下就立即匍匐在地，坡顶上便是那用石块和土坯垒成的胸墙，他在陡坡下朝上面大声呼喊着。这里并没有连绵不断的防线，他完全可以借着夜色轻而易举地从这个阵地上穿插过去，并进一步深入到政府军的腹地，一路上也不会碰到有人盘查他。不过，从这里过境似乎比较安全，也比较简单。

　　"你们好！"他用西班牙语大声呼喊着，"你们好，民兵们！"

　　他听到的是拉枪栓、推子弹上膛的咔哒声。接着，在稍远点的胸墙那边，有人用步枪开了一枪。砰的一声枪响，一道黄光倏的一声窜出，刺破了黑暗。安德雷斯一听见那咔哒声，便已匍匐在地，脑门冷不防重重地磕在了地上。

　　"别开枪，同志们，"安德雷斯大叫起来，"别开枪！我要进去。"

　　"你们有多少人？"有人在胸墙后喊话了。

　　"一个。我。就我一个。"

　　"你是谁？"

"安德雷斯·洛佩斯，韦里亚康纳霍斯人。巴勃罗小分队的。来送信的。"

"你带着步枪和别的武器装备吗？"

"带了，老兄。"

"凡是带着枪和武器装备的人，我们一律不放行，"那声音在说，"团组也不得超过三人。"

"就我一个，"安德雷斯大声说，"情报很重要。放我进去吧。"

他听得见他们在胸墙后商量，但听不清他们在说什么。接着，那声音又喊道，"你们多少人？"

"一个。就一个。就我一个。看在上帝的分上。"

他们又在胸墙后商量。接着，那声音又喊道："听着，法西斯分子。"

"我不是法西斯分子，"安德雷斯高喊着，"我是游击队员，巴勃罗小分队的。我有情报要送往总参谋部。"

"他疯了，"他听到有人在说，"扔个手榴弹招呼他。"

"听着，"安德雷斯说，"就我一个。光杆儿一个。我 × 他奶奶的，就我赤条条一个人，别他妈的疑神疑鬼啦。放我进去吧。"

"他说话像是个基督徒呢。"他听到有人在说笑。

接着，又有人说："最好的办法就是扔下一颗手榴弹去招呼他。"

"别，"安德雷斯大叫起来，"那就大错特错啦。这情报很重要。快放我进去。"

这就是他从不喜欢在敌我双方的防线之间来回奔波的原因。偶尔会有一两次还算顺利。但没有一次是让人高兴的。

"就你一个吗？"那个声音又喊了一遍。

"我 × 他奶奶的[①]，"安德雷斯气得用西班牙语吼叫起来，"我都跟你们说了几遍啦？就我一个。"

[①] 此处原文为西班牙俚语：*Me cago en la leche*。

"那好，如果就你一个，站起来，把枪举过头顶。"

安德雷斯站起身来，双手将卡宾枪举过头顶。

"好，从铁丝网下钻过来。我们的机关枪在对着你呢。"

安德雷斯进入了第一道 Z 字形铁丝网。"过铁丝网我得用手啊。"他大声说。

"手不许放下来。"那个声音命令说。

"我被铁丝网勾住啦。"安德雷斯喊了一声。

"还不如扔个手榴弹去招呼他呢。"一个声音说。

"让他背上枪吧，"另一个声音说，"他举着双手也没法过铁丝网啊。总得讲点儿道理吧。"

"这些法西斯分子都会这一套，"刚才那个声音又说，"他们得寸进尺。"

"听着，"安德雷斯大声说，"我不是法西斯分子，是游击队员，是巴勃罗小分队的。我们消灭的法西斯分子比得斑疹伤寒死掉的人还多呢。"

"我从没听说过什么巴勃罗小分队，"那个人显然是这哨所的头头，他说，"也没听说过什么彼得呀，保罗①呀，也没听说过任何圣徒或信徒。也没听说过他们的小分队。把枪背在肩上，用手拉着铁丝网过来吧。"

"快点，别叫我们用机关枪扫射你。"那个人又在叫喊。

"说话这么不客气啊！②"安德雷斯用西班牙语说，"你们也太不够朋友啦。"

他正在费劲地钻铁丝网。

"够朋友？"有人朝他大喝一声，"我们在打仗呢，伙计。"

---

① 彼得、保罗都是耶稣的门徒。"保罗"在西班牙语中就是"巴勃罗"。那军官因听到"巴勃罗"的名字而想起《圣经》里的人物，便以此来开安德雷斯的玩笑。

② 此处原文为西班牙语：*Que poco amables sois*。

"开始有这个意思啦。"安德雷斯说。

"他说什么?"

安德雷斯又听见有人在拉枪栓。

"没什么,"他大声说,"我没说什么。别开枪,等我钻过这狗日的铁丝网再说。"

"不许侮辱我们的铁丝网,"有人大声说,"否则,我们就让你吃手榴弹。"

"我想说的是,多好的铁丝网啊,①"安德雷斯用西班牙语大声说,"这铁丝网真漂亮啊。上帝掉茅坑里啦。多可爱的铁丝网啊。我很快就会成为你们的战友啦,哥们。"

"干脆扔颗手榴弹招呼了他算啦,"他听到那声音在说,"我告诉过你们,这办法最简单,一劳永逸。"

"哥们。"安德雷斯说。他已汗水淋漓了,他知道,那个提倡扔手榴弹的家伙完全有可能随时扔下一颗手榴弹来。"我是个无足轻重的人啊。"

"这我相信。"那个提倡扔手榴弹人说。

"这就对啦。"安德雷斯说。他正在小心翼翼地过第三道铁丝网,离那堵胸墙已经很近了。"我倒是无关紧要,反正什么也不是。不过,这件事却十分重要。非常非常重要。②"

"没有什么事情比自由更重要了,"那个提倡扔手榴弹的人大声说,"你认为还有什么事情比自由更重要吗?"他厉声问。

"没有了,伙计。"安德雷斯说着,松了口气。他心知自己遇上了一群狂热分子;那帮戴着黑红两色围巾的家伙。"自由万岁!③"

"伊比利亚无政府主义者联合会万岁!全国劳工联合会万岁!"他

---

① 此处原文为西班牙语:*Quiero decir,que buena alambrada*。

② 此处原文为西班牙语:*Muy,muy serio*。

③ 此处原文为西班牙语:*Viva la Libertad*!

们在胸墙后用西班牙语向他高呼着。"无政府—工团主义万岁 [1]，自由万岁。"

"我们万岁 [2]，"安德鲁斯也用西班牙语高呼着，"我们自己万岁！"

"原来他是和我们信仰一致的同志啊，"那个提倡扔手榴弹的人说，"我刚才差点就用这玩意儿把他报销了。"

他看了看攥在手里的那枚手榴弹，望着安德雷斯正在翻越胸墙，心里唏嘘不已。这位提倡扔手榴弹的人张开双臂拥抱着安德雷斯，那枚手榴弹仍握在手里，因此，当他搂着安德雷斯时，那枚手榴弹便压在安德雷斯的肩胛上，这手榴弹提倡者吻了吻安德雷斯的双颊。

"我很满意呀，你毫发无损，兄弟，"他说，"我非常满意。"

"你们的长官在哪儿？"安德雷斯问。

"这儿我是指挥官，"一个人说，"让我看看你的证件吧。"

他把证件全部拿进掩体，就着烛光仔细检查着。那是一小块折叠起来的绸布，上面印着共和国国旗，中央盖着军事情报部的公章。里面有一张 *Salvoconducto*，也就是安全通行证，列具着他的姓名、年龄、身高、籍贯，以及他此行的任务，是罗伯特·乔丹用他笔记本里的一页纸写成的，并盖有军事情报部的橡皮图章，还有一份要呈送给戈尔茨的急件，共有四页纸，都整整齐齐地折叠着，用一根线捆扎着，并用蜡加封得严严实实，加盖着军事情报部橡皮图章木柄顶端上的钢印。

"这个我见过，"担任这个哨所的指挥官的人说着，交还了那块绸布，"这个你们全都有，我知道。不过，有这个也证明不了什么问题，还得有这个。"他拿起那张通行证，有从头至尾仔细查看了一遍。"你原籍在哪儿？"

"韦里亚康纳霍斯。"安德雷斯说。

---

[1] 此处原文为西班牙语：*Viva la F. A. I. Viva la C. N. T.*，*Viva el anarco-sindicalismo*，*Viva el anarco-sindicalismo*！

[2] 此处原文为西班牙语：*Viva nosotros Viva nosotros*。

"那儿有哪些特产？"

"西瓜，"安德雷斯说，"全世界人都知道。"

"你在那儿认识哪些人？"

"干吗？你也是那儿出来的人吗？"

"不是。但我去过那里。我是艾伦胡埃斯[1]人。"

"问吧，随你问到哪个人，我都说得上来。"

"说说何塞·林贡的模样吧。"

"开杂货店的那个？"

"没错。"

"剃着光头，腆着个大肚皮，一只眼睛有点斜视。"

"那就是了，看来你这证件还是靠得住的，"那人说罢，把证件交还给他，"可是，你在那边是干什么的？"

"运动前，我父亲在维里亚卡斯汀落了户，"安德雷斯说，"就在山那边的平原上。没想到，我们在那儿居然也卷入了这场运动。从此以后，我就一直在巴勃罗的游击小分队里打仗。不过，我要急着赶路呢，伙计，要赶紧送出这封急件。"

"法西斯占领区的情况怎么样？"那名指挥官问。他一点儿也不急。

"今天我们吃了不少番茄呢，"安德雷斯骄傲地说，"今天那条公路上尘土飞扬，足足热闹了一整天。今天他们彻底灭掉了聋子的那支游击小分队。"

"聋子是谁？"对方不屑一顾地问。

"山里最棒的一支游击队的领导人。"

"你们都该到共和国这边来参军啊，"那军官说，"这种傻不拉叽的游击队活动近来闹得还挺欢，却没什么意思。你们的人都该到这边来，

---

[1] 艾伦胡埃斯是一座古城，位于马德里正南48公里处，距托莱多也是48公里。有众多名胜古迹，并盛产瓜果蔬菜，供应马德里市场。

服从我们自由派的纪律。这样，当我们需要派出游击队时，我们就可以根据需要进行调遣。"

安德雷斯这个人生来就是一副好耐性，他的耐性可以说几乎好到了极点。他从容不迫地接受了钻铁丝网的那一幕。这样的盘查诘问一点儿也没有使他气恼。至于这人竟然对他们一点儿也不了解，对他们正在从事的工作也很不以为然，他认为这也是完全正常，无可厚非的，这人如此这般地像白痴一样蠢话连篇也是意料之中的。至于过境手续进行得如此缓慢，认为这也是意料之中的；不过，他这时还是希望能马上就走。

"听着，朋友，"他用西班牙语说，"你的话也可能很有道理。可是，我奉命把这份急件送给指挥第三十五师的将军，这支部队在天亮时就要在这一带发起进攻了，而现在已经是深夜，时候不早了，我得走啦。"

"什么进攻？你怎么知道要有进攻的？"

"不。我什么也不知道。但我必须马上赶往纳瓦塞拉达，再从那儿继续往前赶路。请你派人带我去见你们的指挥官，让他给我安排交通工具，使我能从那儿继续往前赶路，好吗？请你马上派人带我去见他，跟他说说这件事，情况紧急，不能再耽搁啦。"

"我对你说的这一切非常怀疑，"他说，"真不如刚才在你过铁丝网的时候就一枪把你给毙了呢。"

"你已经检查过我证件啦，同志，我也对你解释过我的任务了。"安德雷斯对他说，仍旧很有耐心。

"证件是可以伪造的，"那军官说，"任何一个法西斯分子都可以编造出这样的任务来。我要亲自带你去见指挥官。"

"好，"安德雷斯说，"你去最好。不过，我们得赶快走啦。"

"你，桑切斯。你代替我指挥一下，"那军官说，"你明白自己的职责，要跟我一样。我带这位所谓的同志去见指挥官。"

他们沿着山顶背后那条很浅的战壕走下去，黑暗中，安德雷斯感到这地方臭不可闻，那些守卫这个山头的士兵们在这片生长着欧洲蕨类植物的山坡上到处拉屎撒尿，把整个山坡弄得臭气熏天。他不喜欢这些人，因为他们很像一群爱惹是生非的大孩子；他们龌龊、污秽、下流、不服管束、热情、义气、可爱、荒唐可笑、愚昧无知，然而他们是随身带着武器的，因而总是很危险。他，安德雷斯，除了拥护共和国之外，并没有任何政治偏见。他多次听过这些人的高谈阔论，他认为这些人的言辞往往都很漂亮，说得也很动听，但他就是不喜欢他们。拉了屎尿也不掩埋，不能说这就是自由吧，他想。没有比猫更自由的动物啦；然而猫是掩埋自己拉的屎尿的。猫是最好的无政府主义者。要等他们向猫学会了掩埋屎尿，我才会尊敬他们。

那军官在他前面突然停下脚步。

"你还带着你那支卡宾枪吧。"他说。

"是啊，"安德雷斯说，"干吗不？"

"把枪给我，"那军官说，"你拿着枪，就会在我背后打我黑枪了。"

"为什么？"安德雷斯问他，"我为什么要在你背后打你黑枪啊？"

"那谁能说得准啊，"那军官说，"我谁也不信。把那卡宾枪给我吧。"

安德雷斯把枪卸下肩头，递给了他。

"既然你乐意替我扛枪，那你就扛着吧。"他说。

"这样要好些，"那军官说，"这样我们都安全些。"

他们继续在黑暗中往山下走去。

第三十七章

　　此时，罗伯特·乔丹正躺在姑娘身边，他在注视着那只腕表上正一点一点流逝着的时光。时光在慢慢地、几乎难以察觉地流失着，由于那是一只很小的腕表，他没法看清那根秒针。但是他在注视着那根分针，他发觉，只要凝神静气，他几乎能看出它在移动。那姑娘的脑袋就倚在他下巴颏下，他只要转过头来看腕表，脸颊便会碰触到她那头发很短的脑袋，他感到这头短发很柔软，充满活力，如丝绸般光滑且起伏有致，颇像紫貂的毛发，当你打开捕兽器的夹层，拎出被抓住的紫貂，抱着它，抚弄它那柔顺滑溜的皮毛，那毛发在你掌下被抚平之后又会立刻竖起来。他的脸颊一触到玛丽娅的头发，他的喉咙里便感到一阵发堵，当他伸出双臂拥着她时，一阵落寞的痛楚之感便由喉咙传遍全身；他低下头，眼睛凑近腕表，只见那根矛形夜光指针的尖头正在表盘左半部缓缓向上移动着。他这时看到它在稳稳当当、清清楚楚地移动着，他这时才搂紧了玛丽娅，想延缓时光的飞逝。他不忍心叫醒她，但是，在此时此刻，在这最后的一刻，他又不能不去碰她，于是，他把嘴唇贴在她耳根下，顺着她的颈边一路吻上去，感受着她细嫩滑润的肌肤，轻轻摩挲着她柔软的汗毛。他可以看得见表盘上的指针在移动，于是，他把她抱得更紧了，伸出舌尖沿着她的脸颊一路热吻过去，吻到她的耳垂，再顺着那曲线优美的耳轮一直吻到那可爱而结实的耳尖，他的舌头在不住颤栗着。他感到这阵颤栗涌遍了全身，与那落寞的痛楚融合在一起，而这时，他看到表盘上的那根分针已形成锐角，快要接近表盘顶端时针的所在位置了。这时，趁她还在熟睡之中，他扶正她的头，把嘴唇压在她的嘴唇上。嘴唇就那样贴着，只是轻轻地碰触着她仍在睡梦中的丰满结实的嘴唇，他温柔地在她嘴唇上来回吻着，感受着嘴唇与嘴唇轻轻的摩擦。他支起身子对着她，他感到她那修长、轻盈、可爱的身子在微微战栗着，随即，她在睡梦中娇喘了一下，接着，她，依然还在睡梦中，也抱紧了他，接着，不再是睡梦中了，她的嘴唇迎合着他的嘴唇，有力地、热烈地、迫切地吻着他的嘴唇，于是，他说："可是那儿疼啊。"

她立即说："别，那儿不疼了。"

"小兔乖乖。"

"别，别出声。"

"小兔乖乖。"

"别出声。别出声。"

于是他们融合为一体了，这样，尽管表盘上的指针仍在移动，但在这时已不再受到关注，他们彼此深刻体会着，凡是发生在一个人身上的事也一定会发生在另一个人身上，除此以外，无论什么事都像不会再发生了；这就是一切，这就是永恒；这就是曾经的拥有，这就是对现在的把握，这就是对未来的憧憬。这销魂的一刻，他们将不能再享受这一销魂时刻，他们此时正尽情地享受着。他们在拥抱现在、拥抱过去、拥抱永恒，而现在、现在、现在。啊，现在、现在、现在，这唯一的现在，这高于一切的现在，这只有你存在的这个现在，不存在别的现在了，而现在就是你的先知。现在，永远是现在。现在来吧，现在，因为除了现在就没有现在了。是啊，现在。现在，请吧，现在，唯一的现在，除了这唯一的现在，别的都不存在，而你就在这儿，我也在这儿，那另一个也在这儿，而且没有为什么，永远没有为什么，只有这个现在；这个延续着的现在，这个永恒的现在，那就请吧，这个永恒的现在，永恒的现在，因为现在永远只有一个现在；一个唯一的一个，除了现在的一个没有别的一个，一个，正在进行着的现在，正在升腾着的现在，正在扬起风帆远航着的现在，正在离去的现在，正在滚滚前进着的现在，正在凌空翱翔的现在，正在消失的现在，正在一路飘向远方的现在，一切的一切都在飘向远方的现在；一加一等于一，一个和一个结为一个，结为一个，结为一个，还是结为一个，不断下沉地结为一个，柔情似水地结为一个，如饥似渴地结为一个，亲热地结为一个，欢愉地结为一个，美满地结为一个，结为一个相亲相爱的现在，结为一个大地回春的现在，胳膊肘撑在砍下来当床睡的松树枝上，床上散发着松枝的芬芳和这最后之夜的气息；云收雨散回归大地的现在，而这一天的早晨也即将来临了。这时，他说，因为那另一件事只能留在他脑海中，他什么也没说，"啊，玛丽娅，我爱你，我为这个谢谢你。"

玛丽娅说："别出声。我们什么也别说，这样更好些。"

"我一定要告诉你，因为这是一件大事。"

"别。"

"小兔乖乖——"

但是她紧紧抱住了他，扭过头去，他便温柔地问："是因为疼吗，小兔乖乖？"

"不，"她说，"我也感到很欣慰呢，因为你让我又一次进入了那'美妙的境界'①。"

事后，他们静静地并排躺着，脚踝、大腿、臀部、肩膀都贴在一

---

① 此处原文为西班牙语：la gloria。

起，罗伯特·乔丹这时正对着腕表，又能看到表盘了，玛丽娅说："我们真有福分啊。"

"是啊，"他说，"我们是有福之人嘛。"

"没时间睡觉了吧？"

"是的，"他说，"马上就要开始行动了。"

"那么，如果我们必须起床了，我们就赶紧去弄点儿东西吃吧。"

"好吧。"

"你。你一点儿也不发急吗？"

"是啊。"

"真的？"

"不。只是现在还没有。"

"但你刚才发急了吧？"

"有一小会儿。"

"我能帮点儿忙吗？"

"别，"他说，"你帮的忙已经够多啦。"

"你是指那个吗？那是你在为我呀。"

"那是为了我们俩，"他说，"这不是一个人的事。来吧，小兔乖乖，我们穿上衣服吧。"

然而，他的心，那是他最好的伴侣，仍在想着那美妙的境界。她用的是 *La Gloria* 这个词。这个词并不等于英语中的"光荣"，也不同于法国人所写所说的 *La Gloire*。这是西班牙民歌和唱经 [1] 里才有的东西。这种境界当然存在于画家格列柯和诗人圣胡安·德·拉·克鲁斯以及其他作家的作品中。我不是神秘主义者，但否认它的存在，就像你否认电话、地球绕太阳旋转或宇宙间还有其他行星一样，是十分无知的

---

[1] 原文为 Cante Hondo 和 Saetas。Cante Hondo 意为"深沉的颂歌"，是西班牙安达卢西亚地区的民歌，节奏单调，音调深沉，有吉卜赛人的风味。Saetas 也是安达卢西亚地区的颇有古风的宗教颂歌，为天主教徒在宗教仪式上所吟诵。

表现。

我们对该知道的东西知道得真少啊。我希望我能活下去，活得长久一些，而不是今天就死去，因为我在这四天中对人生已经有了很多感悟；依我看，这四天里的收获已大大超过了以往任何时候。我愿做个老人，具有真知灼见。我不知道你是否能坚持不懈地学下去，要不，每个人是否只能理解一定数量的问题呢。我还认为我知道的东西很多呢，现在看来我是一无所知啊。但愿我能有更多的时间。

"你教会了我很多东西呢，小美人儿。"他说，用的是英语。

"你说什么？"

"我从你身上学到了很多东西。"

"哪儿的话呀，"她说，"你才是受过良好教育的人呢。"

受过良好教育，他想。我所受的教育才刚刚微乎其微地开了个头啊。才微微开了个头。如果我今天就死了，那简直是一大浪费啊，因为我现在懂得一些事情了。我不知道你是不是因为时间短促使你变得过于敏感，直到现在才愿意去了解这些事情的？然而，并没有所谓的时间短促这种事情啊。你也应该有足够清醒的头脑认识到这一点。自从来这儿以后，我的全部生活都在这高山峻岭之中。安塞尔莫是我相处最久的朋友。我熟识查尔斯、我熟识查布、我熟识盖伊、我熟识迈克①，这些人我都熟识，但都比不上我对安塞尔莫的熟识程度。奥古斯汀，虽说满口脏话，是我的兄弟，而我本来是没有兄弟的。玛丽娅是我的真爱、我的妻子。我从来不曾有过真爱。我也从来不曾有过妻子。她也是我的妹妹，而我本来是没有妹妹的。也是我的女儿，而我永远也不会有女儿啦。我真不愿意离开这么美好的事物啊。他系好了绳底鞋。

"我发现生活非常有意思。"他对玛丽娅说。她正坐在他身边，坐在睡袋上，双手合十抱着脚踝。有人掀起了山洞入口处的挂毯，他们俩都

---

① 这些人都是主人公罗伯特·乔丹在其家乡的青年朋友。

看到了灯光。夜色依然很黑，暂时还没有黎明要到来的迹象，他抬头透过松林望去，却见星辰已经低垂。在现在这个月份里，早晨说来就来了。

"罗伯托。"玛丽娅说。

"哎，小美人儿。"

"在今天的这个行动中，我们是可以在一起的，是吗？"

"可以，但要等打响之后。"

"开始的时候不行吗？"

"不行。你得和那几匹马在一起。"

"我不能和你在一起吗？"

"不能。我的活儿只能由我来干，有你在身边，我会担忧的。"

"但是，事情一结束，你就会快快回来吗？"

"非常快，"他说着，在黑暗中咧开嘴笑了，"走吧，小美人儿，我们去吃点东西。"

"那你的睡袋呢？"

"要是你乐意，就把它卷起来吧。"

"我当然乐意啦。"

"我来帮你。"

"别。我自己来吧。"

她跪在地上把睡袋拉平整，卷了起来，但随后又改变了主意，站起身来拎起睡袋抖了抖，弄得啪啪直响。然后她又跪下，拉直铺平了再卷。罗伯特·乔丹提起那两只背包，小心翼翼地抱着，以免包里的东西从裂口中漏掉，然后穿过松林朝挂着毛毯的洞口走去，山洞里已经有炊烟了。在他的手表显示的时间是三点差十分时，他用胳膊肘拨开门毯，钻进了洞里。

第三十八章

　　他们都在山洞里，那些男的站在火塘前，玛丽娅在煽火。比拉尔已经煮好一壶咖啡。从起先那会儿去叫醒罗伯托·乔丹以后，她根本就没有上床睡觉，此时，在这炊烟缭绕的山洞里，她正坐在一张凳子上缝补罗伯托·乔丹背包上的裂口。另一只背包已经缝好了。火光映照着她的脸。

　　"再来些炖肉吧，"她对费尔南多说，"撑饱肚子有什么关系？要是给牛角挑破了，这里可没有医生给你动手术啊。"

　　"别说得这么难听嘛，你这女人，"奥古斯汀说，"你这根舌头只有老婊子才有。"

　　他身子依着那挺机关枪站着，折起的支架紧贴着有一个个散热孔的枪管，衣服的口袋里塞满了手榴弹，一侧肩上背着一袋子弹盘，另一侧肩上挂着满满一条子弹带。他在抽着雪茄，一只手里还端着一碗咖啡，把碗举到嘴边时，在咖啡的表面上喷了一口烟。

　　"你简直成了会走路的五金店啦，"比拉尔对他说，"背着这么多的东西，你恐怕连一百码也走不到。"

　　"什么话呀，妇人之见，"奥古斯汀说，"这一路全是下坡呢。"

"到哨所那边有一段是上坡，"费尔南多说，"然后才是下坡。"

"我能像山羊一样爬上去。"奥古斯汀说。

"你那兄弟呢？"他问埃拉迪奥，"你那大名鼎鼎的兄弟临阵脱逃了吧？"

埃拉迪奥正靠墙站着。

"闭嘴。"他说。

他有些紧张，他也知道大家都知道他有这个特点。每次行动之前，他总归会有些紧张，而且烦躁不安。他从墙边走到桌前，动手从一只包着生皮的背篓里拿手榴弹往口袋里装，背篓是敞开的，就靠在桌腿边。

罗伯特·乔丹也在背篓边蹲下，紧挨着他。他把手伸进背篓，拿了四枚手榴弹。三枚是椭圆形米尔形手榴弹，有网格状凹纹，厚实的铁壳顶端有弹簧杆，由一片扁销扣住，连着一只拉环。

"那些东西是从哪儿弄来的？"他问埃拉迪奥。

"那些吗？那些是共和国给的。老头子带过来的。"

"好用吗？"

"分量很重，但很值钱，①"埃拉迪奥用西班牙语说，"每一颗都值好大一笔钱呢。"

"这些都是我带过来的，"安塞尔莫说，"六十颗一袋。90磅重呢，英国人。"

"你们用过吗？"罗伯特·乔丹问比拉尔。

"你这是什么话呀，还我们用过吗？"妇人说，"巴勃罗当初就是用这种手榴弹消灭奥特罗哨所的。"

她一提到巴勃罗，奥古斯汀就立即破口大骂起来。罗伯特·乔丹借着火光把比拉尔脸上的表情看了个清清楚楚。

---

① 此处原文为西班牙语：*Valen mas que pesan*。

“少说几句吧，”她对奥古斯汀厉声说，“这么骂骂咧咧的也没什么用处。”

“这玩意儿每次都炸得响吗？”罗伯特·乔丹手里拿的是一颗漆成灰色的手榴弹，他用拇指的指甲盖试了试扁销的弯扣。

“每次都响，”埃拉迪奥说，“我们用过的那一批里没有一个哑弹。”

“爆炸速度快不快？”

“时间足够你投掷出去，落地就炸。很快。快得很呢。”

“那么，这些呢？”

他拿起一枚菜汤罐头形状的手榴弹，拉环上系着一根带子。

“那都是些没人想要的垃圾，”埃拉迪奥对他说，“也能爆炸。没错。可是只见火光，没有弹片飞开来。”

“可是，绝对都能炸得响吗？”

“什么话呀，哪有什么绝对的事情啊，”比拉尔说，“不管我们的军火，还是他们的，都没有绝对有保证的。”

“可是，你刚才不是说，另外那种每次都能炸响吗？”

“不是我说的，”比拉尔对他说，“你问的是别人，没问我。我可没见过这种货色有什么绝对的保证。”

“本来就是个个都能炸响嘛，”埃拉迪奥坚持说，“人说话总得要实事求是才对呀，你这是妇人之见。”

“你怎么知道个个都能炸响？”比拉尔问他，“向来都是巴勃罗扔这些手榴弹的。你在那次奥特罗就没杀过一个敌人。”

“那个老婊子养的儿子，”奥古斯汀又骂开了。

“别再骂啦，”比拉尔厉声说，但她接着又说，“这些手榴弹其实都差不多，英国人。不过，那种有槽纹的用起来要方便些。”

我最好把每一种都拿上一枚，罗伯特·乔丹想。不过，那种有凹槽的捆扎起来要容易些，也保险些。

“你也打算扔几颗手榴弹吗，英国人？”奥古斯汀问。

"不行吗?"罗伯特·乔丹说。

但是,他蹲在那儿挑拣那些手榴弹时,心里想的却是:这办法行不通啊。我怎么会在这件事情上自己欺骗自己呢,真不明白。在他们攻打聋子时,我们其实就已经完蛋了,就像大雪一停,聋子就完蛋了一样。你只是不愿承认这一点罢了。你不得不硬着头皮干下去,并且制定了一个你自己也知道根本行不通的方案。你设计了这个方案,可是你现在已经知道,这个方案是没有用的。这个方案现在已经没用啦,到早晨来临了才知道。凭你现有的人员和武器装备,随便打掉两个哨所中的哪一个,都绝对不成问题。但是你没法把两个哨所都同时拿下。我是说,你没有这个把握。你不能自己骗自己。天快要亮了,别再骗自己了。

想一举打掉两个哨所是根本做不到的。这一点巴勃罗一直看得很清楚。我估计他一直都在盘算着要溜之大吉呢,因为他知道,在聋子遭到攻击时,我们就已成了瓮中之鳖了。你不能把行动计划建立在可能会出现奇迹的假设上。如果你没有更好的办法而仅凭你现有的这些人马去展开行动,你就会葬送掉所有这些人的性命,甚至连你那座桥也炸不成。你会害死比拉尔、安塞尔莫、奥古斯汀、普里米蒂伏、这个神经过敏的埃拉迪奥、这个一文不值的吉卜赛人,以及老费尔南多,而你那座桥还是没炸成。你估计会有奇迹出现吗?戈尔茨会收到安德雷斯送去的那封信并下令中止这次进攻吗?如果没有奇迹出现,你将会因为这些命令而牺牲掉所有这些人的性命啦。玛丽娅也包括在内。你会因为这些命令而把她的性命也葬送掉了。你难道连她也解救不了吗?这该死的巴勃罗真该下地狱,他想。

不。不能发火。发火很不好,就像慌得六神无主也很不好一样。可是,你真不该只顾搂着你心爱的姑娘睡觉啊,你应当跟那妇人一起骑了马连夜在这一带山里转悠,去物色足够的人手来实施你的方案才对。可不是嘛,他想。可是,万一我在路上遇到了什么不测,我也就别想来这儿炸桥啦。是的。这倒也是实情。这就是你之所以没有连夜外出的原因。你也不能派别人外出去做这件事，因为你不能再冒险损失人手了，少一个也不行。你得保住你现有的人手，然后根据现在的实际情况制定出一个切实可行的方案来。

可是，你的方案很臭啊。真臭，我告诉你。那是夜里制订的方案，而现在已经是早晨了。夜里制订出的方案通常到了早晨就一点儿用也没有了。你在夜间的想法到了早晨就会变得一无是处了。所以你现在总算知道了，这个方案是毫无用处的。

约翰·莫斯比曾经在与此相类似的绝境下成功脱身过，可是，那又怎么样呢？他的确摆脱困境了。局面比这还要艰难得多呢。而且要记住，千万不要低估突然袭击的作用。要记住这一点。要记住，如果你坚持使用突然袭击这一招，那也算还没有蠢到家。但是这并不是你应当采取的办法。你应当使这一击不仅成为可能，而且要使它万无一失。可是瞧瞧情况都已经发展到什么地步了吧。罢了，这件事在一开始就不对头，而这种情况现在加剧了灾难的发生，就像一个雪球在湿雪地上越滚越大一样。

他蹲在桌边，抬眼望去，恰好看见了玛丽娅，她朝他嫣然一笑。他也咧开嘴朝她笑了笑，却只是皮笑肉不笑地强作欢颜，然后，他又挑了四枚手榴弹，装进自己的衣袋里。我可以旋开手榴弹的盖子，利用里面的雷管来引爆就行了，他想。不过，我想，手榴弹爆炸的碎片不至于引起什么不良后果吧。炸药一引爆，手榴弹就会同时炸开，不会把炸药包炸散了吧。至少我认为不会。我肯定它不会的。总得有点儿信心啊，他对自己说。你啊，昨天夜里还在把你自己与你的祖父相提并论，认为你俩都很了不起，认为你父亲是个懦夫呢。现在就拿出点信心来吧。

他又朝玛丽娅咧嘴笑了笑，但这回依然还是一副皮笑肉不笑的样子，只觉得颧骨和嘴角上的皮肤绷得很紧。

她认为你很有能耐呢，他想。我认为你很臭。还有那"美妙的境界"，以及你那套荒诞不经的疯话，全都很臭。你已经想出绝妙的主意了，是吧？你对这个世界已经有彻底了解了，是吧？让这一切统统都见鬼去吧。

悠着点儿吧，他暗暗告诫自己。不能再大发脾气啦。发脾气也只是一种宣泄的方法而已。出路总归会有的。你现在也得啃啃手指甲啦。没有必要只因为你即将失去现在的一切而否认这一切。别像条该死的断了脊梁骨的蛇那样反噬自己吧；何况你的脊梁骨也没断啊，你这条猎犬。等到你真正受了伤再开始哀号吧。等到战斗打响之后你再发怒吧。战斗中发怒的机会有的是。在战斗中发怒说不定对你还有点儿用处呢。

比拉尔拿着那只背包来到他面前。

"你的背包现在结实了，"她说，"那些手榴弹真的很好用，英国人。它们不会辜负你的。"

"你感觉怎么样，女士？"

她看了他一眼，摇摇头，又笑了笑。他心里有些纳闷，不知道她这一笑寓意有多深。看来这一笑是够意味深长的。

"好，"她用西班牙语说，"勉强过得去吧。①"

随后，她在他身边蹲下，说："现在真的要动手啦，你觉得情况到底怎么样？"

"我们人手太少。"罗伯特·乔丹不假思索地对她说。

"我也觉得是这样，"她说，"人手实在太少了。"

接着，她悄声对他说："可以让那个玛丽娅一个人去看管那几匹马。这件事用不着我来管。我们可以绳子拴住马腿。那几匹马都是骑兵队的，听到枪声不会受惊。我去对付下面那个哨所，去担当起巴勃罗的任务。这样我们就多了一个人啦。"

"好，"他说，"我也想到过，你可能会有这个想法。"

"别这样，英国人，"比拉尔一边说，一边端详着他，"别这么忧心

---

① 此处原文为西班牙语：_Dentro de la gravedad_。

怦怦的。一切都会顺利的。要记住，他们根本想不到会祸从天降的。"

"是啊。"罗伯特·乔丹说。

"还有一件事，英国人，"比拉尔用她那粗哑的嗓门尽可能温和地、细声细气地说，"关于手相那件事——"

"手相怎么啦？"罗伯特·乔丹恼火地说。

"别这样，听我说嘛。别生气啦，小兄弟。关于手相那件事。那全是吉卜赛人的胡说八道，是我拿来显摆的。根本就没这种事。"

"算了吧。"他冷冷地说。

"别这样，"她说，嗓音粗哑，但很亲切，"那不过是我编造出来糊弄人的鬼话。我不想让你上阵时心里还老是惦记着这事。"

"我不会惦记这事的。"罗伯特·乔丹说。

"这就对了，英国人，"她说，"你很操心的，为了正义的事业。不过，一切都会顺利的，英国人。我们生来就是为了这正义的事业嘛。"

"我不需要政委。"罗伯特·乔丹对她说。

她又朝他笑了笑，笑得很灿烂，笑得很真挚，笑容荡漾在她那粗糙的嘴唇和咧开的大嘴上，她说："我非常非常喜欢你呢，英国人。"

"我现在不需要这个啦，"他用西班牙语说，"不需要你，也不需要上帝。①"

"需要的，"比拉尔用她那粗哑的嗓音小声说，"我知道。我只不过想告诉你一下罢了。别放心不下啦。我们会把一切都干得很漂亮的。"

"为什么不呢？"罗伯特·乔丹说着，脸上的皮肤微微动了一下，算是挤出了一丝笑容，"我们当然要干得漂亮。我们一定要把一切都干得很漂亮。"

"我们什么时候出发？"比拉尔问。

罗伯特·乔丹看了看手表。

---

① 此处原文为西班牙语：*Ni tu, ni Dios*。

"随时都可以。"他说。

他把一只背包递给了安塞尔莫。

"你怎么样啦，老头子？"他问。

老头儿根据罗伯特·乔丹事先给他的样品已经削好了一堆木楔，手里的最后一个木楔也快削完了。这些木楔都是备用的，以防万一不够用。

"挺好，"老头儿说着，点了点头，"到目前为止，样样都很好。"他伸出一只手来。"瞧。"他说着，笑了笑。他的双手很稳，一点儿也不抖。

"好，那又算得了什么？①"罗伯特·乔丹用西班牙语对他说，"我从来不会手发抖的。你伸出一根手指头来看看。"

安塞尔莫伸出了一根手指头。那根手指头在颤抖着。他望着罗伯特·乔丹，摇了摇头。

"我也这样，"罗伯特·乔丹竖起手指头给他看，"总是这样的。这很正常。"

"我就不是这样的。"费尔南多说。他伸出右手的食指给大伙儿看了看。接着又把左手的食指伸出来。

"你能啐口唾沫吗？"奥古斯汀问他，并朝罗伯特·乔丹挤挤眼睛。

费尔南多真咳出一口痰来，神气活现地啐在山洞里的地面上，接着又用脚把泥地上的那口痰碾掉。

"你这头脏骡子，"比拉尔对他说，"真想逞英雄，你就往火塘里啐嘛。"

"要不是因为我们马上就要离开这儿了，比拉尔，我也不会啐在地上的。"费尔南多一本正经地说。

"留神你今天啐唾沫的地方，"比拉尔对他说，"说不定那正是你离不开的地方呢。"

"这个人说话像只黑猫。"奥古斯汀说。他感到需要开句玩笑来缓和

---

① 此处原文为西班牙语：Bueno，y que？

一下紧张的心情,这是另一种放松心情的方式,大伙儿也都有同感。

"我是在开玩笑呢。"比拉尔说。

"我也是啊,"奥古斯汀说,"不过,我×他奶奶的,^①不过,等战斗打响了,我就很会心情开朗了。"

"那个吉卜赛人去哪儿啦?"罗伯特·乔丹问埃拉迪奥。

"在看管那几匹马,"埃拉迪奥说,"你站在山洞口就能看见他。"

"他情况还好吗?"

埃拉迪奥咧嘴笑了笑。"害怕得很呢。"他说。有人比他更害怕呢,他便感到宽慰了。

"听,英国人——"比拉尔突然说。罗伯特·乔丹朝她望去,只见她惊得张大了嘴巴,脸上现出不可思议的神色,他旋即拔出手枪,并急转身朝洞口望去。那儿,有人用手撩开了洞口的门毯,装有锥形反光镜的轻机枪的枪口探进洞来,枪捅在那人的肩上,赫然站在洞口的人原来是巴勃罗,五短身材,又矮又宽,满脸胡子茬,熬红了眼圈的一双小眼睛直视过来,却对谁都视而不见。

"你——"比拉尔惊诧不已地对他说,"你。"

"是我。"巴勃罗很坦然说。他迈步走进洞来。

"你好啊,英国人,"他说,"我邀来了五个帮手,是艾利亚斯小分队和亚历杭德罗小分队的人,都带着马,在山上呢。"

"那么,那些引爆器和雷管呢?"罗伯特·乔丹说,"还有别的器材呢?"

"我把那些东西全扔到那条峡谷底下的河里了,"巴勃罗说,依旧谁也不看,"不过,我想到了一个办法,可以用手榴弹引爆。"

"我也早想到了。"罗伯特·乔丹说。

"你有什么可以喝的吗?"巴勃罗疲惫地问。

罗伯特·乔丹把那只扁酒瓶递给了他,他立即灌了一大口,然后用

---

① 此处原文为西班牙粗鄙用语: *me cago en la leche*。

手背抹了抹嘴巴。

"你到底是怎么回事？"比拉尔问。

"没怎么回事呀，"巴勃罗用西班牙语说着，又抹了抹嘴，"没什么。我这不是回来了嘛。"

"可是，到底是怎么回事？"

"没怎么回事。是我一时软弱。我溜了，可是我又回来啦。"

他转过身来面对着罗伯特·乔丹。"我内心深处还不是个胆小鬼，①"他用西班牙语说，"我本质上还不是个胆小鬼。"

可是，你诡计多端，问题多着呢，罗伯特·乔丹想。你不是才见鬼呢。不过，是很高兴你又回来了，你这狗娘养的东西。

"从艾利亚斯和亚历杭德罗那两支队伍里，我只能拉到这五个人，"巴勃罗说，"我离开这儿后，就一直骑着马在为这事奔走。你们才九个人，根本干不了哇。绝对不行。下面那个哨所有七个人加一个班长。假如他们拉响警报，或拼命抵抗呢？"

他直到这时才正眼看着罗伯特·乔丹。"我离开这儿的时候，满以为你会因此而明白过来这事是行不通的，就会撒手不干了。后来，在我扔掉了你的器材之后，我对这件事倒另有想法了。"

"我很高兴又见到你了，"罗伯特·乔丹说，他朝他迎上去，"我们有手榴弹就没问题。手榴弹能发挥很大作用的。那些器材现在已经无关紧要啦。"

"不，"巴勃罗说，"我这么干可不是为了你。你是个灾星。我们这儿所有灾祸的根源都出在你身上。聋子的性命也是你葬送掉的。不过，在扔掉你的器材之后，我却发现自己实在是太孤单了，孤掌难鸣啊。"

"你妈的——"比拉尔说。

"所以，我就骑着马到处去找人了，想创造条件把这件事做成呢。

---

① 此处原文为西班牙语：*En el fondo no soy cobarde*。

我把我能拉到的最棒的人都带来了。我把他们留在了山顶上，这样，我可以先来和你谈谈。他们以为我是这里的头儿呢。"

"你是头儿啊，"比拉尔说，"如果你愿意当这个头儿的话。"巴勃罗看了她一眼，什么也没说。接着，他直率、平静地说："聋子出事后，我想了很多。我想通了，如果我们必须去送死，那我们就死在一起吧。但是，你，英国人。我恨你给我们带来的这份差事。"

"可是，巴勃罗——"费尔南多开口说，他几个口袋里都装满了手榴弹，肩上背着一条子弹带，此时仍在用面包抹他盘子里的肉汁，"你认为这次行动能成功吗？前天晚上你还说，你对这一仗很有信心呢。"

"再给他来点炖肉。"比拉尔恶狠狠地对玛丽娅说，然后，面向巴勃罗时，目光柔和下来，"你到底还是回来啦，呃？"

"是，太太。"巴勃罗说。

"好啊，欢迎你归队，"比拉尔对他说，"我就不信你当真会堕落到那种地步。"

"这么干了之后，心里有一种孤苦伶仃的感觉，实在叫人受不了。"巴勃罗悄声对她说。

"实在叫人受不了，"她模仿他的腔调挖苦取笑他，"十五分钟就叫你受不了啦。"

"别再笑话我啦，太太。我已经回来啦。"

"欢迎你归队，"她说，"我说第一遍时你没听见吗？喝了你这杯咖啡，我们就走吧。你这副忸怩作态的样子真让我厌烦。"

"那是咖啡吗？"巴勃罗问。

"当然是啊。"费尔南多说。

"给我来点儿吧，玛丽娅，"巴勃罗说，"你好吗？"他说，但并没有看她。

"好，"玛丽娅对他说，并给他端来一碗咖啡，"你要炖肉吗？"巴勃罗摇摇头。

"独自一人的滋味真不好受啊。^①"巴勃罗继续旁若无人地用西班牙语向比拉尔解释着，仿佛其他人都不存在似的，"我不喜欢孤零零的一个人啊。你明白吗？^② 昨天整整一天我都是独自一人待着的，但我是在思考大家的利益，因此并不觉得孤单。可是，昨天夜里。好家伙！简直是度日如年啊！^③"

"你那个大名鼎鼎的老祖宗，加略人犹大^④，不就是自己上吊死的吗？"比拉尔说。

"别这么对我说话嘛，太太，"巴勃罗说，"难道你没看见？我已经回来啦。别再说犹大之类的话啦。我已经回来了。"

"你带来的这些人怎么样？"比拉尔问他，"带来的是些值得你带来的人吗？"

"都是好汉。^⑤"巴勃罗用西班牙语说。他乘机直勾勾地望了比拉尔一眼，然后便赶紧扭过头去。

"好汉加傻子吧。^⑥ 好汉加傻子吧。都准备去死就是了。都对你的口味。^⑦ 都是你中意的嘛。你喜欢的就是这种人。"

巴勃罗再次直视着比拉尔的眼睛，但这回没有躲开。他那双眼圈通红的猪一般的小眼睛一直在直勾勾地望着她。

"你呀，"她说，粗哑的嗓音又变得亲热了，"你呀。我估计，一个男人要是有过一回这种事情，这种事情就永远也抹不掉啦。"

"准备好啦，"巴勃罗用西班牙语说着，两眼已是直愣愣地望着她，再也不躲躲闪闪了，"不论今天会是什么样的结局，我都准备好啦。"

---

① 此处原文为西班牙语：*No me gusta estar solo*。

② 此处原文为西班牙语：*Sabes*？

③ 此处原文为西班牙语：*Hombre*！*Que mal lo pase*！

④ 犹大是耶稣十二门徒之一。他为了 30 枚银币向犹太官方出卖了耶稣。《圣经·福音》中并未说明他的动机，后为之悔恨而自杀身亡。

⑤ 此处原文为西班牙语：*Son buenos*。

⑥ 此处原文为西班牙语：*Buenos y bobos*。

⑦ 此处原文为西班牙语：*A tu gusto*。

"我相信你已经回心转意了，"比拉尔对他说，"我相信你。可是，你这个人啊，你已经走得太远啦。"

　　"让我再来一口你瓶里的东西，"巴勃罗对罗伯特·乔丹说，"然后我们就出发吧。"

第三十九章

　　黑暗中，他们爬上山冈，穿过那片树林，来到山顶上那条狭窄的山口。他们全身披挂着沉重的武器装备，所以攀爬速度很慢。那几匹马也驮着重物，马鞍上堆得满满的。

　　"必要时，我们可以割断绳索，卸掉些物品，"比拉尔说，"不过，能留下这些东西也挺好，我们可以再安营扎寨嘛。"

　　"那么，其余的弹药呢？"罗伯特·乔丹在整理行装时曾经问过。

　　"都在那些马鞍里。"

　　罗伯特·乔丹感到那只沉甸甸的背包很重，夹克衫的口袋塞满了手榴弹，沉重地勒着他的脖子，手枪的重量压在大腿上，裤子的口袋鼓鼓囊囊地装着冲锋枪的弹夹。他嘴里咖啡味犹在，冲锋枪提在右手里，他伸出左手拉了拉夹克衫的衣领，缓一缓背包带的拉力。

　　"英国人。"巴勃罗对他说，紧靠着他走在黑暗中。

　　"什么事，老兄？"

　　"我带来的这些人认为，这次行动一定能大获全胜，因为是我带他们来的，"巴勃罗说，"你可千万别跟他们说泄气的话呀。"

"好，"罗伯特·乔丹说，"那就让我们共同努力来促成这件事吧。"

"他们有五匹马呢，知道吗？"巴勃罗非常谨慎地说。

"好，"罗伯特·乔丹说，"我们要把所有的马都集中起来统一使用。"

"好。"巴勃罗说罢，没再吭声。

老巴勃罗啊，看来你并没有彻底地回心转意啊，没有像圣保罗在前往塔尔苏斯的路上那样①，罗伯特·乔丹想。不。你能迷途知返就已经是够大的奇迹了。看来把你列入圣徒的行列是不会有什么问题了。

"我带这五个人去对付下面那个哨所，我会像聋子一样出色地完成任务的，"巴勃罗说，"我会切断电话线的，得手之后，我们就按原定方案包抄回来向桥头靠拢。"

这个问题我们十分钟前就已全面讨论过，罗伯特·乔丹想。我不知道这时候为什么还要把这一点拿出来——

"转移到格雷多斯山区去的可能性还是有的，"巴勃罗说，"说真的，关于这一点，我仔细考虑过。"

我认为，你在这最后的几分钟里怕是又冒出什么新的念头了吧，罗伯特·乔丹对自己说。你又看到新的启示了吧。但是你别打算让我相信你把我也考虑在内了。不，巴勃罗。别指望我会对你有多大的信任啦。

自从巴勃罗走进山洞说他带了五个人以来，罗伯特·乔丹便感到自己的心情越来越轻松了。巴勃罗的重新露面打破了自这场暴风雪以来整个行动方案似乎要陷入僵局的悲惨局面，但他并没有因为巴勃罗的回归而感到自己的运气开始好转了，因为他不相信运气，但是整个形势的确在朝着好的方面转变，而且照现在的情况看，成功的可能性还是有的。他感到的不再是肯定会失败，而是鼓起了信心，好比一只轮胎接上

---

① 塔尔苏斯是土耳其南部的一个古城，是圣保罗的出生地。

了气泵慢慢开始充气了一样。起初并没有什么区别，尽管确实有开始好转的苗头了，就像气泵开始打气时橡胶轮胎开始慢慢蠕动一样，然而现在这信心在不断增长，就像潮水在不断上涨一样，或者像树身的液汁在不断往外冒一样，直到他开始感受到疑虑被否定后初见端倪的喜悦，在大战来临之前，对疑虑的否定往往可以转化为实实在在的喜悦。

这就是他所具有的最大天赋，这种禀赋使他适宜于战争生涯；这就是蔑视而不是忽视任何可能出现的不良后果的本领。如果对别人怀有过多的责任感，或者必须执行什么计划不周或设想不当的任务，这种素质就会被抵消。因为在这些事情上，不良后果，乃至失败，是不容忽视的。这并不仅仅是个人的自我安危，这一点倒是可以忽视的。他知道他本人是无足轻重的，他也知道死亡算不了什么。他确实明白这一点，就像他确实知道别的事情一样。在这为数不多的最后几天里，他已经懂得，他自己，如果和另一个人相结合，可能就等于一切了。但是在他内心深处，他知道这仅仅只是个例外。我们已经拥有过了，他想。在这件事上，我是非常幸运的。也许是天赐良缘吧，因为我从没主动要求过。这是不能被剥夺的，也不能被丢失的。但是在今天早晨，在刚才那一刻，这事已经结束、成为过去了，而现在，需要集中心智去做的事情就是投入战斗。

你呀，他对自己说，我很高兴看到你重新找回了一点儿一度已严重缺失的东西。但是，回味起你在这方面的表现，可谓十分糟糕啊。我真为你感到害羞，在那会儿。只有我才知道你呀。我没有资格来评判你。我们俩都表现得不怎么样。你和我，我们俩都这样。算了吧。别再胡思乱想啦，像得了精神分裂症似的。一个一个地把问题拿出来考虑吧，现在。你现在又正常啦。但是听着，你决不能再整天惦记着那姑娘了。你现在根本就没法保护她，只能让她别卷入战斗，而你也是这样做的。如果你能信得过那些暗示，马匹显然是足够用的。你能为她做的最好的事情，就是去又好又快地完成这次任务，然后迅速撤出来，而惦记着她只会妨碍你的工作。所以，再也不要去惦念她啦。

想通这一点之后，他便心安理得地等在那儿，直到玛丽娅走上山来，跟她一起走来的还有比拉尔、拉斐尔，以及那些马。

"喂，小美人儿，"他在黑暗中用西班牙语对她说，"你好吗？"

"我很好，罗伯托。"她说。

"什么也别担心。"他一边对她说，一边把枪换到左手，伸出右手放在她肩上。

"我不担心。"她说。

"一切都安排得很好，"他对她说，"拉斐尔会陪你一起看管这些马的。"

"我宁愿和你在一起。"

"别。你最能发挥作用的地方就是看管好这些马。"

"好吧，"她说，"那我就去管马吧。"

正在这时，有匹马发出了一声嘶鸣，下方那片开阔地上有一匹马应和着叫起来，嘶鸣声穿过岩石丛传过来，随后，此起彼伏的马的嘶鸣声在寂静的夜空中激荡着。

罗伯托·乔丹隐隐约约地看到，在黑暗中走在马群前面的是那几匹新来的马。他疾步上前，和巴勃罗一起来到他们面前。那几个人正站在他们各自的坐骑旁边。

"你们好。"罗伯托·乔丹用西班牙语说。

"你好。"他们也在黑暗中用西班牙语回答着。他没法看清他们的脸。

"这位就是来我们这儿工作的英国人，"巴勃罗说，"是位爆破手。"

对于这一点，他们谁也没答话。也许他们在黑暗中点头了。

"我们这就走吧，巴勃罗，"有个人说，"我们很快就天亮了，会暴露的。"

"你们多带了些手榴弹吗？"另一个问。

"多得很呢，"巴勃罗说，"等我们离开这些牲口后，你们自己尽管装就是了。"

"那我们就走吧，"又一个说，"我们已经在这儿等了大半夜了。"

"你好啊，比拉尔。"那妇人走上来时，有一个用西班牙语说。

"我的天呀 ①，那不是佩贝吗，"比拉尔声音嘶哑地说，"你好吗，羊倌？"

"好，"那人说，"勉强过得去吧 ②。"

"你骑的是匹什么马？"比拉尔问他。

"巴勃罗的灰马，"那人说，"是匹好马啊。"

"行啦，"另一个说，"我们出发吧。在这儿啰嗦没什么意思。"

"你好吗，艾利西奥？"比拉尔对那正要上马的人说。

"我能好到哪儿去呀？"他粗鲁地说，"走啦，夫人，我们还有事呢。"

巴勃罗跨上了那匹枣红大马。

"都给我闭上嘴，跟我走吧，"他说，"我带你们到那边去，然后我们把马留在那儿。"

---

① 此处原文为西班牙语：*Que me maten*，常用于表示惊讶。
② 此处原文为西班牙语：*Dentro de la gravedad*。

第四十章

在罗伯特·乔丹呼呼睡觉的时候，在他计划着如何摧毁那座大桥的时候，在他和玛丽娅亲热缠绵的时候，安德雷斯送信的任务却进展缓慢。在到达共和国的防线之前，他已翻山越岭，穿过了法西斯分子的好几道封锁线，他是个乡下人，体格健壮，熟悉这一带地形，也善于赶夜路，因此速度很快。但是，自从进入共和国的防线以后，进程就十分缓慢了。

从理论上说，他只需出示罗伯特·乔丹开具给他的盖有军事情报部公章的通行证和盖有同样公章的那份急件即可，各个关卡都应当放行，让他以最快速度向目的地进发。然而他一上来就在前沿阵地碰上了那位难缠的连长，此人像只猫头鹰似的对这整个使命疑虑重重。

他跟着这位连长来到他所属的营指挥所，营长在运动前是个理发师，听他解释了自己肩负的使命后马上变得热情满怀。这位营长姓戈麦斯，大骂这位连长太愚蠢，并拍了拍安德雷斯的肩膀，请他喝了一杯劣质白兰地，还告诉他说，他自己以前是理发师，并一直向往着能当游击队员。他接着叫醒了他的副官，把营部的工作移交给了他，并派他的勤务兵去叫醒他的摩托车司机，把他带来。戈麦斯并没有派摩托车司机送安德雷斯去旅指挥部，而是决定亲自带他去那儿，以便把事情尽快了结，于是，安德雷斯坐上摩托车，紧紧抓着他身前的坐垫，他们一路轰隆隆地行进着，摩托车蹦蹦跳跳地走在布满炮弹坑的山间公路上，公路两旁是蔚然成行的大树，摩托车的车前灯照亮了被刷成白色的树干底部，也照亮了被炮弹的碎片和子弹削掉了树皮的树身和被炸裂的树根，充分显示着运动开始后的第一个夏季这条公路沿线曾发生过的激烈战斗。他们拐进了一个断壁残垣、满目疮痍的山间旅游小镇，旅指挥部就设在这个小镇上，戈麦斯像个在煤渣跑道上赛车的运动员那样刹住了摩托车，把车靠在那幢房子的墙角边，那儿有个睡眼惺忪的哨兵向他行了个军礼，戈麦斯风风火火地从他身边闯了过去，径直奔入墙上挂满了地图的大房间，一个昏昏欲睡的军官戴着绿色眼罩坐在办公桌前，桌上有一盏台灯、两部电话机，还有一份《工人世界报》。

这位军官抬头看了看戈麦斯，说："你来这儿干什么？你难道连电话也不会打吗？"

"我必须面见中校。"戈麦斯说。

"他在睡觉，"军官说，"我在一英里开外就能看见你亮着摩托车的车灯沿着公路朝这边开过来。想把炮弹招来吗？"

"快去叫中校，"戈麦斯说，"我有极其重要的事情。"

"他在睡觉，我告诉过你，"军官说，"你身边的这个土匪是什么来路？"他朝安德雷斯那边点点头。

"他是游击队员，从敌占区那边过来的，有一份极其重要的急件要交给戈尔茨将军，将军指挥的在纳瓦塞拉达那边的进攻就要在黎明时分打响了，"戈麦斯兴奋而急切地说，"看在上帝的分上，快去叫醒中校吧。"

军官看了看他，他那眼睑松垂的眼睛罩在绿色赛璐珞眼罩的后面，困得几乎睁不开。

"你们全都疯了吧，"他说，"我没听说过什么戈尔茨将军，也没听说过什么进攻。把这个运动员带走，回你的营部去。"

"叫醒中校，我命令你。"戈麦斯说，安德雷斯看见他抿紧了嘴角。

"玩你自己的鸡巴蛋去吧。"军官懒洋洋地对他说了一声，别过脸去避开了他。

戈麦斯迅速从枪套里拔出他那支沉重的九毫米星牌手枪，猛地抵在军官的肩膀上。

"叫醒他，你这法西斯混蛋，"他说，"叫醒他，否则我崩了你。"

"冷静点，"军官说，"你们这些剃头的就爱冲动。"

借着台灯的灯光，安德雷斯看见戈麦斯脸都气歪了。但他说的还是："叫醒他。"

"勤务兵。"军官用不屑一顾的声音喊了一声。

一个士兵来到门口，行了个军礼，又转身出去了。

"他的未婚妻正和他在一起呢。"军官说罢，继续翻看他那份杂志去了，"他见了你肯定会很高兴的。"

"就是你们这种人在阻挠着人们想打赢这场战争的一切努力。"戈麦斯对这个身为参谋的军官说。

军官根本不理他。他自顾看着那份杂志，忽然开口说了一句，仿佛是在自言自语："这份杂志真奇怪。"

"你为什么不看《辩论报》？那才是你该看的报纸啊。"戈麦斯对他说，他说的是运动前在马德里出版的天主教保守党的主要机关报。

"别忘了，我是你的上级军官，我要打你的小报告会很有分量的，"军官头也不抬地说，"我从来不看《辩论报》的。你别血口喷人。"

"对。你看的是《阿贝赛》报 ①，"戈麦斯说，"军队依然腐败，就因为军中有像你这样的家伙。就因为有像你这样的职业军人。但决不会老

---

① 《阿贝赛》报（A.B.C.）为西班牙大报，创刊于1904年，是西班牙保皇派的主要报纸，发表保守派的观点和言论。

像这样发展下去的。我们夹在愚昧无知和玩世不恭这两种人当中，深受其害。不过，我们会教育前一种人、消灭后一种人的。"

"你想说的是'清洗'这个词吧，"军官说，依然没抬头，"这上面就有报道说，你们的那些大名鼎鼎的俄国人又被清洗掉不少啦。在当今这个时代，他们正在清洗的势头比泻盐还要厉害呢。"

"甭管用什么词，"戈麦斯情绪激昂地说，"甭管用什么词，只要能肃清你们这号人就行。"

"'肃清'，"军官侮慢地说，又仿佛在自言自语地说，"又是一个新名词呀，就是没有一点儿卡斯蒂利亚的味道。"

"那就用'枪毙'这个词吧，"戈麦斯说，"这个词很有卡斯蒂利亚的风味。这回你明白了吧？"

"明白啦，伙计，可是，别叫得这么凶嘛。在这个旅参谋部里呼呼大睡的人，除了中校本人以外，还有别的人呢。你这么激动很让人厌烦。就因为这个原因，我总是自己刮脸。我从来不喜欢跟剃头匠交谈。"

戈麦斯看看安德雷斯，摇摇头。他眼里闪动着愤怒和憎恨的泪光。但他只是摇摇头，什么也没说，因为他要忍住满眶的泪水，留到将来某个时候再派用场。在他晋升为一营之长以后驻扎在这一带山里的这一年半时间里，他忍住了多少眼泪啊，可是，当那名中校身穿睡衣走进这房间时，他还是站得笔直，向他行着军礼。

米兰德中校是个身材很矮、脸色灰白的人，在军队里混了一辈子，当初驻扎在摩洛哥时，他正患着胃病，既失去了消化能力，也失去了他对身在马德里的妻子的爱情，等他发觉与妻子离婚无望时（要恢复他的消化机能倒是不成问题的），便摇身一变成了共和党人，以中校身份投身于这场内战之中。他只有一个抱负，那就是，结束战争时仍保持着他的中校军衔。他出色地保卫了这个山区，并希望单独驻守在那儿，以便随时打击一切来犯的进攻，保卫这个山区。在战场战争中，他感觉身体好多了，大概是由于被迫减少了吃肉次数的缘故吧，他储存了大量的小苏打，每晚喝着威士忌，他那位二十三岁的情妇眼下正怀着身孕，凡是去年七月跑出来参军的所有姑娘，情况几乎都和她差不多，此时，他走进这间屋子，点点头回应了一下戈麦斯的军礼，并伸出了他的手。

"是什么风把你给吹来啦，戈麦斯？"他问，然后对桌边的那个军官、他的作战科长说，"请给我来支烟吧，佩贝。"

戈麦斯呈上了安德雷斯的证件和那份急件。中校快速扫了一眼那张通行证，看了看安德雷斯，点点头，并笑了笑，然后如饥似渴地看起那份急件来。他摸了摸那个印鉴，用食指检验了一下，然后将证件和急件一并递还给安德雷斯。

"山里的生活很艰苦吧？"他问。

"不，我的中校。"安德雷斯说。

"有没有告诉你去哪儿找戈尔茨将军的指挥部最近？"

"纳瓦塞拉达呀，我的中校，"安德雷斯说，"那个英国人说，那地方应该离纳瓦塞拉达很近，在防线后面，在靠东面的某个地方。"

"什么英国人？"中校不紧不慢地问。

"就是和我们在一起干的那个英国人，他是个爆破手。"

中校点点头。这不过是这场战争中的又一个出人意料、无法解释的罕见现象而已，"和我们在一起干的英国人，一个爆破手。"

"最好还是由你带他去吧，戈麦斯，还是用你的摩托车，"中校说，"给他们开一张去戈尔茨将军参谋部的特别通行证，我来签字，"他对那个戴绿色赛璐珞眼罩的军官说，"用打字机打出来吧，佩贝。这是他们的详细情况，"他示意安德雷斯把通行证交给他，"盖上两个章。"他转身对戈麦斯说："今晚得有特别通行证才行。这是无可厚非的。在一场攻势即将发动之际，我们还是应当小心为妙。我会把手续办得尽可能完备一些的。"接着又转身对安德雷斯非常和蔼地说："想来点什么吗？吃的，还是喝的？"

"不啦，我的中校，"安德雷斯说，"我不饿。在刚才那个指挥所里，他们请我喝了科涅克酒，再喝就要叫我头晕啦。"

"你一路过来的时候，注意到我防线的对面有什么动静或异常活动了吗？"中校问安德雷斯，态度很客气。

"还是老样子，我的中校。很平静。很平静。"

"我曾经见过你吧，在赛尔赛迪利亚，大约在三个月前？"中校问。

"是的，我的中校。"

"我就觉得像嘛，"中校拍了拍他的肩膀，"你当时是跟安塞尔莫老头子在一起的。他还好吗？"

"他很好，我的中校。"

"好哇。我听了很高兴。"中校说。那军官将打好的材料递过来给他看，他看了一遍，签了字。"你们必须立即出发，"他对戈麦斯和安德雷斯说，"骑摩托车要当心点，"他对戈麦斯说，"要打开车灯。单独一辆摩托车在公路上行驶应当不会引起什么麻烦，但是你必须多加小心。代我向戈尔茨将军同志问好。我们曾在佩格里诺斯战役结束后见过面。"他跟他们俩都握了手。"把证件放在衬衣里面，扣好纽扣，"他说，"摩托车上风很大的。"

他们出门之后，他走到食品柜前，取出一只酒杯和一瓶酒，给自己斟了些威士忌，然后走到墙脚边地板上放着的那只陶罐前，从陶罐里倒了些清水兑在酒中。随后，他伫立在墙上那张大地图的前面，一边端着酒杯慢慢啜着威士忌，一边仔细研究着在纳瓦塞拉达以北地区发动攻势的种种可能性。

"我很庆幸负责这次行动的人是戈尔茨，而不是我。"良久之后，他对坐在桌旁的那名军官说。那军官没有回答，中校从地图上回过头来看那军官，却见他已经睡着了，头埋在两只胳膊上。中校走到桌前，把两部电话机一并推过去靠在一起，使得那军官的脑袋两侧各贴着一部电话。然后，他走到食品柜前，又给自己斟了一杯威士忌，往里面兑了水，继续回到地图前察看着。

戈麦斯叉开双臂驾驶着摩托车，安德雷斯紧紧抓着座位的靠垫，低着头顶着扑面而来的风，摩托车发出刺耳的轰响声一路颠簸着行驶在乡间公路上，车前灯劈开夜幕，照亮了前方的路面，道路两旁高大的白杨树影影绰绰，当摩托车向下拐进那条小河的河床边时，前方已笼罩在浓雾之中，显得一片昏黄，及至路面再次升高时，又显得分明起来，他们的前方出现了交叉路口，车前灯照亮了正从山上逶迤而下的一行灰蒙蒙的空卡车。

第四十一章

巴勃罗在黑暗中勒住马，旋身跳下了马背。罗伯特·乔丹听到大家纷纷跳下马背时发出的嘎吱嘎吱的声音和粗重的喘息声，有匹马昂起脖子摇了摇头，马辔头叮叮当当地响着。他闻到了一阵阵马膻味，新来的队员因未做洗漱、一夜和衣而卧，浑身散发着阵阵酸臭味，那些一直闷在山洞里的人身上也散发着柴火烟熏的隔宿的馊味。巴勃罗正挨在他身边站着，身上也散发着难闻的铜腥般的宿酒的酸臭味，就像把一枚铜币放嘴里含的那种味儿。他点燃一支烟，双手护着亮光深深吸了一口，随即便听到巴勃罗用很轻的声音说："你去卸下装手榴弹的麻袋吧，比拉尔，我们来拴马脚。"

"奥古斯汀，"罗伯特·乔丹悄声说，"你和安塞尔莫跟我去桥头。装机枪子弹盘的口袋在你这儿吗？"

"在，"奥古斯汀说，"怎么会不在呢？"

罗伯特·乔丹朝比拉尔那边走去，她正在把一匹马身上驮着的包裹往下卸，普里米蒂伏在帮她。

"听着，女士。"他轻声说。

"什么事啊？"她压低沙哑的嗓门轻声说，并随手把马腹下的一只肚带钩甩脱开来。

"你必须在听到炸弹爆响时才能对那个哨所发起攻击,明白吗?"

"你得跟我说多少遍才算完啊?"比拉尔说,"你越来越像个老太婆啦,英国人。"

"只是想再核实一下,"罗伯特·乔丹说,"摧毁哨所后,你就立即包抄回来向桥头靠拢,从山上封锁住公路,掩护我的左翼。"

"你第一次作全面部署时,我就听明白了,再絮絮叨叨说上好多遍,也还是这样,"比拉尔低声对他说,"快去忙你自己的事情吧。"

"在没听到那阵轰炸声之前,谁也不许轻举妄动,不许开枪,也不许扔手榴弹。"罗伯特·乔丹悄声说。

"别再烦我了,"比拉尔生气地低声说,"我们上次在聋子那儿时,我就明白该怎么做了。"

罗伯特·乔丹朝巴勃罗那边走去,他正在忙着用绳子把那些马拴在一块儿呢。"我只把那些容易受惊的缚住脚,"巴勃罗说,"这些马是这样拴的,只要把这根绳子一拉,就能把它们全松开,你瞧?"

"好。"

"我会告诉那姑娘和吉卜赛人怎么管马的。"巴勃罗说。他那伙新找来的弟兄兀自站在一起,杵着卡宾枪。

"他们全都明白了吗?"罗伯特·乔丹问。

"怎么不明白?"巴勃罗说,"打掉哨所。切断电话线。包抄回来向桥头靠拢。封锁桥面,掩护你炸桥。"

"轰炸开始之前谁也不许轻举妄动。"

"本来就是这样说好的嘛。"

"好吧,那就这样,祝你顺利。"

巴勃罗咕哝了一声。接着,他说:"等我们包抄回来、向桥头靠拢时,你会用那挺机关枪和你那支小机关枪好好掩护我们吧,呃,英国人?"

“这是头等大事，^①”罗伯特·乔丹用西班牙语说，“我会竭尽全力的。”

“那就好，”巴勃罗说，“没别的了。不过，到时候你可得多加小心啊，英国人。事情不会那么简单的，你得多加小心才是。”

“我会亲自掌握那挺机关枪的。”罗伯特·乔丹对他说。

“你很有经验么？因为我可不想让奥古斯汀把我给毙了，尽管他有一肚子的好心肠。”

“我很有经验的。真的。如果是奥古斯汀在用机关枪射击，不管他使用的是哪一挺，我都肯定会让他抬高枪口朝你们头顶上方射击的。要让他抬高、抬高、再抬高。”

“那就好，再没别的要说了，”巴勃罗说，接着，他又压低声音推心置腹地说，“马还是不够啊。”

这狗娘养的，罗伯特·乔丹想。要不，他真以为我没听懂他开头说的那番话的意思呢。

“我步行就是了，”他说，“那些马是你的事情。”

“别，会有一匹马给你的，英国人，”巴勃罗悄声说，“我们大家都会有马的。”

“那是你的问题，”罗伯特·乔丹说，“你用不着把我也算在内。你那挺新机关枪的子弹够用吗？”

“够用，”巴勃罗说，“那个骑兵身上带着的所有子弹都在这儿呢。我只打了四发子弹，试试枪的。我是昨天在深山里试枪的。”

“我们现在出发吧，”罗伯特·乔丹说，“我们必须早点儿到达指定位置，要隐蔽好。”

“现在我们全体出发，”巴勃罗说，“祝你顺利，英国佬^②。”

---

① 此处原文为西班牙语：*De la primera*。
② 此处原文为西班牙语：*Suerte，Ingles*。

我吃不准这狗杂种现在又在打什么主意了，罗伯特·乔丹说。不过，我完全可以肯定我已经看出他的用意来了。算啦，那是他的事，跟我不相干。谢天谢地，幸好我不认识新来的这几个人呀。

他伸出手来，说："也祝你顺利，巴勃罗。"于是，黑暗中，他们的两只手紧紧握在一起。

罗伯特·乔丹，在把手伸出去的那一刹间，以为自己的感觉会像握住了什么爬虫之类的令人恶心的东西，或者会像触摸到麻风病患者那样。他不知道握住巴勃罗的手会有什么感觉。没想到，巴勃罗在黑暗中一把拉住了他的手，有力地紧握着，坦诚地紧握着，他便报以同样有力的紧握了。巴勃罗紧握的手在黑暗中传递出的是友好的信息，罗伯特·乔丹感受到了，这是他这天早晨所感受到的最不可思议的感觉。我们现在必须成为盟友啊，他想。盟友间总是频频握手言欢的。更不用说那些装腔作势和互吻脸颊的举动了，他想。幸好我们还不需要这样做。我估计所有的盟友大体都和这差不多。其实，他们历来彼此不和，这是心照不宣的，从本质上说①。但是这个巴勃罗倒确实是个不同凡响的人物。

"祝你顺利，巴勃罗，"他说，并用力握了握那只陌生、坚定、意味深长的手，"我会尽全力掩护你的。放心吧。"

"很抱歉，我拿走了你的爆破器材，"巴勃罗说，"那是一种两面派的行为。"

"可是你带来了我们所急需的人马呀。"

"在炸桥这件事上，我不再坚持己见跟你对着干了，英国人，"巴勃罗说，"我估计这件事是能圆满成功的。"

"你们两个在干什么呢？在搞同性恋②吗？"黑暗中，比拉尔不知何

---

① 此处原文为西班牙语：*au fond*。
② 此处原文为西班牙语：*maricones*。

时已站在他俩身边，冷不丁地说。"你恰好就缺这一个嘛，"她对巴勃罗说，"快走吧，英国人，这种难分难舍的离别话，你就少说几句吧，免得这家伙把你剩下的炸药也偷了。"

"你不太理解我啊，太太，"巴勃罗说，"这英国人和我倒是相互理解的。"

"没人理解你。上帝和你妈都不理解你，"比拉尔说，"我也不理解你。快走吧，英国人。去跟你那短毛丫头告别一下吧，然后就该出发了。我 × 你爹的^①，不过，我倒是渐渐觉得，你是害怕见到公牛出场了吧。"

"去你妈的。"罗伯特·乔丹说。

"你这人根本就没有妈，"比拉尔十分开心地低声说，"快走吧，因为我恨不得马上就开始干，早干完早结束。带上你那帮人走吧，"她对巴勃罗说，"谁知道他们坚定的决心能够维持多久啊？你那里有两三个人，我可不愿拿你去换他们。快带他们走吧。"

罗伯特·乔丹把背包甩到肩上，走向马群找玛丽娅去了。

"再见了，小美人儿，"他说，"我很快就会来见你的。"

他忽然感到眼前的一切都是那样不真实，仿佛这些话他以前全都说过了一样，或者说，仿佛像一列即将远去的火车，尤其像一列即将驶离车站的火车，而他正站在车站的月台上。

"再见，罗伯托，"她说，"多加小心。"

"当然。"他说。他低下头去吻她，不料，背上背着的背包猛然往前一滚，撞上了他的后脑勺，于是，他的前额便重重地撞上了她的前额。这种情况一发生，他便想起，以前也碰到过同样的情况。

"别哭。"他说，一时竟尴尬得不知所措了，倒不是因为被背着的重负撞了一下。

———————————————

① 此处原文为西班牙粗鄙语：*Me cago en tu padre*。

"我不哭，"她说，"可是你要快点回来呀。"

"听到枪声别害怕。肯定会有很激烈的枪声的。"

"我不害怕。只是你要快点回来。"

"再见了，小美人儿。"他局促地说。

"再见，罗伯托。"

罗伯特·乔丹自从第一次在家乡红洛奇城乘坐火车前往比林斯，再从那里转火车去读书以来，还从没感到过像现在这样不像个大人。他当时心里虽然很害怕离开家外出，但他不愿让任何人知道这一点，在火车站，就在那名列车员搬起踏脚箱好让他够得着普通列车车厢的踏板时，前来送他的父亲吻了吻他，并说："我们各在一方，彼此不能相见，在这期间，愿上帝眷顾我们吧。"他父亲是个笃信宗教的人，他这句话说得很简约，但很真挚。可是他的胡子已被泪水沾湿，人已激动得热泪盈眶了，罗伯特·乔丹当时便感到很窘迫，因为父亲那消沉、虔诚的祈祷声以及父亲在大庭广众之下对他的吻别，都使他感到很难为情，使他突然间感到自己比父亲老成多了，并为他父亲感到难受，因为他简直没法忍受那一幕。

列车启动后，他站在车厢尾部的平台上，注视着车站和那座水塔变得越来越小，中间横着一根根枕木的两条铁轨变得越来越窄，随着列车越去越远，最后在远处聚成了一个点，伫立在铁轨尽头的火车站和那座水塔显得格外渺小，难以分辨了，在车轮持续不断的咔嚓咔嚓的声响中，列车载着他驶向了远方。

列车上的那名司闸员说："你老爸好像很舍不得你离开呢，鲍勃。"

"是的。"他说，凝望着路基旁边的艾草，那一蓬蓬艾草就生长在飞掠而去的一根根电线杆之间，沿着布满尘土的路基，随着飞驰的列车在逶迤不绝地向远方延伸。他在看艾草丛中有没有大松鸡。

"你不介意离开家出远门去上学吗？"

"不介意。"他说，这是句真心话。

这在从前也许并不是真的，但在那一刻却是真的，然而这些年来，也只有在此时此刻，在这生离死别的时刻，他才再次感到自己很稚气，就像他当初在火车开动前那一瞬间的感觉一样。他这时感到自己很稚气，也很笨拙，他这时说再见的尴尬模样，就像学校里的一个小男生在跟一个小女生道别时的情形一样，在门廊前说着再见，却不知究竟该不该吻这个女孩，窘得不知如何是好。转念一想，他明白了，使他感到窘得一时不知所措的并不是这道别，而是他马上要去面对的生死未卜局面。他对这即将面对的局面感到很困窘，道别只是这其中的一部分心情而已。

你又要准备夸夸其谈了，他暗暗告诫自己。但是我估计，谁都会觉得他这人未免太嫩，担当不了如此重任。他也不想对此事冠以什么名称了。打起精神来吧，他对自己说。打起精神。你的第二童年 [①] 不会马上就来的，还早着呢。

"再见了，小美人儿，"他说，"再见，我的小兔乖乖。"

"再见，我的罗伯托。"她说，于是，他便朝安塞尔莫和奥古斯汀那边走过去，他们正站在那儿等他呢，他说："我们出发吧。"

安塞尔莫一把将那只沉重的背包扛上肩头。奥古斯汀在离开山洞时就已全身披挂着重负，此时正依着一棵大树站着，那挺机关枪矗立在所有负荷之上。

"好吧，"他说，"我们走吧。"

他们一行三人朝山下出发了。

"祝你顺利，堂·罗伯托。"当他们三人排成单行在树林中前进，经过费尔南多身边时，费尔南多用西班牙语对他说。费尔南多正弓着背蹲伏在离他们不远的地方，但他说话的声音仍带着极大的尊严。

"祝你顺利，费尔南多。"罗伯特·乔丹也用西班牙语说。

---

① "第二童年"指年老昏聩而致的愚蠢或幼稚行动。

"祝你万事如意。"奥古斯汀说。

"谢谢你,堂·罗伯托。"费尔南多说,对奥古斯汀的插科打诨不为所动。

"这位是个与众不同的角色呢,英国人。"奥古斯汀悄声说。

"我信,"罗伯特·乔丹说,"要我帮帮你吗?你背负的东西太多,简直像匹马。"

"我没问题,"奥古斯汀说,"伙计,总算开始行动了,我很满意。"

"声音放轻点,"安塞尔莫说,"从现在起,少说话,声音轻点。"

他们小心翼翼地走下山来,安塞尔莫走在前面,奥古斯汀紧随其后,罗伯特·乔丹殿后,他步步小心,唯恐一不留神滑倒,绳底鞋踩在枯死的松针上,但还是一脚绊在了树根上,赶忙向前伸出手,却摸到了冰凉的机关枪的枪筒和折叠起来的三脚架,随后,他时而侧着身子左右交替着滑下山坡,绳底鞋在林中的地面上拖出了一道道凹痕,时而伸出左手扶着树皮粗糙的树干,突然,就在他扶着一棵大树的树干支撑住自己的身子时,他的手摸到了一块光溜溜被削去树皮的地方,便马上把那只手缩回来,手掌根下已沾满了黏糊糊的松树的液汁;他们走下了那段树木丛生的陡坡,来到罗伯特·乔丹和安塞尔莫头一天居高临下地观察那座大桥的位置。

这时,安塞尔莫在黑暗中停在了一棵松树边,他拉着罗伯特·乔丹的手腕低声说,声音低得罗伯特·乔丹几乎听不见他在说什么,他说:"瞧。那家伙的火盆里还生着火呢。"

这个亮点的下方,罗伯特·乔丹知道,就是大桥与公路相连接的地方。

"这里就是我们上次的观察点。"安塞尔莫说。他拉过罗伯特·乔丹的手往下按,让他摸了摸一棵树干下面新削去树皮的地方。"这是我在你观察的时候做下的记号。右边就是你打算架设机关枪的位置。"

"我们就把它架在那儿吧。"

"好。"

他们卸下背包，放在几棵松树的树根后，两人随着安塞尔莫来到那块平地，那里生长着一大蓬矮松树。

"这里就是，"安塞尔莫说，"就在这儿。"

"天一亮，从这儿望过去，"罗伯特·乔丹蹲伏在那蓬矮丛后面对奥古斯汀小声说，"你就会看到这边的一小段路面和大桥的入口处。你会看到那段桥面和另一边的一小段路面，再过去一点，公路就拐过山崖不见了。"

奥古斯汀没做声。

"你就埋伏在这里，我们去准备爆破，只要看见上面或下面有敌人来，你就朝他们射击。"

"那火光是什么地方？"奥古斯汀问。

"是这边岗亭里的。"罗伯特·乔丹低声说。

"谁来对付这些哨兵？"

"老头子和我，我告诉过你。不过，如果我们来不及对付他们，你必须朝岗亭里射击，见人就打。"

"是。这一点你对我说过。"

"爆炸之后，等巴勃罗那批人从那个拐角包抄过来时，如果看到有人在追击他们，你必须抬高枪口，越过他们的头顶射击。你的射击高度必须既越过他们的头顶，又不能让敌人冲过来。你明白了吗？"

"怎么不明白？你昨晚就是这么布置的。"

"还有什么问题吗？"

"没了。我带来了两只大麻袋呢。我可以去上面隐蔽的地方把麻袋装满泥土，搬到这儿来做掩体。"

"但是，别在这儿挖土。你必须好好隐蔽起来，像我们上次在山顶上那样。"

"没关系。我在隐蔽的地方把泥土装入麻袋再搬过来。你就等着瞧吧。我会把一切都弄得好好的，保证不会暴露目标。"

"你的位置离敌人太近。明白吗？天亮后，这蓬小树在下面能看得清清楚楚呢。"

"你就别操这份心啦，英国人。你去哪儿呢？"

"我带着我这支小机关枪到下面靠得更近点的地方去。老头子会马上越过峡谷，去准备对付另一个岗亭。那岗亭在我们对面。"

"那好吧，没问题了，"奥古斯汀说，"再见，英国人。你有烟吗？"

"你不能抽烟。你这儿离敌人太近。"

"不抽。只叼在嘴上。以后再抽。"

罗伯特·乔丹将烟盒递给了他，奥古斯汀取出三只烟卷，放进他那平顶牧民帽前面的帽檐里。他拉开机关枪的三脚架，把枪管架在低矮的松树丛里，然后开始摸索着解开背包，把他需要的东西摆在顺手的地方。

"没别的事了①，"他用西班牙语说，"好啦，没别事情啦。"

安塞尔莫和罗伯特·乔丹把他留在那里，返身走向他们放背包的地方。

"这些东西放在哪儿好呢？"罗伯特·乔丹低声说。

"我看就放在这儿吧。不过，从这个位置上，用你那支小机关枪，你有把握干掉那个哨兵吗？"

"这儿确实就是我们那天来过的地方吗？"

"同样一棵树嘛。"安塞尔莫说，声音低得罗伯特·乔丹几乎没法听见，他知道这老头儿说话时嘴唇都没动，就像第一天那样，"我用刀在那树上刻下记号了。"

罗伯特·乔丹再次感到，这一切似乎以前全都发生过。不过这次是由于他自己反复问和安塞尔莫的应答所产生的。奥古斯汀刚才也是这样，他提出了一个关于那些哨兵的问题，尽管他自己也知道解决的办法。

---

① 此处原文为西班牙语：*Nada mas*。

"这个位置够近的。简直是太近啦，"他低声说，"不过我们在背光的一侧。我们这个位置不会有问题。"

"那么，我现在就到峡谷对面去了，进入那头的阵地。"安塞尔莫说，随即他又说，"请你再说一遍吧，英国人。免得出差错。万一我脑子转不过来了呢。"

"什么?"但声音很轻。

"就再说一遍吧，好让我一丝不差地照办嘛。"

"等我一开火，你就开火。干掉你的对手后，过桥到我这边来。我带背包过去，你按我的指令安放炸药。我会详详细细教你的。万一我出事了，你就按我教给你的方法自己干。别慌张，要把事情干好，木楔要塞牢，手榴弹要绑结实。"

"我全清楚啦，"安塞尔莫说，"我都记住了。我马上就去。你也要隐蔽好自己呀，英国人，天就要亮了。"

"你在开枪的时候，"罗伯特·乔丹说，"要沉住气，瞄准了再射击。别把他们当人待，只把他们当靶子打，你同意吗[①]？别对整个人打，要瞄准他的要害部位打。瞄准腹部正中央射击——如果他是正面对着你。如果他脸朝着别处，对准他脊背正中央打。听着，老头子。如果那人是坐着的，我一开枪，他就会立即站起来，趁他还没来得及撒腿就跑或蹲下，立刻开枪。假如他还坐着不动，也要朝他射击。不能等。但要瞄准好。要在五十码以内打。你是个猎人。你不会有什么问题的。"

"我会按你的命令干的。"安塞尔莫说。

"对。这就是我的命令。"罗伯特·乔丹说。

幸好我还记得要把这些话当作命令，他想。这有助于帮他排忧解难。这样说也能消除他心理上的禁忌。反正我希望如此。能多少起点作用吧。我忘了第一天跟他谈起杀人这件事时，他是怎么说的了。

[①] 此处原文为西班牙语: *de acuerdo* ?

"这就是我的命令，"他说，"我们走吧。"

"我走啦，"安塞尔莫用西班牙语说，"待会儿见，英国人。"

"待会儿见，老头子。"罗伯特·乔丹说。

他想起了他父亲那回在火车站时的情景，想起了那分别时的眼泪，因此，他没有说保重、再见、祝你顺利等等诸如此类的话。

"你枪管里的油污擦净了吗，老头子？"他低声说，"这样才不会把子弹打飞？"

"还在山洞里的时候，"安塞尔莫说，"我就仔仔细细擦过啦。"

"那好，待会儿见吧。"罗伯特·乔丹说，老头儿撩开大步就走，绳底鞋踩在地上悄无声息，矫健的身影消失在树林中。

罗伯特·乔丹躺在林中落满松针的地上，聆听着初起的晨风在飒飒地吹拂着松枝，黎明时分来临了。他卸下冲锋枪的弹夹，把枪栓来回拉了一下。接着，他掉转枪身，打开枪机，在黑暗中将枪口对着嘴唇，朝枪管里吹了吹，舌头碰到枪管边缘时，感到那金属有一种上过枪油后的滑腻腻的感觉。他把枪横担在手臂上，枪膛朝上，这样松针和其他杂物不至于掉进去，然后用拇指退出了弹夹里的子弹，放在他摊开在面前的一块手绢上。随后，他在黑暗中摸索着每一颗子弹，手指捏着手绢把所有子弹擦了一遍，再把它们一颗一颗地压入弹夹。这时，手里的弹夹又沉甸甸的，他便把弹夹重新推上冲锋枪，感觉到了弹夹复位的咔哒声。他匍匐在那棵松树的树干后，把冲锋枪横架在左手臂上，凝视着下方的那个亮点。有时候他看不到那点光亮，于是，他知道，岗亭里那名哨兵已经移身至火盆前了。罗伯特·乔丹匍匐在那儿，等候着天亮。

第四十二章

自巴勃罗从山中骑马返回山洞，到小分队抵达预定位置并集结好马匹这段时间里，安德雷斯一直在朝戈尔茨的指挥部快速前进。他们驶上了通往纳瓦塞拉达的干线公路，遇到了那批从山中返回的卡车，那个路口上有一个关卡。可是，当戈麦斯向关卡的哨兵出示由米兰德中校签发的通行证时，那哨兵却用手电筒仔细照着那张通行证，又递给另一名哨兵看了看，然后才交还给他，并回敬了个礼。

"继续，"他用西班牙语说，"继续往前走。但不许打开车灯。"

摩托车又轰鸣着继续赶路了，安德雷斯紧紧抓着前面的座位，他们沿着公路向前驶去，戈麦斯在过往车辆中谨慎驾驶着。行驶在这条公路上的卡车络绎不绝，但没有一辆是打开车灯的。路上也有很多驶向山中的满载的卡车，每一辆车都掀起一溜尘土，安德雷斯在那样的黑暗中看不见，只觉得一团团灰尘不停地扑打在脸上，牙齿一咬，觉得满嘴都是。

他们这时正紧跟在一辆卡车的尾板后面，摩托车嘎嘎地响着，戈麦斯加速行驶，从这辆卡车旁边超了过去，而对面驶来的卡车则在他们左侧滚滚向前。这时他们身后赶来了一辆小轿车，电喇叭一遍又一遍地催促着，在卡车的噪音和飞扬的尘土中响成一片；接着，那辆汽车打开了车前灯，照亮了宛如凝固在空中的黄云般的尘土，在离合器换挡加速的嘎嘎声中，从他们身边呼啸而过，留下一串咄咄逼人、盛气凌人、不可一世的尖利的喇叭声。

接着，前方所有的卡车都被阻住，他们继续抢道朝前驶去，越过一辆辆救护车和参谋部的小轿车，接着是一辆装甲车，接着又是一辆，一辆接一辆，全被挡在路上了，就像一只只笨重的伸出炮筒的金属乌龟热气腾腾地趴在尚未落定的尘埃中，他们这才发觉，前方又是一个哨卡，那儿刚刚发生过一场撞车事故。有一辆卡车在哨卡前停了，但紧随其后的另一辆卡车却没看见，一头撞上了前面那辆卡车的尾部，致使车上的几箱轻武器弹药翻倒在公路上。其中一只弹药箱落地时摔开了，戈麦斯和安德雷斯停下来，推着摩托车向前走去，穿过被阻滞在那儿的车辆，向哨卡出示他们的特别通行证，安德雷斯走过去时，看到成千上万颗黄灿灿的子弹散落在路上的尘土中。那第二辆卡车的散热器全被撞瘪了。后面的那辆卡车紧紧抵着这辆卡车的后挡板。一百多辆车在后面连环撞车，一名穿着高筒皮靴的军官在沿路往回奔跑着，大声喝令司机们打倒车，以便将那辆被撞毁的卡车拖离路面。

卡车多得不计其数，根本没法倒车，除非那名军官一直跑到越来越长的车队的尽头，去阻止源源不断开上来的车辆，安德雷斯看到他拿着手电一路跌跌撞撞地奔跑着，大声呵斥着，狠狠咒骂着，然而在黑暗中，卡车还是在不断往前涌。

哨卡里的那个人不肯交还通行证。那里有两个人，步枪背在肩上，手里拿着手电筒，他们也在大声呵斥着。手里拿着他们通行证的那个奔到公路对面，朝一辆往山下行驶的卡车走去，让这辆车继续朝前开到下一个关卡，通知他们在那儿截住所有的卡车，直到他这里的堵塞得到疏通为止。那名卡车司机听完他的话之后又继续开车了。随后，这名哨兵，手里依然扣着他们的通行证，嘴里大声呵斥着，竟走向了那名车上货物被撞得洒落了一地的卡车司机。

"别管它了，看在上帝的分上，往前开，好让我们排除这么严重的拥堵！"他冲着那司机高声叫喊着。

"我的变速器被撞坏了。"那司机说，他正弯着腰在检查车的尾部。

"×你妈的变速器。往前开，我命令你。"

"变速齿轮箱坏了。叫我怎么往前开啊。"司机对他说，要俯下身去。

"那你就自己找人把你的车拖走，搞快点，这样才能把另一辆车搞走，×他妈的。"

这名哨卡人员用手电照了照被撞坏的卡车尾部，司机看了看他，满脸阴沉。

"搞快点，搞快点。"那人大声吆喝着，手里依然拿着他们的通行证。

"喂，我的证件，"戈麦斯对他说，"我的通行证。我们急着赶路呢。"

"拿着你的通行证见鬼去吧。"那人说罢，把通行证递给了他，又立即奔向公路对面，去阻拦一辆下行的卡车。

"在十字路口掉头，然后回到这儿来把这辆破车拉走。"他对那司机说。

"我在奉命——"

"×你妈的奉命。按我的命令办。"

那司机加大油门，在公路上笔直向前开去，消失在飞扬的尘埃中。

戈麦斯发动起摩托车，绕过那辆被撞坏的卡车，沿着此时已畅通的公路的右侧向前驶去，安德雷斯又抓紧前座，看到哨卡上的那名工作人员又拦下了一辆卡车，司机从驾驶室里探出身子在听他说话。

这时，他们沿着不断上升的高山公路飞速向前驶去。上山的所有车辆都已被挡在了哨卡那儿，只有下山的卡车可以通行，一辆接一辆地从他们左侧呼啸而去，摩托车此时在上山的公路上飞快地行驶着，直到开始赶上早在哨卡发生车祸之前就已驶上山来的那些车辆。

他们依然没有打开车灯，又越过了四辆装甲车，接着又超过了一长列运送士兵的卡车。黑暗中，这些士兵全都默不出声，他们从这些军车旁边驶过时，在飞扬的尘土中，安德雷斯起初只觉得高高的卡车上人影憧憧。接着，他们身后又驶来了一辆参谋部的小汽车，电喇叭不停地响着，车前灯忽明忽暗地闪烁着，车灯每亮一次，安德雷斯就能看到那些士兵的模样，头戴钢盔，手持步枪，机关枪直指黑魆魆的天空，轮廓分明地呈现在夜色之中，车灯熄灭时，他们便立即湮没在茫茫夜色中了。又一次，当他驶近了一辆军车时，恰好后面的车灯亮了，他在那突然的闪光中看到了他们僵硬的布满愁容的脸庞。他们头戴钢盔，乘坐在卡车上，在黑暗中开往他们只知道要发起一场进攻的地方，他们在黑暗中紧绷着脸，各自怀着自己的心事，灯光显示了他们在白日里不会显露出的表情，因为他们羞于自己的心事被彼此窥破，及至轰炸和进攻开始后，就没人会顾及自己的脸面了。

安德雷斯这时坐在摩托车上，越过了一辆又一辆军车，因为戈麦斯依然成功地保持着领先地位，没让紧随其后的参谋部的那辆小汽车超过他，但他一点儿也没去想那些人的脸色问题。他只是在想，"多了不起的一支军队啊。多了不起的装备啊。多了不起的机械化啊。瞧瞧这些人①！瞧瞧这些人。这就是我们共和国的军队啊。瞧瞧他们。军车一辆接一辆。全都是清一色的军服。头上都带着钢盔。瞧瞧卡车上竖着的那些机关枪，全是用来对付来犯的敌机的。瞧瞧我们已经建立起的这支军队！"

摩托车风驰电掣般行驶着，超越着一辆辆满载着士兵的卡车，这些高高的灰色的军车上有高高的四方形驾驶室和难看的四方形散热器，在

---

① 此处原文为西班牙语：*Vaya gente*！

尘土中稳稳当当地沿着公路向山上进发着，紧跟在后面的参谋部的那辆小汽车的车灯忽明忽暗地闪烁着，部队的红星标志在车灯的映照下闪现在卡车的后挡板上，车灯还映照着卡车一侧沾满泥土的车身，随着他们在不停地向山上行驶，空气越来越冷了，盘山公路的弯道也多了起来，那些卡车在艰难地嘎吱嘎吱地缓慢爬行着，在灯光的闪烁中冒着热气，摩托车此时的速度也慢了下来，安德雷斯紧紧抓着身前的座位，随着摩托车向山上前进，安德雷斯心想，这次乘坐摩托车的时间也实在太长、太长啦。他以前从没乘坐过摩托车，而现在，他们竟在即将展开进攻的部队大调动的当口上乘坐摩托车上山了，于是，当摩托车在向山上行驶的途中，他便知道，现在要按时赶回去参加对哨所的袭击已是根本不可能的事了。在这种大调动、大混乱的情况下，他能够在第二天夜里赶回去就算很幸运了。他以前从来没见过一次进攻或什么进攻的部署，当他们在公路上一路向上行驶时，共和国所建立起的这支军队的规模和声势令他惊叹不已。

这时，他们驶上了一段陡峭的斜坡，斜坡横亘在那座大山的阳面，接近山顶时，坡度更加陡峭，戈麦斯只得让安德雷斯下车，两人一起将摩托车推上通往山口的最后一段陡坡。越过山顶，左边有一条可容小汽车掉头的环形车道，一幢石砌大厦的正门前灯光闪烁，在夜空的衬托下，石砌大厦显得很长，巍然屹立在夜色中。

"我们去那边问问指挥部在什么地方吧。"戈麦斯对安德雷斯说，于是，他们推着摩托车向那幢石砌大厦走去，石砌大厦紧闭的大门前伫立着两个哨兵。戈麦斯将摩托车斜靠在墙边，正在这时，大门开了，大厦内透出的灯光映照着一名身穿皮衣、从大门内走出的摩托车司机，一只公文包背在肩上，一支木壳毛瑟手枪斜挂在腰间。在灯光熄灭之际，他在黑暗中找到了停放在大门边的他的摩托车，便推上车就走，直至摩托车发动起来，接着，摩托车便轰鸣着驶上公路开走了。

戈麦斯在大门口与两名警卫中的一个交谈。"我是第六十五旅的戈麦斯上尉，"他说，"请问，哪儿能找到指挥第三十五师的戈尔茨将军的司令部？"

"不在这儿。"警卫说。

"这里是什么地方？"

"指挥部。"

"什么指挥部？"

"指挥部就是指挥部呗。"

"是什么指挥部啊？"

"你是什么人，为什么要问这么多问题？"那警卫在黑暗中对戈麦斯说。这里是山口的最高处，天色清朗，群星闪烁，安德雷斯的视力很好，这时已冲出了尘土飞扬的环境，因此，即便天色昏暗，他也能清清楚楚地看得见景物。在他们下方，在公路折向右边的地方，他可以清晰地看到在天空的衬托下行驶在那儿的卡车和小汽车。

"我是第六十五旅第一营的罗赫略·戈麦斯上尉，我想打听一下戈尔茨将军的司令部在哪里。"戈麦斯说。

警卫把门推开了一条缝。"叫警卫班长来一下。"他朝里面喊了一声。

正在这时，一辆参谋部的大型轿车出现在公路的拐角处，在环形车道绕了一圈，朝这幢石砌大厦驶来，安德雷斯和戈麦斯正站在那儿等候警卫班长。那辆车朝他们开来，在大门口停下来。

一位身躯魁伟、年迈体重的人从汽车后座走下来，他头戴一顶过大的卡其布贝雷帽，就像法国军队里轻步兵队 ① 戴的那种帽子，拎着一只地图包，宽大肥厚的军大衣腰间的皮带上佩戴着一支手枪，与他同来还有两名身着国际纵队制服的人。

他用法语吩咐司机把车子从大门口开到车棚里去，安德雷斯根本听不懂法语，戈麦斯当过理发师，但也只不过会几个单词。

---

① 此处原文为法语：*chasseurs a pied*。

当此人在那两位军官的陪同走进大门时，戈麦斯在灯光中看到了他的脸，立即认出了他是谁。他曾在几次政治集会上见过他，并且经常在《工人世界》这份刊物上读到从法文翻译过来的他的文章。他认出了他那浓密的眉毛、水汪汪的灰眼睛、一层叠一层的双下巴，知道他就是当代法国伟大的革命者之一，曾领导过在黑海的法国海军起义。戈麦斯知道此人在国际纵队有很高的政治地位，知道此人应当知道戈尔茨的司令部在什么地方，并且能指引他到那里去。但他不知道，蹉跎岁月、失意、来自家庭和政治两方面的怨怼、被挫伤了雄心抱负等，已经在这个人的身上产生了什么样的变化，也不知道向他问询极有可能是最为危险的事情之一。由于一点也不知道这些，他便径直迈步上前，挡住此人的去路，握紧拳头向他行了个军礼，说："马尔蒂①同志，我们带来了一份急件要送交给戈尔茨将军。你能指引我们去他的司令部吗？事情很紧急。"

这位身高体重的老人伸出他那脑门很大的脑袋看了看戈麦斯，用他那双水汪汪的眼睛仔细端详着他。尽管在这前线，在没有灯罩的电灯泡的灯光下，尽管他在这凉爽的夜晚刚从外面乘坐敞篷汽车回来，他那张灰色的脸上还是挂着一副颓唐衰败的神色。他的脸使你觉得仿佛是用一头已经十分衰老的狮子爪下吃剩的动物残骸制作而成的。

"你带来了什么，同志？"他问戈麦斯，他说的是西班牙语，但带有非常浓重的加泰罗尼亚语②的口音。他朝戈麦斯瞥了一眼，目光随即越过他，回头朝安德雷斯打量着。

"一份交给戈尔茨将军的急件，要送往将军的司令部，马尔蒂同志。"

---

① 马尔蒂（Andre Marty，1886—1956），法国共产党主要领导人，在西班牙内战爆发之际被共产国际派往西班牙，担任国际纵队的第一政委（1936—1938），但他在此期间曾因政见不同等原因，错杀过国际纵队中的不少仁人志士。后来革命意志衰退，晚年被开除出党。

② 加泰罗尼亚语是一种与卡斯蒂利亚西班牙语和普罗旺斯语有密切关系的罗曼语，在加泰罗尼亚、安道尔、巴利阿里群岛，以及法国南部部分地区广为使用，如今约有 600 万使用者。

"是从哪儿来的急件，同志？"

"从法西斯分子的后方。"

安德烈·马尔蒂伸出手来，要去了那份急件和别的证件。他迅速浏览了一遍，便把它们全部塞进了自己的口袋。

"把他们两个都抓起来，"他对警卫班长说，"仔细搜查他们全身。等我需要审问的时候，再把他们带进来。"

他口袋里揣着那份急件，大步流星地走进了石砌大厦的内部。

在外面的警卫室里，戈麦斯和安德雷斯正在被一名警卫搜身。

"这个人到底是怎么回事啊？"戈麦斯对其中一名警卫说。

"他是个疯子[①]，"那名警卫用西班牙语说，"他疯了。"

"不。他是政界的大人物呢，"戈麦斯说，"他是国际纵队的第一政委。"

"尽管如此，他也是个疯子[②]，"警卫班长用西班牙语说，"反正他是个疯子。你们在法西斯分子的后方是干什么的？"

"这位同志是那儿的游击队员，"戈麦斯对他说，尽管此人还在搜他的身，"他带了一份急件要面呈戈尔茨将军。请保管好我的证件。请仔细放好这些钱，还有这颗串在链子上的子弹。这是我在瓜达拉马第一次负伤时从伤口中取出来的。"

"别担心，"那位班长说，"每一样东西都会存放在这只抽屉里的。你为什么不问问我戈尔茨在哪儿呢？"

"我们本来想问的。我问了那位警卫，他把你叫来了。"

"可是接着就来了这个疯子，你就去问他了。不管是什么事情，谁都不该去问他呀。他是个疯子。你要找的戈尔茨在山上，沿这条公路上去，离这儿还有三公里，在右手边树林里的岩石丛中呢。"

---

① 此处原文为西班牙语：*Esta loco*。

② 此处原文为西班牙语：*Apesar de eso，esta loco*。

"你能不能现在就放我们去找他呀？"

"不行。那就等于是让我掉脑袋啦。我只能带你们去见那个疯子。再说，他还扣着你那份急件呢。"

"你能不能跟别的人说说呢？"

"可以，"班长说，"我一看到哪个负责的领导过来，就去跟他说好了。人人都知道他是个疯子。"

"我一直敬重他是个大人物呢，"戈麦斯说，"是法兰西值得夸耀的一大人物呢。"

"他也许是个值得夸耀的人物吧，"班长说着，把一只手放在安德雷斯的肩上，"但是他个疯子，疯得像只可恶的臭虫。他的癖好就是枪毙人。"

"真的枪毙他们吗？"

"一点也不假 [①]，"班长继续用西班牙语说，"这老家伙杀掉的人比淋巴腺鼠疫瘟死的人还要多呢。比淋巴腺鼠疫害死的还要多呢 [②]。但他却不像我们这样杀法西斯分子。真不像话。不是开玩笑。杀的都是些稀奇古怪的家伙 [③]。他杀那些持异端邪说的家伙、托洛茨基分子、异己分子。视异端邪说如洪水猛兽，见了就杀。"

这些话安德雷斯一点儿也听不懂。

"记得在埃斯科里亚尔的时候，我们奉他的指令不知道枪毙了多少人呢。"班长说，"我们老是被拉去当行刑队。国际纵队的那些人不愿枪毙自己人嘛。尤其是法国人。为了避免麻烦，行刑队老是由我们来担任。我们枪毙过法国人。我们枪毙过比利时人。我们枪毙过各种不同国籍的人。什么样的都有。他有动不动就杀人的癖好 [④]。都是出于政治原

---

① 此处原文为西班牙语：*Como lo oyes*。

② 此处原文为西班牙语：*Mata mas que la peste bubonica*。

③ 此处原文为西班牙语：*Mata bichos raros*。

④ 此处原文为西班牙语：*Tiene mania de fusilar gente*。

因。他疯了。清洗的力度比洒而佛还厉害 [1]。他清洗起来比洒而佛散 [2] 还凶呢。"

"可是，请你把这份急件的事跟哪个负责人说说，行吗？"

"行，伙计。当然可以。这两个旅的人我个个都认识。每个人都得从我这儿过嘛。我甚至还认识上面的俄国人，可以通过他们来疏通关系，尽管他们当中只有几个人会说西班牙语。我们要阻止这个疯子枪毙西班牙人。"

"可是，那份急件呢。"

"急件也要拿回来。别担心，同志。我们知道怎样对付这个疯子。他只知道对自己人下手。我们现在了解这家伙了。"

"把那两个俘虏带进来。"传来了安德烈·马尔蒂的声音。

"要不要喝一杯 [3]？"班长问，"你们想来杯酒吗？"

"怎么不想？"

班长从食品柜里拿出一瓶茴香酒，戈麦斯和安德雷斯两人都喝了。班长自己也喝了。他用手抹了抹嘴。

"我们走吧。"他说。

他们走出了警卫室，刚刚喝下的那一大口热辣辣的茴香酒温暖着他们的嘴巴，也温暖着他们的肚子和心，他们走过大厅，走进了马尔蒂的办公室，马尔蒂正坐在一张长条桌后面，面前铺着一张地图，手里拿着一只红蓝铅笔，摆出一副将军级军官的派头。然而对安德雷斯来说，这只不过是又多出来的一个麻烦罢了。今晚遇上的麻烦事真不少啊。老是碰到这么多的麻烦事。如果你证件完备，心里没有鬼，你就不会遇到危险。他们最终总归要放你过关的，你就走你的路好了。可是那个英国

---

[1] 此处原文为西班牙语：*Purifica mas que el Salvarsan*。

[2] 洒而佛（Salvarsan）是一种治疗梅毒的特效针药，是该药的商标名，俗称 606，即盐酸二氨基砷酚。

[3] 此处原文为西班牙语：*Quereis echar un trago*？

人说过要抓紧时间的。他知道，他现在无论如何也没法赶回去参加炸桥了，可是他们的这份急件得赶快送到才行啊，然而桌边的这个老家伙却把它装进了自己的口袋。

"站到那边去。"马尔蒂头也不抬地说。

"听着，马尔蒂同志。"戈麦斯火来了，茴香酒也增强了他的怒气，"今天晚上我们已经被愚昧无知的无政府主义者阻挠了一次。接着又被一个懒散的法西斯官僚阻挠了一回。现在又在被一个过分猜疑的共产党员所阻挠了。"

"闭上你的嘴巴，"马尔蒂头也不抬地说，"现在不是在开会。"

"马尔蒂同志，这是一件十万火急的事情，"戈麦斯说，"是一件极其重要的事情啊。"

押他们进来的那个班长和士兵饶有兴味地在一旁看着这一幕，好像在看一出他们已经看过无数遍的戏一样，不过这戏中的精彩片段总是令他们百看不厌，回味无穷。

"每件事情都紧急，"马尔蒂说，"所有的事情都重要。"他这时才握着铅笔抬起头来看了他们一眼，"你怎么知道戈尔茨在这里？进攻前夕跑来打听某一个将军的去向，你们懂不懂这事有多严重？你们怎么会知道这儿有这样一位将军呢？"

"告诉他吧，你。"戈麦斯对安德雷斯说。

"将军同志。"安德雷斯开口说——安德烈·马尔蒂并没有去纠正他说错了自己的军衔——"我是奉命从防线那一边过来送这包材料的——"

"从防线那一边？"马尔蒂说，"是的，我听他说过，你是从法西斯防线那边过来的。"

"将军同志，这份东西是一个英国人交给我的，他叫罗伯特，他到我们这儿来的身份是爆破手，是来负责炸桥这件事的。明白了吧？"

"把你的故事继续编下去。"马尔蒂对安德雷斯说，他用的是"编故事"这个说法，意思就是，你就尽管撒谎、虚构、胡编乱造吧。

"哎呀，将军同志，那个英国人嘱咐我要以最快速度把这封信送交给戈尔茨将军呢。就在今天这个时候，他要在这山里发动一个攻势呢，我们现在只要求能马上把这封信送给他，要是你这位将军同志同意的话。"

马尔蒂又摇摇头。他眼睛望着安德雷斯，却对他视而不见。

戈尔茨啊，他想，心里交织着惊骇和惊喜，如同一个人听到自己事业上的敌手在一次特别惨烈的车祸中丧命了一样，或者说，就像听到某一个你特别憎恨但你又从来没有怀疑过他正直廉洁的品德的人却突然被指控犯了侵吞公款罪一样。这个戈尔茨也是这种人当中的一个。这个戈尔茨竟然敢如此明目张胆地与法西斯分子相勾结。这个他认识了几乎长达二十年的戈尔茨啊。这个曾在那年冬天与卢卡契一起在西伯利亚拦劫运送黄金的火车的戈尔茨。这个曾与高尔察克打过仗、在波兰也打过仗的戈尔茨。在高加索、在中国，以及在这儿，自去年十月以来。但是他曾经跟图哈切夫斯基过从甚密。对，跟伏罗希洛夫也很亲近。但跟图哈切夫斯基关系最密切。跟他走得很近的还有哪些人呢？在这儿当然就是卡可夫。还有卢卡契。不过，那些匈牙利人也一个个全都是阴谋家。他过去很不喜欢高尔。戈尔茨也很不喜欢高尔。要记住这一点。要把这个记下来。戈尔茨向来与高尔不和。但是他偏爱普茨。要记住这一点。而杜瓦尔是他的参谋长。瞧瞧这盘根错节的关系。你亲耳听他说过考匹克是个笨蛋。那是确凿无疑的。这是事实。现在又是这份从法西斯分子的后方送来的密件。只有剪除这些腐枝烂叶，树木才能保持健康并茁壮生长。腐败分子必须清楚地暴露出来，才能加以消灭。不过，戈尔茨是他们当中的首恶。这个戈尔茨竟然会是个叛徒。他知道，你没有一个可以信得过的人。一个也没有。永远也没有。你不能相信你的妻子。也不能相信你的兄弟。也不能相信你最老的老战友。一个都不能信。永远不能信。

"把他们带走吧，"他对两个警卫说，"要严加看管。"班长望望那个士兵。就马尔蒂的一贯表现来看，这一次实在算得上非常冷静了。

"马尔蒂同志，"戈麦斯说，"别不理智了。听我说，我是个忠心耿耿的军官和同志。这是一份必须马上送走的急件。这份急件是这位同志千辛万苦地从敌占区带来的，要交给戈尔茨将军同志呢。"

"把他们带走吧。"马尔蒂这时态度亲切地对警卫说。他为这些人感到难过，因为他们毕竟也是人啊，可是他又不得不消灭他们。但是真正使他感到压抑的是戈尔茨的悲剧。居然会是戈尔茨啊，他想。他应当立即将这一与法西斯分子相勾结的情况报告给伐洛夫。不，他要带着这份急件去面见戈尔茨本人，这样才好，要看看他收到这份材料时会做出何种反应。他就是要这么做。假如戈尔茨是他们当中的一分子，他怎么能信得过伐洛夫呢？不行。这件事得非常谨慎才行啊。

安德雷斯转过身来面对着戈麦斯："你的意思是，他不准备送出这份急件啦？"他问，简直不相信会有这种事。

"你没看出来吗？"戈麦斯说。

"我 × 他妈的这婊子养的！"安德雷斯用西班牙语说，"他疯了吧 ①。"

"是的，"戈麦斯说，"他是疯了。你也疯了！听着！疯子！"他冲着手拿红蓝铅笔、这时又在俯身看地图的马尔蒂大声吼道："听见没有，你这发了疯的杀人凶手！"

"把他们带走吧，"马尔蒂对警卫说，"他们犯下了大罪，精神错乱了。"

这个词语班长很耳熟。他以前就听到过。

"你这发了疯的杀人凶手！"戈麦斯大声吼着。

"你这臭婊子养的！"安德雷斯用西班牙语对他说，"你这疯子啊 ②。"

这个人的不可理喻激怒了他。如果他是个疯子，就该把他当疯子清理出去。就该把那份急件从他口袋里掏出来。这该死的疯子真是活见鬼

---

① 此处原文为西班牙俚语：*Me cago en su puta madre！Esta loco*。
② 此处原文为西班牙俚语：*Hijo de la gran puta！Loco*。

了。他向来遇事不惊，脾气也好，可他那固有的西班牙人的烈性子终于也按捺不住了。再过一会儿他就会失去理智的。

马尔蒂一边看着他的地图，一边悲哀地摇了摇头，警卫们将戈麦斯和安德雷斯带了出去。那两个警卫听他挨了一顿臭骂，感到很过瘾，不过总的来说，对这场演出感到失望。他们见过比这要精彩得多的场面呢。安德烈·马尔蒂并不在乎那两个人骂他。以骂他为收场的人多着呢。他总是真心地替他们感到难过，因为他们毕竟也是人啊。他总是这样告诫自己，这也是他心中仅存的确实属于他自己的真实想法之一。

他坐在那儿，胡髭和眼睛都集中在那张地图上，集中在那张他从未真正看懂过的地图上，集中在那些精心勾勒出来的像蛛网般由中央向四周辐射开来的棕色等高线上。他能根据这些等高线辨别出哪些是高地、哪些是峡谷，但他从没真正弄懂为什么要挑选这座高地、为什么这条峡谷应当就是目标。但是在总参谋部，因为有政治委员制度，作为国际纵队的政治首脑，他可以干预作战方案的制定，所以他总是伸出手指煞有其事地在地图上这里、那里地指点着，那些地方都标有号码，用棕色细线打了圆圈，周围的绿色代表树林，直线代表相平行的公路，而绝不是蜿蜒流淌着的河流，于是他就说："这儿。这儿就是薄弱环节。"

高尔和考匹克，因为怀有政治目的和野心，就会表态说同意，之后，那些从没见过这张地图、只听说过有这个山地编号的士兵，就会毫不知情地离开他们的基地，集结在指定地点，在那儿挖壕掘沟翻泥土，就会爬上山坡去找到他们的葬身之地，或者被架在橄榄树丛里的机关枪死死压住，根本就上不去。或者在别的前沿阵地上，他们或许能很容易地攀上山头，而处境未必就比以前好。但是，当马蒂在戈尔茨的参谋部里用手指在地图上指指点点时，这个头上有伤疤的白脸将军腮帮子上的肌肉就会绷得紧紧的，他心里就会想，"我还不如先毙了你呢，安德烈·马尔蒂，免得你把那灰白色的烂手指放在我这张等高线地图上。就因为你干预你一无所知的事情，你害死了多少人啊，为了所有白白死去

554

的那些士兵，你这该死的见鬼去吧。那些拖拉机厂、村庄、合作社用你的名字命名了，你就成了我碰不得的偶像啦，见你的鬼去吧。你到别的地方去怀疑、告诫、干预、指责、滥杀无辜吧，我的参谋部可不许你来染指。"

不过，戈尔茨是不会说这些话的，他只会靠在椅背上别过身去，避开这俯过身来看地图的大块头，避开那指指戳戳的手指头、那双水汪汪的灰眼睛、那两撇灰白色的胡髭、那叫人恶心的口臭，他会说："是的，马尔蒂同志。我明白你的意思了。不过，这方案不太好实施，所以我不同意。你可以审查我的脑子，要是你高兴的话。对。你可以像你所说的那样，把这事作为党内问题来处理。但我就是不同意。"

所以，安德烈·马尔蒂此时就坐下来对着他那张地图仔细研究起来了，地图铺在那张空无一物的桌子上，没有灯罩的电灯泡刺眼的灯光照在他头顶上方，那顶过于宽大的贝雷帽被拉到前额遮着他的眼睛，他在对照着那份油印的进攻命令慢慢地、费劲地在那张地图上比划着，就像军校里的一名青年军官在解一道难题一样。他已经投身于战争了。他正在自己的脑海里指挥千军万马呢；他有权干涉，而且认为他是有指挥权的。所以，他坐在那儿，口袋里揣着罗伯特·乔丹写给戈尔茨的急件，而戈麦斯和安德雷斯则等在警卫室里，罗伯特·乔丹则匍匐在那座大桥附近的树林里。

假如安德雷斯和戈麦斯没有受到安德烈·马尔蒂的阻挠而获准继续前进的话，安德雷斯肩负的这个使命的结果是否会有所不同，这一点也是值得怀疑的。在前线，谁也没有足够的权威来取消这次进攻。机器运转得过久了，你就没法使它突然停下来。所有的军事行动，无论其规模大小，都有很大的惰性。可是一旦这惰性被克服了，行动开始了，再要阻止它，恐怕就像启动时一样困难啦。

可是，这天夜里，这个把贝雷帽拉到前额的老人一直就坐在桌边研究着他的地图，没想到这时门忽然被推开了，俄国记者卡可夫带着另外两个身穿便服和皮大衣、头戴便帽的俄国人走了进来。警卫班长在他们身后很不情愿地关上了门。卡可夫是这个警卫班长所能联系上的第一个负责人。

"马尔蒂同志。"卡可夫用他那彬彬有礼却神情倨傲、口齿不清的声音说，脸上堆着笑，露出一嘴坏牙。

马尔蒂站起身来。他不喜欢卡可夫，但卡可夫是《真理报》派来的，并直接和斯大林保持着联系，是目前在西班牙的俄国人当中的三大要人之一。

"卡可夫同志。"他说。

"你是在部署进攻吧？"卡可夫傲慢地说，并朝那张地图点了点头。

"我正在研究。"马尔蒂说。

"是你在指挥进攻？还是戈尔茨？"卡可夫圆滑地问。

"我不过是个政委罢了，你是知道的。"马尔蒂对他说。

"不，"卡可夫说，"你谦虚啦。你其实就是个将军嘛。你有你的地图和你的军用望远镜。你不也曾经当过海军上将吗，马尔蒂同志？"

"我那时是二炮手。"马尔蒂说。这是句谎话。在那支军队哗变时，他其实是一名文书军士。可是，他现在一直说自己当时是二炮手。

"啊。我原以为你是一等文书军士呢，"卡可夫说，"我老是把史实资料搞错。这是记者的通病。"

另外那两名俄国人一直没有参与他们的谈话。他俩都在马尔蒂身边察看那张地图，并不时用他们本国的语言互相交换一下看法。马尔蒂和卡可夫彼此寒暄了几句之后，就改用法语交谈了。

"最好别在《真理报》上把事实搞错啊。"马尔蒂说。他故意说了句很唐突的话，想使自己再度打起精神来。卡可夫总是故意戳破他的老底，让他泄气。用法语说就是"*degonfler*"，因此马尔蒂总是被他弄得心烦意乱、谨小慎微。只要卡可夫一开口说话，他安德烈·马尔蒂就很难记住自己是来自法国共产党中央委员会身居要职的人。也很难记住他自己也是一位碰不得的人。卡可夫似乎总是偏要"碰"他，根本不把他当回事儿，而且随时随地、不分场合地调侃他。卡可夫这时说："我向《真理报》发稿前，一般总是要对事实进行核对的，我在《真理报》上发表的东西向来都相当准确。告诉我，马尔蒂同志，你有没有听说我们有一支在塞哥维亚那边活动的游击队给戈尔茨捎来了信？那边有一位姓乔丹的美国同志，我们应该得到他的消息了。有报告说，法西斯防线的后方发生了战斗。他应该打发人送一份情报给戈尔茨了。"

"是个美国人吗？"马尔蒂问。安德雷斯刚才说，那是个英国人嘛。看来确有这么回事。看来是他搞错了。那两个笨蛋为什么偏偏要找他谈这事呢？

"是的，"卡可夫一脸不屑地望着他，"一个年轻的美国人，政治觉悟不太高，可是很善于和西班牙人打交道，有过一段很不错的打游击的经历。那份急件只要交给我就行了，马尔蒂同志。这份东西已经被耽搁了很久啦。"

"什么急件？"马尔蒂问。这句话说得十分愚蠢，他也知道。可是他也不能这么快就承认自己犯了错误啊，他这样说的目的无非就是为了延缓那个丢脸时刻的到来，不肯一下子就承认自己做了丢脸的事情罢了。"还有那张通行证。"卡可夫说，声音是从他那口坏牙齿缝里挤出来的。

安德烈·马尔蒂把手伸进口袋，掏出那份急件放在桌上。他两眼直愣愣地望着卡可夫。好吧。他错了，这件事现在也没法补救了，但是他不打算接受任何羞辱。"还有那张通行证。"卡可夫悄声说。

马尔蒂将通行证放在那份急件的旁边。

"班长同志。"卡可夫用西班牙语喊道。

那位班长打开门走进屋来。他飞快地扫了一眼安德烈·马尔蒂，只见马尔蒂像头被猎狗团团围困住的老野猪一样狠狠瞪了他一眼。马尔蒂的脸上毫无惧色，也没有受到屈辱的表情。他只感到很愤怒，他只是暂时虎落平阳了。他知道这些狗东西是根本制服不了他的。

"把这些材料交给等在警卫室里的那两位同志吧，告诉他们怎么去戈尔茨将军的司令部，"卡可夫说，"已经被耽搁了很久啦。"

　　班长走了出去，马尔蒂仍在瞪着他的背影，然后回过头来望着卡可夫。

　　"马尔蒂同志，"卡可夫说，"我倒要看看你究竟怎么就碰不得了。"

　　马尔蒂直愣愣地望着他，什么也没说。

　　"也别想着怎么找那个班长的麻烦啦，"卡可夫接着说，"这事儿跟那个班长毫不相干。我见到那两个待在警卫室里的人了，是他们主动告诉我的。"（这是一句谎话。）"我希望所有的人都能经常来找我谈谈。"（这倒是一句真话，尽管刚才就是这位班长找他来解决此事的。）但是卡可夫认为，自己放下架子平易近人会有好处，出于善意的出面干预能起到感化人的效果。这一点他绝不加以冷嘲热讽。

　　"你知道吗，我在苏联时，阿塞拜疆有一个城镇发生了无法无天的事情，人们就通过《真理报》写信给我。你知道这件事吗？他们说：'卡可夫会帮助我们的。'"

　　安德烈·马尔蒂望着他，脸上只有怒气和憎恶，没别的表情。他脑子里也是一片空白，只想着卡可夫老是在故意跟他作对。好哇，卡可夫，就算你手眼通天，你也得当心点。

　　"这件事自当别论，"卡可夫接着说，"不过，原则是一样的，我打算详细了解一下你究竟有多碰不得呢，马尔蒂同志。我想去了解一下，有没有可能让那家拖拉机厂更名呢。"

　　安德烈·马尔蒂躲开了他的目光，继续看他的地图去了。

　　"乔丹那小青年在信中都说了些什么？"卡可夫问他。

　　"我没看信，"安德烈·马尔蒂用法语说，"你就让我清静一会儿吧①，卡可夫同志。"

---

① 此处原文为法语：*Et maintenant fiche moi la paix*。

"好吧，"卡可夫说，"我就不打扰你的军事工作了。"

他踱出房间，朝警卫室走去。安德雷斯和戈麦斯已经走了，他便在那里站了一会儿，看着山上的那条公路，远处的山峦上空这时已露出了第一缕灰白色的晨曦。我们必须赶到山上去，他想。时间快到了。

安德雷斯和戈麦斯又登上摩托车继续赶路了，天色这时也渐渐亮起来。安德雷斯此时又紧紧抓着他前面座位的靠背，任由摩托车在盘山公路上曲里拐弯地行驶在灰白色的笼罩着山口的雾霭之中，他能感觉到身下的摩托车在加速行驶，没过多久就一个急刹车戛然而止了，他们站在车旁，摩托车停在一段很长的下坡路上，他们的左侧就是那些用松树枝掩护着的坦克。这片树林里到处都是部队。安德雷斯看到有些人肩膀上扛着抬杆很长的担架。公路右边的松树下停着三辆参谋部的小汽车，车身两侧抵着树枝，车顶也罩在树枝下。

戈麦斯推着摩托车走向其中的一辆。他把车停靠在一棵松树旁，跟背靠松树坐在汽车旁的司机打了声招呼。

"我带你们去见他，"司机说，"把你的摩托车隐蔽起来，盖上这些东西。"他指了指新砍下的那堆松树枝。

晨曦透进了松林高高的枝头，戈麦斯和安德雷斯跟着这个名叫维森特的司机穿过松林，跨过公路，登上山坡，朝一个地下掩蔽部的入口处走去，掩蔽部顶端的那些电话线通向树木丛生的山坡上方。他们站在外边，司机进了掩蔽部，安德雷斯对这个掩蔽部的构造赞叹不已，它在山坡上只露出一个洞口，四周也没有新挖出的泥土，但是，仅从这个入口处，他就能看出，这个掩蔽部深不可测，人在里面能行动自如，也不必低头弯腰，山洞的顶部是用粗大厚重的木料构成的。

司机维森特出来了。

"他在山上，他们正在那儿部署进攻的相关事宜，"他说，"我把急件交给了他的参谋长。他签收了。给。"

他把签收过的信封递给了戈麦斯。戈麦斯把它转交给了安德雷斯，安德雷斯看了一眼，把它放进了自己的衬衣里。

"签收的人叫什么名字？"他问。

"杜瓦尔。"维森特说。

"好，"安德雷斯说，"能让我交出这份急件的人有三个，他就是其中的一个。"

"我们要等回信吗？"戈麦斯问安德雷斯。

"要是有，那就再好不过啦，"安德雷斯说，"可是，炸桥的任务完成之后，我还不知道上哪儿去找英国人和那些人呢，上帝也不知道啊。"

"那就跟我一起等在这儿吧，"维森特说，"等将军回来。我去给你们拿咖啡。你们一定很饿了吧。"

"瞧瞧这些坦克。"戈麦斯对他说。

他们走过一辆辆覆盖着树枝、涂成了泥土色的坦克，每一辆后面都有两道深深的压辙留在落满松针的地面上，表明这些坦克是从公路上拐过弯，开倒车开过来的。它们四十五毫米口径的炮筒平伸出去，覆盖着树枝，那些身穿皮外套、头戴有棱钢盔的驾驶员和炮手们有的背靠树干坐着，有的躺在地上睡觉。

"这些是用来打后援的，"维森特说，"这些部队也都是后备军。担任主攻任务的那些部队已经在山上了。"

"真多啊。"安德雷斯说。

"是啊。"维森特说。"这是一个整编师呢。"

在那个地下掩蔽部里，杜瓦尔左手拿着已经展开的罗伯特·乔丹送来的急件，他看了看左手上的那只腕表，这份急件他已经看过四遍了，每看一遍，都感到胳肢窝里渗出的汗水在往下淌，流向了他的腰间，他对着电话的话筒说："那就给我接塞哥维亚阵地。他离开了？给我接阿维拉阵地。"

他不停地打电话。但怎么打也没用。他跟两个旅都通过电话了。戈尔茨上山视察完进攻的部署后，正在去一个前沿观察哨的路上。他给那个观察哨打了电话，但是他不在那儿。

"给我接第一机队。"杜瓦尔说，突然决定揽下全部责任。他决定承担起中止这次进攻的全部责任。还是停止进攻为好啊。敌人已经做好准备等在那儿了，你再派出部队去搞突然袭击是不行的。你不能再这样做了。这样做就等于是在谋杀。你不能这样做。千万不能这样。无论如何也不能。他们要是枪毙他，就由他们去枪毙好了。他要直接给机场打电话，通知他们取消轰炸。可是，假如这只是一次牵制性的进攻？假如我们就是为了吸引敌人的所有物资装备和兵力呢？假如就是出于这样的目的呢？他们从来不告诉你这就是一场牵制性进攻，只让你执行。

"取消接第一机队的电话吧，"他对接线员说，"给我接第六十九旅前沿观察哨。"

他还在那里打着电话，就突然听见第一批飞机的轰鸣声了。

也就在这时，他接通了那个观察哨。

"是我。"戈尔茨冷静地说。

他正坐在那儿，背靠着沙袋，两脚蹬着一块岩石，嘴唇边垂着一支香烟，一边说着话，一边侧着头看天空。他在打量着那些越来越大、呈楔形编队的飞机，每三架为一编队，银光闪闪，在天空中发出阵阵雷鸣般的轰响，飞机是从远处的山脊上飞来的，朝阳正在那儿冉冉升起。他注视着飞机正向这边飞来，在朝阳下熠熠生辉，格外美丽。随着飞机越飞越近，他看到了螺旋桨在阳光的反射下而形成的那两个光环。

"是的，"他对着电话说，说的是法语，因为这是杜瓦尔打来的电话，"我们完蛋了。对。一切照旧。是的。这很遗憾。是的。我们完蛋了。① 这消息来得太晚啦，真可惜啊。"

他那双眼睛，在注视着飞机飞来时，流露出非常自豪的神情。他这时看到了机翼上的红星标志，他在注视着它们持续不断、威武雄壮地轰

———————————

① 此处原文为法语：*Nous sommes foutus. Oui. Comme toujours. Oui. C' est dommage. Oui.*。

鸣着在空中前进。这个阵势原本就该是这样的。这些是我们的飞机。这些飞机在装箱后，由专用船舶从黑海经马尔马拉海峡、达达尼尔海峡和地中海，最后才运达此地的，人们爱护备至地在阿利坎特港卸下木箱，进行了精心细致的装配和测试，结果证明性能完好，现在终于出动了，以优美、精确的姿势锤击般地轰鸣着向这边飞来了，V字编队整齐划一，这时正披着朝霞，闪着银光，高高翱翔在空中，去轰炸对面的那些山梁，炸得他们呼号着飞向半空，这样，我们就可以长驱直入了。

戈尔茨知道，一旦这些飞机越过他的头顶上空，飞向前方，炸弹就会像在空中翻腾着的海豚一样落下。紧接着，那些山头就会在一朵朵飞起的硝烟中崩裂，发出隆隆的轰响声，最后消失在腾空而起的大片烟云之中。随后，坦克就会一路碾压过去，爬上那两个山坡，紧跟在坦克后面冲上去的是他的两个旅。假如这场出其不意的进攻能得手，他们就能继续向纵深推进，不断翻山越岭，稍作休整后，再继续开拓前进，肃清顽敌，在坦克的帮助下，机智地大干特干，再巧妙地利用坦克的往返碾压和炮火掩护，将其他攻击部队带上来，然后再顺利地继续不断地向前推进，向更深的腹地挺进。假如没有人叛变通敌，假如大家都各尽本分，这就是原本可以实现的战果。

那边有两道山梁，有坦克开道，有他的两支劲旅在树林里整装待发，现在飞机也飞临上空了。他必须部署好的每一件事都已按原定计划部署完毕了。

可是，当他注视着这些飞机、这些几乎已飞临他头顶上空的飞机时，他却感到倒胃得直想呕吐，因为他从电话里传来的乔丹的那份急件中已得知，那两道山梁上已经空无一人了。敌人会稍作后撤，钻进山下那些狭窄的壕沟里去逃过横飞的弹片，或者躲进那片树林里，等轰炸机一走，他们就会带着机关枪之类的自动化武器，以及乔丹所说的从公路上运过来的那些反坦克炮反扑到那两座山梁上，于是结果又将是一个极其混乱不堪的局面。可是这些飞机，这些此时正震耳欲聋地飞来的飞机，是按原定方案飞来的，戈尔茨注视着它们，一边仰望着天空，一边对着电话说："不。毫无办法了。没办法[①]。"

戈尔茨用他那坚忍不拔、充满豪情的眼睛注视着这些飞机，那双眼睛已经看破了事情的原委和可能产生的结局，他为原本有可能取得的战果而感到自豪，因为他相信那个战果是可以取得的，然而现在却根本无望了，他说："好吧。我们好歹尽力而为吧[②]。"说完便挂断了电话。

然而杜瓦尔却没听清他在说什么。他坐在桌边拿着电话筒，满耳听到的却只是飞机的轰鸣声，他想，现在，也许就在此时此刻，我们来听听飞机飞来的轰鸣声吧，也许那些轰炸机就要去炸毁敌人的一切防御了，也许我们就要取得突破性的进展了，也许他就要如愿以偿地率领预备军冲上去了，也许这次机会来了，也许这就是一次极好的机会。继续来吧。来吧。继续来吧。轰鸣声大得使他没法听到自己的心声了。

---

① 此处原文为法语：*Rien a faire. Rien. Faut pas penser. Faut accepter.*。

② 此处原文为法语：*Bon. Nous ferons notre petit possible*。

第四十三章

罗伯特·乔丹匍匐在山坡上那棵松树的树干后，在
那条公路和那座大桥的上方，他在观望着渐渐亮起来的
天色。他向来喜欢一天中的这个时刻，此时，望着这黎
明前的曙光，他觉得心中也渐渐亮堂起来，仿佛自己也
融入了这日出之前慢慢明亮起来的天色之中；那些有形
物体的色泽开始渐渐转深，空间变得清朗起来，在黑夜
中显得很亮的星光渐渐变成了黄色，接着便褪隐而去，
白天来临了。位于他下方的那些松树的树干这时显得清
晰而又分明，这些树干很结实，呈棕褐色，公路上泛着
白光，笼罩着一层薄薄的雾气。露水沾湿了他的衣服，
林中的地面很软和，他感到压在胳膊肘下的棕褐色的落
叶松针很富有弹性。下方那条小河的河床上薄雾缥缈，
他透过薄雾，看到了那座桥梁的钢架，笔直而又冷峻地
横跨在深谷上，大桥的两端各有一个木头打造的岗亭。
不过，在他观察的时候，这座桥梁的钢骨结构依然像蛛
网那样精巧、美观，暂时还矗立在那条小河上方的氤氲
缥缈的薄雾中。

　　这时，他看见了那名哨兵，正背对他站在岗亭里，
后背上披着毛毯式的披风，头上戴着钢盔，正弯下身来

冲着那只用汽油桶钻眼改装而成的火盆，他正伸着双手在那儿取暖呢。罗伯特·乔丹可以听到那条小河正流淌在深谷下的那片岩石丛中，他还看到一缕淡淡的轻烟冒出了那个岗亭。

他看了看手表，心想，不知道安德雷斯是否已顺利找到了戈尔茨？如果我们真要动手炸桥了，我很想能再一次非常缓慢地呼吸，再一次延缓那个时刻的到来，以便能好好体会一下这个中的滋味。你认为他把事情办妥了吗？安德雷斯？如果他把信送到了，他们会取消这次进攻吗？他们是否来得及取消呢？你操什么心呢。就别担心啦。他们要么取消，要么就不取消。没有别的结果，过一会儿你就知道了。就假定这次进攻能顺利得手吧。戈尔茨说过，这次进攻还是有把握的。成功的可能性还是有的。我们的坦克会沿着这条公路开过去，我们的部队会浩浩荡荡地从右侧突击过来，冲下山去，越过拉格兰哈，而这片山区的整个左侧就会完全落入我军之手。你为什么不好好想想怎样去打胜仗呢？你处于防御地位太久啦，所以就想不到这一点了。肯定是这个原因。然而那是因为所有那些部队和武器装备还没有开上这条公路啊。那是因为所有那些飞机还没有飞过来啊。别那么天真吧。不过，要记住这一点，只要我们能把那些法西斯分子牵制在这儿，我们就能把他们团团围住。他们就不可能再去攻打其他地区，直到他们最终能甩开我们，但是他们根本就别想能甩开我们。只要法国人肯帮点忙，只要他们放开那边的国境线，只要我们有美国派出的飞机，他们就休想甩开我们。只要我们能得到哪怕一点点支援，他们就休想。这些人只要好好武装起来，就会生命不止、战斗不息的。

不，你千万别指望能在这儿取得胜利，也许几年都指望不到。这仅仅只是一场牵制性的进攻。你现在千万别对此抱有任何幻想。假如我们今天果真能有所突破？这是我方发起的第一次大规模进攻啊。要清醒地看到敌我力量的对比。可是，即使我们能稳操胜券，那又能怎么样？你别那么激动吧，他暗暗告诫自己。还记得公路上开过去的那些辎重吧。对这项任务，你已经尽力而为了。不过，我们应该有便携式短波通讯设备。到时候我们会有的。可是我们暂时还没有。你现在也只能就这样监视着，做你该做的事情。

今天只不过是将来所有日子里的一天。但是，在未来的那些日子里，命运究竟会有什么样的安排，很可能就要取决于你今天的作为了。今年自开始以来一直都是这样的。这种情况已经不知有过多少次了。整个这场战争都是这样的。在这清晨时分，你又这么夸夸其谈起来啦，他对自己说。快看看那边现在有什么动静吧。

他看到两个身披大氅、头戴钢盔的士兵从公路的拐弯处冒出来，走上了桥头，步枪背在肩上。其中的一个停在大桥的那一头，钻进岗亭不见了。另一个继续沿着桥面走来，走得很慢，步履蹒跚。他在桥面上停下脚步，朝深谷中吐了口痰，然后继续慢吞吞地朝大桥的这一头走来，这边的这名哨兵跟他交谈了几句，然后便离开岗亭返身朝大桥的那头走去。被接替下来的那名哨兵走得比前来换岗的那名哨兵要快多了（因为他要去喝咖啡吧，罗伯特·乔丹想），可是，他也朝深谷下吐了一口痰。

我不知道这算不算一种迷信行为？罗伯特·乔丹想。我也得去体验一下，朝那深谷下啐一口看看。但愿我到那时还能啐得出来。不。这不可能是什么灵丹妙药。这一套不可能起什么作用。在离开那儿之前，我得证明一下它是起不了作用的。

新上岗的哨兵走进岗亭里坐下来。他那支上了刺刀的步枪斜靠在墙边。罗伯特·乔丹从衬衣口袋里掏出望远镜，调整着目镜，直到桥头清晰地呈现在眼前，漆成灰色的桥架也看得很真切。接着，他把望远镜对准了岗亭。

那个哨兵坐在那儿，背靠着墙。他的头盔挂在墙上的搭钩上，他的脸庞清晰可辨。罗伯特·乔丹看出，此人就是他两天前的那个下午来这儿侦察时看到的正在执勤的那名哨兵。他还是戴着那顶针织绒线帽。而且他没刮过脸。他双颊凹陷，颧骨突出。他的眉毛特浓，眉宇中间连在一起。他显得睡眼惺忪，罗伯特·乔丹也看到他在打哈欠。接着，他掏出烟荷包和一盒卷烟纸，给自己卷了一支烟。他想用打火机点烟，结果没点着，便把打火机放回口袋，走到火盆边，弯下腰，伸出手，从火盆里取出一块木炭，放在一只手里不停地颠着，边颠边朝它吹气，然后点着了烟卷，把那块木炭又扔回到火盆里。

罗伯特·乔丹透过这架蔡斯牌八倍望远镜，看着此人的脸，只见他正靠在岗亭的墙上抽烟。随后，他放下望远镜，叠合好，收进了口袋。

我不想再看他了，他对自己说。

他匍匐在那儿眺望着公路，努力让大脑什么也不想。一只松鼠在他下方的一棵松树上吱吱地叫着，罗伯特·乔丹看着那只松鼠在顺着树干往下爬，爬到中途却停了下来，歪过头来朝有人在张望它的地方张望着。他看着那只松鼠的眼睛——又小又亮，注视着它的尾巴在剧烈抖动着，仿佛受了刺激。接着，那松鼠窜到地上，用小小的爪子和过大的尾巴在地上蹦蹦跳跳地跑着，爬上了另一棵树。在那棵树干上，它回过头来瞅着罗伯特·乔丹，然后自己绕树干转了一圈，便没了踪影。不一会儿，罗伯特·乔丹便听到那只松鼠在那棵松树高高的枝头上吱吱地叫着，他看见它了，就平卧在那根树枝上，尾巴在抖动着。

罗伯特·乔丹透过这片松林又朝下方的岗亭望去。他真想把那只松鼠放在自己的口袋里随身带着。他真想有样东西可以摸摸。他用胳膊肘磨蹭了一下地上的松针，但感觉不一样。谁也体会不到你在这种时候心里有多寂寞。我，诚然，我知道。但愿我的小兔乖乖能安然无恙地脱离这种处境。现在不能想这个啦。是的，当然不能。但我怀着这个希望总是可以的吧，我也确实抱着这个希望呢。希望我能顺利爆破，希望她能安然脱身。好啊。当然应该这样啊。就这么个希望。这是我眼下唯一所希望的，别无奢求啦。

他此时匍匐在那儿，目光从公路扫向岗亭，然后眺望着对面的远山。你就什么也别去想啦，他暗暗告诫自己。他静静地匍匐在那儿，注视着初露的晨曦。这是一个晴朗的初夏的清晨，时值五月下旬，天亮得很快。在这段时间里来过一辆摩托车，司机身穿皮大衣，头戴皮帽盔，左腿边的枪套里插着一支自动步枪，他驶过大桥，沿着公路往北走了。还来过一辆救护车，从他眼皮底下驶过桥面，也沿着公路往北驶去。不过情况也就这些。他闻着松树的气息，听着桥下那条小河的潺潺流水声，晨曦中，那座桥此时显得清晰而又美丽。他匍匐在那儿，在那棵松树的背后，冲锋枪横放在左前臂上，但不再朝那岗亭张望了，满以为这次进攻绝对不会再发生了，因为在如此可爱的五月下旬的早晨是不会有战事的，直至过了很久，他才听到那突如其来的、密集的、炸弹成串落地的轰击声。

罗伯特·乔丹一听到炸弹的爆炸声，那第一阵巨大的轰击声，没等那回荡着在山间的隆隆声传至耳边，便立即深深吸了口气，并顺手提起了冲锋枪。他的手臂因为一直压在枪下，感到很僵硬，手指头也重得不听使唤了。

岗亭里的那名哨兵听到这突如其来的爆炸声立即站了起来。罗伯特·乔丹看见他伸手抄起步枪，走出岗亭，在侧耳聆听着。他站在公路上，太阳晒在他身上。那顶绒线帽斜扣在他脑袋的一侧，阳光恰好照着他那张没刮过的脸，他抬头仰望着天空，看着那些飞机在投弹。

公路上的雾气这时已散去，罗伯特·乔丹望着那名哨兵，视线清朗而又明晰，只见他正站在那边的公路上仰望着天空。阳光透过树丛照耀在他身上。

罗伯特·乔丹感到自己的呼吸这时变得急促起来，仿佛有一道铁丝箍住了他的胸膛，他稳住胳膊肘，感到枪托上端的槽纹正紧贴着手指，他把枪口上端椭圆形的准星——此时已与枪后部标尺上的缺口连成一线，对准了那名哨兵胸膛的正中央，然后轻轻扣动了扳机。

他感到枪身疾速、清脆、痉挛般地回撤了一下，撞击在他的肩膀上，而公路上的那名哨兵，显得吃惊而痛苦，双膝一软朝前扑倒，前额猛然一磕冲向路面。他的步枪从他身上滑落下来，倒在那儿，他的一根手指依然弯曲着扣在扳机的护圈里，手腕向前屈曲着。那支步枪躺在那儿，刺刀冲着公路前方。罗伯特·乔丹的目光越过那脑袋已蜷曲在身下躺在公路上的哨兵，迅速扫视着桥面，扫向大桥另一端的岗亭。他没看到另外那名哨兵，便顺着下面的山坡朝右边望去，他知道，奥古斯汀就埋伏在那儿。紧接着，他听到安塞尔莫射击了，枪声激越地回荡在深谷中。随后，他听见他又开了一枪。

伴随着那第二声枪响传来的是手榴弹猛烈的爆炸声，就在大桥下方的另一端那个公路的拐弯处。紧跟着，公路北端的左侧也响起了一连串手榴弹的爆炸声。接着，他听到北边的公路上也响起了步枪的射击声，继而南边也传来了巴勃罗的那支骑兵的轻机枪哒哒哒的射击声，与手榴弹的爆炸声响成了一片。他看到安塞尔莫爬下了那个陡峭的罅隙，扑向了大桥那一端，便立即背起冲锋枪，把两只沉重的背包从松树的树干后拉出来，一手提起一只，背包很沉，牵扯着双臂直往下坠，仿佛肩关节要被拉得脱臼了似的，他脚步踉跄地奔下陡坡，朝公路上冲过去。

在奔跑中，他听到奥古斯汀用西班牙语朝他喊了一声："好枪法啊，英国人。好枪法！[1]" 可他心里想的却是："好枪法，我是神枪手呢，还好枪法呢。"正在这时，他听到安塞尔莫在大桥那头又开了一枪，枪声在钢梁之间当当地响着。他越过倒在地上的哨兵，奔上了大桥，两只背包直晃悠。

老头儿一路向他奔来，卡宾枪提在手中。"一切顺利[2]，"他用西班牙语大声喊着，"没出任何差错。我不得不补了一枪[3]。我只能结果了

---

① 此处原文为西班牙语：*Buena，caza，Ingles. Buena，caza*！

② 此处原文为西班牙语：*Sin novedad*。

③ 此处原文为西班牙语：*Yuve que rematarlo*。

他呀。"

在大桥的中央地段，罗伯特·乔丹跪在地上，打开背包，取出他的爆炸器材，却忽然看见两行泪水流下了安塞尔莫的脸颊，流进了他灰白的胡子茬。

"我也杀了一个呢①，"他用西班牙语对安塞尔莫说，"我也杀了一个。"说罢，朝蜷曲着身子倒毙在桥头公路上的那个哨兵歪了歪头。

"是啊，老弟，是啊，"安塞尔莫说，"我们是迫不得已才杀死他们的，所以我们就把他们杀了。"

罗伯特·乔丹朝桥梁的框架深处爬去。钢梁冰凉而又潮湿，手底下摸到的全是露水，他小心翼翼地爬着，感觉太阳正晒在他脊背上，他强打起精神一边钻进桥梁的桁架中，一边听着身下哗哗的流水声，听着激烈的射击声，枪声很密集，公路北边的那个哨所附近枪声大作。他此时已是大汗淋漓，但桥下很凉爽。他一只胳膊上挽着一卷电线，手钳用皮条拴在他的手腕上。

"把炸药包一个一个往下递给我，老头子。"他朝上面的安塞尔莫喊道。老头儿在桥的边沿探过身子，把一个个长方形的炸药包递下来，罗伯特·乔丹伸手接过，将炸药包塞进他选好的安放位置，一包包叠放好，压紧，"木楔，老头子！给我木楔！"他把一根根新削的还在散发着清新木香味的木楔轻轻敲进去，使炸药包牢牢卡在钢梁之间。

他此时在一刻不停地忙着，安放炸药包、固定炸药包、加木楔塞紧、用电线绑牢，心里想的完全是炸桥，动作麻利而又熟练，就像外科医生在做手术一样，在这期间，他也在听着公路南边响起的一阵阵哒哒哒的射击声。接着又是一阵手榴弹的爆炸声。接着又是一阵，剧烈的爆炸声压过了桥下湍急的水流声。随后，那个方向便平静下来。

"糟糕，"他想，"真不知道他们到底遭遇到什么了？"

---

① 此处原文为西班牙语：*Yo mate uno tambien*。

公路北面的那个哨所附近依然枪声不断。真糟糕，枪声太密集啦，他把两枚手榴弹并排放在已固定好的炸药堆顶上，用电线沿着手榴弹上的槽纹绑住，这样手榴弹就能绑得很牢靠，很结实，再用电线扎紧；然后再用手钳把电线拧死。他轻轻拉了拉这整整一大捆东西，接着，为了更牢固起见，又在手榴弹上面轻轻敲进了一个木楔，这样，整堆炸药便牢牢固定在钢梁上了。

"现在要到另一侧去，老头子。"他朝桥面上的安塞尔莫大喊了一声，便穿过钢架爬了向桥的另一侧，真像那魔王"泰山"^①在钢打铁铸的林子里摸爬滚打一样啊，他想，随后便钻出了桥下的幽影，那条小河在他下方哗哗地奔流着，他仰起头来，恰好看到了安塞尔莫的那张脸，同时也顺手接过了他从上面递给他的炸药包。多么善良的脸啊，他想。现在不哭了。这样才好啊。那一侧已经弄好了。现在再来把这一侧布设好，我们就完事啦。这样就能彻底炸垮它啦。继续干吧。别太兴奋了。干吧。干得干净利索点，就像在那一侧一样。别毛手毛脚的。悠着点。别强勉自己干得过快。你现在可不能失手啦。现在谁也没法阻止你炸掉那半边桥啦。你正在按部就班地干着呢。这地方倒挺阴凉的。基督啊，这地方阴凉得像个酒窖，而且没有脏东西。通常在石桥下面干的时候，那里总是遍地垃圾。这倒是一座理想的桥梁。一座顶呱呱的理想的桥梁呢。就是那老头子在桥面上太危险。不要慌里慌张的干得太快。但愿北面的枪战能快点结束。"给我些木楔吧，老头子。"我可不喜欢那里还是在枪声不断。比拉尔在那边碰到麻烦了。那个哨所里一定有人跑出来了。在哨所后面；或者在锯木厂后面。枪战还在继续。那就说明锯木厂里还大有人在。都是那些该死的锯木屑。那几大堆锯木屑。锯木屑时间久了就结成了块，成了很不错的掩体，可以躲在后面射

---

① "泰山"（Tarzan）是美国作家埃德加·赖斯·巴勒斯（Edgar Rice Burroughs，1875—1950）所创作的长篇系列小说《人猿泰山》（*Tarzan of rhe Apes*）中的主人公。该小说曾数次被改编成电影和动画片。"泰山"的形象深受人们喜爱，颇似《西游记》里的孙悟空。

击呢。那里肯定还大有人在。南面的巴勃罗那边已经平静了。我不知道那第二阵激烈的枪声是怎么回事。一定是来了一辆汽车或摩托车。愿上帝保佑，他们没派装甲车或坦克来。接着干吧。尽快安放好炸药、塞紧木楔、把东西绑结实吧。你开始发抖了，像个该死的娘们。你他妈的这是怎么啦？你想仓促了事啊。我敢打赌，公路南面的那个该死的女人肯定不在发抖。那个比拉尔。说不定她也在发抖呢。听那枪声，她好像遇上大麻烦了。如果遇上的麻烦太大，她会动摇的。真该死，谁都一样啊。

他探出身来，头伸在阳光中，举起一只手去接安塞尔莫递给他的东西，脑袋离直泻而下的哗哗啦啦的水流声远些，却听到公路北面的枪声更加激烈了，接着又响起了手榴弹的爆炸声。随后又是一阵紧似一阵的手榴弹的爆炸声。

"如此看来，他们突袭锯木厂了。"

幸好我的炸药是整包整包的，他想。而不是条状的。那又怎么样。只不过是匀整些罢了。要是那鼓鼓囊囊的帆布包里装的是胶冻状炸药就好了，那样要快些。两包就够了。不。一包就够了。再说，我们只要用雷管和那只旧引爆器就行了。那狗娘养的东西居然把我的引爆器扔进河里了。那只旧盒子，曾经去过多少地方啊。现在就落在这条河里了，他扔的。巴勃罗这狗杂种。可他现在正在那边狠狠教训那些敌人呢。"把那东西再给我一些，老家伙。"

这老头儿表现得真不错啊。他在那上面实在太危险。他不愿意开枪打死那名哨兵。我也不愿，但我当时没有多想。我现在也不愿多想。你不得不这样干啊。不过，安塞尔莫当时一枪打残了那哨兵。我知道人被打残了是什么模样。我想，用自动化武器杀人恐怕要来得容易些。我是指对开枪的人而言。情况会大不相同。扳机轻轻一扣，事情就那样了，人是被枪打死的。人不是被你杀死的。这个问题留待以后有时间再考虑吧。你和你的脑袋呀。你有一颗很会思考的脑袋呀，乔丹老兄。冲啊，乔丹,冲啊!① 以前在橄榄球场上,当你抱着橄榄球飞奔时,他们老是像这样冲着你大呼小叫的。你知道吗,那条该死的约旦河其实并不比下面的这条小河大多少。你指的是那条河的源头吧。任何事物的源头也都这样。这个源头就在这儿,在这座桥下。这是一个远离家乡的家呀。好啦,乔丹,振作起来吧。这是件很严肃的事情呢,乔丹。你难道不明白吗?很严肃的。以前的情况都没有这样严肃。看看桥的那一侧吧。为什么② ?无论这座桥怎么样,我现在都没问题啦。只要缅因州形势大好,全国就会形势大好。③ 只要约旦河在流淌,该死的以色列人就会繁荣发达。我说的是这座桥啊。只要乔丹好好的,这该死的桥的事情就不会有问题,其实应当反过来说才对。

"把那东西再给我一些,安塞尔莫,老伙计。"他说。老头儿点点头。"差不多快好啦。"罗伯特·乔丹说。老头儿又点了点头。

当他在桥下快要捆扎好手榴弹时,公路北面的枪声已经听不到了。突然之间,他周围就只剩了那条小河哗哗流淌的水声。他朝下面望去,只见身下的河水像开了锅一样在翻腾着,激荡起一层层白色的浪花,河水流过一尊尊巨大的砥石,然后直泻而下,注入了一汪水底布满鹅卵石的池塘,他刚刚掉落的一根木楔就在这片水面上随波逐流。他正望着,忽然看见一条鳟鱼从水中冒出头来在追逐着一只昆虫,在木楔打着旋儿的附近水面上游弋了一圈。当他用钳子绞紧电线、固定好那两枚手榴弹之后,他看到——目光穿过大桥的钢梁,阳光正照耀在那面绿茵茵的山坡上。三天前那里还是一片焦黄呢,他想。

---

① 此处原文为"Roll Jordan,Roll!"是一支黑人歌曲的名字,意为"奔流吧,约旦河,奔流吧!"本书主人公的姓氏为乔丹,在英语中与约旦河相同。约旦河发源于东黎巴嫩山,长320公里,向南穿过加利利海流入死海。据说,施洗者约翰就是在约旦河上为耶稣施洗礼的,基督教徒、犹太教人、穆斯林教徒等,都视其为圣河。

② 此处原文为西班牙语:*Para que*?

③ 此处原文为原文为"As Maine goes so goes the nation."这是美国政界1832至1932年间流行的一句箴言,意为在美国总统竞选时,缅因州所起的举足轻重的作用。如今已成为笑言。

他从桥下凉爽的暗影中探出身来，顶着耀眼的太阳，冲着安塞尔莫正弯腰朝下望过来的脸喊道："把那卷电线递给我。"

老头儿把它递了下来。

看在上帝的分儿上，千万别把电线卷松开呀，还没到松开的时候呢。这是用来拉响手榴弹的。但愿你能顺利布设好线路。不过，你用的这卷电线有足够的长度，不会有问题的，罗伯特·乔丹一边想，一边用手摸了摸那只拴着拉环的开尾销，只要把拉环一拉，手榴弹的弹簧杆就会反弹出来。他仔细检查着那两枚手榴弹，弹身是捆绑着的，他看看是否有足够的空隙在开尾销拉出时能让弹簧杆反弹出来（捆绑手榴弹的电线是从弹簧杆下面穿过去的），接着，他把一小截电线系在拉环上，再把它链接在主线上，主线上系着外侧那枚手榴弹的拉环，把那卷电线放出了一段，再把它穿过一根钢梁，然后把整卷电线举起来递给了安塞尔莫。"小心拿着。"他说。

他爬上桥面，从老头儿手中接过那卷电线，以最快速度倒退着朝那名哨兵倒毙的地方走去，一边走一边放线，半截身子探出桥外，人贴着桥的边沿，边走边将那卷电线放了出去。

"把背包拿过来。"他一边快步倒退地走着，一边对安塞尔莫喊道。他一边走，一边弯腰顺手捡起了他的冲锋枪，把它重新背在肩上。

就在这时，就在他抬起头来察看放出去的电线时，他看到，从北面的公路上，远远走来了那些前去攻打上面那个哨所的人。

他们一行有四人，他看得很清楚，然而他这时不得不紧盯着他放出去的电线，以便使电线不受到任何羁绊，不被大桥外沿的任何钢架钩住。埃拉迪奥没能和他们一起回来。

罗伯特·乔丹顺利地将电线一路放了出去，一直走到桥头，将电线在最后那根桥柱上绕了一圈，然后再沿着公路继续布线，直到在路边的一块界碑石旁停下。他切断电线，把一端交给了安塞尔莫。

"拿着这个，老头子，"他说，"现在跟我一起回到桥上去。边走边把它带上桥。不。还是我来吧。"

到了桥头，他把绕在桥柱上的电线重新拉开，此时，这根电线已布设完毕，毫无羁绊、未被钩住，一直通向手榴弹的拉环，电线是沿着大桥的边缘延伸出去的，但是非常齐整，中途没被任何物件缠住，他把电线的一端递给了安塞尔莫。

"带着这个往回走，到那个高高的界碑石去，"他说，"轻轻拉着，但要拿稳。不要用力拉。等到真要你拉的时候，你再使劲拉，使劲一拉，桥就爆炸了。明白吗？[1]"

"是。"

"要温柔地对待它，但是不能让它牵拉下来，这样就不会被缠住了。要轻轻地牵着，但一定要拿稳，不到该拉的时候千万不要拉。明白吗？"

"明白啦。"

"到该拉的时候就狠狠地拉。不要猛然一抽。"

罗伯特·乔丹一边说，一边抬头顺着公路望着正朝这边走来的比拉尔小分队里剩下的那几个人。他们这时已经近在眼前，他看到普里米蒂伏和拉斐尔正扶着费尔南多。他好像被打穿了腹股沟，因为他双手在捂着那个部位，那汉子和那小伙子一边一个地架着他。他们扶着他一路走来时，他的右腿拖在地上，鞋帮子刮着地面。比拉尔正爬上那面斜坡，进入那片树林，身上背着三支步枪。罗伯特·乔丹看不到她的脸，但能看到她昂首挺胸的姿势，她正以最快速度攀爬着。

"情况怎么样啦？"普里米蒂伏朝这边喊道。

"好啦。我们差不多就要完成了。"罗伯特·乔丹大声回答道。

没必要问他们情况怎么样了。他扭头望着别处，那三个人已经走到公路的边沿，他们想把费尔南多扶上坡来，可他却直摇头。

"给我一支步枪吧，把我放在这儿。"罗伯特·乔丹听到他声音哽塞

---

① 此处原文为西班牙语：Comprendes？

575

地说。

"不，伙计^①。我们要带着你去拴马的地方。"

"我要马有什么用？"费尔南多说，"就让我舒舒服服地留在这儿吧。"

罗伯特·乔丹没听到其余的话，因为他正在跟安塞尔莫说话。

"如果看到有坦克来了，就炸桥，"他说，"但要等坦克开到桥上才炸。看到装甲车来了也要炸桥。要等他们开到桥上再炸。别的事情都由巴勃罗去对付。"

"如果你还在桥下没上来，我是不会炸桥的。"

"别考虑我。你该炸就炸。我去接好另一根电线就回来。那时我们可以一起来炸桥。"

他飞快地朝大桥中部奔去。

安塞尔莫看着罗伯特·乔丹奔向桥面，那圈电线挽在他手臂上，钳子挂在他手腕上，冲锋枪斜拷在他后背上。他看着他爬下大桥的栏杆，不见了。安塞尔莫手里牵着电线，用的是右手，他蹲伏在那块界碑石后面，顺着公路望去，望向桥的对面。在他和大桥之间的半道上躺着那名哨兵，那具尸体此时与地面贴得更紧了，佝偻着趴在平整的路面上，太阳沉重地压在他后背上。他的步枪，倒在公路上，上着刺刀，笔直地指向安塞尔莫。老头儿的视线越过他，沿着桥面向前望去，桥栏已在桥面上投下了一条条阴影，大桥对面的公路沿着深谷向左拐弯，然后消失在那面怪石嶙峋的岩壁后面。他望着大桥另一端的岗亭，太阳正照耀着它，接着，意识到手里还牵着电线，他便扭过头来，朝费尔南多在和普里米蒂伏和吉卜赛人说话的地方望去。

"让我就留在这儿吧，"费尔南多说，"伤口疼得很厉害，里面还在大出血。我一动就感到不对头。"

---

① 此处原文为西班牙语：*hombre*。

576

"让我们把你抬到山坡上去，"普里米蒂伏说，"你用胳膊搂住我们的肩膀，我们来抱着你的腿。"

"那也没用，"费尔南多说，"就地把我放在一块岩石后面吧。我在这儿也能发挥作用，和在山上一样。"

"可是我们撤走以后怎么办呢？"普里米蒂伏说。

"就让我留在这儿吧，"费尔南多说，"伤成这样，我也根本不可能随你们一起走啦。这样还可以省下一匹马来。就让我舒舒服服地待在这儿吧。敌人肯定很快就会追过来了。"

"我们可以抬着你上山，"吉卜赛人说，"不费事的。"

他自然急不可耐地想马上就走，普里米蒂伏也一样。可是他们都已经把他搀扶到这儿了，已经走了这么远啦。

"别，"费尔南多说，"我在这儿挺好。埃拉迪奥怎么样啦？"

吉卜赛人用手指头点了点自己的脑门儿，表示他那儿中弹了。

"在这儿，"他说，"在你受伤之后。在我们冲锋的时候。"

"别管我了。"费尔南多说。安塞尔莫看得出他痛苦得很。他这时两手紧紧搔着腹股沟，仰着脑袋靠在斜坡上，两条腿笔直地朝前伸着。他脸色灰白，冷汗直冒。

"请你们现在别管我啦，帮帮忙。"他说。他疼得闭上了眼睛，嘴角两边在抽搐着。"我觉得这儿挺好。"

"步枪和子弹留在这儿啦。"普里米蒂伏说。

"是我的那支吗？"费尔南多问，眼睛闭着。

"不是。你的枪在比拉尔那儿，"普里米蒂伏说，"这支枪是我的。"

"我喜欢用自己的枪，"费尔南多说，"我更习惯用我自己的枪。"

"我去拿给你，"吉卜赛人哄他说，"拿来之前，你先将就着用这支吧。"

"我这个位置很好，"费尔南多说，"公路、大桥都能兼顾到。"他睁开眼睛，扭过头去，望着桥的对面，随着一阵疼痛袭来，他又闭上了眼睛。

吉卜赛人轻轻拍了拍他的脑袋，然后竖起大拇指朝普里米蒂伏做了个手势，意思是说他们该走了。

"我们过一会儿就下山来接你。"普里米蒂伏说罢，便跟在吉卜赛人身后往山坡上爬去，吉卜赛人正飞快地往上爬着。

费尔南多仰靠在斜坡上。他身前是一块被刷成白色的标志公路边沿的界碑石。他的脑袋遮在界碑石的阴影里，但是太阳依旧照射着他那已被堵住、缠着绷带的伤口，照射着他捂在伤口上的双手。他的双腿和双脚也在阳光下，那支步枪躺在他身旁，三个子弹夹在阳光下闪闪发亮地搁在步枪旁边。一只苍蝇爬在他手上，然而这轻微的瘙痒并没有丝毫缓解他的剧痛。

"费尔南多！"安塞尔莫从自己蹲伏的地方朝他喊道，手里依旧牵着电线。他把电线的末端绕了个圈，扭紧在手指上，这样他就能捏起拳头握着它了。

"费尔南多！"他又喊了一声。

费尔南多睁开眼睛，朝他看了看。

"情况怎么样？"费尔南多问。

"很好，"安塞尔莫说，"再过一会儿，我们就要炸桥了。"

"我很高兴。你需要我干什么，尽管吩咐。"费尔南多说着，又闭上了眼睛，疼痛在一阵阵折磨着他。

安塞尔莫不忍再看他，扭头朝桥面上望去。

他瞪大眼睛密切注视着，希望能在第一时间看到那卷电线被递上桥面，看到英国人被太阳晒黑的脸庞和脑袋也随后冒上来，看到他撑起身子爬上桥的边沿。与此同时，他还在密切监视着大桥对面那个公路的拐弯处会否出现什么动静。他现在一点儿也不感到害怕了，而且整整一天来也没害怕过。情况进展得那么快，又是那么正常，他想。我真不情愿枪杀那个哨兵啊，那让我感情上接受不了，不过，现在已经过去了。英国人怎么能说枪杀人和枪杀野兽差不多呢？每次打猎，我都是兴高采烈的，从来就没觉得哪里不对头。可是开枪杀人却使你感到很难受，就好像你长大成人之后开枪打自己的兄弟一样。而且为了杀死他，你还得多打几枪呢。别，不能这样想啊。那会使你大动感情的，而且你刚才从桥面上跑过来时，还在吧嗒吧嗒地掉眼泪呢，活像个娘儿们。

这件事已经过去啦，他暗暗告诫自己，况且你还是可以设法赎这个罪的，就像你也得为杀死的其他人赎罪一样。不过，你昨天夜里在翻山越岭返回营地的路上所希冀的事情，你现在已经得到啦。你在参加战斗了，所以你也没有什么问题可考虑了。即使我死在今天早晨，那也死而无憾了。

他不禁又回过头去望着费尔南多，只见他躺在那儿的斜坡上，双手成杯状捂着髋部的腹股沟，嘴唇发青，两眼紧闭，呼吸沉重而又缓慢，于是他想，假如我要死了，但愿我能死得很快。别，我说过的，如果我今天如愿以偿地得到了我需要得到的东西，我就不再提任何要求了。所以我就不能再提别的要求啦。明白了吗？我什么要求也不提了。无论如何什么也不提啦。如果满足了我提过的要求，其他的事情我就都顺其自然了。

他听着远处山口传来的枪炮声，便对自己说，今天真是个了不起的日子啊。我应当认识到，应当明白今天是个什么样的日子。

然而他心里根本没有一丝的振奋或激动。这种情感已经荡然无存，留下的只是一片宁静。而此时，当他蹲伏在那块界碑石的后面、手握绕在手指上并在手腕上也缠了一圈的电线、双膝跪在路边的碎石子上时，他并没有感到落寞，更没有感到孤单。他和他手里的电线已经融为一体、和这座桥梁融为一体、和那英国人安放的炸药融为一体了。他和那个仍在桥下忙着的英国人融为一体、和整个战斗以及共和国融为一体了。

但是，他并没有感到激动。此时风息全无，太阳炽热地照射在他的脖子和肩膀上，他就这样蹲伏在那儿，当他抬眼望去时，他看到的是那高高的万里无云的晴空，看到的是小河对岸那面隆起的山坡，他并不感到愉快，但他绝不寂寞，也不害怕。

山坡顶上，比拉尔匍匐在一棵大树的后面，注视着从山口通下来的公路。她身边放着三支子弹上了膛的步枪，当普里米蒂伏在她身边卧伏下来时，她递了一支给他。

"在那儿趴下，"她说，"趴在那棵树的后面。你，吉卜赛人，到那边去，"她指了指下面的另一棵树，"他死了？"

"不。还没有。"普里米蒂伏说。

"真是倒霉呀，"比拉尔说，"要是我们再多两个人，也就不至于出这种事情了。他本该匍匐前进，绕到那堆锯木屑后面去才对。他还行吗，待在那儿？"

普里米蒂伏摇摇头。

"等到那个英国人炸桥的时候，碎片炸得到这么远吗？"吉卜赛人问，他正躲在那棵树的后面。

"我不知道，"比拉尔说，"不过，守在那挺机关枪旁边的奥古斯汀靠得比你更近呢。如果靠得太近的话，英国人就不会把他安排在那儿了。"

"可是我记得，上次炸火车的时候，火车头上的那盏灯是直接从我头顶上飞过去的，碎钢片飞得像漫天的燕子呢。"

"你的回忆真富有诗情画意呀，"比拉尔说，"还像漫天的燕子呢。去你妈的吧！① 像洗衣房的锅炉才对吧。听着，吉卜赛人，今天你表现得不错。现在也不能让恐惧缠住你啊。

"嘿，我只不过想问问会不会飞得这么远，这样我才可以在树干后面躲躲好呀。"吉卜赛人说。

"就那样躲着吧，"比拉尔对他说，"我们干掉了几个人？"

---

① 此处原文为西班牙俚语：*Joder*！

"我们那边一共干掉了五个。这儿干掉了两个。你没看见那头还有一个吗？瞧，在那边的桥上呢。看见那个岗亭吗？瞧瞧！看见了吗？"他指了指那边。"还有，巴勃罗在收拾南面的那八个人。我帮英国人侦察过那个哨所。"

比拉尔哼了一声。接着，她大发起脾气来，凶巴巴地说："那个英国佬是怎么搞的？他在那桥底下 × 他妈的在搞什么鬼名堂？那么磨磨蹭蹭的！① 他到底是在修桥还是在炸桥啊？"

她探出脑袋，朝蹲伏在下方那块路碑石后面的安塞尔莫望去。

"喂，老头子！"她高声喊道，"你的那个他奶奶的英国佬搞得怎么样啦？"

"耐心点，你这女人。"安塞尔莫对上面大声喊道，手里轻轻地但牢牢地牵着那根电线，"他的活儿就要收尾啦。"

"可是，他花了那么多时间啦，那臭婊子养的到底在玩什么把戏啊？"

"这是份细活儿呐！②"安塞尔莫用西班牙语大声说，"这是份技术活儿呐。"

"我 × 你奶奶的技术活儿，"比拉尔冲着吉卜赛人大发起脾气来，"让那个满脸下流相的 × 他妈的臭小子赶紧炸桥。玛丽娅！"她粗着嗓门朝山上喊道。"你的英国人——"她发挥自己的想象力，把想象出来的乔丹在那桥底下干的苟且之事，滔滔不绝地大骂了一通，用的全是不堪入耳的脏话。

"消消气吧，你这女人，"安塞尔莫在公路那边喊道，"他干的活儿可不简单呢。他就要完事啦。"

"见他妈的鬼，"比拉尔怒气冲冲地吼道，"关键是要快啊。"

---

① 此处原文为西班牙俚语：*Vaya mandanga*！
② 此处原文为西班牙语：*Es muy concienzudo*！

正在这时，他们大家都听见公路南面响起了激烈的枪声，巴勃罗正在那儿坚守着已经拿下的那个哨所。比拉尔立刻停止了咒骂，侧耳听着。"哎呀，"她说，"啊唷唷。啊唷唷。真上来啦。"

罗伯特·乔丹也听见了枪声，他一把将那卷电线抛上桥面，身子也紧跟着爬上来。他双膝抵着大桥铁栏杆的边缘、刚把两只手搭上桥面，就听到公路南面的拐弯处响起了机关枪的射击声。那是另一种武器的射击声，完全不同于巴勃罗的那挺轻机枪。他站起脚来，探出身子，理齐电线卷，开始放线了，侧身沿着桥栏倒退着边走边把那卷电线放了出去。

他听着那激烈的枪声，边走边觉得那枪声是在一阵阵地扎着自己的心窝儿，仿佛在自己的横膈膜上回荡着。枪声这时已越来越近，他一边走，一边回头张望着公路的拐弯处。但公路上一览无遗，没见到任何汽车、坦克或人。他朝桥头走了一半路时，公路上依然不见动静。他走了四分之三的路程时，公路上还是没有动静，他的电线一路放了下去，很顺利，也毫无羁绊，当他攀爬着绕到那个岗亭的后面、伸出手去桥外拉直电线、不让它钩在桥梁的铁架时，公路上照样没出现什么异常情况。接着，他走上公路，但公路南面还是毫无动静，然后，他顺着公路边沿那条被山洪冲出的小水沟迅速倒退着走起来，就像野外棒球手在倒退着接一个远距离抛来的高飞球一样，一边走一边拉直那根电线，这时，他已经快要接近安塞尔莫藏身的那个界碑石对面了，桥南依然不见有任何动静。

接着，他听到有辆卡车驶上了公路，他回头一看，见它刚好驶上了桥面的慢坡，便立即将电线在手腕上挽了一道，并对安塞尔莫大喝一声："炸桥！"他自己也站稳脚跟，身体猛劲后仰，拽住缠绕在手腕上的紧绷着的电线奋力一拉，与此同时，那辆卡车的噪声也已近在身后了，而身前则是躺着那名死哨兵的公路、长长的桥身、南面那段依然如故的公路，紧接着就是轰然一声巨响，大桥的中段腾空而起，飞向了空中，犹如巨浪飞溅，他一头扑倒在那条布满鹅卵石的小水沟里，双手紧紧护着脑袋，感到爆破的气浪正滚滚朝他压来。他脸朝下紧贴着那些鹅卵石，腾空而起的那段桥梁坠落下来，落在原来的地方，那熟悉的带着辛辣味的黄色浓烟滚滚向他卷来，紧接着，钢铁碎片开始像倾盆大雨般坠落下来。

等稀里哗啦的钢铁碎片落定之后，他发现自己依然还活着，便抬起头来，朝那座大桥望去。大桥的中段已化为乌有。桥面散落着边缘参差不齐的钢铁碎片，那些大大小小的新炸断的断面切口在闪闪发亮，这些东西铺满了公路。那辆卡车停在公路上约一百码的地方。那司机和他的两名同车人正飞奔着跑向一个桥涵。

费尔南多仍仰面朝天躺在那个斜坡上，他还在呼吸。他的两臂直挺挺地摊在身体的两侧，他的双手已经无力地松开了。

安塞尔莫脸朝下倒在那白色界碑石的后面。他的左臂屈曲着压在脑袋下，右臂笔直地伸出去。那根电线依然套在他紧握的右拳上。罗伯特·乔丹站起身来，跨过公路，在他身旁跪下，发现他确实已经死了。他没有翻过他的身子来检查钢片究竟击中了他什么部位。他已经死了，就这么完结了。

他的身子显得很矮小，人已经死啦，罗伯特·乔丹想。他的身子真矮小，头发花白，罗伯特·乔丹不禁想，假如他的身子真是这副模样，我就不明白他是怎么背得动那么大的背包的。接着，他看到了他那小腿和大腿的形状，裹在牧民式灰色紧身裤下，还有那双鞋底已经磨穿了的绳底鞋，随后，他捡起了安塞尔莫的卡宾枪和那两只背包，背包里现在几乎已空无一物了，接着又走过去捡起了那支倒在费尔南多身边的步枪。他一脚踢开了路面上的一块碎钢片。然后，他抓起两支枪的枪管，把它们甩上了肩头，抬脚朝通向树林的那面山坡上爬去。他没有回头看，甚至也没有瞥一眼大桥对面的公路。他们仍在南面的拐弯处浴血奋战，但他这时一点儿也关心这个了。

他被 TNT 炸药浓烈的硝烟呛得直咳嗽，感到遍体都麻木了。

他把一支步枪放在比拉尔身边，她正匍匐在那棵树的后面。她看了看，发现加上这支，她又有三支步枪了。

"你这个位置太高啦，"他说，"有辆卡车从公路北面上来了，你这里却看不到。卡车上的人还以为桥是飞机炸的呢。你最好再下去一点。我要和普里米蒂伏下山去掩护巴勃罗了。"

"老头子呢？"她问他，直视着他的脸。

"死啦。"

他又咳嗽起来，咳得很厉害，朝地上啐了口痰。

"你的桥已经炸掉啦，英国人，"比拉尔望着他，"别忘了那件事。"

"我什么也不会忘的，"他说，"你嗓门真大呀，"他对比拉尔说，"我听到你咆哮如雷的骂声了。朝玛丽娅喊话吧，告诉她我平安无事。"

"我们在锯木厂那边损失了两个人。"比拉尔说，想让他明白过来。

"我已经看出来了，"罗伯特·乔丹说，"是你干的蠢事吧？"

"×你妈的快干你的好事去吧，英国人，"比拉尔说，"费尔南多和埃拉迪奥也都是响当当好汉啊。"

"你为什么不上山去看管那些马呢？"罗伯特·乔丹说，"我可以留在这儿掩护，可能比你更合适。"

"你该去掩护巴勃罗才是。"

"让巴勃罗见鬼去吧。让他用大粪① 去掩护他自己吧。"

"别，英国人。他已经幡然醒悟啦。他在那边打得很顽强。你难道没听见吗？他现在还在战斗呢。情况大概不妙。你难道没听见？"

"我会去掩护他的。可是，你们全他妈的都是混蛋。你和巴勃罗全都是。"

"英国人，"比拉尔说，"你冷静些。在炸桥这件事情上，我可是一直比谁都支持你的。巴勃罗确实干了对不起你的事，可是他已经回心转

---

① 此处原文为西班牙语：*mierda*。

意啦。"

"如果我有引爆器，老头子就不会送命。我可以在这儿引爆。"

"如果，如果，如果——"比拉尔说。

愤怒、惆怅、仇恨、伴随着炸桥之后而来的心灰意懒，全都一股脑儿涌上他的心头，因为他当时在卧倒的地方抬起头来，及至后来跪在那儿时，他看到的竟然是安塞尔莫已经死了，那种感受现在仍在折磨着他。他心里还有股由悲痛而产生的绝望情绪，军人为了可以继续当军人，就会把这份悲痛转化为仇恨。现在大功告成了，他却感到索然寡味、情绪低落、怎么也打不起精神，他仇恨他所看到的每一个人。

"如果没有这场暴风雪——"比拉尔说。于是，经她这么一说，不是突然的，好比肉体得到了释放一样（比方说，如果这女人伸出手臂来搂着他），而是慢慢地，发自内心地，他开始接受这个现实了，并让仇恨消解了。是啊，这场暴风雪。就是这场暴风雪殃及了整个计划。这场暴风雪啊。它还殃及了其他的人。你又一次看到它像以往那样祸害他人了，你曾一度将自己置之度外，在战争中人总是不得不把自我置之度外啊。战争中不可能有自我。在战争中你只能牺牲自我。这时，就在他渐渐进入了这种忘我的境界时，他听到比拉尔在说："聋子——"

"什么？"他说。

"聋子——"

"是啊。"罗伯特·乔丹说。他朝她咧嘴一笑，那是一个咧开嘴巴、表情僵硬、面部肌肉绷得过紧的咧嘴一笑，"算啦。是我不好。对不起，女士。让我们齐心合力、共渡难关吧。何况桥已经炸掉了，就像你说的。"

"是啊。你也得设身处地为他们想想呀。"

"那我现在就去奥古斯汀那儿啦。让你的吉卜赛人再往山坡下挪挪，这样他才能看清北面公路上的情况。把那几支枪交给普里米蒂伏吧，你用这支机关枪。我来教你怎么用。"

"这支机关枪你留着，"比拉尔说，"我们随时可以撤离这儿了。巴勃罗现在该来了，等他一来，我们就要走啦。"

"拉斐尔，"罗伯特·乔丹说，"跟我一起到下面这儿来。就这儿。好。注意从桥涵下出来的人。那儿，看见那辆卡车的北边了吗？看见朝卡车跑来的人了吗？给我把其中一个打掉。坐下。稳住神。"

吉卜赛人仔细瞄准着，开了一枪，在他拉开枪栓、退出弹壳时，罗伯特·乔丹说："打高了。你打在上面的岩石上了。看见打飞的碎石了吗？低一点，枪口放低两英尺。好，细心点。他们在跑动了。好。接着打吧①。"

"我打中一个啦。"吉卜赛人说。那人倒在桥涵与卡车之间的半路上。另外两个没有停下来把他拖走。他们跑回了桥涵，弯腰钻了进去。

"别朝他开枪了，"罗伯特·乔丹说，"瞄准卡车前轮胎的上半部射击。这样，即使你打不中，也会打在卡车的引擎上。你枪法真神啊。很棒！很棒！②给我打那个散热器。只要打在散热器上，哪儿都行。你真是一个一流的枪手啊。瞧。别让任何人或车辆通过那个射击点。懂了吗？"

"看我来打碎那卡车的挡风玻璃。"吉卜赛人快活地说。

"别。那卡车已经不中用啦，"罗伯特·乔丹说，"等公路上来了什么别的车辆再打吧。等它到了桥涵对面再开火。要尽量击中司机。这也是你们大家的打击目标。"他扭头对比拉尔说，比拉尔此时已经与普里米蒂伏一起挪到山坡下更远的位置上了。"把你们布置在这个位置上真是再合适不过啦。那面峭壁正好掩护了你们的侧翼，看到没有？"

"你就跟奥古斯汀一起去忙你的事情吧，"比拉尔说，"别在这儿发表高见啦。我年轻的时候就已懂得什么是地形地物了。"

"让普里米蒂伏再往上面去一点儿，"罗伯特·乔丹说，"在那儿。

看见没有，伙计？在斜坡陡上去的这一边。"

"别管我这边的事儿了，"比拉尔说，"快滚吧，英国人。收起你那套完美无缺的指点吧。这儿不会有问题的。"

就在这时，他们听见有飞机飞来的声音了。

玛丽娅守着那几匹马过了很久，但是马儿并不能给她以安慰。她也不能给马儿以安慰。她待在山上的密林里，这儿既看不到公路，也看不到大桥。枪声乍起时，她用胳膊一把搂住了那匹身躯高大的白脸枣红色种马的脖子，原先这几匹马被圈在营地下方的树林里时，她就曾多次去抚慰过它，带好料给它吃，驯服它很听话。不料，她的神经紧张使得这匹大种马也紧张起来，因此，它一听到枪声和手榴弹的爆炸声，便把头猛地一甩，鼻翼怒张。玛丽娅没法镇定下来，便在这几匹马当中来回走动着，一边走一边轻轻拍着它们，使它们听话，结果却反而使它们越发紧张、骚动起来。

她努力想让自己相信，枪声并不表明那里正在发生着可怕的事情，努力想使自己认为那不过是巴勃罗带着新来的那几个人在南面、比拉尔带着其余的人在北面与敌人交上火了，因此她不必担忧，也不必惊慌，而且必须相信她的罗伯托的能力。但是她做不到这一点，桥南、桥北都枪声激烈，远处的枪炮声也从山口那边滚滚传来，如同自远方袭来的暴风雨的隆隆声，其间还夹杂着阵阵干巴巴的、砰砰的射击声和时起时伏的炸弹的轰响声，这情形简直使她惊恐得几乎喘不过气来了。

许久之后，她听到比拉尔的大嗓门从远处的山坡下传来，朝她大骂了几句不堪入耳的脏话，她听不明白，心想，啊，上帝，不，不。别那样骂他呀，他正身临险境呢。别触犯任何人呀，别让人家去冒无谓的风险呀。别去激怒人家嘛。

情急之中，她开始为她的罗伯托祷告起来，急促地、不由自主地祷告着，就像她过去在学校里那样，用尽可能快的速度吟诵着祷文，并掐着左手的手指计算着吟诵的遍数，把那两段祷文翻来覆去吟诵了好几十遍。就在这时，桥爆炸了，有匹马听到那轰然一声巨响后，身躯直立起来，猛然一甩脑袋，啪的一声挣断缰绳，冲破绊马索，跑进了树林里。玛丽娅最终还是抓住了它，把它牵回来了，它浑身直哆嗦，打着战栗，胸脯被汗水弄得一片黑乎乎，马鞍耷拉着。在穿过树林折返回来时，她听着山下的枪声，心想，这情形我再也承受不住啦。不知道那边的情况，我就再也活不下去啦。我气也喘不过来了，嘴巴干得要命。我还害怕，我也真没用，我还让那匹马受了惊，幸好这匹马最终还是抓回来了，完全是侥幸啊，因为它撞上了一棵树，撞掉了马鞍，自己被马镫缠住了马蹄，我现在要把这马鞍再放上去，啊，上帝呀，我不知道那边的情况呀。我实在受不了啦。啊，我一心一意只求他平安无事，因为我的整个身心都在那座大桥上。共和国是一回事，而我们必须赢得这次胜利则是另外一回事。可是，啊，亲爱的大慈大悲的圣母啊，只要您把他从桥上带回我的身边，您吩咐我做什么都行。因为我的心根本就不在这儿。根本就没有什么我啦。我的心只和他在一起。求您一定保佑他，因为有他才有我啊，今后我会事事侍奉您，他也不会在意的。这样做也不违背共和国。啊，请宽恕我吧，因为我已经乱了方寸啦。我现在已经方寸大乱啦。不过，只要您保佑他，我以后一定事事向善。他怎么吩咐、您怎么吩咐，我都照办。有了你们二位，我什么都愿意做。可是，像现在这样什么也不知道，我真没法忍受啊。

这时，那匹马已经重新拴好，她在忙着将马鞍搭上马背，抚平毛毯，勒紧马肚带，就在这时，她听见那浑厚的大嗓门从山下那片树林中传来："玛丽娅！玛丽娅！你的英国人平安无事。听见了吗？平安无事。平安无事！①"

玛丽娅双手扶着马鞍，把她那短发脑袋紧紧贴在马鞍上，哭了。

---

① 此处原文为西班牙语：Sin Novedad！

她听到那浑厚的嗓音又喊了一遍，便从马鞍边转过身来，哽咽着高声喊道："听见啦！谢谢你！"接着，又哽咽着说，"谢谢你！非常感谢你！"

一听到飞机声，他们都抬眼望去，高空中，飞机正从塞哥维亚方向飞来，在高空中银光闪闪，飞机越来越响的隆隆声压过了其他一切声响。

"瞧那些家伙！"比拉尔说，"这里就差那些家伙来闹腾啦！"

罗伯特·乔丹用胳膊搂着她的双肩，注视着那些飞机。"不，女士，"他说，"那些飞机不是冲我们来的。他们没时间顾及我们。你静静心吧。"

"我恨这些飞机。"

"我也恨。不过，我现在该到奥古斯汀那边去了。"

他沿着环绕山坡的小路穿行在松林中，而飞机嗡嗡的震颤声一直在响个不停，在断桥对面，在公路南面那个拐弯处一带，有断断续续如重锤轰击般的重机枪的射击声。

罗伯特·乔丹来到山坡下奥古斯汀所埋伏的位置，他正匍匐在那丛矮松树里，机关枪架在他面前，而飞机则越来越多了，一直没有间断。

"南面的情况怎么样？"奥古斯汀问，"巴勃罗到底在干什么？难道他不知道桥已经炸掉了吗？"

"也许他没法脱身了。"

"那我们就撤吧。让他见鬼去。"

"如果他能来，现在就快要到了，"罗伯特·乔丹说，"我们这时该看见他了。"

"我没听到他的动静，"奥古斯汀说，"有五分钟没听到了。不对。那儿！听！他来啦。那就是他。"

那儿爆响出一阵"啪啪啪"的射击声，是那支骑兵用的轻机枪打出的，接着又是一阵，接着又是一阵。

"是那个狗杂种。"罗伯特·乔丹说。

他注视着，在万里无云的蔚蓝色的高空中，飞机还在源源不断地飞来，他注视着奥古斯汀仰望飞机时脸上的模样。接着，他看了看下方那座残破的桥，看了看桥对面那段公路，那里依然不见有任何动静。他咳了一声，吐出一口痰，听着那重机枪又重锤般在南面那个拐弯处响起来。那枪声听上去还是在以前那个老地方。

"那是个什么武器呀？"奥古斯汀问，"那是个什么没来由的武器呀？"

"从我刚要准备炸桥的那个时刻起到现在，它就一直在那儿扫射。"罗伯特·乔丹说。他这时又在俯视着那座桥，他可以看见桥下那条小河流淌在已被撕开的断口下，大桥的中段已经垮塌，吊在那儿，像条被扭弯的钢铁围裙。他听到刚才飞过头顶的第一批飞机此时已在那边的山口上空开始投弹了，而且还有飞机在源源不断地飞来。飞机马达的噪声响彻高空，他抬头望去，看见敌方的一架驱逐机，显得极小极微，正高高地巡行、盘旋在其他那些飞机的上空。

"我认为这些飞机前天早晨根本就没有越过封锁线，"普里米蒂伏说，"它们肯定是向西迂回了一下，然后就飞回来了。假如他们看见了这些飞机，可能就不会发动进攻了。"

"这些飞机绝大部分还是新的呢。"罗伯特·乔丹说。

他朦朦胧胧地意识到，事情在开始时好像还是挺正常的，后来却引起了强烈的、畸形的、特别强大的反弹。这情形就好比你投掷了一块石子，石子激起了一片涟漪，可这涟漪反弹回来时却波涛汹涌、恶浪滔天，像发生了海啸一样。或者好比你大喊了一声，反弹过来的回声却如排山倒海的滚滚惊雷，震耳欲聋。或者就像你揍了某个人，他倒下了，你却看到漫山遍野的其他人站了起来，个个全副武装，人人身披铠甲。他很庆幸自己没有跟戈尔茨一起驻足在那边的山口上。

他卧伏在那儿，在奥古斯汀身旁，一边注视着飞机在一批又一批地飞过头顶上空，一边侧耳细听着身后有没有枪声响起，密切监视着南面的公路，他知道那里肯定会有情况出现，但不知道会出现什么样的情况，他依然为自己没有死在桥头而惊讶得回不过神来。他原以为自己是必死无疑的，因此眼前的这一切反倒显得不真实了。甩掉这种想法吧，他对自己说。抛开这种想法吧。有很多很多很多的事情要在今天完成呢。然而这想法就是不肯离他而去，所以他感到，在意识深处，眼前这一切变得越来越恍若梦境了。

"你吞下太多的硝烟啦。"他暗暗对自己说。然而他知道原因并不在这里。他能感觉到，实实在在地感觉到，从这绝对真实的环境里透出来的这一切是多么的不真实啊，于是他朝下面那座桥看了看，接着又回过头来看了看那名躺在公路上的哨兵，看了看安塞尔莫躺着的地方，看了看仰靠在那面斜坡上的费尔南多，又回头看了看南面那段平坦、褐色的公路，看了看那辆已经停在那里没法开动的卡车，可是这一切依然不真实。

"你最好赶紧抛掉你这套想法，"他暗暗告诫自己，"你就像斗鸡场里的一只公鸡，谁都没有看出你已受了伤，外表一点儿也看不出，可是他已伤得快要断气了。"

"扯鸡巴蛋呢，"他对自己说，"说到底，你有点儿头脑发晕了，说到底，任务完成之后，你松劲了。放心吧。"

这时，奥古斯汀一把抓住了他的胳膊，用手指了指，他立即朝深谷对面望去，一眼看到了巴勃罗。

他们看到巴勃罗一路飞奔着绕过了公路的拐弯处。在那堵矗立在公路拐弯处的陡峭的石壁下，他们看到他停下了脚步，侧身贴着石壁朝他后面的公路方向射击起来。罗伯特·乔丹望着巴勃罗，望着他那矮胖粗壮的五短身材，帽子已经不见了，望着他正靠着石壁用他那支骑兵用的短柄轻机枪开火，他可以看到那亮晶晶的铜弹壳像瀑布般跳出来，在阳光的照射下闪闪发亮。他们看到巴勃罗蹲下身子，又打出了一梭子子弹。接着，他头也不回就拔脚飞奔起来，两条很短的罗圈腿在迅速奔跑着，腰弯着，头低着，径直朝桥头冲来。

罗伯特·乔丹把奥古斯汀推在一边，将机关枪的枪托抵在肩膀上，瞄准着公路的拐弯处。他自己的那支冲锋枪放在他左手边。这个射程不适合用冲锋枪进行精确的射击。

当巴勃罗朝他们奔来时，罗伯特·乔丹在瞄准着那个拐弯处，但是什么也没出现。巴勃罗到达桥头后，回头张望了一下，又朝桥面瞥了一眼，然后迅速折向左边，奔下深谷，不见了踪影。罗伯特·乔丹依然在监视着那个拐弯处，但还是没见有任何动静。奥古斯汀单膝着地，支起身子。他可以看到，巴勃罗已经爬下了河岸，钻进了深谷，活像一头山羊。自他们第一眼看到巴勃罗之时起，桥南就一直没有任何射击声。

"你看到北面有动静吗？北面的那堵岩壁后面？"罗伯特·乔丹问。

"什么动静也没有。"

罗伯特·乔丹注视着公路的拐弯处。他知道，正南面的那堵岩壁陡峭得无人能爬上去，但是下方却地势平坦，说不定有人曾迂回上去过。

如果说刚才的情景很不真实的话，那么现在的情景就突然变得十分真实了。这就好比照相机的反光镜头突然对准了焦距一样。因为就在这时，他看到那辆车身低矮、车头呈斜面、回转式炮塔涂层为绿、灰、棕三色、机关枪凸伸着的坦克绕过了那个拐弯处，出现在明亮的阳光中。他朝那辆坦克开火了，他可以听得见子弹当当地击打在钢板上的声音。那辆小小的轻型坦克慌忙又缩回到岩壁后面去了。罗伯特·乔丹紧盯着那个拐角，看见它的牛鼻子又露了出来，接着，那炮塔的边缘出现了，炮塔旋转，炮口直指北面的公路。

"那模样真像一只老鼠从洞里钻出来呀，"奥古斯汀说，"你瞧，英国人。"

"这家伙没多大信心。"罗伯特·乔丹说。

"巴勃罗一直在打的原来就是这只大甲壳虫啊，"奥古斯汀说，"再揍它，英国人。"

"别。我伤不了它。我不想让他发现我们所在的位置。"

那辆坦克开始朝公路扫射起来。子弹击打在路面上，嗖嗖地弹开，接着又乒乒乓乓地敲击在大桥的钢梁铁柱上。他们原先听到的山下那个没来由的武器就是这挺重机枪。

"王八蛋！"奥古斯汀用西班牙语说，"难道这就是他们吹嘘得神乎其神的那种坦克吗，英国人？"

"这是一种小型号的轻型坦克。"

"王八蛋。我要是有一只小型号的瓶子，装满汽油的，我就爬上去放把火烧了它。这家伙到底想干什么呀，英国人？"

"再过一会儿，这家伙又要出来张望了。"

"叫人惧怕的也就是这些东西，"奥古斯汀说，"瞧，英国人！他在重新把那两个死掉的哨兵再杀死一遍呢。"

"因为他没有别的目标可打呀，"罗伯特·乔丹说，"别怪他。"

然而他心里想的却是，当然要怪他、要取笑他啦。可是，假定你是他，这里好比就是你那遥远的祖国，人家也用炮火把你阻挡在这条主干道上，你会作何感想。接着，一座好端端的桥又给炸了。你难道就不担心前面会有地雷阵、有埋伏吗？你当然也会这样想的。这家伙干的没错。他正在等待援兵开上来。他是在牵制敌人。然而敌人只不过是我们这几个人。但是他无法判明这一点呀。瞧这小杂种。

那小型坦克的车头又稍稍拱出了拐角处。

正在这时，奥古斯汀看到，巴勃罗手脚并用地爬上了深谷的边缘，胡子拉碴的脸上汗水横流。

"那狗娘养的上来了。"他说。

"谁？"

"巴勃罗。"

罗伯特·乔丹定睛一看，见到了巴勃罗，便立即朝那坦克上涂着伪装色的旋转炮塔开火了，他知道在那机关枪的上方有一道缝隙，打的就是这儿。那小坦克又呼呼地倒退着缩了回去，逃得不见了踪影，罗伯特·乔丹一把拎起机关枪，收拢枪的支架贴着枪管，将枪管还在发烫的机关枪扛上了肩头。枪口很烫，烤灼着他的肩膀，他用一手支起枪托，将枪口朝身后推了推。

"带上那袋子弹盘和我那支小机关枪，"他大喊一声，"跑步跟上。"

罗伯特·乔丹飞奔着穿过松林朝山坡上跑去。他身后紧跟着奥古斯汀，在奥古斯汀的身后，巴勃罗也紧跟着追了上来。

"比拉尔！"罗伯特·乔丹朝山上喊道，"来啦，女士！"

他们三人以最快速度在那面陡峭的山坡上攀爬着。他们没法再继续跑步前进，因为坡势实在太陡，而巴勃罗，因为只携带着那支骑兵用的轻机枪，别无负荷，便紧紧跟在其他两个人的身后。

"你的人呢？"奥古斯汀对巴勃罗说，嘴里发干。

"都死啦。"巴勃罗说。他几乎喘不过气来。奥古斯汀扭过头来，惊诧地望着他。

"我们现在有很多马啦，英国人。"巴勃罗气喘吁吁地说。

"好。"罗伯特·乔丹说。这凶残、狠毒的狗杂种，他想，"你遇上什么情况啦？"

"什么情况都遇上了。"巴勃罗说。他在呼哧呼哧地喘着粗气。"比拉尔情况怎么样？"

"她损失了费尔南多和那两兄弟中的一个——"

"埃拉迪奥。"奥古斯汀说。

"那你呢？"

"我损失了安塞尔莫。"

"马匹已经绰绰有余了，"巴勃罗说，"连驮行李也够了。"

奥古斯汀咬着嘴唇，看了看罗伯特·乔丹，摇摇头。在他们下方，隔着那片树林，他们听到那辆坦克又在扫射那段公路和那座大桥了。

罗伯特·乔丹猛地把头一昂。"那辆坦克到底是怎么回事？"他对巴勃罗说。他不愿看巴勃罗这个人，也不愿闻到他的气息，但他要听他说说情况。

"有那辆坦克挡在那儿，我就没法脱身，"巴勃罗说，"我们被它硬生生地压在了哨所以南的那个拐角上。后来它返身去搜索什么东西了，我就乘机冲过来啦。"

"你在那儿开枪打的是什么人，在那个拐角上？"奥古斯汀问得很率直。

巴勃罗望着他，龇牙咧嘴地笑了笑，心想这事还是一笑了之为好，便什么也没说。

"你枪杀了他们所有的人？"奥古斯汀问。罗伯特·乔丹心里在想，你就别开口啦。现在这事与你毫不相干。他们已经完成了你所期待的各项任务，甚至超出你所期待的范围了。这种事情纯属帮派内部之争。别用道德标准来评判。你能指望一名杀人凶手做出什么好事来？你正在与一名杀人凶手合作共事呢。你就别开口啦。你对他的秉性早已十分了解。这也不算什么新鲜事。可是你这卑鄙的狗杂种啊，他想。你这卑鄙、可恶的狗杂种。

他的胸腔因为这一路攀爬开始隐隐作痛起来，经过这番奔跑之后，仿佛要裂开来似的，这时他看到了前方树林里的那几匹马。

"说呀，"奥古斯汀在说，"你为什么不说是你毙了他们？"

"住口，"巴勃罗说，"我今天已经打了一场恶仗，而且打得也很漂亮。问问英国人吧。"

"好啦，闲话少说，今天就带我们突围出去，"罗伯特·乔丹说，"因为突围的方案是你提出的。"

"我这个方案好得很，"巴勃罗说，"只要有点儿运气，我们就能顺利走出去。"

他开始慢慢缓过气来了。

"你不会还想着要干掉我们当中的哪个人吧，是吗？"奥古斯汀问。"因为我现在要除掉你啦。"

"住口，"巴勃罗说，"我不得不顾全你的利益和这支小分队的利益。这是战争啊。一个人不能想干什么就干什么。"

"王八蛋，"奥古斯汀用西班牙语说，"道理都让你占全啦。"

"告诉我，你在南边都遇上些什么情况啦？"罗伯特·乔丹对巴勃罗说。

"样样事情都遇上了。"巴勃罗重复了一遍。他仍在喘着粗气，仿佛胸腔快要撕裂了似的，但他这时已经能从容地开口说话了，他脸上和头上都在淌汗，肩膀和胸口全让汗水湿透了。他心怀戒备地望着罗伯特·乔丹，想弄明白他究竟是敌还是友，然后咧开嘴笑了。"样样事情都遇上了，"他又说，"我们先是占领了哨所。接着来了个摩托兵。接着又来了一个。接着是一辆救护车。接着是一辆军用卡车。接着是那辆坦克。就在你炸桥的前一刻。"

"后来呢——"

"那辆坦克伤不了我们，可是我们也没法脱身，因为它把公路封锁住了。后来它开走了，我就趁机过来啦。"

"可是你那帮弟兄呢？"奥古斯汀插嘴说，还在存心找碴儿。

"住口，"巴勃罗狠狠瞪了他一眼，他脸上显露出的分明是一个已经邀得头功的人的表情，"反正他们又不是我们这个小分队的人。"

此时，他们已经能清楚地看到那些拴在树上的马了，阳光透过松树的枝头洒落在它们身上，它们摇晃着脑袋，踢踏着腿，以此驱赶马蝇，罗伯特·乔丹看见玛丽娅了，他抢上一步，把她拥进怀中，紧紧地、紧紧地拥抱着她，机关枪吊挂在身侧，枪的瞄准镜压着他的肋骨，玛丽娅连声说着："是你啊，罗伯托。啊，是你。"

"是我，小兔乖乖。我的好、好的小兔乖乖。我们现在就走。"

"你真的回来啦？"

"对。对。真的。啊，你呀！"

他根本就没有想到，你还能享受到如此艳福，在炮火纷飞的战场上，有个女人在眷恋着你，也没有想到你身体的无论哪个部位都能体验到这一点，并对此作出反应；也没有想到如果真有这样一个女人，她应当有一对小小的、圆圆的、坚实的乳房，隔着衬衣紧贴着你的胸膛，也没有想到它们，那对乳房，竟能理解他们俩都置身在枪林弹雨之中的苦衷。然而这是真实的情景，于是他想，这多美好啊。这是多么美好的一幕啊。我简直不敢相信这是真的，于是，他再一次用力搂紧了她，使劲拥抱着她，但他并没有仔细端详她，接着，他在她身上他从来没有拍过的地方拍了一下，说：“上马。上马。快快跨上马鞍，小美人儿。”

这时，他们纷纷解开马的缰绳，罗伯特·乔丹将机关枪交还给奥古斯汀，把自己那支冲锋枪斜背在后背上，然后将口袋里的手榴弹一颗颗掏出来，放进马鞍袋里，接着再把一只空背包塞进另一只背包，把它绑在马鞍后面。大伙儿正忙着时，比拉尔上来了，由于急匆匆攀爬上来，她已累得上气不接下气，连话也说不出来，只是连连做着手势。

于是，巴勃罗连忙将手中的三根绊马索塞进一只马鞍袋里，站起身来，用西班牙语说，“你好吗，太太？”但她只是点了点头，接着，大伙儿都翻身上马了。

罗伯特·乔丹骑的是那匹大灰马，就是他前天早晨第一眼看到的那匹马，他两腿一夹，双手一按，顿时便觉得这是匹良驹。他这时穿的是绳底鞋，感觉马镫稍短了点儿；他那支冲锋枪斜挎在肩上，衣袋里装满了子弹夹，他端坐在马鞍上，马缰紧紧夹在腋下，一边将已经打空的那只弹夹重新填满子弹，一边注视着比拉尔爬上了马背上一个模样奇特的座位，原来她屁股下面坐着的是只粗花呢行李袋，牢牢绑在鹿皮制的马鞍上。

“把那包东西扔下吧，看在上帝的分儿上，”普里米蒂伏说，“你会摔下来的，再说，你这匹马也驮不了这么多啊。”

"闭嘴，"比拉尔说，"这是我们过日子的家当呢。"

"能这样骑马吗，太太?"巴勃罗问她，他正骑在那匹配着宪兵马鞍的枣红色大种马上。

"活像他奶奶的兜售商品的贩子，是吧，"比拉尔对他说，"你看怎么个走法呀，老伴儿?"

"笔直往下。穿过公路。登上对面的山坡，进入那片树林，从那树林里条隐蔽的小山沟里突围出去。"

"穿过公路?"奥古斯汀在他身旁拨转马头，用他的软底帆布鞋踢了踢座下那匹硬邦邦的、毫无反应的马的腹肋，这匹马是巴勃罗夜里刚刚招募来的。

"是啊，伙计。只有走这条道。"巴勃罗说。他递给他一根牵马绳。普里米蒂伏和吉卜赛人接了另外那两根。

"如果你愿意，就由你来压阵吧，英国人，"巴勃罗说，"我们穿越公路的时候要尽量往高处走，超出那挺机关枪的射程。但是我们得分开行动，还得快马加鞭地赶很多路，然后在上面的那条小山沟里会合。"

"好吧。"罗伯特乔丹说。

他们骑马下山了，他们要穿过这片树林，朝公路的边缘逼近。罗伯特·乔丹的坐骑紧跟在玛丽娅后面。他没法在密林中与她并辔而行。他用大腿的肌肉抚慰着那匹大灰马，稳稳驱动着它和大家一起朝山下奔去，悄悄穿过松林，用大腿的肌肉指挥着这匹大灰马和大家一起奔行在下山的路上，如同用踢马刺指挥它驰骋在平地上一样。

"你啊，"他对玛丽娅说，"等大家开始穿越公路的时候，你第二个冲。第一个冲的人看似危险，其实没那么危险。第二个冲的人最安全。被敌人盯上的往往总是后面的人。"

"可是你——"

"我会突然一个猛冲直插过去。不会有什么问题。危险的倒是在中间档次上穿插的人。"

他注视着巴勃罗策马而去，那颗圆滚滚、毛茸茸的脑袋缩在肩膀里，那支轻机枪斜挎在他肩头。他注视着比拉尔，她头上没戴头巾或帽子，双肩宽阔，膝盖拱得比大腿还高，两脚的脚后跟埋在几只行李包裹中。她回过头来看了他一眼，摇摇头。

"你先走到比拉尔前面去，然后再穿越公路。"罗伯特·乔丹对玛丽娅说。

这时，他凝眸远望着前方越来越稀疏的树木，他看到了山下那段公路黑黝黝的柏油路面，看到了公路对面山腰上的那片绿茵茵的山坡。我们现在的位置在桥涵的上方，他看出来了，恰好在那个高地的下方，公路从那儿笔直向南，直通桥头，形成了一个很大的弯道。我们正处在距离大桥八百码左右的位置上。假如那辆小型坦克已经开上了桥头，这个位置仍没有脱离它那挺菲亚特重机枪的射程。

"玛丽娅，"他说，"在我们逼近公路、冲向对面的山坡之前，你先赶到比拉尔前面去。"

她回眸凝望着他，却什么也没说。他只是看了她一眼，目的是想知道她是否明白了他的意思。

"你明白吗？"他用西班牙语问她。

她点点头。

"赶上去吧。"他说。

她摇摇头。

"赶上去！"

"不，"她回过身来，摇摇头，对他说，"我就按现在这个次序走。"

就在这时，巴勃罗两腿马刺一夹，驱动那匹高大的枣红马冲下了最后那段落满松针的山坡，从公路上直插过去，踏出一串串铁蹄声，火星四溅。其他人则紧跟在他身后，罗伯特·乔丹看到他们冲过公路，在阵阵铁蹄声中奔上了对面绿茵茵的山坡，随即便听到那挺机关枪锤击般在桥头响起来。接着，他听到传来了一声尖啸，嗖——砰——嘣！那啸叫声十分尖锐，紧随而来的爆炸声在轰鸣着，他看到对面的山腰上如喷泉般迸起了一小柱泥土，伴着一缕灰色的硝烟。嗖——砰——嘣！又是一声，那嗖嗖的尖啸如同火箭的啸声，山腰上随即又腾起一柱泥土和硝烟，位置比前一次更远。

在他前方，吉卜赛人被阻挡在公路边最后一排树木的后面。他望望前方的山坡，又回过头来望着罗伯特·乔丹。

"冲过去，拉斐尔，"罗伯特·乔丹说，"催马朝前冲，伙计！"

吉卜赛人在拽着牵马绳，那匹驮马在他身后昂着头，把缰绳绷得笔直。

"扔掉驮马，快冲过去！"罗伯特·乔丹说。

他看到吉卜赛人的那只手被缰绳拉向了身后，越拉越高，越举越高，似乎永远也不肯撒手一样，在此同时，他用脚跟猛踢了一下他胯下的坐骑，那根紧绷的缰绳被拽掉了，他径直冲向了公路，罗伯特·乔丹用膝盖顶着那匹返身朝他撞来的受惊的驮马，而吉卜赛人则冲过了那硬邦邦、黑黝黝的公路，他听到那匹马在一阵嗒嗒的铁蹄声中载着吉卜赛人风驰电掣般奔上了对面的山坡。

嗖嗖嗖——喀——嘭！炮弹以平面弹道飞来，他看到吉卜赛人身前的地面上如间隙泉喷发般腾起了一小柱灰黑色的泥土，而吉卜赛人则像头狂奔着的公猪在躲闪着。他注视着他在纵马疾驰，这时正渐渐靠近、终于登上了那面绿色的慢坡，炮弹落在他的身前身后，他狼奔豕突地驰骋着，终于进入了那个小山坳，与其他人相会合了。

我不能带着这匹该死的驮马呀，罗伯特·乔丹想。不过，我倒是希望能让这狗娘养的挡在我的侧面。我不妨就让它挡在我和那门四七毫米口径的平射炮之间，他们正在使用的就是这种炮。上帝保佑，我无论如何也要设法把它弄到那边的山坡上去。

他策马赶上了那匹驮马，一把拽住纤绳，然后拉着马缰，让驮马一路小跑着跟在身后，在树林中朝北奔行了五十码。在树林的边缘，他朝下扫视着公路、那辆卡车、那座桥。他可以看到敌兵已出现在桥上了，大桥后面的公路上似乎出现了交通阻塞。罗伯特·乔丹环顾四周，终于看见了他想找到东西，便伸出手去，从一棵松树上折断了一根枯树枝。他放下马缰，慢慢把驮马赶上了那面向着公路的斜坡，然后用那根树枝狠抽了一下马屁股。"冲下去吧，你这狗娘养的。"他说，当那驮马越过公路、奔向对面的山坡时，他将那根枯树枝奋力朝它投掷过去。树枝击中了驮马，驮马由小跑改为疾驰，飞奔而去。

罗伯特·乔丹朝公路以北方向又奔行了30码；再往前去，那面斜坡已过于陡峭了。那门平射炮此时正在射击，发出阵阵如火箭般尖利的呼啸声、爆炸声和掀翻泥土的隆隆声。"冲吧，你这身躯高大、毛色灰褐的法西斯杂种。"罗伯特·乔丹对这匹马说罢，立即驱动它一阵猛冲奔下了山坡。刹那间，他便暴露在毫无遮蔽的公路上，马蹄踏着硬邦邦的路面，他感到那剧烈的颠簸一直传向了他的肩膀、脖子和牙齿，骏马冲上了平坦的山坡，马蹄在疾驰、在践踏、在叩击、在伸展、在腾跃、在驰骋，他俯视着山坡的对面，大桥此时在新的视角下呈现出一幅他从未见过的景色。桥体此时呈交叉的侧影，无需按照透视法来缩短距离，桥的中段是被炸毁的部位，后面的公路上是那辆小型坦克，小型坦克的后面是一辆大型坦克，坦克上的大炮此时恰似镜子般闪现出一道明亮的黄光，刺耳的炮声破空而出，似乎就响在他面前伸长的马脖子上方，他扭过头去，只见山坡上的泥土如喷泉般窜上了半空。那匹驮马就在他前方，正猛然转向右侧，然后放慢了脚步，罗伯特·乔丹策马疾驰，微微偏过脑袋向着大桥，正好看到一溜卡车被阻滞在那个拐角处后面，由于他正在朝高处驰骋，那一溜卡车便显得十分清楚，这时，他看到了那道耀眼的黄光，那道黄光一闪，随即就响起了那嗖嗖的尖啸声和隆隆的爆炸声，炮弹飞不到这么远，但他听得到尘土起处金属弹片横飞的声音。

他看到他们了，就在前方树林的边缘，都在注视着他，于是他用西班牙语说："冲啊，马儿①！冲啊，马儿！"他感到这匹大灰马的胸脯在随着山坡越来越陡而鼓涌澎湃着，他看到大马的灰色脖子高高昂起，一对灰色的耳朵向前竖立着，他伸出手去，拍了拍那湿漉漉的灰脖子，他回望着那座大桥，却看到一道耀眼的闪光飞出了那辆笨重、矮胖、涂成了土黄色的坦克，那坦克就挡在那边的路口上，紧接着，他听到的不是那嗖嗖的尖啸，而是砰的一声爆响，辛辣、浓烈的火药味随即迸发出来，犹如一只锅炉被炸开了一样，他顿时便被压在了那匹大灰马的身下，大灰马还在踢腾着，他则在吃力地挪动着，想脱出重压。

他确实还能动。他能向右边挪动。岂料，当他刚向右边挪动时，却发现他的整条左腿完全被压在马的身躯下了。那条左腿仿佛新长出了一个关节；不是髋关节，而是横生出了一个如同铰链似的东西。这时他确实明白是怎么回事了，然而就在这时，那匹大灰马竟用膝盖硬撑起身子站了起来，罗伯特·乔丹的右腿，在这之前就已及时踢掉了马镫的右腿，赶紧抽出了马鞍，落在地上，他用双手摸了摸自己的股骨与平放在地上的左腿之间的那个部位，双手都摸到了那根突起的骨头，折断的骨头顶着皮肉。

那匹大灰马站立在那儿，差不多就在他头顶的正上方，他可以看到马的肋骨在起伏着。绿草如茵，生长在他坐着的地方，草地上盛开着白色的绣线菊，他眺望着山坡下的公路、大桥、深深的河谷、河谷对面的公路，他看到了那辆坦克，等待再飞出一道闪光。那道闪光几乎就在这刹那间飞了过来，依然没有嗖嗖的尖啸，在那剧烈的爆炸声中，烈性炸药的气味立刻弥漫开来，泥团四溅，弹片横飞，他看到那匹大灰马温顺地在他身边坐了下来，如同马戏团里的一匹在表演中的马一样。紧接着，在他眼看着那儿坐下来时，他听见那马儿发出了一声哀鸣。

随后，普里米蒂伏和奥古斯汀架起了他的胳肢窝，一路拖着他奔上

---

① 此处原文为西班牙语：*Arres caballo*！

了最后那段山坡，他腿上新添出的那个关节使那条腿吊挂着，任由地面颠簸着它。突然，有一颗炮弹呼啸着贴着他们的头顶飞了过去，他们立即丢下了他，全身匍匐在地，虽然泥土撒了他们一身，但金属弹片却是飕飕地飞向别处的，他们又扶起了他。后来，他们终于把他拖上了山坡，来到隐蔽在树林中的那条狭长的小山沟里，那些马匹也都在这片树林中，玛丽娅、比拉尔、巴勃罗站在他周围，大家都在低头望着他。

玛丽娅在他身边跪下来，在对他说："罗伯托，你怎么样？"

他说，汗出得很厉害："左腿断啦，小美人儿。"

"我们可以用绷带把你的伤腿裹起来，"比拉尔说，"你可以骑上那匹马。"她指了指马群中一匹驮着行李的马。"行李不要了。"

罗伯托·乔丹看见巴勃罗在摇头，便朝他点了点头。

"你们还是走吧。"他说。接着他又说："听着，巴勃罗。你过来一下。"

那张汗水淋淋、布满胡子茬的面孔凑近了他，罗伯托·乔丹闻到了巴勃罗浑身的臭味。

"我们单独谈谈吧，"他对比拉尔和玛丽娅说，"我得跟巴勃罗单独谈谈。"

"疼得厉害吗？"巴勃罗问。他弯下腰来凑近了罗伯特·乔丹。

"不。我估计神经给压断了。听着。你们走吧。我不行了，明白吗？我要和那姑娘谈一谈。等我说带走她吧，你们就把她带走。她肯定想留下来。我只和她说一小会儿话。"

"那当然，没多少时间了嘛。"巴勃罗说。

"那当然。"

"我认为，你在共和国里可能会更有作为。"罗伯特·乔丹说。

"不。我主张去格雷多斯。"

"动动脑子吧。"

"你就抓紧时间跟她聊一会儿吧，"巴勃罗说，"没什么时间啦。你这副样子让我很难过呀，英国人。"

"既然已经这样了——"罗伯特·乔丹说，"我们不谈这个吧。但是你得动动脑子。你很有头脑。动动脑子吧。"

"我哪能不动脑子呢？"巴勃罗说，"抓紧时间快点聊吧，英国人。没时间啦。"

巴勃罗朝离得最近的一棵树走去，在那儿监视着山坡下的动静，瞭望着对面的山坡和深谷对面的公路。巴勃罗望着那匹大灰马倒毙在山坡上，脸上流露出由衷的惋惜，比拉尔和玛丽娅在陪着罗伯特·乔丹，他坐在那儿，背靠着树干。

"撕开那条裤腿，好吗？"他对比拉尔说。玛丽娅蹲在他身边，不说话。阳光洒落在她的头发上，她的脸扭曲得像孩子临哭前时的模样。但她没有哭。

比拉尔拿出她随身带着的刀，把他那只裤腿从左侧口袋下一直割到底。罗伯特·乔丹用双手揭开裤腿上被割开的布片，看着那截大腿。股关节下十英寸的地方有一个凸起的紫色的肿块，像一顶支起来的小帐篷，他用手指轻轻碰了碰，能摸到那折断的大腿腿骨，断骨把皮肤顶得紧绷绷的。他那条腿平放在地上，呈现出一个很古怪的角度。他抬头望着比拉尔。她脸上的表情跟玛丽娅的表情一模一样。

"你走吧①，"他用西班牙语对她说，"你走吧。"

她离开了他们，头低着，既没说一句话，也没回头看一眼，罗伯特·乔丹看得出她的肩膀在颤动着。

"小美人儿呀，"他对玛丽娅说，并一把握住了她的双手，"你听我说。我们可能去不了马德里啦——"

听了这话，她哭了。

"别，小美人儿，别这样，"他说，"听我说。我们暂时不去马德里

———————————————
① 此处原文为西班牙语：*Anda*。

了，但是不管你走到哪里，我都永远跟你在一起。明白吗？"

她什么也没说，只把头贴在他脸颊上，用双臂搂着他。

"好好听我说，小兔乖乖。"他说。他知道时间非常紧迫，而且他浑身都在冒着虚汗，但是这句话必须得说出来，而且还得让她明白。"你现在就走，小兔乖乖。但是我的心与你同在。只要我们俩有一个活着，就等于我们俩都活着。你明白吗？"

"不，我要留下来陪着你。"

"别，小兔乖乖。我现在做的事情，只能由我一个人来做。有你在身边，我可能就没法干好啦。你一走，我也就放心了。难道你不明白这个道理吗？我们两个人不管哪一个活下来，都等于是两个人都活下来了。"

"我要留下来陪着你。"

"别。小兔乖乖。听我说。人不能总是厮守在一起的。每个人都有必须去独自完成的事。但是，如果你走了，我的心也跟着你一起走了。这样就等于我也走了。你现在愿意走了吧，我知道的。因为你很乖，心肠也好。为了我们俩，你现在就走吧。"

"可是，如果我留在你身边，心里要好受一些，"她说，"对我来说，还是留下来好。"

"是啊。所以嘛，你走，就等于在帮我一个忙。你就帮我这个忙吧，因为这个忙你是能帮得上的。"

"可是你不明白，罗伯托。我怎么办啊？我要是走了，心里会更加难受的。"

"当然啦，"他说，"对你来说，这个决心更难下。可是我现在也等于就是你呀。"

她没吭声。

他望着她，他遍体在淌着虚汗，但他这时仍在劝说着，在努力做着他这一生中最难做的艰难的事情。

"你现在走，是为了我们俩好啊，"他说，"你可不能自私呀，小兔乖乖。你现在应当尽到你的职责才对呀。"

她摇摇头。

"你现在就等于我呀,"他说,"当然,你肯定也感觉到这一点了,是吧,小兔乖乖。"

"小兔乖乖,听我说,"他说,"真的,只要你安然脱身了,我也就脱身了。这一点我可以向你发誓。"

她不吭声。

"现在你已经明白这个道理啦,"他说,"这个道理我现在已经讲得很清楚啦。现在你愿意走了,是吧。好。你现在就动身走吧。你现在已经表过态,说你愿意走啦。"

她其实什么也没说。

"现在我要为此感谢你。现在你就安心地走吧,走得快快的,走得远远的,我们俩的命运都维系在你一个人身上呢。现在把你的手放在这儿。现在把你的头低下来。别,把头低下。这就对了。现在我把我的手放在这儿。好。你真好。现在什么也别再想了。现在你正在做你该做的事情呢。现在你听话了。不是听我的,是听我们俩的。我就在你心中。你现在走是为了我们俩好。真的。我们俩现在是一个人了,你走了,我们俩就都走啦。这一点我向你发过誓的。你很听话的,走吧,你心肠真好。"

他扭头朝巴勃罗示意了一下,巴勃罗一直就在那棵树下时不时地朝他张望着呢,一看时间已到,巴勃罗立即就走了过来。他用大拇指朝比拉尔做了个手势。

"我们换个时间去马德里吧,小兔乖乖,"他说,"真的。现在该站起来走啦,带着我们两个人的心走吧。站起来吧。明白吗?"

"不。"她说,紧紧搂着他的脖子。

他这时仍在平心静气、通情达理地劝说着,但话语中已带着极大的权威了。

"站起来吧,"他说,"你现在也等于就是我了。你就是一切,你活着才有我将来的一切。站起来吧。"

她慢慢站起身来，哭成了个泪人，头低垂着。她人还没站稳，就突然又扑倒在他身边，但接着又慢慢地、疲惫地站了起来，因为他在说："站起来，小美人。"

比拉尔拉着她的胳膊，她已经站在那儿了。

"我们走吧，"比拉尔用西班牙语对他说，"你还缺少什么吗，英国人？"她望着他，摇了摇头。

"不缺什么。"他应了一声，又继续劝慰着玛丽娅。

"不用说别的话啦，小美人儿，因为我们心心相印，永不分离。格雷多斯山区应该是个好地方。快走吧。一路走好。别，"他此刻仍在平心静气、通情达理地劝慰着，直到比拉尔拉着姑娘走开了，"别回头。把脚放进马镫。对。脚踩上去。扶她上马呀，"他对比拉尔说，"帮她跨上马鞍。快跨上去呀。"

他扭过头去，身上仍在冒着虚汗，他朝山坡下看了一眼，但还是忍不住又回过头来朝玛丽娅那边望去，姑娘正坐在马鞍上，比拉尔陪在她身边，巴勃罗恰好殿后。"快走吧，"他说，"走吧。"

她身子动了动，想回过头来张望。"别回头，"罗伯特·乔丹说，"走吧。"巴勃罗用拴马的皮带朝那匹马的屁股上左右开弓地抽打了一下，看那情形，玛丽娅似乎想溜下马鞍，但是比拉尔和巴勃罗骑在马上一左一右地夹着她，比拉尔伸手扶住了她，就这样，三匹马连辔朝上面的那条小山沟走去。

"罗伯托，"玛丽娅回过身来，高声叫喊着，"让我留下！让我留下！"

"我和你心连着心呢，"罗伯特·乔丹也高喊着，"我的心现在就跟你在一起。我们俩是心心相印的。走吧！"接着，他们转过山沟的拐弯处，离开了他的视线，他全身已被汗水湿透，两眼一片茫然。

奥古斯汀正站在他身边。

"需要我开枪打死你吗，英国人？"他问，并俯下身来凑近了他，"你需要吗？^① 没关系的。"

"不需要^②，"罗伯特·乔丹用西班牙语说，"走吧。我留在这儿好得很。"

"我 × 他奶奶的，这算怎么回事嘛！"奥古斯汀用西班牙语说。他也哭得泪眼模糊了，根本看不清罗伯特·乔丹的模样。"再见啦，英国人。^③"

"再见啦，老伙计，"罗伯特·乔丹也用西班牙语说。他这时正朝山坡下眺望着，"好好照顾那个短头发的姑娘，行吗？"

"没问题，"奥古斯汀说，"你还需要些什么吗？"

"这支机关枪的子弹没多少了，我就留着啦，"罗伯特·乔丹说，"你也没法再弄到子弹了。另外那挺机关枪和巴勃罗的那支，日后还能再搞到子弹。"

"我已经把枪管擦干净了，"奥古斯汀说，"你刚才摔倒在地时，枪口插进泥土里啦。"

"那匹驮马怎么样啦？"

"吉卜赛人已经把它抓回来啦。"

奥古斯汀这时已经上了马，但他迟迟不忍离去。他从马背上探过大半个身子，望着罗伯特·乔丹斜倚在那棵树下。

"走吧，老伙计，"罗伯特·乔丹对他说，"在战争中，这种事情多得很呢。"

"战争真是个下贱的婊子啊^④，"奥古斯汀用西班牙语说，"战争真是个下贱女人呀。"

---

① 此处原文为西班牙语：*Quieres*？
② 此处原文为西班牙语：*No hace falta*。
③ 此处原文为西班牙俚语：*Me cago en leche que me han dado！Salud，Ingles*。
④ 此处原文为西班牙语：*Que puta es la guerra！*

"是的，伙计，你说得对。不过，你还是快走吧。"

"再见啦，英国人。"奥古斯汀用西班牙语说着，攥紧了右拳。

"再见啦，"罗伯特·乔丹也用西班牙语说，"快走吧，伙计。"

奥古斯汀拨转马头，右拳朝下猛砸了一下，仿佛这一砸就是他对战争的再次咒骂一样，然后策马走进了那条小山沟。其他那些人都早已不见了踪影。在林中那条小山沟的拐角处，他再次回过头来，挥舞着拳头向他告别。罗伯特·乔丹也挥了挥手，随后，奥古斯汀也走出了他的视线……罗伯特·乔丹顺着山腰间那片绿茵茵的山坡向下望去，俯瞰着那条公路和那座大桥。我不妨就保持这个姿势吧，他想。目前还不值得冒险翻过身来俯卧着，没必要使伤处紧贴着地面，再说我这样也能看得更清楚些。

经历了这一切磨难、经历了生离死别的这一幕之后，他感到浑身虚脱、精力衰竭、疲惫不堪了，嘴里似乎在品尝着苦胆。现在，在这最后的时刻，在这曲尽人散之际，总算没有任何牵挂了。无论以往的一切遭际怎么样，无论将来的一切情形怎么样，对他来说，反正再也没有任何牵挂啦。

他们现在全都走了，剩下他独自一人背靠着一棵树。他朝绿茵茵的山坡下放眼望去，看到了那匹已经被奥古斯汀枪杀了的大灰马，他继而又顺着山坡眺望着那条公路以及公路后面那片树木葱茏的原野。随后，他又眺望着那座大桥和桥对面的公路，注视着桥上和公路上的动静。他这时可以看得见那些卡车了，全都停在南面的公路上。灰色的车身透过这片树林映入了他的眼帘。接着，他又回首眺望着北面那条从山冈上直通下来的公路。敌人很快就会上来啦，他想。

比拉尔肯定会尽最大努力照料好她的。你知道这一点。巴勃罗肯定有一套周密的方案，否则他就不会做这种尝试了。你大可不必担心巴勃罗。对玛丽娅，你想也没用。努力相信你对她说的那番话吧。这才是上策。那么谁说那番话不是真话呢？不是你。你没说这种话，反正你是不会把这些明明已经发生过的事情说成从来没有发生过的。还是要坚持你现在的看法才对。别摆出一副玩世不恭的样子吧。时间太短啦，而你不过刚刚才把她打发走。每个人都应当各尽所能。你不能为自己做什么啦，不过，你也许还能为别人再出点儿力呢。好啊，在这四天里，我们占尽了好运呢。不是四天。我头一天到达这里的时间是在下午，而今天很可能就没有中午啦。满打满算，还不到三天三夜呢。要算精确才是，他说。要算得非常精确。

依我看，你现在应当往下挪一挪了，他想。你最好就在这附近寻找到一个能让你发挥作用的地方，别像个流浪汉似的背靠这棵树干坐在这儿啦。你的运气一直还不错。比这还要严重的事情多着呢。每一个人都得走这条路的，只是个或迟或早的问题罢了。一旦你知道了这是你不得不走的路，你就不会害怕了，是吗？是的，他说，确实如此。然而我的运气还算好，只是神经被压断了。我甚至都感觉不到那断裂的部位以下还有什么了。他摸了摸那条腿的下半截，却毫无知觉，仿佛这条腿已经完全不属于他了。

他又一次俯瞰着那面山坡，心里在想，我真不甘心就这样离开这个世界呀，说到底。我非常不甘心就这样离开这个世界，而且我希望我已经为这个世界做出过一定的贡献了。我已经使出我浑身的解数尽力而为了。你的意思是说，你已经尽过力了吧。好吧，就算你已经尽过力了吧。

到目前为止，我已经为我所信仰的事业战斗了一年啦。如果我们能在这里打胜仗，我们就能处处打胜仗。世界是个美好的地方，值得我们像这样为之而浴血奋战，所以我才十分不甘心离开这个世界呀。再说，你的运气也挺好，他对自己说，已经享受到了如此美好的人生。你已经享受到的人生和你祖父的一样美好呢，尽管时间没有那么长。因为有了这最后的几天，你的人生已经变得和这世上任何人的一样美好了。既然你的运气这么好，你就不会再想发什么牢骚了吧。可是，我真希望能有什么办法把我所学到的东西传给后人呢。基督啊，我在最后这段日子里学得可真快啊。我很想跟卡可夫谈谈。谈话的地点就在马德里。就在这些山冈的那一边，越过南面那个平原就是。走出南面那些灰色的岩石丛和松树林、石楠丛、金雀花，越过高高的黄土高原，你就看到它了，巍然矗立在那儿，洁白而又美丽。那情景就像比拉尔曾经讲述过的那些老太婆在屠宰场里喝血的情景一样真实。并非只有一件事情是真实的。件件事情都是真实的。就像那些飞机一样，不论是我方的还是敌方的，模样都很美丽。见他们的鬼去吧，他想。

你就放松些吧，马上，他说。趁你现在还有时间，赶紧翻过身来吧。听着，还有一件事呢。你还记得吗？比拉尔和手相那件事？你相信这种无稽之谈么？不，他说。样样事情都应验了还不相信吗？不，我根本就不相信这一套。今天清晨，在这场好戏开场之前，她那那番话倒是出于一片好意的。她怕我也许会相信它。然而，我不相信啊。不过，她倒是相信的。他们这些人真能看出些名堂来呢。或者他们能感觉出什么名堂来吧。就像捕鸟的猎犬一样。那你如何看待那种超感官的直觉力呢？你如何看待他们那满嘴脏话呢？他说。她之所以不肯和你说告别的话，他想，是因为她知道，一旦她说了，玛丽娅就绝对不肯走了。这个比拉尔啊。你赶紧把身子翻过来吧，乔丹。然而他连试一下都很不情愿。

接着，他想起了他屁股后面的口袋里还放着那只小酒瓶呢，于是他想，我先来好好灌一口这种劲道十足的烈性酒，然后再来试试看。可是他伸手一摸，却发现那酒瓶不在了。于是，他越发感到孤独无助起来，因为他知道现在连这点指望也没有了。看来我本来是想靠那瓶酒给自己壮胆的，他说。

你估计是不是巴勃罗把它拿走了呢？别犯傻啦。肯定是你自己在炸桥的时候弄丢的。"来吧，乔丹，"他说，"一咬牙你就翻过身来啦。"

于是，他就在背部一直依靠着的那棵树下，借着躺下身来的那一刻，双手抱住左腿向脚面用力一拉。然后，他身子平躺着，使劲拉着那条腿，这样，断骨的一端才不至于翘起来，戳破大腿的皮肉，他以屁股为支撑点慢慢翻转着身子，直到后脑勺对着山坡下。这时，他那条断腿，抱在双手中，是向着山坡上的，他把右脚的脚底放在左脚的脚背上，用力踩紧，然后翻过身来，浑身已是虚汗淋淋，终于使脸和胸脯向着地面了。他用胳膊肘拱起身子，用双手使劲拉着，同时用右脚的力量使劲推着，将左腿朝后扳直，弄得冷汗直冒，但总算做成了。他用手指头摸了摸左腿的大腿部，发现情况还好。断骨的一端没有刺破皮肤，断裂的骨头仍深深地嵌在肌肉里。

那该死的马倒在他腿上时，肯定真把那根大神经给压断了，他想。确实一点儿也没感到疼痛。除了刚才在挪动时位置发生了一些变化才觉得有些痛。那是因为那根断骨挤压到别处的肌肉了。你明白了吗？他说。你明白什么才叫运气好了吗？你根本就用不着依靠那劲道十足的烈性酒呢。

他伸手拉过那支冲锋枪，取出插在弹仓里的空弹夹，从衣袋里掏出了几个弹夹，打开枪机，看了看枪筒，将一只弹夹插入了弹仓的凹槽里，咔哒一声扣牢，然后朝山坡下望去。也许还有半小时呢，他想。现在就安心地等在这儿吧。

接着，他看了看山腰处，又看了看那片松林，他努力让自己什么也不去想。

接着，他看了看那条小河，回想着当时在桥下凉飕飕的阴影里时的情景。我真希望他们马上就冲过来，他想。我可不想在他们到来之前自己就已进入了神志不清的状态。

你认为哪种人在面对这种处境时更能泰然处之？是那些虔诚的宗教信徒呢，还是那些能在危难之中视死如归的人？宗教固然能给人以很大的安慰，但是我们知道，这种事情实在也没有什么好害怕的。唯有缺失信念才要不得的。死亡也只有在久拖不死而又折磨得使你丧失人格的情况下才是最糟糕的。这就是你的全部运气之所在，明白吗？你根本不会遇到这种情况的。

他们已经安然脱身了，真好。既然他们已经脱身了，我对眼前的处境也就根本不在乎啦。这就是我说过的那种情况。情况果然就是完全照这样发展的。你瞧瞧，假如他们全都分布在这个山冈上，在那匹灰马倒毙的地方，那情况就大不一样啦。要不然，我们就全被团团围困在这山上，在这儿坐以待毙了。不。他们已经不在这儿啦。他们已经安然撤离了。要是这次进攻成功了，现在该多好啊。你想要什么呢？什么都想要啊。我什么都想要，无论给我什么，我都接受。如果这次进攻失利了，下次就会成功了。我当时根本没注意到那些飞机是什么时候飞回来的。上帝啊，我好歹总算把她劝说走了，这才是不幸中的大幸呢。

我很想跟祖父谈谈这次的战斗情况。我敢肯定，他决不会深入敌后，找来他自己的人，做出如此这般的举动。你怎么知道呢？他说不定干过不下于五十次呢。不，他说。你就精确些吧。像这样的事情谁也没干过五十次呀。连干过五次的人也没有。完全和这一样的事情也许一次也没人干过呢。当然，他们肯定也干过。

我真希望他们现在就冲上来，他说。我真希望他们立刻就冲上来，因为我这条腿现在开始疼起来了。肯定是肿起来了的缘故。

我们一直进行得相当顺利，没想到他们用那玩意儿来轰击我们，他想。不过，我在桥下的时候，那坦克还没来，这完全是运气好呀。一步走错，就会满盘皆输啦。自从他们给戈尔茨下达了那道命令以后，你就注定倒了霉啦。这个后果你是知道的，比拉尔所感觉到的说不定也就是这个后果。但是我们今后就能对这些事情做出更好的安排了。我们应当配备便携式短波发报机。是啊，有很多东西都是我们应当配备的。我还应当携带一条备用的腿呢。

他觉得这个想法很好笑，便龇牙咧嘴、冷汗直冒地笑了一下，因为那条腿，在摔倒时大神经已被压坏了的那条腿，现在开始疼得很厉害了。噢，让他们上来吧，他说。我可不想干出我父亲干的那种事情来。我完全可以这样做，但我非常希望不必这样去做。我反对这种做法。别考虑这一做法啦。什么也别去想啦。我正盼着那些狗杂种冲上来呢，他说。我真恨不得他们马上就冲上来。

他的腿这时已疼得十分厉害了。由于刚才把身子翻过来之后，伤处开始肿了起来，疼痛突然就发作了，于是他说，也许我现在就该自杀才对。我估计我是不大善于忍受痛苦的。听着，如果我现在做出这种举动来，你不会误解我的，是吧？你在跟谁说话呀？是在跟乌有之人说话吧，他说。是在跟祖父说话吧，我看是的。不。是跟乌有之人。啊，真该死，我真希望他们快点冲上来呀。

听着，我也许不得不那么干啦，因为如果我昏迷过去了，或者出现了那种我根本就驾驭不了的情况，万一他们使我苏醒过来，他们就会问我一大堆问题，而且还会严刑逼供，把什么手段都使上，那就大为不妙啦。最好的办法就是不让他们使出那些手段来。所以，为什么不可以立即就动手呢，这样就不把一切都了结了吗？因为，啊，听着，是的，听着，让他们冲过来吧。

你在这种事情上不大在行啊，乔丹，他说。在这件事情上不是很在行呢。那么有谁在这种事情上很在行呢？我不知道，况且在此时此刻，我实在也不想关心此事了。可是你下不了这个手啊。你说得完全对。你就是下不了手。啊，你根本就下不了手，根本不行。我想，现在总可以下手了吧？难道还不行吗？

不，不是因为这个。因为你依然还可以有所作为呢。只要你还明白什么才是你必须干的就行。只要你还记得什么才是你必须干的，你就该等着去干才是。来吧。让他们冲过来吧。让他们冲过来吧。让他们冲过来吧！

你可以想想他们撤离时的情景呀，他说。想想他们是怎么走出那片树林的。想想他们是怎么趟过那条小河。想想他们骑马走在那片石楠丛中的情景吧。想想他们是怎么爬上那个山坡的。想想他们今夜就平安无事了吧。想想他们是怎样连夜跋涉的情景吧。想想他们明天隐蔽在山中的情景吧。想想他们吧。真他妈的该死呀，想想他们吧。关于他们，我能想到的也就只有这些啦，他说。

想想蒙大拿州吧。我做不到。想想马德里吧。我做不到。想想喝口凉水的情景吧。这个可以想。这才像那么回事儿。真像是喝了口凉水呢。你是在自己骗自己呀。什么也不会有的。那才是结局。什么也不会有啦。那就干脆动手得啦。动手吧。现在就动手。现在动手还来得及。来吧，现在该动手啦。不，你还得再等等。等什么呢？你知道啊。那就再等等吧。

我现在不能再等下去啦，他说。如果我再等下去，我就会昏迷不醒了。我知道的，因为我已经三次感觉到快要昏厥过去了，我是硬撑过来的。没错，我是挺过来了。可是我不知道是否还能继续坚持住。依我看，你大腿骨折的地方四周都在内出血呢。尤其是翻身那一下给折腾的。那个翻身导致伤腿肿了起来，导致你越来越虚弱了，使你出现了昏厥的现象。现在确实可以动手啦。真的，我在跟你说呢，该动手啦。

　　然而，如果你再等等，牵制住他们哪怕一小会儿，或者就搞掉那个军官，情况也许就大不一样啦。一件事干好了，就会使——

好吧，他说。于是，他便非常安详地躺在那儿，努力撑持着不让自己昏厥过去，因为他感到生命正在悄悄地离他而去，就像你有时会感觉到山坡上的积雪开始在悄悄地融化着一样，于是他说，说得很从容，请让我坚持到他们冲上来吧。

罗伯特·乔丹的运气依然很不错，因为他看到，正在这时，那支骑兵队恰好开出了对面的树林，越过了那条公路。他注视着他们在驱马奔上山坡。他看见那名骑兵了，他在那匹大灰马旁停了下来，朝那名军官高喊着，那军官便拍马朝他奔去。他注视着他俩在低头察看那匹灰马。他们当然认出了这匹马。它与它的骑手自前天清晨以来就一直杳无踪影嘛。

罗伯特·乔丹看到他们已经登上了山坡，此时已离他很近了，他又朝山坡下望去，看见了那条公路，那座桥梁，以及桥南的那些排成长队的车辆。他这时已经完全神志清醒了，他举目眺望、饱览着眼前的这一切。接着，他抬头仰望着天空。大片大片的白云飘浮在天上。他用手掌摩挲着洒落在他身边的松针，他抚摸着他藏身之处的那棵松树的树皮。

接着，他双肘压着厚厚的松针，以尽可能轻松的姿势支起身子，冲锋枪的枪口架在那棵松树的树干上。

那名军官此时正策马小跑着，循着小分队留下的马蹄印一路追来，他势必要经过罗伯特·乔丹埋伏地点的下方，那里距罗伯特·乔丹仅有20码。在这个距离上应该不会有什么问题。那名军官正是贝尔伦多中尉。一接到南面那个哨所遭到袭击的报告，他便立即奉命率领骑兵队从拉格兰哈赶来。他们强行军疾驰而来，然而后来又不得不调转马头，因为那座桥梁已被炸毁，他们只好一路北上，跨过那条深谷，绕了一大圈，这才从那片树林里钻出来。他们的坐骑已是通体透湿，喘着粗气，却被鞭笞得不得不一路小跑着。

贝尔伦多中尉一边打量着那道马蹄印，一边拍马奔上前来，清癯的脸膛上流露着严肃而又庄重的表情。他左臂弯里的冲锋枪横担在马鞍上。罗伯特·乔丹匍匐在树后，非常小心、格外谨慎地支起身子，使双手保持稳定。他耐心等待着，直到那军官到达了那块阳光明媚的开阔地，松树林最边缘的树木在这里与这草甸绿茵茵的斜坡相连接。他能感觉到自己的心脏在怦怦地跳着，紧贴在树林中布满松针的大地上。